文春文庫

夏物語

川上未映子

文藝春秋

夏物語

第一部

二〇〇八年夏

1 あなた、貧乏人？

その人が、どれくらいの貧乏だったかを知りたいときは、育った家の窓の数を尋ねるのがてっとりばやい。食べていたものや着ていたものはあてにはならない。貧乏の度合いについて知りたいときは、窓の数に限る。そう、貧乏とは窓の数。窓がない、あるいは数が少なければ少ないほど、その人の貧乏がどれくらいの貧乏だったのか、わかることが多いのだ。

以前、誰にだったかこのことを話したとき、そんなことはないやろと反論されたことがある。彼女の言いぶんはこうだった。「だって仮に、窓がたったひとつしかなくっても、それがたとえば庭に面したような、めっさおっきい窓ってこともあるやんか、おっきくて立派な窓のある家は、それは貧乏とはゆえんのとちゃうんか」と。

しかしわたしに言わせれば、それがすでに貧乏とは関係のない人間の発想というものだ。庭に面する窓。大きな窓。っていうか庭ってなに？　立派な窓ってどういうやつ？

貧乏の世界の住人には、大きな窓とか立派な窓という考えじたいが存在しない。彼らにとって窓っていうのは、ぎちぎちにならべられたタンスとかカラーボックスの後ろにあるんだろうけど、ひらいてるのなんか見たこともない黒ずんだガラスの板のこと。油でぎとぎとに固まって、これまた回転してるのなんか見たこともない台所の換気扇の横についている、汚れた四角い枠のこと。

だから貧乏について話がしたいと思ったり、貧乏について実際に話をすることができるのは、やっぱり貧乏人だけだということになる。現在形の貧乏人か、過去に貧乏だった人。そしてわたしはその両方。生まれたときから貧乏で、今もまだまだ貧乏人。

そんなふうなことをぼおっと思いだしたり考えたりしたのは、目のまえに座っている女の子のせいかもしれない。夏休みの山手線は思ったほどは混んでおらず、人々は携帯電話をさわったり本を読んだりしながら、みんな大人しく席に収まっている。

八歳と言われても十歳と言われてもそうみえる女の子の両隣には、スポーツバッグを足もとに置いた若い男と大きな黒いりぼんのカチューシャを頭につけた女の子の二人組が座っていて、彼女はどうやら一人でいるらしかった。

色が黒くて痩せっぽち。日焼けのせいで色のぬけた丸いはたけが余計にめだってみえる。グレーのキュロットから伸びている二本の脚は、水色のタンクトップから突きでた腕とほとんど変わらないくらいに細い。唇のはしをきゅっと結んで肩をすぼめ、どことなく緊張した面持ちでいる彼女を見ていたら——子どもの頃の自分を思いだして、貧乏という言葉がやってきたのだ。

首の広がった水色のタンクトップ、もとは白かったんだろうけれどしみだらけで色がもうよくわからなくなっているスニーカーをじっと見る。もしいま女の子の口がふいにひらいて歯が覗き、それがぜんぶ虫歯だったらどうしようという気持ちになる。そういえば彼女は荷物を何ももっていない。リュックもバッグもポシェットも。切符やお金はポケットにしまっているのだろうか。この年頃の女の子が電車に乗って外出するときにどんなかっこうで出かけるものなのかはわからないけど、彼女が何ももっていないことがわたしを少しだけ不安にさせる。

見ているうちに、席を立って女の子のまえに移動して、何でもいいから話しかけなければならないような気がしてくる。手帳のすみっこに自分にしかわからないしるしをちょっとつけておくみたいに、言葉を交わさなきゃいけないような気がしてくる。何を話せばいいんだろう？　見るからに硬そうな髪の毛についてならわたしにも話せることがありそうだ。風が吹いてもゆれんよね。はたけは大人になったら消えるから気にせんで。それともやっぱり窓について？　わたしの家には外が見える窓がなかったけれど、あなたの家には窓はある？

腕時計を見るとちょうど午前十二時。ぴくりともしない夏のてっぺんの暑さを横断するように電車はゆき、つぎは神田だというくぐもったアナウンスの声がする。駅に着いて気のぬけるような音とともに扉がひらくと、正午になったばかりだというのにひどく酔った老人が転がるように入ってきた。数人の乗客が反射的にさっとよけ、男は低いうなり声をあげた。スチールたわしをほぐしたような灰色の髭が、くたびれた作業着の胸あたりまでもつれながら垂れさがっていた。手にはくしゃくしゃになったコンビニのビニル袋をにぎり、もう片方の手で吊り革をつかもうとしてバランスを崩してよろめいた。扉が閉まり、電車が動きだしてまえを見ると、さっきの女の子はいなくなっていた。

東京駅に着いて改札を出ると、どこから来るのかどこへ行くのか、信じられないくらいの人混みに思わず足が止まってしまう。それはただの人混みというよりは、まるで奇妙な競技を見るよう。ルールを知らないのはおまえだけだと言われているような気がして、心細くなってくる。トートバッグの持ち手をぎゅっとにぎって、大きく息を吐きだした。

わたしが初めて東京駅にやってきたのは、今から十年まえ。二十歳になったばかりの夏、やっぱり今日みたいに、ぬぐってもぬぐっても汗が噴きでる、夏のある日のことだった。

高校生時代に古着屋でずいぶん迷って買った馬鹿みたいに丈夫で大きなリュックに(これは今でもわたしの一軍だ)、普通に考えれば引っ越しの荷物に入れて送ればいいものを、お守り代わりか何なのか、片時も体から離したくなかった大事な作家の本を十冊近く背中にかついで、わたしは東京にやってきた。

あれから十年。二〇〇八年現在。三十歳のわたしは、二十歳のわたしが何となくでも想像していた未来にいるかというと、たぶんまったくそうではない。未だにわたしの書いた文章を読んでくれる人は誰もいないし(誰も辿りつけないようなネットのはしっこで、ときどき文章を載せているブログのアクセスは多くて一日に数人だ)、そもそも活字にもなっていない。友だちだってほとんどいない。アパートの屋根のかたむき加減も剝げた壁も、強すぎる西日も、フルで働いて月に十数万円のバイトでつなぐ生活も、書いても書いてもそれがいったいどこにむかっているのかもわからないのもみんなおなじ。親の代に入荷した本が未だにささっている古い書店の本棚みたいな生活のなかで、変化したのは十年ぶん、きっちり体がくたびれたことくらい。

時計を見ると、十二時十五分。結局わたしは待ちあわせの時間より十五分早く着いて、ひんやりした石のぶあつい円柱にもたれて人の行き来を見つめていた。いろんな声、無数の音がざわめくなかを、たくさんの荷物を抱えた大家族が大騒ぎしながら右から左に駆けていった。またべつの親子がやってきて、母親にしっかりと手をにぎられた小さな男の子のお尻のあたりで大きすぎる水筒がゆれていた。どこかで赤ん坊が泣いて叫んで、男女ともにメイクをした若いカップルが大きな歯を見せながら足早に通りすぎていった。
わたしはバッグから電話をとりだして、巻子からメールも着信も届いていないことを確かめた。となれば巻子たちは大阪から無事、予定通りの時刻に新幹線に乗って、あと五分もすれば東京駅に着くはずだった。待ちあわせは丸の内北口を出たこのあたり。事前に地図を送って説明はしているけれど、なんだかふと不安になって、今日の日づけを確認する。八月二十日。ちゃんとあってる。約束は今日、八月二十日、東京駅の丸の内北口に十二時半。

◯　卵子にはなぜ、子という字がつくのかというと、それは精子、に子という字がついているから、それにあわせただけなのです。これは、今日いちばんのわたしの発見。図書室には何回か行ってみたけど本を借りるための手つづきとかがややこしくって、だいたい本が少ないしせまいし暗いし、何の本を読んでいるのかのぞかれることもあるので、さっとかくす。最近はちゃんとした図書館に行くようにしてる。パソコンもみれるし、それに学校はしんどい。あほらしい。いろんなことが。あほらしいとこんなふうに書くことがあほらしいけど、学校のことはべつに勝手にすぎていくことやからいい、けど、家のことは勝手にはすぎていかないので、ふたつのことは思えない。

書くということは、ペンと紙があったらどこでもできるし、ただやし、何でも書ける。これはとてもいい方法。いや、という字には厭と嫌があって、厭のほうがほんまにいやな感じがあるので、厭を練習。厭、厭。

緑子

今日、大阪からやってくる巻子はわたしの姉で、わたしよりも九歳年うえの三十九歳。緑子というもうすぐ十二歳になる娘がいる。二十七歳のときに産んだ緑子を、巻子はひとりで育てている。

わたしが十八歳だった頃から数年間、巻子と産まれたばかりの緑子の三人で大阪市内のアパートで一緒に暮らしていたことがある。というのも緑子が生まれるまえに巻子は夫と別れてしまったからで、主に人手不足と経済的な理由から、頻繁に行き来するうちに三人で生活したほうが早いということになったのだ。だから緑子は自分の父親に会ったことはないし、その後、会ったという話も聞いたことがない。緑子は自分の父親のことを何も知らないまま大きくなった。

巻子が夫と別れた理由は今もよくわからない。当時、離婚や元夫について巻子といろいろ話したことは覚えているし、それはあかんな、と思ったことじたいは覚えているけれど、そのあかんな、というのが何にたいしてだったのか具体的なところが思いだせない。巻子の元夫は東京生まれの東京育ちで、仕事で大阪に越してきたところ、巻子と出会ってわりとすぐに緑子ができたのではなかったか。当時の大阪では人がじっさいにしゃべるのを聞いたことのなかった標準語で、巻子のことをきみ、と呼んでいたのをそういえばうっすら覚えている。

わたしたちはもともと父親と母親と四人で、小さなビルの三階部分に住んでいた。六畳と四畳がひとつづきになった小さな部屋。一階には居酒屋が入っていた。数分も歩けば海が見える港町。鉛のような黒い波のかたまりが、激しい音をたてながら灰色の波止場にぶつかって崩れるのをいつまでも見つめていた。どこにいても潮の湿り気と荒々しい波の気配を感じる町は、夜になると酔っ払って騒ぐ男たちでいっぱいになった。道ばたで、建物の陰で、誰かがうずくまっているのをよく見かけた。怒鳴り声も殴りあいも茶飯事で、放り投げられた自転車が目のまえに落ちてきたこともある。そこらじゅうで野良犬がたくさんの仔犬を産み、その仔犬たちが大きくなってまたあちこちに野良犬を産んだ。でもそこに住んでいたのは数年のことで、わたしが小学校にあがった頃に父親の行方がわからなくなり、そこからわたしたち三人は祖母の住んでいた府営団地に転がりこんで、一緒に暮らすことになった。

たった七年足らずしか一緒に暮らさなかった父親は、子どもながらに背が小さいとわかる、まるで小学生のような体軀《たいく》をした小男だった。

働かず、朝も夜も関係なく寝て暮らし、コミばあは——わたしたちの母方の祖母は、娘に苦労ばかりさせる父親のことを憎み、陰でもぐらと呼んでいた。父親は、黄ばんだランニングとパッチ姿で部屋の奥の万年床に寝転んで、明けても暮れてもテレビを見ていた。枕もとには灰皿代わりの空き缶と週刊誌が積まれ、部屋にはいつも煙草の煙が充満していた。姿勢を変えるのが億劫で、こちらを見るときには手鏡を使うくらいの面倒臭がりだった。機嫌がいいと冗談を言うこともあるけれど、基本的に口数は少なく、一緒に遊んだり、どこかへ連れていってもらったりした記憶はまるでない。寝ているときやテレビを見ているとき、何でもないときでも機嫌が悪くなるととつぜん怒鳴り、たまに酒を飲むと癇癪を起こして母親を殴ることがあった。それが始まると理由をつけて巻子やわたしのことも叩いたので、わたしたちはみんなその小さな父親のことを心の底から怖がっていた。

ある日、学校から帰ると父親がいなかった。

洗濯物が山と積まれ、いつもと何も変わらない狭くて暗い部屋なのに、父がいないというだけで、そこにある何もかもが違ってみえた。わたしは息をひとつ飲んでから、部屋の真んなかに移動した。そして声を出してみた。最初は喉の調子を確認するみたいな小さな声を、そしてつぎは意味のわからない言葉をお腹の底から思いきり出してみた。誰もいない。何も言わない。それからめちゃくちゃに体を動かしてみた。何も考えず好きに手足を動かせば動かすほど体が軽くなり、そしてどこか奥のほうから力がこみあげてくるような感覚がした。テレビのうえに積もった埃《ほこり》や、流しのなかにそのままになっている汚れた食器。シールが貼られたみずやの戸や、身長が刻まれている柱の木目。いつも目にしているそんなものたちが、まるで魔法の粉をふりかけられでもしたようにきらきらと輝いてみえた。

でもわたしはすぐに憂鬱になった。こんなのはたった一瞬だけのことで、またすぐにおなじ毎日が始まることがわかりきっていたからだ。父親は珍しく何か用事があって外に出ているだけで、すぐに帰ってくる。わたしはランドセルを置き、いつものように部屋のすみっこに座ってため息をついた。

でも、父親は帰ってこなかった。つぎの日も、そのまたつぎの日も父は帰ってこなかった。しばらくすると数人の男が訪ねてくるようになり、そのたびに母親が追い返した。居留守を使った翌朝には、玄関先に煙草の吸い殻が散らばっていることもあった。そんなことを何度かくりかえし、父親が帰ってこなくなって一ヶ月ほどがたったある日——母親は敷きっぱなしにしていた父親の布団を丸ごと部屋から引きずりだして、点火装置が壊れてから一度も使っていなかった風呂場に力任せに押しこんだ。その黴《かび》くさく狭い空間で、汗や脂や煙草の臭いの染みついた父の布団は、驚くほど黄ばんでみえた。母は布団をじっと見つめたあと、そこにものすごい飛び蹴りを一発蹴りこんだ。そしてさらに一ヶ月が過ぎたある真夜中に、わたしと巻子は「起きや起きや」と暗がりでもせっぱつまった表情をしているのがわかる母親にゆり起こされてタクシーに乗せられ、そのまま家を逃げだしたのだ。

どうして逃げなければならなかったのか、そんな真夜中にいったいどこにむかっているのか、意味も理由もわからなかった。ずいぶん時間がたったあとでそれとなく母親に水をむけたこともあったけれど、父の話をすることがどこかタブーのようになっていたこともあり、けっきょく母の口からはっきりした答えを聞くことはできなかった。あの夜は訳のわからないまま一晩じゅう暗闇をどこまでも走ったような気がしたけれど、着いたのはおなじ市内の端と端の、電車でゆけば一時間もかからない距離にある、大好きなコミばあの家だった。

タクシーのなかでは酔って気分が悪くなり、中身を空けた母親の化粧ポーチのなかに吐いてしまった。胃のなかからはたいしたものは出てこず、酸っぱさと一緒になって垂れてくる唾液を手でぬぐい、母親に背中をさすられながら、わたしはずっとランドセルのことを考えていた。火曜日の時間割にあわせた教科書。ノート。シール。いちばん下に入れた自由帳には、何日かをかけて描いてきて昨日の夜やっと完成したお城の絵が挟んである。脇に入れたハーモニカ。横にぶらさげた給食袋。好きな鉛筆やマジックや匂い玉や消しゴムの入った、まだ新しかった筆箱。ラメのキャップ。わたしはランドセルが好きだった。夜眠るときは枕もとに置き、歩くときは肩紐をしっかりとにぎりしめ、どんなときも大切にしていた。わたしはランドセルを、身につけることのできる自分だけの部屋のように思っていたのだ。

　でも、わたしはそれを残してきてしまった。大事にしていた白いトレーナーも、人形も、本も、お茶碗もぜんぶ家に残したまま、わたしたちは暗闇のなかを走っていた。たぶんあの家に戻ることはもうないんやろうなとわたしは思った。わたしはわたしのランドセルを背負うこともないし、こたつ机の角っこに筆箱をぴったり置いてノートを広げて字を書くことだってもうないし、あんなふうに鉛筆を削ることも、あのざらざらした壁にもたれて本を読むことも、もう二度とないんやろうなとわたしは思った。そう思うと、とても不思議な気がした。頭の一部分がゆるく麻痺したようにぼおっとして、手足にうまく力が入らなかった。このわたしは本当のわたしなのかなとそんなことを漠然と思った。だってさっきのわたしは、朝になればいつもとおなじように目を覚まして学校にゆき、そしていつもとおなじ一日を過ごすと思っていたのだ。さっき眠るために目を閉じたわたしは、まさか自分が数時間後にぜんぶを置いたまま母と巻子とタクシーに乗ってこんなふうに夜のなかを走り、もう戻れなくなるなんて想像することもできなかったのだ。

　窓の外を流れてゆく夜の暗さを見つめていると、何も知らないさっきまでのわたしが、まだ布団のなかで眠っているような気がした。朝になってわたしがいなくなっていることに気づいたわたしは、いったいどうするんだろう。そう思うと急に心細くなってわたしは巻子の腕に自分の肩をしっかりと押しつけた。だんだん眠気がやってきた。下がってくるまぶたの隙間からは、緑色に光る数字がみえた。わたしたちがわたしたちの家から遠ざかるにつれ、その数は音もなく増えつづけた。

そんなふうに夜逃げ同然で転がりこんでそのまま始まったコミばあとの四人の生活は、しかし長くはつづかなかった。わたしが十五歳のときにコミばあが死に、母はその二年まえ、わたしが十三歳のときに死んでしまった。

突然ふたりきりになったわたしたちは、仏壇の奥に見つけたコミばあの八万円をお守りとして、そこから働き倒して生きてきた。わたしには母に乳がんが見つかった中学校の初め頃から、コミばあが後を追うように肺腺がんで死んでしまった高校生時代にかけての記憶があんまりない。働くのに忙しすぎたのだ。

思いだすものといえば、中学校の春、夏、冬の長い休みに年齢をごまかしてバイトに行っていた工場の風景だ。天井からだらんとぶらさがったハンダゴテのコードと火花の音、山と積みあがったダンボール。そしてなんといっても、小学生の頃から出入りしていたスナックだ。母親の友人がやっていた小さな店。母は昼はいくつかのパートをかけもって、夜はその店で働いた。高校生の巻子がひとあし先にそこで皿洗いのバイトを始めて、つづいてわたしも厨房に入るようになり、酔っ払った客と彼らを相手にする母を見ながら、酒やつまみを作るようになった。巻子は皿洗いと並行して始めた焼肉屋のバイトで並ならぬ頑張りを見せ、六百円かそこらの時給で月に最高で十二万円の稼ぎを叩きだし（それは店のなかでちょっとした伝説になった）、高校を卒業して数年後には正社員に昇格して、あとは店が潰れるまで働いた。それから妊娠し、緑子を産み、いろんなパートを転々として、三十九歳の今も週五でスナックで働いている。いわゆるシングルマザーで働き倒して病気になって死んでいったわたしたちの母親の人生と、ほとんどおなじ人生を巻子も生きているということになるわけだ。

約束の時間を十分近く過ぎても、巻子と緑子は待ちあわせの場所にやってこなかった。電話をかけてみても巻子は出ず、とくにメールも来ていない。迷っているんだろうか。五分待ってもう一度かけてみようとしたときに、メールの受信音がころころと鳴った。〈どこから出たらいいのかわからんから、おりたとこのホームにいます〉

わたしは電光掲示板で巻子たちが乗ってきたはずの新幹線の号数を確認し、券売機で入場券を買って、改札のなかに入った。エスカレーターで地上に出ると、まるで蒸し風呂のような八月の熱気がやってきて、汗がぶわりと噴きだした。つぎの列車の到着を待つ人や、売店のまえにいる買い物客たちをよけながら進んでいくと、三号車あたりにあるベンチにふたりの姿がみえた。

「あー、ひさしぶり」

巻子はわたしを見つけると嬉しそうに笑い、わたしもつられて笑った。隣に座る緑子はひとめ見た瞬間に、わたしの知っている緑子から倍くらいの大きさになったような気がするほどに成長しており、わたしは思わず声をあげた。

「ちょっと緑子、あんた何この脚」

髪の毛を高い位置でポニーテールにきゅっとくくり、紺色の無地の丸首のティーシャツを着た緑子は半ズボンを穿いていた。そこからまっすぐに伸びた脚は——浅く腰かけていたせいもあると思うけれど、ちょっと異様なほど長くみえ、わたしはぺちんと膝を叩いた。反射的に緑子は、照れたような困ったような顔をしてこちらを見たけれど、な、すごいやろ、こんな大きなってびっくりやろ、と巻子が割って入ってくると、とたんに不機嫌な顔をして目をそらし、脇に置いてあった自分のリュックサックを引き寄せて抱えるようにもたれかかった。巻子はわたしの顔を見て、呆れた顔をつくって小さく首をふり、な、というように肩をすくめてみせた。

緑子が、巻子と口をきかなくなってから半年がたつ。

理由はわからない。ある日とつぜん、巻子が話しかけても返事をしなくなったのらしい。もしかすると心因性の病気か何かではないかと最初は心配もしたけれど、しかし緑子は口をきかないほかは食欲も旺盛で、小学校にも普通にかよい、友人や教師とは変わらずに話をして、これまでとおなじように問題なく生活を送っていた。つまり、緑子は家でだけ巻子とだけ話すことを拒否しているのであり、これは意図的なふるまいなのだった。どれだけ丁寧に、巻子があの手この手でその理由を訊きだそうとしても、緑子は頑として答えようとしなかった。

「わたしら最近、も、筆談っていうの、ペン書きやねんでペン書き」緑子が黙り始めたばかりの頃、巻子は電話でため息をつきながら説明した。

「ペンてなに」

「ペンはペンやん、筆談やん。しゃべらんの。いや、わたしはしゃべるよ。しゃべるけれども、緑子はペンよ。しゃべらんの。も、ずーっと。もうひと月近くになるんやない」と巻子は言った。

「ひと月って、長いな」

「まあ、長いな」

「長いで」

「わたしも初めのほうはいろいろ訊いたりなんだりやったけど、ずっとおんなじ調子やねん。きっかけがあったんかもしれんけど、どんだけ訊いても答えてくれんのやわ。しゃべってくれんのや。怒ってもしゃあないし、困ってるけどさ、わたし以外とはちゃんとしゃべってるみたいやし……何かそういう時期っていうか、親にたいしていろいろ思うところがあるんかもしれんと思ってな。でもま、こんなん長くはつづかんやろ、いけるいける、だいじょうぶ」

電話越しに巻子は明るく笑ってみせたけれど、あれから半年。ひきつづき、関係はどうも平行線を辿ってるみたいだ。

○クラスのほとんどに初潮がきてるらしいけど、今日の保健の時間はそのしくみの話。おなかのなかで何がどうなって血がでるのとか、ナプキンがどうとか、みんなのなかにあるという子宮のおっきい絵をみせられた。最近は、トイレでみんなが一緒になったりすると、生理になってる子らが集まって自分らだけにわかる話、みたいな感じで、あれこれ話してるのをみる。小さいきんちゃくにナプキンを入れてて、それなに、ってきいたら内緒や、みたいな感じで、生理組にしかわからん話をこそこそ、でもわたしらにもちゃんときこえる感じでする。もちろんまだなってない子もおるんやろうけれど、だいたい仲良いグループのなかでいうと、なってないのはわたしだけのような気がする。
生理がはじまるとはどんな感じか。おなかも痛いというし、何よりも、それが何十年もつづくなんかどういうことなんやろう。そんなんなれるもんなんか。純ちゃんに生理がきたことをわたしが知ってるのんはわたしが純ちゃんからきいたからやけど、でも、考えたら、わたしがまだ生理になってないってことがなんで生理組の子らにわかるんかなぞ。だって、べつに生理になってても「なった」とか言ってまわるわけじゃないし、みんながみんなきんちゃくをわかるようにもってトイレにおるわけじゃないのに。なんでそういうことってなんとなくわかるようになってるのやろう。

それでちょっと気になって、初潮って言葉を調べてみた。初潮の初、は、それは初めて、ということでわかるけど、うしろにある潮っていうのがようわからん。それで調べたら、いろんな意味があることはあって、たとえばそれは、月と太陽の引力の関係で、海水が満ちたり引いたり、動くこと、ということらしい。ほかには、いい時期、というようなことも書いてあった。ただいっこだけわからんのが、愛嬌、で、それで愛嬌という言葉を調べたら、商売で客の気を引く、とか、好ましさを感じさせる、とかそういうことが書いてあった。なんでこれが、股のところから血が初めてでる初潮っていうのに関係あるようなふんいきで書かれてるのかさっぱりわからん。むかつく。

緑子

ならんで歩く緑子はわたしよりまだ少しだけ背が低いけれど、しかしわたしよりもはるかに脚が長く、胴が短かった。「これが平成生まれですか」などと言って緑子に話しかけても緑子は面倒くさいような顔をして肯《うなず》き、わざと足を遅くしてわたしと巻子のあとを歩いた。巻子の細すぎる腕に巻子のもっている古い茶色のボストンバッグがあまりに重そうにみえたので、巻ちゃん荷物もったるわ、と言って何度手を伸ばしても、巻子は、ええよええよと遠慮して、頑《かたく》なに渡そうとしなかった。

巻子が東京にやってくるのは、わたしが知っている限りこれがおそらく三度目だ。あたりをきょろきょろ見まわしながら、「やっぱり人が多い」とか「駅が広い」とか「東京の子はみんな顔が小さい」などと興奮した様子でしゃべりつづけ、まえからやってくる人にぶつかりそうになると「すんませえん」と大きな声で謝った。わたしは緑子がちゃんとついてきているかどうかを気にしつつ、巻子の話にあいづちを打ちながら適当に返事をしていたのだけれど——しかし内心でどきどきするくらいに気になっていたのは、巻子のその容貌の変化なのだった。

巻子は老けていた。

もちろん加齢によって人が老いてゆくことは当然のことではあるのだけれど、つぎ四十歳になる巻子は、「今年、五十三歳」と言われても「そうですか」とすんなり納得してしまうくらいに、それはもう見事に老けこんでいるのだった。

もともと肉づきのよいほうではなかったけれど、腕も脚も、腰まわりも、わたしが知っている巻子よりもずいぶんはっきりと痩せていた。あるいはそれは巻子の着ている服が余計にそう思わせているのかもしれなかった。巻子は二十代の女の子が着ていてもおかしくないような柄もののティーシャツを着て、やはり若者が穿くようなローライズのぴっちりしたジーパンに、五センチはあろうかというピンクのミュールを履いていた。後ろから体型だけ見ると若くみえるけれどふりかえるとわりにぎょっとしてしまう、あの最近よく見るタイプの人になっていた。

しかし着ているものとのギャップはさておいても、体も顔も確実にひとまわりは小さくなっており、顔色もどこか冴えないようだ。黄色く変色している差し歯がやけに大きく飛びだしてみえ、根っこの金属のせいで歯茎が黒ずんでみえた。パーマがとれかかってカラーもすっかり退色している髪の毛の量は少なくなり、汗に光る頭頂部はしっかり地肌が見えている。厚めに塗ったファンデーションは肌にあっておらず、白浮きしていて皺っぽさが余計にめだった。笑うたびに首の筋がつかめそうなほどに浮きでて、まぶたはすっかり落ちくぼんでしまっていた。

それは、どうしたってわたしにある時期の母親を思いださせた。年をとった娘が自然に母親に似てきただけなのか、それとも、かつて母親の身体に起きたことが巻子にも起ころうとしているせいで似たように感じるのかはわからなかった。わたしは何度も「どこか悪いところはないのか、検診には行っているのか」と訊いてしまいそうになったけれど、もしかしたら本人も気にしているのかもしれないと思い直し、そのことにはふれないでおいた。けれどそんなわたしの心配をよそに、巻子は元気だった。黙りこんでいる緑子との関係にも慣れた様子で、どんなに無視されてもかまわずに明るく話しかけ、上機嫌であれやこれやと、何でもないことをわたしたちふたりにしゃべりつづけた。

「巻ちゃん、仕事はいつまで休めるん」

「今日入れて、三日」

「すぐやな」

「今日泊まって、明日泊まって、あさって帰って、夜は仕事」

「忙しいん、最近。どう」

「暇やなー」と巻子は歯の隙間をちゅっと鳴らして、あかんわ、というような顔をしてみせた。「まわり、けっこう潰れていってるわ」

巻子の職業はホステスだけれど、しかしホステスとひとくちに言ってもいろいろだ。ピンキリという言葉が悪いがそういうことで、大阪にも腐るほどある飲み屋街のその所在地をきくだけで、客とかホステスとか店のレベルとか、そのほかだいたいのことがわかる。

巻子の働いているスナックは、大阪の笑橋《しょうばし》という場所にある。わたしたち親子がコミばあのところに夜逃げしてから、三人でずっと働いてきた街だ。高級なものとはいっさい縁がなく、飲み屋街ぜんたいがこう、茶色に変色しながらかたむいているような雑多な密集地帯である。

一杯飲み屋、立ち食いそば、立ち食い定食屋、喫茶店。ラブホテルというよりはラブ旅館、みたいな廃墟のような一軒家。電車みたいに細ながい造りの焼肉屋、冗談みたいな煙にまかれているもつ焼き屋に、いぼ痔と冷え性の文字が大きくひとつの看板に掲げられてる薬屋。店と店のあいだには少しの隙間もなく、たとえばうなぎ屋の隣にテレホンクラブ、不動産屋の隣に風俗店、ぴかぴかした電飾と幟《のぼり》のはためくパチンコ屋。店主がいるのを見たこともない判子屋に、何時であっても薄暗く、どの角度からみても不気味で不吉なゲームセンターなんかが、ところ狭しとひしめいている。

それらの店に出入りする人たち、ただ通りすぎる人たちのほかには、公衆電話のまえでうずくまったまま動かなかったり、六十は余裕で超えているようにみえる熟女が二千円でダンスできますと客引きをしていたり、浮浪者や酔っ払いはもちろんのこと、じつにいろいろな人がいる。よく言えば人懐っこくて活気があり、見たままを言えばがらの悪いこの街の、夕方から深夜までマイクのエコーがわんわん響きわたる雑居ビルの三階にあるスナックで、巻子は夜の七時から十二時頃まで働いている。

カウンターが数席とボックス席と呼ばれるソファのような囲いがいくつかあり、十五人も入れば満席になるこの店で、一晩でひとり一万円という勘定がとれればたいしたものだ。売上をあげるためにホステスのほうもいろんなものを注文するのが暗黙の了解になっている。安い酒を一緒に飲んでもしょうがないので、奨励されているのはいくら飲んでも酔わないウーロン茶だ。小さな缶ひとつで、三百円。もちろん水で煮だして冷やしたものを使いまわしの缶に入れ、「いまプルタブひきました」みたいな顔でしれっとテーブルにもっていく。水分でお腹がだぶだぶになったら、つぎは食べもの。ウインナ焼きとか卵焼きとかオイルサーディンとか唐揚げとか、酒のつまみというよりは弁当のおかずみたいなものを、お腹すいたわあ、といって客に頼んで注文する。そのあとはカラオケ。一曲百円の歌も積もれば札に変わるわけで、ホステスたちは、老いも若きも歌好きも、うなだれるくらいの音痴でも、歌える歌をとにかく歌う。しかしそんなふうに喉をからして塩分と水分の過剰摂取でむくみっぱなしの体でがんばっても、客はだいたいが五千円足らずを支払う程度で帰ってしまう。

巻子の店のママは、まるまると太った背の低い、明るい雰囲気のする女性で、齢は五十代半ばあたり。わたしも一度だけ会ったことがある。染めているのか脱色なのかはわからない、金髪というよりは黄色の髪を後頭部の高いところでひっつめにし、肉のついた短い指でショートホープを挟み、面接で初めて会った巻子にこう言った。

「あんた、シャネルて知ってるか」

「はい、服のブランドですよね」巻子は答えた。

「せや」とママは鼻から煙を吐きだしながら言った。「ええやろ、あれ」

ママが顎で示した壁にはシャネルのスカーフが二枚、プラスティックの額縁ケースのようなものに入れられてポスターみたいに飾られていた。それが黄味がかったスポットライトに照らされている。

「うちは」とママが目を細めながら言った。「シャネル、すっきゃわ」

「せやから、ここのお店、シャネルゆうんですね」巻子は壁のスカーフを眺めながら言った。

「せや」とママは言った。「シャネルは女の夢やで。すっとしてな。高いけどな。イヤリング見てみ」ママはまるい顎を傾けて、巻子にちらっと耳を見せた。スナックの照明の下でもかなり年季が入っているとわかる鈍い金色の玉に、巻子も見たことのあるシャネルのマークが浮き彫りになっている。

洗面所にかかってるタオル、厚紙製のコースター、店内に設置された電話のブースのガラスのドアに貼りまくられたステッカー、名刺、マット、マグカップにいたるまで、店内にはシャネルのロゴのついたものがあちこちに目についたけれど、ママによるとそれはスーパーコピーと呼ばれる偽物で、鶴橋やミナミの露店なんかに通って時間をかけて一生懸命こつこつ集めたものらしい。シャネルのことなど何も知らない巻子が見ても一発でばったもんとわかるような出来ではあるけれど、ママは並ならぬ愛着をもって日々コレクションを増やしつづけている。ママが毎日必ずつけるバレッタとイヤリングだけは数少ない本物で、店を始めるときの験《げん》かつぎに清水購入したものらしい。どうやらママはシャネルが好きというよりは、その音の響きとマークのインパクトのみに心酔しているらしく、店の若い女の子に「ママ、シャネルてなに人ですか」と訊かれて「アメリカ人や」と答えてるのを巻子は聞いたことがあり、どうやらママは白人はみんなアメリカ人、くらいに思っている節があるようだった。

「ママさん元気にしてはんの」

「元気元気。まあ、店のほうはいろいろあるけど」

アパートの最寄り駅である三ノ輪駅に着いたのは、午後二時を少しまわった頃。途中でひとり二百十円の立ち食いそばを食べ、すべてを塗り潰していくような勢いで蟬が鳴き叫ぶなか、わたしたちは駅から十分ほどの道を歩きつづけた。

「あんた、家から来てくれたん」

「いんや、今日はちょっと用事あってべつんとこから。この坂こえてまっすぐ」

「歩くのもいいね。ええ運動になって」

最初は会話しながら笑う余裕のあった巻子もわたしも、あまりの暑さにだんだん無言になっていった。ひっきりなしに鳴く蟬の声が耳のなかにこびりつき、太陽の熱が肌をじりじりと焼いていった。屋根の瓦や、街路樹の葉やマンホールなんかが夏の白い光を吸って、輝けば輝くほど目の奥が暗くなっていくような気がした。わたしたちは流れる汗で全身を濡らしながら、やっとの思いでアパートに辿り着いた。

「着いたで」

巻子は息を大きくひとつ吐き、緑子は入り口の脇にある植木鉢のあたりにしゃがみこんで、名前を知らない植物の葉に顔を近づけた。そして腰に巻いていたウエストポーチから小さなノートを取りだして、そこに、〈これだれの〉と書いた。緑子の字は思いがけず肉厚で筆圧も強く、まるで壁に書かれた大きな文字を眺めるような印象を与えた。そしてまだ緑子が赤ん坊だった頃——ただそこで息をしているだけの嘘みたいに小さな赤ん坊が、いつか自分で用を足したり物を食べたり字を書いたりするようになるなんて信じられないと思ったことを思いだした。

「誰のか知らんけど、たぶん誰かの。わたしの部屋は二階な。あの窓。ここ階段あがっていって、左っかわのドアな」

わたしたちは一列になって、ところどころ錆《さび》の浮いた鉄製の階段を順番にあがっていった。

「狭いけど、どうぞ」

巻子はミュールを脱ぐと、なかを覗きこむように身をかがめ、明るい声で言った。

「いい部屋やん」

「ザ・一人暮らしって感じの部屋！　ええなあ。お邪魔します」

緑子も黙ったままあとにつづき、奥にある部屋に入っていった。四畳の台所と六畳の二間がつづきになっているこのアパートには上京したときから住んでいて、今年で十年になる。

「絨毯《じゅうたん》しいてんの。もともとは？　まさかフローリング？」

「ううん、畳《たたみ》。来たときすでに古かったから、うえから敷いてん」

わたしは一気に噴きだす汗を手の甲でぬぐいながら、エアコンをつけ、室温を二十度に設定した。壁に立てかけておいた折りたたみ式のちゃぶ台を出し、今日のために近所の雑貨屋で買っておいたそろいのガラスコップをみっつならべた。薄いむらさきの小さな葡萄《ぶどう》が細工されてある。冷蔵庫から冷やしておいた麦茶をもってきてコップになみなみ注ぐと、巻子と緑子は喉を鳴らして一息でそれを飲み干した。

生き返ったわあ、と言いながら巻子は大きく後ろにのけぞり、わたしは部屋の隅にあったビーズクッションを渡してやった。緑子は背負っていたリュックを部屋の隅っこに下ろすと立ちあがり、珍しいものでも見るようにきょろきょろと部屋のなかを見まわした。必要最低限の家具しかない狭くて簡素な部屋だけれど、緑子は本棚に興味をもったようだった。

「本めっさ多いやろ」と巻子が割りこんで言った。

「多ないよ」

「だってほれ、こっちの壁ほとんど本やんか、これで何冊くらいあるのん」

「数えたことないけど、でもべつに多いってことはないで。普通やで」

本を読む習慣がまったくない巻子にとっては大量の本があるようにみえるかもしれないけれど、じっさいのところそんなに多くはないのだ。

「そんなもんなん」

「そんなもんやで」

「きょうだいでもちゃうもんやね。わたしなんかぜんぜん興味ないのに。そうや、緑子も本好きやねんで。国語も、なあ緑子」

緑子は巻子の呼びかけには答えずに、本棚に顔を近づけて背表紙のひとつひとつに見入っている。

「なあ、着いて早々でごめんけど、ちょっとシャワー借りてもいい？」巻子は頬に張りついた髪を指先で払いながら言った。

「どうぞ、ドア左な。一応トイレとはべつべつやねん」

巻子がシャワーを浴びているあいだ、緑子はずっと本棚を眺めていた。背中は大量の汗で湿り、紺色のティーシャツはほとんど黒に変色していた。着替えへんでいいんと訊くと、少ししてから平気だというように肯いた。

そんなふうに緑子の後ろ姿を眺め、風呂場から漏れてくるシャワーの音を聞くともなしに聞いていると、何も変わらないはずのこの部屋の雰囲気がいつもと少しだけ違って感じられるような気がした。それはまるで、昔からある写真立てのなかの写真だけがいつのまにか変えられているのに、そのことになかなか気がつけないでいるような違和感だった。わたしは麦茶を飲みながら、しばらくのあいだその違和感について考えてみた。けれどそれがどこからやってくるものかは、わからないままだった。

首のゆるんだティーシャツとゆるめのスウェットを穿いて、タオル借りましたあ、と言いながら巻子が戻ってきた。お湯の勢いすっごいなあ、と言いながら髪をばんばんタオルで挟みぶきしている巻子の顔からは化粧がすっかり落ちていて、それを見たわたしの気持ちは少しだけ明るくなった。今日初めて会ったときに巻子の容貌にたいして感じたことが、じつはそうでもなかったんやないの、となんとなく思えたからだ。さっぱりして、さっきはあんなに痩せてしまったと思ったけれど、でもべつにそれは言うほどじゃなかったのかもしれない。顔だって、ファンデーションの色と量が明らかにおかしかったからあんなふうにみえただけで、じつはそんなに変わっていなかったのかもしれない。ぎょっとしたのはたんに巻子の顔を見るのが久しぶりすぎて、わたしが過剰に反応してしまっただけなのかもしれなかった。あるいは目が慣れただけかもと思ったけれど、でも年相応といえば普通に年相応でもあるような気がしはじめて——そう感じられたことにわたしは少なからずほっとしたのだった。

「これ、ちょっと干さしてもらっていい？　ベランダは？」

「この部屋ベランダないねん」

「ないん」巻子は驚いたように訊きかえし、その声に緑子もふりかえった。「ベランダないってどういう部屋よ」

「こういう部屋よ」とわたしは笑った。「窓あけたら柵やからな、落ちんといてや」

「洗濯物はどうするん」

「うえに屋上あって、そこに干すねん。あとで行ってみる？　もうちょっと涼しなったら」

へえとか何とか言いながら巻子はあいづちを打ち、テレビのリモコンに手を伸ばしてテレビをつけ、適当にチャンネルを変えていった。料理番組、通販番組ときてつぎにワイドショーに移ると、画面全体が何か大変な事件が起きたのだとすぐにわかるテンションになっており、マイクをにぎった女性リポーターが真剣な顔つきでこちらにむかって熱心にしゃべりつづけていた。背後は住宅街で、緊急車両や警察官やビニールシートなんかが映りこんでいる。

「なんかあったけ」巻子が言った。

「わからん」

今朝、杉並区に住む女子大生が自宅付近で、男に顔や首、胸や腹――つまり全身をめった刺しにされる事件が起こり、現在は病院に収容されているが心肺停止の重体であるとリポーターは伝えていた。そして事件発生から約一時間後に、最寄りの警察署に自首してきた二十代の男が何らかの事情を知るものとして聴取を受けている最中だと説明し、その報道のあいだじゅう、画面の左うえのほうには刺された女子大生の写真が本名とともに大きく映しだされていた。「あそこに、生々しい血のあとが残されています」とリポーターがときどきふりかえりながら、緊迫した様子で伝えていた。進入禁止の黄色いテープが見え、野次馬たちが携帯電話のカメラをむけている姿がちらほらと映りこんでいる、いや可愛い子、と巻子が小さな声でつぶやいた。

「まえも、なんかあったよな」

「あったな」わたしは答えた。

たしか先々週には、新宿御苑のゴミ箱に女性のものらしき身体の一部が見つかるという事件が起きていた。しばらくして、それが数ヶ月まえから行方がわからなくなっていた七十歳の女性であることがわかり、ほどなく近所に住む十九歳の無職の男が逮捕された。彼女は都内の古いマンションに長く一人暮らしをしている身寄りのない老人で、メディアはこのふたりの接点や動機について、あれこれ騒ぎたてていた。

「あれやん、おばあちゃんが殺されたんやんか。バラバラにされて」

「せや、御苑のゴミ箱に」わたしは言った。

「御苑てどんなとこ」

「なんかめっさ広い公園というか」

「あれ、犯人て若い男やったよな」巻子が顔をしかめて言った。「んで殺されたんて、七十歳とかじゃなかった？　ちゃう？　もうちょっとうえ？」巻子は少し考えるようにして言った。「――ちょおちょぉお待って。七十ゆうたらコミばあが死んだ年とおなじやん」

巻子は自分の言ったことにあらためて驚いたような声をあげ、目を大きく見ひらいた。

「っていうか、たしか、強姦とかされてなかった？」

「されてたはず」

「こわいねんけど。信じられんわ、コミばあやで。そんなんありかいな」巻子は喉の奥で低くうなった。

コミばあとおない年――たぶん一時間もすればこの事件のことだってほかの事件同様に忘れてしまうんだろうけれど、「コミばあとおない年」という巻子の言葉が、しばらく頭から離れなかった。コミばあ。コミばあが死んだとき、コミばあはもうどこからどうみても老人だった。癌がわかって入院してからはもちろんのこと、まだ元気なときでさえ、コミばあはどこからどうみても完全に老人だった。というかわたしの記憶のなかにいるコミばあは、最初から最後までおばあちゃんという存在だった。当然のことながら性的なものを感じさせる要素なんてただの一滴もなかったし、またそんなものが入りこむ余地はただの一ミリも存在しなかった。老人。れっきとした、おばあちゃん。もちろん殺された七十歳の被害者がどんな人だったのかはわからないし、年齢と個人の傾向というものがときとして無関係だということもあるだろう。殺された被害者がコミばあとおなじじゃないことはわかっているけど、しかしわたしのなかで被害者が七十歳であることでコミばあと結びつき、そうするとコミばあと強姦というものがやっぱりどうにも結びついて、なんとも複雑な気持ちになるのだった。

七十歳まで生きて、最後は自分の孫のような年齢の男に強姦されてこんなふうに殺されるなんてこと——彼女はこれまでの人生でたぶん想像したことすらなかっただろうし、その瞬間でさえ自分の身に起きていることをうまく理解できなかったんじゃないだろうか。司会者が悲痛な表情のまま挨拶をして番組が終わり、コマーシャルがいくつか流れたあと、ドラマの再放送が始まった。

◯

ナプキンをずっとうらむけに使ってたことがわかった、と言って純ちゃんがもりあがった。うそ、とくにもりあがったってこともないし、わたしにはちょっとわからんところがあるけど、ナプキンにはテープの面があって、それをずっと自分のほうにあててたらしい。知らんかったらしい。吸収が悪い、はじくなあってずっと困ってたらしい。テープっかわをあそこにつけたらはがすとき、痛いやろう。それってまちがえるくらい、わかりにくいもんなんやろか。

ナプキンをみたことないと言ったら、家にいっぱあるからみしたるわと純ちゃんが言うので、今日は帰りに純ちゃんちに遊びにいった。トイレの棚にはパンパースみたいな大きさでナプキンがほんまにだんだんにつまれてあった。うちの家にはない。厭やけど、予習の意味で便座にのってみてみたら、いろんな種類のいろんなんがめっさあって、特売のシールはられすぎ。生理になるのは、卵子が受精しなかったからで、ほんまは受精した卵子を受けとめて育てるために準備されてたクッションみたいなものが血と一緒に流れるから、というような話を純ちゃんとした。そしたら、なんと。受精をしてない無精卵が、血のなかにあるのかと思って、純ちゃんは先月、自分のナプキンをちょっとさいてみてみたらしい。なんと。わたしはびっくりしてどうやった、となんとも厭めいた気持ちできいたけど、純ちゃんはまったく問題なし。ナプキンのなかにはこまかいつぶつぶがひしめいてて、それが血で赤くいっこいっこふくらんでるだけやったと。いくらみたいな感じで？　ってきいたら、それのめさんこめさんこちっさい版、とのこと。そういうわけで無精卵があったんかどうかはどんなけようみてもわからんかったらしい。

緑子

台所へ行って新しい麦茶を作るために寸胴鍋《ずんどうなべ》に湯を沸かしていると、緑子が隣にやってきてノートを見せた。

〈探検いってくる〉

「探検てなに」

〈さんぽ〉

「いいけど、巻ちゃんに訊かなあかんのちゃう」

緑子は肩をすくめてみせ、鼻で小さく息をついた。

「巻ちゃん、緑子がちょっと散歩してくるって。ええ？」

「ええけど、わかるん家。迷子ならん？」巻子が部屋のなかから返事をした。

〈まわり、歩いてくるだけ〉

「この暑いのに歩いて何するん」

〈たんけん〉

「まあええわ、ほんなら念のために、わたしの電話もっていっといて。そうや、さっき通ったスーパーの隣に本屋あんで。その隣はファンシーショップ、もうファンシーショップとはゆわんか、雑貨屋か、文房具とかいろいろ置いてるお店あるからみてきたら。こんな日に外におりすぎたら鉄板焼きみたいになるからな。あと、リダイヤルここな。ここ押したら巻ちゃんにかかるからな」わたしの説明に緑子は肯いた。

「変な人が声かけてきたら走りや、ほんで、すぐに電話かけるんやで。なるはやで帰ってきてや」

ばたんとドアを閉めて緑子が行ってしまうと——緑子はひとことも声を発していないにもかかわらず、なんだかさっきよりも部屋のなかがしんとして感じられた。緑子が鉄の階段を降りていく音がごんごんと響いている。その音が遠ざかり、やがて完全に消えてしまうと——巻子はまるでそれを待っていたのだというようにひょいと体を起こして座り直し、テレビを消した。

「電話でゆうたとおりやろ、緑子ずっとあんな感じやわ」

「けっこう気合入ってんな」わたしは感心して言った。「半年て。学校では普通にやってんねやろ」

「うん。夏休みまえな、学期終わりで担任の先生に訊いたら、学校では先生とも、友だちともまったく問題ないって。わたしからちょっと話してみましょうか、ってゆうてくれはったけど、そういうの緑子いややろうし、ひきつづき様子みますって返事してん」

「せやな」

「誰に似たんか、頑固なとこあるみたい」

「巻ちゃんはそんな頑固じゃないと思うけど」

「そうかなあ。でもあんたとはしゃべるかなあと思ったけど、紙やな」

巻子は自分のボストンバッグをずりずりと引き寄せるとファスナーをあけてなかに手を入れ、底のほうからA4サイズの封筒を取りだした。

「まあそれはさておき」と巻子は小さく咳払いをした。「夏ちゃん、これやねん。電話でゆうてたやつ」

そう言いながら巻子は、そこそこの厚みのあるしっかりした封筒のなかから束になったパンフレットを丁寧に取りだし、ちゃぶ台のうえにそっと置いた。そしてわたしの顔をじっと見た。目があった瞬間、そうやった、とわたしは反射的に今回の巻子の上京の目的を思いだした。巻子がパンフレットに両手をのせて姿勢を正すと、ちゃぶ台がぎしっと音をたてた。

2　よりよい美しさを求めて

「わたし、豊胸手術うけよ思てんねんけども」

宣言のような報告のような、そんな電話が巻子からかかってきたのは、今から三ヶ月くらいまえのこと。

最初は「それについて、どう思うか」というのが巻子の基本的な姿勢だったのだけれど、週に三度、巻子の仕事が終わった深夜一時過ぎ頃に定期的にかかってくるようになってからは、だんだん様子が変わっていった。わたしの感想や意見を聞く気なんか最初っからないのだというような具合とテンションになり、とにかくどこまでも切れめなく一方的に、豊胸手術について話しつづけるようになったのだった。

「手術をして、胸を膨らます」と「果たしてそんなことが自分にできるのか」――このふたつが、豊胸手術にかんする巻子の二大トピックであるようだった。

わたしが上京してからのこの十年のあいだ、深夜に電話がかかってくることも、ましてや定期的に長電話をするなんてことは滅多になかったのに、「豊胸手術うけよ思てんねんけど」などといきなり言われたせいで面食らい、思わず「ええやん」などと返してしまった。

しかし巻子はその「ええやん」にもたいした注意を払わず、それ以降はただあいづちを打つしかないわたしにむかって、現在の豊胸手術の方法、費用、痛みの有無、ダウンタイムと言われる術後の経過などなどについてえんえん話しつづけた。ときには「できると思う、できるはず。わたしはやろ思てんねん」などと力強い決心なども織りこみながら自分を鼓舞し、ほかには新たに手に入れた情報をその日の終わりに自分自身にむかって整理する、というようなあんばいでもって、とにかくしゃべりつづけるのだった。

そんな巻子の明るいようにも聞こえる声に肯きながら、わたしは巻子がいったいどのような胸をしていたのかを思いだしてみようとした。けれど無理だった。いま現在、ここにくっついているはずの自分の胸でさえ思い浮かべることもできないのだから、それはまあ当然といえば当然のことではあった。そんなだから巻子がいくら熱心に豊胸手術について説明し、思いをしゃべりつづけようとも、巻子とおっぱい、そして豊胸手術、というそれぞれがいつまでたってもうまくつながらず、巻子の話を聞けば聞くほど「わたしはいま、いったい誰の胸について、誰と話をしているのか。そしていったい、なんのために」というような、不安とも退屈とも違うなんともいえない気持ちになるのだった。

緑子とうまくいっていない――そのことについてはその数ヶ月まえには聞いていたので、話が「豊胸の無限ループ」に入ってしまうと「そういえば緑子は」とわたしのほうからもちかけてみることもあった。

しかし、そうすると巻子は声のトーンを少し落として、「うん、まあ、だいじょうぶ」とだけ言って、あきらかにその話題を避ける感じになった。わたしにしてみれば、巻子が電話口で話す豊胸手術についてなどより、年明けに四十歳になる巻子のこれからの生活のことや、お金のこと、それからもちろん緑子のことについて、いくらでもどこまでも考えることがあるはずで、言うまでもなくそれらが先決やろという思いがあった。けれどべつに誰の世話をするでもなく、東京でひとり自分のためだけに生きている自分が、誰かにそんな偉そうなことを言える立場でもないというのもわかっているので、強いことは何も言えない。緑子との生活についてはそんなもの、巻子自身がいちばん懸念しているに決まっているのだ。

金があれば。最低限の保障のある、昼間の定職があれば。巻子だって好きこのんで夜中に酒場に働きにでかけ、小学生の緑子に、アパートでひとりの時間を過ごさせているわけではない。金のためとはいえ、ときに酔っ払った姿を好きで娘に見せているわけではない。何かあったとき、緊急のときのためにいつでも駆けつけてくれる友人の家が近くにあることを心のお守りとして、巻子も仕方なく今の生活を生きているのだ。

しかし、いくら仕方のないことにまみれているとはいえ、これから先、巻子と緑子がどうやっていくのかということについて心配しないでいい、ということにはやっぱりならない。たとえば夜。これから先も、今とおなじように夜の時間帯を緑子にひとりで過ごさせるということはよくない。これは決定的によくない。全方位的に、よくない。この状況はすぐにでも改善しなければならないはずだった。ではそれを改善するために、どうしたらよいのか。

手に職のない巻子。バイト生活の妹であるわたし。これからお金が必要なまだ子どもの緑子。なんの保障もない生活。庇護者親戚、ともにゼロ。玉の輿とかで一発逆転の可能性ゼロ。どころかマイナス。宝くじ。生活保護――。

わたしが上京してすぐの頃、生活保護については巻子と一度、話しあったことがある。巻子が原因不明のめまいで倒れて、もしかしたら何か重大な病気があるのではないかと不安に過ごした日々があったのだ。検査のために病院にかかっているあいだは体調が優れず、店に出ることもできなかったので収入が途絶え、わたしたちは当面の生活とこれからについて話しあわなければならなかった。

そこでわたしから「っていうか生活保護って手もあるのでは？」とあくまで可能性のひとつとして提案してみたのだけれど、巻子はこれを頑として受けつけなかった。それどころか、そんなことを勧めてくるなんてと巻子はわたしを糾弾し、最後はかなり激しい言いあいにもなった。どうやら巻子のなかで「生活保護を受ける」というのは、生き恥をさらすも同然、というような感覚があるらしく、そんなことまでして、もっといえば国や他人に迷惑をかけてまで生きてはいけないのだというような――何か人間としての在りかたや人としての誇りを傷つけるようなものとして認識されているらしいのだった。

それは違う、生活保護なんていうのはただのお金で、恥とか迷惑とか誇りとか、そういったこととは関係がない、国や他人は個人の生活を守るためにあるんやから困ったときは堂々と申請すればいいのや、それがわたしらの権利なんやとわたしがいくら説明しても、巻子は聞き入れなかった。そんなことをしたらこれまでしてきた苦労が無駄になる、と巻子は泣きながら言った。わたしらは誰にも迷惑かけんと、朝も夜も一生懸命働いてここまでずっとやってきたと巻子は泣いた。わたしは説得することをあきらめた。

検査の結果、幸いなことに巻子の体に異常はみられず、店に頼んで前借りした金を生活費にまわし、なんとなくいつもの日常に戻っていった。もちろん何かが根本的に解決したわけでもなんでもない。

「わたしが行こ思てるとこは、ここ」

鞄から取りだしたパンフレットはぶあつい束になっており、いちばんうえにあったものを見せながら巻子は言った。

「大阪でも、いろんなとこいって話聞いて、こんだけ集めたけど、第一希望はここになった」

様々なサイズのパンフレットはぜんぶで何冊あるのだろうか。二十冊でも三十冊でも利かないような厚さを見ながら、パソコンをもっていない巻子がこれらをどんなふうにして集めたのかを想像するとまた仄暗い気持ちになりそうだったので、入手方法についてはふれないでおいた。わたしは巻子のお勧めの一冊をのけて、まずはそれ以外のパンフレットを手に取ってめくってみた。ほぼ裸体の、美しい感じのイメージショットに起用されてるのは金髪の白人モデルが多く、優しいピンク色のりぼんやお花などのデザインに包まれている。

「明日な、カウンセリングやんか。この夏のわたしの一大イベント。そやからぜんぶ見したろ思てもってきてん、パンフ。家にはまだようけあって、いちおう見栄えのいいきれいなやつ、もってきた」

わたしはパンフレットをじっと見た。白衣を着た医者がこんなに小さくても異常に白いということがわかる歯を見せて、ものすごい笑顔でこちらを見ていた。その頭のうえに巨大なフォントで「すべては経験です」と書かれてあった。わたしがじっと見つめていると、そっちはいいからこっち見て、と巻子はお勧めのパンフを手に取って身を乗りだした。

「なんかこれ、美容っぽくなくない？」

巻子の本命の一冊は、黒くて全体的に光沢のある仕様で、紙質も厚く、ほかのパンフレットにはない、よく言えば高級志向、率直に言えば威圧感があった。文字も金色で印刷されており、女性をターゲットにした美容にありがちな可愛さとか幸せとかきれいといった無難なイメージは皆無で、なんというか「玄人、粋筋」というような硬派かつ夜職全般の悲喜こもごもを思わせるものに仕上がっていた。豊胸手術といえば、体にとって繊細な一大事で、痛みとかいろんな心配ごとも多いだろうし、であれば、少しでもふわふわしたような、優しさとか癒やしとか、嘘でもそっちの雰囲気でひとつお願いしたいと思いそうなものなのに、よりによってこんな飲み屋のクラブの黒服みたいなパンフレットを発行しているクリニックに身を預けようと思うのにはどんな理由があるんやろう。そんなことを考えてみても、巻子はわたしの沈黙を無視して話をつづけるのだった。

「豊胸手術についてはわたしあんたにめっちゃ電話で話したけど、もーゆったとおり、めっちゃ種類があるねんな、で、大まかにゆったら選択肢はみっつやったやん。覚えてる？」

覚えてない、と即答しそうになるのをこらえてあいまいに肯くわたしに、巻子は言った。

「ひとつめは、シリコン。ふたつめはヒアルロン酸。みっつめは自分の脂肪を抜いてそれを使って膨らますって方法。やっぱシリコン入れるのがいちばん人気でいちばん多くていちばん実績あるねんけど、これがいっちゃん高いねん。シリコンって、これな、これみたいに」

巻子は黒光りするパンフレットに一列にならんだ肌色のシリコンの写真を、爪先でばしばしと打った。

「このバッグっていうのも、いろいろあるねん。これ見したかってん。ようけ種類があって、病院によって言うことがちょっとずつちゃうこともあって、なかなか難しいところはあるねんけどな。いっちゃんメジャーなやつはこれ。シリコンジェルってやつで、つぎが、コヒーシブバッグ。コーヒーちゃうで、コヒーシブバッグな、これはなかで漏れたりせえへんようにジェルと比べてちょっと硬いねんけども、万が一なんかあって破れても安全といえば安全やねんけど、場合によっては見ためがちょっと、まあ硬いからな、不自然って意見もあるみたい。で、あとは生理食塩水。これのいいところは、あとで食塩水を入れて膨らますから、袋を入れるときに体を切んのがちょっとで済むってとこ。でもシリコンやな、今の主流は。もう。シリコンが出てきてからは、もうほとんどやる人おらんということやった。んで、ほんまにめっさ考えた結果、わたしはシリコンジェルにしようかと思ってるねん。んで、わたしのやりたい病院では、百五十万。両胸でな。で、そのほかに麻酔とか、全身麻酔とかにするんやったらそれにプラス、十万円とか」

話し終わると巻子は、「どう」みたいな顔して、わたしの顔をじいっと見た。最初はなんでそんなにじっと見んねやろと不思議に思ってわたしも巻子の顔を見ていたが、そうか、巻子は何かしらの感想を待っているのだということに気がついて、「ああ、すごかった」と笑ってみた。それでもまだじっと見るので、「でもま、百五十万円って、めさくさ高いよな」と追加で感嘆してみせた。それは率直な感想というか事実だったのだけれど、しかしそのすぐあと——もしかしてわたし余計なことゆうてもうたんちゃうん、という考えが頭をよぎった。

というのもじっさいのところ、百五十万円は高い。高いというよりはありえないし、わたしにも巻子にもどうしたって関係ない金額というか、まったく現実味のないお金。百五十万とか巻子は何を意味不明なことを言うてるのんかと思うのだけれど、しかしさっきの言いかたでは、巻子の胸に百五十万円は高い——つまり「巻子とか、巻子の胸に百五十万円をかける価値ってないんじゃないの」と言ったように受けとられたのではないかと思ったのだ。もちろんある意味ではそうなのだけれど、しかし——わたしはわざとらしくないふうを装って話をつづけた。

「いやー、でもどうかな……百五十万円はすごいけど、でも体のことやもんな。保険とか利かんもんな。大事なことやもんな——うん、高くないかも！」

「わかってくれる」と巻子は目を細めて静かに肯き、心なしか優しい声で話をつづけた。「そう……たとえばな、夏ちゃん。こっちのほれ、パンフレットにはキャンペーン価格とかゆって四十五万円とかって書いてるやろ。でもな、じっさいに行って話きいたらそんな安くはないものなのよ。そのままの値段ではできないのよ。まず来てもらおうって作戦でね、なんやかんやが上乗せされて、あんまり変わらん値段になるの。それにキャンペーンっていうのは先生を指名できない仕組みになってて若手にまわされることも多いし、総合的にみたらいろいろあるのよ……豊胸の道のりは、成功への道のりは、遠いもんやのよ」

巻子はしみじみ言ってしばらく目を閉じ、それからぱっと見ひらいた。

「んで、調べに調べた結果、ここがいちばん良かってん！　豊胸は、けっこう失敗あるから。地方とかさ、選択肢がないから地元でやる人も多いねんけど、やっぱ患者の数が違うから。経験やから。経験がすべてやから。で、失敗した人がやり直したり、初めから知ってたらまじでぜったい何があってもここに来てたわってみんな口をそろえて言うのが、ここやねん」

「なるほど……でも巻ちゃん、こっちのこれはなに。こっちのパンフ、ヒルロ……ちゃうなヒアルロン酸か、これ注射って書いてんで。体に自然とも書いてる。注射やったら切ったり縫ったりとかないいんちゃうん、これはあかんの」

「ああ、ヒアルロン酸なんかもつかいな」巻子は唇をへの字にもちあげた。「あんなもん、すぐに吸収されてなくなって終わりや。それで八十万とか、ないない。ないやろ。まあまあまあ夏子が言うとおりこれは傷も残らんしそんなに痛くもないし、永久に膨らんだままでおってくれたら最高ハッピー言うことないけど、これはモデルとか芸能人とかね。グラビアとかの。そういうガッと決めなあかんとき用やね。ヒアルロン酸は高い域やわ」

わたしが示したパンフレットを巻子はすでに熟読していたようで、ちょっとの淀《よど》みもなくそらで説明してみせた。

「そこに書いてる脂肪注入っていうのも、もともとが自分の体にあるもんやから安全やってゆうねんけど、体に何個も穴あけなあかんし、ぶっとい針っていうか筒みたいなん入れなあかんし、かなりの負担になるんやな。時間もかかるし麻酔も深いし、それにこの手術って半端ないねん。道路砕くときの機械あるやろ、あんな感じで人の体が工事現場になるみたいなあんばいや。こわい事故も多いしたまに死んでる。それにわたし」巻子はちょっと情けないような顔をして、笑ってみせた。「おかげさまで余分な肉、なくなったしなあ」

この数ヶ月の電話で雰囲気はつかめていたはずだけれど、こうして豊胸手術について話しつづける巻子を実際に目のまえにすると、何とも言えない、やるせなさのようなものを感じることになった。それはなんというか——駅で、病院で、道端で相手がいてもいなくてもしゃべりつづける人を少し離れたところから眺めているときに感じるような感情で、泡をぷっぷっと飛ばしながら話をつづける巻子をみていると、そんなどことなく淋しいような暗いような気持ちになった。巻子と巻子の話に興味がないわけでも、そして親身になっていないわけでも決してないのに、それとはまたべつの同情のような気持ちで巻子をみている自分に気がついて、そのことに後ろめたさを感じた。わたしは無意識のうちに爪先で唇の皮をむいており、舐めるとかすかに血の味がした。

「そうそう、それからこれは大事なことやねんけどシリコンを入れるとこにもふたつあって、筋肉もあるやん胸の脂肪の下にあるねんけど、筋肉の下の場合は、ぱっと見ははばれにくいねん、やっぱ下にあるから底あげっていうか、下に入れるから。で、もいっこはもう一段浅い部分、乳腺の下に入れるやつやねんけど、こっちは筋肉の下に比べて手術じたいは体力も手間もかからんけど、わたしみたいな痩せ型にはむいてない場合が多いよな、ほれ、トイレのすっぽんで吸いぬいたみたいにまるく飛びだしてる人おるやん？　見たことない？　ある？　ない？　ある？　体にまったく肉がなくて、みるからにそこだけ飛びでてる感じの。あれはちょっとな。ばればれやし、あれはないから。やっぱり覚悟決めて筋肉の下いこかなって、今のところは思ってる」

○もし、わたしに生理がきたら。それから毎月、それがなくなるまで何十年も股から血がでることになって、それはすごいおそろしい。それは自分でとめられず、家にもナプキンはないし、それを考えるとブルーになる。

もしも生理がきてもお母さんにはいうつもりないし、ぜったいに隠して生きていく。だいたい本のなかに初潮を迎えた（↑迎えるって勝手にきただけやろ）女の子を主人公にした本があって、読んでみたら、そのなかで、これでわたしもいつかお母さんになれるんだわ、感動、みたいな、お母さん、わたしを生んでくれてありがとう、とか、命のリレーありがとう、みたいなシーンがあって、びっくりしすぎて二度見した。

本のなかではみんな生理をよろこんで、にっこにこでお母さんに相談して、おかあさんもにっこにこであなたも一人前の女ね、おめでとう、とか。

じっさいにクラスでも家族みんなに報告して、お赤飯たいたとか食べたとかきいたことあるけど、それはすごすぎる。だいたい本に書かれてる生理は、なんかいい感じに書かれすぎてるような気がする。これを読んだ人に、生理をまだしらん人に、生理ってこういうもんやからこう思いなさいよってことのような気がする。

こないだも学校で移動んとき、あれは誰やったか、女に生まれてきたからにはぜったいにいつか子どもは生みたい、と言ってた。たんにあそこから血がでるってことが、女になる、ってことになって、女としていのちを生む、とかでっかい気持ちになれるんはなんでやねん。そして、それがほんまにいいことやってそのまま思えるのは、なんでやろ。わたしはそうは思えんくて、それがこの厭、の原因のような気がしてる。こういう本とかを読まされて、そういうもんやってことに、されてるだけじゃないのか。

わたしは勝手におなかが減ったり、勝手に生理になったりするような体がなんでかここにあって、んでなかに、とじこめられてるって感じる。んで生まれてきたら最後、生きて、ごはんを食べつづけて、お金をかせぎつづけて、生きていかなあかんのは、しんどいことです。お母さんを見ていたら、毎日を働きまくっても毎日しんどく、なんで、と思ってしまう。これいっこだけでも大変なことやのに、そのなかからまたべつの体をだすのは、なんで。そんなことは想像もできひんし、そういうことがほんまにみんな、素晴らしいことやって、自分でちゃんと考えてほんまにそう思ってるんですかね。ひとりでおるとき、これについて考えるとブルーになる。だから、わたしにとっていいことじゃないのはたしかやと思う。

生理がくるってことは受精できるってことで、それは妊娠。妊娠というのは、こんなふうに、食べたり考えたりする人間がふえるということ。そのことを思うと、絶望的な、大げさな気分になってしまう。ぜったいに、子どもなんか生まないとわたしは思う。

緑子

3　おっぱいは誰のもの

気がつけば一時間近くがたっていて、さすがに巻子も豊胸手術にかんする情報や情熱のほとんどを話し尽くしてしまったのか——ちゃぶ台のうえに広げられたパンフレットを集めて角をそろえ、ボストンバッグにしまうとふうと大きく息をついた。

時計は四時を指しており、窓を見るとまだまだ強い日差しがびくともせずにガラス一面に張りついている。

窓のむこうは、何もかもが白く発光している。すぐ隣にある駐車場に停められた真っ赤な車も、フロントガラスはまるでそこから水が湧きだしているみたいにみずみずしく輝いている。光がこぼれるように運動している。光り輝いているとはこのことだ。わたしはそう言葉にして思い、しばらくそのきらめきを眺めていた。するとまっすぐに伸びた道路の奥から、小さな緑子がうつむきながらこちらにむかって歩いてくるのが見えた。近づいてくる顔が少しこちらへむいたような気がしたので、わたしは大きく手をふった。

すると緑子も一瞬だけ立ち止まり、こちらに気がついたというように小さく手をあげ、それからまたうつむいて歩き、その姿はだんだん大きくなっていった。

今回の巻子の上京の目的は明日のクリニックのカウンセリングで、そのほかの予定についてはとくに考えていなかった。明日、巻子は昼まえに出かけてしまうので、午後はわたしと緑子のふたりで過ごすことになる。もうずいぶんまえになるけれど、新聞の勧誘にきたおばさんが気のいい人で、まあ気がむいたら考えといてよと言って置いていってくれた遊園地の乗り放題チケットつき無料券がそのままひきだしにしまってあるけれど、だいたい小学六年の女の子が親戚と遊園地になんて行きたいと思うものなのか。さっきの巻子の話で緑子が本が好きだということは知ったけれど、しかしそもそも声も出さない緑子がわたしとふたりで出かけると言ってくれるのかどうかもわからない。そういえば、そのおばさんは「わたしらの仕事って勧誘員じゃないのよね、新聞拡張員っていうの」とにっこり笑って教えてくれた。この仕事って女が少ないからわりと契約とれるのよ、あんたもおなじバイトならこっちのほうが稼げるんじゃないの、と笑っていたことを思いだす。

しかしそれはまあ明日のことなのだから、明日のことは明日考えればよいことで、もう半分が過ぎたとはいえ考えるべき問題は、まだ少し残っている今日のことだ。夕飯は近所の中華料理屋に行こうと考えているけれど、それまでにはまだ三時間くらい余裕がある。わりと長い。巻子はビーズクッションを枕にしてボストンバッグに片足を乗せてテレビを眺め、帰ってきた緑子はすみっこに腰を下ろしてノートに何かを書きつけている。巻子によると、緑子はしゃべらなくなってからというものふたつのノートを肌身離さずもっているらしく、ふだんの会話にはさっきから使っている小さめのノートを、そしてもうひとつの厚めの一冊にはどうやら日記らしきものを書いているのではないかということだった。

気づまり、というほどでもないけれど、しかしどことなく自然ではないというか、気を遣ってしまうような雰囲気のなかで何をしていいかわからず、とりあえずちゃぶ台をふき、さっき麦茶を出したときに水を足したばかりなのだから、まだ固まっているわけもないのに製氷ケースをチェックし、それから絨毯のうえに落ちていた糸くずをつまんだ。巻子はまるで自分の家にでもいるようなあんばいで寝そべってテレビを見て笑っている。緑子のほうも何かを書くのに集中しているようではあるし、それなりにリラックスしているのが伝わってくる。夕飯までべつに何をする必要もないかもしれない。これはこれでええのかも。他人のことを気にせず、みんながそろわず、それぞれがおのおのすることでもって時間を過ごすというのは普通に考えてみれば普通のことなのだ。いや、普通というより、心地よいことのはずなのだ。そしたらわたしも読みかけの小説のつづきでも読めばええやないかと椅子に座ってページをひらいてみたけれど、しかし人の気配があるせいかどうにも落ち着かず、一行進んでつぎの行にゆき、またつぎのページをめくってもそこにある文字をほとんど模様として目で追っているだけで、頭のなかと物語がつながっていないことにすぐに気がついてしまう。わたしはあきらめて本を棚に戻し、なあ巻ちゃん、ひさびさに銭湯いかん、と声をかけた。

「近くにあるん？」

「あるある」とわたしは言った。「みんなでさっぱりしてから、ご飯ということにしようや」

するとさっきまで首を折り曲げて何やらを熱心に書いていた緑子はさっと顔をあげてこちらを見、小さなノートに素早く取り替え、〈わたしはいかない〉と寸毫《すんごう》の迷いなく書きつけた。横目で緑子の動作を見ていた巻子はそれについては何も答えず、わたしにむかって、ええな、いこいこ、と返事をした。

わたしは洗面器に銭湯用具一式を入れてバスタオルを二枚のせ、ビニル製の大きなショルダーバッグに突っこんだ。

「緑子、待っとける？　ほんまに行かんの」

まあ行くわけがないわな、とわかってはいるけれど念のために訊いてみると、緑子は唇の両はしをきゅっと結び、いやに渋い目つきで一度だけ大きく肯いた。

残された熱気とともに夜へむかい、ゆっくりと沈んでいこうとしている夏の夕刻は、いろんなものがこんなにはっきり見えるのに、いろんなものがあいまいだ。懐かしさとか優しさとか、もう取りかえしがつかないことやものたちで満ちていて、そんなもやのなかを歩いていると、おまえはこのまま進むのか、それとも引き返すのかを問われているような、そんな気がしてしまう。もちろん世界の側がわたしに関心があるなんてことはないのだから、これはどこにでもある自己陶酔だ。何を見ても、見なくても、感傷的な物語を立ちあげてしまうこの癖は、わたしが文章を書いて生きていきたいと思うこの気持ちの、足をひっぱるものなのか、それとも応援するものなのか。今はまだよくわからない。でも、いつまでわからないでいられるだろう。それもまだわからない。

銭湯までは歩いて十分。昔はいつも、こうしてふたりでならんで、だいたいは夜、ときどきは日曜日の朝風呂に、巻子と銭湯までの道を歩いたものだった。入浴というよりは遊びにゆくようなものだった。近所の子どもたちと会えば風呂のなかでお母さんごっこなどをしたりして数時間いることもざらだった。風呂だけじゃなく、わたしたちはいつも一緒にいて、巻子は自転車の荷台にわたしを乗せてありとあらゆるところを走りまわった。ずいぶん年が離れているから退屈しそうなものなのに、しかし妹だからしょうがなく面倒を見ているという感じを巻子から受けたことはなかった。

そういえば夕方の公園で制服を着た巻子がひとりでぽつんと座っているのをみたこと

ある。訊いたことはないけれど、もしかしたら巻子は同級生たちといるより小さな子どもたちといるほうが気が楽だったのかもしれない。そんなことを思いながら、なぜ今日のわたしはこんなにも回顧趣味というか、とりとめのないことをつぎからつぎに思いだしているのだろうと思ったが、それはまあそうなるのが道理というか、当然のことだとも思うのだった。巻子というのは現在形で生きていて、現在のわたしとも関係している個人だけれど、しかし巻子とわたしのつながりの大部分は、過去の体験と記憶を共有しているということで成り立っているのだから。巻子とこうして時間を過ごすということは、同時にそれを思いだすこととほとんどおなじことなのだ。誰にも訊かれてなどいないのに、頭のなかで言い訳をしながら足を進めた。

「さっき来た道とはちゃうなあ」

「せやな、駅とは逆やな」

買い物のビニルの袋をさげたおばさんがひとり、あとはものすごくゆっくり歩いている老人の二人組とすれ違っただけで、道は静かだった。目指している銭湯は住宅街のなかにあり、しかも入り口が少し奥まったところにあるせいで、ここに住みはじめてからしばらくは銭湯があることに気づかなかった。「銭湯は関西の文化」という嘘か本当かもわからない先入観があり、またじっさいにこれまで入った東京の銭湯はあまり大したことがなかったので期待せずに行ってみたら、わりに本格的というか、室内に湯船がよっつ、露天風呂がひとつ、それにしっかりしたサウナと水風呂があって驚いた。とはいえ、まわりは家ばかりで、当然のことながら自宅に風呂はあるだろうし、大きな湯船に浸かりたかったらスーパー銭湯などに行くだろうから、こんなところで銭湯などやって経営はどうなのかと思っていたら、たまに来てみるといつもとても賑やかで、この町にはこんなに人がいたのかと思わされることになった。ちょうど二年まえに大がかりな改装工事を果たしてからは人気の勢いはさらに強まり、隣町、それから少し離れた町、そして遠くのいろんな町から銭湯愛好家の人々がやってくるようになった。広めの待合室では地元の人なのかそこそこ有名な人なのかはわからないが、クリエイターの写真とか工芸品とかぬいぐるみとかの作品が展示されることもあり、この付近のちょっとしたスポットになっているのだった。

夏の夕方、夕飯まえのこの時間帯はさすがに空いているだろうと思っていたが、さっきの道のぽつんとした淋しさとはまったく関係のないルールがどうやらここにはひしめいているようで、たくさんの客で混雑していた。

「めっちゃ混んでるやん」

「せやねん、人気あるねん」

「新しいな。きれいやわ」

専用の寝台であおむけにされて体をふかれながら泣き叫ぶ赤ん坊、ちょろちょろと走りまわる幼児。真新しい液晶テレビには情報番組が映しだされ、そこにドライヤーの音が混じりあう。番台のおばさんのいらっしゃいの明るい声、腰の曲がった老女たちの笑い声、頭にタオルを巻いて裸のまま籐椅子に座っておしゃべりをしている女たち――脱衣所は、女たちの活気に満ちていた。わたしたちは隣同士のロッカーをふたつ確保してから、服を脱いだ。

巻子の裸にまったく興味はなかった。まったくなかった。しかしそんな興味の有無とはべつに、そうは言っても少しくらいは把握しておかねばならないのではないかという考えもよぎる。というのはこの数ヶ月にわたってわたしたちの話題の中心にあったのは豊胸手術についてであって、そしてそのさらに中心には巻子の胸があるのだから。どちらかというと責務に近い、かろうじての関心だ。豊胸手術と、巻子の胸。いまもってこのふたつのイメージをうまく結びつけることがなかなかできないでいるけれど、これほどまでに豊胸手術をしたいと思うその根源――巻子の胸っていま現在、どんなもんなんやろう。一緒に暮らしていたときに銭湯に行くことはそれこそ何度もあったけれど、巻子の胸がどんなだったか、そんな記憶はおぼろげどころかまったくない。

少しそわそわしながら服を脱いでまるめてロッカーに入れている巻子の背中をちらちら見ると、服を着ているときとくらべて巻子はふたまわりも瘦せてみえ――その衝撃に、胸のことなど一瞬で吹き飛んでしまった。

後ろから見ても太股がくっついているはずの部分はくっきりと離れており、背中を丸めれば、背骨とセットで肋骨が、そして尻の上部には骨盤がうっすらと浮いてみえた。肩は薄く、首は細く、そのぶん頭が大きく見えた。思わず半開きになってしまった唇をあわてて舐めて閉じ、わたしは下をむいた。

「入ろで」と体のまえをタオルで隠した巻子が言い、わたしたちはなかに入った。塊になった白い湯気がもわっとこちらにやってきて、一気に体が湿ってゆく。風呂場もかなり混雑しており、湯の匂いとしか言いようのない匂いで充満している。ときおり天井高く、こーんという銭湯独特の音が響きわたり、これを聴くたびにわたしの頭のなかには巨大な鹿威《ししおど》しが現れて、鋭くカットされた竹の先端がどこかの禿頭に振りおろされるところを決まって想像してしまう。背中をむけて首を垂らして洗髪している人、おしゃべりしながら半身浴をしている人、走ろうとする子どもを呼びつけている母親。あっちへ行ったりこっちへ行ったり、濡れながら紅潮しながら、いくつもの体がそこにあった。

わたしたちは鏡のまえに椅子と洗面器をもっていって席を確保し、湯を股と腋にかけて流してから、四十度、と赤い電子文字で表示のあるいちばん大きな湯船に浸かった。銭湯の基本的ルールにタオルは湯船に浸けてはいけないというのがあるけれど、巻子は何を気にするでもなくタオルでまえを隠したまま、ざぶりと勢いよく湯船に身を浸した。

「熱ないな」巻子はわたしを見て言った。「なんなん、東京のお湯ってこれが普通なん」

「や、これはこの湯船限定かも」

「でもぬるいな、こんなん死ぬまで入っとけんで」

巻子は湯に浸かっているあいだ、風呂場を行き来する女たち、おなじ湯船を出たり入ったりする女たちの裸体を、無遠慮に、それこそ上から下までを舐めるように観察していた。それは隣にいるわたしが気を遣うくらいの凝視で、「ちょっと巻ちゃん見すぎ」と思わず小声で注意してしまうほどだった。しかし、むこうから何か言われたらどうしようとそわそわしているのはわたしだけで、巻子は、ああとかうんとかの生返事をするだけで気にもしていない様子だった。わたしは仕方なく巻子とおなじように黙って、女たちの体を眺めていた。

「なあ、飛行機あるやん」

女たちの裸から巻子の気をそらそうと、風呂には関係のない話をふってみた。数ある移動手段のなかで、飛行機というものがどれくらい安全かについて——たとえば、おんぎゃあと生まれてから九十年間、ただの一度も地上に降りることなく飛行機のなかでひたすらその人生を生きたとしてもまだ落ちない、というくらいに安全であること。しかしそうした確率のなかであっても、落ちる飛行機というものが確実に存在するということ。わたしら人類はこの事実をどう受けとめたらええんやろな、というような話をしてみたのだけれど、巻子はそれについてはいっさい興味がないようで、話はそこで終わってしまった。だからといって、いま緑子の話をするのはちょっとなあ、重いしなあ、などと考えていると、入り口のほうから、まるでわれわれとは異なる重力と物理法則に支配されているのではないかと思えるくらいの遅さでもって、ひとりの老女が歩いてくるのがみえた。老婆はたっぷりと肉のついた背中を丸め、年老いたサイのようにひとしきりの時間をかけてわたしたちのまえをゆっくり横切り、さらに長い時間をかけてのっしのっしと奥のほうへ歩いていった。どうやら露天風呂を目指しているようだった。

「あんた見た？　さっきのピンク色の乳首」

巻子はぐっと細めた目で、老女の後ろ姿を見つめながら言った。

「え、見てない、けど」

「すごいよな」と巻子はため息をついた。「天然でさ、黄色人種であの色って奇跡やで」

「そうなん」

「乳輪と境目がないのもいいよな」

「まあ、そうかも」わたしは適当にあいづちを打った。

「最近はさあ、薬で色素ぬいてピンクにしますよっていうのもあるけどさ」と巻子は言った。「でもあれは意味ないわ」

「薬とは」

「トレチノインっていう薬塗って、まず皮をめくってな、そのうえにハイドロキノンっていう漂白剤塗るねん」

「漂白剤？」わたしは驚いて訊きかえした。「皮めくる？」

「べろんてめくるんちゃうで、だんだん、ぼろぼろ粉状になって剝がれてくるねん。トレチでな。いわゆるピーリングのきつい感じ」

「んでピーリングしたうえに漂白剤を、乳首に塗るん？」

「そう」

「それで、なるん、ピンクに」

「まあ、一瞬はな」どこか遠い目をして巻子は言った。「だいたいさ、色が黒いのってメラニンのせいやん？　遺伝やん。いくらハイドロキノンがメラニン潰せるゆうてもさ、人間にはターンオーバーっていうのがあるやん」

「細胞が入れ替わるタイミング的な」

「そうそう、いま表面に出てる、いまみえてるぶんのメラニン、茶色のはさ、そら漂白されて色も薄くなるかもしれんけどさ、でもどうせまた出てくるねん。下から。だって基本のメラニンがあるねんもん。それは変わらんねんもん。だからもし薄いままでおりたかったら、ずうっとトレチとハイドロを塗りつづけなあかんねんけど、そんなんできる？　できひんかったわ」

「巻ちゃん、やったん」わたしは巻子の顔を見た。

「やったよ」巻子は湯船のなかでしっかりとタオルで胸を押さえたまま言った。「げきいた」

「げきいた？　あ、激痛ってことか、乳首が激痛？」

「そう。授乳もな、も、死ぬほど痛いんねん。噛まれて吸われて血がでて膿《う》んで、かちかちんなってぬるぬるなってかさぶたんなってその状態で二十四時間吸われつづけんねん。あれもありえんくらい痛かったけど」

「はあ」

「こっちは燃えるねん、乳首が」

「燃える？」

「風呂あがりにな、トレチ塗ったら、かああああって乳首が燃えだして痛くてびきびきんなって激痛で、それが一時間くらいつづくねん。んでそれが収まったらハイドロ塗らなあかんねんけど、今度はもう耐えられへんくらい痒《かゆ》なってこれがもう。それをくりかえすねん」

「それで、色は」

「それはまあ、ちょっとは薄なったよ」巻子は言った。「三週間くらいしたときに。それはまあ、感動したわ」

「激痛と引き替えに」とわたしは感心して言った。

「うん、あきらかに薄くなってさ、わたし自分の乳首みて、うっとりしたわ。買わんのに服屋寄って試着室とか入ってちらっと見たりしてな。あれはうれしかった。でも」

「でも」

「あんなんつづけられるかいな」巻子はまずいものを食べてしまったみたいな顔をして首をふった。「トレチもハイドロも高いし痛いし、拷問かゆうねん。ちゃんと冷蔵庫で保存しとかなあかんし、慣れるとか言う人もおるけど、慣れたら慣れたで耐性やっけ、それができてもう薄ならんっていう人もおるし。とにかくわたしは無理やったわ。三ヶ月が限界やった。ちょっとだけ薄なった乳首みて、『もしかしたら世界中でわたしだけは何もせんでもこの薄さ持続できるたったひとりのとくべつな人間かも』とか甘い夢みたけど、一瞬でもとにもどったわ」

巻子の胸にまつわる悩みというか問題というか探求心は、大きさだけではなく、色も重要な要素だったのだ。それがいつごろなのかはわからないけれど、わたしは風呂あがりに冷蔵庫からふたつの薬品を指先にとって乳首に塗り、激痛と痒みにもだえながら耐えている巻子を想像してみた。いまや高校生でも整形手術をする時代なのだから、乳首が燃えるくらいなんでもないことだという見方があるのもわかるけど、しかし巻子である。なぜ巻子がいまさらそんなことをしなければならないのか。

もちろんわたしだって、自分の胸について悩みというか、思うところがないわけではない。いや、正確に言うと、思ったことがないわけではない。

自分の胸が膨らみはじめたときのことはよく覚えているし、いつのまにかしこりのようなものができていて、ちょっとした拍子に何かが当たると異常に痛かったこともしっかり覚えている。子どもの頃、近所の子どもたちと一緒にふざけながら覗いた写真雑誌の女性のヌードやテレビに映る大人の女の人の裸を見るたびに、いつか自分の体もあちこちがあのように膨らんで、ああいう形になるのだと、ぼんやりと思っていたこともある。

でも、ああはならなかった。子どものわたしが漠然と、そして唯一もっていた大人の女の裸のイメージと、じっさいに変化した自分の体は、まったく違うものだった。べつのものだった。わたしの体は、わたしがなんとなく想像していた女の体にはならなかった。

わたしが想像していた体とは何か。それは写真誌なんかに登場する女の体で、身も蓋もない言葉でいうと、一般的に「いやらしい」とされる体であり、性的な想像をかきたてられる体であった。欲望される体だった。なんらかの価値がある体というふうにも言えるかもしれない。女はみんな大人になると、あんなふうになると思っていたのだ。でもわたしの体は、そういう種類のものにはならなかった。

人はきれいなものが好きだ。みんなきれいなものにさわりたいし見ていたいし、できれば自分だってそうなりたい。きれいなものには価値がある。しかしそのきれいさに縁がない人間がいるのだ。

わたしにも若いときはあった。でも、わたしがきれいだったことはない。最初から縁のないものをどうやって自分のなかに見つけたり、求めたりすることができるだろう。美しい顔、きれいな肌。みんなが羨ましがるような、かたちの良い、いやらしい胸。わたしには最初から関係がない。だからわたしはすぐに、自分の体について考えることをやめてしまったのかもしれない。

巻子はどうなんやろう。豊胸手術をして胸を大きくしたい、乳首の色を薄くしたいのは、いったいなんでなんやろう。そんなことを考えてみたが、しかしとくに理由があるわけではないんだろう。人がきれいさを求めることに理由なんて要らないのだから。

きれいさとは、良さ。良さとは、幸せにつながるもの。幸せにはさまざまな定義があるだろうけれど、生きている人間はみんな、意識的にせよ無意識にせよ、自分にとっての、何かしらの幸せを求めている。どうしようもなく死にたい人でさえ、死という幸せを求めている。自分というものを中断したいという幸せを求めている。幸せとはそれ以上を分けて考えることのできない、人間の最小にして最大の動機にして答えなのだから、「幸せになりたい」という気持ちそのものが理由なのだと思う。でもわからない。もしかしたら何かもっと、巻子には幸せなんていう漠然としたものじゃなくて、何か具体的な理由があるのかもしれない。

それぞれ湯のなかでぼんやりしながら、壁の高い位置に掛けられた時計を見るとさっきから十五分ほど浸かっている。しかし巻子の言うとおり、心地よい温度ではあるけれど体に熱が溜まっていくという感じではなく、このままあと一時間でも二時間でも浸かっていられそうなくらいにぬるい。

巻子はまだ女たちの体を観察しているのかとちらりと横顔を覗いてみると、眉をしかめてじっと一点を凝視している。

「やっぱぬるめやな。巻ちゃんどう、いったん出て体あらおか」

「……いや」巻子は低い声でつぶやき、しばらく黙ったままじっとしていた。

「巻ちゃん？」

するとつぎの瞬間——ざばっという音とともに巻子がいきなり立ちあがった。そしてタオルを剝がしてむきだしになった自分の胸をわたしのほうへむけ、空手部か柔道部かというくらいにどすの利いた低い声で、どう、と言った。

「ど、どう？」

「色とか、かたちとか」

小さい黒い、でも大きい、という言葉がわっと頭に浮かんだが、しかしわたしは見送った。二人組の片方が腰に手をあて仁王立ちのような意気込みでもう片方を見下ろしているというこの構図がほかの客からどうみえるのかという心配もまとめて見送り、すばやく肯くことしかできなかった。

「大きさはええわ。わかってるから」巻子は言った。「色はどう。色。あんたからみて黒い？　黒いとしたら、どれくらい黒い？　正直にゆって」

「や、黒くはない」とまったく心にもないことを思わず言ってしまったわたしに、巻子はさらに質問をつづけた。

「じゃ、これ普通の域？」

「や、普通っていうのが、だいたいどういう」

「あんたの考えの普通でええから」

「え、わたしの普通で？」

「そう、あんたの普通で」

「でもわたしの普通って、それ答えても巻ちゃんが知りたいことにたいするちゃんとした回答にならんていうか」

「そういうまわりくどい系、も、いいから」平板な声で促す巻子に、仕方なくわたしは答えた。

「ま、ピンクでは、ないよね」

「ピンクやないことくらい知ってるよ」

「あ、そっか」

「そうや」

それから巻子はゆっくりと湯船に浸かりなおし、わたしたちはさっきとおなじように前方を見るともなく眺めていたが、心の目に焼きついて離れないのは、もちろん巻子の胸である。巻子の胸、そして乳首が、ざばあっと湯のなかからいきなり現れたその様子が、なぜかネッシーとか大艦隊などが水底からその巨体を浮かびあがらせるようなイメージかつスローモーションで、何度でも再生されるのだった。

蚊にさされた程度の膨らみしかない胸のうえにくっついた、何かの操縦パーツにもみえるような立体的な、縦にも横にも立派な乳首。横に倒したタイヤというか。あるいはいちばん濃い鉛筆で――いちばん濃いのって10Bやっけ、それで力まかせにぐりぐりと塗りつぶした直径約三センチの丸というか。とにかく、濃かった。想像以上のその色の濃さに――美しさやきれいさや幸せの話とはべつに、少々薄くしてもいいのかもしれないとわたしは思った。

「黒いやん。わたしの黒くて巨大やん。知ってるよ。わたしのがきれいでないってことは」

「や、感じかたって人によるし、それにそんな、白人ちゃうんやし。色ついててあたりまえやし」

　わたしは、乳首とか色とかどうでもいいやん、そもそも興味とかないし、というような雰囲気でもって言ってみたけれど、巻子はそんなわたしの気遣いをまるっと消し去るようなため息をついた。

「わたしも、まあ、子ども産むまではゆうてもここまでじゃなかった」巻子は言った。「そんな変わらんと言われるかもしれんけど、きれいとかじゃなかったけど、でも正直、ここまでやなかった。これみてや。これはないよ。オレオかっていう話やん。お菓子のな。クッキーのな。でもな、オレオやったらまだましや。これもうあれとおなじやで、アメリッカンチェリーな、あのすんごい色、ただの黒やなくて赤がまじったすごい黒な、んでな、アメチェ色やったらまだええけどな、ほんまはな、画面の色や、液晶テレビのな、電源落としたあとの、液晶テレビの画面の色なんや。こないだ電器屋でみて、この色なんか知ってるな、どっかでみたことあると思ったらそれや。わたしの乳首や。んで大きさもな、なんていうん、乳首だけで余裕でペットボトルの口くらいになってさ、先生に『これ赤ちゃんの口入るかなあ』って真剣に言われたし、そんなんあんた、いままで何万個も乳首みてきた乳首のエキスパートがそう言うんやで。んで胸はぺったんこ。金魚すくいの半分だけ水入ったビニルの袋あるやろ。ふにゃふにゃの感じわかるか。あれやで。いまのこれ。そらな、子ども産んでも変わらん人も、もとに戻る人も、そらいろいろおるよ。でもとにかくわたしは、これになってしもたんや」

しばらくふたりとも無言になった。わたしは巻子の言ったことを頭にめぐらせながら、湯のぬるさについて考えてもいた。これで四十度というのはないな。あの表示はどっかおかしいな、などなど。そして巻子の乳首を思った。さっきの強烈なビジュアルからいろんなイメージが浮かんでくるけれど、もし巻子の乳首をひとことで表すとしたら何になるか。やっぱり「強い」になるだろうか。『巻ちゃんの乳首って、強いよね』。これって褒めたことになるんやろうか。ならんやろうね。でもなんで乳首が強かったらあかんねん。黒かったらあかんねん。きれいとか、かわいいとか、乳首にそれも気持ちわるいやろ。強くて黒々した巨大な乳首が覇権をにぎることってないんかな、乳首の世界で。そんな時代ってこんのかな。こんやろな。

そんなことをぼんやり考えていると、入り口がひらいて湯気が動き、二人連れの女が入ってきた——と思ったのだが、ひと目みて、どうも直感的に何かがおかしい。ひとりはいわゆる「女性の体」をした、二十代くらいの若い女性なのだけど、もうひとりのほうが、どう見ても、これが男性なのである。

メイクを落としていない顔も、首の細さも胸も腰のあたりも、背中まで伸ばした金髪の感じも一見して女性だとわかるひとりが、もうひとりの——短く刈りあげられた髪、首から肩にかけてこんもり盛りあがった筋肉、太い腕、そして胸はふっくらしているけれどほとんど平らで、股間にタオルを当ててにぎるようにしている連れの腕に自分の腕をからめながら、入ってきたのだ。

このふたりが初めてここに来る客なのか、それともたまに来る客なのかはわからない。少なくともわたしは見たことがない。しかし浴場にいた客たちは一瞬にしてぴたりと固まり、絶句に近い空気が流れた。しかし当のふたりはそんなことは気にもならないようで、金髪は刈りあげにぴたりと寄り添い、「髪の毛アップしてきたらよかったあん」などと甘えた声で話しかけ、刈りあげは上半身を少し前傾させながら浴槽の縁にどっしりと座り、おうおう、というような感じで肯くのだった。

ふたりは交際関係にあるようだった。しかし詳しいところはわからない。しかし雰囲気から想像するに、金髪の立場はいわゆる女性、彼女であって、そして刈りあげは男性、つまり彼氏であるようだった。

わたしはそれとなく刈りあげの股間部分に目をやってみたが、タオルでしっかり隠されそのうえに手が乗せられているために、男性器がついているのかどうかはわからない。ふたりは体をくっつけて縁に座り、足湯を楽しんでいる。失礼だとはわかっていてもわたしは刈りあげのことが気になって、伸びをしたり首のストレッチをするふりをしてときどき覗きみた。

もちろん刈りあげは、女なのだろう。ここは女湯なのだから。でもやっぱり見た目は男である。ムキムキの肩まわりとはちょっとギャップのあるピンク色の乳首とか、皮下脂肪の感じとか、女性の体の名残を見つけようとすればできるだろうけど、でも少なくとも刈りあげは、男の体とふるまいをはっきりと演出しているようにみえた。

わたしたちが働いてきた笑橋にもいろんな飲み屋があり、いわゆる「おなべバー」には「おなべ」と呼ばれるホストたちが働いていた。

彼らは生物学的には女性だけれど、自認する性が男性だから、それに従って男性っぽいかっこうをし、男性のホストとして接客をする。異性愛者であれば、男性として女性と恋愛もする。たとえばおなじ大阪であっても、価格設定もホステスのレベルも段違いに高い北新地なんかの本格的なクラブになると、手術で胸を取り、男性ホルモンを投与しつづけて声を低くし、髭を濃くし、性器にいたるまでの特徴をすっかり変える人がいる、というのは聞いたことがあった。けれど笑橋のおなべバーでは金銭的な問題もあるのか、そこまで本格的に乗りだしている人はいなかった。いつかできたらいいねんけどなあ、と言っている人はいたけれど、基本的には、さらしや専用のサポーターで胸をべたっと押し潰し、スーツを着こんで髪をセットし、あとは男性っぽく、あるいは、その人らしくふるまう人がほとんどだった。そんなふうに、たまに客を連れてスナックにやってくるおなべの人たちをみていると、ふと——ママやほかのホステスからは感じたことのない、女らしさみたいなものを感じることがあった、骨格なのか肉質なのか、それがどこから来るものなのかはわからないけれど、いつもどこかしらに女性らしさとしか言いようのないものが普通の女の人たちよりも余計に感じられたのを思いだした。すぐ目のまえにいる刈りあげの体をちらちら見ていると、当時はうまく言葉にはできなかったけれど、しかしたしかに感じていた——自分の体や巻子や母や友だちの体ではほとんど意識することもない「女らしさ」が、やはりじわじわと浮かびあがってくるような感じがした。

だからそういう人のことはまるで知らないというわけではなかったのだけれど、しかしこうして互いが裸の状態で風呂に入るのは初めてである。気がつくとまわりにあれだけいた客のあらかたが出てしまっており、湯船に浸かっているのはわたしと巻子だけになっていた。

わたしはじりじりし始めていた。刈りあげが本当は女で、女湯に入る資格があるのはわかっている。しかしこの状況が自然であるとは思えない。だって、いま現にわたしはかなりの居心地の悪さを感じているのだし。それとも、そんなことを感じるわたしがおかしいのだろうか？　というか、刈りあげにとって女湯ってだいじょうぶなん？　気持ちは男性である自分がこうして女だらけの女湯に入るのって、いけてんの？——って、いや違う、そうじゃない。刈りあげ自身には何も問題がないからこそ、こうして堂々と女湯にいるのであって、わたしが疑問に思うべきは、「わたしら、この刈りあげに裸みせてだいじょうぶなんか？」なのだ。

意識が男性であり、いわゆる異性愛者であるのなら、たとえ本人にまったく興味がなくとも、わたしらの体は刈りあげにとっては異性のものである。いわゆる普通の男が女湯に入ってくるのと、いったい何が違うのか。わたしは顎までを湯に浸けて、目を細めて刈りあげをじっとみた。最初のじりじりは、いまや明確な苛《いら》だちに変わっていた。それに異性愛的なカップルとして、混浴でもない女湯にこうしてふたりで堂々と入っているのも、やっぱりおかしいではないか。

このことを目のまえの刈りあげに言うべきか言わんべきか、わたしはしばらく考えた。なにしろ繊細な問題ではあるし、どういう展開になるにせよ面倒な話であることには違いない。そんなことをわざわざ自分からもちかけるなんて普通に考えて馬鹿げている。でもわたしには昔からどうもこういうところが少しだけあって――それは「なんでこういうことになっているのか」と不思議に思ってしまったら最後、どうにも気になってしょうがなくなり、黙っていられなくなるということがあるのだ。もちろん頻繁に起きることでもないし、人間関係などにおいてはほとんど気にならない。そこには何か傾向のようなものがあるのかもしれない。小学生のときは、イベント帰りの新興宗教の信者の団体と電車で乗りあわせ、真実と神の存在を笑顔で説いてくる彼らと激しい口論になったし（もちろん最後は微笑みとともに憐《あわ》れまれた）、高校生のときは広場で右翼団体の演説を最初から最後まで聞き、矛盾点をしつこく質問していたらスカウトされるというようなこともあった。もしいま、刈りあげと話をするならどんな感じになるだろう――わたしはひきつづき鼻の下まで湯に浸かりながら頭のなかでシミュレーションをしてみた。

――いきなりすみません、あの、さっきからめっさ気になってるんですけど、あなたは男性ですよね？

――は？　あんだら殺すぞ。

ちゃうちゃう。ここは大阪ではないし、体格がよく鋭い目をしている男がみんなこんなふうな対応をするというわけではない。これはわたしの先入観にして偏見だ。それにわたしの切りだしかたも良くなかったような気がする。であれば刈りあげにどんなふうに話しかければ失礼がなく、わたしが抱いた疑問を伝えられ、また知りたいことにいい感じで迫ることができるだろうか。わたしは木の板と棒で火を起こす人みたいに意識を前頭葉の一点に集中させて高速でこすりあげ、そこにうっすらと煙がのぼってくるのを待った。とりあえず刈りあげは、わりと気のいい好青年キャラクターに設定し、こう訊けばこう返事がきてそれにたいしてはこう突っこんで返しにはこう、というような架空の対話を頭のなかで広げてみようとしたとき、刈りあげがちらちらとこちらの様子をうかがっていることに気がついた。

こっちが気にしているはずなのに、なんであっちが。じろじろと見ていたことがしゃくに障ってわたしこのあとしばかれるんやろか、などと考えながらわたしも刈りあげにちらちらと目をやっていると、刈りあげの視線とはべつの何かが刈りあげのなかに潜んでいて、その何かにじっと見つめられているような、どこか奇妙な感覚がしはじめた。不安とも焦りともつかないようなものがわたしをまっすぐに見ているような。金髪が刈りあげにむかって何か冗談を言い、それにたいして笑ったその横顔を見たときに——もしかしてこの子、ヤマグちゃうのん、と頭のなかで声がした。

ヤマグ。山口——下の名前は何やった、そうや千佳《ちか》、山口千佳。ヤマグ。ヤマグは小学校の同級生。かなり仲良くしていた時期もある。いつもグループの二番手にいるような女の子。ヤマグ。運河の橋の手前で母親が小さなケーキ屋をやっていて、みんなで遊びに行くと、たまにおやつをもらえることがあった。ドアをあけると甘い匂いがいっせいに広がる。わたしたちは大人がいなくなるのを見計らって調理場でこっそり遊ぶこともあった。銀色の泡立て器やいろんなケーキの型やへらなんかが積みあがり、大きなボウルにはいつも白や薄い黄色のとろりとしたものが波うっていた。いつだったかふたりきりになったとき、秘密だというように目を細めたヤマグが人さし指ですくったそれを、わたしは舐めたことがある。髪はいつもショートにしていて、六年のときには腕ずもう大会ですべての生徒に勝ちぬいて一位になったこともあるヤマグ。眉が濃くて彫りが深く、笑ったときにぐんと近づく鼻と上唇の距離が目に浮かぶ。

『あんたこんなとこで何してん』とわたしが笑うと、久しぶり、というようにヤマグは肩の筋肉を盛りあげる。その肌色をみた瞬間――カスタードクリームの匂いのようなものがぷうんと広がり、わたしたちはふたりでボウルのなかを覗きこんでいる。どれくらいやわらかいのか、どんな感触がするものなのか、見ているだけではわからないそのかたちのなかに、ゆっくり沈んでいったヤマグの指。あのときわたしの舌のぜんぶに広がって、何度も味わったあれがやってくる。ヤマグは黙ってわたしを見つめている。『なあ、あんた男になったんかいな。うちらぜんぜん知らなんだ』と言ってみても返事はなく、腕に力を入れてこぶをつくるだけ。するとその膨らみは、ちぎってまるめたパンのたねみたいにぽこぽこと腕からこぼれおち、それらはみるみる小さな人になって増えつづけ、水面を走り、タイルを滑り、人々の裸を遊具にして声をあげてはしゃぎはじめる。肝心のヤマグは何をしてるのかと思えば鉄棒に体操服のすそを巻きつけて、いつまでも終わらない逆あがりをつづけている。

わたしは湯船で遊んでいるこぶのひとりの首をつまみあげ、くすぐりながら、ここはあんたらの場所やないやろと注意する。けれどこぶたちは《おんなはおらん》と楽しそうに笑い声をあげて身をよじり、それを歌うようにくりかえすだけで気にもしない。するといつのまにかあちこちに散らばっていたこぶたちがわたしのまわりに集まって円になり、そのなかのひとりが天井にむかって指をさす。いっせいに見あげるそこには林間学校の夜空が広がっていて、こんなんみるんはじめてや、無数にひしめく星々の瞬《またた》きにむかってわたしたちは目をみひらいて叫び声をあげている。ひとりが手にもったスコップで土をすくう。学校に住んでいたみんなのクロが死んだのだ。穴を掘って底に寝かせたクロは毛も体もかちかちになって、土がかけられるたびに遠くへ、どこかへ、運ばれてゆく。わたしたちは泣きつづける。とまらないしゃっくりがいつまでも涙をくみあげる。太陽が反射する踊り場で誰かが冗談を言う。ものまねをする、思いだす、わたしたちは体のぜんぶを使って笑いつづける。とれかけた名札、消えかかる黒板の文字。《だいじなことに》、こぶのひとりがわたしに言う。《おとこもおんなもほかもおらん》。こぶたちの顔はよく見るとみんなどこかで見たことのあるような懐かしいものばかりなのだけれど、でもここからでは光の加減でちゃんとは見えない。もっと目を、つよくこらそうとしたときに、ふと名前を呼ばれた気がして顔をあげると巻子が不思議そうな顔をしてこちらを見ていた。刈りあげと金髪は、いつのまにかいなくなっていた。さっきまでまばらになっていた客の数は増え、湯船や洗い場をめいめいに動くいくつもの裸が見えた。

○　今日はお母さんに頼まれてミズノヤにいった。帰ろうと思ったけどそのまま地下におりてみた。お母さんにときどき連れてきてもらって遊んでいたのがまだそのままあって、懐かしかった。ロボコン。まだロボコンがあってさ、ロボコンめっちゃおっきかったのに、久しぶりに見たらすごい小さく感じられてびっくりした。

ずっと昔にわたしがロボコンに入って運転して、お金いれたらぶうんってゆって動くねんけど、目のところが小さい窓になってて、わたしはそこからお母さんをみてたけど、あっちからは目のところは黒くみえるから、わたしの顔はみえへん。それがすごい不思議やったことを思いだす。いま、お母さんにはロボコンしかみえてないねん。あっちからは、ロボコンやねんな。でも中身は、ほんまはわたしが入ってる。その日は、いちにち不思議な感じがしてたのを覚えてる。

わたしの手はうごく。足も、うごく。動かしかたなんかわかってないのに、いろんなところがうごかせるのは不思議。わたしはいつのまにか、しらんまにわたしの体のなかにおって、なかにあって、その体は、わたしのしらんところでどんどんどんどん変わってゆく。こんなことを、どうでもいいこととも思いたい。どんどん変わる。それが暗い。その暗さがどんどん目にたまっていって、目をあけてたくない。あけていたくない、から、あけられない、になるのがこわい。目がくるしい。

緑子

4　中華料理店にやってくる人々

「っていうか、めっさあるやんここメニュー」

　驚いた巻子の目は通常の倍くらいに見ひらかれ、それから嬉しそうに笑って言った。

「食べたことないのいっぱいあるわ、え、でもあのおっちゃん厨房ひとりやろ、運んでくるのはあの人ひとりやろし」

　そう言うと調理服と制服のあいだのような白い服を着て、店内を動きまわっているおばさんを示した。

「そうそう、でもめっさ早いで」

「ときどきあるよな、ありえんくらいメニュー多いのに何でもかんでも対応する定食屋とか」巻子が感心したように言う。「テレビでもたまにみるわ。ビーフシチューとお好み焼きとにぎり寿司どうじに出す店とかあるもんな。仕込みとかどうしてんのか意味わからん」

壁にずらりと貼られたメニューをひとしきり読み、それからテーブルに置かれたメニューを念入りに見つめ、わたしと巻子は生ビール、烏賊料理をいくつかと、白湯麵、そのほかには分厚い皮の焼き餃子、そして緑子が指さした中華まんじゅうと、豆腐が縮れ麵になったようなものなどを注文してみんなで分けようということになった。

アパートから歩いて十分ほど、築三十年は優にたっていて完全にボロとしかいいようのない建物の一階部分にあるこの中華料理店は激安であることで人気があり、わたしたちのほかには赤ん坊と四、五歳の男の子がはしゃいでいる家族連れと、会話もあまり弾んでいないように見える中年の男女のカップル、そして大きな音をたててラーメンを吸いこむ数人の作業着姿の男がいた。入り口すぐのところに前時代的なレジがあり、赤と金の派手な色のついたてのようなものがあり、壁にはひとめでプリント物であるとわかる墨絵に漢詩が添えられた額が飾られている。その横に色あせて全体が水色になったビールのポスター。むかし流行った髪型をしたグラビアアイドルが水着姿でジョッキをもち、白い砂浜に笑顔で寝転んでいる。床は油でぬるぬるとしている。

おばさんに案内されてテーブルにつくと、緑子はウエストポーチから小ノートを取りだし、ちょっと迷ってからまたそれをしまい、プラスティックのコップに入れられた水をひとくち飲んだ。ラーメンをすすっている男の頭上に設置された油と年季ですっかり黒ずんでいる棚には古くて黒い小型テレビがのっかっており、画面にはいつでもどこでも流れているようなバラエティ番組が映しだされていた。緑子は唇を結んだまま、目線を少しだけあげて面白くもなさそうな顔で人々の笑う顔を眺めていた。かしゃんとガラスのぶつかる音がしてビールがテーブルに置かれ、わたしと巻子は乾杯した。ほんまに飲みものいらんの、と訊いても緑子はテレビ画面に目をむけたまま、軽く肯いただけだった。

カウンターのむこうに厨房の様子がみえる。ところどころにしみのついた白い調理服を着たいつもの店主がいつものように動いている。熱せられた中華鍋から白い煙があがり、放りこまれた食材の弾ける音がする。焼き餃子の鉄板で大量の水がいっせいに蒸発する激しい音が聞こえる。調理台の壁に埋めこまれた電源は油がこびりついて固まり、ここからはみえない足もとの袋に入った野菜を掬うざるは黒く汚れて破けているし、寸胴鍋に細く流れつづけている水道の蛇口はすっかり変色している。いつやっけ、とわたしは思いだす。バイト先の三歳年下の男の子とふたりでここに来たことがあった。なんとなく夕飯を一緒に食べようという話になり、いつも行ってるところがあると言ったら彼が行ってみたいと言ったのだ。着いてテーブルに座ってしばらくすると、彼の様子が変なことに気がついた。わたしが頼んだ料理にも、結局ほとんど手をつけなかった。あとで理由を訊くと、ちょっと衛生的に無理な気がして、と顔をしかめた。中華鍋をふいてる布っていうか、あれ雑巾でしたよ。あれでふいたあと、そのまま麵炒めてましたよ。

そっか、とだけわたしは言って、そのまま黙っていたような気がする。

「そうや、九《きゅう》ちゃん。死んだんやで」

「九ちゃん？」わたしは巻子の顔を見た。顔をむけたタイミングでおばさんがやってきて餃子の盛られた皿をテーブルのうえにどんと置いた。

「九ちゃんて」

「九ちゃんやん」

巻子はビールをぐいとひとくち飲んで言った。

「当たり屋の、流しの」

「あっ」思わず大きな声が出て、わたしは自分でもびっくりしてしまった。

「九ちゃん死んだってそれ、っていうか、まだ生きてたんっていうか」

「そうそう、けっこう齢やったけどさ、こないだ死んでもうたんやでとうとう」

九ちゃんというのは笑橋界隈ではちょっとした有名人というか、あのあたりで飲食店に関係しているものなら必ず知っているというようなおっちゃんだった。基本的にはスナックやラウンジなどをまわってカラオケの代わりにギターを弾き、主に演歌好きの客を生演奏で歌わせてチップをもらうという仕事をメインにしていたのだけれど、九ちゃんには当たり屋という、もうひとつの顔があった。

笑橋の飲み屋は国道二号線を挟んで南北にわかれており、駅を中心に広がっているのが南側、かつてわたしたちが働き、そしていま現在、巻子が働いている店もそちら側にあった。北側には、窓に鉄格子のついた古い精神病院があったりすることから、街の雰囲気というかノリが南北でいささか違っており、客のほうも南側で遊ぶ人たちは南側、北側の人は北側で終始していて、店同士の付きあいもそんなに盛んではないのだった。

しかし九ちゃんはギターをかついでその両方を行き来し、顔見知りの客から一見《いちげん》の客までを相手に、上手いのか下手なのか当時もいまも見当もつかないギターをかき鳴らし、小銭を稼いでいたのだった。それでときどき、副業というかボーナス的にというか、ふだん交通量の多いその道路が淋しくなる時間をみはからって、しかも地元の車ではなく少し田舎のナンバーの車が来るのを待って、小さな体をぶつけにいった。人なんかこつんと轢いてしまった日には顔面蒼白に取り乱し、警察よりも何よりもいますぐに病院に行きましょう、残りの人生ぜんぶ使って償いますと言わんばかりに膝から崩れて泣いてしまうような善人を、九ちゃんはちゃんと見極めて選ぶことができた。保険屋とか警察とかが入って問題になったという話はこれまできいたことがない。もちろん本気の怪我などをしないように受け身の姿勢で小さくぶつかり大げさに転び、示談というかその場でびびたるお見舞い金をもらうというような——模範的といえば模範的な、当たり屋をやっていたのだった。

九ちゃんはナンキン豆の殻を思わせるような小男で、でこぼこした坊主のじゃがいも頭、目はじゃこみたいに小さくて、歯にはたくさんの隙間があった。あれはたぶん九州のどこかのものだと思うけれどなまりがあり、それにくわえて吃音《きつおん》もあり、そのせいもあってか、いつもあいづちを打ってばかりだった印象がある。客とのやりとりも単語や形容詞をつっかえながら恐る恐る置いていくような話しかたで、センテンスをきちんと話しているのを聞いたことがない。

会話らしい会話なんてしたことはなかったけれど、カウンターのなかで皿を洗ったりつまみを作っているわたしたちホステスの娘にもいつもにこにこ笑いかけ、いつもどこかおどおどしていて大人という感じがまったくせず、そんなところにわたしはどこか親しみのようなものを感じていた。九ちゃんの登場には事前連絡というものは当然のことながらなく、だいたい十時とか十一時あたりに肩からギターを掛けて、自動ドアから元気よく飛びこんでくる。賑わっているときならそのまま溶けこみ、気分良く酔っている客に歌をうたわせ、金をギターのサウンドホールに入れてもらうこともある。店ががらがらに暇、なおかつ重い雰囲気のときには、あっとバツの悪そうな顔をしてしゅんとなり、たぶん「出直してきます」の意味をこめて、あうあう言いながら頭を下げて後ずさりしながら店をあとにした。またママの機嫌がよいときなどはグラスに一杯ビールを入れてもらって、それをおいしそうに飲んでいくこともあった。

いつだったか、やっぱり客がひとりもいない日に九ちゃんが飛びこんできたことがあった。

そのとき、ママも母も外に出ていて——おそらく仲の良い店に電話してそこにいる客をひっぱりに出ていたのだと思う。ほかのホステスもおらず、巻子は焼肉屋のバイトに集中しはじめた頃でやはりおらず、少しのあいだ九ちゃんとふたりきりになったことがあった。あれはまだ母の病気がわかるまえのことだったから、わたしは小学六年生とか、そんなだったはずだ。

「マ、ママおらん」と言う九ちゃんに、すぐ帰ってくると思うで、とわたしは答え、ビールの栓を抜いてグラスに注ぎ、カウンターに置いてやった。九ちゃんは、ありあり、ありがとう、と言ってビールをぐっと飲み干し、わたしはおかわりを注いだ。九ちゃんはまた、ありあり、ありがとう、と言いながら、ちょっと迷ってボックスのはしっこに寄せられているホステス用の丸椅子に腰かけ、にこにことへらへらのあいだみたいないつもの笑顔で、両手で大事そうに小さなグラスを包んでいた。誰もいない店のなかはいやにしいんとして、わたしたちが黙っていることで生まれてくる沈黙を壁とかソファとかクッションとかがスポンジみたいに吸いこんで、それが少しずつ膨らみながらわたしたちに迫ってくるような気がした。九ちゃんもわたしも黙っていた。電話も鳴らなかった。

しばらくすると九ちゃんは、ごち、ごちそうさま、と言ってギターを肩に掛けなおして出ていこうとしたのだけれど、ドアのまえでぴたりと立ち止まり、少ししてからゆっくりとふりむいた。それから何かすごくいいことを思いついたとでもいうような顔をして、わたしの顔をじっと見た。そして、「う、うた、うたうか、ううたおか」とわたしにむかって言ったのだった。

九ちゃんの小さな目のくぼみの奥の小さな黒目がちろっと光り、「えっ、歌？　誰が？」とびっくりして訊きかえすわたしに、九ちゃんはうんうんと顎を突きだして、わたしを示した。そして嬉しそうに隙間だらけの歯をみせて笑い、うたうた、と言いながらギターのネックをつかんで自分の肩よりも高く掲げ、じゃがじゃがじゃあんと弦を鳴らした。よれたポロシャツの胸ポケットから小さな笛をすばやく取りだすとぴいっと鳴らして弦の高さをさっと調節し、「そえもんいける、いける、そえもんちょ」と言うと、きゅっと目を閉じて、溜めとビブラートをたっぷり利かせたイントロを弾きはじめるのだった。

恥ずかしいのと急展開すぎるのとでカウンターのなかでもじもじしているわたしに、ほれ、ほれ、というように肯きながら九ちゃんはテンポをとってみせた。イントロを弾きながら、いけいけ、いける、とわたしにむかって笑うのだが、そんなん急に歌えるわけないやろ、しかもギターでとか、とわたしは頭のなかでは思いっきり首をふっているのに、どういうわけか、声はおそるおそる出ようとしていて——これまで客が歌っているのは死ぬほど聴いてきたけれど、しかし自分では一度も歌ったことはない「宗右衛門町ブルース」の歌詞が、からまりながらもなぜか口から出てきたのだった。

九ちゃんは、とまどいながらよろめきながら、なんとかメロディになってゆくわたしの声のひとつひとつを弦の響きで包み、口を大きくあけたままの笑顔でわたしの顔を見て、その調子だというように呼吸をあわせた。音と歌詞がわからなくて止まりそうになると、九ちゃんは和音のなかでメロディを鳴らして導き、そうだそうだというように何度も肯いた。歌詞につまずいても気にするなというように首をふり、わたしは全身でギターを弾いている九ちゃんだけをみて、音を見失わないように、声を出していった。歌えているのかいないのかわからないままに、結局わたしは九ちゃんと「宗右衛門町ブルース」の最後までを歌いきった。「明るい笑顔を、みせとくれ」という節を歌い終えると、九ちゃんは小さな目をかっと見ひらき、じゃがじゃがんとギターをたっぷりかき鳴らして、いいい、いいい、と嬉しそうに笑った。そしてわたしにむかって長いあいだ拍手をした。顔が真っ赤なのが自分でもはっきりわかるくらいに恥ずかしくて、両手で頬をぐっと押さえた。九ちゃんはずっと拍手をしていた。わたしは照れくさいのか恥ずかしいのか嬉しいのかもうよくわからなくなっているのを笑ってごまかし、九ちゃんのコップにもう一杯ビールを注いだのだった。

「死んだっていうんは九ちゃん、病気で？」

「ううん、当たり屋のほうで」巻子は鼻をすんと鳴らした。「最近、ここ数年は体があかんのはなんとなくみんな知ってて、もうどの店にもほとんど来てへんかってん。んで最後に見たん、いつやったかな、ほれ、ローズあるやん、駅横の喫茶店、入り口んとこに誰か立ってるわ思てよう見たら九ちゃんで、えらい小っさなってもうて、びっくりしたんやわ。もとから小さいけど、さらに小っさなっててびびってもうたんやけどな、もう長いこと来てへんし、元気かいな思って声かけよか思ったらなんかよろよろ歩いていって、声かけそびれて」

「ギターもってたん」

「もってなかったと思う」巻子はビールをひとくち飲んで言った。「んで、何ヶ月まえや……せやせや、五月の終わりや、夜の十二時頃な、道路んとこで事故やあゆうて。ほら宝龍のまえ。中華料理屋の宝龍。うちらもよう行ったとこな。宝龍でたとこで九ちゃん死んだんや。あとになって九ちゃんの話になってな、ちょうどその夜、事故の二時間くらいまえに宝龍で久々に九ちゃんみたってゆうお客さんがおってん。九ちゃんどんな感じでしたんて訊いたら、いつもどおり愛想ようににこにこ笑って、ビール飲んで、なんやようさん食べてたで、ゆうて。んでそのあとやな。今回は、うまくいかんかったんやな」

どっ、という笑い声がテレビから響き、わたしはほんの少し固くなった餃子を箸でつまんで口に入れた。

「病気もしてたみたいやけど、最後は九ちゃん、ようけ食べれたんやな」巻子が言った。

緑子はわたしたちの話に関心もないようで、顎を少しあげたまま、さっきとおなじ姿勢でテレビの画面を眺めていた。九ちゃんの顔がふっと浮かんで、消えていった。それから肌色のぼこぼこした頭がもう一度浮かんで、両手でビールをきゅっとにぎり、小さな膝をそろえて隅っこに座ってる姿がやってきた。緑子が注文した中華まんじゅうが運ばれてきた。やってきた中華まんじゅうの何の意味もない白さ、鈍い温かさ、そしてその漠然とした膨らみをみていると、目のまわりが熱くなった。わたしは鼻から大きく息を吸いこみ、背すじを伸ばして座り直した。

「よっしゃ中華まんきたで、食べようで」

わたしはあつあつのまんじゅうをひとつ皿にとってやると、さあさあというように緑子の顔を見た。緑子は小さく肯いてから水をひとくち飲んで、皿に置かれたまんじゅうに目をやった。巻子もせいろに手を伸ばしてひとつを取った。そして緑子がまんじゅうの白い頭に小さく齧りつくと、それがまるで合図でもあったかのように——空気がふっと緩んだような気がして、そしてそれが気のせいでないことを証明するような気持ちでもって、わたしはジョッキのなかのビールをいっきに飲み干した。二杯目を注文した。ほどなくやってきた豆腐ちぢれ麵や白湯麵や烏賊の炒め物などでテーブルはいっぱいになり、テレビの雑音に、三人の咀嚼《そしやく》の音、水を飲む音、食器を打つ音などが混じって賑やかな感じになった。

巻子は料理をもってきたおばさんに大阪から来ましたんやと話しかけ、おばさんもそれにつきあって大阪にどこどこあるでしょ、なんて言って答えてくれて話は弾み、緑子もさっきは手をつけていなかった餃子をとり、口を大きく動かしている。これおいしい、そっちもいける、などとわたしと巻子は言いあって、巻子もビールのお代わりを頼んだ。わたしの冗談に緑子が少しだけ笑ったので、なあ、巻ちゃんが仕事行ってるときいっつも何してん、と話しかけてみると、緑子はポーチから小ノートをとりだして、〈宿題、テレビみて、ねたら朝〉と書いた。そっか、まあ、巻ちゃんが家でるんて六時過ぎで帰ってくるんが一時くらいやから、ま、あっというまやな、とつづけると、緑子は肯き、小さくちぎった中華まんじゅうのきれはしを口に入れた。

巻子はおばさんと意気投合し、ここめっさええなあ、気にいったわあ、と上機嫌に言ったあと、大きく咳払いをして、わたしたちのほうを見た。そして、「あたしな、帰ったらいちばんにすることがあります」と、どこか得意げな様子で言った。

「いちばんにすること。なんやと思う？」

「靴脱ぐんちゃうの」

「ちゃいます」巻子は呆れたように首をふって、それから妙に明るい口調で言った。

「それは、寝てるこの子の顔みるねんよ」

緑子は反射的に怪訝《けげん》な表情になり、巻子の顔をちらっと見た。それから新しい中華まんじゅうをひとつ手にとって、白い膨らみの真んなかあたりに両方の親指をあててめくるように割り、しばらく中身を見つめていた。具の出かかったところに醤油をつけ、それからそれを半分に割り、少し間を置いてそれをさらに半分にし、またそれにも醤油をつけて、黒くなったところをじっと見た。そんなふうに緑子が中華まんじゅうにくりかえし醤油をつけるので、醤油がぐんぐん滲みこんだまんじゅうは真っ黒になり、わたしもまんじゅうがいったいどこまで醤油を吸って真っ黒になるものなのかをじっと見ていた。

わたしの視線をまんじゅうから剝がすように、なあ、と巻子は声を出した。巻子の顔はさっき銭湯ですっかり洗い流したにもかかわらず、すでに脂ででらでらと光っており、蛍光灯の下では皮膚の肌理《きめ》の粗さ、毛穴のおうとつが、ぼこぼことした影をつくっている。それから巻子は大きな笑顔で、「んでな、んでな、聞いてる、わたしな、かわいいなあ、思ってさ、ときどきちゅうしたりするねんよ、寝てる緑子に」と箸の先をひらひらさせながら——もうほんと黙っててごめんけど、でもこれはわたしからの心のこもった超サプライズ、みたいな感じでにっこり笑って言うのだった。いやいやいやいやとわたしは心のなかで巻子の言葉を打ち消しながら緑子を見ると、ものすごい目をして真正面から巻子を睨んでいるのだった。

巻子はへらへらと笑い、緑子はそんな巻子を睨みつづけた。その目は緑子の顔のなかでどんどん強くみるみる大きくなっていくようだった。気まずいという言葉がおのれの力不足に気まずくなって逃げだしそうなくらいの激烈最悪な沈黙が流れたあと——巻子は手にもっていたビールジョッキをどんとテーブルのうえに置き、なにやの、短く言った。なにやのその目は。巻子は静かな口調で緑子に言った。あんたはいったい、なんやの。そう言うと、またごくごくとビールを飲んだ。

緑子は巻子から目をそらして、それから壁にかかった漢詩のあたりをじっと見つめていた。そして小ノートを広げると〈きもちわるい〉とはっきり書いた。そしてそれをテーブルのうえにひらいてみせ、その〈きもちわるい〉の下に、ペンで何度も何度も線を引いた。力を入れすぎて最後はペンの先で紙が破れた。それから醬油の皿のなかにぼとりと置かれたままになっていた中華まんじゅうをとり、ちぎって口に入れ、醬油がたっぷりしみこんで真っ黒になっているのもかまわずに、つぎつぎに飲みこんでいった。巻子は何度も引かれた線とそのうえにある文字をじっと見て、それきり黙ってしまった。

醬油、えぐない、としばらくしてから緑子に訊いてみたが、緑子はそれについては何も返事をしなかった。厨房からは変わらず調理の音が弾け散り、客の出入りにあわせたごちそうさまやありがとうございましたの声が聞こえてきた。テレビから無限にこぼれてくる色つきの音がひしめくなかで、わたしたち三人は黙ったまま、残りの食べものを残さずに食べた。

◯お金のことでお母さんといいあいになって、なんでわたしを生んだん、ってことをそのまえにすごいケンカしたときはずみでゆうてもうたことがあって、わたしはそれをよう思いだす。セリフ的にまずいなって思ったけど、いきおいで言ってしまった。お母さんは怒ってるねんけど黙ってしまって、すごい後味が悪かった。わたしはお母さんとちょっとのあいだしゃべらんとこうかって考えてて、しゃべったらケンカになるし、またひどいことゆうてまうし、働いてばっかりでお母さんがつかれてるの、それも半分、いやぜんぶ、わたしのせいで、そう思ったらどうしようもなくなる。はやく大人になって一生懸命働いて、お金をあげたい。けど今はまだそれができひんから、優しくくらいしてあげたい。でも、うまくできひん。涙が、でてくるときもあります。

卒業したあと中学校は、まるまま三年もある。でも中学が終わったらどこかで働いたりできるんかなってことも思う。でも、そんなんで働けるようになったって、ちゃんとした生活が、ちゃんとつづいていけるとは思わない。手に職をつけなければならない。おかあさんは手に職がない。手に職。図書館に、わたしらむけの、一生の仕事を考えるって本もようさんあるから勉強する。あー最近はおかあさんにお風呂さそわれても行かれへん。お金でケンカした、そのいっこまえのケンカは、ゆうてから、あっ、と思ったけど、お母さんの仕事のことでそうなったんやった。お母さんが仕事の服をきて、しかもあの紫のドハデなやつ、金色のひらひらがついたやつ、あれで自転車に乗ってんのを男子にみられて、お母さんのことをみんなのまえで面白おかしくゆわれたことがはじまりやった。そのときに、なにゆうてんねんあほかしばくぞ、とかゆうて、ゆえたらよかったのに、みんなのまえで笑ってわたしはごまかした。へらへらして、笑ってしまった。んで、お母さんといいあいになって、最後はお母さん、怒ってるけど泣きそうな顔で、しゃあないやろ、食べていかなあかんねんから、って大きい声で言ったから、そんなんわたしを生んだ自分の責任やろってゆうてもうたんやった。

　でもそのあと、わたしは気づいたことがあって、お母さんが生まれてきたんは、おかあさんの責任じゃないってこと。

　わたしは大人になってもぜったいに、ぜったいに子どもなんか生まへんと心に決めてあるから、でも、謝ろうと何回も、思った。でも、おかあさんは時間がきて、仕事にいってしまった。

緑子

5　夜の姉妹のながいおしゃべり

　部屋に帰ると、巻子はなにごともなかったかのように明るくふるまうので、わたしもそれにあわせて大げさに笑って受け答えをした。ちらちらと緑子のほうを見やると、自分のリュックの横に脚を三角に折って座り、まるめた膝のうえに会話用に使う小ノートとはべつのひとまわり大きなノートをのせて、小刻みにペンを走らせている。

「夏子と飲むんなんか久しぶりやな」と巻子は言いながら、帰り道にコンビニに寄って買いこんだビールを冷蔵庫から数本とりだし、ちゃぶ台のうえにならべていった。飲も、飲も、とわたしも言いながら柿ピーやらジャッキーカルパスなどのあてをざらっと皿にあけ、昼間は麦茶を入れていたガラスコップをさっと洗ってビールを注ごうとしたときに、きんこん、という耳慣れないベルの音が鳴った。

「これ、うち?」わたしたちはさっと顔を見あわせた。

「え、わからん、いまベル鳴ったよな」とわたし。

「鳴った」

そうするとまた、きんこん、という音がして、それはたしかにこの部屋のものであるようだった。時計を見ると午後八時過ぎ。時間はともあれ、誰かがここを訪ねてくることなんてほとんどない。自分の部屋にいるだけで後ろめたいことなどひとつもないのに、わたしは反射的に気配を消し、足音がたたないようにそろそろと歩いて台所をぬけ、息を止めたまま覗き穴から廊下を見た。魚眼レンズが淡い緑色に黴びているせいでその姿ははっきりは見えなかったけれど、そこにいるのは女性のようだった。とっさに居留守を使おうかとも考えたけれど、こんな薄いドア一枚、テレビの音もわたしたちの声も漏れているに決まっている。わたしはあきらめて、はい、と小さな声で返事をした。

「遅くにすみませんけど」

ドアを細くあけて覗くと、女の人の顔がみえた。ふつうのパーマというよりはゆるめのパンチパーマという感じのヘアスタイルで、額がぜんぶ見えていた。五十代か六十代かのおばさんで、茶色のペンシルで描かれた眉は、じっさいの眉毛から数センチうえにずれていた。暗くても色落ちしているのがわかる膝のぬけたスウェットを穿き、足もとはビーチサンダルというかっこう。いっぽうティーシャツはおろしたてみたいに真っ白で、ウインクでハートを飛ばすスヌーピーの絵が大きくプリントされてある。吹きだしには英語で「僕は完璧じゃない、でもきみと一緒なら完璧」と書かれてあった。なんでしょう、とわたしが尋ねるまえに、遅くにごめんなさいだけどね、とおばさんが切りだした。

「お家賃のことで」

「あっ」わたしは短く声をだした。そして部屋のなかをさっとふりかえり、ちょっとすみませんと小声で言って廊下に出て後ろ手で玄関のドアを閉めた。

「はいはいはい」

「あ、いまお客さんいたの」おばさんは部屋のなかを気にするようなそぶりをみせながら言った。

「親戚がちょっと」

「そんなときに悪いんだけれど、電話してもほら、出てくれないから」

「出られなくてすみません、タイミングが」謝りながら、そういえばこの数日、何度か非通知着信があったことを思いだした。

「で、今月分がないと、三ヶ月になってしまうから、滞納が」

「はい」

「いま、一ヶ月分でももらえると助かるんだけれど」

「それはちょっと、あのかなり無理でして、でも今月末にはちゃんとお振込みできます予定です」とわたしは早口で答えた。「で、あの失礼ですが、あの、大家さんの……」

「わたし？　そうそう」

アパートの一階部分のむかって右奥、わたしの斜め下に大家の部屋があった。大家は男性で、無口で穏やかな印象で、ここに住み始めてからの十年、まともに話したことがない。過去にも家賃を滞納したことは何度かあるけれど催促されたことはなく、わたしはいつも胸のなかでそっと手をあわせているところがあった。年齢は六十代後半くらいだろうか。矯正具でもつけているのかと思うくらいに背すじをぽんと伸ばしきって自転車に乗る姿が印象的だ。大家以外の人の出入りをこれまでみたことはなかったし、とくに理由はないけれど、ずっと独身で生きてきた人なんじゃないかと何となく思っていた。

「これまではけっこう融通をね、きかせた感じでお願いしてたと思うけど」おばさんは、うっうんと大きく咳払いしてから言った。「うちもけっこう厳しくなってきてね、お願いだけど、遅れないように頼みますわ」

「すみません」

「じゃ、月末って思っていてだいじょうぶってことで？」

「はい。だいじょうぶです」

「じゃ、こうして会ったから。これを約束としてね、お願いしますね」

頭を下げながらごんごんと鉄の階段を降りてゆくおばさんの足音が聞こえなくなるまで待って、部屋に戻った。ビールつぐで、だいじょうぶ？　と巻子が言いながら、誰やったん？　と目で訊いてくる。

「大家さん」

「あー」巻子はコップにビールを注ぎながら笑った。「家賃や」

「そうそう」わたしはわざと変な表情でへらへらしながら、かんぱーいと言ってビールをひとくち飲んだ。

「どれくらい溜まってるん」

「えーと二ヶ月くらいかな」

「はー、けっこう厳しいな、取り立て」ひとくちで半分を飲んでしまった巻子はビールをつぎ足しながら言った。

「いんや、こんなん初めて。滞納したことはちょいちょいあったけど、こんな家に来はるんとか初めてでびっくりした。いつもはおっちゃんで、おとなしい人でさ、あのおばちゃん、誰やねやろな」

「おばちゃんやったん」

「パンチパーマで眉毛ずれてた」

「より戻したとかそんなんちゃう」と巻子は言った。「うちも最近、そういうのあったわ。お客さん。六十とかそんなん。子どもはひとりで息子さんやねんけど、その子が小学校あがってすぐぐらいのときに母親っていうか嫁さんがべつの男と出ていって、ずっと離れて暮らしててんな、二十年くらい。連絡は取りあってたみたいやけど、まあ別居っていうか、好きにしてたんやな。それが子どももまあ成人して、嫁はんのほうも齢とったかなんかわからんけどひとりになって。おっさんのほうは自分の両親と暮らしててんけど、一緒に住んでるおじいもおばあもボケてきてて、なんかわからんけど、嫁はんがまたその家に戻って一緒に住むことになってんやて。二十年くらいおらんかった嫁はんが」

「ほお」

「まあおっさんは家はあるやん。それこそ家賃はいらんし、親の年金はびびたるもんやけどまあ月に数万は入ってくるし、仕事は水道工事でまあ安定はしてるみたいやし。で、行くとこなくて帰ってきたいオーラがんがんに出してる嫁はんに、『家のことはもちろんやけど自分の親が死ぬまでちゃんと面倒みれるんやったら帰ってこいや』って条件だしたんやって。『下の世話もボケの始末も何もかもな』って」

「おっちゃんやりよんな」

「やりよる」巻子は歯をちゅっと鳴らして言った。「おっさんと息子はええわな。だって自分らラクになるもんな。お金もかけんで住みこみの家政婦と介護ゲットしたようなもんや」

「でも子どもも小さいときに捨てられたみたいな複雑な気持ちもあるやろで。そういうんって水に流せるもんなんかな。っていうかその奥さん仕事はしてなかったん」

「してないやろ。稼ぎあったら誰が戻るんな」

「でも出戻りのおかんが病気になって、何もできひんくなる可能性とかも普通にあるやん」

「ある」

「そうなったらどうするんやろな、出ていけとは言えんやろし」

「そこまで考えてへんのんちゃう。女は死ぬまで元気で働けると思ってるし、下の世話とか得意やろくらいに思ってんねやろ。っていうか」巻子はビールを飲んで言った。

「ここって家賃なんぼなん？」

「四万三千円。水道費もぜんぶこみで」

「するよなあ、ひとりでもなあ、東京やもんなあ」

「駅から十分ちょっとで、まあこんな感じかなあ。もうちょっと安かったら助かるけど」

「うちはあの部屋、五万ちょうど」巻子は小鼻を膨らませて言った。「さすがに最近は遅れるんはないけど、やばいときあるわ。来年、緑子中学あがるし、出費あるわ」

緑子のほうをみると、部屋のはしっこにあったビーズクッションにもたれて、さっきとおなじようにペンをもち、膝を支えにしてノートを広げている。ジャッキーカルパスをいくつか手のひらにのせて、食べる？　とみせると、少しだけ迷ったあと首をふった。わたしはテレビをつける代わりに、机の横に積んであったCDのいちばんうえにあった『バグダッド・カフェ』のサントラをセットして再生ボタンを押した。ぽんぽんぽんぽん、という前奏のあとすぐにジェベッタ・スティールの声がのびてくるのを確認して音量を調節し、ちゃぶ台に戻った。

「わたしが焼肉屋で働きだしたぐらいやっけ」と巻子が柿の種を指先でつまんで口のなかにぱらぱらと落としながら言った。「おかんが死ぬ何年かまえらへんが、いちばんきつかったような気がするわ、お金な」

「家具に、赤いの貼られたこともあったよな」

「なに、赤いのって」

「差し押さえのやつ。男の人らが何人かで来てクーラーとか冷蔵庫とか、なんか物色して換金できそうなんにシールみたいなん貼っていくやつ。来たことあるで」

「そんなんあったん。知らんかった」巻子はちょっと驚いた顔をして言った。

「巻ちゃん昼間は高校で、夜は焼肉やったから。おかんもコミばあもおらんかった」

「昼間に来たん？」

「そう。わたし家におったから」

「でもまあ、言うたらきりないけど、女ひとりでようやったよな、おかん」と巻子がどこか感心したように言った。だから早死にしてもうたんやんと言いかけて、わたしは口をつぐんだ。

◯学校で休み時間、みんなで将来なんになるとか、そういう話になった。これになる、とか、なんかをはっきり決めてる子はおらんみたいで、わたしも何もない。ユリに、みんながあんためっちゃ可愛いねんからアイドルになったらええやん、みたいなことゆうて、えー、みたいなやりとり。

帰り、純ちゃんに将来なにして稼ぐん、ときいてみたら、寺つぐ、と言った。純ちゃんちはお寺さんで、おじいちゃんとかおっちゃんとか、お坊さんスタイルでバイクに乗って坊さんマントみたいなやつをはためかせて走ってんのよう見かける。まえにお坊さんの仕事って何すんのってきいたら、葬式、法事でお経よむんやでとのこと。わたしはまだ誰の葬式にも法事にも出たことがない。どうやってなんの、ってきいたら、高校卒業したらそういう合宿みたいなんいって、こもって、修行みたいなんするねんて。女の人でもなれるん、てきいたら、なれるってこと。

純ちゃんによると、お寺っていうのは仏教で、仏教にもいろんなむずこい種類があって、そもそもはゴータマが悟りをひらいて、それにつづけと弟子たちも修行して、それが今までつづいてると。悟りっていうのはまあ、純ちゃんの説明をわたしなりに考えてみると修行の果てに、ぴかーん、ときて、ぜんぶがいちで、いちがぜんぶ、っていう考えじたいすらもなくなる、ぜんぶわたし、わたしはない、みたいな状態になることらしい。で、成仏ってのもあって、それが悟りとどうちがうんかはいまいちわからんけど、まあ、そうなることが仏教の目標。お葬式でお坊さんがお経をよむんも、その死んだ人がちゃんと成仏するように、仏さまになれますようにってことらしい。そのわたしがびっくりしたんは、じつは女の人は死んでも成仏ができんのらしい。そのわけが、ひとくちでいうと女の人というものが汚いからやと。昔のえらい人らがなんこもなんこも女の人がなんで汚いか、なんであかんかってことをずらずら書き残してるんやと。で、どうしても成仏したい場合は男に生まれかわる必要があると。なんやねんそれ。わたしはびっくりしてもうて、そんなんどうやって男になるん、ときいてみた。純ちゃんもようわからんと言った。純ちゃんに、純ちゃんあんたそんなあほみたいなん信じるん、すごいな、と言ったらちょっと空気が悪くなった。　　　緑子

緑子はビーズクッションに背中を埋めたまま上半身をひねり、本棚の一番下の段に詰められた本の背表紙を眺めていた。

本棚の下のほうには、おそらくもう読み返すことのない古い文庫本がしまってあった。

ヘルマン・ヘッセ、ラディゲ、夢野久作の文字が日に焼けて薄くなっている。蝿の王、高慢と偏見、ドストエフスキー。賭博、地下室、カラマーゾフ。チェーホフ、カミュ、スタインベック。オデュッセイアにチリの地震。一冊一冊は言わずもがなの超絶弩級《どきゅう》の作品だけれど、あらためてひとところに集まったタイトルを追うと、恥ずかしいのを通りこして気の毒になるような初心者のラインナップで何とも言えない気持ちになる。それでも変色したカバーや背表紙を眺めていると、何かに追われるように試されるように読んだときの気持ちがほんのり甦《よみがえ》る。コンクリートの階段に長いあいだ座っていたせいで冷たくなったお尻の硬さや、かすかな足のしびれをありありと思いだせる。そう思うとまたいつかすべてを読みかえしてみたいという気持ちになるから不思議なものだ。

それらの文庫本は大阪時代に古本屋でこつこつ買い集めたものが多いけれど、フォークナーの八月の光、それとマンの魔の山とブッデンブローク、これらは店に来ていた若い男の客がくれたものだ。母親とコミばあがいなくなったあと——あれは、わたしが高校にあがってすぐくらいの時期のこと。顔はもちろん、名前だって一文字も思いだせないその客は、通りに出している店の電飾看板をみて、ひとりでやってきたのだった。

カラオケをするわけでも冗談を言うわけでもなく、ホステスが相手をするボックス席にも座らずに、カウンターに座って飲み放題三千円のホワイトホースの水割りをちびちび飲むだけのその客は、あるとき厨房のはしっこで本を読んでいるわたしに小さな声で何を読んでいるのかを訊いてきた。その頃のわたしはとくに読書が好きというわけじゃなかったけれど、店に出勤するときにはいつも学校の図書室で借りた小説をもってゆき、洗い物や客がとぎれたときなんかに読んでいることがあった。

店では、わたしは十八歳ということになっていた。二十五歳の姉とふたり暮らしであることも日の浅い客には言わないようにと店のママから言われていた。しょうもない客もおるからなとママは言い、わたしと、たまにバイトで店に来る巻子に話をあわせるように説明した。生まれ年を訊かれたら二歳年うえになるように昭和五十一年と即答して、母親は乳がんで数年まえに死んでしまい（これは本当）、父親はタクシーの運転手をしていると嘘をついた。

ちょうどその頃、わたしは原因不明の残尿感に悩まされていた。病院へ行っても異常はなく、いつのまにか始まったその症状は、それから数年間つづくことになった。そう言えばちょうどおなじ時期、焼肉屋の社員になって朝から晩まで働いていた巻子は、口のなかにひっきりなしに氷を入れて嚙むのが癖になっていた。寒くても眠たくても止められないと言いながら、巻子は氷をがりがり嚙みつづけていた。

残尿感のつらさはなかなかのもので、どれだけ便座に座っていても出る尿なんかもう一滴だって残ってないのに、しかしパンツをあげて外に出ると、またすぐにトイレに行かなければならないような気持ちになるのだ。それは尿意に似てはいるけれど違うもので、とにかく不快としか言いようのない感覚が尿道あたりに立ちこめる。どうにもじっとしていられなくなる。暗い気持ちでトイレに戻って便座に座っていると、数分後、ぴちょんと尿が絞りでて、そのあとにやってくるのはまるで——大阪じゅうの嫌悪感とか怠《だる》さとか、苛だちともやもやとかそういったものをぜんぶ煮こんで液体にして、それをひたひたに沁みこませたおむつをずっと穿かされているみたいな、うんざりするような不快さなのだ。そんなことをくりかえすうちに、トイレに本をもちこむことが、あるいはどこででも本をひらいていることが多くなった。小説を読んでいると、うまくいけばそのまま残尿感から解放されることがあったのだ。

本のことで話しかけてくる客やホステスなんてひとりもいなかったから、その若い男の客に何を読んでいるのかと訊かれたとき、わたしは驚いて思わず本を隠してしまった。顔色が悪く、びっくりするほど細い体をしたその男は、たまにはこっち来はったらあ、なんてホステスたちに話しかけられても、どこかびくびくした様子で小さく笑うだけだった。カウンターのなかにいるわたしともほとんど話すことはなかったけれど、何が楽しいのか、あるいは楽しくないのか、そのあとも男はときどきやって来ては決まった席にひっそりと座り、いつもおなじ、飲み放題のウイスキーをおとなしく飲んで、一時間ほどすると帰っていった。

一度、何の仕事をしているのかと訊いたことがある。男はそれにはなんとなく答えないで、風に震えるようなかすれた声で、何年かまえに自分は沖縄のむこうにある波照間《はてるま》島というところで肉体労働をしていたことがあると言った。島には電灯が少なくて、夜には海も空も地面も人もなんもみえんようになる、音しかしやんくなる、と男は小さな声でゆっくり話した。そして島にはいろんなものをのせた船が定期的にやってくるのだけど、暗い海のむこうに船の光をみつけるや否や、男たちが叫び声をあげて波を蹴ちらし、海に飛びこんでいくのだと話した。＊＊さんも（そのときはきっと名前を呼んだはずだ）飛びこみはったん、と訊いたら、海が怖くていつも動けなかったと答えた。しばらくそこで働いていたけれど、ちょっとしたことの積み重ねで労働者仲間に疎《うと》まれるようになり、最後は追いだされるようにして島を出たのだと言った。

つぎに来たとき、男は中古の文庫本をめいっぱいに入れて、あちこちがぼこぼこに膨らんだ真っ白なトートバッグを抱えてやってきた。カラオケの音量にさえよろめいてしまいそうな細い体に、文庫本がぎっしりつめられた真新しいトートバッグはまるで斎場帰りの遺族が抱える桐箱みたいにみえた。そしてやっぱりほとんど聞きとれないような小さな声で、これよかったら、と言って置いて帰った。いくつかの本には小さな文字の書きこみがあったり、ラインが引かれたりしていた。どれも目を凝らさなければ判別できないくらいの薄い文字だった。聞こえてくるのは波の音だけ。ほとんど光のない真っ暗な夜。わたしは男が本に顔を近づけ、忘れたくない文章に鉛筆で線を引くところを思い浮かべた。

ともあれ、大量の本が一気に自分のものになることがわたしはすごくうれしかった。お礼にマグカップを買ってつぎに男が来たときに渡そうと待っていたけれど、それ以来、男は店に来なくなった。マグカップは包装されたまま長いこと店の棚のなかにしまわれていたけれど、あれはどこにいったんだろう。

「しかし茶色いな、そこは昔ので、いまの一軍はうえのほう。ああ、埃が」

わたしは文庫本の背表紙をじっとみている緑子の隣に移動し、サルトルの『水いらず』を手にとってページをめくった。物語の筋は思いだせないけれど、たしか銃殺をめぐるすれ違いの短い話が入っていたはずで、男たちが何にもない広っぱにだらりとならばされているシーンが頭に浮かぶ。いや、でもそれは銃殺というイメージからわたしが勝手に思い浮かべているだけで、じっさいにはそんなシーンはなかったのかもしれないなと思い直した。どうやったっけ。わからない。覚えてるのは、笑って笑って笑いこけた、という誰かの最後の台詞だったか文章で、ぱらぱらとページをくって確認すると、もう十年以上もひらいていないページの片隅に変わらずに印刷されていた。しばらく眺めてからもとの場所に戻し、そして緑子も本が好きだと巻子が言っていたことを思いだし、読みたいのあったらもって帰ってええよと言ってみた。緑子はクッションに背中と後頭部をつけたまま器用に足と腰でくるりと体を回転させ、反対側の棚に顔を近づけた。

「緑子、夏は、小説書いてるねんで」巻子が空になった缶の腹をへこませながら言った。すると緑子は顔をさっとこちらにむけ、あきらかに関心をもったようにまぶたをぴくりとひきあげた。巻子はまたいらんことを、と思うのと同時にわたしは、いやいやいやいやいや、と巻子の言葉に言葉をかぶせた。

「書いてない書いてない」

「なんでや、書いてるやんか」

「いや、書いてるけど書いてない、というより、書けてないっていうか」

「なんでや、がんばってるやないの」巻子は唇を少し尖《とが》らせ、どこか誇らしげな表情をして緑子のほうをみて言った。「緑子、夏はすごいんやで」

「や、すごない」わたしは少し苛だちを感じて言った。「すごいわけないやん。書いてるのはまだ、なんていうの、趣味やのに」

そういうもんかなあ、と巻子は首をかしげて笑ってみせた。巻子にとっては何の問題もない普通の話をしただけなのに、それにたいして言いかたが少し強くなってしまったかもしれないと思った。そして、それと同時にわたしは自分で使った趣味という言葉に後味の悪さのようなものを感じていた。傷ついたと言ってもいいかもしれなかった。たしかに自分の書いているものが小説といえるのかどうかも覚束《おぼつか》ない。それは本当だった。でもそれと同時に自分は、やっぱり小説を書いているのだという気持ちもあった。それは強い気持ちだった。はたからみれば何の意味もないことかもしれない。いつまでやっても誰にも何の意味ももたらさない行為なのかもしれない。でも、わたしだけはわたしのやっていることに、その言葉を使うべきじゃなかったのではないだろうか。とりかえしのつかないことを口にしてしまったような気持ちになった。

小説を書くのは楽しい。いや、楽しいというのとは違う。そんな話じゃないと思う。これが自分の一生の仕事なんだと思っている。わたしにはこれしかないのだと強く思う気持ちがある。もし自分に物を書く才能というものがないのだとしても、誰にも求められることがないのだとしても、そう思うことをわたしはどうしてもやめることができないでいる。

運と努力と才能が、ときとして見わけがつかないものであることもわかっている。それに結局のところ――この何でもないちっぽけな自分がただ生きて死んでいくだけの出来事にすぎないのだから、小説を書こうが書くまいが、認められようが認められまいが、本当のところは何も大したことではないのだということもわかっている。こんなに無数に本が存在する世界にたった一冊、たった一冊――自分の署名のついた本を差しだすことがたとえできなくても、それは悲しむことでも悔しく思うことでもないのだと。それはわかっているつもりなのだ。

でも、そこでいつも、巻子と緑子の顔が浮かんでくる。洗濯物がぐちゃぐちゃに積みあがったアパートの部屋、いつか巻子が背負っていたものなのか緑子のものなのか、あるいはわたしのものだったのか、色あせた合皮の赤いランドセルに入った無数の横皺が浮かんでくる。暗い玄関に湿気をたっぷり吸いこんでくたくたになった運動靴、コミばあの顔、一緒に掛け算を覚えたこと、米がなくてコミばあと巻子と母と四人で小麦粉と水をこねて団子を作ってそれをぐらぐら茹でたこと——何が楽しかったのか、それらを大笑いしながら食べたときのことが頭に浮かんでくるのだ。西瓜の種のちらばった新聞紙がにじんでいるのだ。コミばあのビル掃除について行った夏の日のことを、みんなで小さなビニル袋につめた内職の試供品のシャンプーのにおいを、ひんやりした青い影の温度を、いつまでも帰ってこない母を不安に思ったことを、そして工場の制服を着た母が笑顔で帰ってきたときの、あの気持ちを思いだしてしまうのだ。

こんなふうにつぎつぎにやってくるものと、わたしが小説を書きたいと思うことにどんな関係があるのかはわからない。わたしが書きたいと思う小説とわたしのこうした感傷は遠くにあるもののはずなのに、もう駄目かもしれない、わたしには文章なんて書けないのだと思うとき、いつも頭に浮かんでくるのだ。もしかしたら、こんなことを思いだすようなわたしだからいつまでたっても駄目なのかもしれない。わからない。でも、そのわからなさよりも、コミばあもいなくなって、母もいなくなって、巻子と緑子のふたりを残して東京までやってきたわたしが十年たっても何も結果を出せないでいること、ふたりの暮らしをちっとも楽にさせてやれないことを思うと、どうしようもなく胸が痛む。そんな自分が恥ずかしいし情けないし、本当のことを言えば、怖くて、どうしていいのかがわからなくなる。

巻子は返事をしない緑子にむかって話をつづけていた。夏子は小さい頃から本をようさん読んでて、難しい言葉もよう知ってて、すごい賢かったんやで。わたしは小説とかようわからんけど、すごいんやで、そのうちデビューして、作家になるんやで。

わたしは大きな嘘のあくびをひとつしてみせ、目尻に少しだけにじんだ涙を人さし指のはらですくって頬にこすりつけた。それからもう一度、大げさにあくびをしてみせて、ビールのせいか眠気がすごいな、などと言って話の流れを変えようとした。「ほんまに？わたしまだぜんぜん眠たない」と言いながら巻子は新しい缶ビールのプルタブをひっぱった。

「あー、わたしも飲も」

わたしは逃げるようにそれだけを言うと、ビールビールと独りごとのようにつぶやきながら台所へゆき、冷蔵庫のドアをあけた。

きちんとした冷気が保たれているのかどうかも心もとない冷蔵庫には、脱臭剤、味噌、ドレッシングが、持ち主にも忘れ去られた紛失物みたいにひっそりとならんでいた。かと思えばドアの内側には卵がびっしりと詰められており、さらにいちばん下の段にはパックで十個入りのものがまるまる残っている。

それは先週、まだ先に買ったぶんが残ってあることをうっかり忘れて、重ねて購入してしまったぶんだった。どちらかはもう腐っているかもしれない。日づけの記された紙きれを見ると、卵ラックにならんでいるぶんは明日まで、そしてパックのほうは昨日までとなっていた。今日と明日でこの分量をたべるのは無理そうだ。仕方なく生ゴミ用の袋を作ろうとストックしてるスーパーのビニル袋入れをがさごそと探っても、適当な大きさのものがない。それにしても卵を捨てるとき——殻を割って中身を先に捨てるものなのか、そのまま投げ入れるのか、あるいは割れないようにそっと置くのか、その方法がいつもわからない。卵の正しい捨てかた。そういうものがあるのだろうか。パック入りの卵を流し台の脇に置いたところで、なあなあ、と巻子の呼ぶ声が聞こえた。

「夏子ラッキー。わたしかばんにチーズおかき入ってた。まるまる」

「ナイス」

「せやけどなんかお腹すかん。なんかさっと炒めもんとか、なんか作ろか」巻子は台所の様子を窺うように首をくっとのばした。

「巻ちゃんごめん、うちなんもないんねん」わたしは言った。

「卵しかない」

「ほんまか」巻子はう一んと大きな伸びをして、あくびまじりの声で言った。「卵だけあってもなあ」

ちゃぶ台のうえには巻子とわたしが飲んだビールの缶がならび、それはかなりの数になっていた。自分の部屋でこうして酒を飲むというのもどこか不思議な感じがするものだった。ふだんはバイト仲間とごくたまに——数ヶ月に一度あるかないかくらいの頻度で飲みにいくことがあるくらいで、ひとりで家にいるときはまず飲むことはないし、そもそもそんなに酒が強くないのだ。ワインや日本酒を飲むと頭痛がするし、そもそもおいしいと思ったことがない。かろうじて飲めるビールも、五百ミリリットルを二本も飲めば手足が重く感じられ、ぐったりしてしまう。しかし今日はどういうわけか、そんな量はとっくに超えているというのに、いっこうにしんどくなる気配がない。もちろん酔ってはいるんだろうし、とくべつ気分がいいというわけでもないけれど、それでもふだんの自分があまり感じることのないような未知の感覚が混ざりあっているようで、まだまだ飲めるような気がするのだった。巻子に訊くと巻子もまだまだ飲めるというので、わたしはコンビニへ行って追加の缶ビールを七本とカラムーチョ、するめ、それからずいぶん迷ったけれど奮発して、六ピース入りのカマンベール・チーズを買ってきた。

玄関のドアをあけて靴を脱ぐと、巻子がこちらにむかってし一っというような仕草をし、緑子のほうを顎で示すのがみえた。緑子はビーズクッションのうえでノートをにぎりしめ、体を丸めたまま眠ってしまったようだった。いつも使っている敷き布団を押入れから出して部屋の隅にのばし、大阪からもってきて捨てずにおいたのをその横にならべた。

「緑子ははしっこにして、ほんならわたしが真んなかで寝よか」とわたしは言った。「巻ちゃんと緑子、隣って微妙なんやろ、朝起きて巻ちゃんが隣におったら緑子、発狂しそう」

わたしは緑子の手からノートをとってリュックサックのなかに戻し、緑子の肩を軽くゆさぶった。眉間に思いきり皺を寄せて目をつむったまま、緑子は無言で這って布団のほうに移動し、そのままばたりと眠ってしまった。

「こんな明るくても寝れるねんな」わたしは感心して言った。

「若いからな」と巻子は笑った。「でもうちらも基本的にずっと電気つけっぱなしやったろ」

「言われてみればそうやったな。いっつも電気ついてたな。おかんが帰ってくるまで明るくしてた。そっからごはん食べたりして、布団のうえで。ウインナ焼く匂いで起きたことあった」

「そうそう、ときどきおかん酔っ払ってて、起こされてチキンラーメン一緒に食べたわ」巻子は笑って言った。

「そうそう。夜中にウインナとかインスタントラーメンとか食べてた。せやからわたしあの時期、太ってたで」

「太ってたってあんたゆうてもまだ子どもやったやろ。わたし二十歳こえてたがな」巻子は首をふりながら言った。「あの時期、おかんも太ってた」

「太ってた」わたしは言った。「おかん、もともと細かったけど、あの時期めっさ太ってた。肉襦袢《じゅばん》ってあのことよな。後ろのチャックはよ下げて、とかゆうて、よう笑った」

「おかん、あんとき何歳くらいやったんやろ」

「四十歳ちょっとくらいかなあ」

「死んだんが四十六歳やから、それから」

「そうそう」

「一気に痩せてもうて。人間がここまで細くなるんかって、なあ」

そこでなんとなく会話はとぎれ、ふたりともおなじタイミングでビールを飲んだ。ごくりごくりと喉がふたつ鳴って、それからまたしばらく黙った。

「この曲、なに」巻子は口を少しひらいたまま顔をあげた。「きれいな曲」

「これは、バッハの」

「バッハ、へえー」

何周したのかわからない『バグダッド・カフェ』のサントラからは、バッハの平均律クラヴィーア前奏曲一番が流れていた。アメリカの西、熱にけむる砂漠で、何もかもが倦《う》んでいるカフェ。ある日とても太った白人の女性がやってきて、そしてみんなが少しだけ幸せになる話だった。終盤で黒人の男の子がこの曲を弾いていた。無口な男の子はずっとこちらに背中をむけていたような気がする。どうだったろう。巻子は目をつむり、メロディにあわせて頭を小さく左右にゆらしていた。巻子の目の下にはくまというよりはへこみができていて、首は筋張り、ほうれい線はくっきりとハの字に入り、頬骨が思っていたよりも大きく突きでてみえた。死ぬまでの数ヶ月間、何度か入退院をくりかえした病院のベッドや家の布団のなかでみるみる縮んでいった母の顔がちらついて、わたしは反射的に巻子から目を逸した。

◯　お母さんとあましゃべらず。っていうか、まったくしゃべらず。

純ちゃんもちょっとよそよそしい。わたしが純ちゃんを否定したように純ちゃんは思ったんかもしれんけどそうじゃなくって、おかしいと思っただけやねんけど。でも、説明するって雰囲気でもない。お母さんはなんか、最近ずっと豊胸手術、について毎日調べて、わたしはみんふりしてるけど、胸にふくらますやつを入れて、おっきい胸にするんやって。信じられへん。だいたい何のためによ？　考えられへんし、気持ちわるいし、信じられへん。きもちわるきもちわるきもちわるきもちわるきもちわる、きもちわる、テレビでみたし写真でもみた、学校のパソコンでもみたけど、切る手術やで。ざっくり切るんやで。切ったところからおしこんでいくんやで。いたいんやで。おかあさんはなんもわかってない。なんもわかってない。あほやわ、あほすぎ、あほすぎ、なんで、モニターするとか電話ではなしてんのこないだきいて、モニターっていうのは顔が雑誌とかパソコンでみられるかわりに、ただでやってもらえるやつのことで、それもほんまにあほと思う、おかあさんのあほ、あほあほあほ、あほ、なんでやねんな。火曜日からめっさ目の奥がいたい。あけてられない。　緑子

「あ、終わってもうた」巻子が目を細めてわたしの顔を見た。「いい曲は、はよ終わるんやなあ」

それから曲は明るいテンポのインストに変わり、巻子はトイレに立った。わたしはカマンベール・チーズの包みをめくって三角形の頭を齧った。小さなお祭りのような曲は一分もたたないうちに終わり、ボブ・テルソンの歌う「コーリング・ユー」になった。「店な」トイレから戻ってきた巻子は言った。わたしはチーズおかきのあわさった二枚をはがし、チーズのついていないほうを齧りながらあいづちを打った。

「最近は問題つづきでさ」

「ママは元気にしてはるんやろ。シャネルのママ」

「ママはな」巻子は言った。「いや、でも店的には頭痛いことばっかしやねんわ。看板だしてねんうちの店。ビルの下に。ごっついの」

「ごっついん」

「ごっついねん。シャネルーて書いてな、カタカナでな。黄色の電球で縁どってんねん。あれな、いちばん出勤の女の子が店あける直前に下に降りてって電源いれて電気つけるねんけどな、コンセント差しこむとこあるやん。電源っていうの。あれがビルの壁っていうか、まあすぐ近くにあるわけ。んで、普通にそこに差すねんな。そしたらあんた、隣のビルの一階のタバコ屋がな、それうちとこの電気やゆうてきて」

「おお」

「これまで無断で使ってきたぶん、あわせて払えゆうてきてん」

「その電源、隣のビルの壁についとったん？」

「そうそう」

「むきだしの電源が」

「そうそう、電源あったらふつう差すがな。電源が誰のもんとか電気が誰のもんとか、そんなん考える？　電気なんかみんなのもんやろ普通」巻子はジャッキーカルパスの包みをぱりぱりと剝がしながら言った。「ママぶちぎれて大騒ぎやがな。知ってた知らんかったの言いあいになって、んでそれからじっさいに払うか払わんの金額の話になって」

「なんぼくらいになるん、そういうの」

「店な、シャネルじたいはあそこでもう十五年くらいやってるねんな。そやから、一日数時間ぶん掛ける、十五年ってことになって」

「ほう」

「二十万現金で払えって話になって」

「えっ、ちょお待って」わたしは中腰になって体をひねり、机のひきだしから電卓を取りだした。「二十万割る十五……一年で一万三千三百ちょっと、それ割る、十二で一ヶ月が千百円くらいか……でもいきなり現金で二十万とか泣くわ」

「そうやねん、んで電源がそこしかないからさ。揉めてそこが使われへんようになったら、それはそれでうちらも困るやろ。あんまおおごとにせんとこゆうてんねんけど、ママにしたら二十万なんかどこにあるねんゆうてめっさキレてる。ほかにも女の子らのあいだでもまあこれが揉めごとがあってさあ、じつは三ヶ月くらいまえに、ずっとおった女の子がやめてしもて……なあ、ちょっとテレビみよか。つけてもええ？」

わたしはＣＤを止めてテレビのリモコンを巻子に渡した。電源を入れると、ぶうんというかすかなうなり声をあげてテレビの画面が明るくなり、バラエティ番組が映った。テレビはここに来たとき、リサイクルショップで四千円で買ったものだ。

「こないだ電器屋で初めて液晶テレビみてんけどな。びびるで、めっさ薄いねん。それがなんぼすると思う。百万。誰が百万も出してテレビ買うねん。金持ちが買うんやろな。さっき風呂でもゆうたけど、画面めっさ黒かった」巻子はチャンネルのボタンをぽつぽつ押しながら、んで話なんやったっけ、とわたしの顔をみた。

「店やめた人の話」わたしはジャッキーカルパスを齧って言った。「名前なんてゆいはったっけ、けっこう長い人よな、巻ちゃんよりも長い人」

「そうそう、スズカな。五年くらいおったかな。韓国の子でな。店のことなんでも知ってるし、じっさいに店まわしてたんスズカやしな。長かったわな」

「んでその長いスズカは、なんでやめたん」

「スズカがやめる二ヶ月くらいまえにな、新しいバイトの子が入ったんや。その子、中国から来た子でな、留学やゆうてたけど、どこの学校かは知らんけどまあ勉強しにこっちの大学に来てて、募集みて来やってん、お金いるしってゆうて」

「アルバイト雑誌のナイトページやな、そこだけダークな色してる」

「そうそう、んでその子ジンリーってゆって、普通の子やねんけど、黒髪で色白で化粧っ気もなくて大学生やろ。ママがえらい気に入ってもうて」

「まあ、笑橋にはおらんタイプやな」

「な。韓国の子はそこらへんにおるけど、中国の子はまたちょっと珍しいよな。でもべつに何ができるわけでもなくて、基本、座ってるだけやねん。日本語も片言やし、そやけど客もなんかまあ珍しいしでジンリーをちやほやするやん。それはそれでええねんけど、スズカにおばはんどっか行けやとか、酒がまずなるとかそういうジンリーを褒めたいがためにスズカを落とす、みたいなノリで言うてくる客もちらほらおって。まあスズカも古いしそんなんなんぼでも流せるけど、基本座ってるだけのジンリーにたいして、スズカはもともと苛々してるわけよ。んでその雰囲気見たママにさ、右も左もわからんなかで稼ぎに来てるねんから、あんたが面倒みたらんでどないするんや言われて、それはまあせやな、みたいな感じでまあ、なんとかやってたんやけど」

「スズカて何歳なん」わたしは訊いた。

「三十過ぎとか?」巻子は言った。「まあ、わたしよりはそらずっと若いけど、まあ言うたら若くはないやんか。それに昔から水商売してるしな、苦労もしてるからやっぱり年いってみえるしな。最初会ったときおない年くらいかな思ったもん。

んでいつやったかな、店が坊主のときあって、うちら三人でおったんやな。ママはまだ来てなかったかなんかで、うちらしかおらんかってん。んで暇やな、とかなんとか言いながら、ジンリーに中国の話とか聞いとってん。『ジンリーって漢字どう書くん』、

『静かなお里と書きます』とか」

巻子はジンリーの日本語のイントネーションを真似して言った。

「中国ってやっぱ厳しいん？　とか、やっぱ中国ってお金ないんか？　とか。ほんまにあんな人民服着てまだいっせいに自転車乗ってんの、とか。ネスカフェのインスタントコーヒーの空き瓶にウーロン茶入れて飲むんがブームって昔テレビで見てびびってんけどまだそんなん？　とか。そしたらジンリーは、そうですそうです、いま北京オリンピックとかいってますがあれは嘘、ちょっとの人だけの話で、ほとんどの人はお金なくて大変、お金がないからごまかすし、技術もないからこのあいだの四川の地震で学校が崩れて子どもたちがたくさん死にました、トイレにはドアもないし、わたしの生まれた村なんて道路も家も牛も人間も一緒です、日本みたいな清潔で豊かな国になりたいとみんな思ってる、憧れてます、みたいな話になって。ほかには政治の話っていうか、コキントウやっけ、わたしよお知らんけどいま偉くなってるそっちじゃなくて『わたしたちの心に永遠にいるのはトウショウヘイ先生なんです』とかゆうて胸に手あてたりとかしてな。わたしらそんなんピンとこやんけどもさ、まあそんなこと話してるうちに、ジンリーの家の話になって、実家もそうとう貧乏やねんてな。

弟とか三人おって、いちばん下の子はちょっと知的障害の気もあって、おばあもおじいもおって、一家が貧乏からぬけだすには勉強しかない、頭つかうしかない、ゆうて。

そやけどジンリーは女やろ、おじいとかが女に学は必要ないとか、金をつかうんやったら男につかえ、みたいなこと言いだしてめっちゃ揉めて、せやけどジンリーしか一発逆転できる可能性がなくて、ジンリーだけが頭良かったんやな。日本語できたら日本で稼げるしゆうて、ひとりで日本語勉強しはじめてちょっとずつできるようになったんやて。古い教材っていうか本で勉強したから、店でも客に『すっごーい！』とか言う場面でも、真顔で『見あげたものですね』とか言うたりするねんけど、まあそれはいいねんけど、『あんな村から勉強する人なんかひとりもいないんです、走りまわっていろんな人からいじめられながら罵られながらお金をかき集めてくれて、母も父も大変だったです』ってジンリーも涙ぐんでな。んでなんとか学つけて立派になって、たくさん親孝行してあげたい、学費でようさんお金かかるけど、こっちでバイトしてできるだけ貯めたい、がんばりたい、わがまま言って来させてもらった日本やから、みたいな話になって。

なんやあんたも苦労してんねやんか、みたいになって、スズカもぐっときてな。よっしゃわかった、ジンリー、あんたはわたしを大阪の姉ちゃんと思って何でも言いや、とか涙ぐんで。んで三人で乾杯してやな、肩組んでユーミンの『真夏の夜の夢』とか歌ったんや。客もこんし。んでジンリーが意外にこれ、タンバリンがわりと本格的で腕まわして太股でばしばし鳴らしてなんか競技みたいになってるねんけど、なんでかそのあいだじゅうずっとぱっきぱきの笑顔でわたしの目ぇみてぜったいそらさへんねん、あれいっつもこわいんか面白いんかわたしもわからんようになるねんけど……って、なんやっけ、そうそう、そんな感じでうちらめっさ盛りあがったあとに、時給の話になったんや。んでスズカがジンリーに、あんたぶっちゃけなんぼもらってんのって訊いたんやな。ほんまはルール違反やねん。給料の話はご法度やん。せやけどスズカ、あんたにはがんばらなあかん事情もあるんやし、足もと見られて少ないんちゃうか、いつでも交渉したるでな、わたし立場的にはママの右腕やしな、とか胸張ってゆうて。そしたらジンリーな、『わたし二千円です』って」

「え」

「え、やあるかいな」巻子は言った。「その金額きいたときのスズカの声よ……死にかけの鶏でも出さんような声だして。死んでしもたか思たわ。んでわたしもそのとき初めて聞いてんけど、スズカの時給」巻子は言った。「千四百円やってん」

「六百円も安い、ジンリーより」

「それも一年まえ、めっさねばって賃あげ交渉してな、しぶしぶ千四百円になったんや」

「きっつ」

「きっついやろ」

ちなみに巻ちゃんは時給なんぼ……という質問をぐっと飲みこみ、わたしは訊いた。

「それで辞めたんかいな」

「せやせや。二千円って聞いたときスズカ、顔が、も、折り紙の裏みたいに白うなってもうて。ほんでからつぎは赤なって、まだらんなって。んで何にも気づかんでジンリー、目えに涙浮かべながら『お姉さん、もっともっとわたしたちは歌をうたいましょう！』とかゆうて『サバイバル・ダンス』とか入れるしやな、丸椅子に座ったまま放心状態のスズカの肩をジンリーぐらんぐらんゆらしてやな、日本語めちゃくちゃなサバイバル・ダンスやろ、んでジンリーがこれまたまじで歌が下手くそやねん、頭おかしなりそうやったわ。んで、つぎの日そっこうでスズカがママつめたら、ちょっとけんかみたいになってもうて、んでスズカそのまま来やんようになってしもてん。

『あの子は中国から来て言葉もわからんのに勉強して家族のためにがんばっとるんやがな』て言われたんやて。ほしたらスズカも『わたしも韓国から来て家族のためにがんばってる』って涙ながらに言い返してな。そしたらママ、『ジンリーは若いがな。ほんで腐っても女子大生やがな。値打ちがあるがな、しょうがないがな』って。こんだけ店まわして、これまで飲んで飲まれて一生懸命やってきた自分が情けないってスズカ、泣いてたわ」

わたしは「サバイバル・ダンス」がわんわん響くなか、精神が瀕死状態になってるスズカがジンリーに肩を組まれて体をぐらんぐらんにゆさぶられてるところを思い浮かべてみたけれど、そもそもわたしはふたりの顔を知らず、その想像がどれくらいうまくいっているのかいないのかいまいち判断することができなかった。

「それから警察も来たんや」少しあとで巻子が言った。

「スズカが店に灯油まいて？」

「ちゃうがな」と巻子はため息をついて言った。「その一悶着あったあと、女の子が面接に来たんや、ふたり。スズカ辞めてしもて、ジンリーも毎日じゃないし、ふだん店におるん、わたしとママと五十代のテツコさんだけになってしもて。どんだけ照明落とさなあかんねんって話やんか。そしたらおなじ専門学校に通ってて親友なんですっていう二人組が来たんや、バイトさせてくれって。んで毎日入れるっていうから、ま、いちおう面接してな、んで来てもらうことになったんや。ノゾミと杏《あん》って名前で、本名でいきますゆうて。はきはき元気で明るそうやし、それぞれ愛嬌もあったし、よう笑うしな。でも、頭とかな、プリンなってってばしばしの金髪やし、専門学校とか嘘やねん。見たらわかるねん。杏とか横の歯が一本ないし、笑ったときに奥歯も虫歯だらけで真っ黒やし、ノゾミなんか髪の毛いつもからまってるしやな、へんな話、ちょっとにおいするときもあってな。座りかたとか、なんか食べるときの感じですぐにわかるんやんか、そういうの。誰にも構われへんで大きなった子らの典型やな。親もちゃんとおるとは言うてるけど、二人でどっかふらふらしながら友だちんとこか彼氏んとこかわからんけどそのへんで暮らしてる感じやったわ。バッグに汚れた洗濯もん入ってるときもあったしな。でもこっちも人が足らんからそういうところはあんましみんようにして、まあ来てもらってたわけよ。お酒もよう飲むし、売上がんばるわママー！とかゆって。すぐに慣れて、人懐っこくって、ママもあんたら可愛いやん、みたいな。じっさいにめっさいい子らやってん。

んで、二ヶ月くらいたったんかな、ある日ふたりともが来やん日があったんや。連絡なしで。無断欠勤とかそれまで一回もなかったから、あれえ、ゆうてな。そしたらつぎの日も、そのつぎの日も来やんくてな、連絡もとられへんくなって。店はええ感じやったし仲は良かったし、店終わりにみんなで焼き鳥食べたりな。ボウリングもしたことあるわ。その頃にはもう専門学校生やっていうのが嘘やってことは、いちいち確かめはせんけどなんとなくみんなわかってて、将来は喫茶店やってみたいねんとか、美容師にも興味あるとか、やっぱり結婚して子どもとか産んで幸せになりたいわとか話してな。ええ子らやし、一生懸命でな。そんなんやから、辞めるんやったら辞めるってちゃんと言うやろし、わたしらも心配してさ。そしたら警察が来てやな。早い話が、ノゾミと杏、売春させられとったんや、男に。男に言われるままにずうっと客とらされとってんな。んで、笑橋の汚いホテルでな、客にぼこぼこにされてん。ノゾミが」

わたしは巻子の顔を見た。

「それがけっこうえぐかってな」巻子はくしゃくしゃになったカマンベールの包み紙をしばらく見つめ、それから顔をあげた。「ホテルの従業員が救急車呼んでえらい騒ぎになってん。警察がうちの店に来る一週間くらいまえになるんかな、あっち側のな、病院側な。ホテルでなんか事件あったんはなんとなく聞いたけど、まさかそれがノゾミやったとはな」

巻子は息を吐いて言った。

「も、全身ぼこぼこ。顔がとくに酷くてな、顎の骨折れてな、ほかも陥没したとこもあってな、意識なくなってな。相手は捕まったけどシャブかなんかやってたんちゃうかって。そのへんのしょうもないチンピラや。よう死なんかったで」

わたしは首をふった。

「ほんで警察が入って、調べてるうちにうちの店でバイトしてたこともわかってきて」

巻子は唇のはしにきゅっと力を入れて言った。

「じつは、十四歳やってん」

「十四歳？」わたしは巻子の顔を見た。

「杏は十三やって。ほんまやったら中一。年齢わかって働かしてたんちゃうんかって話で、警察が来たんやな。んでもっと言うたら、ここでも客引いてたんちゃうかっていう」

「それは」

「もちろんそんなことないし、わたしらもさすがに中学生とか思うかいな」巻子は首をふった。「体も大きいし、そこはほんまにわからんかってん。杏はそのまま行方不明。どこにおるんかまったくわからん」

「ノゾミは」

「一回、わたしひとりで病院にみにいった」巻子はビール缶を手にもち、少しして思い直したようにちゃぶ台に置いた。「ノゾミ個室におってな、顔も肩も包帯ぐるぐるまきで板みたいなんで挟まれて固定されてな、顎の骨ぐちゃぐちゃになってるやろ、なんも食べられんで、鼻から下には鉄のマスクみたいなん嵌《は》められて、そのすきまからチューブ入れてそこから栄養とってな、そんなふうにしてたわ。

わたしが部屋入ったらな、動かれへんけどわかったみたいで、目のまわりもまだ青黒くてぱんぱんに腫れててな、それでも口閉じたまま、あーあー言うて体起こそうとするから、何もせんでええ、そのままおり、ゆうて。ゆうて。んでそのまま座って、それにしてもあんたすごいことなってるなあ、ゆうて。わたし明るい感じでいこって思ってたからさ、あんたそれ鉄仮面伝説やがな、リアルでスケバン刑事やがなゆうて笑ってみせてな。ノゾミ、スケバン刑事知らんかったけどな。ほかには最近のママの失敗談とか、よお知ってるお客さんがスクラッチくじ当たった話とかな、ノゾミもしゃべられへんけど、うんうん聞いてる、みたいな目でこっち見て、小一時間くらいおったんかな。あほなことばっかり聞かしてな。

んでまた来るから要るもんあったらゆうんやで、今度来るときはごっつぃヨーヨーもってくるからな、とかゆうてまた笑って。お母はん来はるよなって訊いたらノゾミもちょっと顔動かして。ママが言うに、おかあはんは九州におるみたいで、齢きいたらあんた、三十やゆうやんか。ノゾミは十六とかそのへんで産んだ子やねんな。おとん違いのまだ小さい弟と妹がおってすぐには来られんらしいけど、でも来ることは来るって話で、よかったなゆうて。わたしもまた来るからな、って行こうとしたらな、指でそこにあるペンとメモ帳とってくれゆうから、渡したんや。そしたらゆっくりな、よろよろの字で、ごめんなって書いてな、みせごめん、って書くんや。わたし、あんた何ゆうてんの、ゆうて。謝りな、ゆうて。あんた痛かったやろ、痛かったやろゆうて、ごしごし足さすってな。だいじょうぶやだいじょうぶ、だいじょうぶ、だいじょうぶ、すぐようなる、ノゾミ、うちらこんなんで負けるかいなゆうて。なんとか笑お思てんけど涙止まらんくてな、ノゾミも泣いてな、涙で包帯もろもろなってな、ノゾミの足、ずっとさすっててんけどな」

○

最近はものをみてると頭がいたい。最近はずっとずきずき。目からいろんなものが、入ってくるのか。目から入ったもんは、どっからでていくのでしょうか。どうやってでるの、言葉になって、涙になってか。でももしか、泣いたりも、しゃべったりもできひん人やったらば、そうやって目にたまったもんを出すことができん人やったらば、目からつながってるところがぜんぶぜんぶふくらんで、いっぱいになって、息をするのもしんどくなって、それからどんどんふくらんで、目はもうきっと、あかなくなってしまうでしょう。

緑子

わたしは知らないうちに口もとにやっていた手をおろし、それから眠っている緑子をみた。それからふたりとも黙ったままビールを飲んだ。皿のうえの柿ピーは、柿の種が食べつくされてピーナツだけが残っていた。つけっぱなしになっていたテレビでは北京オリンピックの様子が映しだされていた。電子音のような乾いた笛の合図のあとで、水泳選手たちがいっせいに飛びこむ瞬間だった。競泳用の水着をつけた何人もの女性選手たちのつるりとした大きな背中が規則正しく水面から飛びあがり、沈み、左から右へ、そして右から左へ、全身で水を刻むように進んでいった。

巻子がリモコンを手にとってチャンネルを変えた。名前を聞いたこともない邦楽のバンドがギターをかき鳴らしながら、最愛の人よ、俺の胸のなかで幸せになれ、と叫んでいた。わたしたちはその演奏を見るともなく眺め、しばらくしてまたチャンネルを変えるとつぎは報道番組で、内閣改造を受けて上昇した支持率と秋の総選挙の可能性についてコメンテーターたちがあれやこれやと話していた。それからべつの番組では、先月発売されたアイフォンの攻略法についての特集が組まれていた。わたしたちは黙ったまま、画面を眺めていた。巻子はまたチャンネルを変えた。みるからに予算のかかっていなさそうなローカル番組が映しだされ、「お受験は今」という派手なテロップが画面の右うえにはりついていた。カメラは難関私立学校の合格発表で番号を見つけた子どもと、その肩をぎゅうっと抱きよせ、涙を流して喜ぶ母親の姿を映していた。もうほんとに、血のにじむような思いでふたりでここまで来ましたから、と母親は嗚咽《おえつ》に震える声でコメントしながらハンカチで鼻を押さえ、ええ、この子の才能を信じて、こうなったらいくとこまで行ってほしいです、え？　もちろん東大です、と力強く締めくくった。どうやらこれは過去の映像で、それから数年たった現在、この親子を再訪するという企画らしかった。画面は焼酎のコマーシャルに切り替わり、新発売のカップラーメンになり、痔の薬になり、滋養強壮ドリンクになり、わたしたちはつぎつぎに映しだされては流れていくそれらを黙って眺めていた。

「けっこう飲んだよな」巻子は言った。ちゃぶ台のうえにも絨毯のうえにもビールの缶が乱立し、台所のゴミ袋に捨てた分もある。ぜんぶで何本飲んだのか数える気持ちにはならなかったけれど、ふだんでは考えられないほどの量を飲んだに違いなかった。それでもわたしは自分が酔っているようには思えず、眠気もなかった。時計を見ると十一時だった。

今日は朝早かったし、もう寝よか、と巻子は言って、ボストンバッグから寝間着用のティーシャツとスウェットパンツを取りだして着替え、わたしは歯を磨きに立った。入れ替わりで巻子も歯を磨き、わたしは緑子の左どなりに横たわった。巻子が腕を伸ばして電気を消し、わたしの左どなりに寝転んだ。巻子の髪からかすかにトリートメントの匂いがした。

横になって暗闇のなかで目をつむっていると、頭のなかがぱたんぱたんと規則正しく折りたたまれていくような感覚がつづいて、寝つけなかった。そのうち体がだんだん熱く感じられるようになり、わたしは緑子と巻子のあいだで何度も小さく寝返りを打った。足の裏がじんじんとして熱く、少しずつぶあつくなっていくような感じがした。頭ははっきりしてたけどちゃんと酔ってたんやな、とわたしは寝苦しい体のなかで身をよじり、息を吐いた。

閉じたまぶたの裏で、色や模様が浮かんでは混じりあって消える。それが何度もくりかえされる。消毒液の匂いが均質に漂っている、誰もいない廊下を進む。病室のドアをそっと押してなかを覗くと、ベッドにあおむけになったノゾミがいる。包帯に巻かれているせいで、どんな顔をしているのかはわからない。十四歳。十四歳の頃。わたしが初めて履歴書を書いた年だ。近所の適当な公立高校の名前を書いて、薬局の使い尽くされて穴のあいた試供品の口紅を塗って、工場へゆき、朝から晩まで小さな電池の漏電を調べていた。紫の液体が指先につくとそれは深くしみこんで、いつまでも真っ青なままだった。洗っても洗っても色がとれないのは洗い場の流しにいつも積みあがっている灰皿だ。煙草の煙、いつまでも頭のなかで反響するマイクのエコー、ビールケースを外に出して、母が手をのばしてうえの鍵、しゃがんで下の鍵を締める。歩いて帰った夜の道、電柱の陰で、自動販売機の裏で、卑猥な言葉を投げかけてにやにや笑う男たち、黒くなった口のまわり、ズボンの汚れたすそ、ふらふらと伸びてくる手。わたしは急ぎ足でビルの階段をあがる。

そのうち、いつか誰かと話した言葉と、そうでない言葉の見分けがつかなくなってゆく。夢でみた景色と記憶がゆるやかに編みこまれ、どこまでが本当のものなのかがわからなくなっていく。いくつもの裸を包む細かな霧にはほんまは音があるんとちゃうか。高い壁、男湯と女湯を仕切る高い壁、銭湯のカコーンという鹿威しの音が響いている。湯船に浸かるたくさんの女たちの裸がこちらを見ている。たくさんの乳首がいっせいにこっちを見る。湯気がこもり、わたしは足の裏を揉んでいる。かかとはいつも皮がささくれだっていて、剥いても剥いてもきれいにはならない。おかんの足はいつも粉をふいていて真っ白で、爪は茶色に変色していた。コミばあが泡立てた石鹸をつけた手でわたしの足の指のあいだを洗ってくれる。湯を沸かすときのレバーのちょっとした角度がだいじ、コツがいるねん、かちかちかち、それからぼんっとガスの点く音、コミばあの裸、体じゅうに飛び散った血豆を数える。これなに？　血豆。これつぶしたらどうなるん？　ここから血がぜんぶふきだして、コミばあの血がぜんぶ出て、コミばあ死んでしまうのん？　あのときコミばあは、なんて答えてくれたっけ。なあコミばあ、もっと血豆を守らなあかんのとちゃうんのん、つぶれんように、血がふきだせへんように、なあコミばあ死んだらわたしどうしたらええん、なあコミばあ、死なんとって、死なんとって。コミばあ、ずっとずっとそばにおって。そんなん言いな、一緒にこれ食べよう、お腹へったら何もできひん、巻子がいっつももって帰ってくる焼肉弁当は甘い肉、たれのついた茶色いご飯。なあ巻ちゃん、さっき浮浪者みたいな人おったやん、さっきじゃなくてもいろんなところにおるやんか、家ない人、ホームレスの人、どこにも帰るところがなくなった人。わたしいつもおとんちゃうかなってどきっとするねん。なあ巻ちゃん、あそこにおる人、あそこでぼろぼろになってうずくまってる人がおとんやったら巻ちゃんどうする、家つれて帰ってお風呂入れたる？　やっぱりそうする？　つれて帰って、何か食べさせて、それから何しゃべったらええんやろう。なあ巻ちゃん、九ちゃん泣いてくれたよな、おかんの葬式に顔くしゃくしゃにしてきてくれて、二千円もって九ちゃん来たなあ、夏の暑い日、九ちゃんぼろぼろ泣いてくれた。コミばあ、高架下でよう叫んでたん覚えてる？　わたしの手もって、巻ちゃんの手もって、電車があって走ってうるさくなるタイミングでコミばあ叫んでた、電車、明日になったら緑子つれて電車にのって、ゆれて、巻ちゃん帰ってくるまでどっかいこかな、せっかくやし、緑子の髪の毛ちゃんとくくって、電車座って、髪の毛多いなあ、指がどんどん入っていって森みたい、わたしみたい、なんであんた鞄もってないの、さっきまで隣に座ってたんはお父さんとお母さんやなかったん、なあ、あんたは昔、電車で会った子よな、なんでそんな笑ってるん、昔じゃない……ああそう……これって今日の朝のこと……そうか今日の朝のこと……ふうん、なんかめっさ昔みたい……新聞のちらしに……家の広告、間取りのちらし、あれにいっぱい窓を描いて、ちっちゃい四角、好きな窓……おかんの窓、巻ちゃんの窓、コミばあの窓、みんなにひとつずつ好きなときにあけられる窓を、描こう、描いたら、光が入って風が入って、そんなふうにわたしは眠った。

6　世界でいちばん安全な場所

それにしても、とわたしは古い綿がいっぱいにつめられたような頭で思う。今日は何日。尾てい骨あたりにぬるっとした感触があり、できれば眠ったまま少しも動きたくなかったけれど、仕方なく起きあがってトイレに行った。

頭のなかでカレンダーを思い浮かべて、前回の生理日、丸をつけた場所を思いだしてみる。あのへん。予定としては、十日前後はやいのではないだろうか。

思えば先月も、そのまえの月も、ここのところ少しずつまえのめりで生理がやってくるようになっている。最初に生理が来てからの数年をのぞいた十五年以上、それはまるで定規できっちり線を引くみたいに二十八日周期で規則正しくやってきていたのに、この二年ほどのぐらつきには何か理由があるんやろうか。

そんなことを思いながら、なぜこんなにいつまでも終わらないのだろうと、寝ぼけ頭でも驚いてしまうくらい長い放尿が終わるのを待ちながら、わたしはパンツの股の部分についた血をぼんやり眺めた。それはどこか日本地図に見えないこともないようで、大阪がこのあたり、そしたら四国はこのへんか、それで行ったことはないけれど青森が、などとやっていると、青森に限らずわたしはほとんどどこにも行ったことがないよなあとぼんやり思った。パスポートももっていない。

外の明るさの雰囲気からして、まだ七時にもなっていないはず。夏はまだ目覚めておらず、空気がひんやりしていた。眉間に力を入れるとかすかな痛みが走った。二日酔い。けれど気分が悪いということもないし、そんなにひどくはないみたいだ。紙袋からナプキンを取りだして包装をはがし、股の部分に装着した。パンツを引きあげて水を流して部屋に戻った。ナプキンはふかふかしていてまるで股の布団やなと思いながら、わたし自身も再び布団にくるまった。

二度寝に戻るか戻らないかのうつつのなかで、あと何回生理になるんやろうなとぼんやり思った。生理はあと何回、わたしの体にやってくるのだろう。これまで何回、生理になったのか。そうすると、今月も受精はありませんでしたね、というようなフレーズというか誰かの台詞が漫画の吹きだしのように目のまえにやってきたので、わたしはじいっとそれを見た。受精はありませんでしたね。はい、受精ね。ええ、ないですよ。今月どころか、来月も、そのつぎもそしてまたそのつぎも、受精の予定なんてないですよ。わたしはその吹きだしにむかって淡々と説明した。頼りない声が体のなかで響いているのが少しずつ遠ざかってゆき、気がつくとわたしはまた眠ってしまっていた。

本格的に目が覚めたとき、巻子がいないのでどこへ行ったのかと一瞬とまどったけれど、ああそうだった、昨晩ビールを飲みながら巻子が言っていたことを思いだした。

「こっちの友だちに会って、それからそのまま銀座に行って、例の、選びぬいたわたしのあのクリニックに行ってカウンセリング受けてくるわ。もろもろで七時まえくらいになるかも。晩御飯はまた決めよ」

時計をみると、午前十一時半。緑子はすでに起きていて、布団のなかで本を読んでいた。わたしはふだん朝食を摂らないのでうっかりしていたけれど、子どもの緑子には朝食が必要なわけで、緑子ごめん、うっすら二日酔いで二度寝してもうた、お腹へったやろ、ごめんごめんと謝ると、緑子はわたしの顔をじっとみてから台所のほうを指さし、パンを食べた、というような仕草をした。よかった、何もないけど何でも食べて、と笑うと緑子は肯き、本のつづきに戻った。

夏の朝。窓は穏やかに光っている。大きくのびをすると、体のどこからかぱしぱしと関節の鳴る音がした。起きあがって布団をめくると、生理の血がシーツにまあるくついているのがみえた。ああ、こんな失敗は何年ぶり。この数年、生理周期が不順になっているとはいっても、こんなんいったいいつ以来。わたしは胸のなかでため息をつき、脇のファスナーをひっぱって布団をぬきだし、シーツをくるんで風呂場へ行った。

生理の血は湯で洗ったら、固まってとれなくなってしまうので水で洗わなければならない——このことを教えてくれたのは誰だったろう。学校でもなし、母でもコミばあでもなし。そんなことを考えながら、広いシーツの血のついた部分をつまみだして、洗面器に洗剤を溶かしてそこに浸け、ぼわりと血が溶けるなかで洗っていると気配がして、ふりかえると緑子が立っていた。

わたしはしゃがんだまま首をひねって緑子を見あげ、なあ、きょう遊園地行ってみよか、と話しかけてみた。それから、きのう失敗してもうて洗ってるねん、とつづけた。緑子は返事をせずに黙ったまま、わたしの手とシーツの動きを見ているようだった。シーツをこするどことなくこそばゆげな音と、洗面器のなかで水が小さく跳ねる音だけが狭い風呂場に響いていた。血は水じゃないと落ちひんねんで。泡のなかで血がとれたかどうかを確認しながらしばらくしてふりかえると緑子と目があった。うん、というように緑子は首を動かして、部屋に戻っていった。

◯卵子についてこれから書きます。今日しったこと。卵子は精子とくっついて受精卵というのになって、くっつかないままのは、無精卵というのらしい。ここまでは知ってた。受精は、子宮のなかでそうなるんではなくて、卵管という管みたいな部分でふたつがくっついて、受精卵になったものが子宮にやってきて、着床というのをするらしい。

しかしここがわからない。どの本を読んでも絵をみても、卵巣から卵子がとびだすときの手みたいなかたちをしてる卵管に、どうやって入るのかがわからない。卵巣から卵子がぽんと出る、と書いているけれど、どうやって。あいだにある空間はどうなってるの。なんでよそにこぼれたりせんのかなぞ。

それから、どう考えてよいのかわからないこと。まず、受精をして、その受精卵が女になるんですよって決まったときには、まだ生まれてもない女の赤ちゃんの卵巣のなかには（そのときに卵巣がもうあるなんてこわい）、卵子のもと、みたいなのが七百万個もあって、このときがいちばん多いのらしい。それからその卵子のもとはどんどん減ってってって、生まれた時点で百万個とかになってって、新しく増えたりはもうぜったいにせんのらしい。それからもずっとずっと減ってってって、わたしらぐらいの年になって生理がきたときには三十万個くらいになって、ほいでそのなかのほんのちょびっとだけがちゃんと成長して、その、増えるにつながる、あの受精というものができる、妊娠できる卵になるのらしい。これはすごくこわいこと、おそろしいことで、生まれるまえからわたしのなかにも、人を生むもとがあるということ。大量にあったということ。生まれるまえから生むをもってる。ほんで、これは本のなかに書いてあるだけのことではなくて、このわたしの、このお腹のなかにじっさいほんまに、いま、起こってることであること。生まれるまえの生まれるもんが、生まれるまえのなかにあって、かきむしりたい、むさくさにぶち破りたい気持ちになる。なんやねんなこれは。

緑子

夏休みということもあり、遊園地はたくさんの人で賑わっていた。けれどごったがえしているというほどの混雑でもなく、昨日の東京駅のほうがよっぽど人口密度は高かった。すれ違う人々の距離は適度に保たれ、みんな楽しそうに笑っている。家族づれ、まだ子どものような顔つきをした学生のカップルや、興奮のあまり叫び声とほとんど区別がつかない笑い声をあげている大人数のグループ。手をとりあってはしゃぐ女の子たち。このまま登山でもするのかというくらい重そうなリュックをかついで真剣な顔つきで地図を確認しながら歩く男性。たくさんの荷物をぶら下げたベビーカーを押しながら、好奇心に目を輝かせて少しでも先へ急ごうとする子どもたちの名前を大声で呼びつづける若い母親たち。ベンチでアイスクリームを舐めている数人の老人もいた。地上では人々がめいめいに動き、食べ、待ち、そこにさまざまな音楽と歓声とが混ざりあい、ときおり頭上を走るジェットコースターの轟音が鳴り響いた。

緑子がどれくらい乗りものにのるのかは見当もつかなかったけれど、わたしには乗り放題つき無料券がある。受付でフリーパスと交換し、これ巻くで、と言うと緑子は黙ったまま、日によく焼けた細い腕をこちらに伸ばした。わたしは緑子の手首に特殊なテープの輪っかをつくって、太さがちょうどよくなるように慎重に測って固定した。緑子はつけ心地を確かめるように手首を動かし、それから太陽にかざすようにして目を細めた。

「これはもう、日に焼けるというより、焦げるやな」とわたしは言った。「がまんしてでも、黒の長袖着てくるべきやった」

今日の最高気温が何度になるのかは調べてこなかったけれど、三十五℃を優に超えているのではないかと思うくらいの暑さだった。太陽は昇りつめ、放熱をさえぎるものは何もなかった。売店のひさしに、人々の肌に、ちょろちょろと水の噴きだす幼児たちの遊び場に、チケット売り場の看板に、巨大なアトラクションの鉄の表面に、真っ白な日差しが容赦なく照りつけていた。売店の横のベンチにはそろいのサイケ柄のホルターネックのワンピースを着た女性の二人組がいて、楽しそうに笑いながらお互いの背中に日焼け止めを塗りあっていた。

「わたし、いっかい焼けたら三年は黒いままやねん」わたしは二人組のほうを見ながら緑子に話しかけた。「見て、ホルターネックのワンピ、かわいいな」

緑子はホルターネックにも日焼け止めにもワンピースにも興味はないようで、地図を見い見い、顔をあげ、アトラクションの位置を確認しながらときどきふりかえってこっちこっちというように合図をする。まるい額にはあげきれなかった前髪の産毛が汗ではりつき、頬がうっすら紅潮している。

「これ乗るん？」

緑子が最初に選んだのはバイキングという、あの巨大な船を模したもので、アナウンスを見れば二十分待ちとある。だんだん加速はするけれど基本的には前後に大きくゆれるだけで、見た目にはそんなに激しさはないように思えるけれど、それは大きな間違いだ。いつだったかブランコの巨大版だと思えば平気かもしれないと思って一度だけ乗ったことがあり、ひどく後悔したことがある。うえまで振りあげられて降りてくるときの、みぞおちに打ちこまれながら広がっていくあの感じ。あの絶叫のエッセンスとしか言いようのないものには何か名前がついているのだろうか。せりあがってくるあの感覚はいったい体のどこに発生する、あれはいったい何なのだろう。それを思いだすたびに、高層から投身する人のことを想像してしまう。地面に叩きつけられるまでほんの数秒というけれど、あれが彼らが最後に味わう感覚なのだろうか。人々のわあっという短い叫び声のすぐあとで、地鳴りのような轟音を響かせてコースターが走りぬけていった。

売店で水とオレンジジュースを買い、名前を知らない木の陰のなかにあるベンチで待っていると、しばらくして緑子が帰ってきた。行くときと様子があまりに何も変わってないので、「え、あきらめた？」と訊くと、緑子は首をふり、「乗ってきたん？」と訊くと、面白くもなさそうに肯いた。「え、どう、普通？」と訊くわたしにはとくに答えず、つぎはあっち、というようにさっさと歩きだし、わたしはあわててあとを追った。

○胸について書きます。わたしは、なかったものがふえてゆく、ふくらんでゆく、ここにふたつわたしには関係なくふくらんで、なんでこうなっているのか。なんのためにに。どこからくるの。なんでこのままじゃおれんのか。女子のなかでは見せあって、ジャンプしてゆれるのをくらべて、大きくなってるのじまんしあってる子もおって、うれしがって、男子もおちょくって、みんなそんなふうになって、なんでそんなんがうれしいの。わたしはへんか？　わたしは厭、胸がふくらむのが厭、めさんこ厭、死ぬほど厭、そやのにお母さんはふくらましたいって電話で手術の話をしてる。病院の人と話してるのを、ぜんぶききたくてこっそりちかよって、きく、子ども生んでから、っていういつものあとに、母乳やったので、とか。毎日電話。あほや。生むまえに体をもどすってことなんやろか、ほんだら生まなんだらよかったやん、お母さんの人生は、わたしを生まなかったらよかったやんか、みんなが生まれてこんかったら、なにも問題はないように思える。誰も生まれてこなかったら、うれしいも、かなしいも、何もかもがもとからないのだもの。なかったんやもの。卵子と精子があるのはその人のせいじゃないけれど、でももう、人間は、卵子と精子、みんながもうそれを、あわせることをやめたらええと思う。

緑子

「オッケー、緑子、なんか食べよう」

わたしたちは地図で園内にいくつかある飲食コーナーや売店をチェックし、いちばん大きそうな場所を選んでそこを目指した。

昼食時のピークをとっくに過ぎていることもあって店内にはいくつか空席があり、わたしたちは店員に案内されてテーブルについた。緑子はウエストポーチから小ノートをとりだして右手のすぐそばに置き、店員が水と一緒にもってきたおしぼりでごしごしと顔をふいた。わたしたちはそれぞれメニューに顔を近づけて吟味し、わたしはかき揚げ丼を、緑子はカレーライスを頼んだ。

「緑子、強いんやな」わたしは感心して言った。

けっきょく緑子はここに着いてから二時間半のあいだ、一度も休憩することなく、ぶっつづけでアトラクションに乗りつづけた。できるだけ短い時間でたくさんの種類に乗れるように、緑子はそれぞれの待ち時間を素早くチェックし、じつに効率よくきびきびと動きまわった。緑子が好んだのはいわゆる絶叫系といわれる激しいもので、カタカタと不吉な音をたててコースターが上昇していくのを見ているだけで、お尻の割れめがぞわぞわした。わたしはならんでいる緑子に手をふり、ときどき携帯で写真を撮り、そして手でひさしを作って、乗りものにベルトで固定されて空にむかってどんどん小さくなってゆく緑子の姿が判別できなくなるまで目をこらした。緑子のあとを小走りで追いかけ、高いところでくるくるまわったり、巨大なレールのうえをものすごい速さで駆けぬけていく緑子を遠くから見ているだけでへとへとになった。

「ほんで三半規管もすごいんやな。あんなけ乗っても、顔色ひとつ変わらんとは」わたしはコップに入った水をひとくちで飲み干してから言い、緑子は少し首をかしげてこちらを見た。

「三半規管は、ほれ、乗りものとかに酔う人っておるやろ。耳の奥にある三半規管ってとこで体のバランスをとってるねんな。んでまわりすぎたり車でうねうね走っていつもと違うリズムに一定の時間おったら、目とか耳とかから入ってくる情報と三半規管でもってる情報とがずれて、それでおえってなるねんな。緑子は酔わんの、まったく？」

緑子は水をひとくち飲んで、平気だというように肯いた。それから小ノートをひらき、白紙の部分をひとしきり見つめたあと、ゆっくりとペンを動かした。

〈なんで大人って、お酒のむん〉

緑子はノートをこちらにむけたまま、しばらく動かなかった。なんで大人は酒を飲むのか。わたしはそれについて考えてみた。

なぜ大人は酒を飲むのか。わたしはビール以外の酒が飲めないし、それだっておいしいと思えることはめったにないし、すぐに酔って頭が痛くなってしまう。でも、わたしにもそんな時期があった。あれはなんだったのだろう。上京してからの数年間。記憶があやふやになって、吐いてしまうまで飲んでいた時期があった。ちっともおいしいと思えない、酒屋のワゴンの格安の酒を買って帰って、ひとりでずっと飲んでいた時期がある。そのあと二日間くらい動けなくなり、何も食べず、布団のなかで憂鬱な時間を過ごすことがあった。何もうまくゆかず、おなじかたちと色をした四角をあてもなく積みあげていくような茫漠とした毎日。いまもそれは変わっていないけれど、いまとは何かが少し違う、思いだすとやりきれなくなるような、たしかにそういう頃があった。もうおなじことはできないけれど、でもあれはたしかにわたしだったし、そうしないと一日だって生きていけないように感じていたこともたしかだった。

「もしかしたら、酔ってるあいだは、自分じゃなくなるような感じがするんかもしれん」しばらくしてから、わたしは緑子にそう言ってみた。どこか自分の声じゃないみたいな感じがして、わたしは何度か咳払いをした。

「人ってさ、ずうっと自分やろ。生まれてからずっと自分やんか。そのことがしんどくなって、みんな酔うんかもしれんな」わたしは思いつくまま言葉をならべていった。

「生きてたらいろんなことがあって、そやけど死ぬまでは生きていくしかないやろ、生きているあいだはずっと人生がつづくから、いったん避難しなもうもたへん、みたいなときがあるんかもな」

胸のなかの息を吐きだして、わたしはあたりを眺めた。

店内放送がわたしたちには意図のわからない番号を呼び、店員たちがテーブルやワゴンのあいだを足早に歩きまわっていた。すぐ隣の席でまだ小さな女の子が母親に叱られていた。けれど女の子は何かが納得できない様子で、眉根を寄せ、頑なに口をつぐんでいた。高い位置でツインテールに結われた髪の毛の先が、小さな唇のはしにひっかかっていた。

「避難ていうのは、自分からかな」とわたしは訊かれもしないのに話をつづけた。「自分のなかにある——時間とか、思い出もひっくるめたもんから、避難するんかもしれん。なかには避難じゃ足りひん、もう戻ってきたくないって人もおって、自分で死んでしまう人もおるな」

緑子は黙ったまま、わたしの顔をじっと見ていた。

「でも死なれへん人が大半やな。だからお酒飲んで、避難をくりかえすしかないんかもな。お酒だけじゃないよな、いろんなことに避難して、何でこんなことしてるんやろって思いながら、もういややって思いながら、でもどうしようもないときあるな。でもずっとそれやるわけにはいかへんよな。体も悪くなるし。いつまでそんなんするん、早よ気づきやゆうて、まわりの人も心配してやきもきして、いろんなこと言う。みんな正しいことをゆうてくれる。でももっと、しんどなる」

緑子は遠くのものを見つめるみたいに目を細めて、わたしを見ていた。わたしは黙ったまま、水の入っていないコップを見つめていた。そして、だんだん自分の言ったことがまったくの見当ちがいだったんじゃないかという気がしてきた。緑子はペンをにぎったまま、動かなかった。小さなこめかみに汗の粒がいくつか膨らみ、かすかに震えながら皮膚をつたっていくのがみえた。

お待たせしましたと明るい声で言いながら、店員が食事を運んできた。大きな笑顔のその女性は、耳に金色の大きな輪っかのピアスをゆらしながら手際よく食べものをならべていった。ご注文はおそろいですね、と明るい声で確認すると、指先でレシートをくるりと巻いて円柱形の透明のホルダーにすとんと落とし、きびきびとした足どりで厨房へ戻って行った。わたしたちはそれぞれが頼んだものを黙々と食べた。

◯　お母さんが寝るまえに飲んでる薬があって、それはなにかと、おかあさんがおらんときにみたらせきどめシロップやった。最後にみたのはきのうの夜、やのに、今日はもう半分以上なくなってて、これぜんぶのんだのか。せきもでてないのにシロップ、なんのために。おかあさんは、最近どんどんやせてる。こないだは、仕事の帰り、夜やのに、夜やからか、自転車でこけたってゆうてた、だいじょうぶ、ってきいたかったけど禁止中やからゆえんでかなしい、なんでせきどめをのむのお母さん、ときききたい、けがはせんかったかときききたい、痛くなかったかときききたい、それから、アメリカのほうにあるどっかのくにでは、自分とこの娘が十五歳になったら豊胸手術を、そこのお父さんがプレゼントすることがあるっていうのをテレビでみて、まじで意味がわからん、それからこれもアメリカのほうで、豊胸手術をした人は、せん人より、自殺する人が三倍も多いっていうのをみた。お母さんはそのことを知ってるんやろうか、しらんかったら大変なこと、知ったら気持ちがかわるかもしれない、話を、ちゃんと話のときをつくらなあかん。なんでそんなことするんってわたしちゃんときかなあかん。きけるんか、胸の話なんか、できるんか、でもぜんぶ、ぜんぶちゃんとしたいねん。

緑子

「そろそろ帰ろか」

太陽は軌道に沿って西の空に沈みはじめ、そこらじゅうに落ちていた濃い影はいつのまにか見分けがつかないくらいに淡くなり、ときおり生ぬるい風がふわりと肌を撫でていった。人々は、手をつないだり、名前を呼んだり、くっついたり離れたりしながらゆっくりした足どりで退出ゲートにむかって歩いていた。

「緑子、もう思い残したことはないか」

地図を広げて、今日乗ったアトラクションをチェックしている緑子に声をかけると、こちらを見ないまま何度か肯いた。なんとなくできあがっているまばらな人の波にまぎれて、わたしたちもゆっくり歩いた。

右手に観覧車がみえた。青色が少し薄まった空はうっすらと黄色がかって、わたしは目を細めた。その大きな輪はここから見ると静止しているようにみえたけれど、もちろん観覧車は動いていた。空にも、時間にも、そしてそれを見ている人の記憶にも、何も残さないことを望んでいるようなその緩慢な移動を見ていると、少しだけ胸が痛んだ。緑子もわたしの隣に立って、おなじように観覧車を眺めていた。しばらくするとわたしを呼ぶように腕をぺちぺちと叩くので顔を見ると、緑子は観覧車を指さした。乗るん？とわたしが訊くと、緑子は深く肯いた。

乗口ゲートには二組のカップルがいた。目のまえをゆっくり通り過ぎてゆくゴンドラにカップルの男の子のほうが先に乗りこみ、差しだされた手をとった女の子はスカートのすそをふわりと浮かせて上手に飛び乗った。

「じゃあ緑子、わたしそこの柵んとこで待ってるから行ってき」そう言ってわたしが移動しようとすると、緑子は何度も首をふった。なに、どうしたん、と訊くと、緑子は一緒に乗るのだというように観覧車を指さし、それからまたわたしの顔を見た。

「えっ、わたしも？」

緑子はきっぱりと肯いた。

「ほれ、わたしは乗りもの苦手やねん。ブランコもあかんねん。目がまわるねん」とわたしは説明した。「ついでに言うたら高いところも怖いねん。わたし飛行機も乗ったことないねん。これからも乗る予定ないねん。それでいいと思ってるねん」

そんなふうにわたしがいくら言っても、緑子は聞かなかった。わたしは胸のなかの息を大きくひとつ吐いてから観念し、係員から単独のチケットを一枚買って、緑子と一緒にゲートのなかに入っていった。ドアの開け閉めをする係員がひとりいるだけの大きな昇降台のうえで、緑子はなぜか数台の観覧車を見送り、そしてそこにどんな法則があるのかはまったく理解できなかったけれど、目当てらしいゴンドラが来ると小さなドアにするりと体を滑りこませた。わたしはあわてて両手をまえにだしてバーをつかみ、頭のなかで小さく叫んでから体を押しこんだ。その瞬間、ゴンドラがごろんと大きくゆれて、尻もちをつくようなかたちでわたしは座席に座った。制服を着た係員がドアを閉めて鍵をかけ、いってらっしゃいと笑顔で手をふった。

観覧車は決められた軌道を決められた時間に沿って移動し、ゴンドラはゆっくりと上昇していった。わたしは顔をあげて目線を水平に保ち、できるだけ下を見ないようにして、どんどん広がってゆく空の部分を眺めていた。緑子は窓に額をくっつけるようにしてじっと下界を覗きこみ、それからお尻を滑らせるようにしてさっと反対の窓ぎわに移動すると、やっぱりおなじように顔をくっつけて窓の外を見つめた。高い位置でポニーテールにした緑子の髪はところどころがたわみ、たくさんの後れ毛がうなじのあたりでやわらかく膨らんで、肩に落ちていた。首は細く、少し大きめのティーシャツを着ているせいか肩は余計に薄くみえた。キュロットパンツから突きでた脚は日によく焼け、そのふたつの小さな膝には粉が白くふいていた。緑子は、片手をポーチのうえにのせ、もう片方の手でそっと窓をおさえ、東京の街を見つめていた。

「巻ちゃん、もうそろそろこっちむかってるころかな」わたしは言ってみた。緑子は窓に顔をむけたまま、それには返事をしなかった。

「巻ちゃんが今日行くって言ってたのは銀座で、銀座はえっと、あっちのほう、や、こっちかな」

自分がいま立っているところ、そもそも地理というものにまったく興味がもてないわたしは、適当な方角を指さして言った。ビルの密度がひときわ高く感じられる部分を見つめ、たぶんあのへんやな、と緑子に適当に説明した。

「けっこう遊んだなあ」とわたしは言った。緑子はわたしのほうを見て、同意するように肯いた。鼻の頭と頬の高い部分が日に焼けてうっすらと赤みを帯びて、そこに夕暮れの青っぽさがふりかかっていた。それを見ていると、ずっと昔——わたしが子どもだったとき、こうしておなじように観覧車に乗って街を見下ろしたことがあるような気がした。青い夕暮れが広がってゆく空を、ゆっくりと昇っていったことがあるような気がした。巻子はそばにおったんやっけ。あれは母が連れてきてくれたんやったっけ。コミばあは？　乗りものに乗ったわたしに手をふる母の顔や、コミばあの皺の寄った手を思いだそうとしても、それがいったい記憶のどこにあるのか——探せば探すほどだんだんあいまいになってゆくような気がした。上空で小さな鳥が弧を描き、それからどこかへ消えていった。はるか遠くにそびえるビルが白く煙ってみえた。子どものわたしは誰と、だんだん青くなっていく空や街をこんなふうに眺めたんやっけ。思いだそうとするうちに、わたしは自分の記憶にだんだん自信がもてなくなっていった。そんなことはなかったのかもしれないな、とわたしは思った。ただ匂いや色や気持ちなんかの似た部分が重なってこんなふうに感じているだけで、遠い昔に誰かと空や街が青くなっていくのをこんなふうにみたことなんて、本当にはなかったのかもしれない。

「きれいやな」とわたしは緑子に話しかけてみた。そしてふと思いだしたことを言ってみた。「それに、知ってた？　観覧車ってすごい安全なん」

緑子はわたしの顔を見て、しばらくしてから首を横にふった。

「子どもんときに誰かが教えてくれたんやと思うねんけど、誰やったんかな、観覧車ってさ、横からみたら薄いし、打ちあげ花火みたいやし、すかすかやし、どう考えてもゆれたりしてこわい感じするやんか。なんかあったら、いちばんに倒れそうやん。でも、どんなに強い風が吹いても、どんなにひどい雨が降っても、大きい地震がきても、びくともせんねんて。観覧車はむかってくるそういうちからをうまく逃して、ぜったいに倒れへんようになってるねんて」わたしは言った。「それ聞いたとき、まだ子どもやったからさ、ほしたらみんな観覧車で生きていったらええやんかって、わりに本気で思ったわ。観覧車を家にして、みんなおんなじ窓から手ふって。糸電話とかで、隣のゴンドラとやりとりしたり、長いロープ渡して洗濯もん干したりな。子どもやったからな、ように描いたわ。世界中に、観覧車がいっぱいある世界。地震がきても台風がきても安全で、みんながおなじように、だいじょうぶな世界」

わたしたちは黙ったまま、窓の外を見つめていた。

「緑子は、巻ちゃんと観覧車に乗ったことある？」

緑子はあいまいに首を動かした。

「そうか。巻ちゃん忙しいからな」

緑子はわたしをちらりと見て、また窓の外に目をやった。緑子の顎のあたりをみていると、わたしはふと母親の横顔を思いだした。病気になるまえの、まだしっかり肉がついて元気だった頃の母の顔だ。高い鼻は少しだけ湾曲していて、睫毛《まつげ》がとても長かった。頬には小さなぼこぼこがあって、それなに、と尋ねたわたしに、にきびを潰したらこうなるからしたらあかんでと笑っていたことを思いだす。緑子は、巻ちゃんよりも母に似ているのかもしれないとわたしは思った。そしてそんなのはわかりきっていることなのに、緑子はわたしの母にもコミばあにも一度も会ったことがないのだと、そしてコミばあも母もおなじように一度も緑子には会わなかったのだと——そんな当たりまえのことをぼんやりと考えた。

「わたしが今の緑子くらいのときに、おかんが死んだんやわ」

なんでこんな話をしようとしてるんやろと思いながら、わたしは話しはじめた。

「コミばあが死んだのは、十五歳んときか。巻ちゃんは二十二歳と、二十四歳のときやな。お金なかったからふたりとも団地の集会所で葬式してな、べつに何にもない、たぶんいちばんお金かからん式やったんやろうけど、コミばあの遠縁がお寺さんしてはってな。ひととおりやってくれはって、あれもいつか、ちゃんとお金返さんとあかんな」

緑子はわたしをちらりと見てから、また窓の外に目をやった。

「団地の家賃は府営住宅で二万円もせんかったから、なんとか住んでいけてんな。巻ちゃんはそんときもう大人、っていうか成人してたやろ。それでわたしら離れんで済んだけど、もし巻ちゃんとわたしの年が近くてふたりともが子どもやったら、ようわからんけど、わたしら施設みたいなとこに、ばらばらに引き取られてたんかもしれんな」

緑子は窓に顔をむけたまま、動かなかった。いちばん遠くのビルの避雷針の先端が、赤く点滅しているのがみえた。それは静かに呼吸をする生き物を思わせるような間隔で、わたしはしばらくそれを見つめていた。

「わたしは、巻ちゃんにおっきしてもらったとこあるな」わたしはつづけた。「ふたりだけになったとき、おかんがおらんくなったときも、コミばあおらんくなったときも、巻ちゃんがぜんぶしてくれたな、いろんなことな。ふたりで皿洗い行って、巻ちゃんがもって帰ってくる焼肉弁当、毎日食べてたわ」

窓の外には薄暮がひろがっていた。それは何万枚もの薄くてやわらかなレースが重なりあってたなびいているのをみあげるような夕暮れで、遠くで、近くで、無数の光が瞬いていた。その頼りない光の粒は、わたしが生まれてそして数年のあいだ暮らした小さな港町を思いださせた。夏の夜には暗い海のむこうから何隻もの帆船がやってきた。人々は浮かれ、子どもたちは生まれて初めてみる白い肌の外国人に興奮し、走りまわった。文字が消えかけた看板に、薄汚れた電柱に、店の軒先に、船をつなぎとめておくボラードに――見慣れた町のあちこちに、いくつもの電球が連なって房になり、夜風にゆれるのを、わたしはこんなふうに見つめていた。

「わたしがあれ何歳やったかな、幼稚園くらいかな、コミばあんとこに行くまえ。海の近くに住んでたとき。幼稚園でな、遠足あってん。葡萄狩り。緑子、葡萄狩りとかしたことある？」

緑子は首をふった。

「葡萄狩り」わたしは笑った。「覚えてるかぎり、幼稚園で楽しみにしてたことなんかいっこもないのに、なんでかわたし、その葡萄狩りだけすっごい楽しみにしててな、もう何日もまえから楽しみにしてて、そわそわしてて、自分でしおりみたいなん勝手に作ったりしててん。あれなんやったんやろなって思うくらい、ほんまに指おり数えるって感じで、楽しみにしてた葡萄狩りがあってん。

でもな、行かれへんかってん。その遠足に行くにはべつにお金が必要で、それがなかったんやな。いま思ったら数百円とかそんなんやと思うけどな。んで朝起きたらおかんが『今日は休みやで』って言うねんな。なんでって訊きたかったけどそんなん訊かれへんやんか。お金ないのに決まってるから。それに朝は基本的におとんが寝てるから、わたしも巻ちゃんもめっさ静かにしてなあかんかってん。ラーメンも、音とかたてんと食べなあかんかってんで。

うんわかった、家おるわな、って言うてもうたらもう、あとからあとから涙が出てきて。自分でもびっくりするくらいに悲しくて、涙が止まらへんねん。泣き声だしたらあかんから部屋のはしっこでタオル嚙んでずうっと泣いてな。わたしこうみえて、ちっちゃいときからだいたいのことはいけんねんけど、あれはあかんくて、なんであんなに泣いたんやろなって思うくらいに涙が出て、あれはなんであんな悲しかったんやろな。葡萄狩りなんかもちろんしたこともないし、どんなんかもわからんし、べつに葡萄が食べたかったわけじゃなかってんけどな。あれはなんであんなに泣いたんやろなって、今もときどき思うねん。葡萄がいったい、何やったんやろうって。

でもさ、あとでちょっとこう思ったりしたな。葡萄の房ってさ、手のひらに乗せてもったらさ、なんかちょっとだけとくべつな感じせえへん？　粒がみんなきゅっと集まっててさ、ときどきすごい小さい粒とかあってさ、みんな落ちんようにくっついてんねんけど、でもぽろぽろっと落ちていってさ、重くもなくて軽くもなくて。なんか、とくべつな感じ。はは、せえへんか。あんなに泣いたせいでとくべつに思うんか、とくべつに思うからあんなに泣いたんか、今でもわからんねんけどな。

んで昼まえになって、おかんが仕事に行って、おとんも珍しくどっかに出ていって、タオル嚙んだまままずっとすみっこでまるまって泣いててんな。巻ちゃんはあのとき何歳やったかなあ、あんときは困らせたな。巻ちゃんなんとかわたしに元気ださせよ思ってくれてんねんけど、わたしずっと泣きっぱなしでな。

ほんなら巻ちゃんが、『夏子ちょっと目つむっとき』って言うねんな。『ええって言うまで、あけたらあかんで』言うて。んでわたし三角座りして膝んとこに目つけたまま、泣いててん。ほんで何分くらいたったんかな、巻ちゃんが横に来てな、『そのまま、目つむったまま、こっち来てみ』ってゆうて、わたしの手にぎって、立たせて、んで三歩くらい動いてから『ええよ』って言うて。

それで目をあけたらな、タンスのひきだしとか、棚の取手のとことか、電気のかさんとことか、洗濯もんのロープとかな、いろんなとこに——靴下とかタオルとか、ティッシュとかおかんのパンツとか、もうそのへんにあるもんなんでもかんでも、ありったけのもんを挟んだりひっかけたりして、いまからふたりで葡萄狩りやでって言うねん。夏子、これぜんぶ葡萄やから、ふたりで葡萄狩りしようって。んでわたしを抱っこして、高くあげて、ほれとりやとりや、ゆうて。ひとつ、ふたつ、ゆうて。

わたし巻ちゃんに抱っこしてもらって、手のばして靴下とって、パンツとって、ぜんぶとって、穴だらけのざるもってきてそれを籠にして、そこに入れていってん。まだあるで、こっちも、そっちも、ゆうて、わたしを一生懸命抱っこして、巻ちゃんわたしに葡萄狩りさせてくれてん。うれしいやら悲しいやらで、そやけどいっこいっことっていってな——食べられる葡萄じゃなかったし、粒つぶでもなかったけど、これがわたしの葡萄狩りの思い出」

緑子は黙ったまま、窓の外をみていた。知らないあいだにわたしたちを乗せたゴンドラはいちばん高いところを過ぎ、少しずつ高くなってゆくビル群にも、どんどん近づいてくる地上にも、無数の光が瞬いていた。

「なんでこんな話、緑子にしたんやろな」わたしは笑いながら首をふった。少しして、緑子はペンをにぎった。

〈ぶどう色やから〉

緑子は一面が薄むらさきに染まった窓の外を示してわたしの目を見、それからまたすぐに窓のほうに顔をむけた。懐かしいほうへ、まだ見ぬほうへ広がってゆく空には、指のはらであとをつけていったような雲のきれはしが散らばっていた。その隙間からはかすかな光がこぼれ、むらさきの、うす紅の、濃い青の濃淡を、やさしくふちどっていた。目をこらせば遥か上空で吹いている風がみえ、手を伸ばせば、世界を包んでいる膜にそっとふれることができそうだった。二度と再現することのできないメロディのように、空は色を映していた。

「ほんまやな、葡萄の粒んなかおるみたい」とわたしは笑った。

一日が終わろうとしていた。ゴンドラはかたかたと小さな音をたてながら下降していった。昇降台で、さっきとおなじ係員がわたしたちにむかって手をふっているのが見えた。ゴンドラが到着しドアがあけられると、緑子はひらりと降り立った。昼間の熱気は去り、汗が皮膚とティーシャツのあいだでひっそりと冷え、地上にはもう夏の夜のにおいが満ちていた。

7 すべての慣れ親しんだものたちに

七時頃には帰ってくると言い残してクリニックに行った巻子は、八時を過ぎても戻らず、九時になっても戻らなかった。携帯電話にも何度か電話をかけてみたけれど、呼びだし音がなるまえに留守番電話サービスに転送されてしまう。電池が尽きたか、故意に電源を切っているのだ。「もしもし巻ちゃんお疲れさま。心配してるから、これ聞いたら折り返しお願いね」わたしはメッセージを吹きこんで通話ボタンを切った。

東京で三人で食べる最後の晩御飯——といってもたった二泊の滞在なのだから最後というのも大げさなのだけれど、とにかく何を食べようか、せっかくだから電車に乗ってどこかへでかけてもいいし、何か食べてみたいものはあるかなど、巻子が帰ってきてから相談して決めようと思っていた。しかし肝心の巻子が帰ってこない。緑子を連れてスーパーに行って食材を買い、何か簡単なものでも作って先に食べていようかとも考えたけれど、米もないし、こんな時間から料理をするのは正直に言うと億劫で、わたしはそもそも調理をするのがものすごく苦手なのだ。そうするうちに巻子が帰ってくるかもしれない。巻ちゃんが帰ってきたら昨夜とおんなじとこやけど中華料理屋行って、なんかほかのん食べようか、もう帰ってくるやろ、と言いながら、緑子に何かあげられる小説がないかどうか本棚を眺めたり、雑誌をぱらぱらとめくったり、緑子はノートに何かを書いたりしながら待っていたのだが、十分が過ぎ、二十分が過ぎ、一時間が過ぎても巻子は帰ってこなかった。

「緑子、ちょっとコンビニいってみよか」

九時十五分になるのを待って、「コンビニいってきます」と書いたメモをちゃぶ台に残し、少し迷ったけれど鍵はあけたまま、わたしは緑子を連れて家を出た。

生ぬるい夏の夜の空気は少しだけ湿っていて、かすかに雨の匂いがまじっていた。何年かまえに百均で買ったビーチサンダルの底は薄く、アスファルトのごつごつとした感触が足の裏に伝わってきた。砕けたガラスを踏んでしまって底が破け、土踏まずにぶすりと刺さってそこから血がだらだらと流れるところが頭に浮かんだ。緑子はわたしの少し先を歩いていた。緑子の脚はまっすぐで細く、膝下までまっすぐに伸ばした白いソックスがまるで骨のようにみえた。その瞬間、いま書き進めている小説のこと——どうしてもうまく書くことができずにもう何週間もそのままにしている小説のことが頭をよぎり、暗い気持ちになった。

コンビニは一瞬で毛穴が縮むくらいに冷房が効いていて、わたしたちは棚に陳列された商品をひとつひとつ眺めながら店内を一周した。緑子は立ち止まるでも何を手にとるでもなく、冴えない表情でわたしの少しあとをついて歩いた。お菓子はいらん？ アイスは？ わたしの質問にも答えることなく、少しあとでゆっくりと首をふった。明日の朝はパンにしよな、晩御飯はもうちょっと巻ちゃん待とか、と言いながら、わたしは六枚切りの食パンを手にとった。ぴんこん、という自動ドアの明るい音とともに数人の子どもたちが勢いよく駆けこんできて、その少しあとで保護者らしき数人の男女がおしゃべりしながらやってきた。そのうちの何人かは酒を飲んでいるようで頬を紅潮させ、大笑いしている。どうもこれからみんなで花火をするらしく、足りない分を買いにきたらしい。真っ黒に日焼けした子どもたちはレジのすぐ横のワゴンに積まれた花火にむらがって、楽しそうに騒いでいた。緑子は少し離れたところからそれをじっと見つめていた。

「緑子、うちらも花火やろか」

話しかけてみても、緑子は動かない。子どもたちが出ていったあとワゴンを覗いてみると、小分けになった花火のパックがいくつかと袋入りの花火セットが積まれてあった。線香花火、ねずみ花火、パラシュート花火に、かみなりさま。子どもの頃の花火の記憶。夜の少しの風にもろうそくの火は消えかかり、わたしと巻子は手のひらで包むようにして、花火の先に炎が燃えうつるのを見つめていた。火薬のにおい、小さな火の噴きだす音。膨らんでゆく灰色の煙のなかで照らされているいくつもの顔。気がつくと隣に緑子が立っていた。花火いろいろあるよ、とわたしが言うと、緑子はワゴンのなかをちらりと見た。そして唇のはしにきゅっと力を入れたまま覗きこむと、しばらくしてからロケット花火の束を手にとった。緑子これみてみ、やばいやつやと笑いながら蛇玉を見せると、唇が薄くひらいて歯が覗いた。それから緑子はひとつひとつの花火を手に取って念入りに見つめ、わたしたちは五百円の花火パックをひとつ買って帰った。

十時になっても、巻子は帰ってこなかった。ここが東京でいくら慣れない街だとはいっても、まさか駅の名前を忘れるということはないだろうし、駅からこの部屋まではまっすぐ道なりに歩いてくるだけだから、こちらも迷いようがない。何か問題が発生したのであればわたしに電話をかけてくればいいだけの話で、もし充電が切れたのであれば携帯用電池なんかどこにでも売っている。では電話を落としてしまったか、財布を落としてしまったか、あるいはわたしに連絡をしたくない理由が何かあるのか。またあるいは、何か事件というかできごとに巻きこまれたりなんかして、前後不覚のじたいに陥っている可能性が、あるのかどうか。

いろんな状況を想像してみても、しかしそのどれもが現実的でないような気がした。これだけ人があふれている東京で、何かあればどんなかたちであれどこからか連絡がくるはずだし、なんといっても巻子は四十歳になろうという大人というか人間なのだ。連絡がないということは、それはたんに、本人が連絡をしてこない以上のことではない、と考えるのが筋である。そういうわけで、いくら巻子の帰りが遅くなっていてもべつに大したことではない。しかし緑子はもちろんそうは思えないようで、雨漏りを受けるコップが水位を増してゆくように、だんだん不安になっているのがわかる。黙っていても、内側から少しずつ硬くなりはじめているのが伝わってくるのだった。

玄関のドアのむこうで階段を昇り降りする音が響いたり、少しでも気配がするとわたしたちはさっと顔をあげて反応し、しかしそれは巻子ではなくてやりすごす、ということが何度もあった。わたしはテレビの音量をぎりぎりにまで下げ、開きっぱなしにしている携帯電話の画面を見、数分おきにメールの送受信ボタンを押して何も届いていないことを確認した。

「なあなあ緑子、さすがにお腹減ってるっていうかこれ限界ちゃう、パン食べよか」と誘ってみると、緑子は三角に折った膝に顎を乗せたまま、あいまいに首をふった。そしてそのすぐあとに——いきなりがばっと中腰になり、まるで重大な告白でもするような真剣なまなざしでわたしをじっと見つめた。それからまた思い直したようにもとの位置に座り、膝を抱えた。「その動き、びびるわ」わたしは真剣にびっくりしたのでそう言うと、緑子は軽く下唇を嚙んで、小さく鼻で息をついた。

「巻ちゃんが行くってゆうてたん、なんてとこやったかなあ……銀座は銀座、銀座やけど、名前なんやった」わたしは独りごとのように言い、巻子とクリニックについて話した内容を再現しようとしてみても、銀座、という地名以外に、どこにも何にもつながらない。

なんやったっけ、巻ちゃん名前言うてたっけ、と目をぎゅっとつむってどんな些細《ささい》なことでも何かないかと集中しても——人気があって、パンフレットがホストクラブ的に黒っぽくって金のかかった仕様だった、くらいのことしか思いだせない。

「もしかして緑子、病院の名前とか知ってたりする？」と訊いてみても、当然のことながら首をふる。そうよな、知らんよな、知ってたらすごいよな、とできるだけ陽気な気持ちで笑ってみせた。

それにしても巻子は何をしてるのか。病院には行ったのか、行っていないのか。いったいどこで何をしてるのか。それから馬鹿げた考えがふと頭に浮かんだ。いやいやいやいや、そんなことはありえないと想像するはしから常識がその可能性を打ち消しにかかるのだけれど——まさか巻子、何もかもを一回の上京で済ませようとして、いきなり手術を受けてるってことはないやろか。いやいやいやいやいくらなんでもカウンセリングに行ってそのまま手術というのはない。さすがにない。虫歯を削るのとはわけが違うのだ。そんなことはありえないだろうとはわかってはいるのだけれど、しかし一度そう思ってしまうとわたしは少しだけ不安になり、緑子に気づかれないように携帯電話でネットに接続して「豊胸、日帰り」で検索してみた。

すると数秒後に「ワンデイ！豊胸」というサイトがいちばんうえに表示され、選択してさらに進んでみると、「患者さまの負担の少ない日帰り豊胸術！当日の流れはこちら」とあり、全体的にピンクに統一されたページに飛ぶと「ご来院：午前十一時→カウンセリング：午前十一時半→手術：午前十二時半→休憩：午後一時半→ご帰宅：午後二時→ショッピングOK！」と書かれてあった。ぜんぜんあるやん日帰り……とわたしは心でつぶやき、携帯電話をそっとふたつに折った。

テレビではびかびかした色調のスタジオで芸能人たちがクイズに答えており、誰かの発言がいちいち大きくテロップになって飛びだした。何を言っているのかほとんど聞きとれないほどに音量を小さくしているのにもかかわらず、テレビは驚くほど騒々しかった。緑子は眉間にちからを入れたまま、膝をまるめてじっと動かないでいる。

「緑子さん、いまきっと、頭んなかでいろんなことがぐるぐるぐるぐるしてるよね」とわたしは言ってみた。緑子は顔をあげてわたしを見た。

「しかし、あらゆる心配にはおよばんよ」わたしは目を細めた。「だいたいね、こういう場合ね、心配であれ何であれ、予想したことは裏切られるというジンクスがあるんだよね。予想したことは裏切られる、っていうわたしなりのジンクスがあるんですわ。これは今までのわたしの人生において、すべて、すべて的中してるんやなこれが。予想したことっていうのは起こらんのですよ。たとえば」

わたしは咳払いをひとつしてから話をつづけた。

「たとえば地震。地震というのもその代表的なひとつであって、地震が起きた、起きましたよね、でもその起きたときっていうのは誰ひとり、世界じゅうにこれだけおる人のなかで誰ひとりとしてその瞬間に地震のことを考えていなかったからこそ起きたのであって、その人々の予想のほんの一瞬の隙間を狙って地震というものはやってくると、こういうわけよ」

緑子は難しい顔をして、わたしをじっと見ていた。

「たとえば今。今、地震きてませんよね。それは最低でもわたしらふたりで地震の話してるからっていう」わたしは言った。「もちろん地震がきたとき、誰も地震について考えていなかったなんていうことはこれ、証明することはできんよね。でも、証明できひんからこそ、みんながそれぞれささやかなジンクスをね、もってるっていうのがいいんじゃないのかなって」

緑子はそれについてしばらくのあいだ考えているみたいだった。それからふと、ジンクスを日本語でなんていうのかが気になった。立ちあがろうとすると緑子はびくっと体を震わせてまたもや中腰になり、わたしのティーシャツのすそをきゅっとひっぱった。

「なんよ、どこもいかんやんか、こっちがびびるがな」とわたしは笑い、机のひきだしから電子辞書をとって座り、電源を入れた。数年まえ、商店街のがらがら抽選機でみごと三等を当てたときの賞品で、画面が光る機能はないけれど、なかなか使いやすくて重宝している。

「ジンクス」と入力してみると文字が表示され、「因縁のように思う事柄。本来は縁起の悪いことをいう」という説明書きが出た。わたしはつぎに「因縁」を入力した。すると今度は狭い画面がいっしゅん真っ暗に見えるくらいに長文がずらずらとひしめき、「事物を生じせしめる内的原因である因と外的原因である縁。事物、現象を生滅《しょうめつ》させる諸原因。また、そのように事物、現象が生滅すること。縁起」。目を凝らして読んで聞かせると、緑子は何度か肯きながら顎をひっこめた。そして難しい顔つきのまま電子辞書を手にとると、くんくんとボタンを押して文字を入力していった。画面を見つめ、ひとしきりそれをくりかえすと――急にはっとしたように顔をあげて、ぱちぱちと目を瞬かせた。自分が思いついたことを頭のなかで言葉に置き換えて、それで間違いがないかどうかをひとつひとつ確認しているみたいだった。そして自分の考えが辿りついたものに驚いたようにさらに大きく目をあけて、それからもう一度手にもった辞書をじっと見つめた。どうしたん、と訊いても、緑子はどこか興奮したような表情で首をふるだけで、何も答えなかった。わたしは電子辞書で適当な単語を調べていった。

「ほれ、『緑』と『縁』ってよう似てるな、漢字が。ほんならつぎは『縁』を調べてみようやないの。あー、なるほど。そしたらつぎは、隣の『怨恨』。見てこの、見るからに怨恨っていう感じの字面。やばいな。こわいな。怨恨とは恨み。なるほど。しかし『恨み』って書くよりも倍になる気がするな、パワーというかダメージが。例文読みます。『怨恨による殺人』ね。あるよね、ありがちよね。そしたらつぎは『殺人』。これもようある。毎日どこかで起こってる。っていうか、今この瞬間も、誰かがどこかで殺されてる……知ってた緑子、人が人を殺すときに、例えば包丁使うとするやん、そのときの包丁のむきっていうか、包丁の刃をうえにしてもってるか下にしてもってるかで、殺意のあるなし、あるいは強弱みたいもんの証明になるの。法律ではそれがかなりなポイントになるんやで。じっさいわたしの知りあいが――」と言いかけて、この話はさらにややこしく入り組んだうえにずいぶん長くなるのだったと思い直し、もっと陰惨な言葉を引いてみよう、なんかものすっごい恐ろしいのを、と緑子に提案した。

殺戮、業火、慄然、暗澹、気がつけばわたしたちは頭の鉢と鉢の骨がごりごりと当たるくらいに身を寄せて、電子辞書の小さな液晶画面に夢中になっていた。

「じゃあつぎは……でもさあ、わたしときどき考えるねんけど、今この瞬間にもほんまにさ、死んでるとか殺されてるどころじゃなくて、たとえば拷問とかさ、まじで八つ裂きにされてる人とか、目玉をえぐり出されてる人とか、ほんまにものすごい目に遭ってる人がどっかにおるわけやんか、確実に。冗談とか想像じゃなくて、いまこの瞬間にもこの地球上のどこかでそんなものすごい苦痛が存在してるわけやろ。じゃあ、起きてない苦痛について考えることはできるやろか。たとえば、全身を焼かれてる人はおるやろう。ぜんぶの歯を抜かれてる人は？　たぶんおる。じゃあ、死ぬまでこそばされてる人はどう？　こそばしはなくても笑い毒きのことかやったらありえるか。薬物とかな。いややな、笑いながら死ぬとか、いちばんいややな。悪夢やな。ほかには」

電子辞書に打ちこんだ文字のイメージから思いつくことをつらつらと話していると、緑子はやめてくれというように首を小刻みにふった。せやな、とわたしは返事し、ふたたび息をひそめて頭をくっつけて液晶画面に集中していると——まるでこのアパートにアパートとおなじくらいの何かが落ちてきたか衝突したかのようなものすごい音がして、わたしたちは今夜最大にびくつき、文字どおり飛びあがった。反射的にとりあった手をつかんだままふりかえると、そこに巻子が立っていた。電気を消した暗い台所のむこう、ドアを開けっ放しにした玄関のたたきに巻子は立っており、廊下の蛍光灯の灰色の光がその輪郭をぼんやりと浮かびあがらせていた。

ほんのりと逆光になっていたせいで表情はよくみえなかったけれど、巻子が酔っていることはすぐにわかった。言葉を発したわけでもよろめいたわけでもにおいがしたわけでもないのに、巻子が酔っている、それもかなり飲んでいるだろうことは、どういうわけかはっきり感じられるのだった。

　すると案の定、巻子はもたついた口調で「ただいま帰りましたわね」と言いながら靴を脱ごうとするのだけれど、すでに脱いでいることに気がつかない。履いてもいない靴を脱ごうとして、くるぶしをこすりあわせてややこしい足踏みをすることになり、「巻ちゃん、靴すでに脱げてる」とわたしが声をかけると、足かゆいんや、などと言い訳をしながらうらうらと部屋に入ってきた。

「心配したやんか、なんで電話にでやんの」

　わたしが責めると、巻子は眉に力を入れてまぶたをぐっとひきあげてまっすぐにわたしを見た。額の皮に何本もの太い横皺が走り、白目は少し充血しているようにみえた。

「電話は、電池が、のうなった」

「コンビニでも買えるやろ」

「あんなん高うて買うかいな、あほらしもない」

　巻子はそう言うとバッグを絨毯にぽてんと置き、足の裏をどたどたと鳴らしながらビーズクッションのところまでやってくると、両手を広げて覆いかぶさり、しばらくそのまま動かなかった。どこ行ってたん、と思わず訊いてしまいそうになるのをすんでのところでわたしは飲みこみ、大きく咳払いをした。するとその音が思いのほか大きく響き、何かを問い質すための咳払い、というように聞こえなくもないと思い、この咳払いは何の意思表示でもないということを示そうと追加でもうひとつ咳払いをしてみたのだが、今度は喉がひっかかってしゃっくりのような音が出た。それをまたごまかすためにもうひとつ咳払いをすると、今度は本当に痰がからまった感じになってげほげほと激しくむせかえり、しばらくのあいだ咳きこむことになってしまった。ビーズクッションに張りついていた巻子は、わたしの咳が止むと顔だけをこちらにむけてわたしを見た。眉毛は消え、したまぶたにはアイラインが黒くにじみ、青黒くへこんだくまがいっそう深く、濃くみえた。頬骨のあたりにはマスカラの繊維くずが散らばっていた。皮脂とファンデーションが混じりあってところどころが分離し、まだら模様を作っていた。

「か、顔洗ったら」

思わずわたしがそう言うと、「顔なんかどうでもええんや」と巻子は言った。緑子は電子辞書をもったまま、部屋のすみっこからわたしたちのやりとりを見ていた。そのとき——もしかしたら巻子は、緑子の父親、つまり元夫に会っていたのではないかという考えがさっと頭をよぎった。というのは昨晩、巻子はこっちの友だちに会いに行く、というようなことを言っていたわけだけれど、東京に友だちがいるなんてこれまで一度もきいたことはなかったし、もし知りあい程度であれそういう相手がいるのだとしたら、これまでのわたしとのやりとりのなかでちょっとくらい話題に出るのが自然だった。でもそんな人物の話は一度も出なかったし、つまり巻子に東京の友だちなどいないのだ。

では、巻子はこんなになるまで誰と酒を飲んでいたのだろう。巻子の性格からして、ひとりでこんなに酔っ払うまで飲んでくるということはないような気がした。巻子もわたしもビール以外の酒が飲めないし、巻子はわたしほど弱くはないが、だいたい酒がそんなに好きというわけでもない。ましてや久々に会う妹と娘が家で待っていることはわかっているのだし、そもそも七時頃には帰ってくると言っていたのだ。

ということは、おそらく何か予定外のことが起こり、予定外の誰かと会って、そして予定外の流れで、こんなにも予定外に酔ってしまった。じゃあ予定外の相手とは誰か。だいたい巻子はホステスをして日々客の相手をしてはいるけれど、基本的には人見知りで、初対面の人間とちょっとした会話をするならまだしも、いきなり酒を飲みに行くなんてことは考えられない。ということは、素直に単純に考えてみると——巻子が東京で酒を飲む相手なんて、元夫しかいないではないか。

でも、わたしには巻子に質問する気はなかった。「なんでそんな酔うまで飲むんなー、えっ、誰と誰と？」みたいに、冗談めかして軽く話をふってみる気もなかった。巻子が誰とどこで酒を飲もうとそれは巻子の勝手であり、わたしには関係のないことだ——ということのはもちろんそれはそうなのだけれど、そういう巻子自身を尊重した流れということではまったくなかった。昔の女友だちに会っていたとでもいうのなら、その女友だちとどんな話をしたとか何を食べたとか、その人は今どうしているのかなどなど、いくらでも話を聞く気になれた。けれど、巻子の元夫のことで知りたいことはおろか、どんなやりとりをしただの、それぞれがどんな気持ちでどんな言葉を使っただの、過去と現在についてどういう関心と反省をもっているだのを聞く気には、まったくならなかった。なぜかはわからない。べつに巻子の元夫に個人的な感情など一切ないし、何の感想ももってはいない。それどころか、まともに顔を思いだすこともできないし、ほとんど何も覚えていない。けれどももしそこに、妹として聞いてやるべき巻子の感情や葛藤があったとしても、元夫に——男に起因することなんて何もひとつも聞きたくはなかったし、かかわりたいとも思わなかった。だからわたしは黙っていた。

「まあとにかく、シャワー入ったら」とわたしは言った。「そうそう、うちら花火をね、買ってきたんよ、さっきコンビニで。明日ふたり帰るやろ、そやから今晩三人で花火しよかな思て」

話しかけても巻子はうつぶせになったまま首を動かし、いちおう聞いてる、というようにあいづちを打つだけで返事をしない。

両脚はまるで割り箸みたいにやけにまっすぐに伸びており、足の裏が見え、親指のつけ根から裂けたパンストは、くるぶしのあたりまで伝線していた。かかとは繊維の下で古くなった鏡餅のようにささくれだってひび割れ、ふくらはぎにはたるむような肉はいっさいなく、それは乾いた魚の硬い腹を思いださせた。

部屋の隅のほうからわたしと巻子を見ていた緑子は電子辞書を机に置くと、台所へ行った。電気もつけず、暗いまま、緑子は何をするでもなく流し台のまえに立ち、じっとこちらを見ていた。わたしもなんとなく台所へ行って緑子の横に立ち、そこから部屋を眺めてみた。

いつもと何も変わらない部屋だった。壁側に本棚がみえ、右奥の隅に小さな机があり、正面に窓がある。日焼けの目立たないクリーム色のカーテンは一度も買い替えておらず、その下でビーズクッションに体を丸めたまま動かない巻子がいる。テレビの画面のなかで、いろいろなものが動いていた。

しばらくすると巻子が両手を絨毯につき、腕立て伏せをするようなかっこうで膝をついてゆっくり四つん這いの姿勢になった。そしてまるで何かのリハビリでもしているようなあんばいで、左右に何度か首をふった。それからうめき声のようなため息をついて、時間をかけて起きあがった。目があった。さっきよりもいくぶん顔つきがはっきりしたようにみえた巻子は、その目を細めてしばらくこちらをじっと見、それから足の裏のぜんぶをつけてどたどたと数歩進んで、部屋と台所の境目までやってきた。柱にもたれて、額の生えぎわをばりばりとかき、それから緑子に話しかけた。

巻子の口調は、聞きようによっては絡んでいるといえなくもない、いわゆる酔った人間の口調でもあり、わたしはそれに少し驚いた。というのも、わたしが同居していた頃はもちろん、これまでビールなど一緒に飲むことがあってもこんなふうにわかりやすく酔ってくだを巻く、というような巻子をただの一度も見たことがなかったからだ。それから、最近の巻子は大阪でもずっとこんな調子なのかという不安がよぎった。もしかして巻子はよくこんな調子で緑子に接してるとか？　どろどろに酔って文句を言いながら寝転ぶ巻子のかたわらでじっとしている緑子が頭に浮かぶ。しかし、いまそんなことを考えて、こんな状態の巻子に問い質してもしょうがないので黙っていた。

足もとには、花火のために出しておいたバケツがあった。何の変哲もない、プラスティック製の青いバケツ。なんでうちにバケツがあったんやろ、というようなことをふと思った。もちろんわたしが百均かどこかで買ったのだが、使ったこともないし、どうも新品のようにもみえる。じっとバケツを見ていると——こうして目のまえにあるバケツがなんだか奇妙な形をした奇妙なもののように思えてきた。なんだこれ。バケツという存在からバケツ性のようなものが分解されてゆき、そこにあるこれが何なのか、だんだんわからなくなってきた。文字にたいして未視感を覚えることはこれまでに何度もあったけれど、こうして物に感じるのは初めてだった。脇にある花火をみると、花火はちゃんと花火だった。わたしは少し安心した。花火。わたしが知っている、これは花火。そんなことを考えながら台所にある他愛のないものをひとつひとつ確認していると、巻子の声がした。顔をあげると、巻子は緑子に近づきながら、あんたは、わたしと口がきけんのやったら、どうでもしいな、どうでもええがな、と強い口調で言い放った。

「ひとりで生まれて、ひとりで生きてる顔してさ」

最近では昼ドラでもなかなか聞けないような台詞を言って、巻子はつづけた。「わたしはいいねん。わたしはええよ、わたしはええねん、わたしはええんや」

何がいいのか巻子はそればかりをくりかえし、緑子は顔をそむけ、乾いた流しのなかを睨むように見つめていた。これはうっとうしいやろうなとわたしは胸のなかでため息をついた。巻子はさらに近づき、巻子のほうを決して見ようとはしない緑子の顔を強引に覗きこむように自分の顔を近づけ、あんたは、と短く言った。

「あんたは、いつもわたしの話きいてないし、あんたはいつもわたしをばかにして、ばかにしたらええわ」

緑子はなんとか巻子を退けようと、体をよじった。しかし巻子はさらに緑子に言葉を被せた。

「あんたがしゃべらんのやったら、しゃべれんのやったら、あのいつものノートでもなんでも使って、なんか言いたいことがあるんやったら、得意のあれで書いたらええがな、一生そうしたらええやんか、わたしが死ぬまで、あんたも死ぬまで」となぜか長いスパンの話も混ざりつつ巻子の口調はさらに強くなり、緑子は首をすくめて頰を肩におしつけた。

「いつまでこんなんつづける気ぃか、わたしは、」

そう言うと同時に巻子が緑子の肘をつかみ、つかまれた緑子は激しく巻子の腕を振り払った。その勢いのまま緑子の手が大きな音をたてて巻子の顔に当たり、指が目のなかに入った。いたっ、と巻子は鋭く叫ぶと両手で顔を押さえた。巻子の目からは涙が出つづけ、どうしてもまぶたをあけていられない状態になり、指のはらを押しつけたり離したりしながら瞬きをくりかえしてもうまくひらかない。目から涙が汁のように垂れ、頬に落ちた影のなかでぬらぬらと光るのがみえた。緑子はまっすぐに下ろした手を固くにぎり、苦しそうに口を結んだまま、目を押さえながら涙を流しつづけている巻子を見つめていた。

ああ、いま現在、巻子も緑子も、言葉が足りん。わたしは思った。そして、こんな近くでふたりのやりとりを見ているわたしにだってもちろん言葉は足りず、言葉が足りん、足りんと頭のなかでくりかえすだけで、言えることが何もない。何にも言えることがない。台所が暗い。うっすらと生ゴミの臭いがする。そんなどうでもいいことをつなげながら、わたしは緑子の顔をじっと見ていた。奥歯を嚙みしめているのか頬にうっすらと筋肉のすじが浮かび、張りつめた表情で、どこでもない一点を凝視している。巻子は目に手をあてたままうつむいて、辛そうな声を漏らしている。そんなふたりを見ているうちに——何を思ったのか、知らないうちに壁のスイッチに手がのび、わたしはほとんど無意識のうちに、台所の電気をつけていた。

ぱちんという音がして、何回かの瞬きのあとに蛍光灯が完全についてしまうと、台所で身を寄せあうようにして立っているわたしたちの姿がはっきりみえた。見慣れたどころか、ほとんど体の一部になっているはずの台所はどこか白々しく、いっそう古びてみえた。白くて平板な蛍光灯の光が隅々までを浮かびあがらせるなかで、巻子は真っ赤になった目を細めた。緑子は自分の太股ににぎりこぶしをぎゅっと押しつけたまま、巻子の首のあたりをじっと見つめていた。そして、はっと音がするほど大きく息を吸ったかと思うとつぎの瞬間——巻子にむかって、声を発した。お母さん、と緑子は言った。文字通りの、お母さん、という音と意味の塊を緑子は口から出した。わたしはその声にふりかえった。

お母さん、と緑子はふたたび大きくはっきりした声で、すぐそばにいる巻子を呼んだ。巻子も驚いた顔で緑子をみた。ぎゅっとにぎられた緑子の両手はかすかに震え、外部から少しの力でも加わろうものならぱちんと弾けて、そのまま崩れてしまいそうなほどに張りつめているのが伝わってきた。

「お母さんは、」緑子は絞りだすように言った。

「ほんまのことをゆうてや」

緑子はそれだけを言うのがやっとの様子で、小さく肩を上下させている。薄くひらいた唇が、かすかに震えている。何かを押しとどめようとして唾を飲みくだす音が聞こえる。体のなかでぱんぱんに膨らんでいる緊張を、どうやって逃せばいいのかがわからないのだ。そして緑子はもう一度、ほんまのことゆうて、とほとんど消え入りそうな声で言った。その声が巻子に届くが早いか、はっ、と大きく息を吐く音がし、そのあと巻子は大声で笑いだした。

「ちょ、ははは、あんたいややわ何ゆうてんの、何よいったいほんまのことて」

巻子は緑子にむかって笑ってみせ、大げさに首をふってみせた。

「聞いた夏子？　びっくりするわあ、ほんまのことって。いや意味わからん、ちょ、あんた翻訳したってえな」

喉の奥から無理やり声をひっぱりあげるようにして、巻子は笑いつづけた。自分の不安と人の訴えをこんなふうにごまかす巻子はあかん、ここは笑いこける場面ではない。正解ではない——わたしはそう思ったけれど、口には出さなかった。緑子は巻子の笑い声のなかで、うつむいたまま黙っている。上下する肩の幅が大きくなってきたので、このまま泣くのだろうとわたしは思った。しかし緑子は急に顔をあげると、捨てるために流し台に置いてあった卵のパックを——それこそ目にも止まらぬ素早さでこじあけた。そして卵を右手ににぎると、それを大きくふりあげた。

あ、ぶつける、と思った瞬間、緑子の目からぶわりと涙が飛びだして——それはまるで漫画のこまに描かれる涙のように本当にぶわりと噴きだして、卵をもった右手を自分の頭に叩きつけた。

ぐしゃわ、という聞き慣れない音とともに、黄身が飛び散り、すでに叩きつけた手のひらを緑子はさらに何度もこするように叩きつけ、卵は髪のなかで泡だった。割れた殻がところどころに突き刺さり、耳の穴に入りこんだ黄身が垂れ、なすりつけるように手のひらで額を押しまわし、緑子はぼたぼたと涙を流しながら卵をもう一個、手にとった。なんで、と吐くように言い、手術なんか、とつづけながらさっきとおなじように叩きつけ、白身と黄身が混じりあうようにして緑子の額を垂れていった。ぬぐいもせず、構いもせず、緑子はさらに卵を手にとり、わたしを産んで、そうなったんやったらしゃあないでしょう、痛い思いまでしてお母さんはなんで、と巻子にむかって小さく叫ぶと、さらに激しく卵を叩きつけた。

あたしはお母さんが、心配やけど、わからへん、し、ゆわれへん、し、お母さんはだいじ、でもお母さんみたいになりたくない、そうじゃない、と緑子は息を飲み、はやくお金とか、わたしだってあげたい、お母さんに、あげたい、ちゃんとできるように、そやかって、わたしはこわい、いろんなことがわからへん、目がいたい、目えがくるしい、なんで大きならなあかんのや、くるしい、くるしい、こんなんは、生まれてこなんだら、よかったんとちがうんか、みんながみんな生まれてこなんだら、何もないねんから、何もないねんから――泣き叫びながら今度は両手で卵をつかんで、それを同時に叩きつけた。殻がそこらじゅうに散らばって、ティーシャツの襟首にはどろりとした白身がひっかかり、真っ黄色の塊が肩や胸にくっついた。緑子は立ったまま、わたしがこれまでに聞いたことのある人の泣き声のなかで最大の声を出して泣いていた。

巻子は一歩も動かずに、すぐ隣で背中を丸めて、嗚咽まじりに泣いている緑子を見ていた。そして我に返ったようにいきなり、緑子っ、と声を出すと、卵にまみれた緑子の肩をつかんだ。しかし緑子がいやいやと激しく肩をゆするので手が離れ、両手を宙にあげたまま、動けなくなった。白や黄色に固まりながら濡れながら泣いている緑子にふれることも近寄ることもできない巻子は、肩で小さく息をしながらまっすぐに緑子を見つめていた。そしてパックから卵をひとつ手にとると、それを自分の頭にぶっつけた。しかし角度の問題か、卵は割れずに床にころりと転がり、巻子はあわててそれを追った。そして四つん這いになってしゃがみこみ、静止したままの卵をめがけて額をぶつけて殻を割り、そのままぐりぐりと押しつけた。黄身と殻のくっついた顔で巻子は立ちあがって緑子のそばへゆき、さらに卵を手にとって、それを額にぶっつけた。緑子は涙を流しながら目をみひらいて、それを見た。そして緑子ももう一個を手にとると、こめかみに大きく叩きつけた。卵の中身がずるんと落ち、殻も落ち、巻子は今度は両手で卵をにぎり、ワンツー、のリズムで左右にぶつけ、卵まみれの顔でわたしをふりかえり、もう卵はないの、と訊いた。いや、冷蔵庫にあるけども、と答えると、巻子はドアをあけて卵を取りだし、つぎつぎに頭で割っていった。ふたりの頭は次第に白くなり、どちらかの足の裏で殻の砕けるぱしぱしという乾いた音がした。床には黄身と透明に膨らんだ白身とが水たまりのようになっていた。

「緑子、ほんまのことってなに」

すべての卵が割られ、ひとしきりの沈黙のあとで、かすれた声で巻子は言った。

「緑子、ほんまのことってなに、緑子が知りたい、ほんまのことって、なに」

体をぎゅっと縮めたまま泣く緑子に、巻子は静かに訊いた。緑子はしかし首をふるだけで、言葉にならない。卵はどろりと垂れながら、ふたりの髪や肌や服のうえで固まりはじめていた。緑子は泣き止むことができないまま、ほんまのこと、と小さな声を絞りだすのが精一杯のようだった。巻子は首をふり、体を震わせて泣きつづける緑子に小さな声で話しかけた。

「緑子、緑子、なあ、ほんまのことって、ほんまのことって、あると思うでしょ、みんなほんまのことってあると思うでしょ、ぜったいにものごとには、なんかほんまのことがあるって、みんなそう思うでしょ、でもな緑子、ほんまのことなんてな、ないこともあるんやで、なんもないこともあるんやで」

それから巻子はつづけて何かを言ったのだけれど、その声はわたしには届かなかった。

緑子は顔をあげて、そうじゃない、そうじゃない、と首をふり、いろんなことが、いろんなことが、いろんなことが、と三回つづけて言うと、台所の床に崩れるように突っ伏した。緑子は声をあげて泣きつづけた。巻子は手で指で緑子の頭についた卵をぬぐって、ぐしゃぐしゃになった髪の毛を何度も耳にかけてやった。ずいぶん長いあいだ、巻子は黙ったまま緑子の背中をさすりつづけた。

◯お母さんが夏休みに八月はいって、お盆すぎたら、仕事ちょっと休めるから夏ちゃんとこ行こうとゆって、わたし東京はじめてでちょっとうれしい、うそ、だいぶとうれしい、新幹線ものるんはじめて、夏ちゃんに会うんすごいひさしぶり、夏ちゃんに会える！

緑子

◯それから、きのうの夜、お母さんの寝言でおきて、なんかおもしろいことというかなっておもってたら、おビールください、っておっきい声で、びっくりして、ちょっとしたら涙がいっぱいでてきて朝までねれず、くるしい気持ちは、だれの苦しいきもちも厭やなあ。なくなればいいなあ。おかあさんがかわいそう。ほんまはずっと、かわいそう。

緑子

巻子も緑子も眠ってしまったあとで、わたしは緑子のリュックをあけて、大きいほうのノートを取りだした。そして台所の流しの電気の下でそれを読んだ。ノートにはたくさんの文章と、無数の小さな四角で描かれた絵のようなものがひしめいてあった。緑子の文字は灰色の暗い光のなかで、ちろちろと震えているようにみえた。しかし見つめれば見つめるほど、それはわたしの目が震えているのか、そのあいだにある光が震えているのか、わからなくなっていった。いったい何が震えているのかわからないままにわたしは二十分をかけてそれをゆっくり読み、読み終えるともう一度最初から読んで、部屋に戻ってリュックにしまった。

結局、花火はしなかった。つぎの朝、巻子と緑子は帰っていった。

「もう一泊していったら」

そんなことは無理であることはわかっていたけれど、念のために訊いてみた。すると巻子は案の定、「今晩から仕事やねん」と返事をし、それから思いついたように緑子にむかって「あんただけでも、もうちょっと泊まっていく？　まだ休みやし、そういうんもありやで」と訊いた。緑子は、お母さんと一緒に帰ると言った。

ふたりが支度するのを待ちながら、わたしは窓の外を見た。駐車場に見慣れた車がならび、道はおなじ色をして、まっすぐに伸びていた。一昨日、散歩に出た緑子がむこうから歩いてきたのを思いだした。ウエストポーチをさわりながら緑子が歩いてきたな、それをこの窓から、ここから見たな、とわたしは思った。棒っきれみたいな細い脚を、一歩一歩まえに出して、緑子はまっすぐに歩いてた。何でもないようなその光景を、これからわたしは何度となく思いだすんだろうなという予感がした。緑子も巻子もわたしも、いまこうして確かにここにいるのに、なんだかもう思い出のなかにいるような気がした。部屋をふりかえると緑子は自分の髪を結うのに手間どっており、巻ちゃんにやってもらえばいいのにと言うと、自分でできるようになるねんと言って、黒ゴムを挟んだ唇に力を入れた。

わたしは巻子のボストンバッグをもってやり、緑子は自分のリュックを背負ってアパートの階段を降りていった。一昨日、この部屋にみんなで帰ってきたときと少しの狂いもない、おなじ暑さと熱気のなかを歩き、人々とすれ違い、汗をかきながらさまざまな音をくぐりぬけ、電車にゆられて東京駅についた。

巻子は、ホームで見つけたときとおなじように濃いめの化粧をしていた。新幹線が到着するまで、まだしばらく時間があった。わたしたちは土産物屋を覗いたり、売店の平台に積まれた雑誌を見たり、それから改札と時刻表が確認できるベンチに座って、やはり一昨日とおなじように、奥から奥からあふれでてくる人の波を見るともなく眺めていた。わたしは、巻ちゃん豆乳やで、と言った。

「豆乳？」

「豆乳やで、豆乳飲も。豆乳のいろいろが、女の人の体にはいいんやで」

「わたし豆乳て飲んだことない」巻子が笑った。

「わたしもないけど、わたしも飲むから。緑子も一緒にな、巻ちゃんと」

あと五分、というところになって、「せやせや、これでなんか買い」と言ってわたしは緑子に五千円札を渡した。緑子は目を丸くして驚き、巻子はこんなようさん、そんな気い遣わんでええ、ええ、と心配そうに首をふった。

「よゆう」とわたしは笑った。「これから、もっとようなるから。もっとがんばって、わたしらちゃんとようなるから」

巻子は皺のよった唇をすぼめ、わたしの顔をじっと見た。それからペンをもって文章を書く仕草をしながら、「そうやあ、なるなる、ぜったい」と言って、顔をしわくちゃにして笑った。巻子の笑顔のなかには、コミばあがおり、母親がおり、懐かしい顔でわたしに笑いかけていた。そしてこれまで一緒に泣いたり笑ったりしてやってきた――わたしを見つけるといつも走ってきてくれた巻子、制服の巻子、自転車に乗っている巻子、通夜のあいだじゅう泣きながら目をつむっていた巻子、給料袋からお金を出して上履きを買ってくれた巻子、緑子を産んだ病室でぽつんとベッドに座っていた巻子、いつもわたしのそばにいた――そのときどきの巻子がいて、わたしに笑いかけていた。わたしは何度か瞬きをくりかえし、あくびをするふりをした。

「そろそろやな」巻子は腕時計をみて言った。気いつけてな、とわたしは巻子にボストンバッグを渡した。緑子は立ちあがり、軽くジャンプをして、かついだリュックを体になじませた。

「そうや緑子、昨日は結局、花火できんかったな。あれ、ちゃんととっとくからな。湿らんように、ちゃんとしとくから、来年ちゃんとぜんぶやろな」とわたしは言い――それからすぐに、ちゃうちゃう、と首をふった。

「べつに夏じゃなくたってええねん、冬でも、春でも、会ったときにいつでも、したいときに花火しよう、いつでも」

わたしがそう言って笑うと、緑子も笑った。

「じゃあ寒くなって、冬にしたいな」

ああもう時間ないわ、と言いながら巻子と緑子は改札をぬけて、ホームを目指して進んでいった。何回も何回も緑子はふりかえっては手をふり、見えなくなったと思ったらまたひょこっと顔をだして、何度も大きく手をふった。ふたりの姿が本当に見えなくなるまで、わたしもずっと手をふりつづけた。

家に着くと、急に眠気がやってきた。歩いているときは息をするだけで皮膚も肺も熱でいっぱいになって、すぐにでも水を浴びたいと思うのに、冷房をつけて五分もすれば汗はみるみるうちに乾いてしまって、まるでなにごともなかったかのように消えてしまう。ビーズクッションには文庫本が何冊か、巻子のつけたへこみがそのまま残っていた。緑子が座っていたすみっこには巻子のつけたへこみがそのままになっていた。わたしは本を拾って本棚にしまい、昨晩、巻子がしていたのとおなじように、ビーズクッションを抱えるようにうつぶせた。卵にまみれた巻子と緑子。床を何度も何度も三人で拭いて、山のようになったぐしゃぐしゃのキッチンペーパー。いつまでも手をふっていた緑子。笑った巻子。小さくなっていったふたりの後ろ姿。まぶたが一秒ごとに重くなり、手足が少しずつ熱くなっていった。額のずっと奥のほうで、意識の切れはしがひらひらと漂っているのをあてもなく見つめているうちに、わたしは眠ってしまっていた。

　夢のなかで、わたしは電車にゆられていた。

どこを走っているのかはわからない。人はそんなに多くなく、太股の裏が座席の布地のの毛羽《けば》だちでちくちくする。わたしはキュロットパンツを穿いていて、手には何ももっていない。真っ黒に焼けた腕をじっとみる。腕を曲げると肘の内側にできる皺は、もっともっと黒くみえる。水色のタンクトップは少し大きい。かがんだり、腕をあげたりすると最近出てきた胸が脇からみえるかもしれないと思って、でもそんなことを気にする自分が変なんじゃないかとそんなことを考えている。

駅に着くたびに人々が乗り降りをくりかえし、電車には少しずつ人が増えてくる。わたしの目のまえに、ひとりの女の人が座る。目の下の皮膚がたるみ、頬にうっすらと影ができている。もうそんなに若くはない女性だ。わたしとおなじような真っ黒で硬そうな髪を耳にかけて、ときどき首をひねって後ろの窓の景色をみている。それは、巻子と緑子を迎えにいく途中のわたしだ。三十歳のわたしは隣の人に自分の体がふれないように肩をすぼめ、くたびれたトートバッグのうえに両手を乗せてじっといる。窮屈に折り曲げられた膝は大きくて、その丸さはよく知ってるもののような気がしてしまう。そうだ、それはコミばあからやってきたものだ。目のまえに座ったわたしは、いつかの写真のなかで笑っている、コミばあと本当によく似ているのだった。

電車の扉がひらいて父が入ってくる。灰色の作業着を着た父はわたしの隣に座ってもうすぐ着くと小さな声で言う。今日はふたりで出かける日なのだ。巻子と母は家にいて、今日はわたしと父のふたりだけで出かける日なのだ。どこにいくのかきこうとしてきけず、わたしは黙ったまま、父の隣に座っている。人がたくさん入ってくる。膝と膝のあいだにも、男の人たちの脚が入りこんでくる。車両のなかで人々はどんどん増えつづけ、ひとりひとりの体が少しずつ膨らみはじめているようだ。駅に着く。父はわたしを抱きあげて、肩に乗せる。わたしより数センチ高いだけの身長しかない父が、わたしを肩に乗せて立ちあがる。わたしは初めて父にさわる。ひしめきあう大きな人たちのあいだを、父は少しずつまえに進んでゆく。わたしの手首をしっかりにぎり、低く小さな肩にわたしを乗せて、わたしたちには決して気づくことのない人々のあいだを、一歩一歩進んでいく。押し返されて、立ち止まり、足を踏まれ、それからまた、まえに進んでゆく。扉が閉まる。誰かが笑って手をふっている。父はわたしを肩に乗せたまま、やってきたゴンドラにそっと飛び乗る。だんだん青くなってゆく空にむかって、ゴンドラは音もなく上昇しつづける。遠ざかってゆく地上の人々や、木々や、ぽつぽつと灯り始めた光が薄暮にきらめいている。わたしは父の肩に乗って、そのひとつひとつを、瞬きもせずに見つめている。

冷房のぴくりともしない冷たさで目が覚めた。温度を見ると二十一度になっており、わたしは体を起こして冷房を切った。夢を見ていた気がするけれど、瞬きを何度かくりかえすうちにそれはあとかたもなく消えてしまった。ぷうんと気のぬけた音がして送風口が閉まると、どこからともなくすぐにぬるさがやってくる。夏の日差しがカーテンを真っ白に光らせ、子どもたちの奇声のような笑い声がして、車のやってきて去ってゆく音がした。

わたしは風呂場に行って服を脱ぎ、パンツについたナプキンを剝がしてじっとみた。血はほとんどついてなかった。ティッシュにくるんでからゴミ箱に捨て、新しいナプキンの包装をとってパンツの股のところに装着してすぐに穿けるようにした。それをバスタオルのうえに置き、浴室に入って熱い湯を浴びた。

傘を思いきりひらいたように、湯は無数の穴からいっせいに飛びだし、冷たくなった足の先がじんじんと鳴るように痛んだ。肩が内側から破れるようにしびれて、太股と両腕に大きな粒の鳥肌がたった。熱い湯はわたしの皮膚を打ち、温め、浴室の小さな空間とわたしとの境目を少しずつ溶かしていった。その白さが見えるほど湯気がたちこめても、目のまえの鏡には曇らない施しがされているので、ここではいつでも自分の体が見えるのだった。

わたしは背筋を伸ばして、顎を引き、まっすぐに立った。少し動いて、顔以外のすべてを鏡に映してみた。瞬きせずにじっと見た。

真んなかには、胸があった。巻子のものとそれほど変わらないちょっとした膨らみがふたつそこにあって、さきには茶色く粒だった乳首があった。低い腰は鈍くまるく、へそのまわりにはそれを囲むように肉がつき、横に何本もゆるい線が入り、渦を巻いていた。あけたことのない小さな窓から入ってくる夏の夕方の光と蛍光灯の光がかすかに交差するなかで、どこから来てどこに行くのかわからないこれは、わたしを入れたままわたしに見られて、いつまでもそこに浮かんでいるようだった。

第二部

二〇一六年夏～二〇一九年夏

8　きみには野心が足りない

「たとえばよ。旦那の腎臓がさ、病気っていうか腎不全とかそういうのになって、もうだめになったとするじゃん。で、もし自分だけが腎臓をいっこね、あげられる立場で、自分のをあげなきゃ相手が死んでしまうってなったときにさ、旦那に自分の腎臓あげられる？」

ランチセットのデザートもとうに食べ終わり、グラスのなかの氷もすっかり溶けてそろそろ解散かというときに、アヤが言った。

かつてのバイト仲間の昼食会。わたしたちはとくべつ仲が良かったというわけでもないけれど、あれは何がきっかけだったか――そうだ、数年まえに呼ばれた優子《ゆうこ》の結婚式で再会してから、当時から中心的人物だったアヤの呼びかけで、年に何度か、こうして集まるようになったのだ。だいたいおなじ年くらいのわたしたちが書店で一緒に働いていたのもついこないだという気がしないでもないけれど、あれはもう十年近くまえになるのか。とはいえ、ここ数年でみんなかなり様変わりをしているし、ふだん付きあいがある関係でもないのだから雰囲気もばらばらで、はたからみれば何の集まりなのかわからないだろうなとも思う。みんなそれなりに忙しいはずだけれど、なぜか誰も欠席せずに毎回、五人がそろっている。

死にかけの夫に自分の腎臓をやれるか、どうか。

どうやらアヤのこの質問は、わたし以外はみんな結婚して「旦那」がおり、さらには子どももいたりする、元バイト仲間たちの現在にとってかなりクリティカルなものだったらしく、ここからまた話はもうひと盛りあがりしそうだった。

どうかなあ、いやあ、だってさあ。そんなことを言いながら、人の意見に驚いてみたり、わかるわかると肯《うなず》いたりしている。飲み物が空になっていることに気づいた優子が「もう一杯だけお代わり頼む？」と気を利かせる。そうだねえ、と言いながらみんなはおなじものをお代わりで注文し、夏子はどうする？　というようにわたしを見るので、あ、わたしはお水でえっかな、と返事をした。

みんなの話を聞きながら、しかしわたしはさっき食べたランチのことがどうにも気になっていた。というのも、誰が選んだのか、今日のランチというのがこれ、食べるのはもちろんその存在を初めて知ったガレットというもので、メインの食事という感じがまったくしないものだったのだ。おやつなのかデザートなのかぺらっとしたシート状のもので、貴重な外食一回分がこんなもので終わってしまったことに納得できないような気持ちだった。ガレット専門店というだけあって、ガレット以外のものは何もなかった。こんなもん何枚食べたとこでお腹なんかいっぱいにはならないし、だいたいそれが何であれ、生クリームがのっかってる時点でそんなものは昼ごはんとは言えんやろう。

「――ってわけで、わたしは、あげるかな」

奥に座っていた吉川《よしかわ》さんが言った。吉川さんはわたしとおなじ三十八歳で、たしか年下の整体師みたいなことをしている夫がいて、小さい子どもがひとりいる。自然派趣味というか、いつもすっぴんで薄い色のゆるやかな服を着て、ホメオパシーに開眼してからは――何度きいてもその成り立ちがよくわからないのだけれど、仮に病気になってもそれですべて治せるという飴玉を会うたびにくれるようになった。それがあれば子どもたちに予防接種を受けさせる必要がないのは当然として、医者にかかることもなくなるという魔法の飴玉。そんな吉川さんは夫が死にかける際には腎臓をあげるらしく、その言葉にほかのメンバーは、まあねえ、とユニゾンふうに声を出して同意した。

「さっき優子が言った『なんだかんだ言ったって家族だから』っていうより、たんに、まだまだ働いてもらわないと。死なれたら今の生活できないもん」

吉川さんの言葉に、わかるわ、とアヤが肯いた。

このなかで書店で働いていた期間がいちばん短かったのはたしかアヤで、わたしとは一年ほどしか被ってないのではなかったか。ぱっと目を引く美人で、挨拶まわりに来たいわゆる新進気鋭の男性作家と関係ができて、そのあとに出た小説の主人公はじつは自分がモデルなんだよねと話していたこともあった。それからしばらくして付きあったべつの人とのあいだに子どもができて結婚し、そのまま専業主婦になり、いまは二歳の娘がいる。夫が家業の不動産屋を継いでいることもあって大きなビルで家族みんなで同居していて、金は出すけど当然のことながら至るところで口も出しまくる舅姑との攻防の話は、聞いていてなかなか臨場感がある。

「まあ、痛いのはやだけど、死なれてそのあとひとりで全部やっていくこと考えたら、腎臓いっこならしょうがないかってね。っていうか、うちは旦那が死んだら速攻で家出て、あれなんだっけ、死後離婚っていうんだっけ、もらえるものはまるっともらって、むこうとはきれいさっぱり縁切るけどね、ぶった切りだよ」

「アヤちゃん、けっこうきてるね。まあわたしの場合は、ふだん腹は立つことも多いし『おまえまじ死ねよ』って思うことも普通にあるけどさあ。まあ自分の子どもの親でもあるからね。生かしてやろうかと」と優子が声を出して笑った。「まあ、なんていうの、いろいろあるけどさ、けっきょく腎臓のいっこもやれないような男と一緒にいるのとか、自分が女として終わってるっていうか」

「それはあるよね」吉川さんが肯いた。「どんな相手の子ども産んだんだよって話ではあるよね。その人生、どんだけ不幸なんだっていう。まあ、いろいろあるけど、子どもは大事だからね。うまくやっていかないとね」

話が一段落すると、いつものように伝票をチェックしたアヤがてきぱきと会計をし、飲み物を追加で注文した人は千八百円を、わたしは千四百円を払って店を出た。

このへんも変わったね、とか、あの行列なんだろね、とかしゃべりながらわたしたちは駅を目指してぞろぞろと歩いていった。渋谷の巨大交差点のあたりで、じゃあまたね、適当に連絡するわなどと口々に言いながら手をふり、わたしたちは別れた。アヤと優子と吉川さんは井の頭線のほうへ、わたしともうひとり——いつもはしっこであいづちを打ちながら笑っている印象しかない（今日もそうだった）紺野《こんの》さんは田園都市線だったので、駅まで一緒に行くことにした。

八月の、午後二時半。強烈な太陽の光に、目に映るものは何もかもが白く光り、ビルとビルのあいだの青空はクリックひとつで着色したパソコンの画面みたいに、少しのむらもなくぴたりと張りついている。息をすれば鼻の穴が、立っているだけですべての皮膚がじわじわと熱を吸って、すべてが暑さに照らされている。

信号が変わるたびに大量の人々が前進し、交差し、入れ替わってゆく。道ゆく若い女の子たちは肌が真っ白で、流行っているのか、淡い色のフレアスカートに竹馬のようなぽっくりしたストラップつきの靴を履いている。目の下あたりを真っ赤にそめたメイクをしている子が多く、みんな黒目が大きい。

「紺野さん、どこやっけ」わたしはハンドタオルで額を押さえながら話しかけた。

「溝の口だよ」と紺野さんは小さな声で返事をした。

「あ、まえからそこやっけ」

「二年まえくらいに越したんだ。夫の仕事の事情があって」

紺野さんにもたしかまだ小さい子どもがいる。夫の仕事は知らない。店は替わったけれど三年くらいまえから書店のアルバイトに復帰していた。小柄な紺野さんはわたしよりも頭ひとつぶん背が低く、八の字に下がっている薄い眉と大きな八重歯が上唇をめくりあげているせいで、黙っていてもいつもどこか笑っているような印象を与えた。駅まで数分とはいえ紺野さんとこんなふうにふたりきりになったことはほとんどなく、考えてみればこの会で顔をあわせることはあっても個人的にやりとりしたこともない。どことなくぎくしゃくした雰囲気が気になって、わたしは何か話すことはなかったかと頭を探った。そしてさっきみんなが最後に盛りあがっていた腎臓の話をふってみることにした。

「紺野さんもあげる派やった、よな」

「ううん」と紺野さんがわたしの顔をちらりとみて言った。「あげない」

「あ、そうやったっけ」わたしも紺野さんの顔をみた。

「うん」紺野さんは肯いた。

「あ」とわたしは言った。「でも、あれ、死ぬってことでも?」

「あげない」

紺野さんは即答した。

「あげない。夫にやるくらいなら、そのへんに捨てるよ」

それにたいしてなんと返事していいのかもわからなかったので、わたしは適当なあいづちを打った。「まあ、他人だしね」

「他人とか、そういうのでもないよね」と紺野さんが言った。

わたしたちは信号を渡りきって地下への階段を降り、改札にむかって通路を進んだ。体じゅうから噴きだしている汗が、筋になって背中や脇腹をつたっていった。

「紺野さんは溝の口、わたし今から神保町なんやわ、逆か」わたしは言った。「じゃあまた、アヤからの連絡待ってるわ。今度は冬かね」

「そうだね。でもわたしもう来ないかも」

「え、そうなん」

「うん」微笑んだまま紺野さんは言った。「みんな、根っからのあほだから」

わたしが黙っていると、紺野さんは笑って言った。

「あの子ら、救いがたいあほだよ」

そう言うと、じゃあね、と手をあげて、紺野さんは改札をぬけて構内へ消えていった。

神保町の奥まったところにある喫茶店のドアをあけると、窓際の席に仙川涼子《せんがわりようこ》の後ろ姿がみえた。こちらに気がつくとふりかえって、小さく手をあげた。

「暑いですねえ」仙川さんは明るい声で言った。「今日はご自宅から？」

「ううん、今日は友だちの集まりがあって、渋谷でランチでした」わたしは奥の席に座り、ハンドタオルでこめかみと首筋を押さえて言った。

「夏子さんが友だちとって、珍しいような」仙川さんはちょっとからかうような口調で言うと、大きな歯をみせて笑った。「というか、久しぶりですよね。このあいだ会ったときはまだ、こんな暑くなかったですもんね」

仙川涼子は大手出版社の編集者で、初めて会ったのは今からちょうど二年まえだ。定期的に会っていて、いま進めている長編小説の進捗《しんちよく》具合や内容についてのあれこれをやりとりしている。年齢はわたしより十くらい上の四十八歳。もともとは雑誌の部署にいて、そのあとは児童書をつくり、いまの書籍の部署に配属されて四年になる。現代作家のことをそんなに知らないわたしでも何冊かは読んだことのある作家を何人か担当していて、その作品のいくつかは大きな賞を獲ったらしい。耳のぜんぶがはっきりとみえる黒髪のショートカットで、笑うと顔じゅうあちこちに皺がよって、わたしはそれをみるのがなんとなく好きだった。結婚はしておらず、駒沢のマンションで一人暮らしをしている。

「や、書いても書いても終わりがようわからん感じで」

わたしは小説のことなんてまだ何も訊かれてもいないのに、なぜか自分から話題に出して、テーブルに置かれた水をごくごくと飲み干した。仙川さんは目だけで笑ってみせ、何にしますかとメニューを広げてこちらにむけた。わたしはアイスティーを、仙川さんもおなじものを注文した。

小説を書こうと決めて上京したのが二十歳の頃。それから十三年がたった三十三歳になる年、つまり今から五年まえに、わたしは小さな出版社が主催している小さな文学賞を受賞して、なんとか小説家としてデビューすることができた。けれど、作品が賞を獲っても刊行されるということもなく、当然のことながら話題になるなんてこともまったくなく、二年くらいのあいだは書いたものを担当の男性編集者に読んでもらい、ボツと書き直しをくりかえすだけの、わりとしんどい時間をすごすことになった。

小説はもちろん、ときどき舞いこんでくるタウン誌なんかのエッセイや、どんな細な原稿であっても、いつも全力でそれなりの自信をもって取り組んでやってきたつもりだったけれど、その男性編集者はどうも肝心の根っこの部分でわたしの書くものに良い部分があるとは思えないみたいだった。

たとえば彼がよく言っていたのは、読者の顔が想像できていないとか、人間のことをわかっていないとか、まだ本当の意味で追いこまれたことがないとか、わたしたちの打ちあわせはいつもそういう感じだった。最初のうちは、編集者の言うことというのは正しく、また意味のあることだと思う気持ちがあったけれど、だんだん疑問に思うことが多くなり、なにより作品と関係ない話をえんえん聞かされることにぐったりしてしまった。わたしは作品を見せなくなり、メールの返信もしなくなり、しだいに距離ができていった。最後のやりとりは電話だった。とつぜん深夜にかかってきた電話のむこうで男性編集者はかなり酔っていたらしく、小説への思いを長々と口にしたあとでこう言った。

「この際だからはっきり言うけど、きみには作家として必要な、肝心な部分が欠落してるの。ないの。正しい野心というものが足りないの。きみに本物の小説なんか書けるわけないよ。ましてや本物の作家になんかぜったいになれない。ずっと思ってたんだけどね、でもはっきり言うわ。無理だから。無理です。っていうか、きみもう何歳よ。もちろん年は文学には関係ないよ？　ないけどさあ、でもあるじゃないですか、やっぱり関係。三十五とか四十まえの感じで、じゃあこれからなんかこの人からすごいものが出てくるかっていったら、ないと思いますよ、あなたの場合。そういう感じですよ。そういうのはわかるんだよね。こっちはプロだから。これは予言だから」

その夜はうまく寝ることができず、それから一週間くらいは男性編集者の言葉と声が頭のなかで何度もくりかえされて、いろいろなことが手につかなかった。何年もたってやっと、やっと物を書くはじまりに立てたのに、これでぜんぶ終わってもうたんかもしれん——そんなことを思うと、気持ちは際限なく沈んでいった。

それから数ヶ月のあいだは苦しかった。とりとめのないくよくよとした日々を過ごして、バイトに行く以外は誰とも会わず、ほとんど家から出なかった。けれどある日、ふとした瞬間に——それは例によって男性編集者の最後の電話のことを反芻《はんすう》している最中だったのだけれど、とつぜん怒りのようなものがぐつぐつと音をたてて——本当に音をたてて、喉の奥のもっと下のほうから湧きあがってくるのをはっきりと感じたのだ。

あいつは、なんやねん。わたしはそう思った。ビーズクッションにうつぶせになっていたわたしは顔をあげて跳ね起きた。眼球にみるみる血液が集まって、そのまま飛びだしてどこかへ転がっていきそうなくらいに目をかっと見ひらき、あいつは、と今度は声にして言ってみた。なんやねんなあいつは——そう言うと、わたしはまたビーズクッションに顔を押しつけて、今度は腹の底から大声を出した。声はクッションと顔のあいだで細かく震えながら吸いこまれていった。それを何度かくりかえすと、今度は全身から力がぬけて、わたしはうつぶせになったまま動けなくなった。

ずいぶん時間がたったあと、台所に行って冷たい麦茶をコップに注いで、それを一気に飲み干した。わたしは部屋に戻って本棚や机やクッションのひとつひとつを眺めながら、深呼吸をした。気のせいか、見えるものすべての明るさが増したような気がした。

そういえばあの編集者は本物っていう言葉が好きでほんまによう使っていたなと思った。「わかりません」て言うたら、「じゃあ答えを教えてあげるとね」とか、本当に嬉々としていた——あほらし。やりとりが、あの時間が、なにもかもが、あほらしい。コップをちゃぶ台にこんと置いてその音が響いた瞬間、急激に、何もかもが心の底からどうでもいいことのようにはっきりと思えて、わたしはその男性編集者の存在を忘れることにした。

それから一年後。わたしはちょっとした転機に恵まれることになった。

はじめて刊行した短編集がテレビの情報番組で紹介され、有名なタレントたちがこぞって褒めるという事態になって、結果的にその本が六万部を超えるヒットになったのだ。読書に一家言あるとされる芸能人が興奮した様子で「これまでまったく想像もしなかった死後が描かれている」と感想を言い、「もういなくなった親しい人たちを思いだして、涙が止まらない」とアイドルの女の子がコメントをしながら目を潤ませる場面もあった。儚《はかな》いけれどたしかにそこには希望が描かれている、とため息まじりに話す人もいた。

それはデビュー作を含め、書きためていたものや書き下ろした短編に大きく加筆をして、連作にしたものだった。頼りないつてをたどってなんとか出せることになったその作品集は、何か引きになるようなコンセプトがあったわけでもないし、初版発行部数だって三千部足らずの――こう言ってはなんだけれど、その小さな出版社の誰にも期待されていない、浮かんだらつぎの瞬間には消えてなくなる泡のような一冊だったのだ。紹介された編集者とはたいしたやりとりもしなかったし、内容について話しあうなんてこともとくになかった。読んでもらって、じゃあこの月なら出せるので出しましょうか、という具合で、まるで何かの埋めあわせのように刊行された本だった。そんな作品が数万人に読まれることになるとは、ごく控えめにいってわたしを含め、誰一人予想していなかった。

結果的に本が売れたことはとてもうれしかったけれど、でも同時にどこか複雑な気持ちにもなった。つまり本が売れたのはそれはやっぱりテレビで芸能人が褒めたからなのであって、もし仮に、そんなものがあるのかないのかはわからないけれど――もし仮に本の「実力」というものが存在するとして、それと今回の結果とはやっぱり本質的なところでは関係がないことのように思えたからだ。

そしてその本が刊行されてすぐに連絡をくれたのが、仙川涼子だった。二年まえの、今日とおなじくらいに暑い八月のある日、家の近所の喫茶店までやってきた仙川涼子は、自己紹介をしてから一息つくと、小さな、でもよく通るしっかりとした声でわたしにむかって言った。

「すべての短編のすべての登場人物が死者で、べつの世界でその死者たちがずっと死につづけています。そこでは死というものがいわゆる終わりとして描かれるのではなく、しかし再会や再生を意味するものでもありません。いいアイデアだったと思います。震災以降、多くの読者がある種の癒やしとして受け止めて興奮したのも、この小説にとってはよいことだったと思います。でも、ぜんぶ忘れてください」

そう言うと仙川さんはグラスの水をひとくち飲んだ。わたしはグラスに添えられた仙川さんの指先を見つめながら、話のつづきを待った。

「あの小説の何が素晴らしかったのか。どこにあなたの署名があったのか。それは設定とかテーマとかアイデアとか、死者とか震災以後とか以前とか、そういうものじゃないんです。それは、文章なんです。文章の良さ、リズム。それは強い個性だし、書きつづけるための何よりも大きなちからです。あなたの文章には、それがあると思う」

「文章」とわたしは言った。

「ご本のヒットは素晴らしいことです」仙川さんはつづけた。「でも、五年に一冊の本も読まず、タレントの宣伝でたまたま手にとる読者がとりあえず買うだけのようなものを書いても、しょうがないです。もちろん売れることは大事です。でも、読者ってもっと大事なんです。もっとしつこくて、もっと粘り強い読者に出会ってほしいと思うんです。本なんて読んだってしょうがないこんなご時世に、それでも本を読もうとする読者に。得体の知れないものに、未知のものにどうしようもなく興奮する読者に」

「それって」とわたしは考えながら言った。「なんていうのか……本物の文学とか、本物の読者とか、そういうようなことをおっしゃってるんでしょうか」

店員が水のお代わりをもってやってきて、それぞれのグラスに注いでいった。仙川さんは少しのあいだ黙ったあと、話をつづけた。

「たとえば、言葉って通じますよね。でも、話が通じることってじつはなかなかないんです。言葉は通じても、話が通じない。だいたいの問題はこれだと思います。わたしたち、言葉は通じても話が通じない世界に生きてるんです、みんな。『世界のほとんど誰とも友だちにはなれない』――誰の言葉でしたでしょうか、あれは本当だと思います。だから、話が通じる世界――耳をすませて、言葉をとっかかりにして、これからしようとする話を理解しようとしてくれる人たちや、そんな世界を見つけること、出会うことって本当に大変なことで、それはほとんど運みたいなものなんじゃないかと思っているんです。からからに干上がった砂漠かどこかでにじんでいる水源を見つけるみたいに、生きることに直結する運みたいなものなんじゃないかって。もちろんテレビで芸能人が取りあげて数万部売れるという運もある。才能のない人には、ないよりはたった一度でもあったほうがいいかもしれない運ですね。でも、わたしが言ってるのはそれよりももっと実のある、持続力のある、強くて信頼するに足る運です。長きにわたってあなたの創作を支える運です。わたしはあなたの作品のために、それを用意できる。わたしとなら、もっといい作品を一緒につくれると思う。それで――会いに来たんです」

わたしたちはしばらくのあいだ黙っていた。からん、と音をたててグラスのなかの氷が溶けた。コースターの端にそっと置かれた仙川さんの手の甲には、さっきはみえなかった血管がくっきりと浮かびあがっていた。

「最初から、こんな熱苦しい話をしてごめんなさい」仙川さんは謝った。「でも、後悔しないように、ちゃんと伝えたいと思ったんです」

「いえ」とわたしは言った。「うれしかったです」

わたしがそう言うと、仙川さんはあきらかにほっとしたような表情になった。そして彼女が唇をあわせて自分に何かを言い聞かせるみたいに何度か小さく肯くのを見て――こんなふうに思っていることをはっきり話せるこの人も、もしかしたらわたしとおなじように緊張していたのかもしれないと思った。

「そんなふうに、作品について考えを話してくれる方にお会いするのが、初めてだったので」

「大阪のご出身でしたよね」仙川さんはとつぜん大阪弁の抑揚で言って、微笑んだ。

「懐かしい」

「仙川さんも大阪の人なんですか？」

「いえ、わたしは東京生まれの東京育ちですけど、母親が大阪の人で。そやから大阪弁が本来の意味での母語ゆうか。家んなかはいつも大阪弁で、ゆうたらバイリンガルみたいなもんでしょうか」

「ぜんぜんわからんかった」

それからわたしたちは大阪でしか意味が通じない言葉や言いまわしについてや、この半年ほどのあいだひっきりなしに報道されて白熱しているSTAP細胞のニュースについて、そしてその問題を受けて、つい十日ほどまえに自死してしまった研究者がいかに素晴らしい論文の書き手であったといわれていたかなどについて話をした。

「ところで」と仙川さんは言った。

「夏目《なつめ》夏子さんというのは、ペンネームなんですか？」

「それが、本名なんですよ」

「すごいですね」仙川さんは目を丸くして言った。「ご結婚して、そうなったとか？」

「結婚はしてないです。親にいろいろあって、十歳くらいのときに母の旧姓に戻ったんです」

「ああ」仙川さんは肯いた。「お母さま、もしかしたら娘の名前に自分の名字を入れとっ思いはったんかもね」

「名字を入れる？」わたしは訊きかえした。「夏目の夏ということですか？」

「ええ」仙川さんは言った。「普通に考えて、そうなのかなって」

「いや、それは今の今まで考えたこともなかったです」わたしは少しどきどきして言った。

「わたしは結婚していないですけど、名字がなくなるの、わりとつらいっていう人多いですよね。でも、もしかしたらそんなことは関係なしに、夏っていう字がお好きだっただけかもですけど」

　そのあともわたしたちは一時間くらい世間話をした。それぞれが最近読んだ本の話をし、電話番号を交換した。そしてわたしたちはときどき会って、仕事やそれ以外のいろんな話をするようになった。


「どうしたんですか」仙川さんがわたしの顔を覗きこんで言った。

「いや、仙川さんと会って、もう二年かあと思って」

「ほんとですよ。このぶんだと一生とかすぐですね。わたしたち、みんなすぐに死にますよ」仙川さんはそう言って笑うと、しばらくのあいだ咳きこんだ。「わたしも最近、わりと病院いってますよ。寝ても全然しんどさがとれなくて診てもらったら、慢性のひどい貧血で」

「鉄分とらないと」

「そうそう。貧血には鉄分というよりはフェリチンというのが必要なんだって、初めて知りました。最近はちょっと落ち着いてきたけど、でもこれからこういうの増えますよね」仙川さんは水を飲んで一息ついてから言った。「時間もあっという間にたっちゃうし」

「ほんま」わたしは笑った。「いま二〇一六年とか、わりとすごいですよね。わたし上京してから十八年たちました。びっくり」

「ですよね。夏子さん、小説、どうですかね」

仙川さんがさらりと話題を移したので、それからなんとなく小説の話になった。とはいっても小説については何か相談しなければならないこともなく、途中で読んでもらったりすることもないので、具体的な話になることはほとんどない。そんなだから、こんなふうに編集者とときどき会うことにもあんまり意味がないと思わなくもないのだけれど、しかしそれとなく水をむけられて、今はこういう部分を書いている、というようなことを独りごとみたいにぽつぽつと話したりするうちに、ごちゃごちゃと絡まって停滞していた部分が整理されたり、そうだったのかと気づいたり、自分でも意識していなかった流れを発見するようなこともあったりして、それはとてもありがたいことなのだった。わたしたちはとくに何かを約束するわけでもなく、このあいだ会ったときとおなじように一時間半くらいを過ごしたあと、手をふって別れた。

夕方に差しかかる時刻になっても日差しは呆れるほどに強く、熱を吐きだすアスファルトはぐらぐらと歪《ゆが》んでみえた。そして、このままではいつになるのかわからない小説の完成のことを思うと、どこからか黒い液体が目の奥のくぼみに溜まりはじめ、何もかもが暗く沈んでいくような気がした。何度もため息をつきながら、アパートへの道を歩いた。

上京してから十五年くらい暮らした三ノ輪のアパートが解体されることになって、三軒茶屋のこのアパートに越してきて三年になる。

大家のおじさんが心筋梗塞で亡くなり、相続税の問題もあって更地にして売りに出すことになったのだと説明された。住み慣れた町と部屋を出るのは少しだけ心細かったけれど、越してみるとすぐに不安は消えていった。カーテンもビーズクッションもちゃぶ台も食器もマットも、三ノ輪で使っていたものはほとんどそのままもってきたし、小さなアパートの二階部分で間取りも似たようなものだから（家賃は二万二千円高くなっての、六万五千円）、あまり違いを感じないのかもしれなかった。

暑さのせいでうまくひらかない目をこらして時計をみると、五時を少しまわったところだった。わたしはそのまま浴室に行って、ほとんど水のようなシャワーを頭からあてつづけて、しばらくのあいだじっとしていた。体はすぐに冷たくなって、バスタオルで全身を覆うとふいにプールの匂いがやってくる。あれは塩素のにおいなのだろうか。それともバスタオルで体をくるんだときに生まれる何かなのだろうか。きれいにならされていないコンクリートはいろんなところがざらざらしていて、足の裏がいつも熱かった。歓声と水しぶき、笛の音。最後の数分だけ与えられる自由時間。手足がだるくなって、まぶたが垂れ下がってくる午後。あのまま眠れたら気持ちよかっただろうなとそんなことを考える。そんな夏の日々はまるで前世の記憶かと思うくらいに遠いのに、でもぜんぶ、おなじこの体に起きていたことなんだと思うと不思議な気持ちになる。

昨日と今日と、一度もひらいていない小説のファイルをクリックする。最近はちゃんとした睡眠をとったつもりでも、眠り足りないのか、起きたとたんに全身がだるく、一日じゅう頭がすっきりしない。しかし寝るにはさすがにまだ早い。なんといってもまだ夕方の五時なのだ。夕食を作ったり食べたりして時間をごまかせればいいけれど、暑さのせいかなんなのか、何かを食べたい気持ちにもならない。パソコン画面の真んなかに現れたファイルがひらき、書きかけの最後の文章が目に入るとそのまますぐに閉じてしまいたくなる。わたしはため息をついて新規のページをひらき、来週にしめきりのある連載エッセイのコラムを先に書くことにした。

地方紙の朝刊に原稿用紙三枚のリレー日記。女性誌の小さなコラム欄に日常のあれこれを四枚。小さな版元がやっているPR誌のウェブサイトに、これまで読んで面白かった本の感想などあれこれ。こちらは最低限の枚数と原稿料は決まっているけれど、長くなるぶんには問題はない。今はこのみっつの連載と、この一年ほどは長いものにとりかかっているので頻繁には書けないけれど、ときどきいくつかの文芸誌に短い小説を寄せたりしている。ほかに、エッセイなんかの単発の仕事がときどき舞いこむ。

基本的にわたしの現在はこんな感じで、書店の仕事を辞めてからずいぶん長いあいだお世話になった派遣アルバイトも登録だけを残していつでも戻れる状態にしているけれど、今はなんとか文筆の仕事だけで暮らすことができているあんばいだ。

ときどき、夢みたいだと思う。物を読んで書くことが曲がりなりにも仕事になって、そのためだけに時間を使えるなんて。そのことだけを、考えていてもよいだなんて。昔のことを思うとこんなのまるで、嘘みたいではないか。すごく良いほうのドッキリみたいではないか。そう思うとわたしの胸は、いつでもどきどきと音をたてる。けれど――。

そう、けれど。この一年くらいだろうか、もう少しまえからだろうか。こうしてパソコンのまえに座っているとき、コンビニまでの夜道を歩くとき、眠るまえの布団のなか、自分が動かさなければ永久に移動することのないテーブルのうえのマグカップをぼんやり見ているときなんかに――つまり毎日のなかでふと、この「けれど」が現れるようになっていた。

その「けれど」のあとには、いろんなものをつなげることができた。そのいろんなものは少し離れたところから、わたしをじっと見つめている。その視線のせいで、ずいぶん長いあいだ、焦りとも苛だちとも落ちこみともつかない気持ちで日々を過ごしてることをわたし自身がよく知っているのだけれど、その視線を真っすぐに見つめ返すことができないでいる。なぜなら、こわいのだ。わたしをじっと見つめているそれについて考えたら最後、自分の人生には結局、そんなことは起こらないのだと結論してしまうことになるのが、どこかでわかっているからなのだ。だから目をそらして、考えないようにする。そうするうちに、わたしの不安の核心が遠ざかっていくのか迫ってくるのか、だんだん見わけがつかなくなっていく。

わたしはため息をついて、ひきだしから大学ノートを取りだしてページをめくった。半年くらいまえに、ひとりでビールをえんえん飲んで酔っ払って書いたメモ。というかポエムというか、短い文章が書かれてある。翌日、そのほとんど殴り書きされたものをちゃぶ台の上に発見したとき、恥ずかしいのと情けないのといろんな意味でしんどいのとで即座に捨てようと思ったけれど捨てられず、さらに情けないことには、ときどきこうして取りだして、眺めることがあるのだった。

これでええんか　人生は
書くのはうれしい　ありがとう人生の
わたしの人生に起こった
素晴らしいできごと
でもわたしはこのままいくんか　ひとりでよ
このままずっといくんかまじで
淋しい　と書けばほんまで嘘　でもそうじゃない
わたしはこのままひとりでいい

いいけど、わたしは会わんでええんか
わたしはほんまに
わたしは会わんでええんか後悔せんのか
誰ともちがうわたしの子どもに
おまえは会わんで　いっていいんか
会わんで　このまま

ああ、と低い声が漏れて、そしてその声が思っていた以上に低く、またしわがれていたことに、またひとつ気持ちが暗くなった。

わたしはノートを閉じてひきだしにしまい、ブラウザを立ちあげた。そしてブックマークからいくつかの不妊治療のブログをひらいて、新しく記事が更新されているものから順に読んでいった。この数ヶ月、とくに脈絡もなくこうした記事を読むのが、なんとなくの習慣になっている。実感のわかない専門用語もあるけれど、それでも読んでるうちになんとなくの流れはつかめるようになっていた。

大がかりな検査の詳細と、その痛み。義母とのやりとり、病院の帰り、待ちあわせた夫と食べたもの。こんな日にどうして義妹の結婚式の相談を受けなきゃならないの。見あげた空の写真が記事の最後に貼ってあるブログもあれば、かわいいイラストが添えられているものもある。道をゆく母親と赤ん坊を見るのが苦しい気持ち。誰かの心ないひとこと。ランチの時間帯でも子どもや赤ん坊がほとんどいなくて助かるからおすすめです、というタイ料理屋のこと。それから、この十日間ほど見ていなかった成瀬《なるせ》くんのフェイスブックのことを思いだした。少しだけ迷ったあと、今日は見にいかないことにした。

窓の外はまだ明るく、時計を見るとまだ七時にもなっていなかった。

わたしはパソコンをスリープにして、台所へ行って納豆ごはんを作り、時間をかけてそれをゆっくり食べた。今日はもう何もする気が起きないので、ひとつひとつの動作をのろのろと遅らせることで眠るまでの時間を潰そうと思っていたのだけれど、時間をかけて嚙めば嚙むほど、そしてそれを丁寧にやればやるほど、時間はかえって引きのばされ、進みはのろくなっていく気がした。そして当然のことながら納豆ごはんはどんなにゆっくり食べても数分でなくなってしまうもので、茶碗と箸を洗ったあと、もう何もすることがなくなってしまった。わたしは仕方なくビーズクッションにねそべって、動かずにじっとしていた。

こんなふうにじっとしていると、ときどき子どもの頃を思いだす。見ているものも場所も時間も違うけど、ここから何かを見ているのはおんなじだった。それから、最近はよく、母とコミばあのことも思いだす。母が今のわたしの年齢のときには、十四歳と五歳の子どもがいたのだ。五歳のわたしは母親とあと八年しか一緒にいられないなんて思っていなかったし、母もきっと自分があと八年でいなくなってしまうなんてこと、想像もしていなかっただろうと思う。

もし母が十年早くわたしを産んでいたら、十年長く、いられたのだろうか。でもそれだと巻子を十四歳で産むことになってしまうのか。それはできない相談だね。わたしはひとりで笑ってみた。それから今日のことを思いだしてみた。ガレット。そういえば、ガレットを食べた。茶色で、クリームがのっていて、味はもう思いだせない。それとも、味なんか最初からしなかったのかもしれない。優子の声がする。子どもがいるとこういうの食べられないから嬉しいわ。子どもがいるとさ、麵とかご飯ものばっかになるじゃん。ああそう、とわたしは思う。わたしは子どもはおらんけど、でも、そんなことは関係なしに、こんなものは食べたくない。

「あの子ら、救いがたいあほだよ」紺野さんの言った台詞が頭に浮かぶ。そしてふいに電話をかけてみようかと、そんなことを考える。改札をぬけて進んでいく紺野さんの後ろ姿を思いだすと、右手にまだ小さな女の子の姿がみえる。そうだった、紺野さんにも子どもがいるんだった。それからふと、自分にも腎臓があることを思いだす。わたしにも腎臓くらいはある。もしも話に参加することもできない腎臓だけど。わたしは小さくため息をついて、それから仙川涼子のことを考える。小説どうですか。進んでません。書けるかどうかもわかりません。もしはっきりとそう言ったら、どうだったのか。というか、どうですか、というのはどういう意味なのか。誰にも相手にされないときはあんなにつらかったのに、われながら勝手なものだと思う。何を贅沢なことを言っているのかと自分に呆れる。けれど仙川さんの、あの独特の間のつめかた――創作というものに最大限の理解があると言いながら、そのじつ必ずどこか追いつめるような仕草をするのだ、ため息とか、沈黙とか——そんなひとつひとつを思いだすと苛だちを感じて寄せた眉根に力が入る。疲れてる。そう思うと、何にもしてないくせに、と頭のなかで声がする。きみには野心が足りない。あの男性編集者。野心ってなんですか。あなたのいう野心とわたしに、いったいどんな関係があるんですか。なんで言い返さなかったんだろう。言葉と気持ちがあとからあとから競りあうようにぐるぐるまわる。疲れてる。みんなどっかいけ。おらんくなれ。だいじょうぶ、最初からおらん。心配せんでもおまえはひとりや——疲れてる。何もしてないのに。結局わたしは眠れないまま、深夜まで布団のなかで目をあけてじっとしていた。

9　小さな花を寄せあって

「夏子、元気にしてる？　っていうか、おめでとうやで」

原稿がどうにも進まず、なんとなく本の整理をしているところに巻子から電話がかかってきた。

「え、なんやったっけ」

「奨学金」巻子は明るい声で言った。「朝きてたわ、お知らせが。じゃじゃん──夏子はん、あんためでたく奨学金、払い終わったみたいやでどうも」

「え、今月で」

「そうそう。もういっこのはちょっとまえに終わったやろ、なんやったけ──あ、ここに紙ある、日本学生支援機構か。で今朝に届いたんは大阪府育英会のほう。これでふたつとも終わりやろ。読もか」

巻子は電話口でがさごそと音をたて、咳払いをひとつしてから文面を読みあげた。

「えー、『このたび、本機構から貸与した上記奨学生番号の奨学金について、返還完了となりましたのでお知らせします。奨学金返還にご協力いただき、有難うございました。返還内容は以下のとおりですので、ご確認ください。今後とも引き続き、奨学金事業へのご理解、ご支援を賜りますようお願いいたします。二〇一六年、八月。貸与額、六十二万円』――やって。終わったでな」

「ありがとう」わたしは立ちあがって台所へゆき、麦茶をコップに注いだ。「てか何年かかったんこれ。二十年？　そっか、ちょうど二十年くらいか」

「もういっこのほうもおなじくらいやったよな、金額」

「せやな。放置してたときもあったし月に五千円返すんで死にかけたときもあったけど、まあ終わってよかったわ」わたしは言った。「っていうか、すごかったよな督促が。こんなもん子ども相手の国の仕事とは思われへんだわ。差し押さえいくとかさ。もう督促状とかそういうの一生見たない。立派なトラウマや」

「せやけど返還完了書のこれ、なんか賞状みたいなデザインになってるで。なんかきらっとして、優しいバースデーカードみたいな感じや」

「どんな祝いやねん」

わたしは鼻で息をついたけど、それでも借金をきれいに返し終わったと思ってみれば、やっぱりどこか清々しい気持ちがするのだった。

「せやけど子どもが勉強しようと思ったらまず借金ゆうのもしんどいよな。高校の学費でこんなんやろ、大学とかになったら——っていうか巻ちゃん、緑子もそうやろ？　いま奨学金やんな」

「せやせや」巻子は言った。「返す必要があるやつと、そのままもらえるんとの合わせ技でなんとかやってる。卒業までまだ間があるけど、何して働くんかどうするんか。勉強は好きみたいやけどな」

もうすぐ二十歳になる緑子は、現在大学二年生。巻子と二人で暮らす大阪のアパートから、京都の大学に通っている。今年四十七歳になった巻子は十年まえと変わらず、笑《しよう》橋《ばし》のおなじ店で働いている。還暦をとうに過ぎたママは膝を悪くして週に二度くらいしか店に来られなくなり、巻子の働きでかろうじて店がまわっているようなあんばいだ。女の子の面接から仕事中のケア、酒類の発注と受け取り、売上の管理などなど、仕事は増えても不景気の一途を辿る飲み屋の仕事で、給料はほとんど変わらない。表むきは店を任されてるふうとはいえ、未来のない雇われホステス、いや、この世界ではもはや初老ホステスというのが正確なところの自分に、このさき何年こんなふうに酔っ払いを相手に夜の仕事ができるだろう——ちょっとまえ、少し酒に酔って弱気になった巻子が漏らしたことがある。

「店はどうなん、順調なん」

「せやな。何も変わらんけど」

巻子はそんな相変わらず保証のないホステス暮らしではあるけれど、しかしいい部分をみようとすればあるのであって、奨学金という借金を負うにせよ緑子は大学に進学したし、わたしもいちおうは仕事のめどがたち、そして何より、何よりもいま現在、わたしも巻子も、そしてもちろん緑子も、体が健康で悪いところがひとつもない。これは本当にありがたいことだと思う。あれはどれくらいまえになるのか、いっとき激やせをしていた巻子はこの数年で徐々に肉がつきはじめ、今では平均的な五十代あたりの女性という感じになっていた。いつかの夏、食べ終わった手羽先みたいな骨と皮だけになっていたこともある巻子とは別人で、何があってもなくても、人間の体というのは変わるもんなんやなとしみじみ思った。正直あの時期、数年のうちに巻子が死ぬようなことがあってもおかしくないんではないかとうっすら思っていたことを思うと、贅沢は言えないと心から思う。

「……やしな、わたしがんばるで、老後はぜったい緑子に迷惑かけられへんからな！

……夏子、聞いてる？」

「うん、聞いてる」

巻子はいつもの口癖を言うのだけれど、そのあとがどうもつづかない。

「……なんか夏子、最近、暗ない？」

「えっ」わたしはあわてて言った。「うそん、わたしそんなん感じさせる？」

「うん。お疲れモードかなって。っていうか夏の疲れが出たんかもな」

「お疲れモードて。巻ちゃんそれは死語やで。っていうか、元気よ元気。仕事も順調やし、ありがたい毎日です。元気マックス」

「マックスも死語やろ」

「っていうか緑子はどうしてん。いま夏休みよな」なんとなく居心地が悪いような感じになり、わたしは話を変えた。

「いまは春山《はるやま》くんと旅行いってるわ。どこゆうてたか、絵やか彫刻やか、そういうのどっかの島に見に行くいうて。ふたりでバイトでお金貯めてな」

「ふたり、けっこう長いこと仲ええねんな」

「ええ子やしな」巻子はしみじみ言った。「春山くんも苦労してるし、お互いわかるところがあるんやろ。ふたりともなんや、ええ友だちみたいな感じもあるしな。まだ気が早いけど、卒業したら一緒に住むいうてるわ」

「ずっと盛りあがったままやねんな」わたしは笑った。「このまま、仲良うおれたらええのにな」

電話を切って部屋にもどると——誰もいないのだから当たりまえなのだけれど、いくつかの小さな本の山、その隣の資料の入った小さなダンボール、ビーズクッションの位置とへこみ、机のうえの目薬、まっすぐに垂れさがっているカーテン、飛び出たティッシュペーパーの形に至るまで、ここからみえる全部がちょっとの変化もなくおなじままなことに気がついて、ため息が漏れた。

八月の終わり。一滴残らず夏をふりしぼってやるのだという意志すら感じさせる、強い日差し。もう何年も、出口のない夏のなかにいるような錯覚をしてしまう。

小説のつづきになかなか集中することができず、カーテンが白く光っているのをぼんやり眺めながら、さっきの巻子の声を思いだす。緑子は旅行に行ってるらしい。美術か何かを見に島に、と言ってたからひょっとしたら直島《なおしま》とか、そういうところに行ってるのかもしれない。緑子がもう二年ほど付きあっている春山という男の子に会ったことはないけれど、巻子もええ子やという男の子が緑子の側にいて、卒業後は一緒に住みたいと思える相手でよかったな、とそんなこともぼんやり思う。

いま、ふたりは、ふたりが世界なんやろな――わたしは言葉にしてそう思った。それはたとえば若さゆえにふたり以外のことが何も目に入らないくらいに夢中になっている、というのとは少し違って、なんというか、相手を思う強さがそのまま世界への信頼の強さになるというようなそんな世界、そのものなんじゃないだろうか。ふたりが見つめあえば見つめあうだけ、強くてやわらかい約束で満ちてゆく世界。そしてその約束は叶えられるために存在していて、決して破られることがないと一点の曇りもなく信じることができるような、そんな世界。

じっさいに春山くんと一緒にいるときの緑子を見たことはないけれど、一度、電話で話を聞いたことがある。巻子が言うように、緑子はまるで親友について話すような感じで、その声は明るくあちこちへ転び、思わずこちらが笑顔になってしまうくらい、とてもいきいきとしていた。緑子は可愛らしい顔つきをしているけれど流行りのメイクやおしゃれなどにはあんまり興味がないようで、さらには気が強いせいもあってか、今どきの女の子的な感じはほとんどなく、春山くんとの関係におけるさばさばした感じはそんな緑子の性格によるところも大きいのかもしれなかった。

ああでもないこうでもない、と言いながら、なんでもない道を、そしてなんでもない時間をかけて、ふたりにしかわからない話をしながら歩いている緑子と春山くんを想像してみる。するとそれは、自然に記憶のなかの自分の姿に重なってしまう。十九歳の、二十一歳の、二十三歳の——わたしにいつもそっと耳を傾け、隣を歩いてくれていたのは成瀬くんだ。誰にもわからない、けれどそれ以上に大事なことはどこにもないという親密さと思いこみでもって、わたしたちはふたりで一緒に過ごした時間があった。高校生のときの同級生。十七歳から、わたしが上京して三年が過ぎるまでの六年間、わたしたちは恋人同士だった。

もし自分がいつか結婚をするなら、成瀬くんだと思っていた。というより、それが結婚であろうとなかろうと、わたしたちはずっと一緒にいるふたりなのだと、何の疑いもなくそう思いこんでいた。成瀬くんとわたしは数えきれないくらいの手紙をやりとりし、好きなものについて話し、恐れているものについて語りあった。放課後、皿洗いのバイトに行かなければならない時間が迫って手をふるときは、涙がでるほど悲しかった。普通の家の普通の子どもなら、もう少し長く成瀬くんと一緒にいられるのにと何度思ったかわからない。早よ大人になろう、おれもがんばる、だいじょうぶ、そんなんすぐに来るからなと成瀬くんはいつも励ましてくれた。本を読む面白さを教えてくれたのも成瀬くんだった。成瀬くんは小説家を目指していて、たくさんの小説を読み、そしてわたしは成瀬くんの書いたものを読むたびに感心して、こういうものを書ける人が作家になるんだなと思い知らされるようだった。話は尽きず、ふたりならなんだって、どこでだって平気だと思えた。わたしたちはそんなふうに、ずっと一緒に生きていくものだと思いこんでいたのだ。

でも、結果は違った。わたしが上京して三年がたつ頃に、成瀬くんがほかの女の子と寝ていることがわかったのだ。それもすごく寝ている、ことが。気が動転したわたしはパニックを起こし、あらゆる言葉で成瀬くんを責めたて、その女の子のことを好きなのかと問いつめると、成瀬くんは首をふった。好きとかそういう気持ちとはべつに、そしてわたしへの気持ちとも関係なく、どうしても女の子と寝たかったんだと成瀬くんはうなだれて言った。そこでわたしは何も言えなくなり、黙りこんでしまった。そのときにはもう、成瀬くんとわたしとの間にそういうことはなくなっており、最後にセックスをしたのは、三年以上もまえのことになっていたからだった。

成瀬くんのことは好きだった。ずっと一緒にいたかったし、このさき何十年だって成瀬くんといろいろな話をして、いろいろなものを見て、そして生きていきたいとわたしは真剣に思っていた。でもそのいっぽうで、わたしは成瀬くんとそういうことをするのが好きではなかった。

成瀬くんをよくしてあげたいという気持ちはあったし、自分がよくわかっていないだけで、こういうことには努力が必要なんじゃないかと思って、前むきに考えようとしたこともある。でも、いつまでたっても慣れなかった。体に痛みが出るわけではなかったけれど、なぜか言いようもなく、たまらなく不安な気持ちになるのだ。裸になってあおむけになって目をあけていると、天井とか壁の四隅とか、どこか少し離れた場所に、まるで誰かが力まかせにぐるぐると殴り描きでもしたような黒い渦がみえてくる。成瀬くんが体を動かすたびに、その不気味な渦が少しずつ大きくなりながら近づいてきて、まるで後ろから黒い袋をかぶせるみたいにわたしの頭をぱっくりと飲みこんでしまう。いつまでたってもセックスは、快感や安心や充足感とかかわることはなく、裸の成瀬くんが覆いかぶさってくると、必ずわたしはそこでひとりぼっちになった。

でも、そのことを成瀬くんにうまく伝えることができなかった。ふだんならどんなことでも話しあって言いたいことは何だって言える相手なのに、親友のような成瀬くんなのに、なぜかセックスのことになると自分の正直な気持ちを言うことができなかった。それは成瀬くんに嫌われたくないから我慢をしていたとか、そういうことでもなかった。わたしは成瀬くんの、というよりも男の人の――性的な求めには必ず応じなければならないと思いこんでいたのだ。誰かにそう言われたわけじゃないし、自分でそんなふうに意識したわけでもない。でも、いつからか、男の人が、自分の好きな男がそういう気分になったなら、女である自分はそれを受け入れるのが普通であると、なぜかわたしはそう思いこんでいたのだ。

でも、そんなのは無理だった。裸になって成瀬くんを受け入れるたびに、気持ちはどんどん暗くなり、何をやっているんだろうと涙が出るようになった。このまま死んでしまえたらいいのにと心から思ったこともある。好きな人とセックスするのがこんなにつらいだなんて、自分がおかしいんだろうと思ったこともあった。何人かの女友だちにそれとなく話を訊いてみたこともある。でもまわりの女友だちは何の問題もなく、一日に何度でもセックスをしていたし、またそれを楽しんでいるようにみえた。わたしには、彼女たちみんながもっている性的な欲求や、それを楽しむという気持ちがうまく理解できなかった。そしていろんな話を聞いたり調べたりするうちに、みんなが当たりまえのように抱いているらしい、やりたくなるとか、さわってほしいとか、入れてほしくなるとか――そういった言葉で表すような欲求が、自分にはまるでないのだということがわかってきた。

手にさわりたいとか、そばにいてほしいとか、そういう気持ちはわたしにもあった。本当に大切な話ができたと思ったとき、一緒にいるとき、相手のことを好きだと強く思ったときには胸のあたりが温かくなり、それをふたりで分けあいたいというような、そんな気持ちになることはあった。でもそこからそういう雰囲気になると肩にぎゅっと力が入って、体はいつも硬く縮こまった。いつまでたってもそんな気持ちとセックスとは、わたしのなかで結びつくことのない、まったくべつのことだったのだ。

わたしはフェイスブックにログインして、成瀬くんのページをクリックした。成瀬くんのことはもう好きではない。いわゆる未練と呼ばれるようなものもいっさいないし、何かを思いだして苦しい気持ちになったりすることもまったくない。五年まえ――そう、東日本大震災が起きて二ヶ月後に成瀬くんからとつぜん電話がかかってくるまで、わたしは成瀬くんがどこで何をしているのかも、まったく何も知らなかったのだ。

着信音が鳴って、成瀬くんと表示が出たとき、いったい何が起きているのかうまく理解することができなかった。成瀬くん？　成瀬くんって、あの成瀬くん？　一瞬、わたしは成瀬くんが死んでしまったのかと思った。胸がどきんと鳴るのと同時に、わたしは応答ボタンを押していた。

「成瀬です」電話のむこうから成瀬くんは言った。「久しぶり。元気?」

「元気、っていうか、成瀬くん?」

「うん。さすがに番号変わってるやろと思ったけど、変わってなかった」

「あ、うん」とわたしはまだどきどきする鼓動をおさえながら返事をした。「番号は、そのままでいけたから」

「そっか」

成瀬くんの声を聞くのは、二十三歳のときに別れて以来だった。携帯電話から聞こえてきたのは、わたしがよく知っている成瀬くんの声だった。それは少しの雑音も曇りもなく、わたしたちのあいだにあった十年間なんてまるで存在しないかのように、とてもクリアに響いた。成瀬くんの声はまるで昨日も話した誰かとつづきの話でもするみたいな近さで聞こえてきた。

「もしかして、成瀬くんが死んだんか思た」

「死んだらおれはかけてこやんやろ」成瀬くんは少しだけ笑った。

「いや、死んだあとに誰かが携帯みて、それで知らせてるっていうか」

それからわたしたちは長いあいだ音信のなかった人たちがするような挨拶を交わし、お互いの近況について話した。成瀬くんはわたしが小説を書いたことを知っていた。本とかほんま興味なくなったから読んでないねんけど、と成瀬くんは言った。ええよそんなん、とわたしも言った。それから地震の話になった。成瀬くんは結婚をしていて、この五年ほどは東京に住んでいたらしかった。けれど地震が起きて原発が爆発したことを知ると、十日後には妊娠していた奥さんを連れて宮崎県に疎開したらしい。

成瀬くんは、今回の原発事故がどれくらい危機的なものかを語った。放射性物質の半減期、政府が示す安全基準や見解が、いったいどれほどでたらめなものであるか。どの記事が嘘で、どの情報が正しいのか、メディアの誰が御用学者で、誰がまともなのか。どうするべきなのか。これから行われるはずの隠蔽工作や、数千人いや数万人規模で発生するはずの甲状腺がんについて。除染の不可能さについて。成瀬くんの話しぶりは少しずつ熱を帯びていった。

「なあ自分、わかってる?」と成瀬くんはあきらかに苛だった声で言った。「さっきから、うんとかそうやなとかしか言わんけど」

「いや、そういうわけじゃないけど」とわたしは言った。

「海があかんくなるねんで。何も食べられんようになるねんで。なあ、日本から海産物がなくなるってことがどういうことかわかってる? 食だけじゃない、文化もろともが消えるんやで」

わたしはうまく答えることができなかった。地震や原発にかんして自分なりに思うところはあったし、成瀬くんの言うことじたいは理解できた。でも、発せられるそれらと成瀬くんとの組みあわせがどことなく奇妙に思えたというか、なんとも言えない違和感を覚えたのだ。原発や政府の無能さを強い言葉で糾弾する成瀬くんは、その聞き慣れた声とはうらはらに、まるでわたしの知らない人のように思えた。

「っていうかさ」成瀬くんは言った。「自分、どっかにコラムかなんか書いてたやろ。読んだ本の感想とか、どうでもいいことを」

成瀬くんは大きく咳払いをひとつした。

「あんなしょうもないこと書いてる場合なんか？　自分、物書く人間になったんやろ？　んでそういう場所で書いてるんやろ？　こんなときやで、もっと意味のあること書きや。ネットもできんで情報求めてる人もおるんやで。わかってんの」

成瀬くんは、わたしが期間限定で連載していた新聞のエッセイのことを言っていて、成瀬くんが読んだのは、すでに地震について何回か書いたあとのものだった。わたしは、書いてないわけじゃないで、成瀬くんが読んだのは休憩のときっていうか、ずっとつづくのも読者的にしんどいかと思って、わたしなりに考えて日常のことを書いた回やってんけどな、と説明した。けれども成瀬くんは納得せず、それでもまだ不十分だとわたしを責めた。おれですらフェイスブックやブログで情報をずっとアップしてる。デモは行ったのか。署名は。自分はこんなときにいったい何をしてんの、と。

どんなふうに電話を切ったのかはよく覚えていない。ただ、最後のほうで少しだけ言いあいになって何ともいえない険悪な空気が流れた。そして成瀬くんは少しの沈黙のあとでこう言った。「昔から思っててんけどさ、自分は、自分がしたくないことはぜったいにせえへん性格やからな。無関心なものにはいつまでも無関心、だから今もひとりなんやろね。自分は、ひとりがむいてると思うわ」

電話を切って何日かが過ぎても、成瀬くんの最後のひとことが頭から離れなかった。わたしは成瀬くんのブログとフェイスブックを見に行くようになった。そこには成瀬くんが電話で話していたことが文字になって上から下までぎっしりつまっており、おなじような記事が頻繁にアップされていた。そして数ヶ月後には、赤ん坊が無事に産まれたことを知った。

産まれたばっかりでもすでに成瀬くんの面影のある男の子の赤ん坊の写真を見たとき、なんだか不思議な気持ちになった。もちろんわたしにはなんの関係もない赤ん坊なのだけれど、その赤ん坊の存在の半分に成瀬くんがかかわっている、ということが、なぜだかとても不思議なことのように思えたのだ。成瀬くんの妻、この赤ん坊の母親が、どんな人なのかは知らないけれど、かつてわたしが成瀬くんとしたおなじことをその人とした結果、この赤ん坊が存在するのだ。そう思うとわたしの胸はそわそわした。

この赤ん坊を産んでいたのは、もしかしたらわたしだったのかもしれない——そんなことを思ったわけじゃない。そういうことじゃないのだ。でもしばらくのあいだ、その動揺めいたものがいったい何なのかが、自分でもよくわからなかった。わたしともしたセックスというおなじひとつの行為から、こうして異なる結果が導かれるということに、ただ驚いたのかもしれない。そしてその驚きには、もしかしたらわたしが成瀬くん以外の人とセックスをしたことがないということが関係しているのかもしれなかった。つまり、わたしが妊娠や赤ん坊というものを想像するとき、そこにはどうしても成瀬くんが入りこんできてしまう。わたしにとって成瀬くんだけが、子どもにつながるセックスという行為をした、ただひとりの人だったからだ。

じゃあ、わたしが成瀬くんの子どもを産む可能性って、万が一にもあったのだろうか。なかった。それはなかった。即答できる。ぜったいになかった。年齢的にも、経済的にも、そしてわたしの気持ちを考えたって、それはぜったいになかったと思う。わたしはセックスが苦痛で、もう二度としたくないくらいにいやで、結局はそのことであんなに好きだった成瀬くんと別れることになったのだ。じゃあ時間がたって、そのあとならどうだった？　あんなに好きだったのだから、その成瀬くんとよりを戻すかなんかして、子どもを作るという可能性はあったのだろうか。今はセックスをしなくてもいろんな技術で妊娠することはできるらしいのだし、わたしにその可能性はあったのだろうか。

成瀬くんからはその後、連絡は一度もない。成瀬くんのページにアクセスするたびに、小さかった赤ん坊はだんだん大きくなって子どもになり、再来年の春には小学生になるらしかった。内容は日常の話題や写真がメインになり、地震や原発事故や放射性物質についてのブログは最後に更新されてから二年以上がたっていた。成瀬くんにたいしては思うところなんてもう何もないのに、それでも日々変化し、成長しつづける成瀬くんの子どもの写真をみるたびに、わたしのなかには不安のような、どこかそわそわした気持ちがやってくるようになっていた。

いつかわたしは、子どもを産むのだろうか。そんなときがくるのだろうか。好きな男もおらず、男を好きになりたいとも思わず、そしてセックスをしたいともできるとも思わないわたしが、子どもを産むことができるのだろうか。わたしはそんなことを考えるようになっていた。たとえば、精子バンクとか？　いたずらにネットで調べてみたことはあるけれど、そこに書かれていることはどれもまったく現実的ではなかった。まるでフィクションだった。結婚している夫婦には場合によっては精子提供というものが認められることがあるらしいけれど、結婚していない女には関係がない。じゃあ外国に行ってやってみるか。英語もできないわたしが？　わたしはパソコンの画面をスリープにして机から離れ、ビーズクッションを抱きかかえるようにして目を閉じた。

子どもが欲しいというとき、人は何を欲しがっていることになるのだろう。「好きな人の子どもが欲しい」はよくある説明だけれど、では「相手の子どもがほしい」と「わたしの子どもが欲しい」のこのふたつに、いったいどんな違いがあるだろう。だいたい、子どもをもつ人がみんな、あらかじめ子どもをもつということについてわたし以上の何かを知っているのだろうか。わたしにはない資格のようなものを、みんながもっているのだろうか——わたしはため息をつき、クッションにさらに深く顔を沈めた。どこか遠くのほうで蟬の鳴き声がする。その数をかぞえていたらブッと電話の震える音がした。しばらくしてから手にとると、緑子からのラインだった。

〈ハローなっちゃん、いまモネを観にきてます。きれいやよ。っていうか、大きい〉

そのあとに何枚かの写真が送信されていた。たぶん、さっき電話を切った巻子が、わたしにもラインをしてあげたら、とかなんとか言ったのだろうと思う。

一枚目の写真には、小さな花を寄せあった花壇が写っていた。緑の濃淡に、淡い色の小さな花がぽつぽつと散らばっている。

ぱっとみて名前のわかるものはなかったけれど、一重の花が多かった。そのこちょこちょと散らばった小さな花たちは、わたしにあるワンピースを思いださせた。わたしが十歳の頃に、母と巻子とコミばあ、みんなおそろいで買ったワンピースだった。腕と首をまるくくりぬいただけの、ぺらぺらの綿のノースリーブのワンピース。みんなでスーパーに行ったときにおなじ花柄の色ちがいがワゴンに積まれてるのを見つけたのだ。いつまでもワゴンのまえであああでもないこうでもないと言っているわたしたちを見かねて、三枚で三千五百円、四枚買うてくれたら四千円にしとくわと店のおばちゃんが言ってくれたのを覚えている。えんえん悩んだすえに購入し、うきうきした気持ちで家に帰り、さっそく着替えたわたしたちはお互いの姿をみて大笑いした。嬉しいやらおかしいやら、恥ずかしいやらで、お腹を抱えてみんなで笑った。けっきょく、そのワンピースはわたしたちの一軍になって、よく着る一番の服になった。

母とコミばあが死んだとき、夏になるとふたりがずっと着ていたそのワンピースぐらいしか棺に入れるものがなかったのだけれど、でもわたしと巻子はどうしても入れることができなかった。いつだったか成瀬くんと会うときに自分のを着ていったら、すごく似合うと言ってくれたのを思いだす。安ものだし、笑われるかと思ったけれどあんなふうに言ってくれて、あのときは本当に嬉しかった。わたしたちの花柄と、緑子が送ってきた花壇の花は、本当によく似ている気がした。二枚目の写真は、草間彌生《くさまやよい》の赤と黒のかぼちゃのなかから顔を出す緑子が写っていた。三枚目は、海を背にして風に髪をおさえる緑子。そのままぱりんと割れてしまうんじゃないかというくらいに青く張りつめている空の下で、久しぶりにみる緑子はとても楽しそうに笑っていた。

〈おつかれー。巻ちゃんから聞いたよ。楽しんでる？　っていうかこの花壇、モネみたいね。モネ調〉

〈そうやで、モネモネ。モネっぽくしてるみたい。モネやから〉

〈わたし行ったことないねん、また今度いろいろきかせてな〉

〈りょ。みるとこいっぱいすぎて今回だけでは無理かも。明後日、大阪もどるよ。連絡しまーす〉

それから、春山くんと緑子がふたりで写っている写真が送られてきた。白くて大きなモニュメントのまえでならんだふたりは、カメラにむかってにっこり笑っていた。春山くんは眼鏡をかけてリュックの肩紐の下のほうをぎゅっとにぎり、笑うと垂れ目になるらしいその表情は、みるからに穏やかそうな印象を与えた。緑子はタンクトップにショートパンツというまるで砂浜にでもいるみたいなかっこうで、頭にはつばの広い真っ赤な帽子をかぶっていた。

わたしは電話を置いて起きあがり、窓の外を見た。夕方だった。また夕方かとわたしは思った。それから台所へ行って簡単なスパゲティを作った。ちゃぶ台に運んで、テレビをつけるとちょうど七時のニュース番組が始まり、今日あったいろいろなことをアナウンサーが伝えていた。数日まえ、滋賀県の林道で見つかった死体の身元が判明したこと。運転操作を誤った八十五歳の男性の乗用車が家電の量販店に突っこんだこと。幸いにしてけが人はなし。リオ五輪をふりかえって。天皇の生前退位の可能性について。世界には今日も昨日とおなじように、いろいろな問題があふれていた。天気予報になった。明日は急な土砂降りに注意。熱中症にもひきつづき注意。それから番組は特集に移った。

「――いま、未婚の女性たちが直面している問題があります。結婚をせず、パートナーももたず、妊娠、出産は可能なのか。そんな彼女たちの選択肢のひとつとしてネット上にあらわれたのが、精子提供サイトです。無償での提供をうたう男性たちの目的は何なのか。またリスクを冒してまで希望する女性たちには、いったいどのような背景があるのか。その実態に迫ります」

女性の落ち着いた声のあとで、画面にテロップが表示された。

「徹底調査、精子提供をめぐって」

わたしは手にもっていたフォークを置き、画面を見つめた。

それから約一時間、わたしはぴくりとも動かずおなじ姿勢のままで画面を見つめ、番組が終わるとすぐにパソコンに戻って番組で知ったいくつかの事柄について調べはじめた。気がつくと数時間がたっており、口のなかがからからになっていた。頭も痛かった。何杯も麦茶を飲み干したあと、もう一度シャワーを浴びた。布団を敷いてなかに入っても気持ちはどこか昂《たか》ぶっていて寝つけず、何度もトイレに立った。少し残ったスパゲティが皿のうえで固まっていた。

10　つぎの選択肢から正しいものを選べ

「最初は、もちろん怖かったです。いきなりどこかに連れこまれて何かされたりとか、そういうこともあるかもしれないって」

顔にモザイクのかかった女性はインタビューに答えていた。少し茶色がかった肩までの髪に格子柄のシャツを着て、そのうえに白の薄手のカーディガンをはおっていた。女性はまるで貼り絵でもするように、ひとつひとつの言葉を丁寧につなげていった。

「最初は真剣に考えてはいなかったんです。そんな方法で、まさか本当に妊娠できるなんて、やっぱり信じられませんでした。それに……そんな見ず知らずの人から、その、精子を……精子ですよね、そういうのをもらうなんて、自分でもそんなこと、よくできたなって思います。でも」そこで女性は少しのあいだ黙りこみ、しばらくしてから何かを確認するように小さく肯いた。

「でも……わたしには、ほかに方法はありませんでした。時間もありませんでした。どんなことをしてでも、わたしは……自分の子どもが欲しかったんです」

それから画面は、精子提供者である男性のインタビューに移る。こちらもおなじようにモザイク処理がされている。短髪で細かいタータンチェックの柄のシャツにベージュのチノパンを穿き、話しながらひっきりなしに爪をこすりあわせている。声の感じや体型からして、そんなに年齢がいっているようにはみえない。二十代後半とか、三十代前半のような雰囲気だ。

「動機は、純粋な人助けだと思います。目のまえに困っている……女性がいるわけじゃないですか。それで役に立てるなら立ちたいっていう、そういう気持ちです……はい？ああ、自分の子どもという意識ですか。それは、そうですね、はい、もちろん自分は結婚もしていないし、会ったことも暮らしたこともないんでイメージはできないんですけど。でも自分の精子で、というかボランティアで、まずはその女性に喜んでもらえる、幸せになった、っていうのは事実だと思うんですよね」

わたしは動画サイトの停止ボタンを押して、椅子に座ったまま体をのばした。

その特集を見てから十日がたっており、翌日にはネット上にアップされていた番組を、わたしは何度もくりかえし視聴していた。

番組のざっくりした内容はこんなだった。

第三者の精子を使った不妊治療が日本で始まったのは、今から六十年以上まえ。これまで一万人以上が誕生している。病院でこの治療を受けられるのは、きちんと結婚をして、ひととおりの不妊治療を受けた夫婦だけ。無精子症などの男性不妊が明らかになった場合で、相手はいないけれど子どもは欲しいというような未婚女性は利用することができない。もちろん同性愛者のカップルも無理。そこまではわたしも知っていた。

で、この数年のあいだにネットにあらわれてきたのが、個人で精子を提供しますよというサイトなのだった。彼らはボランティアで活動しており、単身の女性や同性愛カップルからの問いあわせが増えているという。交通費や待ちあわせした喫茶店などの経費を払ってもらうことはあっても、謝礼や報酬は受けとらないというスタンスでやっている。そしてその後は、一切の責任を負わず、かかわることもない。ある日、依頼者ひとりでの妊娠と出産を希望していた三十代後半の女性が、そのひとつにアクセスする。彼女は喫茶店で受けとった男性の精子を、東急ハンズなんかで売っているシリンジという簡単な器具を使って自分で子宮に注入するという方法をとった。二回目の注入で妊娠。そしてシングルマザーとして無事に出産。そんなふたりのインタビューがメインにあり、後半、専門家がセルフ注入における感染症のリスクについて解説し、さらには倫理的な問題と課題を指摘していた。

わたしもじっさいに精子提供サイトを調べてみた。

番組で言っていたとおり、四十件ほどヒットしたなかには、ひとめ見ておかしいやろとわかるレベルのフェイクサイトか、どうみても個人が思いつきでやっているようにしかみえないものが多かった。震災のときに登録だけして今はほとんど使っていないツイッターでも検索してみると、こちらにも精子提供というキーワードに引っかかるアカウントはいくつもあったけれど、「精子.com」とか、「ラブ精子軍」とか、アダルトコンテンツに誘導するようなふざけたものばっかりだった。

そんななかで少し意外だったのは、公益・非営利団体をうたった、組織的な精子バンクがあるということだった。そこはサイトも手間と費用がかかっているようなきちんとしたつくりになっており、精子提供のときに出される証明書なんかも、血液型から始まって、各種感染症の検査結果や、遺伝子に異常がないことを示す遺伝子検査報告書、それに大学の卒業証明書などなど――ドナーの素養にかんする参考資料までが提示されるということだった。そこに書いてあることが真実なら、すでにそれなりの実績があるということになっていた。

関連書籍も何冊か買った。けれど、そういう方法で妊娠、出産した女性が書いた本というのはまだ出版されておらず、多くは医療機関のきちんとした精子提供で産まれてきた人たちの手記やインタビューが何冊か、ほかにはこうした生殖補助医療の歴史と、最先端の技術や議論についての本がほとんどだった。

番組で女性が語った体験や、こうした、いろんな本に書いてあること。

そのうちのどれが、じっさいのこの自分に関係することなのだろう。

このなかで、わたしの現実につながるものが、あるのだろうか。

番組を見たあの夜は、たしかに興奮して眠れなかった。一年以上もうろうろと考えていたことや不安にたいする、答えとかチャンスというのじゃないけれど、何かそんなようなものにふれられた気がしたのだ。でも、少し時間がたって冷静になってみると、その興奮もひとまわり、ふたまわりと小さくなっていくのを感じないわけにはいかなかった。

見ず知らずの、何も知らない相手と喫茶店で待ちあわせして、トイレかどこかで出された精子を受けとる。あるいは健康にかんする数値と卒業大学しか情報のない相手の精子を、クール宅急便で即日送付してもらって、東急ハンズなんかで売っているシリンジを使って子宮に自分で注入し、妊娠して子どもを産む——そんなことが自分にできるとは思えなかった。テレビの彼女は、そんなことを本当にやってのけたのだろうか。もし彼女の話をすべて信じるなら、それはちょっとメンタルが異常に強すぎるのではないだろうか。わたしは素直に思った。知らない男の精子を体内に入れることじたい、どう考えても無理なことのように思えた。

しかし、とわたしは思う。それらはわたしにとってはほとんどフィクションとおなじだけれども、欧米ではカジュアルに精子バンクなるものを利用して出産をしている女性たちが本当にいるのだ。日本だけでもこれまでに数えきれないくらい多くの人がこの技術によって誕生して、現実にやってのけている女性たちもそれとおなじ数だけ存在するのだ。それをありえないというのは、ある種の偏見ではなかろうか。

でも、正直なところ、抵抗感はぬぐいきれない。精子の出どころも、問題なのだろうか。ちゃんとした病院でもらう精子と、個人サイトの男性からもらう精子。どちらも知らない男の精子という点では、おなじなはずだった。けれど、このふたつにもやっぱり違いがあるように感じてしまう。いったい何が違うんだろう。大学病院で提供される精子はほとんどが医学部の男子学生のもので、少なくとも提供までには専門機関のいくつかのチェックが入っているわけだ。明かされることはないけれど、お墨つきというか、間接的にそれが誰の精子であるのかを知っている人が存在している。

いっぽう個人サイトのボランティア。ありえなさが、一気に跳ねあがる気がする。やりとりの現場が喫茶店、というのがひっかかるのだろうか。それとも、東急ハンズというあまりにカジュアルな固有名が登場するのが問題なのだろうか。あるいは自分で注入というDIY的な行為と、そういうものからいちばん遠いところにあるはずの生命というものが結びついてしまうことへの不安なのだろうか。また、ひょっとして学歴とかそういうことが関係していたりするのだろうか。自分がそういう価値観にかかわったこともなければ他人にたいしてそんなことを気にしたこともないのに、いざ遺伝子ということなると、いわゆるブランド的な判断が介入してくるのだろうか。

いずれにせよ、相手のことが本当にはわからないということが問題なのだ。でも、じゃあ、相手のことを本当にわかるって、いったいどういうことなのだ？　子どもを作る夫婦のすべてが、妊娠の可能性のあるセックスをするすべてのカップルが、お互いのことを本当にわかっているとでも言うのだろうか。そんなことはありえない――ああでもないこうでもないと考えていると、いったい自分が、誰の何について考えているのか、わけがわからなくなってきた。そして急に、ぜんぶが馬鹿げたことのように思えてしまう。こんなこと、ぜんぜん現実的じゃないから。むりむり。知らない男から精子をもらって、子どもを産む？　そんなこと無理に決まってる。そもそも自分の生活がこの先どうなるのかもわからんわたしが、親になんかなれるわけがないやないか。産んで終わりじゃないのだ。年金も何も入ってこない初老ホステスの姉が大阪にいて、これからまだまだお金がかかる姪もいて、わたしはすでに自らの老いとか、自分も含めたまわりの老後のことを考えなければいけない段階に入っているのだ。そんなわたしが子ども？　どの角度から考えてもありえない。全方位的に無理すぎる――こんなふうな興奮と落胆を、わたしは何度も行き来するのだった。

それでもわたしの頭からなかなか消えなかったのは、女性が番組の最後に語った言葉だった。女性は膝のうえで両手をにぎりしめ、それから胸を押さえて、一言ひとことを噛みしめるようにこう言ったのだった。

「……やってよかった。ほんとうに。この子に会えて、本当によかったです。怖がらずにやってよかった。この子に会えたこと。わたしの人生に、もう、これ以上のことはないです」

その声には、心の底から幸せを感じている人からにじみでる——それをなんと呼べばいいのかわからないけれど、その眩しさにこちらが思わず目を細めてしまうようなものが、あふれていた。わたしは目を閉じて、何度も彼女の仕草や言葉を反芻した。小さく鼻をすすり、途中で少しだけつまる声。彼女はきっとモザイクのむこうで涙をにじませていたに違いない。やってよかった。ほんとうに。この子に会えて——そのとき、モザイクのかかった女性の顔のうえに、いっしゅん母の顔が浮かんでみえた。まだ若い母はにっこりと笑って、小さな黒猫なら一匹がまるっと入っていてもわからないくらいに量の多い髪をふさふさとゆらし、誰にむかってなのか、本当によかったです、怖がらずにやってよかったと、張りきった笑顔でそう言っているのだった。わたしの人生に、もうこれ以上のことはないですわ——するとつぎの瞬間、手で胸を押さえて話しているのはわたしで、あのとき勇気をだして本当によかった、この子に会えて、本当によかったです——ひとりきりの部屋でそんなことを想像しているこのわたしの姿などみえないような満ち足りた顔で、腕にはやわらかくて小さな赤ん坊をしっかりと抱いているのだった。

＊

これまでのすべての夏がそうだったように、いつのまにか熱は去り、吹く風の底のほうに秋のにおいがうっすらと感じられるようになった。空はこちらにむかって手をふるように高くなり、雲はどんどん引き伸ばされて薄くなって、誰かの面影みたいに消えていった。薄手の長袖では肌寒く感じられることが多くなり、家のなかにいても靴下を履く季節になった。

わたしは来る日も来る日も、進みの悪い小説を書きつづけていた。

少々入りくんでいるうえに長いので、どんな小説かと訊かれて答えるのはなかなか難しいのだけれど、ざっくり説明するとすれば、まずは大阪の日雇い労働者たちの暮らす架空の町を舞台にした群像劇ということになるだろうか。廃れゆく町でその構成員がほとんど初老になってしまったヤクザの組員の十代の娘。そしてその近隣にある、女性だけで運営されている新興宗教団体内で育てられた、おなじ年の娘が主人公だ。暴対法が施行されて以降、ヤクザへの締めつけがきつくなり、組員の娘は幼い頃から幼稚園や小学校で差別を受けて大きくなった。かたや宗教団体の娘はその宗教的理念から出生届を出されずに育ち、日本国籍を有していない。やがてこのふたりが交流をもって廃墟を飛びだして東京に流れつき、ある事件に巻きこまれていくという話だ。

このところはヤクザ組織の説明の部分に腐心している。上納金の仕組み、しのぎの種類、武器の調達、じっさいにあった報復戦の詳細やそれを支えているヤクザの倫理、階級制度とその呼称、そしてそれぞれの年収に至るまで、調べることがありすぎて動画を見たり資料を読むのにも時間をとられる。細かいところを確認するたびに手が止まって、なかなかリズムがつかめない。とはいえ歴代の親分のインタビューや抗争の映像なんかを見ていると時間を忘れて見入ってしまうこともあり、この雰囲気をわたしなりに再現したいなとは思うのだけれど、これがなかなかむずかしい。

いま書いているところは、「指づめ」のシーンだ。これはいわゆる「下手を打った」構成員が反省の意味をこめて、あるいは部下の責任を負ったり、敵対する勢力との和解のために自分の指を切断するという現在はほとんど無くなっているらしい慣習なのだけれども、わたしがいま書いているのは、そういうのがわりに盛んだった時代のこと。通常は氷で感覚がなくなるまで小指を冷やしてまな板のうえに置き、日本刀でぶすんと切断する。そういう痛いことのいっさいが怖くてたまらない構成員が全身麻酔で臨むために病院に掛けあっているという箇所を書いているのだけれど、当然のことながら知らないことがたくさんある。たとえば落とした指のゆくえとか。ひとりにつき何本までと決まっているのかどうかとか。細かく調べていると進みが悪くて、予定では明日から宗教団体のパート、教祖が過去に研究所で開発していた薬品をめぐるあれこれに取りかかるはずだったのに、何もかもが追いつかず、後ろ倒しになっている。わたしはため息をつき、このあいだ新しい資料として購入して少しだけ読み進めていた『ヤクザと安楽死』のつづきに戻った。

ビーズクッションに寄りかかって二時間ほど本に集中し、ふと電話をみると仙川涼子からの着信履歴が残っていた。そういえば、ここのところメールを何通かもらっていたのに返信をしていないままだった。最後にもらってから何日たっているんだろう。一週間か、それ以上か。メールにしようかどうしようか少し迷ったけれど、わたしは電話を折り返すことにした。

「もしもおし。夏子さん」

三回目のコール音のあとに出た仙川さんは明るく、少しおどけたような声で言った。

「よかった。つかまりましたね。どうしてらっしゃいましたか、最近」

「ああ、いや、書いてる感じです。っていうか、のろのろだけど、まあずっとやってます」

「なるほどなるほど」

「返信が遅くなってすみません、うっかりというか」

「いいですよ」

仙川さんの用事は、わたしが頼んでいた資料のことだった。地方の村や小さな町で宗教者をうたっている人たちが起こした犯罪とその裁判についてのものがあればとお願いしていて、めぼしいものをいくつか入手してくれたようだった。タイミングがいいときにお渡ししますねと仙川さんは言い、それからわたしがいま読んでいる資料の話になった。

「ちょっとまえに出たやつで、まあヤクザもつづけるのに体力いるっていうか、厳しいみたいですね。芸能界とか投資とか、そういうほかの資金源のルートも絶たれつつあるみたいで」

「でしょうね」

「辞めたとしても社会復帰も無理、体はだんだんわやんなっていく、最後どうやって死ぬんやって感じになってて。読んでてなんかしみじみしちゃって」

「そうね……まあ、小説にうまくつなげられるところがあるといいけれど」

それから話はいろいろな話題に脱線して、ある文学賞の授賞式の二次会だか三次会の話になった。そこで仙川さんはかなり酔ってしまったらしく、年配のある女性作家に顔面を張られたという話になった。

「顔って、ビンタってこと？」わたしは驚いて言った。「顔に？　作家が編集者に？」

「そうなのよ」と仙川さんはなぜか照れたような声で言った。「わたしもずいぶん酔っていたんですよね。議論というとあれだけど、なんか失礼がね、あったみたいで」

「いやいやいやいや」わたしは言った。「それ、わりと地獄絵図じゃないですか？　この歳で、っていうか、大人が仕事相手しばくって、わりとすごくないですか」

「うーん」と仙川さんはどこか他人事な調子でうなった。「すごく長い人なんですよね、わたしが入社してからもうずっとお世話になってて——もう二十年以上になるのかな、ずいぶん可愛がられたの。お互いのこともよくわかっているつもりだし、あの夜はどっちもすごく酔ってたし。わりとあるんですよね」

「そういうとき、まわりの人ってどういう感じで」

「どうだったかな……まあまあ、みたいなあれはあったけど、ねえ」

その女性作家の作品は読んだことはなかったけれど、本を読む人なら誰でも名前を知っているような有名作家だった。どういう人物なのかは知らないし、もちろん面識もないのだけれど、いつだったか何かの雑誌でみて記憶に残っている姿からはまったく想像できなかったので、わたしは少々驚いた。小柄で、どちらかというとフェミニンな風貌で、児童文学とファンタジーのあいだの作風で知られている。絵本でもたくさんのヒットを出している作家だ。

「そういうのって、つぎ会うときどんな感じなんですか」

「普通に」仙川さんは咳払いをして言った。「なんでもなかった感じで。おなじように、かな」

「悪かったわね的なのも、なくですか」

「うん、まあ言わなくてもわかるから、みたいなところが、お互いにあるといえばありますし。作品の話もしてたしね——作家にとってはいちばん大事な領域のことだから」

わたしがさらに質問をつづけようとすると仙川さんは少し笑って、まあまあこの話はこれくらいにしましょうよ、夏子さんの最近はどうなんですかと話を変えた。わたしは、と言ってそこで言葉が止まってしまった。というのも、毎日がただおなじことのくりかえしであるわたしには話すことが何にもなかったからで、読んでいる資料のことくらいしか話題がなかった。でもふと、この数ヶ月のあいだわたしの意識を断続的に独占している、あのこと——この数ヶ月、ずっと頭から離れないでいるあのこと、誰かの精子で妊娠することを、行ったり来たりしながらだけれどそれでもずっと考えていることを話してみようかという考えがよぎった。でも、やめた。個人的すぎる話だし、無謀な話だし、何をどこから説明すればいいのかよくわからなかったからだ。

仙川さんの話にあいづちを打ちながら部屋のなかを眺めていると、ヤクザや宗教団体の資料の隣に、何冊か積まれた精子提供や生殖医療についての本の背表紙が目に入った。このあいだ読み終えたのは、精子提供で産まれてきた人たちのインタビューをメインにしたものだった。

登場する人たちに共通しているのは、まず生物学的な父親が誰なのかがわからないこと、そして、両親からその事実を知らされないまま大人になったことの、ふたつだった。この治療は当時もいまも秘密裏に行われるもので、親戚やまわりの人にも明かされず、もちろん産まれてきた子どもに事実が告げられるということは、まずありえない。だから今も、一万人近くいるはずの当事者が自分の出自を知らないまま生きていることになる。

そしてある日、偶然に事実を知ってしまった人たちがいる。父親だと思っていた人は赤の他人で、今までずっと騙されていたこと。自分の半分がいったいどこからやってきたものなのかが、わからないこと。それぞれの体験を語ったインタビューや座談会、それらをまとめた著者の論旨からは、それがどれくらい衝撃的なことで、そしてどれほど深い喪失感や苦痛をともなうことであるのかが伝わってきた。

インタビューの最後に登場した男性は、今もずっと父親を探しているのだという。施術をした大学病院によれば照会できる記録は何も残っていないという話で、担当医も亡くなり、当時の数年間、大学病院に関係していた医学生のうちのひとり、という情報以外の手がかりはないらしい。男性はインタビューの終わりに、遺伝的につながりのある母親と自分の似ていないところ、つまりじつの父親の特徴かもしれないと思える部分をいくつか挙げて、呼びかけていた。

「母は小柄ですが、僕の身長は百八十センチと大きめで、はっきりした二重まぶたの母とは違って、一重まぶたです。また、僕は子どもの頃から長距離走が得意です。当時、＊＊大学の医学部に籍を置き、体が大きく、一重まぶた、そして長距離走が得意なかた、現在は五十七歳くらいから六十五歳くらいのかたです。心当たりのあるかたは、いらっしゃいませんか」

その言葉はわたしの胸に響いた。

それが親であれ誰であれ、自分にとってかけがえのない特別な誰かを探すのに、たったこれだけ——まるで何も言っていないのとおなじような特徴しか頼るものがないこと。そう思うと、胸がしめつけられた。背が高く、まぶたは一重で、長距離走が得意。心当たりはありませんか——誰にむかってなのか、どこにむかってなのか、何もない、ただあてのない広さとしか言いようのない茫漠さに立ち尽くす男性の後ろ姿が浮かんで、わたしはしばらくのあいだ、その文章から離れることができなかった。

「……ってこともあるから、取材がてら行ってみませんか」

ぼんやりと聞き流していた仙川涼子の声に気がついて、わたしは電話をもつ手を替えた。「取材、うん」

「話を聞くだけでも面白いかもしれませんよ。仙台だから日帰りでもいけるといえばいけるけど、せっかくだから泊まりにしましょうよ」

「えっ、そういうことできるんですか」

「だって取材ですし」と仙川さんは言った。「それに夏子さん、一度資料の問いあわせくれただけで、わたし何も役に立っていないですもの。高級温泉旅館に一ヶ月間缶詰にしてくれって言われたら、まあそれはちょっと難しいですけどね。仙台に一泊くらいさせてくださいよ。宗教のパートね。警戒してるところはあるけれど、いわゆる拝み屋さんたちってわりと話してくれるらしいんですよ。まあ人によるとは思いますけれどね。内容はともかく、気持ちのいい秋ですし、このあたりでおいしいものを食べて英気を養って、それで年末まで追いこんでもらうって感じでしょうか。夏子さんどう？」

「うん、追いこみは、そうですね、わかります、でも取材はとりあえずはいっかな。本でなんとか」わたしはごまかした。

「外に出ないのは夏子さんらしいけど、たまには気分転換もいいですよ」仙川さんが鼻で大きく息をつくのがわかった。「そうだ、これも言わなきゃだったんだ。来月のあたまにね、朗読会があるんですけど、行きません？」

「朗読会って？」

「作家が朗読するんです」そう言うと仙川さんは大きく咳きこんだ。「――ああ、ごめんなさい、そうそう、詩とか小説とかね、作家が読むんですよ。十年くらいまえからかな、朗読会――リーディングですよね、いろんなところでけっこうひらかれるようになって。だいたい作品の刊行にあわせてイベントでというのが多いですけれど、お客さんを入れて朗読して、サイン会もして、そのあとちょっと懇親会みたいなのをするって場合もありますね。お酒を飲んだり」

「へえ」

「来月のは少し大きめで、あそこだったらキャパも百人くらいあるんじゃないでしょうか。作家は三人だったかな。わたしが担当している作家がひとり出るんです。なかなか面白いから夏子さん行きましょうよ。紹介したい人もいますし」

「せやけど、わたしビンタされるのとかだいぶ無理ですよ」わたしは笑った。

「そんなん、わたしが代わりに受けますやん」仙川さんも大阪弁で笑った。

仙川涼子との電話を切ったあと、わたしはパソコンを立ちあげてメールボックスをチェックした。ダイレクトメールが数件だけ。返信はきていない。

三週間ほどまえ、わたしはふたつのアドレスにメールを出していた。ひとつは、調べたなかではいちばん情報量が多く、実績があると示している――ネットのなかではいちばんまともにみえるサイトだった。

わたしは新しく取ったGメールのアドレスで、何も書かれていない白い四角の枠のなかに率直な相談内容を書きこんだ。当方は三十八歳であること。独身であり、また相手もいないために、医療機関が実施している精子提供を受けることができない。しかし子どもを望む気持ちがある。そんなおり「精子バンク・ジャパン」に辿りついた。「真剣に検討しているので、もし希望する場合は今後どのように進めていけばいいのか、方法を教えてください」

しかし一ヶ月近くたっても、返信はこなかった。さらに十日が過ぎた頃、もうひとつべつのアカウントを作成して、そこからも送ってみた。しかし結果はおなじだった。

もうひとつ、個人提供をしているという男性のブログにもメールを出してみた。こちらも返事はこないけれど、それについては何とも思わなかった。興奮と焦りにまかせて送ってはみたものの、仮に返事が来たとしても会うことはなかっただろうと思うし、それは気休めとも好奇心ともつかない、意味のない行為だった。

わたしはひきだしからノートを取りだして、「精子バンク・ジャパン」と「個人提供」の上に線を引いて消した。あとは選択肢がふたつ残っていた。

・デンマーク精子バンク、ヴィルコメン
・子どものいない、人生

わたしは自分の頼りない字をじっと眺めて、それからまたため息をついた。

ヴィルコメンというのは、これもネットと本で調べて知った、デンマークの精子バンクだった。こちらは老舗《しにせ》というとあれだけれども、何十年にもわたって運営されている世界的にも有名な機関だった。実績も公表されており、設備も常に最新のものにアップデートされ、提供者の精子には定期的な感染症のスクリーニングテストのほかに、染色体検査や重大な遺伝性疾患にかかわる因子があるかどうかの遺伝子検査も行われる。可能なかぎり、どんな小さな不安の可能性も見逃さず、問題のない健康な精子だけが凍結されてバンクに入る。その結果、採用率は一割。つまり、仮に十人の男性が精子提供をしたいと申し出ても、じっさいにドナーとして登録されるのはひとりだけという狭き門なのだ。ヴィルコメンはこれまで七十ヶ国を超える国々に精子を提供しており、不妊カップル、レズビアンカップル、そして、わたしのような相手のいない独り者——誰であれ、精子をネットで注文することができるシステムを作りあげていた。

サイトには精子提供者の詳しいプロフィールが掲載されていて、血液型はもちろん、瞳の色、髪の色、身長などを選んでチェックをつけて検索をすれば、希望条件を満たしたドナーが表示される。そして気になったドナーがいれば、そこからさらにいろいろなことを知ることができる。精子の値段は二十数万円。送ってもらった精子を自分で注入する。もちろん、妊娠するかどうかはわからない。そして、ヴィルコメンの特徴というか、従来のバンクと少し違うところは、匿名の精子か、非匿名の精子かを選べるところ。

つまり、子どもが大きくなって自分の父親のことを知りたいと思ったときにアクセスすることができるのだ。レズビアンカップルは非匿名の精子を選ぶことが多く、家庭内にすでに父親がいる状態の不妊カップルは、匿名の精子を選ぶことが多いらしい。

ヴィルコメンのことを知れば知るほど、なんで「精子バンク・ジャパン」とか「個人提供」といったよくわからんサイトにメールなんかしてじっと待ってたんやろう、どう考えてもわたしに残されたのはここしかないやろ、とも思うのだけれど、その理由は明白で、それはわたしが日本語しかわからないからである。ヴィルコメンのあるデンマークの言葉なんてひとつの単語も知らないし、英語は中学三年レベルで現在完了形以降の記憶がない。英語で満足に作文もできず、こまかいやりとりやニュアンスなんか、どうやって伝えればいいんだろう。いや、伝える必要もないのかもしれない。希望する項目にチェックを入れて決済するだけで、そしたら世界中のどこにいても、最短四日でコペンハーゲンから凍結された精子が送られてくるらしいのだから。

わたしはパソコンから離れて絨毯《じゅうたん》に寝転がった。肌寒かったので足もとにまるめてあったタオルケットをひっぱってお腹にかけ、そしてそのうえに両手を置いた。精子のことばかり考えていたけれど、わたしの卵子はどうなんやろう。二十八日周期の生理は基本的には変化なく、いちおうは毎月きちんときているけれど、年齢的にはいろんなことがじゅうぶん難しくなっているはずだった。

わたしはテレビをつけて、流れてくる番組を見るともなく眺めていた。気象予報士が天候は明日から崩れるだろうと背後の大きな天気図を何度もふりかえりながら熱心に説明していた。閉めきったカーテンの色は暗く沈みはじめ、すぐそこに夜が迫っていた。これからさきわたしは何度、夕方のこの時間のこの青さをこんなふうに見つめることになるのだろうと、ふと思った。ひとりで生きて死んでいくとは、いったいどういうこととなんだろうか。どこにいても、何をみても、こんなふうにずうっとひとつの場所にいることなんだろうか。

「それやったら、あかんの」

わたしは小さく声に出して訊いてみた。だけどももちろん、誰もその質問には答えなかった。

11　頭のなかで友だちに会ったから、今日は幸せ

しかし今夜の朗読会はどうだろう。作家が自作を読む、という朗読会なるものを聴きにくるのが初めてなので、これがいったいどれくらいのレベルなのかがまったくもってわからないのだけれど、レベルよりも何よりも、舞台のうえで何が行われているのか、これがまずもってわからない。何かを読んでいるのはわかるのだ。でも、たとえば一人目の男性詩人。御年八十歳を超えていらっしゃるらしい有名な詩人という話なのだけれど、声はあまりに小さくて滑舌がおそろしく悪いうえに、いきなりすわ発作かというくらいに咳きこんでは背もたれをつかんでたびたび中断するので、見ているだけでひやりとする。

二人目の男性は小説家であるらしく、ココア色のカーディガンをはおり、鼻の下に髭を生やして、長く伸ばした髪を後ろでひとつに結わっていた。年齢は四十歳とか、そのあたりだろうか。難しい単語だけがちらほら聞こえる文章を抑揚のないまっすぐなトー

ンでひたすら読みあげ、それはいつまでつづくんだろうと不安になるくらいに長く、尋常じゃない棒読みで、まるでテープレコーダーから流れて無限にループする念仏を思い起こさせた。気づくとわたしは頭のなかでポクポクポクと空想の木魚を鳴らしてなんとかリズムを見出そうと必死になっており、ときどき裏をとったり三連にしたりいろいろ工夫してみてもこれが本当に終わらない。それに照れ屋なのかかっこうをつけているのか、本来がそういうキャラなのか、ずっとうつむいているせいで口もとからマイクがどんどんずれていく。何度か係の人が位置を直しにきたけれどすぐにまたおなじようにずれるので、最後はあきらめてしまったようだった。

十一月に入ってからというもの、まるで冬みたいに寒い日がつづいていたので、その延長で厚めのセーターを着てきてしまったのもつらかった。とにかく会場内は尋常じゃない暑さで熱気がこもり、頭が面白いくらいにぼおっとする。そうする間にも念仏はつづき、不吉な合図みたいに背中からつつっと垂れる汗。こういうときに限ってタオルもハンカチももっていない。今年最大にじりじりしながらまわりの様子をうかがってみても、信じられないことにみな微動だにせず、まっすぐに舞台に集中している。わたしの左右に座っている女性ふたりなんか、それはもう瞬《また》きもせずに熱心に食い入るように念仏作家を見つめているではないか。さらには信じられないことに、ひとりはどっしりしたニット帽を目深にかぶり、もうひとりは首にモヘアのマフラーを巻いている。暑い。

苦しい。何を読んでいるのか相も変わらず意味不明。今ここでいきなり立ちあがってこの充溢する不快感を叫び破ることのできる人がもしかしたらパンクロッカーみたいに生きていくんではないだろうか——そんな脈絡のないことを考えながら、小刻みに息を吐いて何度も座り直しながらもついに限界がやってきた。まだ最後のひとりが残っていたけれど、念仏がついに終わった瞬間、まだ会場の照明が暗いうちにわたしはさっと席を立ち、思いきり前かがみになってすばやく会場を出て、トイレの横の階段に座ってじっとしていた。

「おつかれさまです」

終演後、出口のわきのところで立っていると、むこうから仙川涼子が小走りでやってきた。「どうでしたー？　いい席用意してもらったんですよ、近すぎず遠すぎずって感じで」

「うん、不思議な距離感やった」わたしは肯いてみせた。「自分がどこにいる誰なんかがだんだん融解してくるような感覚にもなって……っていうか会場、すっごい暑くなかったですか」

「えっ、そうだったかな」

「わたし、わりと滝汗でした」わたしはセーターの襟に指を入れて風を入れる仕草をした。「むっらむら。むらんむらんでしたね。っていうか仙川さんはどこで見てたんですか」

「わたしはいちおう関係者ってことで、そでのほうから見てました」

「なるほど」途中で退席したのを仙川さんが気づいていなかったようで、わたしは少しほっとした。「わたし初めてだったんですけど、ある意味で朗読ってやばいですね」

「ですよね。散文もよかったけど、詩はやっぱり、迫力ありますよねえ」仙川さんは頬を紅潮させて満足そうに肯いた。

そのまま帰ろうかと思ったけれど、仙川さんがぜひにと誘ってくれたので、打ち上げにお邪魔することになった。時計を見ると午後八時半。秋の夜の空気は澄んで、息を吸いこむたびにしんしんと音がするようだった。打ち上げは、朗読会場だった青山の書店のイベントスペースから歩いて十分くらいの場所にある居酒屋だった。わたしと仙川さんは、目に入るもののほとんどがきらきらと輝く表参道の、いろんな店のウインドウを眺めながら歩いた。

「すっかりクリスマスになってますねえ」仙川さんは顔をあげて言った。「毎年毎年、早まってる気がしますけど、気のせいですかね」

「何年かまえまでは十一月の月末くらいからって感じやったような。最近は、ほらハロウィン、あれが終わったらつぎの日から、って感じですよね」

「きれい」仙川さんが頬をゆるめて言った。「わたし、あっちの青いのより黄色のほうが好きです。電飾ね。ほら夏子さん、あれです、発光ダイオードでしたっけ、あれの青とか白はちょっと寒々しい感じがする。わたしは黄色がいいな」

途中で薬局に寄って目薬を買い、そのあと少し道に迷ったせいで、わたしたちが着いたときにはすでに会は始まっていた。十人くらいが長テーブルに座って歓談しており、わたしと仙川さんは軽く会釈してからはしっこの席に座って、飲み物を注文した。

最初に登壇した詩人が奥の角の席に壁にもたれるように座って、誰とも話をしていないのにすごくにこにこと笑っているのがみえた。その隣、ひとり挟んで真んなかの奥には二番目に登壇した男性作家がいて、まだ始まったばっかりのはずなのにもう顔が赤くなっていた。集まった人たちは編集者なのか会場の関係者なのかわからないけれど、みんなそれなりに盛りあがっているようだった。当然のことながら、仙川さん以外に知っている人は誰もいなかった。

わたしと仙川さんはビールを飲み、串から外された焼き鳥をつまみながら世間話をしていた。何人かの人と挨拶を交わしてそれぞれに自己紹介をしあった。ほかの席にも団体客がやってきて店全体が騒がしくなり、それにあわせてわたしたちのテーブルの音量もだんだん大きくなっていった。

二時間近くが過ぎるころには、みんないい具合に酔いがまわってきたのか笑い声はさらに大きくなり、かと思えばわりに神妙な顔つきで真剣な話をしている人もいたりして、わたしは席を替わって隣にやってきた女性編集者から最近売れているという大人のぬり絵についての話を聞いていた。奥に座った老詩人はテーブルに置かれたおちょこに手を添えたまま、眠っているのか瞑想でもしているのか、じっと目を閉じている。この喧騒のなかでどうなんだろう、平気なのかとなんとも様子が気になって、おそらくは老詩人の担当をしているのであろう、きれいに頭の禿げあがった男性編集者のほうをちらちらと見ていると、「だいじょうぶ、通常運転です」とでも言うように微笑んで何度か肯いてくれるのだった。

みんながそれぞれ思い思いに好きなことをしゃべっているので、誰が何の話をしているのかわからなかったけれど、さっきからけっこうな勢いで話していた男性作家が、さらに熱さを増して語っているのが耳に入ってきた。男性作家はさっき会場であの念仏朗読をしていたのと同一人物とは思えないくらいの饒舌《じょうぜつ》で顔をまだらに赤くしてしゃべりつづけており、ちらほらと聞こえてくる単語からは、今はどうも中東の紛争についての話をしているようだった。詳しいところはわからないけれど、隣に座った年配の女性編集者を相手に、なにやら持論をぶっているというような構図だった。

「……あれはかなり詳細なレポートでね。そろそろ世界がアメリカの傲慢さにね、本当の意味で気づくべきなんですよ。いや、もちろんそれは腐ってもアメリカですよ。それはそう。でも腐りかたにもいろいろある。どんなふうに何のために腐っていくのか、それにたいして言うべきは言わなきゃいかんでしょう」

男性作家は大げさに首をふってみせると手にもっていたワイングラスを少しだけ掲げ、何かの儀式のようにそれを一息で飲み干した。そして女性編集者がすかさず注ぎたしたワインを難しそうな顔でひとくち飲むと、あるいは僕はこう思うんですよ、と話をつづけた。まわりの人たちがあいづちを打つなかで男性作家のテンションはますます高まり、話はだんだん脱線というか大きくというか、小さくというか変化して、政治やテロにたいして文学に何ができるのか、みたいな流れになっていった。わたしと仙川さんははしっこに座ったままだったので、とくに熱心に聞くともなくなんとなく耳を傾けつつべつの話もする、という感じで、それぞれ四杯目のビールにとりかかっていた。すると「文学ってことで言えばね、この状況。ツイッターにも書きましたけど僕、完全に予言してましたからね」と男性作家が言うのが聞こえた。

「僕の作品ってなかなか理解されないけれど、たとえばいまのシリアの状況ね、さっき言ったレポートに書かれてる状況とかね。僕もう十年まえの段階で、ぜんぶ書いてますから」

男性作家が言い切ったあと、みんなの声が一瞬とぎれた。でもすぐに「ですよねえ、文学って小説家って、どうしたって予見しちゃうんですよね、好むと好まざるとにかかわらず」と女性編集者が感嘆したように言って、そうなんですよねえ、と誰かが受けて、男性作家はまたワインを飲み干して身を乗りだし、「さらに言えばね」と話をつづけようとした。けれどつぎの瞬間、べつの声がそれを遮った。

「そんなしょうもないことをさあ」女性の声がはっきりと聞こえた。「恥ずかしげもなくべらべら言ってっから、何年たってもろくな小説の一本も書けないんじゃねえの」

その言葉に場は水を打ったように静まりかえり、わたしも声のほうを見た。

「予言とかさあ。あんたが何書いて何を予言したのか知らないけど、あんたが読んだそのレポートを書いてネットにあげた人ってのは、じっさいにシリア行ってやってんじゃねえの？　それをあんたはぬくぬくの部屋で腹さすりながらそれをぺろっと読んでツイッターにちゃっちゃっと書いて、これは僕が昔に予言したことですってか。あほも休み休み言えよ。それともあんたシリア行くの？　自分の予言の精度を確かめにいっかい行ってきなよ。だいたいそれ言うのに何の意味があるんだよ。誰も褒めてくれないからって人の仕事を使って自分の安っぽい自尊心を満たそうとするんじゃねえよ」

突然の台詞というか意見表明というか物言いに、わたしはさっきの朗読会の——わたしが退席したあとにじつは舞台上で芝居か何かがあって、そのつづきでもしているのかといっしゅん思った。あるいは男性作家とすごく仲が良い誰かが、悪ふざけで言っているのかとも。けれど違った。声の主は、さっき仙川さんに紹介されて挨拶だけ交わした遊佐《ゆさ》リカという女性作家で、それは芝居のつづきでも親しみをこめた冗談でもなさそうだった。

ほかの客たちの騒ぐ声だけがいつかの思い出みたいに遠く響く数秒間の沈黙のあと、そういえばさ、と誰かがまったくべつの話題をふった。するとまたべつのひとりが、ありましたよね、とそれを受けて話をし始め、それについて何人かが笑った。男性作家は黙ってワインを飲んでいた。ぴりついた雰囲気はさすがにしばらく漂っていたし、わたしも心のなかではいやいやいやいやこれは相当気まずいやろなどと半ば叫んでいたのだけれど、しかしいつやったか、仙川涼子はこうした酒の席で誰だったかにしばかれたというではないか。ひょっとしたらこの業界、これしきのことは朝飯まえというか挨拶程度というか、なんかそういう感じなのかもしれない。しかしそうだとしたらそんなもの笑橋の路上でもあるまいし、よくわからんけどなんかいろいろがすごくないか——どきどきしながらビールを飲んで様子をみていたのだが、しかし数分もするとまるで何事もなかったかのような雰囲気に落ち着いていった。

仙川さんはさらにビールを頼み、やってきたジョッキをもつと遊佐リカの隣の女性に会釈して席を替わってもらい、するとすぐにふたりの笑い声が聞こえてきた。わたしはまだ半分くらい残っていたもつ煮こみの椀をとって、箸の先でひとつひとつをつまみあげて食べていった。ふと気になって顔をあげると、老詩人は口を半開きにしてエジプトの壁画に描かれた人みたいなあんばいで完全に寝入っているようだった。隣の男性編集者と目があうと、「だいじょうぶ、通常運転です」とさっきとおなじように肯いてくれ、わたしも深く肯き返した。

なんとなく会はおひらきになり、男性作家と側にいた女性編集者はいつのまにか消え、ほかのみんなもそれぞれ適当に散っていった。「方向一緒なんで送っていきますよ」と仙川さんが声をかけてくれた。隣には遊佐リカもいた。彼女は目黒区の緑が丘に住んでいるらしく、わたしたちは三人でタクシーに乗ることになった。

仙川さんは助手席に乗り、三軒茶屋のわたしが最初に降りるということで手前に、遊佐リカは奥に座った。

「っていうか、リカさん」タクシーの運転手に行き先と順番を告げると、仙川さんは呆れた調子で言った。「わかりますよ。わかりますけどね」

「だって当然じゃないの」遊佐リカは笑いながら言った。「最初からまじでしつこいんだよ。ずうっとおんなじ話ばっかりしてよ、っていうかだいたい男の作家ってあほのひとつ覚えみたいに予言予言てうるさいんだよ。『予見した』だの『予言した』だの、あれなに？　どっちでもいいけどこの一年で何回聞いたよ。一万歩ゆずって他から指摘されるんならまだいいよ、けどそんなどうでもいいこと自分で嬉しそうに言うかふつう。っていうかそもそも今日の朗読会とか、ほんとあんま意味わからんよね。なんでこの面《メン》子《ツ》だったんだっていう……まあ朗読はいいよ。っていうかあいつ最近テレビとかツイッターとかそのへんでもっともらしいことをぺらぺら話してるけど極悪だからね。編集者ひとり辞めさせてるからね、女の子。知ってる？　この話きいた？」

「ああ、彼女ですよね」仙川さんが返事した。

「そう。美人が入ったら速攻で担当に替えさせて、それからなんだかんだ理由つけて呼びだして引っぱりまわして、部屋まで原稿とりにこいとか、普通にメールで送信しろや。セクハラパワハラモラハラの三色丼みたいな仕打ちしてんのに自分だけは恋愛気分でまじで頭おかしいだろ。版元も版元だろ首にしろよそんな作家。ふざけやがって」

「わかりますよ。でもリカさん今日ちょっと飲みすぎかもですね」と仙川さんがため息をついた。「なんか、開放的な気分なのかしら」

遊佐リカの作品は読んだことはなかったけれど、もちろん彼女の名前は知っていた。年はたぶんわたしの少し上くらい。作品が何度も映画化されていたり、たまに書店に行くといちばんいい台に新刊が平積みされるような、いわゆる売れっ子作家のひとりだ。それに何年かまえに彼女が直木賞を獲ったとき、坊主頭で赤ん坊を抱いて記者会見場にやってきたことで大変な話題になったのも覚えている。

切れ長の鋭い一重まぶたが印象的で、グレーのトレーナーにジーンズ、そして足元はスニーカー、おまけに頭はスポーツ刈りよりもうんと短い坊主というかっこうで登壇した遊佐リカを、わたしも当時テレビのニュース番組で見た。若ければ美大生とかアーテイスト枠というかそういう雰囲気があるともいえるのだけれど、彼女はそういうのとも違い、ぱっと見てどう理解していいのかすんなり納得できる要素がほとんどなく、「この人どういう種類の人なんやろか」とこちらが少し不安になるような違和感を画面から醸しだしていた。と同時にそのかっこうは、はじめてニュースでみるその女性にとても似合っているようにも思えるのだった。

なんでこんなしっくりくるんやろか——当時、画面のなかの遊佐リカを眺めつつ考えてみると、頭の形が素晴らしく良いことに気がついた。後頭部がしっかりと飛びだして奥ゆきがあり、顔の幅が小さく、額は大きくまあるく前方に突きだしている。鼻梁《びりよう》もしっかりと張って、意志の強さを感じさせる。いわゆる誰がみても美人であるとかそういうわけではないけれど、それぞれのパーツに躍動感があって印象に残る顔をしていた。俊敏な小動物を思わせる立体的な顔だちが妙に堂々としたこの雰囲気を作ってるんやなと感心したことを覚えている。また、ちょっとした会話というか受け答えからうかがえるキャラクターも彼女の風貌にぴったりしているように思えた。記者会見に赤ん坊を連れてきたことについて「女性の権利や主張にたいするメッセージのようなものがこめられているのか」という記者の質問にたいしては「メッセージ？　ないない。ないですよそんなの。わたしひとり親で、さっきも家でふたりだったんで。わたし以外いないんで連れてくるしかなくないですか」と笑顔で答え、「坊主頭がすごく個性的ですが、何か理由というか、思いのようなものってあるんですか」というべつの記者の質問には「あなたの毛先はきれいにカールされていますけど、それには何か理由というか思いのようなものってあるんですか」と返して会場の笑いを誘った。「あと細かくて恐縮ですけどこれ、坊主ってんじゃないです。バズカットっていうんです。どうでもいいけど、でも名前ってけっこう大事だから」とにっこり笑ってつけくわえた。

その遊佐リカとおなじタクシーの後部座席に座っているのはどこか奇妙な感じがしたけれど、居心地の悪さのようなものは感じなかった。遊佐リカは体を少しこちらにむけるようにして座席のすみっこに寄りかかり、ときおり窓の外に目をやりながら仙川さんと話しつづけていた。彼女の髪は今では肩の下あたりまで伸びており、毛先は鈍い光沢のある黒いブラウスに溶けこんでいた。わたしは話しかけてよいものなのかよくないものなのかがよくわからず、かといって仙川さんと遊佐リカの会話にそれとなく合流するタイミングもつかめずで、ふたりの話を黙って聞いていることになった。

「仙川さんとは長いんですか？」

渋谷駅をぬけて二四六号線に入り、道玄坂上の交差点に差しかかったところで遊佐リカが話しかけてきた。

「いえ、あ、でも二年とかですかね、知りあってから」

「仙川さんってちょっとデリカシーなくないですか」遊佐リカはいたずらっぽく笑った。

仙川さんは咳きこみながら助手席から少しだけ顔をこちらにむけ、本人のまえで言いますか、と睨むふりをした。

「まあね」と遊佐リカも笑った。「いくらほんとのことでも、それはそうか」

「ほんとのことじゃないですよ」仙川さんは呆れたように首をふって笑った。「リカさんが人のデリカシーがどうのってよく言いますよ、ねえ夏子さん？」

「あの、さっきのあれって、あれで終わりなんですか」

わたしは遊佐リカに質問してみた。

「終わりっていうのは？」遊佐リカはそこで初めてわたしの目をまっすぐに見た。窓から差しこむ夜と街の光が遊佐リカの頰のうえに影を落とし、まだら模様をつくりながら流れていった。わたしは手足にだるさを感じて、ひょっとしたら自分で思っているよりも酔っ払っているのかもしれないなと思った。

「さっきの、遊佐さんに言われたあの人です。何も言い返さなかったですけど、ああいうもんなんですか」

「まあ」遊佐リカは肯いた。「っていうかほぼ初対面だったし、いきなり言われてびっくりしたんじゃないの。んであとで思いだして歯ぎしりするパターンだよねあれは。んで、やっぱりあの女は頭おかしかったとか、いろんなとこでわめくんじゃん」

「また顔をあわせることとってあるんですか」

「どうだろね」遊佐リカはとくに興味もなさそうに言った。「ないんじゃない。ふつう作家同士って会う機会とかあんまないしね。っていうか朗読会なんて出るもんじゃないよまじで。っていうか夏――夏目さん、でしたよね。夏目夏子さん」

「はい」

「ペンネーム？」

「や、本名なんです」

「やっぱいいね」遊佐リカは笑った。「っていうかさ、今日はあなたもほんと災難だったね、あんな意味わかんない朗読会とか。どうせ仙川さんに連れてこられたんでしょ？」

「そうですね、誘ってもらって」

「どうだった？」遊佐リカはにやりと笑った。

「まったくわかんなかったですね」とわたしは正直に答えた。「でも会場とかいっぱいで。や、みんなすごいなって感心してました」

「だよね」遊佐リカはうれしそうに笑い声をあげて言った。「ほんと、出といてなんだけど、わたしも心の底からそう思うよ。発声とか何の芸もないわたしみたいなど素人の朗読とか聞かされて、まじでみんなよく耐えてる。反省をこめて、わたしはもう何があっても二度と出ない」

「それ笑って言うことですか」と仙川さんが呆れたように笑った。

「わたし朗読会って初めてだったんですけど」わたしも笑って言った。「朗読なのにちゃんと聴こえなくてもいいんですかね。みんなぴくりとも動かなくて、なんかキャッチしてたのかなあ。客って読者ですよね、言葉が聞きとれない朗読って何が目的なんですか」

「なんか、義務感とか?」遊佐リカはきれいにならんだ歯を見せて笑った。

「なんの義務ですか」

「わかんないけど、文学信奉者としての義務とか?」

「その場合、権利って何になるんですかね」

「たとえば」遊佐リカは楽しそうに笑いながら言った。「まわりでうまく人生をまわしているのは、世俗にまみれた馬鹿ばっかり。いっぽうこの自分は、いつまでたっても認められず報われずで生きづらいまま。でもそれは自分に運とか才能がなかったからでは決してない、なにもかもうまくいかないのは、あくまで自分がものをわかっている側の人間だからなんだって安心できる権利——とか? ねえ、それより朗読会で客がいちばん聞きたい作家の言葉って何かわかる?」

「想像もつきませんね、座ってるだけで精一杯でしたから」

「『では、つぎで最後の朗読になります』に決まってんじゃん」

わたしと遊佐リカは笑い、少し遅れて仙川さんも困ったように笑った。

タクシーが三軒茶屋の二四六号線沿いに停車し、わたしが礼を言って降りると、ばたんと大きな音を立ててドアは閉まり、あっというまに走り去っていった。バッグから電話を取りだして時刻を確認すると、十二時をまわったところだった。

メールの受信ボックスを見ると見慣れない差出人の名前があった。紺野りえ。紺野りえって——ああ、紺野さんだ。いつもの集まりのこと以外で書店員時代のメンバーから連絡がくることはまずないし、こんなふうに紺野さんから個人的にメールがくるのも考えてみれば初めてだった。

〈おひさしぶりです。元気にしてますか。こないだ会ったときはまだ暑かったね！　じつは急なんだけど、来年早々に引っ越しすることになりました〉という書きだしから始まるメールには、いろいろあって紺野さん家族は夫の実家のある和歌山県に引っ越すことになり、そのまえに一度ご飯でもと思って連絡した、と書かれてあった。

〈タイミングがあえば今年中に会いたいな。わたしが三茶に行くのでもまったくかまいません。お手すきに返信まってます。あと、なんかへんなお願いになってしまうけど、和歌山に行くことはとくにみんなに言ってないので、秘密にしておいてもらえると助かります！〉

なんでわたしだけにメールを送ってきたのか、なんでみんなに秘密にしているのか、さらにはそれをなんでわたしにだけ伝えているのか——何度か読み返すうちにいくつかのことが気になりはじめたけれど、それについて思い巡らせることがだんだん面倒になってきた。最後に会ったのはまだ夏で、そのときに何を話したかは覚えてないけど、あのあとわたしは神保町に行き、そういえば昼間にはガレットを食べたよなとそんなようなことをぼんやりと思いだした。仙川涼子は生成《きな》り色の綿のゆったりしたブラウスを着て、濃いえんじ色をした古いソファに座っていた。それから何の話をしたんだっけ。そもそも具体的な話をしたんだっけ——そんなことを考えていると書きかけの小説のことがふいに頭をよぎり、胸のあたりがいっしゅんで重く、暗くなった。わたしは電話をバッグの底に落とし、歩数をかぞえながらアパートまでの道を歩いた。

鍵をあけてなかに入ると、いくつもの影が重なっている部屋はいやにひんやりとしていて、冬の気配がした。絨毯は足の裏でしっとりとしていた。冬の匂いだと思った。でもさっき外を歩いているときには感じなかった。だとしたら冬の匂いは、この部屋のなかにあるということになるのだろうか。気温や、昼間の太陽の光の濃さや、夜の成分なんかが少しずつ変化していくつかの条件がふっとそろったときに、本や服やカーテンやそのほかのいろいろなものにしみこんでいた冬の匂いがいっせいに流れだすのだろうか。何かを思いだすみたいに。

おなじかたち、おなじ重さの白い箱をただまっすぐにならべていくように、十一月は過ぎていった。朝八時半に起きて食パンを食べてパソコンにむかい、昼食をレトルトのソースをかけたスパゲティで済ますと仕事に戻り、そして夕方に軽いストレッチをして、夜には漬物と納豆ごはんを食べた。風呂から出ると不妊治療をしている人たちのブログをぽつぽつと読んだ。みんな一進一退をくりかえしているようにみえた。ときどき新しいブログがランキングにあがってくるとそれもチェックした。もう駄目かもしれない、でもあきらめられないという思いのせめぎあいのなかでみんな頑張っていた。でもわたしはスタートラインにも立っていなかった。そんなときふと思いだして成瀬くんのフェイスブックを見に行くこともあった。

朗読会の翌週には遊佐リカからメールが来た。いちいち文章を書くよりどう考えても電話でしゃべるほうがらくだから、もし機会があれば電話をかけてもかまわないかとそのメールには書かれてあった。面倒だったら出ないでいいからと。わたしが電話番号を返信すると、彼女はその十分後に電話をかけてきた。

「電話番号どうも」遊佐リカは言った。「ねえ、小説読んだよ」

「わたしの？」わたしは驚いて言った。

「まだ一冊だけなんだね。とても面白かった。短編集ってことになってるけど、あれ長編だよね」

「なんかすみません」

「敬語やめてよ。わたしらおない年なんだよ」

「ほんまに？」わたしはまた驚いて言った。「ちょっと年上なのかと思ってた」

「学年はわたしがいっこうえだけど、生まれ年はおなじだね」

「じつはわたしも遊佐さんの小説、三冊くらい注文した」

「へえ」遊佐リカはどこか他人事みたいにあいづちを打ち、少し考えるようにして言った。「ねえ、呼んでくれるの、さんづけより遊佐って呼び捨てのほうがうれしいかも。あなたのことはなんて呼ぼうか」

わたしがなんでもいいと答えると、ふうんと軽くうなるような声をだした。

「そしたら夏目でいいかな。なんか名字で呼びあうの女子バレーボール部みたいな感じあるね」

「たしかに部活感ある。やったことないけど」

「話もどるけど、あなたのあれ、小説。さっきも言ったけど面白かった。『笛吹川』思いだした。あなたは『笛吹川』がとても好きなんじゃない？」

「読んだことない」わたしは言った。

「ほんとに？」遊佐は言った。「村人が何代にもわたってずっと死んでいく話。気が遠くなるくらい長い話なのに、小説じたいはそんなに長くない」

それから方言の話になった。遊佐は、あなたは大阪弁だけど全編を大阪弁で小説を書くつもりはないのかと質問した。わたしは大阪弁で小説を書くなんて考えてみたこともなかったのでそう言うと、彼女は関西弁、とりわけ大阪弁について自分の思うところを話しはじめた。

「あれはまじですごかった」遊佐は言った。「大阪行ったときにね、すごいテンションでぶっつづけで話してる女性の三人組を見たの、見たというか聴いたというか、文章でいったら地の文と複数視点に台詞に接続、あっちとこっちの時制とかぜんぶがひとつになってて、それをまあえんえんぶっつけあってんのね。スピードもすごいしずっと笑ってるし、でもちゃんと話は進んでるんだよね。あれはテレビとかで見るのとまったく違う。テレビはあれ、あくまでテレビ用にチューニングされてんだね。がちの大阪弁の応酬っていうのは、もうコミュニケーションとかそんなんが目的じゃなくなってて、あれはもう競技だよ。おまけに観客役まで自分でやってるわけだよ。なんていうかさ、語りってあるじゃん、語り」

「語り」わたしは遊佐の言葉をくりかえした。

「そうそう、関西弁ってのは語りのために言葉じたいが進化したっていうか……いや違うな、進化ってんじゃ、じゅうぶんじゃないな、さきに語りがあるんだな、目的として。んでその語りの最高形態を目指すために言葉の体質みたいなものがさ、たとえばイントネーションとか文法とかスピードとかそういうのがどんどん畸《き》形《けい》化してって、そのけっか、語られる内容のほうもさらに畸形化していくっていうか」

わたしは大阪弁についてこれまでほとんど考えたことがなかったので、そういうものなのかと思いながら遊佐の話を聞いていた。

「とにかく、わたしはびびったわけよ。わたしもいろんな方言つかう友だちいるけど、外国語と違って方言はしょせん方言にすぎないと思ってるとこあったわけ。でも、わかってなかったね。ああいうのはないわ。何が起きてんのあれ。っていうかああいうのって自分たちでは気づかないわけ?」

べつに気づかない、とわたしは答えた。

「でもさ、さらに思うのはさ、わたしがすっげえな、と思ったその応酬みたいなものがさ、たとえば小説とかさ、書き言葉にしたときに再現できるかっていったらまたそれはべつなわけだよ」遊佐は言った。「大阪弁のネイティヴで大阪弁で書く人もいるじゃん、わたしいくつか読んでみたわけよ、文章になったらどうなってんのかって。でもまあだめなわけよ。あかんわけ。いろいろ読んでみて、ネイティヴであるかどうかっていうのはほとんど関係ないんだってことがよくわかった。じっさいの体と文章の体、つまり文体っていうのはべつものなんだってね。当たりまえだけど、文体ってのは作るもんなんだよ。んでそのときに大事になってくるのが、耳のよさなんだわ」

「耳のよさ」わたしはくりかえした。

「そうそう」遊佐は楽しそうに話をつづけた。「必要なのは、あの応酬を支えてるリズムっていうかバイオリズムっていうか、かたまりが鳴らしてるそのものを聴きとって、それをまったくべつのものに置きかえる技術なわけだよ、で、それっていうのはそのまま耳のよさだってことが言いたいわけ。つまり谷崎」

「谷崎？」わたしは言った。

「そう、谷崎潤一郎」遊佐は目のまえに書かれた文字を丁寧に読みあげるように言った。「つまり『春琴』。『細雪』でも『卍』でも猫でも虫でもなくて、とにかく『春琴』。もちろん谷崎は関西弁のネイティヴでもなんでもない」

「でもあれって、そんな大阪弁っていうか、関西弁やったっけ。台詞んとこだけじゃなかった？」二十代の頃に読んだきりの『春琴抄』はもうほとんどがうろ覚えで、細かいところは思いだせなかったけれど――春琴がいつまでたっても下手くそな佐助をバチでばちばちにしばきあげるシーンはまるでじっさいに自分がおなじことをしたかのような鮮やかさで手に腕に頭にぱっと花ひらくので、たしかにこれは彼女のいうかたまりと関係あるのかもしれないとそんなことを思った。

「だから」と遊佐は笑って言った。「じっさいの大阪弁や関西弁をそのまま書くか書かないかってのは関係ないって話なんじゃん。たとえ全編が標準語で書かれてたって、べつの言語で書かれてたって、わたしの言ってるすごさってのが再現されるってことはじゅうぶんありえる。わたしが言ってる畸形化ってそういうことかも」

「そういうもんか」

「せや、そういうもんやで」と遊佐は下手な大阪弁で笑った。

こんなふうに遊佐はたびたび電話をかけてくるようになった。

彼女からの電話はそろそろ休憩を入れようかというタイミングでかかってくることが多く、わたしたちは週に一回くらいの間隔で話をするようになっていた。夜には後ろで子どもの声がすることもあった。今年、四歳になる彼女の子どもは女の子で、名前はくらというのだと教えてくれた。珍しい名前やなと言うと、遊佐は祖母とおなじ名前にしたのだと言った。彼女も父親のいない家庭で育ち、母親は保険の外交員で家を空けていることが多く、一緒に暮らしていた祖母が母親代わりに育ててくれたのだという。母親は遊佐が二十歳のときに再婚してその人と暮らすようになり、それから祖母が死んでしまうまでの十年間を祖母と遊佐のふたりで暮らした。わたしも祖母とずっと一緒に住んでたんやでと話すと、ふたりの祖母の生まれ年がおなじ一九二四年だということがわかった。お祖母さんの名前はなんていうのと訊かれてカタカナのコミだと答えると、遊佐は感心したように「やばい大正生まれセンスあるな」と笑った。

また、十一月の最後の日曜日には、仙川さんが自宅にわたしと遊佐を呼んで夕食をふるまってくれた。仙川さんのマンションはみるからに高級な造りで、エントランスにはもちろん玄関のポーチにもちょっとした門がついており、室内は二十畳はあるのではないかというリビングに、これまた高級そうな大きなラグが敷かれてあった。

寝室にウォークインクロゼット、家具の趣味も匂いも材質も、当然のことながらわたしの住む部屋とは何から何までが違っていた。ときどき見かけるマンションの広告なんかについてるポエム調のコピーが頭に浮かんだ。仙川さんは最近になって作れるようになったというボルシチをスープ皿によそい、なんとかという有名なところで買ってきたパンを切り、外国のラベルのついたバターを切ってそれぞれの取り皿にのせてくれた。何が入ってるのか最後までわからなかったテリーヌ、珍しいちょっと酸味のあるクリーム、いろんな色とかかたちをした豆のサラダなど、わたしがふだん食べないどころか食べたことのないものばかりがテーブルにならべられ、それらを食べながらわたしたちはあれやこれやと話をした。今日は母親に泊まりで来てもらってるから飲めるわと言って、遊佐はおいしそうにワインを飲んだ。わたしはちびちびとビールを飲みながら、しかし頭のなかではべつのいろんなことが気になっていた。

仙川涼子はこんな広くて高そうな家に本当にひとりで住んでいるのかとか、こんな部屋で暮らそうと思ったら毎月いったいいくらお金が必要なのだろうとか、そもそも出版社の社員の年収ってどれくらいなのかとか。それにこれまで話題に出たことは一度もないけれど、そういえば仙川さんには付きあっている人はいるのかどうか、あるいはいたのかどうか。また、遊佐はどうしてひとりで子どもを育てているのか、子どもの父親はどんな人間なのか、彼女の妊娠と出産はどんなあんばいだったのか。そしてあと少しで五十歳になる仙川涼子は自分が子どもをもたなかったことについて、どんなことを思っているのか。子どもについて、これまでどんなことを考えてきたのか、あるいは考えてこなかったのか——自然な流れでそういう話になればいいのにと思いながら、わたしはふたりの話にあいづちを打っていた。けれど、いつまでたっても話の内容は出版不況とか最近それぞれが読んだ本の話とか仕事にかんすることばかりで、個人的な話にはならなかった。途中、仙川さんがたびたび咳をするので風邪でもひいたのかと訊くと、そんなにひどくはないけれど喘息の持病があるのだと説明した。子どものときは頻繁に出ていたけれど大人になってずいぶんらくになり、けれども仕事でストレスが溜まってくるとものすごくひどくなる。それから話題はクレンズジュースだの代替医療だの健康に移り、そういえば、と遊佐がスマートフォンにダウンロードしたという「寿命予想アプリ」というのを立ちあげて、みんなで試したりした。遊佐とわたしはおなじ九十六歳、仙川さんは六十歳という結果が出てみんなで笑った。「ね、あなたたち小説家が編集者の寿命を縮めるのよ」と仙川さんはいたずらっぽく笑ってワインを飲んだ。

ときどき巻子からも電話がかかってきた。

時刻は午後を少しまわった頃、「いまいける〜」というといういつもの調子で始まり、店に新しく入った女の子の話や、テレビでみた健康法の話、昔一緒に働いていたホステス仲間と十年ぶりにイオンモールでばったり再会したのだが、糖尿病を患って車椅子生活になっていたという話、近所の何々さんが早朝に近所のグランドをウォーキングしていたら老人男性の首吊り死体を発見してしまった話など——巻子はまるで、いま現在目のまえで起きていることを実況しているかのようなテンションでもって、話題をつぎつぎに展開していった。そして、はあ、最近は暗い話ばっかりや、首吊りってなあ夏子、木とかそんなんちゃうんやで。フェンス。普通のフェンスのそんな高くないとこにタオル。タオルで首吊りはるんやで。タオルって首吊るもんちゃうやん顔ふくもんやん、どこでそんな方法勉強するっていうか見つけはるんやろな、なあ夏ちゃん、人はなんのために産まれてくるんやろうな、などと憂えてみせ、そして電話を切るまぎわになると「そうでした夏子はん、今月もお振込みありがとうございました」と少し改まった口調で礼を言った。一冊目の本が出てぽつぽつと原稿依頼が来るようになってから、わたしは毎月一万五千円を巻子に振り込むようになっており、巻子は最初、そんなんええよええよあんたも生活たいへんやねんし、なにゆうてんのと頑《かたく》なに受けとらずにいたけれど、ええやないの、わたしがしたいってゆうてんねんからと引かないでいると、そしたらそれには手をつけんと緑子のために貯めさせてもらってええかなと受けとることになったのだった。緑子がそれを知っているのか知らないのかはわからないけれど、知らないほうがいいのではないかとなんとなく思った。

十二月になり、外に出るときはセーターのうえにコートを着るようになった。歩道のわきに等間隔に植えられた銀杏の樹の幹は濃く黒くなり、風は少しずつ冷たさを増していった。スーパーに入るといちばん目立つ場所に鍋のスープやぽん酢の瓶がならべられるようになり、その隣にまるで山のように積まれた白菜の奇妙な白さを眺めていると、だんだん自分が何を見ているのかがわからなくなっていった。スーパーは夕飯のための食料を求める人々であふれていた。

片手で幼稚園の制服を着た子どもの手をひき、もう片方の手でベビーカーを押しながら食材を選んでいる母親とすれ違った。子どもは母親に懸命に何かを話しかけ、母親はそれに笑顔で答えていた。赤ん坊は眠っているのか、ベビーカーの上の部分は日よけのカバーですっぽりと覆われ、白い靴下を履いた小さな足の先がやわらかそうなタオルケットからはみ出ていた。わたしは自分がベビーカーを押しながら、いろいろを見てまわっているところを想像してみた。子どもと手をつないで野菜や肉について説明したりしている自分を思い浮かべてみた。それから納豆とねぎとにんにくとベーコンを買って外に出た。そのまま部屋に帰る気持ちになれなくて、食材を入れたビニル袋を手にさげたまま、三軒茶屋の駅のあたりをうろうろとした。通りから一本なかに入ると細い路地がつながっていて、スナックや居酒屋や古着屋やなんかの看板があちこちで目についた。そんなふうにあてもなく歩いていると、どこからともなくコインランドリーの、あの洗濯物を大きな乾燥機で乾かすときの熱気の混じった独特の匂いがしはじめた。顔をあげると前方に銭湯らしき建物が見えた。小さなコインランドリーを通りすぎて少し先に銭湯を見つけると、わたしは入り口のまえに立ってみた。アパートからそんなに遠いわけでもないのに、こんなところに銭湯があるなんて知らなかった。三ノ輪にいた頃はときどき銭湯に行くこともあったけれど、こっちに越してきてからは一度も出かけたことはなく、そういえば銭湯に行こうと思いつくことさえなくなってしまっていた。

銭湯の入り口には人の気配はなかった。

外観はみるからに古く、いろんなところがはっきりと傷んでいるのがわかった。それでも湯の匂いだけはしっかりと漂っていた。わたしは色あせたのれんをくぐってなかに入ってみた。男女それぞれに分けられたふたつの木戸、そのあいだの正面の柱には日めくりの小さなカレンダーがかかっており、低い天井の塗装はあちこちが剝がれかかっていた。下駄箱の黄色の札はほとんどついたままになっていて、たたきにも靴は一足も見当たらなかった。わたしはスニーカーを脱いでなかに入った。番台には座っているのに腰がひどく曲がっているのがわかる老婆がいて、わたしのほうをちらりと見ると四百六十円、と小さな声でつぶやいた。

脱衣場には誰もいなかった。もとは白かったのだろうけれど、黄ばんで全体がクリーム色になっている扇風機、台に錆《さび》の浮いた大きな鉄製の体重計、頭がすっぽり入るヘルメット式のドライヤーの椅子のクッションは全体がひび割れ、床にはすりきれたござが敷かれていた。洗面台の横にはこちらも年季の入った籐の椅子が置かれてあり、その脇のテーブルには曇ったガラスの一輪挿しが、まるで誰にも引きとられなかった遺品のようにぽつんと置かれてあった。

わたしが立っているのはどこにでもある銭湯の脱衣場で、ガラス戸を一枚へだてたむこうには浴場があり、そこではしっかりと湯が沸いていて、今はたまたま誰もいないだけで客だってこれからやってくるのだろう。そうなんだろうけれど、でもそこは——わたしがかつて毎日のように通っていた銭湯とは、わたしの知っている銭湯とは、何もかもが違っていた。それは、人の気配があるとかないとか、古いとか古くないとかそういうこととは関係のない違いだった。変化だった。コートを着たまま誰もいない脱衣場の真んなかに立っていると、わたしは肉も皮も削《そ》げ落ちて風化した、大きな生き物の骨のなかに取り残されたような気持ちになった。そして自分自身が、がらんどうのぬけ殻にでもなったような心地がした。それはわたしがこれまで感じたことのない寂寥《せきりょう》感だった。

誰かが何かを誤って死なせてしまうのを為す術もなく黙って見つめているような気分だった。

昔は――あれは本当に昔なのだろうか、みんなで銭湯にかよっていた日々、あれは本当にあったことなのだろうか。コミばあも母親も生きていて、わたしも巻子も子どもで、シャンプーや石鹸をつめた洗面器にタオルをのせて、笑いながら夜道を歩いていったこと。さわれそうな湯気のなかで紅潮した頬。お金も何もなかったけれど、みんながちゃんと生きていて、いろんな言葉を交わしていた日々。言葉にしようなどと考えることもなかった、いろんな感情。湯の匂いのむこうには、いつも女たちがあふれていた。赤ん坊や幼児や老婆やいろんな女たちは裸になり、髪を泡だて、湯に浸かり、その体を温めていた。無数の皺、まっすぐな背中、垂れた乳房、光る肌、まだ生まれたてに近い四肢、濃いしみ薄いしみ、しなやかな肩甲骨の膨らみと――そこにあるいくつもの体は、他愛もないことで笑ったりおしゃべりをしたり、あるいは苛だったり心配ごとを抱えながらその日その日を生きていた、あの女たちはみんな、どこへ行ってしまったんだろう？女たちの体はみんな、どうなってしまったのだろう。みんな、なくなってしまったのかもしれない。コミばあと母みたいに。

靴を履いて外に出た。番台の老婆は軽く頭を動かしただけだった。もう何年も履いているスニーカーは全体が薄汚れて陰鬱で不吉な曇天のような色になっていた。わたしはあてもなくうろうろと歩きまわった。冬のしんとした匂いのなかにどこからともなく肉を焼く煙が混じり、目を強く刺激するような光がところどころで点滅し、すれ違いざまに男たちのわっという低い笑い声が弾けた。わたしはコートの襟をあわせて肩に力を入れ、ビニルの袋を持ち替えた。人々はいろんな速度で歩いていた。いろんな表情をしていろんな服を着て、いろんな音程の声でしゃべりながら、いろんなことを考えたり考えていなかったりしているようにみえた。それから街には無数の文字があった。文字の書かれていない場所はなかった。標識、テナント紹介、店の看板、メニュー、自販機のロゴ、金額、期日、営業時間に、薬の効能。見ようとしなくてもそれらは文字のほうからわたしの目のなかに飛びこんでくるようだった。こめかみにかすかな痛みを感じた。そしてわたしは自分の体が冷えきっていることに気がついた。家を出るときも銭湯から出てきたときも寒さなんて感じなかったのに。ビニル袋を腕にかけ、両手をにぎって確かめてみると、指先は驚くほど冷たくなっていた。コートやその下に着ているセーターの繊維の隙間を埋めつくすように冷気がやってきて皮膚を侵食し、やがて血液に溶けこんで全身をめぐり、わたしをさらに冷たくしていくようだった。

ふと顔をあげると、少し先の——喫煙スペースになっているあたりに人がしゃがみこんでいるような影が見えた。

煙草の煙にまみれながら何人かが灰皿を囲み、そのすぐ隣、ちょうどビルとビルの隙間の暗がりで、何台か自転車が突っこむように放置されているその陰のあたりで、人がうずくまっているようにみえた。喫煙者たちは自分たちのすぐそばにいるはずのその人物を気にかける様子もなく、煙を吐きながら談笑したり、首を折り曲げるようにしてスマートフォンの画面に見入っていた。何をしてるんやろう。まさか子どもじゃないよな。わたしは引きよせられるようにその影に近づいていった。

しゃがんでいたのは男だった。小学生かと思うくらいの小さな体で、もう何ヶ月も何年も洗っていないだろう灰色の髪は脂と埃《ほこり》でぎとぎとに固まっていた。そしてこれいじょう汚れようのないくらいに汚れた作業着に、おなじくらいに汚れた子どもが学校で履くような上履きを履いて背中を丸め、男は地面にむかって何かをぎゅうぎゅうと押しつけているのだった。わたしはさらに近づいて男が何をしているのかを見た。男が押しつけているのは煙草の吸い殻だった。喫煙所に備えつけられた水の入った灰皿からかたまりになった吸い殻を取りだし、細かい格子になった排水溝の鉄の蓋に押しつけて、汁を切っているのだった。手袋も何もつけていない男の手は水に溶けたニコチンやタールに黒く染まり、影のなかでぬらぬらと光ってみえた。男はゆっくりと体重をかけて汁を切っていた。それが終わるとかすかになった吸い殻をさらにゆっくりとした動作でビニル袋がぱんぱんになるまでつめこんで口を縛り、何度かそれをくりかえした。

どれくらいの時間、男を見ていたのかわからない。二分とかそんなだったかもしれない。ふと男が顔をあげてゆっくりとふりかえり、わたしのほうを見た。そして目があった。顔は服や髪とおなじくらいに汚れ、頬は痩せて削られたような陰をつくり、まぶたは洞穴みたいに落ち窪んでいた。口がうっすらとひらいて、ふぞろいな前歯が見えた。夏子、と呼ばれた気がした。夏子、と声がしたような気がした。心臓が音を立てた。みぞおちがはっきりと疼《うず》いた。夏子。わたしは思わず後ずさった。男はふたつの小さな黒い目でわたしをじっと見つめていた。わたしも男から目をそらすことができなかった。夏子、と男はふたたび小さな声でわたしを呼んだ。思いだそうにも記憶のどこにも残っていなかったはずのその声は、一瞬でわたしを過去に引きもどした。潮の匂い。防波堤の石。暗い呼吸のように盛りあがって、砕けつづける硬い波。ビルの狭い階段。錆びついた郵便受け。枕のまわりに積みあげられた週刊誌、洗濯物の山。酔っ払いたちの怒鳴り声。おかんは、と男はさらに小さくかすれた声で言った。わたしはもう一歩後ろに下がった。おかんは、男はまた小さな声でわたしに尋ねた。死んだよもう、とわたしは絞りだすようにして言った。男はわたしが言ってることがうまく理解できないようだった。黒ずんだ顔だけをこちらにむけ、塗りつぶしたような暗い目でわたしをぼんやりと見つめていた。男は小さく痩せ細っており、そこにはもう、どのような力も残ってはいないようにみえた。そのへんの幼稚園児にもかなわないくらいに弱りきっているようにみえた。でもわたしはその男が怖かった。呼吸が浅く荒くなり、鼓動が激しく胸を打った。

おかんが死んだて、男は虚《うつ》ろな目をして言った。そしてかすれた声で言葉をつづけた。おまえは何をしてたんや——何を言われたのかすぐには理解できなかった。何度も瞬きをして気持ちを落ち着かせようとした。おまえは何をしてたんや、男はわたしにむかってそう言った。喉に潰されるような痛みが走った。鼓膜がざくざくと音をたてた。わたしが何をしていたのか？　体が前後にゆれるくらいに鼓動は大きくなり、押し止めようもない怒りが鎖骨のあたりで渦巻いた。まるで体中の血液が沸騰して逆流し、その流れに自分自身が押し流されてしまいそうな怒りだった。あんたは、わたしはそう叫んで男を後ろから突き飛ばしてやりたいと思った。肩をつかんでそこらじゅうを引きずりまわしてやりたいと思った。けれど何もできなかった。何を言うこともできなかった。わたしは男が怖かった。痩せ衰え、腕をふりあげることも大声を出すこともうできないだろうこの無力な男が、それでもわたしは怖かった。わたしはただ黙って男を見ていることしかできなかった。なのに、どういうわけかわたしの手には男の服をつかんで後ろに引き倒した感触がしっかり残っていた。泣きながら何度も肩を殴り、胸を突き飛ばした感覚がたしかに残っていた。いつのまにか固く握りしめていた拳をゆるめることもできなかった。そんなことをしたかったわけじゃない、そうじゃない、この目のまえの男にわたしは何もしていない——わたしは自分にそう言い聞かせて何度も首をふった。するとまた男の口が薄くひらきかけた。注意深く目をこらすと、何で助けたらなんだ、という声が聴こえた。それはさっきに増して弱々しく、わたしの立っているところまでは届きそうもないような萎びた小さな声なのに、まるですぐ耳元で呟かれてるみたいにわたしの頭のなかで生々しく響くのだった。おかん、なんで助けたらなんだ。男はくりかえした。なんで助けへんかったんか、なんで助けへんのか。男の言葉はわたしのなかで変容し、枝わかれし、男の目のまわりが黒くにじみはじめるのがわかった。その液体は何本もの黒い筋になって頬を垂れ、それはやがて致命的なしみのように顔全体に広がっていった。そのとき——急に左側から強い光に照らされて、何かを強くひっかくような甲高い金属音がした。はっとして顔をあげると自転車がぶつかるすれすれのところに止まっており、乗っていた女性は目を丸くして、危ないですよ、と半ば怒鳴るように言い残して去っていった。すぐに視線を戻すと、その小さな男はこちらに背をむけたまま、さっきとおなじ作業をくりかえしているのだった。すぐそばではいくつもの白い煙が浮びあがり、何人かがさっきとおなじように喫煙しているのがみえた。

わたしは目を閉じて、口のなかに溜まった唾を飲みくだした。唇がからからに乾いて痛かった。舐めあわせるとひきつりはさらに強くなるようだった。わたしは足早にその場をぬけ出した。ぶつからないように人を避けて進み、角がやってくると右へ折れ、それを何度かくりかえした。そして最初に目についた店のドアを見つけると体を押しこむようにしてなかに入った。

コートを着たままじっと座っていても、なかなか体は温まらなかった。なのにわたしは氷の入った水を一気に飲み干し、お代わりをお願いした。店は細長い造りをしていて、手前がカフェのスペースになっており、奥のほうでは洋服とか小物の販売をしているみたいだった。壁には黒いロックティーシャツが何枚か掛けられており、そういえば古着屋特有のあの甘ったるいような埃の匂いがした。どこにあるのかわからないスピーカーからはニルヴァーナが流れていた。タイトルは思いだせないけど、かかっているのは『ネヴァーマインド』の三曲目だった。グレーの古着のパーカーを着て両耳にびっしりピアスをつけた若い女の子の店員が注文をとりにやってきて、わたしはホットコーヒーを頼んだ。両方の手の甲にまるで子どもが描いたみたいなアンバランスな星のタトゥーが入れてあった。そして誰だったか、暑い国の飲み物や食べ物は温かい物でも体を冷やすようにできていると言っていたことを思いだした。わたしだってコーヒーなんか飲みたくなかった。でもほかに何を頼んでいいのかわからなかった。

さっきから唇が焼けるように痛かった。指先でさわるとところどころ皮がめくれているのがわかった。リップクリームが欲しかった。唇のささくれたところをぐりぐりやってそのまま顔じゅうを塗り潰してしまいたいくらい唇は痛かった。さっきのピアスと星の店員にリップクリームをもっていないかと訊きたいくらいだった。でももちろんそんなことは訊けなかった。古着屋にリップは売っていないし、リップはひとりに一個と決まっているのだ。カート・コバーンのいつまでたっても繊細な歌声を聴いていると、唇のひりひりはどんどんひどくなっていくような気がした。でも、それでもいいような気がした。唇が痛いのがいったいなんなんだろうとそんなことも思った。唇が痛いということはいったい何が痛いことになる？　そしてわたしは成瀬くんのことを思いだした。十代の終わり頃、べつにパンクやグランジがとくに好きなわけではなかったけれど、ふたりでこのアルバムばかりを聴いている時期があったのだ。わたしたちが聴くようになる少しまえにカート・コバーンが死んだのを知ったけど、でもそのときのわたしたちにはぴんとこなかった。好きな音楽家はたいてい死んでいるものだったからだ。曲は「リチウム」になった。「頭のなかで友だちに会ったから、今日は幸せ」カート・コバーンは二十年まえとおなじように歌っていた。いや、おなじように、というのは間違ってるなとわたしは思った。ぜんぶが完全におなじなのだ。死んだ人間や残された情報は、どんな変化もしたりしない。彼らはそれに耳を傾ける人間がただのひとりもいなくなるそのときまで、おなじ場所でおなじことを叫びつづけているだけなのだ。彼が死んだとき、彼の娘はまだ赤ん坊で読み書きを教えられないで育ったとどこかで話しているのを読んだ気がする。銃で頭を撃ち砕いて死んだ、永遠に若くて憂鬱な父親がいるというのはいったいどういう気持ちがするものなのだろう。

コーヒーはいつまでたっても熱かった。口に含んで少しずつ喉に流しこんでも、気持ちが落ち着いてくる気配はなかった。寒さだけはいくぶんましになってきたので、わたしはコートを脱いでまるめて横に置き、胸のなかに溜まった息を吐いた。唇はさらに加速するようにじんじんと疼いていた。さっきの喫煙所の場面が甦《よみがえ》りそうになるたびに、小さく首をふって目をつむった。わたしは架空の真っ白な布を思い浮かべた。それを架空の右手の指先に巻きつけ、そして架空の頭の内側を隅々までふいてゆくところを想像した。段になっているところも、亀裂があるところもぼこぼこと膨らんでいるところも、細かく念入りに磨いていった。唾を飲みこみながら、わたしはひたすら指先を動かしつづけた。けれどいつまでたってもその架空の布には何かしらの痕がついていた。頭の内側はいつまでたってもきれいにはならず、完全にぬぐいさることは難しいみたいだった。ソーサーに置かれた角砂糖をつまんでかじってみた。舐めても舐めなくてもおなじような、どこにでもある甘さが舌のうえに広がった。それはまるではりぼてみたいな甘さだった。

ふと巻子に電話してみようと思った。話すことは何もなかったけど、なんでもいいから巻子と話がしたいと思ったのだ。でも今日は平日で、巻子はもう仕事に出ている時間だった。緑子はどうしてるやろう。このあいだラインのやりとりしたのはいつだったろう。春山くんと一緒にいるのか、それともバイトをしている時間帯だろうか。わたしは電話を取りだして緑子にラインしてみようと思ったけれど、少し迷ってやめた。

メールをチェックすると、いくつかの新聞社からのメールマガジンが届いていた。そのなかに紺野さんからのメールが混じっていた。先月もらったメールには返信して年内に会おうということにはなっていたけれど、そこから詳細を何も決めていなかった。わたしは指先から何かを逃がしつづけるように新聞社からのメールをひらいてすばやくスクロールし、記事の見出しや紹介や、キャンペーン広告なんかをどんどん目に入れていった。何も考えないで画面に現れる文字をただ読んでいった。今日もまた世界ではいろいろなことが起きていた。トランプの大統領選勝利からひと月がたっても世界中の人々の衝撃は冷めやらず、日本でも多くの識者がさまざまな分析を試み、さまざまな文章を寄せていた。ストックホルムで行われたノーベル賞の授賞式の様子がレポートされていた。それらの記事のなかにときどき定期購読を促す広告が挟まり、そのあとにはコラムやおすすめ記事などがつづいていた。人生を無駄にしない怒りかた〜アンガーコントロールって？　ノロウイルス感染症予防、家庭でもできる対処法。つぎに、イベントや催しの紹介があった。資産活用のセミナーがあり、著名なエッセイストを迎えた女性限定のトークイベントがあり、写真展があった。そしてつぎのタイトルで指が止まった。眉に力が入り、大きく目がみひらいた。そこには「あたらしい『親と子』、そして『いのち』のみらい——精子提供（ＡＩＤ）について考える」とあった。

その見出しの下には、イベントの概要が示されていた。

「日本では六十年以上もまえから不妊治療として実施されてきた精子提供（ＡＩＤ）。これまでに一万人以上の人たちが誕生していると言われていますが、法整備もふくめ、じゅうぶんな議論がなされてきませんでした。今後ますます発展する技術と、多様化する価値観。第三者の関わる生殖医療は、いったい誰のためのものなのか。わたしたちがいま、本当に考えるべきことは何なのか。当事者としてこの問題に取り組んでいる逢沢《あいざわ》潤《じゅん》氏をお迎えして、『親と子』、そして『いのち』はどうあるべきかについて、語りあいたいと思います」

逢沢潤――その名前には、どこかで見覚えがあるような気がした。どこで？　どこで見た？　その漢字の三つのならびを、わたしはたしかにどこかで見ていた。知っている。この名前を知ってる。逢沢潤って誰やった？　わたしはスマートフォンをテーブルに伏せ、かじりかけの角砂糖をじっと見た。そして逢沢潤という文字を、頭のなかで何度も再生してみた。精子提供、当事者、逢沢潤――そのとき、こちらに背をむけてまっすぐに立っている男の人の姿が目に浮かんだ。

「身長は百八十センチと大きめで、はっきりした二重まぶたの母とは違って、一重まぶた、子どもの頃から長距離走が得意です」――あの人だ。「一重まぶた、そして長距離走が得意なかた、現在は五十七歳くらいから六十五歳くらいのかたです。心当たりのあるかたは、いらっしゃいませんか」――あの本だった。数ヶ月まえに読んだ、精子提供で産まれてきた人たちのインタビューをまとめたあの本のなかで、彼の名前を知ったのだ。わたしは、はっきりと思いだした。特徴ともいえないような、本当にささやかな手がかりだけで長いあいだ父親を探してきたという、あの人だ。わたしは詳細のリンクに飛んで日時と場所を確認し、その画面をカメラロールに保存した。

12　楽しいクリスマス

その会場は、自由が丘駅から歩いて数分のところにある、こぢんまりとした商業ビルの三階にあった。大きめの会議室のようなシンプルな部屋で、中央にすえられたホワイトボードのまえに椅子がひとつと、その脇の木製の小さなテーブルのうえにぽつんとマイクが置かれていた。そこを中心にしてパイプ椅子が扇状にならべられ、十五分まえにわたしが着いたときには、六十席くらい用意されたうちの八割くらいが埋まっていた。わたしはいちばん後ろの列の端の席にトートバッグを置いて、それからトイレに行った。戻ってくるとわたしの隣には女の人が座っていて、目があうと軽く会釈をしあった。それとなく部屋を見まわすと、わたしは入り口で手にとったちらしに目をやった。おおまかな流れとしては、前半に逢沢さんの話があり、そして後半は参加者も交えてのディスカッションが予定されていた。

しばらくすると、ひとめで逢沢潤だとわかる人物が入ってきた。

背が高く、ベージュのチノパンに丸首の黒いセーターを着て、手には何ももっていなかった。軽く頭を下げながら椅子に座ると、目にかかった前髪を指先で左右に分けて、それから何度かまぶたをこすった。本人が特徴として挙げていたとおり、横に広い切れ長の一重まぶただった。そしてマイクを手にとると、こんにちは、と挨拶した。

テニス選手みたいな髪型、とわたしは反射的に思った。センターわけで、耳のあたりでそろえられたごく普通の髪型のどこがテニス選手を想起させるのかうまく説明できないけれど、なぜだかわたしはそう思った。前髪のはえぎわというかちょっとした立ちあがりかたがそう思わせるんだろうか。逢沢潤はマイクの音量を気にしながら今日来てもらったことについて礼を言った。声は高くも低くもなく、これといった特徴はなかったけれど、その話しかたにはどこか印象に残るものがあった。滑舌もいいし、よく通る声なんだけれども、全体的にゆっくりしていて独特の間のようなものがあるせいか、誰かの独りごとを聞いているようなそんな感じがした。誰もいない部屋のはしっこでぬり絵でもしてるみたいな話しかた、とわたしは思った。

逢沢潤の話は、彼自身の体験談からはじまった。

逢沢潤は一九七八年に栃木県に生まれ、逢沢潤が十五歳のときに五十四歳で父親が死んだ。そのあと大学進学のために家を出るまで、そのまま亡くなった父方の祖母と母との三人で暮らしたが、三十歳になったある日、顔をあわせた祖母から「おまえは血のつながった孫ではない」と知らされる。母親に確認したところ、じつは東京の大学病院でAID治療を受けて妊娠、出産した子どもであったことを告白された。その後、じつの父親を探すために手を尽くしたけれど、今日まで不明のままである。

それから話題は、AIDの現在についてに移った。

たとえばアメリカなどでは、AIDで産まれた子どもたちが出自を知りたいと思ったときに利用できるシステムができあがりつつあるけれど、日本ではAIDじたいがほとんど周知されていない。これまで一万五千人とも二万人ともいわれる数の子どもたちが産まれているはずなのに、認識されている数字的には、ほぼ存在しないことになっている。子どもたちにきちんと説明する親というのはほとんどおらず、偶然に出自を知ってしまうのが多くのパターンであること。そして、こうした重要なできごとを説明したり伝えたりすることをテリングと言い、本当ならテリングが行われるのは、家族みんながそろって幸福な時間を過ごしているときなどになされるのが理想の条件であるのに、現実には、親が危篤の状態である場合や死別した機会であることが多く、そのことも当事者に大きな影響を与えていること。そして、出自を知ってから募りつづける騙されていたという不信感と怒り。自分が人間からできたのではなく、ものからできたのだという感覚。AIDで産まれた多くの人たちが、このような苦しみを抱えている。

「これまでのAID治療は、そしてそれを選択した親たちは、産まれてくる子どもたちが将来、自分の出自についてどう思うのかを、想像してきませんでした」

ひととおりを話し終えると、逢沢潤は言った。

「そして提供者の多くもまた、深くを考えることなく、たとえば大学病院などでは医学生たちが上司に言われるままに、ほとんど献血でもするみたいな感覚で、精子を提供してきました。幸いなことに――もちろん法的な改善にはほど遠いのですが、最近は子どもたちの出自を知る権利について無視できない部分も出てきているようで、AID治療から撤退する病院も増えています。その結果、僕をふくめた当事者たちに、もういろいろ言うのをやめてくれ、AID治療をする病院が少なくなると不妊治療ができなくなる、子どもがもてなくなる、余計なことをしないでくれというようなご意見も、たくさんいただくようになっています。

でも、何よりも、子どもたちのことを考えるべきではないでしょうか。妊娠して出産することが、ゴールではないと思います。そのあとに、子どもの人生はつづきます。そして子どもたちには必ず自分がどこから来たのかを知りたいと思うときがきます。誰と誰のあいだに産まれたのかを知りたいと思うときがきます。自分の出自について知りたいと思ったとき、必ず知ることができるように。せめてそれだけは提案しつづけたいと思います」

逢沢潤の話が終わると少しの休憩が入り、それからほどなくディスカッションがはじまった。最初は誰も口火を切らず、なんとも言えない沈黙が流れていたけれど、少しするとひとりの女性が小さく手をあげた。入り口のあたりに座っていた小柄な女性がマイクを渡すと、会釈してから自分の思いを話しはじめた。けれどそれは議論に発展するような話ではなく、自分が長くつづけてきている不妊治療のつらさについてであり、夫の協力が得られず現時点では男性不妊かどうかもわからない、この先どうしていいのかわからない、というようなものだった。女性の話がなんとなく終わったような感じになると、参加者たちからぱらぱらと拍手が起こった。

つぎにべつの女性が手をあげた。やはりおなじような内容で、不妊の原因はおそらく夫にあり、自分としてはやはり子どもを産みたいのでＡＩＤに興味があるのだが、そのことを伝えられないでいる、というようなものだった。またつぎの女性が手をあげた。女性は黒い髪を後ろでひとくくりにして木目調の大きなバレッタで前髪を留め、鈹のよったグレーのジャケットをはおっていた。マイクを受けとると、ぽんぽんと叩いてスイッチが入っていることを確かめた。

「親になるということは」彼女は喉のつっかえを払うように、大きな咳をした。「――親になるっていうことは、自分のいっさいを顧みずに、子どもの幸せを優先して願うことです。それが資格なんです。でもＡＩＤなる技術は、いまお話があったように百パーセント、親のエゴじゃないですか。本来、子どもを授かるのは自然の摂理であるはずなんです。医者たちもエゴ、いのちの大切さなんて二のつぎで、正直いってこんなの、実験ですよね。自分たちの力を試したいっていうか、ここまでできるんだっていう。なのでわたしは反対ですね。いまだと借り腹っていうんですか、お金さえだせば、貧しい女性のからだをつかって子どもを産ませることもできるようになっていて。こんなの搾取じゃないですか。こんなのは治療じゃない、おかしなことなんだって、はっきり誰かが言うべきだと、わたしは思います」

女性は少し興奮したように、がたっと音を立てて椅子に座った。さっきよりは少しためらいが感じられる拍手がぱらぱらと起きた。わたしは女性に、親のエゴでない出産があるのかどうか質問してみようかと思ったけれどやめておいた。逢沢潤はきちんと椅子に座って指先を組んだ手を膝のうえに置き、彼女の話にあいづちを打つように肯いていた。けれど、どこか心ここにあらずというか話を聞いていないというか、なにかまったくべつのことでも考えているようにみえた。

「あの」と、またべつの女性が手をあげた。丸顔の女の人だった。紺色のワンピースに薄い黄色のセーターを肩にかけ、髪はきれいにカールされていた。同世代にもみえたし十歳年上だと言われてもそうかと思うような年齢不詳な容貌をしていた。両方の手首にパワーストーンの数珠を何重にも巻いているのが見えた。

「想像力が大事だって、そう思うんです」

彼女は笑顔で、参加者のひとりひとりにまるで自作のポエムでも読みあげるように語りはじめた。

「ＡＩＤで産まれてきた子に、もし障害があったなら。子どもが成長していく過程で、家族と思ったような関係が築けなかったなら。

将来、夫婦が別れずにいるかどうかもわからないし、もしそうなったとき、ＡＩＤで産まれてきた子どもはどうするのでしょう。

親としての自覚が、どこまであるのでしょう。

ＡＩＤを検討しているかたには、そのあたりをよく考えてほしいと思います。そして……産まれてくる命というものは、この世に、なんらかの縁があって産まれてくるものなんですね。

やっぱりどこからか神さまはちゃんとご覧になっているんです。おみとおしなんです。覚悟のある、ちゃんとした夫婦やご家庭に、子どもをお授けになるんです。家族がいちばん、大事なんです。

愛情と責任ある環境で育つこと。ＡＩＤという特殊な治療であれ、子どもはすべて……どんな命でも、命です。わたしは命を、否定はしません。ありがとうございます」

女性はそう言うと顔のまえで両手をそっとあわせて、満面の笑みでもって参加者にむかって頭を下げた。参加者からはさっきとおなじような拍手が聴こえた。そしてつぎの瞬間――はっきりと後悔したけれど遅かった。わたしは反射的に手をあげており、マイクをもった女性がこちらにやってきた。

「いまおっしゃったことなんですが、どれもべつにAIDを希望する人に限ったことではないですよね」わたしは言った。「たとえば、子どもに障害があったらとか、家族とちゃんと関係が結べなかったらとか。あと、夫婦が別れずにどうとか。そんなことAIDに限らないでしょう？　どんな親でも考えるべきことなんじゃないですか？　あと神さま？　神さまとかおっしゃってましたけど、ちゃんとした家族とか家庭、あと覚悟がある夫婦のところにその神さまが子どもを授けるとおっしゃってましたが、その考えはちょっと雑すぎませんか。ちゃんとした家庭とか家族ってなんですか？　たとえばその神さまに子どもを授けてもらったちゃんとした家庭で、どうして虐待が起こるんですか。どうして親に殺される子どもがいるんですか」

そこでわたしは自分の声が大きくなっていることに気がついた。

みんながちらちらとわたしを見ていた。わたしは自分がこんなことをこんな場所でわざわざ言ってしまったことが信じられず、自分の鼓動の大きさで会場がゆれて感じられるほどだった。急激に顔が熱くなり、気持ちを落ち着けようと自分の膝をじっと見ていた。女性がやってきたのでマイクを返した。

頭のなかで腹を立てたりぶつぶつ考えるのはいつものことだけれど、それをこんなふうに知らない人たちにむかって発言するなんて考えられなかった。もともとわたしにそういう傾向があったことはたしかだけれど、でもそんなのは十代とか二十代とか、もう思いだせないくらいはるか昔のことだったのに。わたしの胸は痛いくらいに脈打ち、耳の裏まで熱くなっていた。指先はかすかに震えていた。するとさっきの女性が少し離れた席で座ったまま、わたしを覗きこむようにして「でも虐待とかそういうのは、子どもの試練でもあるからね」と独りごとのように小さく言った。試練という言葉に反応して、思わず顔をあげたけれど、わたしはそれには答えなかった。そのやりとりに逢沢潤は何度か肯いてみせるだけで、わたしの意見にもやはりとくに感想を言うことなく、戻ってきたマイクを手にとると「どうでしょうか、ほかにお話しされるかたはいませんか」と言った。

ディスカッションという名目の感想発表会が終わると、一応それで会はおひらきということになり、半分くらいの人たちは会場を出てゆき、残りはそれぞれが小さく集まって歓談しはじめた。わたしはなんとか気持ちを落ち着かせたくて、椅子に座ったまま電話でメールをチェックしているふりをした。まだ顔が熱かった。でも頭のなかはさっきのことでいっぱいだった。

どう考えても、自分の世界観や気持ちを話しているだけの人にむかって、突っこみというか自分がどう考えているかを言う必要なんてまったくなかったし、そのことについてはやめておけばよかったと後悔はしたけれど、でも間違ったことを言ったつもりはなかったし、今になっても、あの女性の言ったことにわたしは憤りを隠せなかった。それどころか、もうこれいじょう考えまいとしても、さっきのやりとりが頭のなかで何度も勝手に再現されて、さらに女性の発言の細かいところが思いだされて苛々は募るばかりだった。

ちらりと女性のほうを見ると、何人かの女性に囲まれて楽しそうに談笑しているのが見えた。ときおり笑い声もあがり、わたしのことも、さっきのやりとりもまるで気にしていないようだった。なんやねやろとわたしは思った。この会ってどういう会なんやろ。もちろん発言したのは数人だったし、参加者がそれぞれどういう立場の人たちなのかはわからないけれど、ＡＩＤについて考える、というよりは、そもそも最初からこんなのは認めないという空気ができあがっていたような感じがした。もちろん、当事者であり最初に話をした逢沢潤その人にそういう気持ちがあるのだから全体のムードがそうなるのは自然な流れだし、それはインタビュー集を読んで、わたしもわかっていることだった。でもなんだろうか、なにかが、どこかが、空疎な感じがした。

会場から出てエレベーターを待っていると、人の気配がした。逢沢潤だった。すぐ隣にならぶと逢沢潤は想像以上に背が高くみえた。考えてみれば、成瀬くんは百六十三センチのわたしと数センチしか変わらない身長だったし、はっきりと背が高いと思う男の人をこんなにすぐそばで見たのはほとんど初めてのような気がした。

逢沢潤は黒いコットンのトートバッグを手にもっていた。主催者というか会のメインの人なのに、参加者たちよりも早く帰るんだなとちょっと意外に思った。目があったので会釈をすると、逢沢潤も軽く会釈を返した。さっきのやりとりのことでなにか話しかけられるかと思ったけれど、逢沢潤からは何も言わなかった。エレベーターは九階で止まったまま、なかなか降りてこなかった。わたしは思いきって話しかけてみた。

「今日、はじめて参加したんですけれど」

「さっき、最後にお話ししてくださった」逢沢潤は言った。「どうもありがとうございました」

「なんか場違いなこと言ったかもしれなくて、すみません」

「そんなことないですよ」

そこで話がとぎれた。エレベーターはまだ九階に止まったままだった。

「逢沢さんは」とわたしは言った。「よくこういう会をひらかれてるんですか?」

「僕が、というわけではないですが」

逢沢さんはバッグからちらしをとりだし、よかったら、と言ってわたしに手渡した。ちらしの右上に小さなクリップで名刺が留められていた。ごく普通の名刺紙のうえに、逢沢潤、『AIDを当事者から考える会』とあり、電話番号はなく、メールアドレスとサイトのURLが記載されていた。

「AIDの当事者たちが集まって活動してるんです。そのちらし、年明けにシンポジウムがあるんです。専門家と医療関係者と、それと僕たちの代表――というとあれですけど、会の発起人が登壇してやります。もしよかったら」

逢沢さんはとくに興味のない種類の本棚に差された背表紙でも読みあげていくように、淡々と説明した。

「逢沢さんも出るんですか」

「いえ、僕はいつも基本的に事務方です」

「インタビューの本を読みました」わたしは言った。

「ありがとうございます」逢沢さんは軽く頭を下げ、ごく形式的に礼を言った。そしてエレベーターのランプに目をやったまま、左手から右手にバッグを持ち替えた。エレベーターが動きだし、八階に移動した。ランプが降りてくるのを見ていると、急に何かに急《せ》きたてられているような気持ちになり、鼓動が速まるのを感じた。ランプが四階を示したときに、あの、とわたしは声を出した。

「AIDを、やろうと思ってるんです」とわたしは言った。「結婚もしてないし、相手もいないんですけど、だから最初からシングルマザーってことになるんですけど、AIDをしようと思ってるんです」

到着したエレベーターには誰も乗っていなかった。わたしたちは黙ったまま乗りこみ、逢沢さんが一階のボタンを押した。エレベーターはすぐに地上に着いた。扉がひらくと逢沢潤がボタンを押したまま、先にどうぞという合図をした。

「なんか、いきなりすみませんでした」とわたしは言った。

「いいえ、そういう会なので」と逢沢さんは首をふった。それから少しの間を置いて言った。「おひとりということは、海外ですか？」

ヴィルコメンのサイトから、というフレーズがとっさに頭に浮かんだけれど、言うことができなかった。なんと答えてよいのかわからずわたしが黙っていると、着信があったのか、逢沢さんはズボンのポケットからスマートフォンを取りだしてちらりと画面を見、それからバッグに戻した。

「うまくいくといいですね」

そう言うと逢沢さんは歩きだし、ひとつめの角を曲がると消えていった。

十二月の澄んだ空気のなかを、わたしは駅にむかって歩いた。時計を見ると三時半を少しまわったところだった。道路のはしっこには黄色とか茶色とか赤が入り混じった枯れ葉が積もり、ときどき吹く風にふわりと舞った。空気も風も冬らしく冷たかったけれど、日差しは暖かかった。

自由が丘に来るのは初めてだった。日曜日のせいか遊歩道にはあふれかえるくらいにたくさんの人たちがいて、ベンチに座って何かを食べていたり、子どもを遊ばせていたり、見たこともないような大型犬を散歩させていたり、歩道に面したたくさんの店に出たり入ったりしていた。ベビーカーも多かった。最初はすれ違いざまに台数をかぞえていたけれど、七を超えたところでやめてしまった。どこからかクレープの焼ける甘い匂いが漂った。笑い声がかさなり、母親が小さな子どもの名前を強く呼ぶのが聴こえた。

歩いていくと大きなクリスマスツリーが見え、取り囲むようにして立った人たちがスマートフォンを掲げ、写真を撮っていた。筒みたいなしっかりしたレンズのついた本格的なカメラで撮影をしている人もいた。木にはたっぷりと電飾がつけられ、昼間なのにあちこちが黄色く光ってみえた。それで今日がクリスマスだということに気がついた。背中のほうからわあっと歓声があがったのでふりかえると、白いタイツを穿いてバレエのヘアスタイルにした小学生くらいの女の子たちが楽しそうにふざけあっていた。クリスマスまでバレエをするんだな、とそんなことを思った。

踏切を渡って駅前に出ると、最初に目についたベンチに座った。ロータリーにはバスやタクシーがゆっくりと旋回するように流れこみ、はすむかいの店ではクリスマスケーキが積まれたワゴンのそばで、サンタクロースのかっこうをした男女の店員が呼びこみをやっていた。わたしは逢沢さんからもらったちらしを取りだし、留めてあった名刺をしばらく眺めたあと、財布の奥に入れた。それから、ちらしを読んだ。シンポジウムは来年、つまり来月の二十九日に新宿の＊＊センターで行われると書いてあった。逢沢さんが言ったとおり専門家や大学の研究者、不妊治療にかかわる医師など何人かの登壇者の名前があった。入場は無料。定員は二百人。その下に主催者、会場の場所と電話番号、各種申込み方法が記載されてあった。

わたしはちらしをふたつ折りにしてバッグにしまい、駅の改札に出入りするたくさんの人々の動きを見るともなく眺めていた。それからもってきていたインタビュー集を取りだしてページをめくった。通しで読んだのは二度で、ふと思いたってめくったところから読むということをもう何度かくりかえしていた。当たりまえだけれど、いつ読んでもそこではじっさいにＡＩＤで産まれてきた人たちの体験と苦しさと葛藤が語られていた。文章に何度ふれても、最初に読んだときと変わらない切実さがひしひしと伝わってきた。

普通に考えて、とわたしは思った。わたしがやろうとしてることはあかんことなんやろう。わたしはそう思った。そのあかんさの最大の原因、つまり、ＡＩＤで産まれてきた人たちがいちばんつらいこととしてあげているのは、長いあいだ本当のことを教えてもらえず、ずっと騙されていたという事実だった。親の病気とか偶然に近い出来事である日とつぜんに知らされてしまう。これまでの人生が嘘だったということに衝撃を受ける。信じていたものがぜんぶ、自分の基盤が足もとから崩壊してしまう。

でも、とわたしは思った。わたしは、そんなことはしない。もしＡＩＤを受けて妊娠し、子どもが産まれてきたら、わたしはすべてを包み隠さず伝えるだろうと思った。最初はたしかに、知らない相手の精子を体内に入れることじたいあり得ないことだと思ったし、ましてやそんなふうに妊娠して子どもを出産するというのはまったく現実的でなかった。そんなことはどう考えても無理だろうと思っていた。でも、いろいろなことを調べるうちに、時間がたつうちに、それってほんとうに特殊なことなのか、と思うようになっていった。

たとえばいま現在、誰であれよく知らない人とセックスすることは、そんなに珍しいことではないだろう。よく知らない出会ったばかりの相手の性器をみんなわりとカジュアルに自分の性器に入れたりしているではないか。故意に避妊をしない男なんか山ほどいるだろうし、慎重に事に及んでも、そんなの体液が漏れることだってあるだろう。二度と会わない素性のまったくわからない相手の子どもを偶然に妊娠して出産する人だっているだろう。それが良いとか悪いとか常識的かどうか、そんなことはべつにして、そう考えるとこれって言うほど特殊なことでもないんじゃないか。

過去にナンパだの出会い系だのセックスフレンドだののわりにセックスをカジュアルに考えて実行してきた男たちなんか、基本的にそうじゃないのか。自分の知らないところに、自分の子どもは絶対に存在しない、そう断言できる男がいったい何人いるだろう。そうなのだ、最初から父親が誰かわからないパターンなんて、じつはいくらでもあるんじゃないか。自分の親とかルーツを辿れない子どもはAIDに限らずこれまでもたくさんいたし、養子だってそうとはいえないだろうか。赤ちゃんポストだってそうだろう。そして、そうやって産まれて成長してきた子どもたちみんながみんな、不幸であるとは限らないのではないか。じっさいにアメリカで出版された当事者たちの声を集めた本のなかには、レズビアンカップルの娘としてAIDで産まれてきたことを誇りに思うと語っている女の子もいたし、何ら問題だと思わない、なぜなら僕にとってはこれが自然なことだから、と答えている男の子もいた。もちろん欧米では第三者の精子や卵子で産まれてきた子どもたち同士のつながりとか、知ろうと思えばドナーにアクセスする方法やネットワークも確立されつつあるから単純に比較はできないけれど、でも、自分の出自をポジティブにとらえている子どもがたくさんいるのは事実なのだ。

　問題は、とわたしは思った。嘘をついて騙すことなんではないか。仮に、わたしがヴィルコメンで「非匿名のドナー」を選べば、将来、子どもが希望すればコンタクトをとることだって基本的には可能なのだ。まだ小さいときには「わたしはひとりであんたを産むって決めたから、デンマークからいのちの素の半分を送ってもらったんや」。大きくなってからは、なぜこの方法を選んだかについてもっと詳しく話してきかせる。それではあかんやろか。どうやろうか。

もし、自分がそうだったら。たとえばわたしの父が、本当の父でなかったとしたら。父親は誰かわからず、そういう方法であんたを授かって、それで産まれたんやでと言われたら。そしてそのことがきちんと最初から伝えられていたとしたら――このもしもはあまりにもしもすぎて、もしもの意味がないくらいのもしもだけれど、でも、驚きはするだろうけれど、わたしの場合、あくまでわたしの場合だけれど――心のどこかではっとする気持ちが、少しでもないだろうか。どうだろうか、わからない。

つまり、とわたしは思った。結局のところ、産まれてみなければその子が何をどのように感じるかなどわからないのかもしれない。であるなら、わたしは産まれてくる子どもが産まれてきたことを幸せに思えるように、最大限に努力する。これでよいのではないだろうか。これしか、できないのではないだろうか。そしてもうひとつ、わたしの定期預金口座には――現在、七百二十五万円が入っている。印税には何があっても手をつけけずに大事にそのままにしてきたのだ。わたしは家の財布に多くて数千円しか入っていないない、文字通りその日暮らしの家庭に産まれて育ってきた。借金はあっても貯金なんかゼロ。まったくなし。電気やガスが止まることもしばしばだった。それにくらべれば、わたしの現在はどれだけの安心であるだろう。もっと言えば、普通の三十代後半の家庭で七百万円の貯蓄があるところってそんなに多くはないのではないか。親子二人が慎ましく暮らせるだけの収入も、日々節約を心がければなんとか確保できるという自信もある。病気になるかも、事故に遭うかも、身寄りがないかも――不安は尽きないし考えだせばきりがないけれど、しかしこれは普通の夫婦でも、離婚してシングルになった親でも、最初からシングルの親でも、生きていくうえではおなじなんではないか。

すぐ目のまえを、若い男女のカップルが楽しそうに笑いながら通りすぎていった。そろいの革ジャンを着た夫婦がベビーカーを押しながら、コーヒーを片手にこちらも楽しそうに歩いていった。

クリスマスだったな、とわたしは思った。ただ座っていただけだけど、なんだか手足にうまく力が入らなかった。頭のなかで考えられることを総動員して自分を鼓舞してはみても、じっさいのわたしはベンチから一歩も動かないで、幸せそうに笑う人々が行き来するのをこうしてぼんやり眺めているだけだった。うまくいくといいですね――わたしは別れぎわに逢沢さんに言われた言葉を思いだしていた。そのときにこちらを見たときの目の表情や、声のトーンなんかの細かいところまでを思いだしてみた。うまくいくといいですね。それは皮肉ですらない、無関係で無関心な人間にたいするまったく無意味なリアクションだったことはわかっているけれど、なぜだかそのやりとりともいえない一瞬の出来事をうまく頭から振り払うことができなかった。

わたしから街や人は見えるけど、どこからもわたしは見えないような気がした。そしてそのふたつのあいだにはっきりとした太い線を引くように電車の通過する轟音が響いた。体が冷えはじめていた。

電車を乗り継いで三軒茶屋に着くと、駅前には一ヶ月まえくらいからとりつけられていた電飾が変わらず点滅しているだけで、こちらはあまりクリスマスという感じはしなかった。車はクラクションを鳴らしながら一定の速度で幹線道路を行き来し、人々はみんな忙《せわ》しなく動きまわっていた。街も人もそれどころではないようだった。

もう長いあいだクリスマスなんかしてへんなと思いながら、わたしはアパートまでの道を歩いた。もうずいぶん昔のことだけれど、成瀬くんとは何年にもわたってクリスマスを過ごしたはずなのに、一緒にクリスマスケーキを食べたことがあるかどうかすら思いだせなかった。何かを贈りあったことってあったやろうか。それだってもうよく思いだせなかった。

わたしがクリスマスといっていちばんに思いだす、というか思いだせるのは、わたしたちが働いていたスナックの天井にひしめく風船だ。どんな店でも年末年始は書き入れどきで、毎年クリスマスあたりの三日間は店のなかをホステス総動員で飾りつけたものだった。何年間もずっと使いまわしてるものだから全体的に埃とか油でべとついてはいたけれど、そんなに大きくないクリスマスツリーなんかも一応だして、それっぽく演出するのだ。そして、カラオケの三曲サービスに、銀の紙皿に冷たい鶏肉なんかをのせたオードブル的なものを出して、ふだんの飲み代にプラス二千五百円のパーティー料金を取るのだ（わたしが画用紙を切って書いてそのチケットを作成していた）。

その料金のなかにはゲームがひとつ含まれていて、それが「風船割り」だった。こちらも昼からホステス総動員で、くじの入った風船をひとつひとつ膨らませて、天井が埋まっていっぱいになるまで押しピンでくっつけていく。ぜんぶで何個くらいだったかは覚えていないけれど、およそ人が人生で膨らますだろう数は超える数の風船をわたしたちはえんえん膨らましつづけ、最初はあれこれおしゃべりできる余裕もあるけれど、二時間くらいやってると頬の筋肉が軽く痙攣《けいれん》するくらいに疲れ果て、誰もしゃべらなくなるのだった。

くじにはカラオケ十曲無料券とか飲み放題券とか、そのほかぱっとしない景品とか番号が書かれていたけれど、一等には有馬温泉のペア宿泊券が入っているということになっており、気分良く酒に酔って頬を紅潮させた客たちは、先端に針をつけた棒をにぎりしめ、顔をあげて腕を伸ばし、風船をぱんぱん割っていった。いま思うと、いくら三十年近くまえとはいえ大の大人が風船なんか割って何が楽しいのかとも思うのだけれど、風船が割れるたびにホステスも客も子どもみたいな歓声をあげて、手を叩いて喜んだ。

針の先が当たったとか刺さったとか、自分が狙っていたのをおまえが割っただのと客同士が揉めて殴りあいになることもあったけれど、まあ全体的には盛りあがっていたような記憶があるから不思議なものだ。

翌日は、またみんなで割れて減ったぶんの風船を膨らまして補充した。作業が終わると開店までは休憩で、ホステスたちは化粧をしたり煙草を吸ったり、喫茶店に出かけたり夕飯の弁当を買いにいったりした。わたしはソファに寝転がって、いつもは薄暗いだけの天井に風船がひしめいているのを眺めていた。ふだんは煙草の煙や酔っ払いやお酒でいっぱいになる店に、いろんな色の風船が飾られているのを見るのはどこかこそばゆく滑稽なような感じもしたけれど、それでもどことなく楽しいような嬉しいような気持ちになった。もうそろそろなか入ってや、と声をかけられるまでわたしは天井を見あげ、飽きることなく風船を眺めつづけた。

トートバッグの底で電話の響く感覚がしたので見てみると、巻子からのラインだった。〈ハッピークリスマス！　今から仕事です、夏子はん楽しんでね〉という絵文字が混じったメッセージのあとに、サンタ帽をかぶった濃いめのメイクをした巻子が、おそらくは新しく入ったバイトの人だとは思うけれど、さらに濃いメイクをして金髪におなじくサンタ帽をかぶった女の人と顔を寄せあって人さし指と中指をぴったりくっつけたピースサインをしている写真が送られてきた。〈ゆいゆいです、ニューフェイス！〉

わたしはその写真を見つめながら歩いた。そしてひとしきりたったあと、〈巻ちゃん似あってるやん！〉と返事をしようと立ち止まった。〈巻ちゃんにあ〉と打ったところで、いきなり画面が電話の着信に変わった。大きな文字で「紺野りえ」と表示され、わたしはびっくりした拍子に思わず着信を受けてしまった。

「もしもし？　夏目さん？　紺野ですー」

「はい、夏目です」わたしは電話を耳に押しつけた。

「ごめんね急にー」紺野さんは明るい声で言った。「いまだいじょうぶ？　なんか電話しちゃってごめんね」

「だいじょうぶやで」

「もうそろそろ今年も終わるし、ご挨拶がてら電話かけてみようかなって。けっきょくほら——日程も決められなかったしさ、って」

「ああ」とわたしは、そうやったそうやった、というように声を出した。「そうそう、なんかそのままになってもうてて、そっかもう年末や、言われてみれば」

「そうそう、来月わたし行っちゃうからさ。じつは渡したいものがあったんだよね、大したものじゃないんだけど、夏目さんにね」

「渡したいもの？　わたしに？」

「そうなの」紺野さんは言った。後ろで電車の発車を知らせるけたたましいベルの音が鳴り、そのすぐあとの走行音で紺野さんの声が聞こえなくなった。「――ああごめん、うるさいよね」

「聞こえるよ」

「っていうか、ひょっとして夏目さん、ダメもとで訊くけど今日このあとって時間あったりする？」

「今日？」わたしは驚いて言った。「今日って、いまからってこと？」

「そうそう、超思いつきっていうか、あれだけど。もしかして今日行けたりしない――ってさすがに無理か、ごめんごめん忘れて」

「いや」とわたしは言った。「いけるよ、わたしはいまから家帰るだけやったから」

「ほんとに？」紺野さんは大きな声を出した。「うそ、じゃあご飯食べようよ」

わたしと紺野さんは三十分後に三軒茶屋で待ちあわせることにした。エスカレーターでキャロットタワーの二階に上がり、ツタヤでレンタルＤＶＤでも眺めて時間を潰そうと思った。むかいには書店もあったけれど、誰かの書いた新しい本を見る気持ちにはなれなかった。店内にはクリスマスソングだということがすぐにわかる派手な音楽がかかり、いろんなアーティストたちの写真や新作のタイトルがポスターやポップになって、あちこちに飛びだしているようにみえた。わたしはそのうちの誰のことも知らなかった。

店のなかを一周してしまうともうどこを見ていいのかわからなくなり、わたしは一階に降りて雑貨店で小物を見たり、デリのガラスケースにならんだ賑やかな食べものを眺めながら歩いた。チキンが飴色に輝き、赤と金のりぼんがかけられたケーキの箱が積まれ、手に買い物袋を持ったたくさんの人が今夜のためにまだ買い足りないものを物色していた。わたしは外に出て紺野さんを待つことにした。いつのまにか日は沈んですっかり暗くなっており、西の空にぼんやりした明るさがかすかに残るだけになっていた。冬の夕暮れのなかで信号機の赤が濡れたように光っていた。黒い小さな鳥がビルとビルのあいだの狭い空に弧を描くのがみえた。しばらくすると、夏目さん、と呼ぶ声がした。ふりかえると唇の奥から覗いた大きな八重歯がまず目に入った。紺野さん、とわたしも返事をした。たしか夏に会ったときはまだ短かった髪はずいぶん伸びたようで後ろでひとつにまとめられていた。黒いマフラーのなかでこんなに白かったっけと思うくらいに紺野さんの肌は白く浮きあがり、目のあたりは青ざめてみえるほどだった。

「もう仕事は辞めたんだけど、今日はいろいろ残してたもの取りにいったりとかね、挨拶したりとか。そういう日だったの」と紺野さんは言った。「てか、クリスマスなのにぎりぎり席あってよかった。まだ時間が早いからか」

「クリスマスって家族としたりするんちゃうの？　今日はだいじょうぶなん」とわたしが訊くと、紺野さんはメニューから顔をあげて首をふった。

「今日はいいの。むこうの実家に行ってるから」

わたしたちが入ったのは日本酒が売りの和風居酒屋で、店内はほぼ満席であるにもかかわらず静かだった。壁には手書きのメニューがごちゃごちゃと貼られ、店員も賑やかなハッピのようなものを着て接客も気合系というかチェーン店みたいな感じがするのに、なんでこんなに落ち着いた雰囲気がするのだろうと思っていたら、客が全員カップルであることに気がついた。みんな顔を近づけて自分たちにしかわからない話をしているから、とくに大きな声を出す必要がないのだ。

「いやいや、とりあえずおつかれさま──仕事、いちおう区切りやってんやんな」

「うん、ありがとう」

わたしたちは運ばれてきた生ビールのジョッキをかちゃんと鳴らして乾杯した。紺野さんは一息で半分くらいを飲み干した。

「めっさ早ない。お酒けっこう飲むん？」わたしもひとくち飲んでから訊いた。

「これが飲むんだよ」紺野さんは大きく息をついて、少しふざけた調子で言った。「わりとすぐ酔うんだけど、そこからが長いんだよね。本腰入れて飲んだら一升いけるんじゃないかな的な。ワインだったら二本とかわりと飲むよ」

「わたしはビールしか飲まれへんねん。ふだんも飲まへんし」

紺野さんは中ジョッキを空にするとお代わりを頼んだ。わたしたちはお通しで出された揚げだし豆腐をつつき、メニューを見ながらベーコンとほうれん草のサラダと刺し身の盛りあわせを注文した。わたしたちがこうしてお酒を飲むのはもちろん、ふたりで会うのも初めてだったけれど、まだ飲みはじめたばかりだというのに紺野さんはもうリラックスしているようにみえたし、それはなぜかわたしのほうでもそうだった。メニューを真剣に見ながらあれこれ独りごとを言ったり、わたしの返事にいちいち目を丸くしたり、自分の言った冗談に笑ったりしている紺野さんを見ていると——彼女がとても小柄なせいもあるのか、居酒屋にいるというよりは中学校の教室とか部室とか廊下とかで放課後のなんでもない時間を過ごしていたときの感覚がふと甦ってくるような感じがあった。そして外では数えるくらいしか会ったことのない彼女が何年か一緒に働いただけのバイト仲間ではなくて、なんだかずいぶん昔から知っている懐かしい友だちであるような、そんな錯覚をしてしまいそうにもなるのだった。

「最後会ったん夏やったよな、ランチの連絡あれからないよな」とわたしは言った。

「うん」紺野さんが肯いた。「まあ、あることはあるんだよね。なんか全員で集まるのとはちがう組みあわせがあって」

少しだけ紺野さんが気まずそうな表情になったのをみて、わたしはすぐに理解した。違う組みあわせ、というのはおそらくわたしだけを呼ばない会ということで、それはわたしに子どもがいないのが理由なはずだった。みんなが当たりまえのように子どもの話をしたいときに、変に気を遣わなければならないわたしのような存在は面倒なのだ。話題を変えようともう一度メニューをひらいて選んでいるふりをしていると、紺野さんが言った。

「言わなかったっけ、わたしあの会にもう行かないようにしたって話」

「なんか、帰りにちょっと聞いたような」

「そう、時間の無駄だと思って。気づくの遅いけど」

「あ、紺野さん、あほって言うてた」

「言ったっけ」

「言ってた、いま思いだしたけど。根っからのあほやと」

「そのとおりよ」紺野さんはビールをあおりながら言った。「夏目さんも思うでしょ？仲良く話してるふりしてるけど、相手が自分よりいい生活していないかどうかいっつも監視しあってんの。服とか靴とか、夫の稼ぎとか子どもの習い事とかね。いい歳して田舎の女子校みたいなことばっかだよ」

「でもなんか、みんないきいきしてみえたけど」

「みんなそういうの好きだから。あと専業で暇なんだよね。バイトしてるのなんかわたしだけだよ。キャリアじゃなくてパートなのに、子ども産んでまで働くのすごいね、根性あるねとかさんざん馬鹿にされたよ」紺野さんは箸の先で小さな円を描いて言った。

「なんで引っ越すことになったん」わたしは訊いてみた。「どこだっけ、愛媛だったっけ」

「和歌山」と紺野さんは眉をあげてわたしを見た。「和歌山でも愛媛でもどっちでも似たようなものだけど、わたしがこれから生活していくのは和歌山県。どこだよそれって感じだよね」

「まあ、とくにこれってものはないか」

「旦那の実家なんだよね」紺野さんは言った。「うつになっちゃってさ。仕事つづけられなくなって、それで帰ることになったの」

「仕事は何してはったん」

「普通の会社員。何年かまえからだんだん体調悪くなって、電車も乗れなくなって、眠れなくなって。それで近くに越したんだよね。自転車とか歩きで行けるようにって溝口に。でもけっきょく駄目になって。うつの典型的なパターン」紺野さんは空になった器をテーブルのはしっこに寄せて言った。「よそでは言ってないんだけどね」

「実家でみんな一緒に住むの？」

「そうなるね。旦那の実家は土建屋やってて、一人っ子で長男なんだよね。大変だったよ。姑が強烈なキャラでさ。ものすごい過干渉なんだよ。一日置きに電話かけてくるし、おでんとか送ってくるし。それで息子がうつ病になったってことが受け入れられなくて、泣くわわめくわでそれでまず大騒ぎんなって。そんなに弱いはずがない、嫁のわたしが追いつめたんじゃないかとかそういう筋書きも出てくるわ、んでけっきょく、事務方やらせて給料だす、ってことになって」

「紺野さんは東京の人やっけ」

「わたし自身は千葉なの。でもわたしと姉が出ていったあと両親だけ、父親の田舎のある名取に戻ったんだよね。父方の祖父母の介護とかあって。仙台のほうね。それで父親もずいぶんまえに死んで母親だけそこに残ってたんだけど、震災で家が駄目になったの。ほぼ全壊。震災あるあるだよね。姉が結婚してもうずっと埼玉に住んでるんだけど、いま母親はそっちに引き取ってもらってそこで住んでる。なかなか肩身狭いよね。姉は愚痴のラインばっかだし、母親は重い手紙送ってくるし。まあ姉の旦那にしてみればいくら妻の母親っていっても他人なわけじゃん。びびたる年金しかない、何考えてるかわかんない不気味なお婆さんだよ。子どももいるし、妹のわたしにも金銭的に援助してもらえとかね。ないよそんなのっていう。母親は母親でたまにしゃべったかと思ったら震災で死ねばよかったとかそんなことしか言わないし、姉も板挟みで頭おかしくなりそうだって、毎日そんな感じ」

わたしは紺野さんのビールが空になっているのを見て、つぎはどうするか尋ねた。紺野さんは日本酒にするわと言って、わたしは中ジョッキのお代わりを頼んだ。

「こういう話ってさ、誰かに話したりとかってもうあんまりしないじゃない？　自分が何考えてるかとか、家のこととか、お金のこととか。だからなんか今日ちょっと不思議な感じがする」紺野さんは少し照れたような顔をして言った。「基本ネットでしかしゃべらないから」

「ネット？　ＳＮＳ？」わたしは訊いた。

「そうそう。子育てから旦那の愚痴から何からね。みんなツイッターで書いててなんかコミュニティみたいになってるよね。フォローしあって。吐きだすだけじゃなくて、わりと励ましあったりね」

「紺野さんも書いてるん」

「すっごい書いてる」紺野さんは運ばれてきた日本酒をおちょこに注ぎながら言った。「もちろん匿名だけどね。あれってさ、うっとうしいおっさんとかすっごい多いしクソリプばっかだし地獄っちゃ地獄なんだけど、でもたまに自分が考えたことをね、何百とかリツイートとかされるとね、気持ちが上がるんだよね。なんかやり甲斐があるの。いまわたしフォロワー千人ちょっと超えくらいになってて――って本書いてる人に言うことじゃないか」

「そんなことないよ」わたしは言った。「一年まえに一冊だしただけやし、いまぜんぜん書けてない。まったく」

刺し盛りが運ばれてきて、わたしたちは小皿に醤油をさした。思っていたよりも豪華なのがやってきて、わたしたちは小さく歓声をあげた。ぶりや赤身のひとつひとつの切り身を見ながらおいしそうだと言いあい、紺野さんはとっくりを一本空けてしまうとおなじものを注文した。新しいのが運ばれてくるとおちょこになみなみと注いで、ずずっと吸いあげた。

「今日は、娘さん実家って言うてたけど、和歌山におるの？」

「うん」紺野さんは少しの間を置いて言った。「旦那が使いものにならないからさ。こっちの家の解約とか引っ越しとかわたしひとりでやったほうが早いってことになって、先週から預けてんの。っていうか先に移動したっていうか。交通費もばかにならないし、べつべつで年越しして、年明けに引っ越し終わらせて、わたしがむこうに行くっていう流れ」

「旦那さん何歳？」

「わたしのみっつ年上。来年三十八？　九？　わかんないな、たぶんどっちか」

「うつ病、母親が原因のいっこちゃうの、普通に考えて」

「かもね。でもよくわからないな。知ってる？　うつ病ってほんと人生詰むよ」紺野さんは笑った。「もうね、動けなくなんのよ。うちの場合は外も出なくなって風呂も入らなくなって。薬だしてもらってちょっとましになったけど、でもこの先そんなのわかんないじゃん。どうすんだろうね、これ」

「旦那のお母さん孫にはどうなん、ちゃんとしてくれてんの」

「そこはね。息子の娘だから基本、普通に可愛がってる。義母的にはわたしと娘を東京でふたりにするのがいやだったみたいだね。そのまま逃げられると思ったんじゃない。先に息子と孫をこっちに寄越して、それで進めようとか言ってきて。息子夫婦がセットで帰ってくるのはいいけど、息子ひとりだと体裁が悪いと思ったのかもね。もともと旦那もひとりじゃ実家になんか帰れないくちだったしね」

「どういうこと？」

「男って自分ひとりじゃ実家に帰れないんだよ。よくある話。妻のほうは子ども連れて実家に帰省するって普通でしょ。でも妻ぬきで夫が子どもだけ連れて帰省するとかってあんま聞かなくない？　できないの。結婚して子どもがいて、いちおう夫婦円満にやってますっていう形がないとどうも居心地が悪いらしいね。間がもたないっていうかね。自分の親とか家族とコミュニケーションとるにも女なしだとうまくまわせないんだよ。だっさいよね。んでリビングだかどっかにどかっと座って家のことは女どもにぜんぶやらせてりゃいいんだから世話ないよね」

「子どもと離れてるのは淋しくない？」わたしは訊いてみた。

「それが、意外に平気だったんだよね」紺野さんは少し考えるようにして言った。「もうちょっとくるのかなとか思ってたけど、まあいけたよね……っていうか父親ならこんなの普通だもんね、出張とかで子どもに会わないのとか」

紺野さんはあふれそうになったおちょこの表面をじっと見つめて、少ししてから言った。

「娘のことは好きだよ、すごく可愛いしね。でも、なんていうか……縁が薄いのかもなって思うこと、何回かあったな」

「縁？」わたしは訊いた。

「うん。妊娠と出産じたいはスムーズだったんだけど、産後にひどく体調崩しちゃってね。今だったら産後うつってことで治療とかあったのかもしれないけど、数年まえはそんな雰囲気じゃなかったよね。でも夫は何もしなかったね。それどころか、わたしに本当にひどいことを言った。『出産なんか女ならできて当たりまえのことで、なにいつまで大げさにしんどいしんどい言ってんだよ』って言ったんだよね。『妊娠も出産も自然なことだろ？　うちのおふくろも、ほかの人もみんなできてることなのに、おまえは大げさなんだよ』って言って、笑ったんだよ」

「なるほど」わたしはジョッキの底に少しだけ残っていたビールを飲み干した。

「そのときわたしは決めたんだよね。いつかこの男が癌でもなんでもいいから苦しんでるときね、死ぬまぎわにでも隣に立って見下ろして、おなじことを言って笑ってやろうって。『癌も病気も自然なことだよね。みんな味わってきたことだよね。おまえはなに大げさに苦しんでんだよ』ってね」

紺野さんは鼻から大きく息を吐いて、わたしの顔を見て少し笑った。

「まあ娘はわりに手のかかんない赤ん坊だったから、わたしもちゃんと眠れたしね、ちょっとずつよくなっていったの。でもそのときにはもう、わたしたち夫婦は冷えきってるどころか、必要がなかったら話すこともない感じで、まあ旦那もほとんど家にいないからさ、家庭内別居みたいな感じになってたわけだよね。そんな状態だったら普通はさ、我が子だけが心の支え、みたいになりそうなものじゃない。味方はこの子だけだ、みたいなね。でもそうはならなかったね。ふとしたときにね、娘とふたりでいるときに、ときどき自分が居心地の悪さみたいなのをすごく感じてることに気がついたの」

「居心地の悪さ？」

紺野さんは日本酒をすすって肯いた。

「娘のことは好き。大切に思う気持ちに嘘はないの。娘のためなら何でもできる。でもそれとはべつに、なんていうんだろうな――この子とはあんまり長くいないだろうな、縁もないんだろうな、みたいなことを思うんだよ。この子もすぐにわたしのことを嫌いになって出ていくだろうし、わたしもそれはそれで構わないんだろうなって、そういうことをよく考えるの。どこにでもいるそういう親子の関係になっていくんだろうってね。

わたしって自分の母親のことが嫌いでさ。本当に嫌いなの。これは一時的な感情だとか反抗期なんだとかいろいろな理由を自分でも考えてみたし、自分という人間がとくべつに薄情にできてるんじゃないかとか、人格に問題があるんじゃないかとか、それなりに悩んだこともあったな。だってどんなにひどい虐待をされても子どもは母親を全力で愛するとか言うじゃない。でもね、べつに目にみえる虐待をされてなくても、人なみに育ててもらっても、どう考えても、わたしは自分の母親のことが嫌いだった」

「何か原因があったわけじゃなくて？」

「原因といえば、ぜんぶが原因みたいなものかもしれないけれど」紺野さんはおちょこを空にして言った。「たとえばうちの父親っていうのがこれ、典型的な田舎の暴君だったの。男尊女卑とか女性蔑視なんて言葉が世間にあるってことも知らないで済むような、まんま地で生きてるようなそんなやつだったわけ。わたしらなんて物も言えない感じで育ったよね。子どもでおまけに女なもんだから普通に人だと思ってないし、母親の名前なんか呼んだの聞いたことないよ。おいとかおまえとかね。ちょっとしたことできれて殴るとか物壊すとか当たりまえで、わたしらいつも父親の顔色みてびくびくして。でもって外面《そとづら》は良いから地元の頼りになる町内会会長、みたいなね。母親も母親でいつもへらへらして、風呂から掃除から食事から父親のあとついてまわって世話して、おまけに義両親の介護まで最後まできっちりやらされて。べつに遺産とかないよ——そう、わたしの母親って『まんこつき労働力』だったんだよ」

「すごいワードきたね」わたしは言った。

「そう？『まんこつき労働力』、わたしの母親はまじでそれだった。そのまんまだった。

『まんこつき労働力』、ぜんぜん言うよ」

「『産む機械』的な物ですらなくて、もはや運動なのかっていう」

「そうだよ。まじそのまんまだよね。でさ、そんなふうに生きて暮らしててさ、幸せなわけがないじゃん。いくら昭和だって言ってもさ、子どもでも普通にわかるわけ。いっつも偉そうにされて、なんだかんだ殴られて、許しがないと自分の好きなことも外出もできなくて。奴隷だよこんなの。何で結婚しただけの赤の他人にこんな目に遭わせられなきゃいけないわけ？　わたしは母親がそういう仕打ちにずっと我慢してるんだって思ってたの。父親のことがどうしようもないくらいに憎くて憎くて、それでも歯をくいしばって我慢してるんだってね。泣き言も言わないでへらへらしてるのも、じつはわたしたちに心配かけまいとしてなんじゃないかとか、自分を犠牲にしてでも家族とか子どもとかを守ろうとしてるのかもしれないって、そういうふうに思っていたわけ。だからわたしが大人になったらぜったいに母親をここから救ってやるんだって思ってたの。いつかわたしが大人になったら、母親をこんなクソみたいな父親から家から自由にしてやるんだって、わりと真剣に思ってたんだよね。

で、いつだったかな、まだ小さいときね、姉と母と三人でいるときになんかの話の流れでさ、『父親とわたしたち子どものどっちが大事か』みたいなさ、なんかそういう内容になったんだよね。なんでそんな質問することになったのかさっぱりわかんないんだけれど。まあ訊いたわけなの、どっちが大事か。どっちかが死ぬってなったらどうするか、みたいなね。そしたらあの人なんて言ったと思う？『そりゃあ、お父ちゃんのほうが大事よ』って即答したんだよね。ちょっとのためらいもなく、もう当然ってな感じで、あの人そう言ったの。絶句だよね。わたしたちぽっかーんって口あけたままで、まじで瞬きしかできなかった。わたしも姉ちゃんも『どっちが大事って、あんたたちに決まってるだろう、そんな、訊くまでもない馬鹿な質問するんじゃない』って怒られるだろうくらいに思ってたの。でも答えはまさかの父親よ。それでね、あの人そのあとなんて言ったと思う？『だって子どもはこのあとまだ産めるけど、お父ちゃんはひとりしかいないから』って説明したの。ちょっと照れたような顔してね、本当にこれ言ったんだよね。

それがすっごい衝撃で。姉ちゃんとのあいだで未だにこの話いっかいも出ないくらい、それくらいのあれは衝撃だった。わたしたちより父親をとるんだっていうのが衝撃だったんじゃなくて、あんな父親、あんな男と一緒にいることを、自分の母親が望んでるんだってことが、本当に衝撃だったんだと思う。わたしは本当に信じられなかった。しばらく口もきけないくらいだった。『あんたたちの父親にこんなこと思うのは悪いけど、わたしは殺したいくらいあいつが憎い、毎日が苦しい、憎い、いつか三人で出ていこう、今は我慢するしかないけど、いつか三人でやり直そう』って――そんなふうに言ってくれたらどんなによかっただろうって、今でもときどき考えるよね。もし母親がそう思っていたら、一緒に戦うために、わたしなんだってできたと思う。わたしはまだ子どもだったけど、刺し違えてでも父親から母親を守っただろうと思う。でもそうじゃなかった。信じられないけど、我慢どころか、逃げるどころか、戦うどころか――母親はあの父親のそばから、あんな男のそばから離れるなんてことを、ただの一度も考えたこともなかったんだよ。嬉しそうに『お父ちゃんはひとりしかいないから』って、本当にそう言ったんだよ」

わたしは空になった中ジョッキをテーブルの端に移動させ、店員に新しい日本酒を注文し、おちょこをもうひとつもってきてくれるように頼んだ。

「……それから、なんかちょっと、母親のことがよくわからなくなったっていうか。いつもとおなじかっこうで、いつもどおりに家のこととして、父親に怒鳴られて殴られたりして、へらへらして、わたしたちにも普通に接してるんだけど、よく知らない人みたいな感じがするんだよね。そこにいるのが自分の母親だってことはわかってるんだけど、ずっと一緒に暮らしてる母親だってことはわかってるんだけど、なんか知らない人みたいな感じがして。話すことは話すし一緒に生活はしてるんだけど、この人、誰なんだろうな、なんなんだろうって」

新しい日本酒が運ばれてきて、わたしたちはそれぞれおちょこに注いで飲んだ。熱い酒が喉を通って胃に滑り落ちていくのが感じられた。紺野さんはしっかりとしゃべっていたけれど、耳も頬も目のまわりもまだらに赤くなって酔っているようにもみえた。わたしもどこか、手足の感覚がふわふわしはじめていた。店員がやってきてお料理の追加はいかがですかと声をかけた。わたしはメニューを広げて紺野さんに見せた。紺野さんは赤くにじんだ目を近づけて、そしたらお漬物もらおっかな、と言って笑った。いいね、とわたしも笑った。

「夏目さんビールしか飲めないんじゃなかったっけ」

「今日は、そうじゃないみたい」

「そっか」

わたしたちはまたそれぞれのおちょこに口をつけて空にした。わたしたちは互いに酒を注ぎあった。

「このままさ」しばらくして紺野さんが言った。「年が明けても、わたし和歌山に行かなかったらどうなるんだろうなって」

「こっちに残るってこと?」

「残るっていうか」紺野さんは、おしぼりのあたりに目を落として言った。「消えるっていうか」

わたしは黙ったまま、おちょこを手にもって口につけた。

「──なんてね。まあ、ちゃんと行くんだけどね」紺野さんは鼻から息を吸いこんで、少し笑ってみせた。「それにしてもさ、人生っていったい何なんだろうなみたいなこと、いい年して考えちゃうよね。さっき話したみたいにさ、まあうちってそんな感じでさ、おまけにほかにも本当に揉めごとばっかでさ、まるで揉めごとのあいだに生活があるみたいな感じで、いっつもごたごたしてたんだよね。もう毎日うんざりで、わたしは家を出たくて出たくてしょうがなくて。部屋でもほんとにずっと耳塞いでるような感じだったし、明るい思い出とかもほとんどないんだよね。なんで産まれてきたんだろうとか、なんでこれからも生きていかなきゃいけないんだろうとか、そんなことばっか考えてるような子どもだった。親子とか家族とか、うんざりだった。心の底からうんざりだった。これがぜんぶの原因だって、人を苦しめるすべての元凶なんだって、はっきり思ったこと覚えてるの。子どものときね。

で、それを胸にしっかりと刻んだの。刻んだはずなのに、わたしだけはぜったいにそういうのとはかかわらないで生きて死んでいくんだって、自分だけは点でいるんだって、それはもう本当にそう思ったのに、こんなことになってるんだよね。結婚とかして、妊娠して出産して、他人の人生にかかわっていってね。はは。もともと何のかかわりもなかった人のね、もうお互いに何の関心もないうつ病の夫がいて、これからずっと世話して、その親に嫌味いわれながら生活費だしてもらってね、これから死ぬまでそうやって暮らしていくんだよね、和歌山とかで。んで夫の親の介護やって、家のことやって、は は――わたしだって立派な二代目『まんこつき労働力』じゃんね」

紺野さんは自分の指先あたりをじっと見つめ、かすかに微笑んだ。「それで」しばらく黙ったあと、紺野さんは言った。

「わたしが母親にたいして思ったように――娘も、わたしのことをおなじように憎むようになるんだと思うよ」

ありがとうございましたあ、という大きな声が聞こえて、出ていく客と入れ違いに新しい二人組の客が入ってくるのがみえた。ふたりとも頭にサンタクロースの赤い帽子をかぶっていた。

「離婚して、娘さんとふたりで暮らせばいい」

しばらくして、わたしは言った。紺野さんはわたしの顔を見て、それから指先に視線を戻して少し笑った。

「無理だよね。子持ちの書店のバイトが月に稼げる額じゃ、家賃も払えないよ」

「しんどいかもしれないけど、やるべきだよ」

「無理だよね」紺野さんはわたしの顔を見た。「共働きで子ども育てるのもこれだけ難しいのに、ひとりで働きながら子ども育てるとか、本当に無理なんだよ」

「養育費とか補助金とか申請して、もちろんしんどいけど、でもやってる人も、」

「それは仕事がある人だよ」紺野さんが遮った。「それはちゃんとした仕事がある人の話だよ。キャリアがある人、それなりに保障があるような、ちゃんとしたところで仕事できる人の話だよ。それか実家が太い人、帰る場所がある人だね。わたし、何もないんだよ。なんの資格もなくて、ついさっきバイト辞めてきたばっかりだよ。一時間汗だくんなって働いて千円もらえないバイトね、若い子に仕事覚えてもらいたいからシフト減らしてもらえないかってお願いされたりするバイトね。何もやってこなかった、子持ちの四十路《よそじ》まえのゴミみたいなおばさんに仕事なんかないんだって。子どもは育てられない。ふたりでは、生きていけない」

「でも、」

「夏目さんには、わからないよ」

店員がやってきて漬物の入った鉢をテーブルに置いた。きゅうりとかぶと柴漬けがこんもりと盛りつけられていた。それからべつの店員がクリスマスプレゼントの抽選だと言って、くじの入った大きな箱をもってきた。わたしたちは黙ったままそれぞれ穴のなかに手を入れてくじを引いた。ふたりともはずれだった。次回以降に使える十パーセント割引券を受けとり、漬物をつまんだ。

それからわたしたちは話題をかえて、べつの話をした。さらに日本酒を追加して、わたしたちは飲みつづけた。一合が三百八十円のいちばん安い酒を頼んだ。わたしは資料で知ったヤクザの豆知識と、ユーチューブでみたかちこみのシーンのものまねを披露し、紺野さんは引っ越し屋の見積もりがいかにいい加減であるかについて、手ぶり身ぶりを使って楽しそうに説明した。わたしたちは気まずくなった雰囲気を打ち消しつづけるように、大げさに笑ったり驚いたりした。ランチ会のメンバーや共通の知りあいの噂話もしたし、なぜ癌や深刻な病気になった芸能人の多くが標準治療を選ばずに金のローラーとかお布施とかそういう非科学的な方向にいってしまうのかについても話したりした。うそお、と声を出したり手を叩いたりするたびに、アルコールが全身にまわっていくようだった。

いつの間にか漬物の鉢も下げられ、とっくりの酒もなくなり、時計を見ると十時十五分になっていた。わたしたちは水を頼んでそれを一気に喉に流しこむと、会計をして四千五百円ずつを払って外に出た。

夜は冷たく、駅前はあちこちが明るく輝き、まるでこれからパレードでもはじまるんじゃないかというような妙な活気に満ちていた。紺野さんもわたしも酔っていた。わたしたちはふらふらと歩き、駅へ降りる階段のところまでくると紺野さんはくるりとふりかえって、わたしの顔をじっと見た。目は真っ赤に充血し、八重歯のせいで少しめくれた上唇は乾燥して白っぽくなっていた。そして、今日は急な誘いだったのに来てくれてありがとうと礼を言った。

「なんか、すごい酔った」

「電車いける？」

「いける、ここから一本」紺野さんは顔じゅうに皺が寄るくらいにぎゅうと目をつむり、それから何度か大きく瞬きをして言った。

「駅からは」

「いける、まっすぐだもん」

「いや、ちょっとくらい曲がるやろ」

「どの道もまあ、まっすぐなもんだよ、そうだ」そう言うと紺野さんはバッグに手を入れてがさごそとまさぐった。

「――渡したいものって言ってたの、これ」

紺野さんの手には、銀色の鋏《はさみ》がにぎられていた。

「これ、もう覚えてないかもだけど、もう何年まえだっけ、一緒に働いてたときだからかなりまえだけど、これ見てね、夏目さん、すごく素敵だって言ってくれたんだよね」

「覚えてる」わたしは言った。

バイト時代、わたしたちはいつもボールペンやらカッターやらを持ち歩いていて、紺野さんのエプロンの胸ポケットからは、いつもその銀色が覗いていた。一度手にとってみせてもらったその鋏は持ち手と刃のあいだに美しいすずらんの模様が細工されていて、紺野さんは黒い小さな革のケースに刃先を入れて大切に扱っていた。みんなが事務用のプラスティックの鋏を適当に使いまわしているなかで、紺野さんが自分の鋏を使って丁寧に作業しているのを見ると、なぜか少しだけいいものにふれたようなそんな気持ちになれたことを思いだした。

「それ、紺野さんすごい大事にしてたやつやん」

「うん、すごく使ったからちょっと黒っぽくなってるところあるけど」紺野さんは真っ赤な目で笑った。「わたしもうバイト辞めたし、家でも使わないし」

「使いや」

「ううん」紺野さんは首をふった。「何回か夏目さんがいいねって言ってくれたの覚えてて。夏目さんに使ってほしいなって」

銀色の鋏は夜の光を受けて、紺野さんの手のなかで小さく光っていた。そのとき、紺野さんの手が異様に小さいことに気がついた。それからわたしは顔をあげて、紺野さんの全身を目に入れた。わたしよりも頭ひとつぶんも小柄であることは知っていたけれど、こうしてあらためて見る紺野さんは、思っていたよりもずいぶん小さいように感じた。コートの裾から出た脚は細く、ほとんど肉がついてなくてまっすぐで、それはわたしが見たこともないはずの、少女だった頃の紺野さんの姿を思い起こさせた。夕方の強い風に体が少し傾いて、大きなランドセルを背負って肩紐をにぎり、うつむき加減でとぼとぼと歩いている紺野さんの後ろ姿が目に浮かんだ。折れそうなくらいに細くて小さな首を折り曲げて、紺野さんの体よりもはるかに大きく感じられる真っ赤なランドセルを背負って、どこに行くのか、どこに帰るのか――少女の紺野さんは誰もいないアスファルトの道路を歩いていた。

「紺野さん」わたしは言った。「もう一軒行こうよ」

「今日はもう無理だよ」紺野さんは笑いながら首をふった。

「こんな酔ったもん」

紺野さんは手をふりながら、階段を降りていった。だんだん遠ざかっていくその後ろ姿をみながら、わたしは走ってあとを追いかけて、紺野さんやっぱりもう一軒行こうよと誘わなければならないような気持ちに何度も駆られた。けれどわたしは、小さくなっていく紺野さんの背中をただ見つめていることしかできなかった。

部屋に帰ってビーズクッションに寝転ぶと、ひどい頭痛がした。目を閉じると暗闇のなかでかたちのない波が何度もやってきた。まるで沸騰する鍋のなかでぐらぐらと回転しつづける麺にでもなったような気分だった。

わたしはそのまま目をつむり、眠気がやってくるのを待ったけれど、どれだけ時間がたっても自分がうまく眠れているのかどうかはわからなかった。気がつけば、夢なのか現実に目に映っているものを見ているのか判別できない映像のなかで目が覚め、わたしは何度も寝返りを打った。こういうときは目をひらいたまま眠ってるんや、とわたしは思った。寒さを感じて丸めていた掛け布団をたぐり寄せ、かぶってしばらくすると胸苦しくなって払いのけ、そしてまた寒くなって巻きつけるのをくりかえした。投げだした指先に冷たいものがふれ、目をこらすとそれは紺野さんがくれた鋏だった。いつバッグから出したのか、その銀色は夜の冷気を静かに吸いあげて、青白く光っているようにみえた。鋏を右手にもって顔をあげると、天井いっぱいにしきつめられた色とりどりの風船がみえた。わたしは丸椅子につまさき立ちになり、風船を割っていった。ひとつ割るごとに、落ちてくるはずのくじのかわりに、誰かの声がこぼれてくる。ハッピークリスマス！　誰の声？　風船は、まるで機械が吹きだすしゃぼん玉のようにあとからあとから増えてゆき、見慣れた天井を埋めていった。胸がつまる、息ができない、けれどその風船は雲の海のように波打ちながら膨らんで、思わずみとれてしまいそうになる、わたしは足の指に力を入れて、腕を伸ばし、鋏で風船を割ってゆく。ハッピークリスマス！　もう会うことはないだろうねと紺野さんが夜のなかで手をふっている。風船を割る、消える、音はしない、けれど風船が増えてゆく速度はあまりに速く、バランスを崩して丸椅子から転げ落ちそうになってしまう。そのとき誰かがわたしの肘をつかむ、見下ろすとそこにいるのは逢沢潤で、わたしを椅子に引き戻すとべつの風船を指さした。わたしは鋏をにぎりなおした腕をふりあげる。ハッピークリスマス！　またひとつ、もうひとつ、わたしは風船を割っていく。うまくいくといいですね。真んなかで分けられた逢沢潤のきれいに段のつけられた髪の流れがわたしにささやく、さざなみのようなその流れは、そのまま羽になろうか浸食された石の模様になろうかを、優しく迷っているようだった、どっちになるの、どっちにするの、そうするうちにカラオケの、わんわんと膨らんでゆくエコーのうねりと髪の流れは見わけがつかなくなってゆく、うまくいくといいですね――そこでわたしは鋏を落とし、そのまま眠りに落ちていった。

13 複雑な命令

正月は、ふだんといっさい変わりなく過ぎていった。二〇一七年。巻子と緑子とラインで新年の挨拶のやりとりをしたほかは、年賀状が四枚届いたきりだった。一枚は去年一度だけ行った接骨院からで、あとの三枚は連載をしている雑誌の編集部と新聞社からだった。

休みが終わって平日になると、仙川涼子から電話がかかってきた。小説の話かもしれないと思って肩に少し力が入ったけれど、仙川さんは小説の話はせず、明日用事があって三茶まで行くので夕食でもどうかと誘ってくれた。わたしたちは駅前で待ちあわせて、とんかつを食べた。仙川さんは年末にパーマをかけて髪型が変わっており、とても似あってると褒めると（本当によく似あっていた）、急に照れたように顔を赤くして、そんなことないですよ、もうどうしようもなくって、と言いながら何度も髪に手をやった。それから近くの喫茶店に入って他愛のないおしゃべりをした。小説の話を切りだすタイミングを見計らってわざとほかの話をしているのかなと少しだけ気を張ったけれど、そういうことでもないみたいだった。甘いものを食べる印象のない仙川さんが、珍しくコーヒーと一緒にティラミスを注文して、それをおいしそうに食べながらいろいろな話をした。

　遊佐とも何度か電話でしゃべった。年末から年明けにかけて親子でインフルエンザに罹《かか》ってしまい、何度目かの地獄をみたと話してくれた。今は春に出す予定の小説のゲラと連載小説にかかりきりで時間がどこにもまったくないと嘆いていた。

「本って、去年の夏ごろに出してなかった？　わりと長めの」わたしは少し驚いて訊いてみた。

「あー、出してたね。でもまあ自転車操業だから休む暇ないんだよ」遊佐は笑った。

「来年から新聞で連載もはじまるしね。誰がやるんだろうねこれ」

「すごいね」

　新しい年の新しい月は、そんなふうに過ぎていった。

　自分でも何をどれだけ書くことができているか日毎にわからなくなっていく小説を書きつづけるのはしんどかった。連載をいくつかもっているとはいえ、そして一冊の本が二年以上もまえに少し売れただけでわたし自身は最初から無名であるとはいえ、しかし今ではもう誰もわたしのことなんて覚えてもいないんだろうなと、そんなことを思うこともあった。仙川さんにしても、小説のことを言わないでいてくれるのは助かるという気持ちもあるけれど、その半面で、じつはもう期待されてもいないんじゃないかと思って落ちこむときもあった。

言い訳のように資料を読み、メモを作り、おなじところを書き直しつづける日々だった。書店には毎日何十冊も新しい本がならび、つぎつぎに新人作家が誕生していた。巡回している不妊治療にまつわるブログは増えたり減ったりしながらも、たくさんの赤ん坊が産まれていた。昨日までと違う人生や感情に出会って、そして新しい一歩を踏み出している人たちがいつだってどこかに存在していた。けれど、わたしはずっとおなじだった。ただ動かないでいるだけで、そのまぶしさに思わず目を細めてしまいそうなそんな出来事から、一秒ごとに引き離されていくようだった。

仕事のあいまに、夜眠るまえに、わたしは逢沢潤の語ったインタビューをくりかえし読むようになっていた。ネットで検索すると彼の属している会のサイトやSNSや代表者のインタビュー記事は出てきたけれど、逢沢さん自身にかんする情報はないに等しかった。本名なのか、活動用に仮名を使っているのか、それもわからなかった。ひとつだけ、過去のシンポジウムのレポートに使われた写真のはしっこに——うつむいていて顔は見えなかったけれど、髪型と背の高さから逢沢さんらしき人が写っているのを見つけた。逢沢さんが属している会のサイトでは当事者の人たちが寄せた文章を読むことができたけれど、過去のものを遡《さかのぼ》って調べてみても逢沢さんのものは掲載されていないようだった。

わたしは電話のカレンダーを立ちあげ、ひとつだけ印がついている二十九日をタップした。先月、逢沢さんが教えてくれたシンポジウムが開催される日で、わたしは行ってみるつもりだった。でも、当日のことを思うと気持ちが少し暗くなった。当事者の人たちや、わたしのようにあとがなくてＡＩＤに可能性を感じている人たちや、あるいはそれに反対する人たちの思いや考えをもっと知らなければと思うのだけれど、去年のクリスマスにあった会のことを思うと気持ちが塞いだ。行くべきなのかどうなのか、だんだんわからなくなっていった。

けれど、とわたしは思った。わたしは逢沢さんに訊いてみたいことがあるんじゃないのか。インタビュー本やクリスマスの日の話で、ＡＩＤにたいする逢沢さんの考えはわかっているつもりだったけれど、ほかにまだ訊いてみたいことがあるはずだった。たとえばＡＩＤで産まれてきた人たちは真実を知らされないまま生きてきたこと、騙されていたことに深く傷つく。では最初からきちんと包み隠さずに打ち明けられていたなら、どうだったのだろうか。子どもにドナーの個人情報にアクセスする権利が保障されたなら、この技術には賛成なのか、どうか。自分の出自が不明な人はＡＩＤに限らずたくさんいるけれど、その状況との違いはどこにあるのか——いろいろなことが浮かんでは消えたけれど、どの質問が当事者への質問としてどれくらい妥当で、どの質問がすべきでない質問なのか、考えれば考えるほどわからなくなっていった。けれど、結局わたしはシンポジウムに行ってみることにした。

会場にはたくさんの人がいて、先月の会とはまるで勝手が違っているような感じがした。そんなに大きくはないけれど二百人は入るホールのようなつくりになっており、舞台を囲むように扇形に設置された客席は、半分以上が埋まっていた。わたしはいちばん後ろの端の席に座り、会がはじまるのを待った。

ひとつめのプログラムは「日本における非配偶者間人工授精の現状と課題」というタイトルの専門家による話だった。パワーポイントを使って、三年まえの秋に自民党が作成した生殖補助医療をめぐる法案と、過去のさまざまな審議会での成果を説明した。生殖倫理について日本の議論と法整備がいかに遅れているかをいろんな角度から指摘し、早急な改革を要請するというような内容だった。

ふたつめも専門家が登壇した。一般的なＡＩＤに限らず、生前の夫から採取して凍結しておいた精子で産まれた子どもの認知をめぐる問題や、卵子提供や代理出産で産まれた子どもの出生を国がどのように扱うのかについて、過去に起きた裁判の事例をとりあげて、その経緯と結果について話した。いずれも、産まれてくる子どもの福祉を何よりも優先し、人を生殖の手段に使ってはならないこと、商業主義を排除して、人間の尊厳を守る、という主張に落ち着いた。

そのふたつが終わると十分間の休憩があり、聴衆たちはぱらぱらと席を立ってあちこちに移動していった。舞台の脇には関係者らしき数人の人たちがマイクの動線を整理したり、壇上の机や椅子を移動させたりしていたけれど、逢沢さんらしき人の姿はどこにも見えなかった。会場入り口の受付でも見かけなかった。いつもは事務方ですと言っていたけど、それはサイトやフェイスブックを更新したりするような広報的な仕事のことで、今日は来ていないのかもしれない。わたしはトートバッグからペットボトルのお茶をとりだして、液体が喉の内側を湿らせてゆくのを確かめるように、ゆっくり飲みくだしていった。

ひとりめの専門家の話の途中からこめかみがしくしくと痛みだし、ふたりめの専門家の話がはじまってからは、頭をまっすぐに固定したまま、動かないでじっと耳を傾けていることがつらくなっていた。ここのところ眠りが浅くて夜中に何度も目が覚める。会場を見るともなく眺めていると、人々が席に戻ってきた。会場の照明の具合が変わり、みっつめのプログラムの開始が告げられた。研究者と当事者と医療関係者による鼎談だった。どちらかといえばわたしにとってはそれがいちばん重要だったはずなのに、鼎談がはじまって十五分が過ぎようとしても終わらない研究者の基調講演的な話を聴いていると、だんだん頭痛がひどくなっていった。どれも重要な話であることはわかっているけれど、どうにも座っていられなくなったので席を立った。

会場を出てトイレで念入りに手を洗い、それから鏡に映った自分の顔を見た。ひどい顔をしていた。手入れも何もしていない髪の毛は艶《つや》がなくみるからにぼさぼさで、きちんと描いたつもりだった眉は左右のバランスがおかしかった。ファンデーションも塗ったけれど、しみもむらもはっきり見えたし、効果はどこにも発揮されていなかった。何年もまえに買ったものだから油がまわって腐っていたのかもしれない。血色が悪く、皮膚に張りもない冴えない自分の顔を見ていると、何かに似ているなと思った。なすの煮びたしだった。皮のほうじゃなくて薄緑色をしてしなしなしている果肉のほうにそっくりだった。目のまえの、このぱさぱさにくたびれきった女の人から新しい生命が出てくるとはとうてい思えなかった。想像するのも虚しいような気がした。それから洗面台に手をついて、長い時間をかけて首をストレッチした。ぱきっと乾いた音がした。それからもう一度丁寧に手を洗って外に出ると、誰もいない廊下の突きあたり、受付のテーブルが出ているロビーのベンチに男の人が座っているのが見えた。逢沢潤だった。

エスカレーターに乗るためにはそのベンチのまえを通らなければならず、わたしはトートバッグをしっかりにぎって歩いていった。話しかけようかどうしようかと迷った瞬間に目があって、反射的にわたしが会釈をすると、逢沢さんのほうも少し遅れて頭を下げた。そのまま通りすぎるしかないと思ったときに、逢沢さんが話しかけてきた。

「来られたんですね、もう帰られるんですか」

前回、エレベーターで一緒になったときよりもずいぶんやわらかに感じられる口調で逢沢さんは言った。手にはコーヒーの入った紙コップをもっているだけで、荷物は見当たらなかった。このまえとおなじような黒いセーターを着て、こげ茶色のコットンのパンツに黒いスニーカーを履いていた。

「最後まで聴きたかったんですけど」

「長いですからね」

「逢沢さんはなかに入らないんですか」

すると逢沢さんはまえに一度すれ違っただけのような人間から、ためらいもなく自分の名前が出たことが意外だったのか、少しだけ間を置いた。そして、今日は控室まわりのことをやってるんです、と言った。

「あの、わたしは夏目といいます」わたしは自己紹介をした。「名刺とかもってないんですけど」

わたしはバッグから自分の本を取りだして手にもった。

「小説を書いてるんです」

逢沢さんは少し驚いたような顔をして、眉をあげてこちらを見た。

「作家なんですか」

「著作はまだ、これだけなんですけど」わたしは言い、よかったらと言って逢沢さんのほうに差しだした。逢沢さんは手を伸ばして本を受けとり、すごいですね、と言いながら表紙を眺めた。それから背表紙のタイトルに目をやり、裏表紙や帯に書かれている文章をじっくり読んでから顔をあげた。

「すごいですね、本を書くなんて想像もつかない」そう言ってわたしに本を返そうとするので、わたしはもう一度、もしよかったらと付けくわえた。

「いいんですか」

「はい」わたしは何度か肯いた。

逢沢さんはコーヒーと本を手にもったまま右にずれ、どうぞというようにひとりぶんの座席を空けた。わたしは細かく肯きながらベンチに腰かけ、逢沢さんの手のなかの本を、逢沢さんとおなじようにしばらくのあいだ黙って眺めていた。わたしは緊張していた。ちらっと横をむくと、膝に肘をついて前かがみになって本をぱらぱらとめくっている逢沢さんの頭が目に入った。真んなかで分けられた髪がこないだとおなじようにきれいに後方にむかって流れているのが見えた。近くで見ると思っていたよりも細くて癖のないとても穏やかな髪だった。わたしはトイレの鏡に映った艶のない自分の剛毛を思いだしていた。

「今日は機嫌がいいんですか」

「えっ」逢沢さんが驚いたように顔をあげた。何かを話さなくてはならないと気持ちが焦り、前回となんだか雰囲気が違いますね、というようなことを言うつもりが妙な言い方になってしまったことに気がつき、わたしは顔を赤くした。ちゃんと補足しなくては、と思ってもまた余計なことを言ってしまいそうで何も言えなかった。逢沢さんも黙っていた。しばらくすると耳あてのついたニット帽を被った六十代くらいのおばさんがまるでベルトコンベアにでも載せられた荷物のようにかたかたとエスカレーターで上がってきて、フロアに降り立つとわたしたちの目のまえをゆっくり通りすぎていった。

「覚えてらっしゃらないかもしれないんですけど」とわたしは言った。「エレベーターでご一緒したときに勝手に話しかけただけなんですけど、あの、ＡＩＤを考えているんです」

逢沢さんはそれにたいしては何も言わず、少しあとで一度だけ肯いた。逢沢さんはわかりやすく嫌な顔はしなかったけれど、しかし内心では、なぜそんな個人的なことをなんの関係もない自分に話すのかと怪訝《けげん》に思い、あるいはなぜこうしたことを一方的に話されなければならないのかを不快に感じているような戸惑いが感じられた。当然だと思った。わたしでもおなじことを思うだろうと考えながら深呼吸をひとつして、話をつづけた。

「なんでこんな話をするんやって、もしかしたら気持ち悪く感じはるかもしれません」

「いえ」と逢沢さんが言った。「僕は事務方ですけど一応こういう会にかかわってやってますし、こういう機会ってわりにあるんです——夏目さんは関西のかたなんですか」

「はい。大阪です」

「最初、気づきませんでした。使い分けているんですか」

「あまり意識してませんけど、かしこまるというかしっかり話そうとすると、標準語っぽくなるんかもしれません」

「なるほど」と逢沢さんは肯いた。「僕のも、そういうのと関係しているのかもしれませんね」

「僕のも？」

「さっきおっしゃった機嫌の話です。今日はいろいろな人が来るし、このあと懇親会のようなものがあって人とも一定の時間話すので、緊張しているのかも」

「緊張すると機嫌がよくなる？」

「外面がよくなる」逢沢さんは笑った。「このあいだの——あれはクリスマスでしたっけ、自由が丘のときはたしかにぼんやりしてましたね」

「ぼんやりというのではないですけど」わたしは言った。「何かべつのことを考えてるというか、なんかそういう感じがして」

「一九七八年生まれということは、おなじ年ですね」逢沢さんはカバーのそでに載っているプロフィールを見て言った。「でも——すごいですよね。当たりまえだけど小説ってぜんぶ文字だけでできていて、それをひとりで書いてるわけですよね。現実の小説家を見るのは初めてだ」

「もっとちゃんとした小説家ならよかったですけど」とわたしは肩をすくめた。そこでしばらく沈黙が流れ、わたしは何かを話さなくてはならないと思い、逢沢さんはふだん——と逢沢さんの仕事について訊きかけたのだけれど、自分から話してくれるならともかく、いきなり職業を尋ねるのは失礼なんじゃないかという考えがよぎって、また黙ってしまった。わたしが本を渡したのは、インタビューや話を読んだり聞いたりして、こちらだけが一方的に逢沢さんの出自にかんするかなり個人的なことを知っているのが、どうにもフェアではないような気がしたからという理由なのだけれど、でも当然のことながらそんなのはわたしが勝手に感じている居心地の悪さなのであって、逢沢さんにはまったく関係のないことだった。けれど逢沢さんはわたしの質問のつづきを察して、仕事は内科医をしていますと話してくれた。

「お医者さんなんですか」

「はい」逢沢さんは言った。「とはいっても、決まった勤務先はないんですけど」

「決まった勤務先のない医者」わたしはくりかえした。「基本的には働いていない医者ってことですか」

「そうとも言えますが、まあ、ある程度は働かないと生活できないですよね」逢沢さんは笑った。「最初は病院に勤めてたんです。でも、いろいろなことがあって、それでいまは転々としているんです」

「いろんな病院をってこと？」

「はい。登録しておいて、呼ばれたらいくんです。医者の派遣バイトみたいなものですよね。新学期シーズンなら健診とか。あとは予備校の講師とかですかね。国家試験の」

「医者ってみんな病院で働いていると思ってた」わたしは言った。

「働くときは、まあいちおう病院で働いてるのには違いはないんですけれど」と逢沢さんは笑った。「ただ、所属先がないんですね。まあ六十代とか七十代になっても、健診だけをひたすらつないでその日暮らしの生活をしてる医者はわりといて、励みになります」

「ってことは──時給制ってことなんですか」驚いたついでに頭に浮かんだことをそのまま口にしたわたしは、またもやデリカシーのないことを言ってしまったと気がついて肩をすくめた。「──ごめんなさい、仕事のことも訊いて、せやのにお金の話までとか」

「ぜんぜん」逢沢さんは楽しそうに笑った。「偏見かもしれませんが、大阪の人にとっては自然なことなんですよね、お金の話って？」

「や、どうなんやろ」わたしは焦って言った。「でもたしかに、値段全般にたいしてこう、食いつきがあるというか、あるかもですね、それなんぼやったん、みたいな」

「ああ、なるほど。『なんぼ』かで言うと、そうですね、だいたい二万円前後とかですかね、ほんとに手がなくて緊急のときとかは三万とか」

「一日で」

「いや、時給」

「えええっ」わたしは驚いて思わず中腰になり、大きな声を出してしまった。「時給が二万？　ご、五時間働いたら十万円？」

「いや、毎日じゃないですし、半日とかムラがあるし、保障とかいっさいないですけどね」

「いや……医師免許、最強ですね」

それからまた沈黙が流れた。どう考えても余計なことを言ってしまったし訊いてしまったと思ったけれど、しかし具体的な金額を言ったのはわたしではなくて逢沢さんやし、とかそんな言い訳めいたことがぐるぐると頭をまわっていた。逢沢さんはおそらくすっかり冷めてしまっているコーヒーをひとくち飲み、わたしもペットボトルのお茶を飲んだ。

「あの」わたしは思いきって、この一ヶ月ほどのあいだ自分が考えてきたことを正直に言ってみることにした。

「このあいだの会もそうなんですけど、インタビュー本も拝読して、いろいろ想像するところとかはあるんですけど、それでわかれよって思うんですけど、逢沢さんにもっと訊いてみたいなと思うことが、じつは、いろいろあって」

「当事者に、ということですよね」逢沢さんは言った。

「はい」わたしは肯いた。「こんなの逢沢さんにまったく関係ないことで申し訳ないんですけど、これから自分がどうするかを考えるために──っていうか、これからっていうほどあんまり時間もないんですけど」

「書籍とか、こういう問題を扱ってる記事とかは読まれてるんですよね」

「はい、そんなにたくさんではないんですけど」

「くりかえしになりますけど」と逢沢さんは言った。「それがどの立場の人であっても、AIDとその当事者に関心をもってもらうってことは、僕たちの活動の主旨でもありますから。また何かあったら連絡ください」

「ありがとうございます」とわたしは頭を下げた。

「本も、ありがとうございました」逢沢さんは手にもった本に目をやった。「夏目夏子さん——夏という漢字が好きなんですか」

「それ本名なんですよ」わたしは言った。

「ほんとに？」

「ほんとに」

　会場のドアがひらき、大勢の人たちがざわめきとともにロビーにあふれ出てきた。ひとりの女性が目についた。膝くらいまでの長さの黒のワンピースを着て、髪を後ろでひとつに束ねたその女性は誰かを探すようにあたりを見、逢沢さんに気がつくとこちらへむかって歩いてきた。小柄で全身の線がとても細く、鎖骨がつかめそうなくらいにはっきりと浮きあがっているのがみえた。白い肌には鼻から頬にかけて濃淡のあるそばかすが楕円状にふわりと広がっており、そのかたちと煙るような色はいつか図鑑でみた星雲を思い起こさせた。その雰囲気にどこかで見覚えがあるような気がした。わたしたちは軽く会釈をしあった。

「こちらは夏目さん。このあいだ——といっても去年になるのか、自由が丘の会にも来てくださって」

「もしかして、最後にご発言された」その女性はわたしの顔を見て言った。

「ああ、そうか。このあいだは会場でマイクをまわしていたから、おふたりは一度会ってることになるのか」逢沢さんは肯いた。「彼女は善《ぜん》さんといって——彼女も僕とおなじ当事者で、おなじ会で活動している仲間というか、メンバーです」

「どうも」わたしは立ちあがって挨拶をした。

「善です」善百合子《ゆりこ》はわたしに名刺を渡してくれた。

「夏目さんは小説家なんだよ」逢沢さんは手にもった本を見せて言った。

「そうなんですか」善百合子は目を細めるようにして表紙をしばらく眺めると、口もとだけを使って微笑んだ。

「まだ一冊だけなので」わたしは言い訳するように小さく首をふった。「――このあいだの会もそうなんですけど、じつは逢沢さんにいろいろとお話を聞きたいなと思っていて」

「取材とか？」善百合子はほんの少し顔を傾けてわたしを見た。

「いいえ、わたしがＡＩＤを考えていて、そのことでいろいろと聞きたいことがあって」

善百合子はゆっくりと瞬きをし、しばらくのあいだわたしの顔をじっと見つめた。そして一度だけ小さく肯くと、目を細めて微笑んだ。その表情には妙な威圧感があり、まるでわたしは教師から命令されるのを待っている子どもにでもなったような気分になった。彼女はけっきょく何も言わなかった。

「そろそろ行ったほうがいいんじゃない。先生たちも部屋に」

逢沢さんにそう言うと、善百合子はわたしに軽く目礼して歩きだした。逢沢さんは腕時計を確認すると立ちあがり、じゃあ控室に戻りますねと言って頭を下げた。

「メールは」とわたしは言った。「あの先月いただいたお名刺に、メールアドレスがあったんですけど、質問とかはそっちに」

「はい、そこで」そう言うと逢沢さんは歩いていった。たくさんの人にまぎれてふたりの後ろ姿はすぐに見えなくなった。


二月は暖かな日がつづいた。小説は相変わらずだったけれど、窓から差しこむ冬の静かな日差しを見ていると、どこか気持ちが和らぐような気がした。ときどき巻子と電話で他愛のない話をし、緑子ともラインでやりとりをした。緑子は新しくはじめたバイト先のレストランの話や、最近読んだ本をならべて撮った画像を送ってくれたりした。

逢沢さんとも何度かメールのやりとりをした。わたしが送ったメールに小説を読みはじめたので読み終わったら感想を送りますねと返事をくれ、わたしはそれにたいしてまた礼のメールを送った。このあいだロビーで話したときの印象とくらべると逢沢さんのメールの文面はシンプルで、どちらかというと初対面のときに近い感じがあり、どんなテンションでメールを書いてよいのか、うまく雰囲気がつかめなかった。

あの日、ロビーでふたりで話したときのあのやわらかい感じというか話しやすさみたいなものは、あれはいわゆる医者の親切心、患者にたいする心遣いというかそういう種類の対応だったのかもしれないとわたしは思った。それから、善百合子の顔が浮かんだ。鼻から頬にかけて、星雲のもやのようなそばかすがふわりと広がっていた。あの人も当事者だと言っていた。年はいくつくらいなんだろうか。そんなことをぼんやりと考えながら絨毯のうえの小さなひだまりを見つめていると、ふと逢沢さんが見つけられないでいる精子提供者――逢沢さんのじつの父親は医学部の学生で、つまり普通に考えればいまも逢沢さんとおなじ医者をやっている確率が高いんやなとそんなことを思った。

二週目の火曜日の夜、風呂からあがるとちゃぶ台のうえで電話がぶぶっと震えており、着信画面を見ると仙川涼子だった。時計を見ると夜の十時を過ぎており、電話に出ると仙川さんは、いま仕事が終わって三軒茶屋の駅前にいるのだけれど、これから少しだけ酒を飲まないかと誘ってきた。口調からして仙川さんがすでにかなり酔っ払ってるのは明らかで、わたしは風呂からあがったばかりで髪もまだ濡れているし、もう寝ようと思っていたとかなんとか言って断ったほうがいいのではないかといっしゅん迷った。けれど仙川さんにしては珍しく相手の状況をわざと察しない雰囲気というか、そういうことも織りこみ済みでなお誘っているのだという感じがしたので、わたしはけっきょく行くことにした。髪を乾かしてから行くので適当な店に入ったらラインしておいてくださいと言って、電話を切った。

店は駅からすぐの地下にあるバーだった。昼間にスーパーに行くときにもこの建物のまえはよく通るのにここにバーがあるなんて知らなかった。急な階段を降りていくと重い鉄の扉があって、肩から押してなかに入るとこんなに暗くする必要があるのかと思うくらいに店内は暗く、ところどころで卓上のキャンドルの灯が小さくゆれているのが見えた。バーとしては繁盛する時間帯のはずなのに客の姿はちらほらだった。おひとりですかと訊かれて待ちあわせですと答え、いちばん奥の席に座っている仙川さんを見つけた。

会うなり仙川さんはごめんねごめんねと手をあわせ、非常識な時間にお誘いしちゃってほんとすみません、でも来てくれてうれしい、と笑顔で謝った。ぜんぜんいいですよとわたしは言った。暗い照明のなかで仙川さんの顔には濃い陰影がついており、キャンドルにあわせてそれがちらちらと動いた。仙川さんのまえにはすでにウイスキーの入ったごつごつしたグラスと水が置かれており、わたしはビールを頼んだ。

「っていうかここ暗すぎません？」わたしは言った。

「いや、この時間だったらむしろこれくらいがいいんじゃないですか」

「そうかな、なんか洞窟っていうか洞穴感すごいですけど」

「たしかに。キャンドルも焚き火っていうか」

「まあわたしコートの下、全身ユニクロの部屋着で来たんで照明的にはごまけてええかも」

「ふふ。でもこの感じで見ると、あら全身ジル・サンダー？　みたいな？　いいじゃないですか、そういうのってノーム・コアっていうんでしょ、いま女性誌にいる同期が言ってたわ」仙川さんは楽しそうに笑って、ウイスキーを飲んだ。

仙川さんはさっきまで二子玉でべつの作家と会食をしていたのだと言った。だいたい出版社と作家の会食は午後七時くらいからはじまるのが普通らしいけれど、その作家が早寝早起きかつ超がつくほどの酒好きで、おまけに長居するのが好きなために編集者は午後四時に現地集合を言い渡され、結果、いつもより飲んでしまうことになるらしい。どれくらい飲んだんですかと訊くと、わかりません覚えてませんよと仙川さんは言い、滑舌はわりとしっかりしているけれど目は完全にすわっており、話の波にあわせて身ぶり手ぶりが大きくなって——つまりどこからどう見ても終了しているというか、出来あがっている状態になっていた。もう帰ったほうがよかったんじゃないですかと笑うと、そんなこと言わないでくださいよお、と仙川さんはいたずらっぽく笑うのだけれど、どうも黒目に表情がなく、わたしは黙ってビールを飲んだ。

わざわざ呼びだされたわけではあるけれど、仙川さんはわたしにとくに今日でないといけない用事があったわけではないらしく、小説の話も出なかった。わたしはそのことが少し気になって少しだけ傷つきもしたけれど、しかしとくに進展のない仕事について何のカタルシスもない話をしてもお互いにしんどいだけだと思い、そのままにしておいた。

仙川さんは家族の話をした。少し話を聞くだけでも金持ち出身とわかるような話題ばかりをくりだし、わたしはそのいちいちに感嘆の声をあげた。病弱で入院がちだった子ども時代には家庭教師が何人もいて、個室で勉強を見てもらっていただとか、シーズンには庭師が三人必要なくらいの庭のある家に育って、家の風呂が大理石でできていてそこで転んで頭を切って五針縫った傷跡が雨の日にはまだ痛むとか、昔は親の部屋に鍵のついてない金庫みたいなのがあってそこに札束が無造作に突っこまれており、それを従姉妹たちとレゴ代わりに積んだり倒したりして遊んでいたことがあるとか。今はもうあんまりお金ないみたいだけれどね、と仙川さんは笑った。

「そ、そういう財産って、ぜんぶ仙川さんのものになるの」

「一人っ子だしね」仙川さんは目を細めてそう言うと、ゆっくりウイスキーを飲みくだした。そしてそのあとすぐに大きく咳きこみ、わたしは咳が落ち着くのを待った。

「――ああ、ウイスキーがつまったつまった」

「だいじょうぶ？」

「いけますいけます、えっとなんでしたっけ、ああ親が死んだら」仙川さんは水を飲んで肯いた。「そうねえ、まあそうなるんでしょうけど、でもこれから介護もあるし、ゆくゆくは施設とかもね、検討しないといけないから、そこでほとんど相殺《そうさい》ってことになるかもね。あんな大きいだけの悪趣味な家残されても誰が住むのっていう。二十三区内ならどうにでもなるでしょうけど、八王子の外れなんか」

「でもいざとなったら家賃払わんでいいとこがあるっていうのは、心強そう」わたしは素直に言った。

「そうねえ、わたしに子どもがいたら、また考えかたも違ったんだろうけれど」

子ども、という言葉が仙川さんから出た瞬間、わたしは反射的に「子どもねえ――」と何でもないようにあいづちを打ち、そしてべつにこんなことはたいした質問でもなんでもないんだけれどそういえば、というような雰囲気を装って質問をした。

「子どもとかって、どんなふうに考えたりしたことある？」

「子どもですか」仙川さんはウイスキーのなくなったグラスをじっと見た。それから、すみません、と思いだしたように大きな声で店員を呼んで、べつのウイスキーを頼んだ。両手でゆるくパーマのかかった髪を後ろになでつけ、子どもねえ、と笑顔でため息をついた。

「べつにいらないとか欲しくないとか、そういうわけじゃなかったんですよね。わたしなりに一生懸命に生きてきたつもりではあるんだけど、そうするとその流れに――なんていうか、子どもっていうものが入ってくる余地がなかった、っていうのがいちばん自然かな。仕事も忙しかったしね」

わたしはビールを飲んで、あいづちを打った。

「生きてると、どうしても目のまえにあることをやっていかないといけないじゃないですか。仕事ってほら、やろうと思えば無限にあるし、会社員なんてとくに。病気するとか、それこそ弾みで妊娠するとか、何かそういうどうしてもってことが起きないと、生活ってなかなか変わらないじゃないですか。わたしの場合は、人生にそういうのが起きなかったんですよね」仙川さんは両手の指で目のわきをゆっくりとこすりながら言った。

「だから、子どもをもたないって決めたわけではないんだけどな」

わたしは肯いてビールを飲んだ。

「でも、それが自然だったんだと思う。女は本能的に子どもを産みたくなるものだとか、遺伝子からの命令だとか——未だにそういうこと言う人いるのかどうかわからないけど、そういうのはわたし、いっさい感じなかったですよ。そのときにやらなくちゃいけないことをやってたら今になってた、っていうだけ。でもこれって考えようによっては、子どもを産まないほうが自然なんじゃないの？　って思いますけどね。だって、これまでどおりの毎日を自然に生きてるだけなんだもの」

「それはそうかも」わたしは言った。

「そうやで」笑いながら仙川さんは大阪弁で言った。「でもね……こういうことは、思ったかもなあ」

「なに」

「もしかしたら明日、この生活のすべてをそっくり変えてしまう何かが起きるかもしれない、とは思ったことあったかも」

仙川さんは目をつむって軽く頭をふった。

「もしかしたらそれが、妊娠とかだったりするのかな、とは思ったことはありました。漠然とですけど。わたしにもいつか、そういうことが起きるのかもしれない、出会うのかもしれない、これまでみんなの人生に起きてきたみたいに、自分の人生にだっていつか、そんなことが起きるのかもしれない。そう思ったことはありました。でも——その『いつか』がわたしにやってくることはなかった」

仙川さんはしばらく黙ったまま、テーブルのうえに置いた自分の手の指先を見つめていた。それから顔をあげると微笑んで言った。

「夏目さんも、おなじでしょ?」

わたしたちはそこからしばらく黙ったまま、それぞれの酒を飲んだ。わたしはビールをお代わりした。仙川さんは壁にかかったポスターのあたりに目をやり、少ししてから言った。

「……でも、いま思うと子どもいなくてよかったなあって、わりと思いますよ」

「どんなときに？」

「もちろん最初からいないんだからくらべようはないんだけど、まわりを見てるとね、ああ、わたしこういうのにかかわらなくてよかったなあって思うこと多いですよね。あんまり大きな声じゃ言えないけど」仙川さんは言った。「もちろん幸せな人もいるんでしょうけど、やれ熱だ病気だってふりまわされて仕事との板挟みになって、文字通りぼろぼろになって働いてますよ。うちみたいに保障がしっかりしてるところでもそうなんだから、よそなんかもう仕事つづけるのとか、基本的に無理ですよね。みんなストレスすごくって。旦那の愚痴ばっかりで。そういう記事とか本とか多くないですか？　ママ作家とかもそんなのばっかりでしょう？　出産本とか育児本とか、苦労と共感系っていうか。産まれてきてくれてありがとう――とかね。作家がそんな凡庸な感情を書いていったい何になるんですか。わたしからすれば、ああいう身辺雑記を書いたら小説家なんてそこで終わりですよね」

わたしはビールを飲んで肯いた。

「でもね」仙川さんはウイスキーを口に含んでゆっくり飲みくだすと、小さく笑った。「……そういうの読んだり聞いたりするたびにね、子育てでくたくたになった同僚から愚痴を聞かされたりするたびにね――夏目さんにだから言っちゃいますけど、この人たちはなんて浅はかで身勝手なんだろうって思うんです。本当に思う。だってそうなることってだいたい察しがつくじゃないですか。そのうえであなたたちが好きでやったことなのに、いまさら何を言ってるの、って。そして同情しますよね。このさき苦労して働きつづけて子どもを何十年も育てなきゃいけないわけでしょう。病気とか受験とか反抗期とか就職とか、ようやく自分の人生でそういうことやっと片づけたと思ったのに、あの人たちまたおなじことをいちからやるんですよ。本当に物好きっていうか、ご苦労なことだなと。わたし本当にそう思う。べつに決心があったわけじゃないけど、子どもがいなくてよかったって、いまは思ってますね」

それから話はなんとなくべつの話題に移った。わたしたちはそれぞれおなじものを何杯かお代わりし、くだらない話をし、冗談を言いあって声を出して笑った。遊佐の話もした。買ったばかりの電動自転車が一日に二回も撤去されて散々な目に遭ったとか、数十枚ぶんの原稿データが消えてしまった話とか。暗すぎると思っていた照明はいつのまにか目に馴染み、壁にかけられたメニューやずらりとならんだ酒瓶や、いつの時代のものかわからないポスターや、いろんなものの輪郭がくっきりと浮かびあがっていた。仙川さんが黙って席を立ち、軽く右手をあげてトイレのほうへ歩いていった。仙川さんと入れ違いにスーツを着た男性のグループと、数人の男女のグループが入ってきて店は一気に騒がしくなった。

しばらく待っても仙川さんは戻ってこなかった。誰かが店員を呼ぶ声がし、ところどころで電話の液晶がぼんやりと発光しているのが見えた。気持ち悪くなって吐いてるのかもしれないと心配になってトイレに行ってみると、洗面台で前かがみになっている仙川さんの後ろ姿が見えた。

仙川さん、と声をかけると顔をあげた仙川さんと鏡ごしに目があった。照明が落としてあるのに、仙川さんの目が真っ赤に充血しているのがわかった。だいじょうぶかと訊いても仙川さんは鏡越しにわたしをじっと見つめたまま、返事をしなかった。お水もってこようかと言うと、仙川さんは首をふった。そしてゆっくりとふりかえると、腕を伸ばしてわたしを抱きしめた。いっしゅん何が起こったのかわからなかった。仙川さんに抱きしめられているあいだ、なぜかわたしの頭のなかにはたったいま仙川さんの長い腕がこちらに伸びてきた瞬間の映像が何度もくりかえし再現されていた。左耳のあたりに仙川さんの息づかいを感じて、わたしは両手を宙に浮かせたまま、少しも動くことができなかった。仙川さんの肩は驚くほど薄く、背中にまわされた腕もおなじように細かった。ただ抱きしめられるだけでどうしてこんなふうに相手の体のことがわかるのか——わたしは何が起きているのか理解できず、心臓の音が聞こえそうなくらいに動揺しながら、同時にそのことを不思議に思っていた。

何秒くらいそうしていたのかわからなかったけれど、しばらくすると仙川さんはゆっくりとわたしの体から離れ、そして少しのあいだうつむいたあと、顔をあげた。いつもの仙川さんだった。そのとき仙川さんの唇が少し動いて何かを言ったような気がした。たしかに何か短い言葉を口にしたはずだったけれど、わたしの耳には届かなかった。なんて言ったのかを確かめるタイミングもなく、酔ったね、いやあ酔いすぎだよね、と言いながらわたしたちは連れだって席に戻り、残りの酒を飲んでから会計をして店を出た。タクシーまで送るというわたしに、だいじょうぶ、だいじょうぶです、寒いしもう行ってくださあいと仙川さんは言って、何度も振り払おうとした。わたしはふらふらしている仙川さんの肘をもって冗談を言いながら一緒に通りまで歩いた。仙川さんの乗ったタクシーが走り去ってからも、わたしはしばらく車の行き来を眺めていた。どうなればじゅうぶんなのかはわからなかったけれど、どこか飲み足りないような気持ちだった。わたしはコンビニに寄って、少し迷ってからほとんど飲んだことのないウイスキーの、いちばん小さいのから二番目の瓶を買った。ビールを手にとってみたのはいいけれど、あまりに冷たかったのだ。

エアコンをつけたままにして出たので、部屋のなかは暖かだった。髪に手をやると、さっき乾かしたはずなのになぜかまだ湿っているような気がした。ハンガーにコートをかけ、もう一度髪にドライヤーをし、さっき洗面所で起きたことについて考えようとした。仙川さんはすごく酔っていた。仕事でしんどいことがあるのかもしれない。なにかもっと話したいことがあったのかもしれないし、なんかどうしようもなく泣きたいような気持ちだったのかもしれんし——そんなことを頭のなかにならべていっても、仙川さんの肩の薄さや細さや、鏡越しにみえた目の感じや照明の色なんかと一緒になった動揺がありありと甦ってくるだけで、何をどう考えればそれについて考えたことになるのか、わたしにはわからなかった。

ウイスキーをグラスに注いで飲んだ。飲みくだすごとに喉がかあっと熱くなるだけで、ちっともおいしいとは思えなかった。けれど二十分もたたないうちに瓶の中身は半分以下になってしまった。電気を消して布団に入った。眠気がやってくるどころか、頬や手足が熱くなってなかなか寝つけず、もっと眠れなくなるのはわかっているのに、わたしは電話でいろいろな記事をクリックしつづけた。いつもはパソコンで読んでいる不妊治療のブログを読み、貼られたリンクを辿ってさらに新しいブログへ飛び、掲示板でくりひろげられている不毛なやりとりの隅々までを読んだ。治療をしている人もやめた人も、関係のない人も、いろんな人がいろんなことを書いていた。匿名で書かれたそれらの無責任な文章は、嘆き、哀れみ、せせら笑い、攻撃し、慰めあい、そして自己憐憫に満ちていた。読めば読むほど目は冴え、こめかみから側頭部にかけてがきしきし痛んだ。そしてどす黒い気持ちが胸のあたりに渦巻いているのがわかった。

ここでつらいだの悲しいだのと気持ちを吐露してる女たちは、なんだかんだ言ったたって恵まれている。手厚い治療も用意されている。やれることがある。手段がある。認められている。子どもが欲しいカップルの同性愛者だってわたしからしたら似たようなものだ。相手がおるやないか。一緒に子どもを望んで、これからを一緒に乗り越えていける相手がおる時点で、おんなじやないか。理解者もおるしネットワークだってあって、協力してくれる人もおるやろう。ネットも本もどこもかしこも相手のいるカップルの気持ちばっかりや。相手がおらん、これからもおらん人間の気持ちはどこにある？　子どもをつくる権利は誰にある？　相手がおらんだけで、セックスができひんだけで、それが与えられへんとでもおまえらは言うんか。

全員、全員うまくいかなんだらいいとわたしは思った。お金かけて時間かけてみんなそれで失敗したらええんやと思った。やるだけやったんやからあきらめもつくやろう、みんながっかりしたらええんや。険悪んなって罵《ののし》りあって、それでぐちゃぐちゃになって残りの人生を送ったらええんや、やるだけやれたただけまだましやし、チャンスがあっただけ幸せやし、あんたらはどれだけ、どんだけ恵まれてることか。

わたしは両掌でごしごしと顔をこすり、起きあがると残りのウイスキーを飲んだ。それから布団に横になり、また電話を手にもって、さっきのつづきに戻った。発光する画面の鋭くて平板な光を瞬きもせずに見つめていると、熱い涙がにじんだ。でもやめられなかった。頭が空焚《からだ》きしたやかんにでもなったようだった。耳のすぐそばで心臓がどくどくと脈打っていた。胸は苦しかったし、体は熱かった。もうどうにでもなれやと思いながら、何にもしないでも目尻に垂れてくる涙を顔じゅうに引きのばしていると、ぽおんとコール音が鳴り、メールアプリに着信のしるしがついた。逢沢さんからだった。

一週間まえに送ったわたしのメールへの返信だった。内容は簡潔で、四月末にこのあいだよりは小規模の有志の会をひらくので、もしよかったら、というお知らせだった。追伸、もうすぐ読み終わります。

わたしは返信を押して白紙をたちあげ、文字を打ちはじめた。けれどわたしは完全に酔っており、何度も文字を打ち間違ってはおかしな変換をくりかえし、気づいて直そうと目をこらしたり読みあげたりするたびに、さらに酒がまわっていくようだった。ぐるぐると回転をしはじめる頭のなかで思考は支離滅裂に膨らんで、自分はたしかにいま少し酔っているけれど、しかしメールくらいはちゃんと書けているという感覚でいるからなおたちが悪く、さっきから引きずっている攻撃的で被害妄想的な気分に拍車がかかり、文面は悲惨なものになっていった。

〈どうもこんばんは、四月の会にはごめんけど行かれません。だって、もう構図が決まっているからです。一方通行だからだえす。当事者みなさんの気持ちがわかるなんてことはできません、が、そそてこんなことは百も承知だと思いますが、平行線でしかありえないのではないかと愚考します。たとえばお聞きたいこととして、嘘をつかず最初からすべてを話すのであればどうでしたか。母親が自信をもってそのことを、いっさいの後ろめたさなく堂々と伝えることができたなら。相手のいない人間は、自分の子どもに会う権利って最初からないんでしょうか。それも含めて自分のせいなんでしょうか。わたしはみなさんが批判しているらっしゃるかぞく主義とか体裁を気にしてみたいなのとも違うとおもっています、子どもが欲しい、というのも違う。もちたい、とかほしいとか、そういうんではない、会ってみたい、会いたい、そして一緒に生きてみたい。でも、わたしは、いったい誰に会ってみたいというんやろう、まだ会ったこともないというのにね。四月は行かないでおきます、お聞きしたかったことは想像しながら自分で考えてみます、短いあいだでしたがありがとうございました。さようなら〉

わたしは読み返しもせずに送信ボタンをタップし、そのまま電話を暗い部屋のもっと暗くみえる部分へ投げつけた。そして布団をかぶって目をぎゅっと閉じた。黒くて硬い波がかぶさり、それがつかみどころのない模様になってひとしきり動きまわったあと、夢にコミばあが出てきた。三角に膝を曲げて座っているコミばあの横で、わたしは麦茶を飲んでいた。港町のビルの家の、古くて黒い柱にもたれてふたりで話をして笑っていた。コミばあの膝でっかいなあ。夏ちゃんも自分の膝みてみ、おばあちゃんとそっくりやがな。ほんまやな、でっかいなあ！　おかんよりコミばあに似てるもんな、おかんがいっつも言うんやで、生まれた瞬間からそっくりやったって。ほんまかいなうれしいな。なあコミばあ、人間ていつかぜったい死ぬんやろ、そしたらコミばあも死ぬんやろ。せやなあ、せやけど……なんや夏ちゃん泣いてるん、そんなんで泣きな、まだまだ先のことやがな、ほれ笑いな、だいじょうぶや、ばあちゃん死んでもぜったい合図送るから。ほんま？　ほんまや、どんな合図？　それはいまはわからんけど、ぜったい会いに出てくるでぇ。夏ちゃあんゆうて、会いに来るから。お化けんなって？　そうかもなあ。コミばあ、お化けでもいいけど、あんまし怖わないお化けにして、コミばあぜったい会いにきて、何があっても会いにきてな。コミばあがきたら、それが鳥でも葉っぱでも風でも電気かちかちでもなんでもすぐわかるようにしとくから、ぜったいコミばあ、会いにきて、どんなふうでも会いにきて、わかったわかった、わかったよ、ほんまやで、約束やぶったらあかんねんで、わたしずっと――コミばあのこと、わたしずっとずっと、待ってるからな。

＊

「本当にすみませんでした」

頭を下げるわたしに逢沢さんはだいじょうぶですと肯いた。

「激烈に酔ってもうたんです」わたしは言った。もう何日もまえのことになるのに、まだ頭の片隅に酒が残っているような気がした。

「メールを読んで驚きました。何が起こったのかと」

「わたしもびっくりしました、あとから読んで」

「吐いたりは？」逢沢さんは訊いた。

「はい、吐いたりはなかったです。つぎの朝は立てませんでしたけど」

「飲むまえには何か少しでも食べておくといいですよ。乳製品とか」

「そうします」わたしは肩をすくめた。

酔っ払って読み返しもしないまま送ったメールに逢沢さんは律儀に返信をくれ、そのあと数回やりとりをし、会うことになった。逢沢さんは、何かの雑誌に掲載されて、まだ書籍としては刊行されていない、生殖倫理についての文章のコピーをいくつかもってきてくれた。わたしは礼を言ってバッグにしまった。わたしたちが待ちあわせた三軒茶屋のコーヒーショップは日曜日ということもあって賑わっていた。

「そうだ」逢沢さんが言った。「小説を読みました。とても面白かったです」

「お忙しいのにすみません」

「これまで小説をほとんど読んでこなかったので、うまく言えないんですけれど」

「すみません」

自分で渡したくせに、こんなふうに面とむかって自分の書いたものについて話をされるとどんな顔をしてよいのかわからなくなり、わたしはうつむいてもごもごと言葉を濁した。

「いろんなふうに、読めると思うんですけれど」逢沢さんはコーヒーカップをじっと見つめ、考えるようにして言った。「……ある種の輪廻《りんね》を描いてるということになるのでしょうか。最初からみんな死んでいて、さらに死んで、場所も社会的なルールも言語もどんどん変わるんだけれど、主人公はおなじ自我をもったままで、永遠にそれをくりかえして」

わたしはあいまいに肯いた。

「……いま僕は、くりかえしてって言いましたけど……それはちょっと違ったかもしれない」そう言うと、逢沢さんはしばらくのあいだ黙りこんだ。そして顔をあげると、わかった、というように目を大きくひらいてみせた。

「そうか、まっすぐなんだ。ずっとつづいていくから輪廻とかそういうふうに捉えてしまうんだけれど、あの世界は、あくまで直線として進んでいるんだ」

わたしが何と答えていいのかわからず黙っていると、逢沢さんは少し肩をすくめて謝った。「——すみません、うまく言えないけど、すごく面白く読みました」

「逢沢さん、小説とかあんまり読んでないって言ってたけど、そんな感じしません」わたしは言った。

「詳しくはないんですけど、興味はあるんです。小説を書くっていったいどういう感じなんだろうな、とか」

「書いてみたいなって思うんですか」

「まさか」逢沢さんは笑った。「父親がね、ずっと小説を書いてたんです」

「お父さんが？」

「はい。育てのほうの父親がね、趣味で書いていたんです。もうずいぶんまえに、死んでしまったんですけどね」

「若くで？」

「いまだと、ずいぶん若いですよね。五十四歳でしたから。僕が十五歳のときに心筋梗塞で亡くなりました。自分が精子提供で生まれてきたのを知るのって、だいたいパターンとして親の離婚とか父親が死んだ直後とかが多いんですけど、僕の場合はそのあと十五年くらい、三十になるまで知らされなかったんです」

「そのときまでは、まったく」

「そうですね」逢沢さんは言った。「うちは——どこかで話したかもしれませんが、栃木のなかなか面倒な家で。まあ昔ながらの土地もちというか、いわゆる旧家というか。

そこでみんなで暮らしていて、祖父はまだ僕が小さい頃に亡くなって、祖母がすべてを仕切っているような家で。僕は祖母からそのことを聞かされたんです」

「三十歳になって、いきなり？」わたしは尋ねた。

「そうなんです」逢沢さんは小さく息をついた。「父が死んでからの数年間——僕が大学進学で上京するまでのあいだは祖母と母と僕の三人で暮らしていたんですけど、僕が家を出てしまったあとは、母と祖母のふたりになったんです。祖母は昔からすごく気が強くてずいぶんものをはっきり言う性格だったから、母親がいろいろと大変なんだろうなとは感じていたんですけど、まあ同居している家ならある程度はしようがない問題というか、息子としては、そういうふうに理解していたんです。それで、僕が大学を出て免許も取ってなんとか研修を終えた頃に、母親がもうこれ以上、祖母と暮らすのは無理だということになって。家を出て、祖母から離れて東京に出てきたいと言いはじめたんです」

「そのとき逢沢さんは東京だから、一緒にという感じ？」

「いえ、具体的に僕と住むとかそういうことよりも、とにかく祖母と離れたいんだと。どれだけ祖母が自分にひどい仕打ちをしているか、自分が日々どんないやがらせを受けながら生きているかを説明しました。これ以上ここにいたら本当にわたしは気が狂って死んでしまうと、泣きながら訴えてきました。それでどうしようもなくなって、母親が、祖母に切りだしたんです。家を出て東京に行こうと思っていると。すると祖母は烈火《れっか》のごとく怒り狂って手がつけられなくなった。というのは、父親が死んだときに母は配偶者ということで相続をしていたんです。祖父が死んだときに父に入った財産の半分がすでに母のものになっていて、いずれはすべてを手に入れるんだろうと。祖母からすると家の金をもらった以上は残って家を守るのも自分の面倒を見るのも当然だろうと、そういう論理なんですね」

「なるほど」

「じっさいに僕もそのおかげで東京の私立の医大なんかに通えたわけです」逢沢さんは言った。「でも、何よりもまずは母親の精神状態や、健康を第一に考えなければならないので、今後発生する財産を放棄してはどうかとか、そういうことも考えて提案してはみたんです。でもそこは母にも言い分があるようで、結婚して家に入ってから数十年、そのあと夫が死んでからずっと一家の嫁として家のことをやってきたのだから、相続するのは当然だって言うんです。難しいですよね」

逢沢さんはカップのなかのコーヒーを飲み干すと、窓の外に目をやった。もう一杯コーヒーを飲みませんかと誘うと、ありがとうというように肯いた。店員がやってきて、わたしたちのカップにお代わりを注いだ。

「それはでも、お母さんに分がありそう」わたしは言った。

逢沢さんは少し困ったような表情をして、何度か肯いた。

「まあ本当に気性の荒い……というか、一種のかんしゃくもちというかそういう感じでしたから、まわりの人間は相当な苦労をしたとは思うんです。物心ついたときから僕も祖母が本当に苦手だったですし」

「怖いおばあちゃんやった？」

「何ていえばいいのかな……子ども心に怖くて、何かの拍子に二人きりになるとすごく緊張するというか。気を許すとか甘えたりとか、そういうことは一度もなかったですね。いま思うと、それはそうだよなと思いますけどね。むこうだって本当の孫ではない僕を可愛がる気持ちにはなれないですよね」

「それが逢沢さんが三十歳くらいのときの話？」

「そうです。それで、母はもう精神的に限界だっていうことで、東京のウィークリーマンションを借りて、そこに一時的に避難させていたんですね。ちょっと本当にまいってるって感じになってしまって。それで僕がひとりで栃木の家に行って祖母と今後のことについて話をしようということになったんです」

「なるほど」

「家に着くと、会ったことのあるようなないような、親戚筋だという人たちが数人いて。父は一人っ子だったんですけど、まあ祖父に何人かきょうだいがいたはずだから、そっちの関係だったんだと思います」

「なんか、目に浮かぶ――」わたしは目を細めて言った。「こう、おっきな広間で、きんきらきんの巨大仏壇を背にして、ずらあっと背広の男の人たちがならんで、それで真んなかに高そうな着物を着た老婦人的な……」

「まあ普通に居間だったんですけれど」逢沢さんは人さし指で鼻のわきを小さく掻いた。「祖母も普通にトレーナーに丹前とかで、まわりも作業着とか」

「紋切り型すぎましたね」わたしは反省した。

「いえいえ」逢沢さんは笑った。「でも家じたいは、まあ田舎ですから大きいんですよ」

「広いってどれくらい」

「そうですね……平屋で、なんだか横に、意味もなく広いんですよね。門から母屋までにちょっとした果樹園があって、日本庭園があって」

「えっ」

「田舎ですから。でも使っている部屋ってそんなにないんですね。だから僕が話した部屋はまあ、普通の居間って感じのところです」

わたしは、門から家までのあいだに果樹園と日本庭園のある、無意味なくらいに横に広がった住居というものを想像してみようとしたけれど、当然のことながらうまくいかなかった。

「……それで、話をしたわけです。母親の現状を説明して、お互いのためにも少し距離をとるのがよいのではないかと提案したんです。どうか母親が東京に住むことを許してやってくれないかと。とはいっても、まるきり来なくなるわけではなくて、週末に来て家のことをやり、一週間ぶんの食料や日用品も調達して困らないようにするからと。それでも不安なら家政婦に通いで来てもらうようにする。もちろん費用はこちらで負担しますからと」

「ええやん」わたしは思わず指を鳴らした。「そしたら？」

「もちろん一蹴されました。これまでどれだけ世話をしてやって、そしていったいどれだけの金がおまえの母親にいったと思ってるのかと。家に残ってわたしの面倒を最後までみるのは当たりまえだと、そこは絶対に譲らないんです」

「そんなにすごい金額なんですか」思わずわたしは頭に浮かんだことをそのまま訊いてしまった。

「祖母が言ってることですから本当かどうかはわからないですけど、まあ、ある程度は」

「お、お億とか」わたしは思いきって訊いてみた。

「そうですね」逢沢さんは眉間に皺をよせて言った。「もう少しかな、倍とか？」

わたしは黙って水を飲んだ。

「でも田畑とかそういうのもあわせると、ということですよね。金額そのままの価値ではないというか、そのまま使えるというものでもなくて。税やらなにやらがくっついてきて、あまり残らないんじゃないかな。それに母親はこれまでいっさい働かずに——生活も僕にかかる費用もすべてそこから使っていたわけだから、もうほとんどないでしょうね」

「……でもおばあちゃんはまだお金はあるんやろうから、介護とか世話とかって、気持ちよく割り切れるプロに頼んだほうが、おばあちゃん的にもいいと思うねんけど」

「当初は僕も母にそう言ってはみたんです。でも母に言わせるとそれは無理だと。祖母の意地だからと」

「意地？」

「はい。つまり、祖母は姑におなじことを強いられて生きてきたわけですよね。自分の人生を犠牲にして家を守ってきたという自負と恨みがあるんだと。おまえだけ自由にさせてたまるか、ということらしいんです」

「なるほど」

「そこから具体的な金額の話になり、母親がいかにろくでもない嫁だったか……母親への罵倒がはじまり、僕への攻撃になりました。僕は祖母のことが好きではなかったし、常に居心地の悪さを感じていたんですが、それでも自分よりもさきに息子を亡くした祖母のことを気の毒に思う気持ちはあったんです。この人にもこの人にしかわからない苦しみが、悲しみがあるんだろうと。相性の悪い孫かもしれないけれど、でも孫であることには違いないし、一緒に暮らしてきたことには、お互いに何かしらの意味があるはずだと」

逢沢さんはため息をついた。

「僕は、そんな自分の気持ちを伝えたんです。すると祖母は『おまえなんか、わたしの孫でもなんでもないよ』と言ったんです。ほんとに自然な流れでそう言うものだから、僕は最初、それを比喩として受けとりました。そして『そう言いたくなる気持ちはわかるけれど、ここはひとつ感情的にならず、きちんと話をしよう』と言ったんです。そしたら『本当におまえは孫じゃないんだよ。わたしの息子の子どもじゃない。おまえはよその種から生まれたんだから』と言うわけです」

わたしは肯いた。

「だから、おまえはこの話に口をだす筋あいもなければ、そもそもわたしとはなんにも関係ないんだと。話を聞いているとどうも冗談を言っているわけでもなさそうなので、どういうことか説明してくれと迫ったんですが、詳しいことはおまえの母親に訊けと言って追いだされてしまったんです。あのときどうやって東京に戻ったのか、ちょっと記憶がないんですよね」

逢沢さんはまた窓の外を見て、両手で軽くまぶたをこすった。逢沢さんの髪の分けめのあたりに、冬の午後の光がぼんやりと降りかかっていた。

「お母さんはなんて」わたしは訊いた。

「そう……それで東京に帰って、いったん自分の部屋にもどって、できるだけ気持ちを落ち着けてから、母親がいるウィークリーマンションに行ったんです。ドアをあけると、ワンルームの部屋の真んなかに、母親がごろんと寝転んでいて」

「いきなり？」

「いきなりというか、うん、いきなり寝転んだわけじゃないと思うんだけど、でもドアをあけたらそこにいたわけです。クリーム色のフローリングで、何も敷かないで、なにもかぶらないで、こちらに背中をむけて横たわっていました。ドアがあいても顔もあげないんです。眠っているのかと思って声をかけたら、何度目かに返事をしました。なんて切りだせばいいのかがわからなくて、まず『行ってきたよ』とだけ言ったんです。それでも母親は黙ったまま寝転んでるんです。それで——いま思うと自分でもなんでその場で言ってしまったのかよくわからないんだけど、気がついたら訊いていたんです。『さっきばあちゃんが言ってたけど、親父、親父じゃないんだって？』って」

「立ったまま？」

「はい」逢沢さんは肯いた。「いまから考えるともっと順序立ててというか、せめてちゃんと母親の顔を見て訊けばよかったのかもしれないと思わなくもないんですけど」

「そしたら、お母さんはなんて」わたしは訊いた。

「ずっと黙っていました。何分くらいそうしてたのか覚えてないんですけど、ずっと母親の背中を見ていました。するとずいぶん時間がたったあとで、母親がゆっくりと体を起こして、億劫そうに『そうだね』って言ったんです。そして『昔の話だし、もういいじゃない』って」

逢沢さんはそこで黙りこみ、わたしたちはそれぞれのコーヒーカップを見つめた。

「そのあとは」わたしは訊いた。

「そのあと、僕はほとんど反射的にドアをあけて外に出て、そのへんをとにかく歩きまわりました。自分になにか大変なことが起きたということは理解できるんだけど、でも何も手につかないというか。何かを考えなきゃいけないんだけれど、何を考えていいのか、まずそれがわからないんです。感じていたのは、身体的な異物感でした。球体のようなものをいきなり飲みこまされて、瞬きするごとにみぞおちのあたりでそれが少しずつ硬く重くなっていくような、そんな感じがするんです。胸が圧迫されて、すごく息苦しく感じているのだけれど、でもその息苦しさを感じているのが本当にこの僕なのかどうかそれもよくわからないというような。

とにかく歩いて、角が来たら右に曲がって、また角が来たら右に曲がって、とにかく歩きつづけました。途中で水を買って、公園があったのでベンチに座って、街灯の下で自分の手のひらをずっと見ていました」

「手のひらを?」わたしは訊いた。

「べつに手のひらは、どれだけ見たってただの手のひらだから、何もないんです。でもそのときの僕にできることが、たぶんそれしかなかったんです。祖母が言った『よその種』という言葉は何度も甦ってきたけれど、そのときはもちろん精子提供なんて言葉も知らなかったから、そうか、僕は母親の連れ子だったんだなと、そういうふうに思ったような気がします。あるいは養子なのかもしれないとも。でも、具体的なことは何から考えていいのかわからなかった。それで、ばかみたいにずっと手を見ていました。皺があって、筋があって、指はそれぞれ五本で、関節と肉の膨らみがありました。手というのはよくみると奇妙なかたちをしてるもんなんだなとか、そんなことを考えたりしました。そして、そこでやっと僕は自分の父親のことを思いだしたんです」

わたしは肯いた。

「父は僕を——いま思うとどうしてそんなことが可能だったのかわからなくなるんですが、父は僕を、本当によく可愛がってくれたんです。父は若い頃にヘルニアの手術をしていて、昔だから今みたいな腹腔鏡手術じゃなくて、後ろからばっさり切開するタイプで、それがあまりうまくいかなかったらしいんです。でも幸い経済的には恵まれていたから働きに出る必要はなくて、祖母は一人息子である父を溺愛していましたから、庭の掃除とか、家の簡単な修理とか、そういうことをやらせていたんですね。なので、父はいつも家にいる父親で、僕が学校から帰ってくると待ちかねたようにやってきて、その日あったことやいろんなことを聞きたがるんです。そしていろんなことを話して聞かせてくれました。

あれはいつだったかな、父は小説を書いてるんだと僕に教えてくれました。たしかに父の部屋には本棚だけじゃなくて、本があちこちに置いてあって、僕と話していないときはいつもそれらを読んでいるという印象がありました。机に頭をうずめるようにして、ずいぶん夜遅くまで何かを書きつけている姿も、記憶によく残っています。僕が本棚を見あげて目についた背表紙を読みあげていくと、父がそばにやってきて一冊一冊を手にとって、僕にもわかるように内容を説明してくれるんです。これは地球上で鯨のことがいちばん詳しく書かれている本だとか、これはある家族と神と裁きをめぐる四日間のすったもんだがとにかく面白おかしく書かれてる本だとか。僕はそんなふうに本のページをめくるときの、父の指や手のことをよく覚えていました。日に当たらないせいか全体的に白っぽくて、手のひらにはまだらに赤味がさしていて、手の甲がときどき粉を吹いたようになっていた。爪が扇形っぽく生えていて、大きかったのかそうでもないのか今でもよくわからないけれど、なんだかパンの生地みたいだな、と思っていました。そして公園のベンチでそんなことを思いだしながら自分の手を見て、そうか、あの父の手とこの僕の手は、何も関係がなかったんだなと、そんなことを思ったりしました」

逢沢さんは、またしばらく窓の外を見た。それから何かをふと思いだしたように、わたしの顔を見て、小さく首をふった。

「――というか、僕はさっきから自分の話ばかりしていますね。なんでこんな話になったんだろう。今日は夏目さんの話を聞くつもりで来たのに。何の話から、僕のこんな話になったんだっけ」

「小説に興味があるってところからの、自然な流れの自然な展開」とわたしは笑って肯いた。

「そうだった」逢沢さんも笑った。「けっきょく父親がどんな小説を書いてたのかわからないままだったけど」

「残ってなかった？」

「どこを探しても見つからなかった。一度、これがおれの書いている小説だよって、大学ノートを何冊か束ねたのを見せてもらったことがあって、それを思いだして部屋じゅうを探したけれど、どこにもなかったんです。本当に書いていたのか、どうだったのかはわからないですね。でも、父は小説を読んだり書いたりすることが本当に好きだったみたいです。ある日、急に倒れてそのままいなくなったから、そのことについて話をすることはできなかったけど」逢沢さんは言った。「……だから、小説を書く人って……

もちろん父は小説家でもなんでもないけれど、でも小説を書こうと思うような人がどんなことを考えているのか、漠然とした興味があるんです。でも……ねえ、いくら夏目さんが小説家だからって、こんなどうでもいいような父の話を聞かせてしまって……なんだか申し訳ないな」

「ぜんぜん」わたしは首をふった。「――それでそのあと、お母さんのいるウィークリーマンションには戻ったの？」

「戻りました」逢沢さんは少しの間を置いて言った。「何をどう考えていいのかはそのときもわからなかったけれど、でもとにかく事情は聞かなきゃいけないし、いつまでも公園のベンチに座っているわけにもいかないし。戻ったんです。そしたら母親はテレビを見ていて、しばらく僕も壁にもたれて、黙ったまま一緒にテレビを眺めていました。それで実家の話からぽつぽつはじめて。柿の木が駄目になっていた話とか、祖母の様子とか、親戚だっていうのが何人かいたけど会ったことなかったよねとか、そういうことを。はじめ母親は黙って聞いているだけだったんですけど、しばらくすると『ばあちゃんが受けろって言ったんだよ』と言ったんです」

「精子提供を」

「うん」逢沢さんは肯いた。「結婚して何年たっても父とのあいだに子どもができなくて、そのことで母はずうっと祖母から責められていたと。昔ですからね、いや、今でも変わらないか。でも当時は男性不妊なんて発想がまずない時代だから、子どもができないことはほとんど百パーセント女性のほうに原因があるものだって、みんな当たりまえに思っていた。だから母親はそのことでずいぶんつらい目に遭ったらしいです。人前で罵られたり、欠陥品だとばかにされたり、そんな毎日だったと。それでとうとう祖母が言ったんです。本当の手遅れになるまえに東京の専門のところに行っておまえの体のどこが悪いのか隅々まで調べてもらってこい、それでどうしても子どもが産めないことがわかったら、そのときは離縁も考えなくてはならないからと。それで病院に連絡をしたら、夫も連れてきて一緒に検査する必要があると言われて、その結果、夫のほうに原因が――つまり祖母にとっては自分の息子が精子がひとつもない無精子症であることがわかったんです」

「おばあちゃんは、なんて」わたしは訊いた。

「口もきけないくらいのショックを受けて、そんなことは何かの間違いだろうから、すぐにべつの病院に行ってこいと言って、ほとんど絶叫したと言っていました。でも結果はおなじだった。祖母は何があってもこのことを他言するなと母に念押しして、しばらくするとどこからか――うちは大企業の工場用に土地を貸したり、政治家にも献金したりそういう付きあいの多いところだったから、知りあいから紹介してもらったんでしょうね、精子提供をやってる大学病院を調べてきて、そこに行って治療を受けるように命令したんです。父と母は言われるままに大学病院に一年ほど通って、妊娠した。そのあと地元の産院に切り替えて、祖母は母親のじっさいに膨らんだお腹を見せつけるように近所や親戚の家を連れまわしたそうです。そんなふうに数ヶ月を過ごして、母は僕を出産しました。

精子提供という言葉を聞いたのは、そのときが初めてでした。漠然とね、連れ子か、でなかったら養子か、可能性としてはそのふたつを考えていたんです。それくらいしか思い浮かべようがなかったんです。だから本当の父親というのがいるかもしれないけど、まあ人間の父親がどこかにいて、母親はその人物を知ってるんだろうなと、なんとなく思いこんでいました。会おうと思えば、会うことができるんだろうなと」逢沢さんは言った。「でもそうじゃなかった。人のかたちをした人間じゃなくて、匿名の誰かから採取した精子だったんです。なんといえばいいのかな……率直に、自分の半分って人間じゃないんだ、って感じなのかな。もちろん人間はすべて卵子と精子というものから産まれはするんだけれど、こう、自分の半分が――」

そこで逢沢さんはコーヒーカップを持ち、中身がないことに気がついた。わたしのカップも空になっていた。逢沢さんは少し不安そうな表情で、まだこんな話をつづけてもいいのかなと訊いた。もちろん、とわたしは答えて、何か甘いものも食べようと言って店員にケーキのメニューをもってきてもらった。逢沢さんは椅子に座り直して何か珍しいものでも見るように背中を丸めてメニューを覗きこみ、わたしはショートケーキを、逢沢さんはずいぶん迷ったあとに、カスタードプリンを注文した。

「僕が驚いたのは」逢沢さんは頼りなげな笑顔で言った。「治療を受けることになった経緯を淡々と説明したあとに、母親がこの話はもういいだろう、みたいに、すごく面倒臭そうな顔をしたんです。そのことに唖然《あぜん》としてしまって、そのとき自分が感じた喪失感みたいなものよりも、その母の態度に驚いたというか……普通、どうなんでしょうか。ごく控えめに言って、大変な話題というか、こんな大きな出来事もないだろうというか……作家からみて、どうですか」

「ないですよ、ないない」わたしは肯いた。

「ですよね。何というか、こういうことって……テレビや映画でさえ、出生にかかわることを子どもに打ち明けたり説明するときとか、もっとちゃんとしているじゃないですか。そういうものだとどこかで思っていたから、僕はてっきり、これにはこれこれこういうわけがあって、というように母親がきちんと説明して、これまで黙っていて本当に悪かったって、涙ながらに謝罪でもするんじゃないかって、どこかで思ってるところがあったんだと思うんです。なにか、常識的な反応として。

でも母親は、何が問題なのかわからないという態度で、本当に面倒臭そうな顔で『この話はもういいよ』しか言わないんです。それで、僕も混乱しているし、動揺しているしで、『自分の言ってることがわかっているの、自分が何をしたのかわかっているのか』って、強い口調で問いつめたんです。そうしたら『五体満足で産んでもらって、何不自由なく育ててもらって大学まで出してもらって、このうえ何の不満があるんだ』と。僕がまた唖然としてると、『何が問題なのか言ってみろ』と言うんです。

『自分の父親が、誰かわからないことだよ』と僕は言いました。でも、母親は僕が何が問題だと言ってるのか、本当に理解できないみたいでした。そんな母親を見ていると、なんだか不安になってきて。人なんだけど人じゃないというか、何か、逃げ水とかそういう現象そのものみたいな、そういうものに見えてきて、ちょっと声が震えるような感じがしました。そうしたら母親は本当にわからないというように僕を見て、『父親がいったい何なの』と言うんです。なんて答えていいのかわからなくて、そのまま黙ってしまいました。母も黙っていました。テレビでは歌番組がついていて、いろんな音がつぎからつぎに流れてきて、画面からあふれてそのまま床に積もるんじゃないかってくらい、音がしていました。それをぼんやり眺めながら、あれ、ここどこだったっけな、ああそうか、ウィークリーマンションだったなって、そういうことをぼんやり思ったりしました。

それで――どれくらい時間がたったのかな、テレビを見たまま母が小さい声で、『父親なんか、どうでもいいんだよ』って言ったんです。それからまた僕らは黙ってたんですけど、しばらくしてから、今度は僕の目をまっすぐに見て言ったんです。『おまえはわたしの腹のなかで大きくなって、わたしが産んで、おまえが産まれた。それしかないじゃないか。それだけだよ、ほんとに』って」

そう言うと逢沢さんは黙りこんだ。わたしも黙って、テーブルのうえのカップや使い捨てのおしぼりや水が少しだけ残ったグラスなんかを見つめていた。相変わらず店内には人がたくさんいて、隣の席ではさっきから赤いセーターを着た女性が電子辞書を片手にずいぶん熱心に勉強をしていた。語学のようだったけれど、何語なのかまではわからなかった。テーブルに広げられた参考書のへりにマグカップが載っていて、少しでもバランスが崩れると倒れてしまいそうにみえたけれど、女性はそれには気がついていないみたいだった。しばらくすると店員がやってきて、新しいコーヒーとカスタードプリンとショートケーキを置いていった。わたしたちは黙ったまま、それぞれ注文したものを食べた。クリームが舌にのった瞬間、唾液と混ざりあった甘さが脳内に広がって、わたしは思わずため息をついた。

「糖分が」逢沢さんもおなじように感じたようで、何度か肯いて言った。

「こう……脳みその皺というかみぞというみぞに、じかに塗りこんでるんかっていうくらい効きますね」

「いいですね」逢沢さんは笑った。「その図を想像してみると、さらに効果があるような気がしてくる」

「それで……そのあと、お母さんはどうしたの」わたしは訊いてみた。「無事に東京にいられたのか」

「いえ」逢沢さんは首をふった。「けっきょく自分から栃木に戻りました」

「それは」わたしは驚いて声を出した。

「どういうやりとりがあったのか、あるいはやりとりがあったかどうかもわからないけれど、やっぱりわたしは家に戻ってすべてを見届けると言いだして」

「はあ」

「『苦労は最後までして苦労だから』と言って。それでいまは栃木です」

「治療というか、出自のことは」

「ウィークリーマンションで話した一度だけで、そのあとは一切していません」

わたしたちはしばらくのあいだ黙っていた。店員がやってきて、わたしと逢沢さんの空になったグラスに水を注いだ。わたしたちは黙ったまま、透明のグラスのなかで日を受けて、きらきら光りながら増えていく水を見つめていた。

「いや、ごめんなさい」逢沢さんは少しあとで言った。「自分の話ばかりして」

「そんなことないよ」わたしは言った。「わたしが逢沢さんの話を聞きたかったから」

「夏目さんは親切だな」しばらくしてから、逢沢さんは小さな声で言った。

「そんなこと言われたことないよ」

「ほんとに？」

「うん。たぶんこれまで生きてきて一回もない」わたしは考えて言った。「うん、完全にない」

「それって逆にすごくないですか」逢沢さんは笑って言った。

「そうかな」

「……あるいは、夏目さんが真に親切だったために、これまで誰も気がつかなかったという可能性はある」

「真に親切だと気づかれない？」

「はい、親切さに限らず、だいたいのことってほどほどの濃度じゃないと人にうまく伝わらないようになっているから。共感ってそういうものです」

「しかし逢沢さんはそれに気がついた」わたしは笑った。

「そうです」逢沢さんも笑った。「だから今日はすごく重要な日かもしれないですね——夏目さんの真の親切さが、とうとう他人に共有された日として」

それからわたしたちはコーヒーを飲み、それぞれのおやつを食べた。まえに食べたのがいつかも思いだせないくらい久しぶりに食べたショートケーキは、とてもおいしかった。生地はふんわりとしてやわらかく、クリームは甘すぎず、このままいつまでも食べつづけられそうなくらいにおいしかった。

「どうしたの」逢沢さんが少し笑ったようにみえたので、わたしは尋ねた。

「いえ、不思議だなって思って」逢沢さんは言った。「会とかでも、こんな詳しくってていうか——父のこととかね、話したことってないなと思って」

「そうなんですか」わたしは少し驚いて言った。

「うん。僕もさっき気づいたんだけれど」そう言うと逢沢さんはカスタードプリンをじっと見つめて言った。「……公の場っていうか、大勢のまえで話したのも考えてみれば自由が丘でやったのと、そのまえに一回やったくらいなんだな」

「そんなふうには、みえんかった」わたしは感心して言った。「すごいちゃんとしてたよ」

「ほんと？　もちろん会ではみんなで自分のことを話したりはするけど、どっちかっていうと聞いているほうが気が楽で」

「うん」

「いつもやってるのは、フェイスブックとかイベントのちらしを作ったりとか、あと医師会とか大学とかに提出する意見書とか」

「それ、書いてありましたね、『出自を知る権利』を、ちゃんと法律にすると」

「ぜんぜん進んでいませんけれど」逢沢さんは微笑んだ。「あと、当時あの大学で精子提供していた学生の名簿とか連絡先のリストを作ったり」

「むこうはみんな協力的？」

「少しずつ変わってきている感触はありますが、でも、基本的にはみんな嫌がります。出自を辿れるようになると、提供者がいなくなるんです。それは困るだろうと。ただでさえ少子化で困っているのに減らそうとしてどうするんだとか、邪魔するなとか言われると、ときどき自分は何をやってるのかなって、思うことはありますよね」

逢沢さんは窓の外に目をやり、考えるようにして言った。

「ほんとのことを知ってから、なんか、すごく駄目になってしまったんです。もちろんそれまでがすごくよかったってわけでもないんですけど。勤務してたところも、けっきょく辞めて」

「うん」

「何やっていても、なんかこう、実感がないんですよね。自分の半分が……空白、というのでもなくて……この感覚をなんて説明すればいいのか未だによくわからないんだけれど」逢沢さんは言った。「すごく月並みな表現だけど、悪夢のなかに、ずうっといるみたいなね、でもそういう感じなのかな。なんとか普通の状態に戻るには、本当の父親に会うしか——生きているのか死んでいるのかも僕には何もわからないんだけれど、でもとにかくどんな人だったのかを知るしかないと思って、できるだけのことはしたんだけど、でも、きっともう、見つからないんだろうとは思います」

「これまで、会の人で会えた人はいるんですか？」

「僕の知っている限りでは、いないです」逢沢さんは言った。「匿名が絶対条件だったから。記録も大学側は破棄したって言い張るけれど、でも残っていたとしても、僕がそれを知ることはないと思います」

そう言うと逢沢さんは黙りこみ、わたしも黙って残りのコーヒーを飲んだ。逢沢さんは顔を窓のほうにむけて、少しだけ目を細めた。その横顔をみていると、わたしは静かに責められているような気持ちになった。もちろんいま、逢沢さんがわたしについて考えてもいないことはわかっていたけれど、それでもわたしは自分の考えていることや子どもを望んでいることじたいを暗に糺《ただ》されているような気持ちになった。

わたしは逢沢さんのインタビューに書かれていた文章を思いだした。身長は百八十センチと大きめで、一重まぶたです。子どもの頃から長距離走が得意です。心当たりのあるかたは、いらっしゃいませんか――そのささやかな呼びかけは今もわたしの心に強く残っていたし、思いだすといつも切ない気持ちになった。そしてわたしにとって、その文章そのものだった人と今こうして一緒にいることを思うと、とても不思議な気持ちがした。

ケーキもコーヒーも逢沢さんがごちそうしてくれた。ありがとうとわたしが言うと、逢沢さんはにっこりと笑った。駅までの道を歩きながら、わたしたちはまたいろんな話をした。癖のないまっすぐな、そんなにきれいな髪の毛が頭から生えている気分はどんななのかとわたしが質問すると、量を気にしたことはあっても質のことなんて考えてみたこともなかったと言って逢沢さんは驚き、医師免許をもっているということは人の脳をじかに見たことがあるのかという質問には、もちろん、と肯いて、学生の頃だけれどもしっかり見たし、よく覚えていますよと言った。

駅に降りる階段のところまで来ると、逢沢さんはわたしに礼を言った。

「自分がよくしゃべる人間だったってことを、思いだしました」

「わたしこそ楽しかった——というとあれやけど、でも楽しかった」

「夏目さんの話しやすさというか、こういう感じになるのは、ひょっとしたらおなじ年というのもあるのかな」逢沢さんは言った。「関係ないか」

「家業というとあれやけど、うちは母親も姉もホステスで、わたしもそういう感じで育ったから、それはあるかも。雰囲気として」

「ホステス?」

「うん。大阪のスナック育ち。知ってる人も知らん人もお酒飲みにきて、毎晩話を聞くのが仕事っていうか、生活やから」

「夏目さんもホステスだったの?」逢沢さんは少し驚いたように言った。

「ううん、わたしは年が子どもやったからずっと皿洗いしてた」わたしは言った。「十三歳のときに母親が死んで、そのあともずっとスナックにお世話になったけど、でもずっと厨房専門やった。でも、いろんな仕事したよ」

逢沢さんは目を丸くして言った。

「子どもの頃から働いているの？」

「うん」

逢沢さんはわたしをじっと見つめ、それから、僕の話なんかよりやっぱり夏目さんの話を聞くべきでしたと首をふった。じゃあまた今度に、とわたしが笑うと、ぜひそうしてください、と逢沢さんは真剣な表情で肯いた。

「──じゃ、また連絡しますね。僕は少し買い物をして帰ります」

逢沢さんはそう言うと駅とは逆の方向を示した。その言い方がまるで近所に住んでいるような感じがしたので、そういえば話には出なかったけれどもしかしてこの近くか田園都市線沿いにでも住んでいるのかと訊いてみた。

「僕は学芸大なんですけど、善さんがここから歩いて十五分くらいのところに住んでいるんです」と逢沢さんは言った。「このあいだロビーで紹介した」

「善百合子さん」わたしは言った。

逢沢さんは善百合子と出会って当事者の会のことを知り、それから付きあうようになって三年になるのだと言った。

「また連絡しますね、今度は夏目さんの話を聞かせてください」

そう言うと逢沢さんは軽く手をあげて、横断歩道を渡って歩いていった。

14　勇気をだして

善百合子は一九八〇年に東京で生まれ、自分がＡＩＤで誕生したことを二十五歳のときに知った。わたしが最初に読んだインタビュー本にも彼女は仮名で答えており、そのことを逢沢さんが教えてくれた。

彼女の両親は仲が悪く、物心ついたときから緊張を強いられるような環境で大きくなった。母親からはつねに父親の悪口を聞かされ、父親はしだいに家に寄りつかなくなっていった。レストランで働いていた母親が遅番で家を空けるときは、だいたい祖母が善百合子の面倒をみていたけれど、たまに父親が帰ってくることもあった。そしてたびたび性的虐待を受けたという。もちろん誰にもそのことは言えなかったし、善百合子が受けた被害のことは具体的には書かれていなかった。

十二歳のときに両親が正式に離婚することになり、母親に引き取られたあと父親には一度も会うことはなかったが、二十五歳のときに長いあいだ癌を患っていた父親が危篤状態であることを知らされる。何も知らない父方の親戚が「お父さんとあなたのお母さんは他人だけれど、あなたは血のつながったたったひとりの娘なんだから、最期は会いにいってあげて」と連絡をよこした。善百合子に会いにいく気持ちは毛頭なかったが、そうした連絡があったことを母親には——幼い頃から折りあいが悪く、高校卒業後すぐに別れて暮らすようになってはいたけれど、いちおう伝えることにした。すると母親は、何も気にすることはない、だってあの男はわたしたちのどちらにも関係がない人間なのだからと鼻で笑ってみせたのだった。わたしは子どもが欲しいと思ったことはなかったけれど、自分に種がないことを知ったあれが取り乱し、自分が種なしであることがぜったいに知られないように、誰にもわからないようにその証拠として子どもを作れと言ったのだ。そして病院でもらった精子で妊娠した。だから父親は誰かはわからない。

善百合子もまた、ほかの当事者の子どもたちとおなじように奈落の底に突き落とされるような絶望感を味わった。これまで不審に思っていた無数の出来事が一気に思いだされてすべてがつながるようで腑に落ちたし、かろうじて立っていることのできた人生のささやかな足場が文字通りがらがらと崩れていくのを直視した。けれど、ただひとつだけ心からよかったと思えることがある、と善百合子は話していた。子どもの頃の自分に性的虐待をしていた人間が、じつの父親ではなかったことだ。

わたしは本を閉じて胸のうえに置き、天井のしみをぼんやりと眺めた。善百合子。線が細く、色が白い人だった。鼻のうえから目の下にかけて、濃淡のあるそばかすがふわりと広がっていた。詳細は書いていなかったし、わたしの想像になど何の意味もないことはわかっていたけれど、逃げ場のない家のなかで当時は父親だと思いこんでいた人間から、まだ子どもだった善百合子が受けただろう仕打ちを思うと、身の震える思いがした。わたしはもう一度、ロビーで見た善百合子を思い浮かべた。頬のうえで静かに呼吸している星雲。そしてAIDを受けようと思っていると言ったわたしを何も言わずにじっと見ていた。わたしは起きあがって本を本棚に戻し、それからまたビーズクッションにもたれかかった。

三月が終わろうとしていた。あれからわたしと逢沢さんは頻繁にメールをやりとりするようになり、先週の土曜日には居酒屋で食事をして、ビールを飲んだ。魚を食べようと話して逢沢さんがここにしようと言ったのは、クリスマスに紺野さんと入ったのとおなじ店だった。来たことあるよとわたしが言うと、逢沢さんも善百合子と何度か来たことがあるのだと言った。

逢沢さんとわたしはそれぞれの日々について話をした。逢沢さんはわたしの仕事についてよく聞きたがったので、二年くらいこつこつと書いているものがあるけれど、文体や構成やそこに最初に感じた情熱のすべてが間違っているような気がずっとしていて、もう一歩も進めなくなっていること、いっそのこととまったくべつの小説を書いたほうがよいのかもしれないと思いはじめていることなんかを話した。

「何年もおなじことについて考えるなんて」逢沢さんは感心したように言った。「それは大変だろうな」

「でも医者にもそういうところない？」わたしは訊いた。「長年、入院してる患者さんもいはるやろうし」

「そうですね」逢沢さんは言った。「そういうふうにつづいていく人間関係こそがやりがいだっていう医者が多いけど、僕はむいてなかったみたいです」

「そうか、契約でいろいろなところに行くから、おなじ患者をずっと診るってことにはならないのか」

「もうずいぶんまえだけど、初めて主治医になったときはすごく緊張しましたね。治療方針を考えるんですけど、それまで感じたことのない責任感がありました。でも、それで恢復すると、本当に嬉しかったけれど」

「最初の患者さんのことは覚えてる？」

「はい。パーキンソン病を患っていて、もともと施設にいらしたかたでした。寝たきりの状態で、誤嚥《ごえん》性肺炎になって入院することになったんです。でも、そのかたは根気よく、そうですね、すごくよく頑張ってくれて、うん——すごく根気強く頑張ってくれた。

いい思い出というとあれですけど、医者になってよかったなと思ったことも覚えています」

「善さんは何のお仕事をされてるんですか」

「彼女は事務職ですね、保険会社の。彼女も正社員というわけじゃないから、ふたりともフリーランスで」

それから逢沢さんは、このさきふたりの関係がどうなるにせよ、子どもをつくらないことが前提になっていることを話した。

「彼女とは新聞の記事がきっかけで知りあったんです」

「AIDの？」

「そう、彼女は匿名でインタビューに答えていて――会とかセミナーでは顔を出して体験を話しているから隠しているわけではないんですけれど、AIDという言いかたはもちろん、精子提供というのがあることじたいまったく知らなかった時期ですよね、途方に暮れてるときに記事を読んで、思いきって新聞社に連絡をして。それで会うことになって、こんな会があるって誘ってくれたんです」

逢沢さんは本当につらいときに、善百合子に助けられたのだと話した。詳しい話にはならなかったけれど、当時、付きあっていた女性と別れたことも、重なっていたみたいだった。

その流れで、わたしは高校時代から長いあいだ付きあっていた男の子がひとりだけいたという話をした。具体的な話をするのはどうなのかなといっしゅん迷いはしたけれど、だめになった理由も話した。セックスをすると死ぬほど悲しいような気持ちになったこと。頑張ってみても、どうしても無理だったこと。そのあともそういう欲求をもつことができなくて、今もそれでまったく違和感を覚えないこと。けれど、こんな自分がどこかおかしいのではないかと思わなくもないことを話した。逢沢さんは黙って話を聞いてくれた。それからわたしは、子どもが欲しいと思う気持ちについて話した。現実的に考えてみれば、相手はいないし、普通の性行為だってできないし、経済的なことはもちろん、今から親になる条件なんて何もひとつもそろっていないのに、それでもこの二年近く、ずっと子どもが欲しいと思うようになっていて、そのことばかり考えていることを話した。

「子どもが欲しいというのは」逢沢さんが訊いた。「子どもを育てたいということ？ それとも産みたいということなんだろうか。それとも、妊娠したいということなんだろうか」

「わたしもそれについては、できるだけ考えてみたつもりなんですけど」わたしは言った。「そのぜんぶが入った『会いたい』っていう気持ちなのかもしれません」

「会いたい」

逢沢さんは慎重にわたしの言葉をくりかえした。

わたしはしばらく自分が言ったことについて考えてみたけれど、説明することはできなかった。なぜ会いたいと思うのか。自分の子どもがいったいどういう存在だと思っているのか。いったい自分がなにを、誰を、どんな存在を想定しているのか。わたしはきちんと話せなかった。ただ、その誰かもわからない誰かに会うことが、自分にとってとても大事なことだと思っていることを、なんとか言葉をつないで伝えていった。そして、先月末にヴィルコメンという海外の精子バンクに登録をしてみたのだが、入力の仕方が間違っているのか何度か試してみても音沙汰がないこと、年齢のことを考えると卵子を凍結しておいたほうがいいんじゃないかと考えていること、そしていろんなことを思いはするけれど、このさき自分がいったいどうすればいいのかまるでわからないで本当は途方に暮れていること――おしぼりで口のまわりを押さえながら話すそんなとりとめのない気持ちや状況にも、逢沢さんは黙ってあいづちを打ってくれた。

「最初に患者が亡くなるときに立ち会ったのが」逢沢さんは言った。「血液内科にいた頃、僕がまだ研修医で入ってたときに――二十歳の女の子で、白血病だったんです。明るくて、すごく我慢強い子で、のりこちゃんっていいました。僕らはのりちゃんとか、のりぼう、とか呼んでました。お母さんのことが大好きな子で、調子がいいときはいろんな話をきかせてくれました。中学から演劇部に所属していて、高校では全国大会で準優勝までいって、将来は脚本家になるんだって言って。『頭のなかにばかみたいにアイデアがたくさんあって、それをぜんぶかたちにするには自分の計算だと三十年はかかるんだよね』って、にこにこ嬉しそうに話していました。面白い子で、頭が良くって。それで骨髄移植を受けて治療していたんだけれど、あるとき重度の拒絶反応を起こして、人工呼吸器をつけなければならなくなった。鎮静剤を打っていったん眠らせてから喉に管を入れるんだけれど、薬を入れるときに『のりちゃん、いまから少し眠るけど、すぐまた後でね』って言って、『うん、わかった』って返事を聞いたのが、けっきょく最期になってしまった」

「そのまま」

「はい」逢沢さんは言った。「それからしばらく時間がたったあとに、彼女のお母さんに会ったんです。病院でね。覚悟はしていたからって、気丈にしてはいらしたけど、ぽつんとね、こう言ったんです。『あの子の卵どうしたらいいのかな』って」

「卵子ですか」

「はい。男の子でも女の子でも若いときに放射線治療とか抗がん剤治療をする場合、将来のことを考えて卵子や精子をそれこそ凍結して保存しておくことがあるんですね。病気が治ってからもし子どもが欲しいと思ったときのために。のりちゃんもそうしていたんですね。でものりちゃんはいなくなってしまって、卵だけが残されて。いちばんつらいだろうに、のりちゃんのお母さんは気遣いの人で、医者とか看護師にも頭を下げてまわるような人だったんですけれど、でも誰もいなくなったときに――のりちゃんのその卵子を使って、もう一度、自分がのりこを産めないかって、そう言いながら泣いたんです」

わたしは黙っていた。

「のりこが死んだことはわかってる、目のまえですごく苦しんで、あんなに吐いて、わたしは母親なのに代わってやることも、どうしてやることもできなかった、あのつらさから救われたと思うとそれでよかったのかもしれないと思う、本当にあの子は苦しんだから――でも、のりこにもう会えないことはどうしても信じられないと」逢沢さんは言った。「もう一度のりこに会うためには、どうしたらいいですかって、お母さんはずっと泣いていました。そして『のりこの卵子を使って、わたしがもう一度のりこを産めませんか、会えませんか』って言ったんです。僕は何も言えなくて、何もできなかったんだけれど」

逢沢さんは小さく息をついて言った。

「なぜかな――夏目さんの話を聞いていると、のりちゃんのことを思いだしました」

逢沢さんとメールやラインでやりとりをしたり、ときどき会っていろんな話をすることは、わたしにとって大切なことになっていった。

逢沢さんが契約している診療所に人手が足りないことや、夜間にもっていく鞄には死亡診断書一式が入っていること、一緒に暮らしたお父さんがピアノがとても上手だったこと、根気よく教えてくれたけれど、逢沢さんはまるで弾けるようにならなかったこと。タクシーに乗っていてこれまで二度も交通事故に遭ったこと、よい背の高さとよくない背の高さというものがあって、逢沢さんは自分が後者であると思ってることなんかを話してくれた。

わたしも少しずつ自分の話をした。コミばあの話をし、巻子の話をし、むかし住んだことのある町のことをいくつか話した。わたしたちは焼き鳥を食べ、ビールを飲んだりもした。コーヒーも飲んだ。駒沢公園を一日じゅう散歩したし、逢沢さんの夜勤あけに東京駅で待ちあわせをして、ナビ派の画家たちの絵を観に行ったりもした。帰り道は今日観たなかでいちばんを選ぶとしたらなんだろうかと話しながら歩き、するとふたりともフェリックス・ヴァロットンの『ボール』をあげたのでびっくりして、笑いあった。

春は、そんなふうに過ぎていった。桜が紺色の夜のなかでそっとつぼみをひらき、そして地面に吸いこまれるようにただ落ちていく季節のなかで、わたしは逢沢さんのことを少しずつ知っていった。仕事をしているとき、スーパーまでの道を歩いているとき、春の夜のなか、目に映るものをただぼんやりと眺めてみるときに、わたしはごく自然に逢沢さんのことを考えるようになっていた。

わたしは逢沢さんのことを好きになっていたのだと思う。逢沢さんからメールが届くと気持ちが明るくなったし、ええっと驚くような記事や、動物たちの可愛らしい動画なんかを見つけると逢沢さんに教えたくなったし、好きな音楽を一緒に聴くのを想像したり、大切な本やお互いの考えていることについて、もっともっと話をしたいと思うようになっていた。そして、そんな楽しいような場面を想像したあとにはいつも——逢沢さんがこちらにぽつんと背をむけて、誰も何もいないかもしれない世界にむかって、ただ立ち尽くしている姿がやってきた。

なぜ自分が本当の父親に会いたいと思っているのか、本当のところは自分でもよくわからないのだと逢沢さんは話した。会えないとわかっているから会いたいのか、会うことがいったいなんなのか、考えれば考えるほどわからなくなると逢沢さんは話してくれた。どうすることが逢沢さんのその不安を和らげることになるのかはわからなかったけれど、わたしは少しでも逢沢さんの力になりたいと思うようにもなっていた。

けれどそう思うたびに、それは見当はずれな感情だということを思い知らされた。逢沢さんには善百合子という恋人がいて、ふたりはわたしなんかが想像することもできない複雑な事情と感情とで、深く結びついているように思えた。ふたりがこれまで悩んできたことや考えてきたことを思うと、わたしは圧倒されるような気持ちになった。そして、ひとたまりもないと打ちのめされる思いがした。

それに、わたしが逢沢さんのことを好きになったからといってそれで何かが変わるわけでもなかった。そもそもわたしの好きは、どこにも辿り着かず、何にもつながらないひとりよがりな感情なのだ。最初からひとりで、これからもひとりであることはじゅうぶんわかっていたことなのに、それでも——わたしはわたしでがんばらなあかんねんなとそう口にしてみると、手を伸ばしたくなるものなんて何ひとつない平坦な場所に、まるでひとりきりで置き去りにされてしまったように感じてしまうのだった。

逢沢さんからのメールやラインは嬉しかったけれど、やりとりをしたあとはするまえより、いつも少しだけ淋しくなった。小説は完全に頓挫《とんざ》していた。エッセイの連載はまだつづいていたし、ときどき単発の仕事の依頼もあったけれど、わたしは登録している派遣のサイトをときどき覗くようになっていた。誰もいない空っぽの部屋のドアをあけてそれからまたぱたんと閉めるように、春は通りすぎていった。

恩田《おんだ》という男からメールが届いていることに気がついたのは、そんな四月の終わり頃だった。

〈はじめまして。恩田と申します。このたびは精子提供についてお問い合わせをいただき、ありがとうございました。返信を差し上げましたが、その後、お返事がいただけなかったので、再度ご連絡を差しあげる次第です〉とその男は書いていた。内容を理解するのに数秒かかったけれど、すぐに思いだした。そうだった、去年の秋にわたしは精子の個人提供をうたっていたブログにメールを出していて、そのことをすっかり忘れていた。まさか返信が来るとは思わなかったし、具体的なことは何も考えていなかったので、そのために作ったアカウントを覗きにいくこともしていなかった。

その男は——恩田は年末に一度と、二月の終わりの二度、メールを送ってきていた。ふたつのメールの内容は重なるところが多かったけれど、そのままをコピーしたものではなく、人がきちんとそれなりの時間をかけて書いた文章という印象を与える文面だった。恩田は、自分がなぜ無償で精子提供をするに至ったかの思いを簡潔に述べ、もともと精子バンクのボランティアとして参加していたときの体験とそこから学んだことについても読みやすい文章にまとめていた。

これまで実施した提供方法を示し、それぞれにおける成功率、自分で定めている提供制限——たとえば喫煙をしている人は原則的に断ること、子どもを心身ともに健康に育てる能力の有無などについて、こちらもきちんと面談の意志をもって臨むことなどを説明していた。そして、原則的に匿名での提供を希望してはいるけれど、各種感染症の検査結果原本の提示はするし、STDチェッカーをご用意いただければその場で採血と採尿をして渡すことも可能であること、それに加えて話しあいの結果その必要があるとなれば、お互いの条件をそろえるかたちでの個人情報の開示も行っています。いまの時点でお伝えできるのは、東京都在住の四十代であること、自身はひとりの子どもの親であり、身長と体重はそれぞれ百七十三センチ、五十八キロ。血液型はA型プラス。資料として、直近の感染症検査の結果表が添付されていた。そしてメールの最後には、女性がこのようなかたちでの妊娠、出産を検討し、決意することの重大さをひきつづき理解することに努めたいこと、すでにこの選択をされた多くの女性たちに心から敬意を表していること、そして子どもを望んでいるかたに一日も早く幸せが訪れますようにと書かれてあった。

わたしはそれを三度、念入りに読み返した。わたしが送ったメールにたいする返信なのだから、わたし宛に送られてきたメールであることは自明なのに、わたしはなぜかこのメールがほかの誰でもない、このわたしに送られてきたように感じてしまい、わたしはそのことに驚いていた。ほかにもわたしはいろいろなことに驚いていたけれど、無数にある個人提供のサイトからいちばんましに思えるものを選んだとはいえ——想像以上に文章がきちんとしていたこと、考えていることが伝わってきたこと、そして何よりも——直感的に「もしかしたら」と自分が思ったことにいちばん驚いたのかもしれなかった。

そこから数日のあいだ、わたしは恩田という男に会ってみることを想像してみた。頭に浮かべてみるのは恩田の容貌や雰囲気といったものではなく、待ちあわせをしている場面や会話だったりしたけれど、それは必ず「わたしはわたしで」という言葉と一緒になってやってきた。そしてそのあとには、必ず逢沢さんのことを思いだした。笑顔でわたしの話に肯いてくれる逢沢さんの隣には、善百合子の姿があった。善百合子は何も言わず、わたしをじっと見つめていた。そんなふうに善百合子に見つめられると、どういうわけかわたしの胸はしめつけられるように苦しくなった。わたしは頭のなかのふたりを振り払おうと首をふった。わたしはわたしで。わたしは、ひとりで。

＊

遊佐から電話がかかってきたのは五月の連休明けだった。

遊佐は娘を母親に預けて連休のあいだ一日も休むことなく仕事をしていた、もう自分がパソコンの画面を見ているのか、パソコンの画面がわたしを見ているのかがわからなくなったわと言って笑った。

夏目は何をしてたのか、どこかに行ったのかと訊かれたので、わたしもだいたいそんな感じじゃったわと答えた。それからしばらく会ってないねという話になり、今度うちに遊びに来てよと遊佐が言い、すぐに具体的な日にちが決まった。仙川さんとは会ってる？　ううん、最近は会えてないかな。じゃあせっかくだから仙川さんにも声かけとくよ、わたし壊滅的に料理下手だけどなんか適当に作っとくわ、夏目は飲みものだけ自分が飲みたいものを買ってきてね。そのあと十分くらいわたしたちは適当な話をしてから、電話を切った。

当日——五月のよく晴れた日曜はまるで夏のように暑い日で、わたしは汗をかきながら家でだし巻き卵と春雨のサラダを作って、百均で買っておいたタッパーにつめた。遊佐の家がある緑が丘に着くと駅前のコンビニで五百ミリの缶ビールの六本セットとジャッキーカルパスをみっつ買った。

遊佐の部屋は、五階建の古いマンションの三階部分にあった。一度遊びに行ったことのある仙川さんの家のゴージャスなイメージが頭にあったせいか、遊佐もまた不動産の広告に出てくる黒光りするようなマンションとか一軒家に住んでいるように思いこんでいたのだが、そうではなかった。外壁は茶色くて古い煉瓦づくりで、外から見える窓枠もコンクリートの部分もずいぶんくたびれてみえる、どこにでもあるマンションだった。郵便受けのあるロビーにはちょっと大きすぎるんじゃないかというサイズの網状の鉄製のくずかごがどんと置かれ、住民が捨てたちらし類で半分以上が埋まっていた。自動ドアの手前には小さなオートロックの盤がついていて、遊佐の部屋番号を押して応答を待った。しばらくすると、はーいという遊佐の明るい声がして扉がひらき、わたしはなかに入った。

「出た、関西人のだし巻き」

わたしがタッパーをとりだして見せると遊佐はうれしそうに笑った。「やっぱだしよな。これからはだしだよ。年いったらさらにそう思うわ。甘い味は、なんていうか体がもう無理」

「たしかに。考えかたにも影響しそうやな」わたしは笑った。

「わかるわ。ねたねたして、しつこくなって」

わたしたちは台所へ行って一緒にビールを冷蔵庫にしまった。丸いテーブルにはグリーンカレーがたっぷり入った鍋に、チキンサラダ、ハムとチーズ、それからまぐろの刺し身が載ってあった。春雨のサラダもお皿に盛ってそこにならべた。遊佐がよく冷えたべつのビールをとりだして、わたしたちはテーブルについて乾杯した。

「すごいやん、遊佐これぜんぶ作ったん？」

「まさか。ぜんぶ東急ストア。あ、カレーとナンはインドカレー屋で買ってきた。ほかにもまだ準備してる。時間差で出すわ」

部屋のなかも、狭くもないけれどすごく広いということもない、くたびれたマンションの一室という感じだった。台所のテーブルのうえはかろうじて食べものしか載っていなかったけれど、テレビ台や調理台の横にある棚には紙とか細々した子ども用のおもちやとか絵本とかちょっとした衣類とか色鉛筆とかそういうものが雑然と積みあげられており、リビングのソファのはしっこにはとりこまれた洗濯物が山になっていた。見たところ遊佐は整理整頓が苦手というか、あまり気にならないタイプなのかもしれなかった。インテリアとか部屋の趣味的なこだわりもなさそうだった。そういうところも仙川さんの部屋とわたしの部屋のどっち寄りかと言われたらわたし寄りで、来たばかりなのに部屋の雰囲気にすぐに馴染み、リラックスすることができた。壁のあちこちに子どもが作ったらしい工作や絵や、ママだいすき、と書かれた手紙なんかが貼られてあった。

「すっごい散らかってるでしょ」と遊佐が笑った。「書斎とかすごいよ。仕事しながらいつ崩れるか気が気じゃないもん」

「落ちつくわ」わたしは笑った。

「まあ散らかるのってだんだんこう、カオスになっていくわけじゃない。だから毎日おなじところで生活してるぶんには気づかないもんなんだよね。老けるのとかと一緒で。だからたぶん自分で思ってるよりもギャップがあると思うんだけれどだいじょうぶ？」

「余裕」

「でさ、こないだくらの保育園の友だちが遊びにきたわけよ。一個うえだから五歳の子か。仲いい子でくらが遊びに来てほしがって、なんかそういう話になって。でもこんな家にママ友なんか入れらんないじゃん、あそこの家やばいわって速攻で噂んなって、つぎの日から保育園とか行けなくなるよ。このへん意識高いママばっかりだから」

「地域の特色があるんか」

「あるある」遊佐は笑った。「で、家すっごく散らかってるんで何々ちゃんだけならぜひ夕飯でも食べにきてくださいなって言ったわけよ。子どもだったらまあ、部屋が汚かろうがなんだろうが関係ないじゃん。遊ぶだけなんだから。むしろぐちゃぐちゃなほうがテンションあがるだろうくらいな。で来たわけ。まずご飯だねってことになって、ここでね、まあ一生懸命つくった弁当のふたとってどうぞ、って。そしたらその子、ぐるっと家のなか見まわしてから真顔でわたしをじっと見て、『わたしの家では、お友達を呼ぶときにはきちんと片づけますけどね』って言ったんだよね。えええってわたしびっくりしちゃって、ですよねですよねすみません、とか謝っちゃって」

わたしは笑った。

「まあー達者だわ。きらいじゃないけどね。『いろんな家があるから勘弁してね』って言ったら『くらママも大変なんだね。わたしのことは気にしないで』って励まされたわ」

「くらちゃんは今日は？」わたしは笑いながら遊佐に尋ねた。

「奥で寝てる。昼寝タイムだね。もうちょっとしたら起きてくるよ」

わたしたちはグラスにビールを注ぎあうとまた乾杯して、それぞれ食べものを小皿に取りわけて箸でつまんだ。仙川さんは仕事があるので夕方まえに合流するということだった。日曜までご苦労なことだよ、と言って遊佐はビールをあおった。

「仙川さんはここに来たことある？」わたしは訊いた。

「あるある。何回かあるんじゃない？　最初はそりゃもうこの散らかり具合にびっくりして『作家っぽいですね』とか適当なこと言って、それで三回目とかになると『もうちょっときれいなところに住んでくださいよ』とか言ってたね」

「散らかってるのはまあ、あれだけど、わたしももっとばりばりんとこに住んでんのかなってなんとなく思ってた、それこそ仙川さん的な」わたしは言った。

「ないない」遊佐は言った。「わたしそういうのあんま興味ないんだよね。文化住宅育ちだよ、住むとこなんかどうでもいい。あっちの書斎にしてる六畳のとこと、くらと寝るそっちの部屋と、そこのソファんとこと台所なんだけど、これでじゅうぶん言うことなしだよ。古いけど耐震もしっかりしてるし、住んでる人も基本的にみんな親切だしね。机のまえの窓からでっかい木が見えんの。それがすごく気に入ってる」

「遊佐は結婚ってしてたんだっけ」

「一応はね、でもすぐ離婚した」

「相手ってどういう人やったん」

「教員、大学の」

「へえ」とわたしは言った。「まさか文学関係とか？」

「まあ、そうだね」

「なんか、面倒な感じが」とわたしは笑った。

「面倒かどうか以前に、生活のパートナーとして一切、使えなかった」遊佐は首をふった。

「くらちゃんの父親ってことで、いまでも会ったりするの」

「ないね」遊佐は言った。「むこうもこっちにまったく興味ない。連絡もしてこないし、連絡しないし。いまはどっか地方にいるんじゃない。少なくとも東京にはいない」

「そのことでとくに問題もなく」

「そうだね。そもそもまあ、うちら結婚にむいてなかったよね。どっちがどうとかじゃなくて、ほんとに自然に破綻《はたん》したって感じだね。それはもう青信号だけをさあっと渡って目的地に着くみたいにスムーズに」遊佐はカマンベール・チーズの先を齧りながら言った。「わたしは自分で稼ぐからその意味では相手なんか要らないし、母親が近所に住んでるからそこも平気。一緒にいる必要がほんとにみるみるなくなって」

「大人はそうかもしれないけれど、子どもには何かしらの執着があるもんなんじゃないの、遊佐に会いたくなくても娘のことは気になりそうなもんだけど」

「うちはそうじゃなかったね。でも男でも女でもいるじゃん。産んだはいいけど、わりとカジュアルに離れられる人って。親子ってあんがいそのへんの人間関係と変わりない ものなのかもよ」遊佐は笑った。「わたしの場合は、逆だったけど」

「逆って?」

「そうだね」遊佐は少し考えるようにして言った。「自分で言っててどうかと思うけど——まあ、離れるなんて考えられないよね。この存在に出会うために自分が産まれて、今まで生きてきたとしか思えなくなるんだよね。ははは、何言ってんだって感じでしょ。でも本当なんだな、これが」

わたしはビールをひとくち飲んで肯いた。

「自分にとって最高の存在で、それで最大の弱点。それが日に日に自分の外で大きくなって、事故とか病気で死ぬかもしれないことをいっしゅんでも考えると息もできないくらいに怖い。子どもって恐ろしい存在だよね」

遊佐はわたしにグリーンカレーをよそい、ビール飲んでるからご飯はやめて、おつまみ的にこれでちょこちょことすくって舐めたらおいしいよと言って、わたしに子ども用の小さなスプーンを渡した。それから遊佐は、自分の近況についていろいろな話をした。ママ友たちの会話について、雑誌の対談企画で会った男の役者がいかに不愉快だったかについて、そしてくらと出かけた動物園で見たかわうそがどれくらい可愛かったかについて。そんなふうに話していると遊佐の電話が鳴った。仙川さんからで、仕事が早く終わったからあと一時間もしないくらいで着くとのことだった。

わたしたちはビールを飲んで、テーブルのうえに載ったいろんなものを少しずつ食べていった。どれもおいしかったけれど、遊佐はわたしの作っただし巻きをえらく褒めてくれた。遊佐がそのへんからつまみあげた大判のポストイットを差しだしてレシピを教えてくれと言うので、卵よっつ、白だし大さじ半分、塩ぱっぱ、醬油三滴、ネギあるとなおよし、と書いて渡した。遊佐はそれを冷蔵庫のドアに貼って、しばらくのあいだ満足そうに眺めていた。そしてこちらにむき直ると、くら、と言ってにっこり笑った。ふりかえると半分ひらいたふすまのまえで、小さな女の子が立っていた。

「くら、おいで」

くらはとことこと歩いて遊佐のところまで来ると手を伸ばし、そのまま遊佐に抱きあげられた。頭のてっぺんで小さなゴムで結わえられたやわらかそうな髪が斜めにずれ、薄い小さな水色のランニングシャツを着ていた。くらは四歳よりももっと小さな子どものようにみえた。唇は文字どおりきゅっと血があつめられたようなばら色をしていて、頰はぷっくりと膨らみ、わたしはその顔をまじまじと見つめた。わたしはこのくらいのときの緑子のこともよく知っているはずなのに、こんなに近くで子どもに接するのがまるで初めてのことのように感じられるのだった。くらはしばらくのあいだぼんやりとした表情で遊佐に抱かれていたけれど、しばらくすると「お水のむ」と言って胸から降り、流しのほうに歩いていった。小さな手で黄色のプラスティックのコップをもってくると遊佐がそこに水を注いでやり、わたしたちはくらがコップの水を飲み干すのを黙ったまま見守った。少しずつあごをあげてやがて中身をぜんぶ飲み終えると、真面目な表情ではははあっと声を吐き、その可愛さにわたしも遊佐も微笑んだ。

「くら、夏目だよ。なつめ。ママの友だち」

「はじめまして、夏目です」

くらは人見知りをしない子らしく、「食べる?」と訊きながらわたしがだし巻き卵をスプーンにのせて口に近づけると、当たりまえのようにぱくりと食べた。それからごく自然にわたしの膝のうえにのるとチーズが欲しいと言い、包み紙をはがしてやるとまた小さな口をああんとひらいた。それから布団の敷いてある寝室にわたしの手をにぎって連れてゆき、自分がもっているおもちゃを総動員してあれこれ説明をしはじめた。わたしのぶんのビールをもった遊佐がへいへいと言いながら入ってきて、リカちゃん人形やらシルバニアファミリーやらプリキュアの衣装やらを使ってしばらくのあいだ一緒に遊んだ。

くらの手も指も、驚くほどに小さかった。先についた爪はさらに小さく、それらは生まれたばかりの海の透明な微生物のようにはかなく透きとおっていた。じっと見つめていると、ふいにくらがにっこりと笑って腕を伸ばし、わたしを抱きしめるように抱きついてきた。わたしは一瞬どきりとしてどうしていいのかわからなかったけれど、両腕で抱えるようにわたしもくらを抱きしめた。めまいがするくらいに気持ちがよかった。くらの体は小さく、やわらかかった。太陽の匂いをめいっぱいに吸いこんだ洗濯物や、春のひだまりや、静かに上下する仔犬のお腹の温かな膨らみや、夏の雨あがりに輝いていたアスファルトの光や、生ぬるい泥のひたひたした感触や、そんなものをすべてあわせたような匂いが、記憶が、くらの首のあたりから立ち昇っているのだった。わたしはくらをしっかりと抱いて、何度も鼻から息を吸って呼吸をくりかえした。息を吸うごとに体がゆるみ、頭の皮がじんわりとしびれた。

そのままくらはわたしに抱きしめられていたけれど、少しするとぬり絵が気になりだしたらしく離れていった。わたしと遊佐は、くらの赤ん坊時代のアルバムをめくった。赤ん坊のくらはまるまるとして、どの写真のくらも本当に可愛らしかった。坊主頭の遊佐もときどき現れた。これテレビで見たよと笑うと、あったあったと言って遊佐が頭を撫でる仕草をした。

「わたし、子ども欲しいねんな」

そんな話をするつもりではなかったけれど、自然と口からこぼれた。

「おう」遊佐はわたしの顔を見て肯いた。「それは、初めて聞くけど」

「うん」わたしは言った。「でもな、相手もおらんしな、なんもないねん」

「なるほど」

「おまけにわたし、セックスとかもできひんねん」

「おう」遊佐はまた何度か肯いた。「それは物理的に？ それとも精神的に？」

「精神的なことやと思う。いや、どうなんかな、わからんな。したくないねんな。ずいぶん昔に付きあってた子としたことはあるねん。一定期間というか、どれくらいかな。でもあかんかって。あかんねん。死にたくなる」わたしは首をふった。「相手のことも好きやったし、信頼もしてたし、そやから自分なりにがんばってみたけど、無理やった」

「なるほど」遊佐は言った。

「ほんまに自分は女なんかなって、ときどき思うよな」わたしは言った。「もちろん体は女やと思う。女の性器があって胸があって、規則正しい生理もある。付きあってた子のことをさわりたいと思うことはあったし、一緒におりたいと思ったし。でも、セックスっていうか、裸になって相手のを入れるとか、脚をひらくとかそういうのを考えると、すごい——いやな気持ちになるねん」

「わからないこともない」遊佐は言った。「わたしはまあ、男全般が気持ち悪くなってるっていうのはあるかもな」

「気持ち悪い」

「そう。いわゆる男的なふるまい全般、ってことになるんだろうけどね。離婚したとき

ね、家から男がいなくなって、すっごい晴れやかな、それはもう生まれ変わるような気持ちがしたもんよ。そりゃむこうもおなじだろうけど、もう一切合切がストレスだったんだろうね。男ってさ、冷蔵庫とかドアとかレンジとかスイッチ切るのとか何でもいいけど、ものすごい音たてるでしょ、あほみたいに。手ぎわも悪いし、基本、生活のことはろくにできないし。自分の生活が変わらない範囲でしか家のことも子どものこともやらないくせに、外では理解のある夫だか父親だかって、でかい顔してうっとりしてんの。あほかと。んで、突っこまれるのに慣れてないから、何かひとこと言うだけで機嫌が悪くなって、そして自分の悪くなった機嫌は誰かが直すもんだと思ってる。それでこっちも苛々する。それである日、なんでわたしは貴重な人生の時間をこんなどうでもいい男のために苛々して過ごしてるんだろうと思って、やめることにしたの」

「わたし男と住んだことないけど、そういう感じなのか」

「こうやってならべていったらさ、あほみたいな細かいことにこだわってるように聞こえるかもしれないけどさ、でも違うんだよ。他人との生活っていうのは、良くも悪くもお互いがそれぞれ作ってきたディテールが衝突する過程だけで成りたっていて、その緩衝材としてつねに信頼ってものが必要になるんだよ。あとは恋愛で頭がおかしくなってるとかね。どっちもなくなったら嫌悪しか残らないの。で、わたしたちは早々にそこに

落ちついたってわけ」

「男との信頼は、どうやって作るの」わたしは質問した。

「それをあなたに教えることができたら、わたし離婚していないのでは」遊佐は声を出して笑った。「それはまあ冗談として、どっちにしろわたしはひとりになっていただろうね。だって必要ないんだもん。ねえ、女にとって本当に大事なことを男とわかりあうことなんかぜったいにできない。これは本当だよ。わたしがこういうこと言うと、偏狭だとか愛を知らない哀れな女だとか、男にもいろいろいるんだからひとくくりにするなとかあほみたいな主張をしてくるやつらがいるけど、でもこれは本当だよ。女にとって大事なことを、男とわかりあうことはぜったいにできない。そんなの、あたりまえじゃんか」

「女にとって大事なことって何なの」わたしは訊いてみた。

「女でいることが、どれくらい痛いかだよ」遊佐は言った。「こう言うとさ、はいはいお疲れさまでした、男だってじゅうぶん痛いんだよとか言うやついるけどさ、男が痛くないなんて誰が言ったよ。そりゃ痛いだろうよ、生きてんだから。でも問題は、誰がその痛みを与えているかだろ。どうやったらその痛みが取り除けるかだろ。男が痛いのは誰のせいなの？」

遊佐は鼻で息をついて言った。

「考えてもみなよ、産まれたときから下駄履かされて、そのことにも気づかないで、まわりのことは何でも母親がやってきて、ちんこついてる俺らのほうが偉くて女なんかやるだけのもんだって教えられてきてだよ、一歩社会に出たら出たで、どっちむいても女の裸ばっかりでちんこをもてなすシステムでがんがんにまわってて、それで、それぜんぶやらされてるの女じゃないか。あげくの果てには、自分らがこんなに痛いのは――モテないだの金がないだの、職がないだの、自分らのうだつのあがらなさをぜんぶ女のせいにしてんだよ。少なく見積もって女の痛みの半分以上を作ってんのは、どこの誰だよ。こんなんでいったい何がわかりあえんの。構造的に考えてありえないだろ」

遊佐は呆れたように笑った。

「それにもっとたちの悪いのは、離婚したうちの相手みたいなやつだよ」遊佐は首をふった。「俺はそういうほかの男とは違うからって自意識もってるやつ。女性の苦しみわかります、女性をリスペクトしています、僕はそういうことちゃんと理解していますしそういう論文も書いていますし、どこが地雷かわかってます、ええ、好きな作家はウルフです――知らねえよ。能書きはいいから、おまえが先月やった洗濯と買いだしと掃除と料理の回数出せっつうんだよ」

わたしは笑った。

「でもまあ、ううんと長い目でみてさ」遊佐も笑って言った。「女がもう子どもを産まなくなって、あるいはそういうのが女の体と切り離される技術ができたらさ、男と女がくっついて家だのなんだのやってたのって、人類のある期間における単なる流行だったってことになるんじゃないの、いずれ」

くらがぬり絵をもってやってきて、畳《たたみ》のうえにひらいてみせた。遊佐はそれを見るとのけぞりながら大げさに驚いてみせ、「どうしよう、毎度のことながら今回もすごすぎて息ができない！　夏目、見ちゃだめだよ、すごすぎて死ぬう」と言って、胸を押さえてばたりと倒れた。それを見たくらは満足そうに大きく笑うと、小走りで部屋の奥に戻っていった。

「――まあそれはそれとしてさ」と遊佐が起きあがりながら言った。「誰だっけ、こないだどっかの国のさ、百九歳だか百十五歳だかの長寿の女の人がテレビに出てたの。んでリポーターが『長寿の秘訣はなんですか』って質問したわけよ。したら『男と一切、かかわらないことです』って即答してたよ。間違いないだろ」

わたしは笑った。

「まあ、わたしら母子家庭育ちだから、それも関係あるのかもしれないけどね。まあ偏《かたよ》りはあるわな。でもなんだって偏ってんだよ。っていうか、わたしもうこんりんざい、男とかかわる気持ち、これっぽっちもないな。わたしの場合はセックスじたいが苦痛ってわけではなかったけど、でも、そんな好きでもなかったしね。だからわたしと夏目、基本的にはそんなに変わらないんだよ」

「考えたらさ」わたしは言った。「子どものときってさ、みんなそうやったんよな。セックスとかいっさい関係なかったし、自分が女かどうかなんか、なかったもん。なんか……わたしはたんに、ずうっとその感覚できてしまっただけというか、そんな感じもする。べつに特殊なことじゃなくて、性にかんしては子どものときの感じが、ただつづいてるだけっていうか。だから、ときどきわからんくなるんやと思う。わたしはほんまに女なんかなあって。考えてみたらわからんよなって。あなたの体は女ですよね、って訊かれたらはいって言えるけど、なんでかおなじようには答えられへんというか。気持ちが女なんですかって訊かれたら、なんでかおなじように答えられへんというか、あなたの精神、っていうか。気持ちは女って、よく考えたらいったいどういう状態なんやろうって。その感じとセックスができひんことにどんな関係があるんかは、わからんねんけど」

「ふむ」

「若いときにさ、女ともだちにこの話したことあるねん。セックスができひんことな。死にたくなるねんって。そしたら、女として可哀想とか、軽い病気かも、とか、ちゃんとした良さを知ったら治るとか、そういうこと言われたけど、やっぱそういうことでもないような気がしてて」

「っていうかさ、年とってもそうなるじゃん。七十とか八十でセックスする女もまあいないこともないだろうけど、まあだいたいは不要にはなるわけじゃん。わかんないけど、六十とかでももう無理でしょ、やってられるかよあんなこと。それにこのさき医療がよくなるとか寿命が延びるとか言うけどまあ、結局は老人として生きる時間のほうが長くなるわけじゃん。人生っていうのは、セックスと関係ない時間のほうが長くなるわけだ。だからセックスの季節――わあってなって出したり入れたりあえいだりべちゃべちゃくちゃくちゃやれるっていうのが、頭おかしい期間っていうか、狂った季節なんだよ」

わたしたちは台所に移動して、新しいビールをあけてお互いのグラスに注いだ。遊佐はそれを一気に飲み干し、おかわり、と言ってにっこり笑った。わたしもおなじように一気に飲み干し、またお互いのグラスに注いだ。しかし暑いね、エアコン下げよう、と言って遊佐は手の甲で額の汗をぬぐった。くらは畳の部屋でまだぬり絵に夢中になっているようだった。

「――精子バンクってのがあってさ」わたしは言った。

「ほお」遊佐の目がひとまわり大きく見ひらかれ、ちらっと輝いたように見えた。「日本でもあるの、それ？　海外だけじゃなく？」

「ちゃんとしたのは海外だけ。そこにいちおうは申し込んだけど、うまくできてないんか、返信がないねん」

「なんてとこよ」

「ヴィルコメン。デンマーク」

遊佐は電話ですばやく検索をかけ、これか、と言うと画面に見入った。「――なるほど、大きなところみたいだね。ここで考えてるってわけか」

それからわたしはざっとＡＩＤについての説明をした。独身女性は受けられないこと、過去に数多くの子どもたちが産まれてきたけど、ほとんどが秘密裏に行われてきたことで、未だにじつの父親がわからず苦しんでいる子どもたちがいること。遊佐は興味深そうな表情でわたしの話に聞き入った。するとインターホンが鳴った。仙川さんだった。わたしたちはそこで一旦話を止めて、黙ってビールを飲んだ。しばらくすると玄関ドアのベルが鳴って、遊佐がはーいと返事をしながら迎えに行った。

「暑いですねえ」仙川さんが両手に紙袋をさげて入ってきた。「完全に夏ですよ。三十度ありますってよ。夏目さんご無沙汰でーす、飲んでる？」

「飲んでます。久しぶりー」

仙川さんに会うのは三軒茶屋の地下のバー以来だったので、じつは少しだけ緊張していたのだけれど、仙川さんのほうはまるで気にするそぶりもなく、いつもの調子で話しはじめた。

「じつはわたしも飲んじゃってるんですよね、ふふ」

「まじ、仕事だったんじゃないの」仙川さんがもってきたワインを確かめながら遊佐が言った。

「仕事だったんですよ。作家の公開トークイベント。『酩酊と文学』ってことで、みんなワイン飲みながら話すんです。文学について」

「なんだそれ」遊佐が呆れたように眉根を寄せた。「作家も楽な仕事してんなあ」

「いいんですよ。日曜日なんですから」

乾杯をしたあと、仙川さんは奥の部屋に座っているくらにむかって、くらちゃあああん、と甲高い声を出し、ばいばいをするみたいに胸のあたりで小刻みに手をふった。それから急に咳きこんで、それが収まると「だいじょうぶですよお、風邪じゃありませんからねえ、ぜんそくなんですよ、ストレスってこわいこわいの」と幼児語で話しかけた。わたしたちは仙川さんがもってきた食べものをテーブルに広げ、遊佐と仙川さんはワインをおいしそうに飲んだ。わたしはビールを飲んだ。政治家の話をし、最近よく売れている本の話をし、それからいろんな話をした。遊佐と仙川さんはあっというまにワインを一本空け、さらに新しいのを開けた。ぬり絵を終えたくらがやってきてプリキュアを見たいというので、遊佐に録画番組の再生のしかたを訊き、一緒にソファにならんで画面を眺めた。遊佐と仙川さんが、嘘でしょお、ほんとですよ、なんて言って盛りあがり、楽しそうに話す声が聞こえていた。わたしもテーブルに戻って話に加わり、ビールを飲んだ。ときどきくらがわたしの膝のうえにのり、それからまたソファに戻っていった。

「くらちゃん、なついてますねえ」仙川さんが目を細めて言った。

「そうなんだよ、夏目、子どもにむいてる感じあるわ」

みるからに酔った遊佐が肯き、そのあと——さっきの話の続きをしても構わないか、構わないよね、と尋ねるように目配せを送ってきた。わたしはいっしゅん躊躇《ちゅうちょ》したけれど、すでに仙川さんがそのやりとりを気にしているのがわかったので、仕方なくいいよというふうに肯いた。

「ぜったい子ども、産むべきだよ」遊佐は力強く言った。

「えっ、誰がですか」仙川さんが訊きかえした。

「夏目だよ、子ども欲しいんだよ。で、精子バンク考えてるって」

仙川さんがいっしゅん黙り、わたしの顔を見た。

「精子バンク？」

「なんにも進んでないけど」とわたしは言った。個人提供者にメールを送って返事が来たこと、もしかしたら会うかもしれないと思っていることは言わずにおいた。

「この二年くらい、けっこう考えてるんです。相手がいないから」

「相手がいないから精子バンクって、飛躍がすごくないですか」仙川さんが怪訝な顔をした。「どこの誰かもわからない男の精子ってことですか？」

「相手なんか要らないんだよ」遊佐が言った。「そんなの、産んだら自分の子だからね。

相手なんか誰でもいいよ。もちろん産まなくても自分の子だよ。でも夏目の場合、養子をとるのは無理なわけだ。産みたくて産むチャンスがあるなら、産むべきだよ。セックスする相手がいないからって、自分の子どもをあきらめる必要なんかないってこと」

「いやあ」と仙川さんは半笑いで首をふった。「なんか、すごい話すぎて」

「べつにすごいってわけでもないでしょ。だっていま不妊治療で似たような技術で産まれてくる子ども、ものすごい数だし普通のことでしょ」

「でもそれは、夫婦っていうかたちがあるわけだし、親が誰なのかわかっているでしょう」

「親がわからない家族なんかごまんとあるじゃん」遊佐が言った。「わたしも父親と会ったことないよ。どこの誰かもわからない。興味もない。くらもそうなる」

「でも、いちおうなんていうのか……結果的に別れたとしても、親が愛しあったという か、結びつきがあったっていう、そういった事実から自分が産まれてきたっていうのが、大切なんじゃないですか」仙川さんが言った。

「勘弁してよ」遊佐は払いのけるように手をふった。「いま日本で不妊治療してる夫婦の誰がセックスしてるんだよ。いったい誰が愛しあってるっつうの？　それで何万人産まれてる？　別室で男がべつの女の裸かなんかみてオナニーして射精して、んで女からとった卵子にくっつけてそれがかけがえのない子どもになるんでしょうよ。で、それで問題ないんでしょ。だったら夏目が精子バンクで妊娠して母親になることもおなじように問題ない。何が問題あんの」

わたしたちは黙ったまま、遊佐の言葉のつづきを待った。

「わたしも何回か会ったことある大学教授がいるんだけど」遊佐は言った。「わりに偉そうにしてるやつで、もちろん隠してるけどこいつがガチのロリコンなんだよ。業界的には超有名な話でアンダートゥエルブ」

「アンダートゥエルブって」わたしは訊いた。

「十二歳以下じゃないとちんこが勃たないの。死ねよってな。すぐ死ね」遊佐が吐き捨てるように言った。「まあどう騙したのかわからないけど、結婚してて妻のほうはもちろん知らない。理由つけてセックスなしで、このたび顕微授精でめでたく妊娠。所持品とかぬきうちで調べたら一発アウト案件な男だよ。これのどこに愛があんの。どこに結びつきがあんの。百歩ゆずってあったとしたって、それと子どもにいったい何の関係があるっていうの。こんなんでもかたちばかりの相手がいて、夫婦だっつって国に登録して、治療うける金があったら、立派な親ってか。娘が産まれないことを祈るばかりだよ、クソが」

わたしは瞬きもせずに遊佐の顔を見ていた。胸のあたりがかあっと熱くなり、グラスに添えた指先がかすかに震えるくらいにわたしは興奮していた。仙川さんは黙ったままワインを飲んでいた。遊佐は空になったグラスにぼとぼとワインを注いでから口に含み、それをゆっくり飲みくだした。

「子どもをつくるのに男の性欲にかかわる必要なんかない」

遊佐は断言した。

「もちろん女の性欲も必要ない。抱きあう必要もない。必要なのはわたしらの意志だけ。女の意志だけだ。女が赤ん坊を、子どもを抱きしめたいと思うかどうか、どんなことがあっても一緒に生きていきたいと覚悟を決められるか、それだけだ。いい時代になった」

「わたしも、そう思う」わたしは昂ぶる気持ちをおさえて言った。「そう思う」

「夏目はそれで本を書けばいい」遊佐はわたしをまっすぐに見て言った。

「本?」わたしは驚いて言った。

「そうだよ。わたしだったらそれで一冊書く。版元に金を出させる。手配も旅費も通訳もぜんぶね。みんな親の金とか男の金で不妊治療してるんだよ。作家だって妊娠とか出産とか子育てエッセイとか書いて稼いでる。あんたがあんたの妊娠と出産の経緯を書いて何が悪い?」

わたしは黙って遊佐の顔を見ていた。

「あんたの名前でやるとゆくゆく子どもがしんどいから、一回きりの、べつの筆名を作って書けばいい。そういう本はもう出てる？」

「ネットには匿名のブログみたいなのがあるけど、それは創作と見わけがつかん。もちろんAIDを受けた夫婦の体験談はあるけど、最近の女がひとりで手記っていうのは、一回ドキュメントではあったけど、本にはなってない」わたしは言った。「噂レベルというか、現実的ではないというか、そういう感じやと思う」

「いける。子どもひとり大学だすくらいの金なんか、よゆうで稼げる。わたしが保証する。いくらでも版元を紹介できる。でも、ねえ夏目——もちろん金は大事だけど、これは金の話をしてるんじゃないよ。もしあんたが自分のことを性的なことから収入のことから気持ちの何から何まできっちり書いて、それでひとりで妊娠して出産して母親になることができたら、いや、できなくてもね、その過程をちゃんと記すことができたら、いったいどれだけの女を励ますことになると思う？」

　遊佐は真剣な顔でわたしを見た。

「そんなもの下手な小説を書くより——ってべつに夏目の小説が下手だって言ってるんじゃないよ、でもはるかに意味があるね。今を生きてる女たちの、はるかに意味のある力になる。具体的な力になる。指針になる。これは希望なんだよ。相手なんか誰でもいい。女が決めて、女が産むんだよ」

　わたしは無意識のうちに何度も肯いていた。そうねえ、と言うように仙川さんも肯いていた。それから遊佐はありとあらゆる言葉をつかってわたしを励ました。そして自分の妊娠と出産についていろいろな話をした。つわりのこと、陣痛のこと、母親にたいする圧力がすごすぎて、図太い自分でもひるみそうになっていること。それから子どもという存在がどれだけ素晴らしいかについて。こんなことは決して公に言えることではないけれど、子どもを産むまえのわたしは愛のことなど、何も知らなかったこと。世界の半分が手つかずだったこと。子どもを産まなかったらと思うと心の底からぞっとする。こんなふうな存在があることを知らないままだった可能性があると思うと、それだけで恐ろしい気持ちになる。もちろん産まなければそれにも気がつかないままだろうけれど、これは何ともくらべることのできない最大の贈りものだった。何にも替えられない、わたしの人生において、これ以上の出来事はない、存在はない、いまこうして話しているだけで涙がでそうになる。子どもは本当に素晴らしいものなのだと――わたしは夢中で遊佐の話に聞き入った。

それからわたしたちはカレーを食べ、遊佐はくらに小さなおにぎりをみっつ作って食べさせた。わたしはまた畳の部屋に移動してくらとおもちゃのピアノで遊んだり、仙川さんと遊佐は仕事の話をしたりした。

「そろそろ、おいとましましょうか」しばらくしてから仙川さんが言った。時計を見ると八時になっていた。

「明日、平日ですからね。くらちゃんも保育園でしょ。お風呂とか」

わたしはもう少しだけくらといたい気持ちがあったけれど、保育園という言葉を聞いてあきらめた。かなりビールを飲んだし酔ってはいたけれど、それとは違う理由でわたしは興奮し、この十年で一番かというくらいに明るい気持ちになっていた。「元気でた、元気でた、ありがとうありがとう」とわたしは遊佐にくりかえし礼を言って、ドアを閉めた。

初夏の夜の空気は心地よく、わたしは上機嫌だった。得体の知れないパワーが腹の底から湧いてきて、それが口からバルーンみたいに膨らんで、そのまま胸が飛んでいきそうなくらいだった。そういえばマルケスの小説にこういう感じのシーンがあったなとわたしは思った。あれは族長だったか誰だったかの足先の痛風が痛すぎて痛すぎてその痛みが痛すぎるがために、思わず痛風がアリアを歌いだしてそれがカリブ海にわんわん響きわたるというような。わたしもそんな気分だった。しかもわたしの場合は痛風ではなく、喜びと見わけがつかない力強い気持ちだった。わたしにもできる、不可能なことはない、誰の子どもでも構いはしない、わたしが産めばわたしの子なのだ——それはわたしがこれまで味わったことのない万能感だった。

「マルケス的な気分です」わたしは隣を歩く仙川さんに元気よく話しかけた。

「マルケス?」しばらくしてから、仙川さんは平坦な声で言った。「意味がわからない」

　わたしたちは黙ったまま、駅までの道を歩いた。どこか雰囲気がおかしかった。もしかしたら仙川さんは遊佐に自分の意見を否定されて機嫌が悪いのかもしれなかった。でもわたしは気にしないことにした。何と言っても目のまえには真っ青なカリブ海が広がり、左右にひらいたわたしの胸はそのまま大きな白い羽になっていま大海原に飛びたとうとしているのだ。駅に着き、じゃあまた、とだけ言って改札に入ろうとするところで仙川さんが呼び止めた。

「さっきの話」

　わたしはふりかえった。

「わかってると思いますけど、真に受けないでくださいね」仙川さんは言った。「リカさんの話です。あのひと完全に酔ってるし、煽《あお》るだけ煽って無責任なところあるから」

「子どもの話ですか？」わたしは訊いた。「わたしはかなり具体的なこととして聞いたけど」

「冗談やめてくださいよ」仙川さんはからかうようにため息をついた。「精子バンクとか正気なんですか。古臭いＳＦじゃあるまいし」

　わたしは頬が内側から熱くなるのを感じた。

「気持ち悪い」仙川さんは吐き捨てるように言った。「あなたが子どもをつくるのもつくらないのも勝手ですけど」

「じゃあ放っておいてください」わたしは唾をひとつ飲みこんでから言った。

「小説はどうなってるんです？」仙川さんは鼻で小さく笑って言った。「自分の仕事を満足に仕上げることもできず、人との約束を果たすこともできない人が、子どもをつくって産んで育てるなんてことできるんですか？」

わたしは黙っていた。

「できるわけないじゃないですか」仙川さんは笑った。「もっと客観的に自分のこと考えてみてくださいよ。収入、仕事、暮らし……いまなんか共働きでも子どもひとりもてるかどうかって時代なんですよ？　知ってますよね。それに仮にさっきリカさんが言っていたことが正しかったとしても、あなたはリカさんじゃないんですよ。そりゃリカさんならできるかもしれませんよね、彼女には大勢の読者がいて、お金の心配もないですしね。それに彼女、男に興味ないとか言ってますけど、その気になったら助けてくれる人なんかいくらでも現れますよ。いっぽうあなたは無名の存在で、明日がどうなるかもわからない。怠惰な、約束を守ることもできない、いい加減な書き手なんです。リカさんとは何から何まで違うんですよ」

「すごいですね」わたしは絞りだすようにして言った。「何も――知らないくせに」

わたしも仙川さんもしばらくのあいだ、黙ったまま動かなかった。

「……あなたが言うとおり、わたしは何も知らないかもしれない」少しして、仙川さんは首をふりながら言った。「でもね、あなたに才能があることは知ってる。それだけはちゃんとわかってる。ねえ夏子さん、もっと大事なことがあるでしょう。わたしはそれが言いたいの。いまやらなきゃいけないことがあるでしょうって、それだけが言いたいの。ねえ夏子さん、小説を書きましょうよ。わたしはわざとこうして意地悪なこと言ってるんです、発破《はっぱ》をかけてるのよ」

仙川さんが一歩足を踏みだして歩み寄った。わたしは反射的に後ずさった。

「夏子さん、あなたは作家じゃないんですか？　才能があるのに。書ける人なのに。ねえ、書けない時期っていうのは誰にもあるものなの。肝心なのはそれでも物語を捉えて離さないことです。小説のことだけを、人生を賭けて考えてほしいの。あなたは本当に小説が書きたくて、小説家になったんじゃないの」

わたしは仙川さんの丸い靴先を見つめていた。何も言うことができなかった。

「どうして子どもなんて、そのへんの女が言うようなことにこだわるの。ねえ、しっかりしてくださいよ、夏子さん。子どもが欲しいなんて、なぜそんな凡庸なことを言うの。真に偉大な作家は、男も女も子どもなんかいませんよ。子どもなんてそんなもの入りこむ余地がないんです。自分の才能と物語に引きずりまわされて、その引力のなかで生きていくのが作家なんだから。ねえ、リカさんの言うことなんか真に受けないで。リカさんはしょせんエンタメ作家ですよ。あの人にも、あの人の書くものにも文学的価値なんかないですよ。あったためしがない。誰にでも読める言葉で、手《て》垢《あか》のついた感情を、みんなが安心できるお話を、ただルーティンで作っているだけ。あんなのは文学じゃないわ。文学とは無縁の、あんなのは言葉を使った質の悪いただのサービス業ですよ。でも夏子さんは違う——ねえ、いまお書きになってるものがどうにも動かないようならね、それはそこに、その小説の心臓があるんです、それこそが大事なんです。すらすら書ける小説に何の意味が？ ためらわずに進んでいける道になんの意味が？ ねえ、最初から原稿を挟んで、ふたりでやってみましょうよ。だいじょうぶよ、わたしがいるから。わたしがついてる。きっとすごい作品になるもの。わたし信じてるのよ。誰にも書けないものが、あなたには書けるって」

仙川さんは腕を伸ばして、わたしの腕をつかもうとした。わたしは身をよじってそれを振り払い、バッグから財布をとりだして改札をくぐった。夏子さん、とわたしを呼ぶ仙川さんの大きな声が聞こえたけれど、わたしはふりかえらなかった。夏子さん、ともう一度声がした。でもわたしは立ち止まることなくホームへの階段を駆けあがっていった。電車の到着を知らせる音が鳴り、轟音を響かせながら電車はすぐにやってきた。ドアがひらくと同時にわたしは車両に乗りこみ、座席に座ると腕を組んで隠れるように体を丸めた。アナウンスが流れ、ドアが閉まった。ゆっくりと電車が動きだしたとき、窓のむこうに仙川さんが見えた。きょろきょろとわたしを探す仙川さんが見えた。一瞬だけ目があったけれど、わたしはすぐにうつむいた。そしてそのままぎゅっと目をつむった。

電車を二度、乗り換えて三軒茶屋に着いた。そのまま部屋に帰る気持ちになれなかったけれど、かといってわたしに行く場所なんてどこにもなかった。最悪の気分だった。苛だちと興奮が体のなかでねじりあって、一秒ごとに熱を帯びていくような感じがした。そのときぶうぶうと電話が鳴っていることに気がついた。きっと仙川さんだろうと思ってそのままにした。でもしばらくするとまた着信の振動がバッグに響いた。それがつづけて三度あった。わたしはあきらめて手にとり、確認してみると巻子からだった。わたしはどきりとし、すぐに折り返した。何かあったのかもしれない。仕事をしているはずのこんな時間に、巻子が電話をかけてくることなんてまずないからだ。しかもこんなに連続で。何かあったのかもしれない——心臓がどくどくと音をたてた。事故、事件、心臓発作、それとも店で何かがあった？　数秒のあいだにいくつもの想像が頭のなかを駆けめぐった。いや、巻子がかけてきたということは巻子は無事で、もしかしたら緑子に何かあったのかもしれない。いや、誰かが巻子の携帯を使って連絡してきているのかもしれない。呼びだし音が鳴っているあいだ、わたしの胸は痛いくらいに波打った。六回目のコールでつながった。

「巻ちゃん、どうしたんっ」わたしは相手が声を出すまえに話しかけた。

「あー夏子はん」巻子は気のぬけた声で返事をした。「なにしてんのかな、思て」

その声を聞いて、わたしは大きく息を吐いて脱力した。電話を耳にあてたまま動けなかった。しばらくすると徐々に怒りのようなものがこみあげてきた。

「びっくりするやろ、店のこんな時間に。なんかあったか思て」

「なんでや、今日休みやで。日曜」

巻子に言われて気がついた。たしかに今日は日曜日で巻子のスナックは休日だった。

「せやけど何なん、びっくりしたわ」

「ちゃうやん、夏ちゃん夏にこっち帰ってくるって言うてたやん、八月の終わり。緑子に日にちゆうてくれたやろな。何食べよかな思て。いまめっさ流行ってるサムギョプサルとかどない。鶴橋にえらい店できてんてよ」

「なあ、それいま決めなあかん話?」

「せやけどべつにええやん。楽しみなんや。どうなん、忙しいか。仕事は？　小説はもう終わったん？」

「小説？　それどころじゃないわ。忙しくて」わたしは苛々を隠しきれずに言った。

「小説以外で忙しいって何や」巻子が少しふざけた口調で言った。

「子ども」わたしは言った。「子どものこと」

「誰の」

「わたしの」

「ええっ」巻子は電話口で大声を出した。「夏子、あんた妊娠したんか！」

そうや、と思わず言いそうになったけれど、なんとか押し止めることできた。

「ちゃう、これから。これから妊娠するんや」

「彼氏がおんのか」

「おらん」

「ほんなら誰の子のこと言うてんの」

「わたしらみたいな独り身の女が子どもつくるために、精子バンクゆうのがあるねん。巻ちゃんは知らんやろうけど、こっちではスタンダードになってるねん。個人でくれはるちゃんとしたボランティアもあって、そこでもらうんや」

「夏ちゃん」巻子は言った。「小説の話かいな」

「ちゃう、ほんまのわたしの話や」わたしは苛々しながらＡＩＤのシステムについてかいつまんで説明した。すると話し終えるが早いか、巻子はわたしの声を遮るように大きな声をかぶせてきた。

「あかんわあ、それはあかんわ、ぜったいにあかんがな。それは神の領域やがな」

「何が神の領域よこんなときだけ、ふだん何も信じてへんくせに。できることはできることやろ。みんなやってる普通のことや」

「もうええって夏子、ほんであんたいま、ちょっと酔ってるんちゃう」

「酔ってない」

「とにかくそんなあほみたいなこと言うてんと帰って仕事したらは。いま外おるんやろ」

「何があほなことよ」わたしはかっとなって声を荒げた。「もういろいろ決まってて、あとは確認するだけやから」

「あのな」巻子はため息をついて言った。「あんた子ども産んだり育てるのがどんだけ大変なことかわかってるやろに。どことも知れん相手ので妊娠てそんなことが許されるわけないやろな、子どもどうなるねん」

「緑子はどうなった？」わたしは皮肉をこめて言い返した。「それを巻ちゃんが言う資格あるん？　父親うんぬんを」

「それは結果論やがな」巻子はまたため息をついた。「もうあほなこと言わんと」

「巻ちゃんにできて、何でわたしにできひんことある？」わたしは訊いた。「なんで反対するん？　それ巻ちゃんが言えること？　べつに賛成してくれる必要もないけど、そやけど反対もできひんやろな。巻ちゃんに迷惑かけるわけでなし。ひとり親なんかどんだけおんねん、親知らん子どんだけおんねん、お金がなんやねん、うちらが大人になれてんから、どんな子どもでもでかなれるわ。生きていけるっちゅうねん」

「ほんならちゃんと相手みつけて」巻子はなだめるように言った。「ちゃんとして、やらなあかんわ」

「あのさあ」わたしは言った。「巻ちゃんはさ、わたしにずっと独りでおってほしいんとちゃうの？」

「どういう意味？」

「子どもとかもってほしくないんやろ、わたしはそう思うわ。ずっと独りでおってほしいんや。わたしに子どもなんかできてもうてそっちに使うお金があるんやったら、大阪に、自分とこと緑子にしてほしいって、ほんまはそう思ってるんとちゃうの」わたしは言った。「わたしがそういうとこあるん知ってるから、黙っててもこのさき巻ちゃんとか緑子とかにまわってくるって、どっかでそう思ってるんちゃうの。今してる仕送りかってびびたる金額やけど、もっと増えたらいいのにってそういうことも考えてるんとちゃうの。期待してるんとちゃうの。わたしに子どもなんかできたらなくなるし減るもんな、巻ちゃんと緑子にとっていいことなんかいっこもあらへんもんな、わかるよそれは」

巻子は絶句した。わたしも黙っていた。しばらくして巻子が大きく息を吐くのが聞こえた。

「夏ちゃん」

「もう切るわな」

電話をバッグの底に落とし、わたしは歩きだした。最悪な気分だった。叫びだしたいような気分だった。わたしは足を繰りだすスピードを速め、頭に浮かんでくることを片っ端からびりびりに破り捨てるような気持ちで歩きつづけた。すれ違いざまに腕がぶつかった男が舌打ちをした。わたしも舌打ちし返した。そしてそのまままっすぐ歩きつづけた。十字路の信号で立ち止まり、青になっても自分がどっちに進んでいけばいいのかがわからなくなった。家に帰るならまっすぐ。コンビニに行くなら右。人がいる駅前に行くなら後ろ。でも自分がどっちにむかえばいいかわからなかった。逢沢さんのことを思いだした。電話をかけてみようかといっしゅん思った。でもわたしは逢沢さんの顔を思いだすまえに、善百合子の顔を思いだしていた。善百合子。もしかしたら逢沢さんは三茶にいるのかもしれない。善百合子といるのかもしれない。善百合子は黙ったまま、その顔にどんな表情も浮かべずにわたしをじっと見つめていた。彼女は逢沢さんと一緒にいるときは笑ったり冗談を言ったりするのだろうか。そしてひとりの夜にはいったい何をしているんだろうか。白い肌にうっすらと色づいているそばかすが目に浮かんだ。ちりやガスや無数の星でつくられた星雲のもやが、彼女の頬のうえにゆっくりと広がっていった。わたしは電話をとりだして、Gメールを立ちあげた。そしてもう何度読み返したかわからなくなっている恩田からのメールをひらいて、返信をタップし空白部分に文字を打っていった。

送信ボタンを押してしまうと、全身からするすると力がぬけて思わずわたしは標識の支柱にもたれかかった。コンビニのビニル袋を持ち、赤茶色と真っ黒のトイプードルを散歩させている背の低いおばさんがだいじょうぶかと声をかけてきた。なんでこんな時間に犬がいるんだろうと思ったが、べつにおかしなことではないと思い直した。だいじょうぶですとわたしは答え、しばらくしてから家に帰った。

15　生まれること、生まれないこと

恩田と待ちあわせすることになったのは、渋谷の交差点のすぐ近くの地下にあるマイアミガーデンという店だった。看板を見たことはあったけれど、じっさいに入るのは初めてだった。六月も半ばになっていた。朝から暗い灰色をした雲が低く垂れこめ、ときおりまるで巨大な生き物が喉を鳴らすように雷の音が響いた。梅雨入りしてしばらくがたっていたけれど、先週の半ばに少し雨が降っただけで最近はおなじような曇り空がつづいていた。

約束の時刻は午後七時半だった。できることならわたしは昼間にしたかったけれど、恩田がどうしても都合がつかないということで夜になった。渋谷のどこかというのと日にちはわたしが指定したとおりになったので、仕方なくあわせることになった。

店内はマイアミという店名に関係しているのか、ヤシの木のようなオブジェがいくつかあり、いわゆるファミリーレストランよりも軽薄な感じのする雰囲気で、いろいろな客であふれていた。学生からサラリーマンからギャルから女性の二人連れから、子ども以外のありとあらゆるタイプの人たちがスマートフォンをいじったり大声で笑ったりコーヒーを飲んだりスパゲティをすったりしていた。誰も隣に座った客のことを気にもせず、それどころか同席している相手にもさほど関心がないようにみえるカップルもいた。ここにいる誰もがみんな目をひらいて起きてはいるけれど、何も見ていないような気がして、そのことにわたしはほっとした。

わたしは恩田に山田という偽名と、当日は紺色の無地のブラウスを着てゆくことと、髪型は肩くらいのボブヘアであることを伝えていた。恩田は自分の体型が中肉中背であることと、髪型は耳うえカットのごく一般的な髪型であること、そして自分のほうから山田さんを見つけられると思うのでご心配なく、と書いたメールを送ってきていた。

最初の返信を書いた夜から、ちょうどひと月がたっていた。

確認のメールを数回やりとりするなかで、やっぱりやめたほうがいいんじゃないかと何度も思ったけれど、人が大勢いる渋谷であること、何かあったらすぐに助けを呼べること、それにこんな都会では知らない人間に会ってお茶を飲むことなど普通のことであるのだと何度も自分に言い聞かせて、気持ちを奮いたたせた。

約束の時間までにはまだ十五分ほどあった。今まで味わったことのない種類の緊張のせいで全身に力が入り、無意識のうちに奥歯をきつく嚙みしめていて、頬やこめかみに痛みを感じた。一分が信じられないくらいに長く感じられて、どこを見てどんなふうに座っていればいいのかもわからなかった。息を吐き、気持ちを落ち着かせようとした。だいじょうぶ、このことで何かが悪くなるということはない。たとえ何の進展もなくても、悪くなるということだけはない。わたしは自分に何度もそう言い聞かせた。自然にふるまおうとしてもどうも入り口のほうを気にしてしまうので、わたしは電話を見ていることにした。メールの受信ボックスをひらいた。この二十日間ほどのあいだに、逢沢さんから何度かメールやラインが届いていたけれど、いくつかスタンプを返しただけで、返事はできないままだった。遊佐からもなんてこともないラインが来ていたけれど、それにもスタンプを返しただけだった。仙川さんからはあれから連絡はなかった。電話もメールも一度もなかった。

「山田さんですか」

打たれたように顔をあげると、男が立っていた。

わたしが待っているのは恩田であり、わたしのことを山田と呼ぶのも恩田しかおらず、声をかけてくるのも恩田しかいないことはわかりきっていることなのに、わたしは目のまえにいる男が恩田であるということになぜか即座に思い至らなかった。その男はひと目みるなり「警部」という言葉を反射的に想起させるようなだぶっとした紺色のピンストライプのスーツを着て、走ってきたのか額にいっぱいの汗をかいていた。たしかに耳うえでカットされてはいたけれど、筋になった前髪と横髪が張りついていて、整髪料でわざとそういうふうに固めているのかと思うくらい、いわゆる一般的な髪型というには無理のあるスタイルだった。中肉中背というよりはぽっちゃりした印象で、人違いなのではないかといっしゅん思ったけれどそんなはずはなく、その男が恩田だった。

目はくっきりとした平行の二重まぶたで、やや下がり気味の眉頭に落ちそうなくらいの大きないぼがあった。何年もかけて大きくなったに違いないそのいぼはすっかり変色していて、テーブルを挟んだわたしの位置からでも密集した縦長の毛穴のひとつひとつがはっきりと見えた。それはまるで腐って灰色になった苺のようで、わたしは思わず目をそらした。ピンストライプのジャケットの下には「ＦＩＬＡ」と描かれた光沢のある白いティーシャツを着ていて、なぜか恩田はそのロゴを強調するようにジャケットの襟をちらりと左右にひらいてみせた。そして椅子をひいて座るとスーツの袖口で額の汗を押さえ、「どうも、恩田です」と挨拶をした。低めのくぐもった感じのする声だった。

店員がオーダーをとりに来るまでわたしたちはひとこともしゃべらなかった。ほかの客のいろんな会話で店内は騒がしかったけれど、言葉はひとつも頭に入ってこなかった。店員がやってきてわたしはアイスティーを頼み、これ、と恩田は卓上メニューのホットコーヒーを指さした。

「提供希望ということですけど」恩田はいきなり本題に入った。「えっと、山田さんって偽名ですよね」

「え、はい」わたしは予想外の質問にびくりとして、少し大きな声が出た。

「ですよね、個人情報ですもんね。オーケーです。で、フリーターってことですけど、経済的には——だいじょうぶなんですよね、だいじょうぶってことで返信もらってますよね。あと、煙草も酒もいっさいやらないと」

「はい」わたしは自分が何について答えているのかよくわからないままに肯いた。

「で、メールでもお知らせしましたけど、もし提供ってことになったら養育費とか経済的支援とかそういうのはいっさい求めないって前提なんですけれど——」そう言うと恩田は口もとに手をやって薄く目を閉じ、まるで占い師が人相でも見るような雰囲気でもって、わたしの顔をじっと見つめた。「——はい。今ので面談はパスしました」

「えっ」

「わたしくらいになるとわかるんですよ、見た感じですぐに」恩田は言った。「はい、いいと思います」

店員がそれぞれの飲みものをもってやってきた。恩田は白い湯気のたった黒々としたコーヒーのカップをもちあげると、冷ますそぶりもなくごくりと飲みこんだ。

「提供の方法はいくつかあるんで、それはあとで選択するとして」恩田は言った。「まずこれを見てもらおうかな」

恩田はポケットのなかから何枚かの用紙を取りだした。

「病気とかそういうのの証明書はメールで添付したとおりで、問題ありません。肝心なのはこっちなんですよね——はいこれ、わたしの精液検査結果表。直近で五回ぶんあります。わたし毎回とも違うところで検査してるんですよね。英語のやつと、この日本語の。わかります？　項目っていうか内容はおんなじで、ここが精液の量です、精液二ミリリットルにたいしてここが濃度、濃度ですよね。これが肝心なんですけど、英語だとこれですね、トータルコンセントレイションってなってますね、あとここが運動率です、こっちはラピッドスパーム、ですね、こうなってますね」

ちゃんと自分で確認するように、というように恩田が用紙を渡してきたので、わたしはそれを受けとってテーブルのうえに置いて目をやった。

「発表いきますね、見てくださいね、まず濃度から。そこ一四三・一Mってなってるところなんですが、換算すると一億四千三百十万ってことなんですよね、精液一ミリにたいしての濃度という意味です」恩田が大きく目を見ひらいて言った。「で、つぎに精子運動率です。これ直近の結果が八十八パーセント。前回が八十九パーセントで、そのまえが九十七・五パーセント、見えます？　そこ書いてますよね。山田さんあまりぴんとこないかもですけど、あ、ちょっとはわかります？　こういう数字のこと、あ、わからない？　まあだいたい精子の通信簿、みたいな理解でいいと思います。あとここに書いてる総運動精子数っていうのはわたしの場合、二億を超えてまして、あとここ見てください。正常形態率は七十パーセント近いですよね、ちなみにＷＨＯが出してるこれの平均値はここ、四パーとかで、それがわたし七十もあるっていうことですね。まあこういうのからトータルの、精子運動性指数っていうのを出すんですけど、それっていうのは簡単に言うと、妊娠させる能力ってことなんです。で普通の男ってそれがだいたい八十とか百五十とかそのへんなんですよ、普通はね。でわたしの判定は……そう、そこ一番下に書いてる数字です、読んでください、はいそこ、三百九十二。一度なんて四百超えしたこともあります。そっちの紙に載ってますね。これ単純計算でいうと、精子弱い男とくらべる場合、それの五倍とか六倍とか強いってことになるんですよね、わたしのは。検査機関からもこれ以上はないレベルだっていうお墨つき、もらっています」

恩田はまたコーヒーをがぶりと飲んだ。それから感想を促すように、用紙とわたしの顔を交互に眺めた。

「つまり」恩田はぱちぱちと瞬きしながら言った。「わたしよりいい精子って、まずないってことです。妊娠する可能性がいちばん高いってことです」

「あの」わたしは紙ナプキンで口を押さえながら、大阪弁がぜったいに出ないように標準語で慎重に言葉をつづけた。「あの、これまでにじっさいに何人のかたが、本当に妊娠されているんですか」

「人数は非公表ですけど、最高年齢が四十五歳、若いかたで三十歳です。おふたりとも市販の注射器パターンです。もちろんほかにもいますよ。単身の人もいればご夫婦もいるし、最近ふえているのはレズビアンのカップル。それぞれいろんな方法です」

わたしは黙ってアイスティーの入ったグラスを見つめていた。この男は本当のことを言っているのだろうか。これらは本当のことなのだろうか。このやりとりのあとに本当にこの男から精子を受けとって、それで妊娠しようとする女がいたのだろうか。

そんなこと、わたしには信じられなかった。でも、信じられないといえばこうしてこの男と待ちあわせをして同席し、こんなふうに話を聞いていることじたいがそうだった。でもそれは現実だった。わたしは自分からメールを送って待ちあわせにやってきて、こうしてこの男の話を聞いてるのだ。もしかしたら、いるのかもしれない。あとがなく、覚悟を決めて、本当にこの男から精子をもらって妊娠した女だっているのかもしれない。

わたしは顔の位置は変えずに目だけをあげて恩田を見た。ひとつでも安心できる要素を見つけようと必死だった。そしてひとつでも自分がここにいることを正当化するための材料を見つけようと、そしてひとつでも無理だった。そんなものはどこにもなかった。FILAのロゴと眉頭の巨大ないぼだけが頭のなかで大きくなっていくようだった。だんだん動悸がしはじめた。アイスティーを飲むことも思いつかなかった。

「ボランティアで提供をはじめたのはもちろん大人になってからですが」

わたしが長いあいだ黙っているせいか、恩田は話しはじめた。

「思えば、この使命感に目覚めたのは、十歳とかそのあたりだったかもしれませんね」

「十歳？」

「わたし、精通があったのが小四のときで。もちろん最初はびっくりするだけでよくわからなかったんですけれど、でも一年二年するうちに、どうにも自分の精液に夢中になってしまいまして」恩田は目を大きくひらいたまま、口もとだけで微笑んで言った。「学校って実験室があるじゃないですか、理科の。顕微鏡とかいっぱいある。わたし、中学にあがった年に自分の精子ってどんなものか、この目で見てみたいって思いましてね、放課後こっそり入ってしこしこして出してですね、それで見てみたんですよ。そしたら感動でしたね。ぴっくんぴっくん動きまわっているわけですよ。あれはほんと、いつまでも見ていられましたね。それで親に言って顕微鏡を買ってもらってね。わりとちゃんとしたやつですよね。それで毎日しこって必ず観察してました。

いや、わたしの精子ってね、すごいんですよ。こう言うと手前味噌になりますけどね。でも真実だからしょうがないですよね。数値でてますから。ありますから。こんな濃度も運動率も見たことないって言われましてね、ああやっぱりとくべつなね、そういうところがあるんだなってすごく納得しましたよね。だって子どもながらに量も色の濃さも普通じゃないよなっていう意識、ありましたからね。基本はもちろん、人助けなんですよ。でも使命感っていうのか、ありますね正直。自分のこの抜群にいい精子……自分の個性とか遺伝子とかっていうとちょっとニュアンス違ってくるんですけど、精子の強さって言うんでしょうか……それは残したいというか、いくらでもどばっと出して旅立たせたいっていう気持ち、ありますよね。卵子つかまえてしっかり爪痕残せよ、強さ証明しろよ、みたいなね。はっは。わたしのその、強おい強おい精子がですね、どこぞの子宮のなかでびたあっと着床するところとか想像すると、すっごく興奮しますよね。自分の子どもとか遺伝子とかってことじゃないんですけどね、でもありますね、すごい達成感が。

　でもこれって男はみんなあるかもしれませんよね。たとえば風俗とか行く場合あるでしょ、男はやっぱり。デリヘル呼んだりとか、あるじゃないですか。もちろんお約束としてはゴムは必須なんだけど『こんな商売しやがって、お仕置きだ！』って感じで、後ろからやってるときですよね、女の子わかりませんからね、男がいく直前にゴムとってどばっと中出しするっていうのがあるんですよね。なんというか、作法として。そればっかやってる知りあいに聞いたらですね、あ、ただの知りあいですよ、友だちじゃないですよ、でまあ聞いてみるとね、中出しじたいが気持ちいいっていうのが一番なんだけれど、それ以上に達成感があるってね、やっぱり言いますよね。相手が生で中出しされたのに気づいてないっていうのもお仕置き感あるしスリルあって最高だって言ってましたね。まあ気持ち的にはわかりますけど、でもやっぱりだめですよね。マナー違反ですよね。わたしはそういうのじゃないです。求められてからする、人助けなんです。でね、さっきいくつか方法あるって言ったじゃないですか。山田さんは市販の注射器希望ってメールに書いてましたよね、うん、たぶんうまくいくんじゃないかな。うん、きっとうまくいくと思いますよ。年よりまあちょっとは若くみえるし健康そうだし。でもね、正直に言って、のんびりしている時間はないじゃないですか。山田さん自身それをわかってるから、わたしにメールをくれたわけですよね。そうすると、より精度をあげたほうがいいっていうのはありますよね。で、精子がいちばんいい状態っていうのは、人肌なわけですよ。あと女の人がいくっていうかそういう感じになると膣とか子宮口のあたりが充血して膨らんで精子をぎゅんぎゅんに吸いあげますし、なかがアルカリ性になるんですよね。ほら、精子って酸性に弱いでしょ、あ、わたしのならいけると思いますけどね、酸ごときには負けないと思いますけどね、負けない負けない、ははっ、まあいずれにせよ、排卵日は特定して把握しておかないといけないわけで……それって山田さんもうちゃんと知ってるかもしれないけど、あとでそういう情報とかキットとかを一覧にした紙、わたしちゃんと作ってましてそれ渡しますからね。そうそう……だから、山田さんがもしね、本当に子どもが欲しいっていう気持ちあるなら、タイミング法もありますよねって話なんです。本当の強さにふれてもらいたいっていう気持ちもありますしね……まあこれは直接、精子とは関係ないかもですけど、いや、あるかもですけど、わたしその、陰茎もまあこれが、褒められますよね、じっさい。かたちもでかさも。みんなすごーいって。うん、正直、それでトライしたいっていうのはありますよね。マックスの状態っていうんですか。精液の量もみてほしいし、こうね、手でこうして受けたらこぼれるくらい出ますからね、勢いとかもね、下手したら精子が動くの肉眼でも見えるかもだし、はっは、それはないか。でもそれくらいすごいんですよわたしの精子。あ、もし興味があれば動画とかは普通にあるんで、その、どっくどくの場面のね、それは資料としていくらでも見てもらうのとかは可能なんですけど。

とはいえまあ……抵抗あるじゃないですか。見ず知らずの男とねえ、そういう行為するなんてね。わかりますよ、だって目的は純粋な妊娠ですからね。でね、こういう場合、服着たままでするっていうのがひとつあるんですよね、方法として。知ってます？　でも下着はとるわけですよね。下半身はすっぽんぽんになるわけです。それだと裸と変わりないっていう感じが、わたしはどうもしてですね。どうしたら服を着たままってことになるのかって考えたわけです。それで何人かの人と試してすごく好評だったのがこれなんです。これ……わたし知人に言って作ってもらってるんですけど、これ……こっちから見ると、あっだめか、いま袋に入ってるからわかりにくいですけど、これ陰茎だけがすっぽり綺麗に出るようになってて、あと女性器もおなじようにそこだけ出るようになってるスーツ。タイツっていうか。これを着てもらって、必要があればうえから普段の服、スカートとか穿いてもらってって感じですね。注射器注入より、やっぱり原始的な方法のほうが確率は高くなりますよね。体温的にも鮮度的にも。さっき言った、膣内をアルカリ性にするのが大事で、それっていうのはまあ女性がびくびくに感じるってことなんですけど、わたしの陰茎と精子だったら、そこはばっちりできるんで。そこも安心、完璧です。もちろん排卵日をちゃんとしてきてもらって、その二日まえとかにね、ちゃんと当てていくってことになりますけどね」

三軒茶屋に着いたのは午後九時半だった。

店を出て渋谷駅の入り口まで行ってはみたけれど、階段を降りることがどうしてもできなかったので、わたしは体を引きずるようにバス乗り場まで歩いていった。たくさんの人々が足早にやってきて、すごいスピードで通りすぎていった。信号機や看板や車のライトやショウウインドウや街灯や電話の液晶や、渋谷の夜はどこもかしこも無数の強い光に満ちていた。わたしはガードレールに寄りかかりながら列にならび、バスがやってくるのを待った。

暗い青色をしたシートにきちんと収まった静かな乗客たちをのせたバスは、夜の腹を切りひらくようにまっすぐ進んでいった。ありとあらゆる光がまるであふれだす血液や内臓のように、左右の窓を流れていった。わたしは腕を組んで首を折り曲げ、隠れるようにシートの隅に体を埋めた。何も考えられなかった。ひどく疲れていた。わたしは目を閉じて、そのまま三軒茶屋に着くまで一度もひらかなかった。運転手のアナウンス、走行音、遠くのクラクション、ドアが開閉するときの、あの空気を押し潰すような音のひとつひとつを数えながら、わたしは身動きせずにじっと体を丸めていた。

吐きだされるようにバスから降りると、そこにも無数の光があった。いますぐ横になりたかった。座るのでも、何かによりかかるのでもなく眠りたいのでもなく、いますぐ横になりたかった。そのままもう一歩も動きたくなかった。家までの十五分を歩く自信がなかった。怪我をしたわけでも熱があるわけでもないのに、わたしの体は何か特殊な薬剤でも打たれたかのように鈍く重くなっていて、目のまわりは熱く濡れたように疼いていた。手足はかすかにしびれていた。家まで歩くのは無理だと思った。わたしは信号を渡ってすぐのところにあるカラオケボックスを目指した。ここからでもはっきりとなかが見えるロビーは、まるで強烈なライトに照らされた雪山のように白く大きく発光していて、わたしは救助の光を見つけた遭難者のように重い体を滑りこませた。

案内されたのは一階の突きあたりにある、三畳あるかないかくらいの小さな部屋だった。わたしはすぐに電気を消し、すべての音量をゼロにしたけれど、モニターじたいの電源はどこにあるのかわからなかった。バッグを置いて硬いソファに腰を下ろした瞬間、かんかんと激しいノックの音がしてドアがひらくと、カウンターで頼んだ氷なしのウーロン茶をもった店員が現れた。ごゆっくりどうぞと言い残すと、店員はすぐにいなくなった。

わたしはウーロン茶をひとくちだけ飲むと、スニーカーを脱いでソファに横になった。ビニルのシートは煙草と唾液と汗がまじりあったようなにおいがした。隣の部屋から野太い男の声とエコーが一緒になった歌声が漏れ響いていた。うっすらとべつの音楽も混じっていた。わたしは胸で息を吐いて目を閉じた。

さっきまで渋谷にいて喫茶店で恩田と名のる男と会っていたことが、なんだか信じられない思いだった。でも本当のことだった。恩田は自分の言いたいことを話し終えると、わたしにどうするかを迫った。激しく言い寄るというわけではなく、あくまでわたしの選択に任せるけれど、という感じで。そのあと最初にわたしはなんて言ったのだろう。覚えていない。何も言わなかったのかもしれない。というより、わたしは何も言えなかったのだ。少しでも口をひらくと嫌悪感がどす黒い液体になってごぼごぼとあふれだして、自分がどうなってしまうのかわからなかった。わたしは頭のなかで気持ち悪い気持ち悪いと何度も吐き捨てながら席を立つタイミングを見計らっていた。わたしはどんな顔をしていたのだろう。満足気な顔でわたしの返事を待っていた恩田の顔が頭に浮かんだ。大きく見ひらかれた両目。いぼ。灰色に膨らんだ醜いいぼ。汚物だとわたしは思った。この男そのものだとわたしは思った。しかし好き好んでコンタクトを取って見ず知らずの男に会って話を聞いてみようと思ったのはわたしだった。しかも——しかも精子をもらうとかもらわないとかの話をするために。妊娠についての話をするために。そう思うと身の毛がよだった。恩田はにやにや笑っていた。よく考えてまたメールしますとだけ返事すると、恩田は指の爪で歯のすきまを掻きながら笑ってこう言った——なしならなしでいいですよ。そしてわたしの顔を見たまま、椅子に座り直すように体をもぞもぞと動かしていた。恩田の両手はテーブルの下に入れられていて見えなかった。わたしは最初、恩田が何をしているのかわからなかった。不自然な角度に背中が丸まり、にやにや笑いがやがて真剣な表情になり、その目つきにわたしは恐怖を感じた。恩田の目の焦点は微妙にずれており、わたしの顔のどこを見ているのかがわからなかった。そしてまたにやりと笑ってみせると、オプションでもいいですよ、と小さな声で言った。ストレートに言えない人っているんですよ。理由つけてじゃないと行動できない人。そっちのボランティアもやってますから。それから、声を出さずに下、下、と言って顎で股間を示すと、にやにや笑った。わたしは平常心を装って瞬きをくりかえし、財布から千円を出してテーブルに置き、席を立って出口にむかってゆっくりと歩いていった。そしてドアをあけると一気に階段を駆けあがり、駅と逆の方向へ全力で走った。最初に目に入ったドラッグストアに入っていちばん奥まで行き、商品棚の陰に身を潜めてそのままじっと動かなかった。

隣の男の客はまだ歌いつづけていた。激しい演奏に少し遅れて聴こえてくる大きな声。べつの部屋から女の人の高い声も聴こえてきた。知っているような知らないような歌が流れ、笑い声も聞こえた。カラオケボックスに来たのなんて何年ぶりだろう。バイト仲間の送別会で来たのも、もう思いだせないくらいまえのことだ。若い頃、わたしがまだ大阪にいたころ、ときどき成瀬くんとふたりで笑橋のカラオケボックスに行ったなとわたしは思った。わたしたちは若くて、行くところがどこにもなくて、いつも会えば足の裏が痛くなるくらい遠くまで歩いたことを覚えているけれど、ときどきカラオケボックスを自分たちの部屋代わりにして温かいものを飲んだり唐揚げを食べたりしながら、いろんな話をすることもあった。わたしたちはふたりとも笑えるほどの音痴だったから歌をうたうことはあまりなかったけれど、成瀬くんはときどき照れたような顔をして、歌ってくれることがあった。それはいつもおなじ曲で、ビーチボーイズの「素敵じゃないか」だった。わたしたちが十代の終わりには六〇年代や七〇年代の音楽が流行り、わたしたちはいろんなアルバムを一緒に聴いたものだった。成瀬くんはビーチボーイズが好きで、一生懸命に歌ってくれるのだけれどカタカナ英語が追いつかず、全体的にキーが高くてうまく音程がとれないところがほとんどなのに、それでもファルセットの部分の雰囲気だけはちょっとそれらしく歌えたりして、それでふたりとも途中で笑ってしまうこともしばしばだった。成瀬くんは、照れたのと冗談を混ぜたような顔をして、これはブライアンが作った曲やけどほとんどおれの気持ちやな、と言って笑った。わたしは体を起こして検索機を手にとり、「素敵じゃないか」を調べて送信ボタンを押した。
聴き慣れたイントロが聴こえ、ドラムがどんとひとつ鳴ると——まるでもう誰もいなくなった部屋にかけられた布がひといきにとりはらわれ、懐かしい家具や絵や思い出が現れるように、何もかもがいっせいに甦るような気がした。メロディは空白のままだったけれど、後ろでうっすらと何層にもなったコーラスが聴こえ、歌詞の文字の色が変わっていった。わたしは言葉のひとつひとつを目で追いかけた。

もっと年をとったら素敵だろうね
そうしたらもう何も待ったりしないでいいんだよ
一緒に暮らせたら素敵だろうね
僕らふたりしかいない世界でね
それってどんなに素晴らしいだろう
おやすみを言ったあとも一緒にいられるなんて

目覚めても素敵だろうね
朝がやってきて　ふたりの新しい一日がはじまるんだ
そしてずっと離れずに過ごして
夜もぴったりくっついて眠ろう

わたしは瞬きもせずに歌詞を見ていた。そしてたまらなく悲しい気持ちになった。喉が震え、わたしは思わず手のひらで胸を押さえた。成瀬くんもわたしも今も変わらずに生きているのに、けれどもう、このときの成瀬くんもわたしもどこにもいないのだということを思うと、痛いくらいに胸がつまった。そしてもういなくなってしまった成瀬くんが、まだほんの十代だった成瀬くんが、遠い昔にこんな気持ちをもってくれていたのだと思うと、胸が痛んだ。こんなどうしようもないわたしを、どこにも行く場所がなかったわたしを、こんなふうに思ってくれたことがあったのだ。もっと年をとったら。おやすみを言ったあとも。どんなに素敵だろうね、素敵だろうね——あれから長い長い時間がたって、ここは東京で、三軒茶屋で——わたしはひとりだった。

会計を済まして外に出ると、雨の匂いがした。空には一面に雲がかかっていたけれど、それが雨雲なのかどうかはわからなかった。六月の夜の空気はたっぷりと湿って生ぬるく、店を出たとたんに背中や首筋にじっとりとした汗をかきはじめた。わたしはバッグを肩にかけなおして、まだ重く感じられる足をひきずるように信号を渡った。

たくさんの車を見ていると、子どもの頃、歩道のへりに座ってずっと車の行き来を眺めていたことを思いだした。わたしたち子どものために朝から夜までずっと働いて疲れきっている母のために、死んであげたほうがいいんじゃないかと思っていたことがあったのだ。ひとりぶんでもお金が浮けば、そのぶんだけ母が楽になれると思ってじっと車を眺めていたけれど、けっきょくできないままだった。あのとき、もしわたしが車に轢かれて死んでいたらどうなっていたんだろう。コミばあも母も悲しんだろうけれど、けれどもしかしたら、あんなに働かずには済んで、しんどい思いをせずには済んで、自分のために生きることができて、癌にはならなかったのかもしれない。どうだったのだろう。どうだったんやろう。今となっては、今となっては——わたしは信号を渡りきってキャロットタワーのわきをぬけ、煉瓦の敷きつめられた広場をゆっくりと歩いていった。

突きあたりにあるスターバックスには、硝子越しにたくさんの人がいるのがみえた。手をつないで楽しそうに歩いてくる親子とすれ違った。男の子は緑色のキャップをかぶり、がんばったね、と母親は顔を覗きこむようにして笑いかけていた。スーパーは煌々《こうこう》と光を放ち、何人もの人が出入りしていた。どこからか揚げ物のにおいがして、今日いちにち自分がまともに食べていないことを思いだした。朝にヨーグルトを食べただけで、ずっと緊張していたせいで昼は何も食べる気にならなかったのだ。恩田のいぼが頭に浮かんだ。わたしはそのイメージを振り払おうと首をふったけれど、忘れようとすればするほどそれは目のなかで少しずつ膨らんで大きくなった。縦にひらいたいくつかの毛穴は収縮をくりかえし、なかから膿のような黄色い脂肪がどろりと垂れるのがみえた。毛穴はさらに増えつづけ、それらは黒い小さな虫のように蠢《うごめ》き、新たに卵を産みつける場所を探すために羽を震わせ、あたりの様子をうかがっているようだった。足が止まり、わたしは力の入らない指先でまぶたを押さえた。人さし指の下で眼球が動くのが感じられた。わたしは恐る恐る指先を上にずらし、眉頭のあたりをさわった。そこにいぼはなかった。何もなかった——わたしは胸の底から大きく息を吐いた。そして何かを確かめるようにもう一度息を大きく吸いこみ、時間をかけて体のなかにある息をすべて吐き切った。顔をあげると、ちょうどむこうから歩いてきた女の人と目があった。わたしは女の人を凝視した。相手も立ち止まってわたしの顔をじっと見た。数秒のあいだわたしたちはぴくりともせず、お互いの顔を見つめたまま動かなかった。善百合子だった。

かすかに会釈をすると、善百合子はわたしの横を通りすぎて駅のほうにむかって歩いていった。わたしはふりかえって後ろ姿を見た。そしてそのままあとを追いかけた。自分でもなぜ来た道を戻り、彼女のあとを追おうとしているのかわからなかった。それはほとんど反射的な行為だった。わたしはバッグの肩紐をにぎり直し、足を早めた。

善百合子は半袖の黒いワンピースを着て、かかとのない黒い靴を履いていた。左肩に黒いバッグをかけ、細い首も袖から伸びる腕も、奇妙なほど白く見えた。ロビーで会ったときとおなじように黒い髪を後ろでひとつに束ね、善百合子は頭の位置をほとんど動かすことなく、まっすぐに歩いていった。

なぜこんなところに善百合子がいるのだろうと、わたしは彼女のあとをつけながら思った。けれどすぐに、彼女が三軒茶屋の駅から歩いて十数分のところに住んでいると教えてくれた逢沢さんの言葉を思いだした。善百合子は世田谷通りの信号を渡り、わたしがさっきまでいたカラオケのまえを通りすぎ、また二四六号線の信号を渡って、狭い通りに入っていった。何度か角を曲がって、商店街に出た。コンビニのまえでは酒に酔った若いグループが大声を出し、右手にはライブハウスがあるのか、ギターや機材を積んだ荷台のまわりでロック風のかっこうをした集団がスマートフォンで写真を撮りあって騒いでいた。けれど善百合子はまるで彼らのことなど目に映らないかのように、よけるそぶりもなく間を通りぬけていった。わたしは彼女の後頭部から目を離さないようにしながら、十メートルほど後ろを歩きつづけた。

商店街がとぎれてゆるく広がった三叉路に出ると、急に人の気配がなくなった。大きなドラッグストアがあり、閉店の準備をしている店員がトイレットペーパーやティッシュや日焼け止めなんかがずらりとぶら下がった移動棚を店内にしまいこんでいるのが見えた。善百合子はずっとおなじペースで歩きつづけた。その後ろ姿は何かについて深く考えこんでいるようにもみえたし、何も考えていないようにもみえた。善百合子はよそ見ひとつすることなく、まっすぐに歩きつづけた。

街灯が少なくなり、住宅街に入っていった。ゆるい下り坂にかかったところで、善百合子は、ふと思いついたように足を止めた。そしてゆっくりとこちらをふりかえった。わたしも足を止めた。暗くて表情まではわからなかったけれど、上半身を少しだけ傾けた様子から、わたしがついてきていたことにたったいま気づいたのだということがわかった。十数メートル離れたところから、彼女はわたしを見ていた。わたしも彼女を見ていた。わたしは善百合子がこちらに引き返してきて、なぜついてくるのかを質されるのかと思った。けれど彼女は何も言わずにまえをむくと、さっきとおなじように歩きはじめた。わたしもおなじようにあとをついて歩きだした。

少し進むと左手に公園がみえてきた。手前には煉瓦づくりのそんなに大きくない建物が併設され、白い塗装が剝がれてところどころに錆の浮いた掲示板には、何枚かのちらしが貼られていた。町の小さな図書館らしかった。公園はじゅうぶんな広さがあり、何本もの大きな樹木が地面のいたるところに夜の影を落としていた。生ぬるい風が吹くのをかすかに肌で感じると、それにあわせて枝や葉や影が生き物のようにゆっくりと動くような気がした。ぼんやりとした照明に誰も座っていないブランコが浮かびあがっていた。敷地の真んなかあたりには小さな丘のように土を盛った箇所があり、そこにも一本の立派な樹が生えていた。名前を知らないその黒い木はひときわ大きく枝葉を広げ、それはまるで低く曇った夜空に貼られた切り絵のようにみえた。善百合子は道路の突きあたりまで歩くと方向を変え、公園のなかに入っていった。

さっき通りぬけてきた騒がしい商店街からほんの数分しか離れていないのに、あたりは静かだった。夜であるには違いないけれど、しかしまだ深夜というわけでもなく、もっといろんな音が聴こえてきてもいいはずだった。けれどもここにある樹木の肌や土や石や無数の葉たちがそれらをあとかたもなく吸いこんでそのまま息を止めてしまったかのように、不思議なくらい何の音もしなかった。善百合子は公園をまっすぐに進み、奥にあるベンチまで行くとゆっくりと腰を下ろした。わたしは少し離れたところから、善百合子を見つめていた。

「どうしてついてくるんですか」

善百合子が口をひらいた。わたしは唾をひとつ飲みこんでから、何度か肯いた。でもそれは何か意味のある返答として肯いたのではなく、立ったままの姿勢を支えきることができずに、首からうえがゆれてしまったような感じだった。善百合子の顔の右半分は照明のおぼろげな光のなかにあり、もう半分はその光がつくる青い影のなかにあった。善百合子のまぶたにも薄い唇にも色はなく、頬のうえにあるはずのそばかすは少しも見えなかった。小さく尖《とが》った鼻が顔の中央に濃い陰影をつくりだしていた。わたしは背中にも腋にも腰にもねっとりとした汗をかきつづけていた。こめかみがきしむように痛んで、唇が乾いていた。

「逢沢の話ですか」

善百合子がわたしに尋ねた。わたしは反射的に首をふった。けれどそのあとになんて言葉をつづけていいのかがわからなかった。わたしはなぜ自分が善百合子のあとをついてきたのか、自分自身にも説明することができなかった。

「逢沢のことで、話があるのかと思った」善百合子はうまく表情がよみとれない顔で言った。「逢沢と、仲が良いんでしょう」

わたしはあいまいに首を動かしてみせた。

「逢沢は、あなたの話をよくするから」善百合子は小さな声で言った。

「なんであとをついてきたのか、自分でもよくわからない」わたしは言った。「でも逢沢さんの話をしたかったからではないと思う」

「自分でもよくわからないのに、なぜそう思うの」

「あなたの後ろを歩いているとき、逢沢さんのことは考えなかったから」

善百合子はしばらく黙ったままわたしの顔を見つめ、かすかに眉根を寄せた。

「どこか具合が悪いの？」

「さっき」とわたしは言った。「個人提供者だっていう人に会ってきたんです。精子の」

善百合子はわたしの顔をじっと見た。それから息を吐き、小さく左右に首をふった。

「怪我はないの」

わたしは黙って肯いた。善百合子はそのままじっとわたしの顔を見ていたけれど、しばらくすると自分の膝のあたりに目をやった。そしてベンチの端に体を移動させると、どうぞというふうに小さく顔を動かした。わたしはバッグの肩紐をにぎりしめたまま、もう片方の端に座った。

「逢沢は、わたしのことを話しますか」

しばらく沈黙がつづいたあとで善百合子が言った。

「つらいときに、助けてもらったと」わたしは言った。

善百合子は小さなため息をついて微笑んだ。「詳しいことは聞いた？ その、逢沢のつらいときのこと」

わたしは首をふった。

「わたしは助けたというつもりはないけれど、逢沢はそれしか言わないものね。それが、逢沢がわたしといるただひとつの理由だから」善百合子は言った。「——逢沢のまえの恋人の話は聞いた？」

わたしは首をふった。

「逢沢は一度、自殺未遂のようなことを起こしているんです」

善百合子は膝のうえで指を組み、指先をじっと見つめて言った。

「わたしと会う少しまえだね。本当に死ぬつもりだったのか、衝動的なことだったのかはわからないけれど、わけのわからない薬を死ぬほど飲んで、それで本当に死にかけたの。医者だから融通がきくんでしょうけど、もちろん不法に手に入れたものだからちょっとした騒ぎになって。それでけっきょく病院を辞めることになったんです。免許まではとられなかったらしいけれど、そのあともずっと、つらかったみたいだね。もともともろいところがあるんでしょうけど」

「恋人がいた、というのは聞いた」とわたしは言った。妙にかすれた声が出て、わたしは咳払いをした。善百合子はかすかに肯いた。

「結婚まで話が決まっていて順調だったのに、ある日とつぜん、自分の本当の父親が誰かわからないってことになって。そしてそれを、彼女に伝えたのね。秘密にはできないと思ったんでしょうね。それで、ぜんぶなしになったの。とても迷ったけれど、あなたと結婚するべきではないと思う――そう彼女に告げられたと。よく考えたけれど、四分の一が誰だかわからない子どもを産むわけにはいかないからって。もちろんむこうの親も出てきて、そういう事情のある相手の子どもを娘に産ませるわけにはいかないし、普通じゃない血筋の孫をもつわけにはいかないと言って。逢沢は相手の人のことをとても信頼していたらしいから、つらかったでしょうね。医大からの付きあいで、何年もずっと一緒にいたみたいだから」

わたしは黙って肯いた。

「その二年後くらいに新聞でわたしの記事を読んで、会にも来るようになって」善百合子は言った。「最初は本当にしんどそうだったね。彼は自分のことはあまり話さないけれど、集まった人たちのいろんな話を熱心に聞いていた。自分の居場所みたいなものを見つけたように思ったのかもしれないね」

そう言うと、目のまえの空間を自分にしかわからない方法で区切っていくように、善百合子はゆっくりと瞬きをくりかえした。白目がときおり小さく光ってみえた。顔をあげてわたしを見た。

「さっきわたしは、逢沢がわたしといる理由はひとつだって言ったけど、もうひとつ、同情がある」

「同情？」わたしは訊きかえした。

「そう」善百合子は言った。「逢沢は、わたしに同情してるの。じつの親が誰かわからないことだけじゃなくて、わたしの身に起きたことに、逢沢は同情してるの。あなたも、読んだと思うけど」

わたしは黙っていた。

「でもね、わたしは逢沢に何も言ってないんだよ」

善百合子は顎を少しもちあげるようにして顔をあげた。

「ただ、父だと思っていた男にレイプされたことがあるとしか、話していないの。新聞とかインタビューで書かれたような、性的虐待を受けたという文章以上のことは話していないの。それを聞いただけでも逢沢は相当に強いショックを受けたし、それを見ていると、わたしもそれ以上は言えなかった。一度や二度のことではなかったことも言わなかった。慣れてくるとべつの男たちを何人も呼んでおなじことをされたことも言わなかったし、脅されたことも言わなかった。家だけじゃなくて車に乗せられて、いつも人の気配のない河川敷の土手に連れていかれて、べつの車からいろんな男たちがやってきたことも言わなかった。そのあいだに見ていた雲のかたちとか、どこか遠くのほうに小さく見える、わたしとおなじ年くらいの子どもたちが遊んでる姿を見ていたことも、言わなかった」

わたしは黙ったまま、善百合子の横顔を見つめていた。

「あなたはどうして、子どもを生もうと思うの」

しばらくして、善百合子が言った。湿り気を含んだ風がわたしたちのあいだを吹きぬけていった。生温かい空気が腕を撫で、髪が頬にふりかかった。善百合子は目を細めてわたしを見た。

「理由が、いりますか」わたしは喉の奥から声を集めるようにして言った。

「いらないのかもしれないね」善百合子はかすかに笑った。「欲望には、理由はいらないから。たとえそれが人を傷つける行為であっても、欲望に理由はいらないものね。人を殺すことにも、生むことにも、べつに理由はいらないのかもしれないね」

「すごく不自然な方法で」わたしは言った。「自分がやろうとしてることは、わかってる」

「方法なんて」善百合子は小さく笑って言った。「本当は、たいした問題じゃないよ」

「どういうこと？」

「どんな方法で生まれてくるとか、血筋とか遺伝子とか、親が誰だかわからないとかね——そんなのは、本当には問題じゃないんだよ」

「なんでですか。そのことでたくさんの人が今も苦しんでるわけでしょう」わたしは少し迷ってから言った。「……あなたも、逢沢さんも」

「出自のことでね、ゆくゆくカウンセリングとかケアが必要になることがわかっている子どもや家族をつくることに、問題がないとは思わない」善百合子は言った。「でもね——みんな、おなじだよ。生まれてくるっていうことは、そういうことだもの。そうとは気づいていないだけで、誰だって一生のあいだひたすらカウンセリングとケアをくりかえしているようなものでしょう。わたしがあなたに訊いたのは、方法のことじゃないの。どうして子どもを生もうと思うのか――それを訊いたの。わざわざそんなひどい目に遭ってまでね」

わたしは黙っていた。

「たぶん」善百合子は静かな声で言った。「人が生まれてくるっていうことは、素晴らしいことだって信じているからだよね」

「どういうこと？」

「方法のことは悩んでも、いったい自分が本当のところは何をしようとしているのか、それについては考えもしない」

わたしは黙って自分の膝を見ていた。

「もしあなたが子どもを生んでね、その子どもが、生まれてきたことを心の底から後悔したとしたら、あなたはいったいどうするつもりなの」

善百合子は、膝のうえで組んだ指先をじっと見つめて言った。

「わたしがこんなことを言うとね、みんな同情するの。可哀想に、気の毒にって。親がわからなくて、ひどい仕打ちを受けてきて、生きてることがつらいのねって。それはもう本当に可哀想な人間を見るような顔をして、みんな完璧に同情してくれるの。そして、あなたは悪くないのよ、今からでも遅くないのよ、人生は何度でもやり直すことができるんだからって、ときには涙を浮かべて抱きしめてくれたりするの。善意の、心優しい人たちが」善百合子は言った。「でも、わたしはべつに自分がとりわけ不幸だなんて思っていないし、可哀想だとも思っていないよ。わたしの身に起こったことなんて、生まれてきたことにくらべたら、本当になんでもないことだから」

わたしは善百合子の顔を見た。彼女の言ったことを正確に理解しようと、頭のなかで何度もその言葉を辿りなおした。

「きっとわたしが何を言ってるのか、わからないだろうと思う」

善百合子は鼻で小さく息をついた。

「でも、わたしはすごく単純なことを考えているだけなの。どうしてみんな、こんなことができるんだろうって。どうしてみんな、子どもを生むことができるんだろうって考えているだけなの。どうしてこんな暴力的なことを、みんな笑顔でつづけることができるんだろうって。生まれてきたいなんて一度も思ったこともない存在を、こんな途方もないことに、自分の思いだけで引きずりこむことができるのか、わたしはそれがわからないだけなんだよ」

そう言うと善百合子は、右の手のひらで左腕をゆっくりとさすった。黒いワンピースの袖から伸びた腕は白く、照明の光の加減でところどころが青みがかってみえた。

「一度生まれたら、生まれなかったことにはできないのにね」善百合子はかすかに笑って言った。「わたしが何か、すごく極端で、とても観念的なことを言ってるって思うでしょうね。でもそうじゃないの。わたしはとても、現実的な話をしているの。現実の、ありありとした、そこにある痛みのことを話しているの。

でも、みんなはそう思わないみたいだね。自分たちが何か暴力的なことにかかわっているなんて、夢にも思ったことがないみたいなの。ねえ、みんな、サプライズパーティーって大好きだものね。ある日ドアをあけたら、大勢の人が待ちかまえていて、いきなりサプライズってやるの。それで、見たことも会ったこともない人たちがおめでとうって言いながら、満面の笑みで拍手をするの。パーティーだったら後ろのドアをあけて帰ることもできるけど、生まれてくる以前に戻るドアはないものね。でも、悪気はないんだよね、サプライズパーティーは、誰もが喜ぶものだってみんな思っているから。命は素晴らしくて、生きていることは幸福で、世界はこんなにも美しいって――多少の苦しみはあっても、自分たちが生きている世界は総体的には素晴らしい場所だって、信じることができる人たちだから」

「生むことが」わたしは小さな声で言った。「一方的で、暴力的であるってことは――そう思う」

「でもね、そう思う人も、みんなつづけてこう言うんだよ。でも人間はそういうものだ

からって。認めたうえで、正当化するの。人間っていうのは、そういうものなんだから
って。でも、そういうものって何なんだろうね。どういうものなんだろう」善百合子は
頼りなげに微笑んだ。そして独りごとを言うような小さな声で、もう一度わたしに尋ね
た。
「あなたは、どうしてそんなに、子どもが生みたいの」
「わからない」わたしは反射的に答えた。そのとき、恩田の笑う顔が脳裏をよぎり、わ
たしは指先でまぶたを押さえた。
「わからない。でも、あなたの言うとおり、自分が本当はなにがしたいのか、なんでこ
んなことをしてるのんか、わからなくなってるかもしれない。でも、ただ」わたしは力
なく肯いた。「ただ——会いたいと思う気持ちが、あったんやと思う」
「みんな、おんなじことを言う」善百合子は言った。「ＡＩＤの親だけじゃなくて、親
はみんなおんなじことを言うの。赤ちゃんは可愛いから。育ててみたかったから。自分の
子どもに会ってみたかったから。女としての体を使いきりたかったから。好きな相手の
遺伝子を残したかったから。あとは、淋しいからだとか、老後をみてほしいからとかな
んていうのもあるね。ぜんぶ根っこはおなじだもの。
ねえ、子どもを生む人はさ、みんなほんとに自分のことしか考えないの。生まれてく
る子どものことを考えないの。子どものことを考えて、子どもを生んだ親なんて、この

世界にひとりもいないんだよ。ねえ、すごいことだと思わない？　それで、たいていの親は、自分の子どもにだけは苦しい思いをさせないように、どんな不幸からも逃れられるように願うわけでしょう。でも、自分の子どもがぜったいに苦しまずにすむ唯一の方法っていうのは、その子を存在させないことなんじゃないの。生まれないでいさせてあげることだったんじゃないの」

「でも」わたしは考えて言った。「それは——生まれてみないと、わからないことも」

「それは、いったい誰のためのことなの？」善百合子は言った。「その、『生まれてみなければわからない』っていう賭けは、いったい誰のための賭けなの？」

「賭け？」わたしはつぶやくように訊いた。

「みんな、賭けをしてるようにみえる」善百合子は言った。「自分が登場させた子どもも自分とおなじかそれ以上には恵まれて、幸せを感じて、そして生まれてきてよかったって思える人間になるだろうってことに、賭けているようにみえる。人生には良いことも苦しいこともあるって言いながら、本当はみんな、幸せのほうが多いと思ってるの。だから賭けることができるの。いつかみんな死ぬにしても、でも人生には意味があって、苦しみにも意味があって、そこにはかけがえのない喜びがあって、自分がそれを信じるように自分の子どももそう信じるだろうってことを、本当は疑ってもいないんだよ。自分がその賭けに負けるなんて思ってもいないの。自分だけはだいじょうぶだって心の底では思ってるんだよ。ただ信じたいことをみんな信じているだけ。自分のために。そしてもっとひどいのは、その賭けをするにあたって、自分たちは自分たちのものを、本当には何も賭けてなんかいないってことだよ」

善百合子は左の手のひらで頬を包むように押さえると、そのまましばらく動かなかった。夜は黒とも灰色とも濃紺ともつかない色に満ちており、かすかに感じる風には雨のにおいが濃くなっていた。むこうの道路を一台の自転車が走ってゆくのがみえた。どんな人が乗っているのかまではわからなかった。淡い黄色のライトが右から左にふらふらと移動して、やがて消えていった。

「生まれてすぐに」善百合子は言った。「痛みだけを感じながら死んでいく子どもたちがいるでしょう。自分のいる世界がどんなところなのかを見ることもできずに、自分が何なのかを理解する言葉ももたずに、ただいきなり存在させられて、痛みだけを感じるかたまりとして存在させられて、そして死んでいく子どもたちが——逢沢は、あなたに小児病棟の話をした？」

わたしは首をふった。

善百合子は小さく息を吐いて話をつづけた。

「生まれてきてよかったと言わせたい、自分たちが信じているものをおなじように信じられる人生にとどまらせたいがために——つまり自分たちの身勝手な賭けに負けないために、親や医者たちは、頼まれもしないのに命をつくる。ときには小さな体を切って、縫って、管を通して機械につないで、たくさんの血を流させる。そしてたくさんの子どもたちが、痛みそのものとして死んでいく。するとみんな、親に同情するわね。かわいそうに、これ以上の悲しみはないってね。そして親たちも涙を流して、その悲しみを乗り越えようとして、それでも生まれてきてくれてうれしかった、ありがとうって言うんだよ。彼らは本心からそれを言うんだよ。でも、ねえ、そのありがとうっていうのは何？　それは誰に言っているの？　いったい誰のために、いったい何のために、その痛みでしかなかった存在は生まれてきたの？　まさか親にありがとうを言わせるために？　先生の技術はすごかったって言わせるために？　いったい何の権利があって、そんなことができると思うの？　痛みとしてだけ存在して、痛みとしてだけ死んでいくことになるかもしれない存在を、こんなところには一秒もいられないと思うかもしれない存在を、毎日ただ死ぬことばかりを考えながら生きるかもしれない存在を、どうしてつくることができるの？　知らなかったから？　そうなるなんて望んでいなかったから？　まさか自分が賭けに負けるなんて思ってもみなかったから？　人間は愚かなものだから？　ねえ、これはいったい誰の賭けなの？　賭けられているのは、いったい何なの？」

わたしは黙っていた。

「誰かが、こんなことを言っていた」

善百合子はしばらくしてから言った。

「夜明けまえの森の入り口に、あなたはひとりで立っている。あたりはまだ真っ暗で、自分がどうしてそんなところにいるのか、あなた自身にもよくわかってはいない。それでもあなたはまっすぐ進んで森のなかに入ってみる。しばらくすると小さな家が見えてくる。そっとドアをあける。するとその家のなかには、十人の子どもが眠っている」

わたしは肯いた。

「十人の子どもは、ぐっすり眠っている。そこには喜びや嬉しさもないし、もちろん悲しみや苦しみといったものも存在しない。なにもないの、みんな眠っているから。そして、あなたはその十人の子どもたちを全員起こすか、全員を眠らせたままにしておくか、どちらかを選ぶことができる。

あなたがみんなを起こすなら、十人の子どもたちのうちの九人は起こしてくれたことをうれしく思う。ありがとう、目覚めさせてくれてありがとうって、あなたに心から感謝する。けれど残りのひとりは、そうじゃない。その子には生まれた瞬間から死ぬまでのあいだ、死ぬよりもつらい苦痛が与えられることがわかっている。その苦痛のなかで死ぬまで生きつづけることがわかっている。それがどの子なのかはわからない。けれど十人のうちのひとりは必ずそうなることを、あなたは知っているの」

善百合子は膝のうえで手のひらを重ねて、ゆっくりと瞬きをした。

「子どもを生むということは、それがわかっていて、子どもたちを起こすことだよ。子どもを生もうとする人は、それができる人なんだよ」善百合子は言った。「だって、あなたたちは関係がないから」

「関係がない？」

「だってその小さな家のなかに、あなたはいないから。だから起こすことができるんでしょう。生まれた瞬間から死ぬまで苦しみを生きる子どもは、誰であったとしても、でも、あなたではないのだもの。生まれてきたことを後悔する子どもは、あなたではないもの」

わたしは黙ったまま、瞬きをくりかえしていた。

「愛とか、意味とか、人は自分が信じたいことを信じるためなら、他人の痛みや苦しみなんて、いくらでもないことにできる」

善百合子は、聞こえるか聞こえないかくらいの小さな声で言った。

「あなたたちは、何をしようとしているの？」

まわりの空気がさっきよりも重く感じられ、全身に張りついている汗は粘度を増したみたいだった。うっすらと胃液のにおいがした。朝から固形物を何も食べなかったせいで胃酸が出すぎているのかもしれなかった。だけど胃のあたりにかすかに軋《きし》みがあるだけで、空腹は感じなかった。鼻をさわると指先にべっとりと皮脂がつくのがわかった。

人さし指のはらが滑るくらいの量だった。

「もう誰も」善百合子は小さな声で言った。

「もう誰も、起こすべきじゃない」

雨が降りはじめた。でもそれは光のもとで目をこらさなければ見えないような、本当にかすかな霧のような雨だった。わたしたちはベンチの端と端に座ったまま、長いあいだ動かずにいた。善百合子は何かを考えこんでいるようにもみえたし、白っぽく浮かびあがる地面の何もなさを、ただ見つめているようにもみえた。どこか遠くのほうで、雷が低く響いた。


六月の終わりから七月にかけて、高熱を出した。

夜には四十度近くまであがり、三十九度台が丸二日つづいた。微熱になるまでさらに三日がかかった。こんなにはっきりとした熱を出したのはもう思いだせないくらい昔のことだったので、最初に体温が上がりはじめたとき、自分が発熱しているということに気づかなかった。とつぜん頭が割れるように痛くなり、お腹の奥のほうがつらくなって椅子に座っていることができなくなった。手足の関節がしくしく痛みだして、なにかがおかしいと思って熱を測ってみたら体温計は三十八度を示した。

夏の真っ白な光が窓にあふれ、一歩外に出るとそのまま肺のなかまで蒸しあがるような暑さのなか、急にやってきた悪寒に震えながらコンビニに行ってポカリスエットの粉とゼリーを買い、それから薬局へ行って栄養ドリンクを買った。部屋に戻るころには寒気はさらにひどくなっており、わたしは押入れから冬に着る部屋着と綿の入った掛け布団をひきずり出してくるまった。

切れめのない一日は発熱のなかで伸びたり縮んだり、それからやわらかくねじれたりもした。熱が出てからどれくらいの時間がたって、どの自分が何時の時点にいるのか、何度もわからなくなった。病院に行ったほうがいいのではないかと思ったけれど、けっきょく布団に入ったままわたしは熱が下がるのを待った。解熱剤も飲まなかった。熱は体が菌を殺すために出しているものだから薬で下げてもいっとき楽になるだけで意味がないと、以前どこかで読んだのを思いだしたからだった。ペットボトルにポカリスエットの粉を入れて水で溶かしたものを大量に作って、目が覚めるたびにそれを飲んだ。ふらふらとトイレに行き、何度か下着と部屋着をとりかえた。そしてまた布団に入って何度も眠った。

熱が少しずつましになってくると、枕もとに置いたままにしていた電話を手にとった。充電をしていなかったので電池の残量が十三パーセントになっていた。メールをチェックすると広告やダイレクトメールが数件ばかり届いているだけで、遊佐からも、仙川さんからも、巻子からも緑子からも、もちろん逢沢さんからも何も届いていなかった。当たりまえのことだけれど、わたしが高熱を出すまえとあとで、世界はなにひとつ変わっていないんだなと、そんなことを思った。もちろんそんなのは当然のことだった。でも、何かが変わることはなくても、わたしがここで一週間近く高熱を出していたことを知っている人がこの世界にひとりもいないのだと思うと、それはなぜか少しだけ不思議なことのように思えた。わたしはぼんやりした頭でしばらくのあいだその不思議さについて考えようとしてみた。でもうまく考えることができなかった。するとだんだん奇妙な感覚が湧きおこってきた。本当にわたしはこの一週間、熱を出していたのだろうか。ふとそんなことが頭をよぎった。もちろんわたしは熱を出してずっとここで寝こんでいた。台所にはポカリスエットの袋が散らばっているし、部屋のすみっこには汗を吸ってくたくたになった部屋着がまるめて脱ぎ捨てられていた。体重を測ればきっと数キロは減っているだろうし、鏡を見れば顔だってげっそりしていると思う。でも、とわたしは思った。わたしが熱を出していたことを誰も本当には知らないのだと。熱を出していたんだと言えばわざわざ疑う人なんかいないだろうし、みんなそうなんだと思うだろう。でも、わたしがここで発熱していたことを知っている人は誰もいないのだ。

やがて、妙な寂寥感のようなものがやってきた。人の気配のない見知らぬ町角でひとり、ぽつんと置き去りにされて立ち尽くす子どものような気持ちになった。オレンジ色の夕暮れは濁っていて、少しずつ伸びてくる影が何かを暗示するようにすぐそこに迫っている。そこから見える家々の暗い屋根のかたちや塀のくすんだ灰色や何も映さない窓の冷たさを、わたしは言いようのない不安のうちにありありと思い浮かべることができた。わたしはじっさいにその町角に立ったことがあったのだろうか。それともただの想像なのだろうか。それももう、見わけがつかなかった。

熱にうかされているあいだ、善百合子は何度もわたしのなかに現れた。波のように膨らみながらやってくる記憶や、情景の断片が鈍く光ってみせるなかで、ふいに現れる善百合子はあの夜とおなじように黒いワンピースを着て、膝のうえで組んだ細い指をじっと見つめていた。そしてわたしはあの夜とおなじように何も言うことができなかった。でもそれは、反論するべき何かがあるのにそれをうまく言葉にすることができないからではなくて、そうではなくて——善百合子が何を言っているのかが、わかると思えたからだった。あなたの言うとおりなのかもしれないと思ったからだった。彼女の言葉や彼女の思っていることを、体のとても深い部分で、理解することができたからだった。

善百合子にそのことを伝えるべきだったのかもしれないと熱のなかで寝返りを打ちながら何度も思った。けれど、なんて言えばよかったんだろうか。彼女の肩は薄く、細く白い腕はまっすぐで、そっとあわせられた膝の骨はまるで子どものものみたいに小さくて、それを見ていると、わたしが自分の思ったことや感じたことを口にするのはなんだかひどく間違ったことであるように思えたのだ。あなたの言うことがよくわかると、そう言えばよかったのだろうか。でもその言葉は彼女にとって何の意味があるだろう。善百合子は子どもみたいに小さな手で頰を押さえ、公園の夜の暗さをじっと見つめていた。いや、とわたしは思った。そうではない、そうじゃない、子どもみたいに小さいのではなく、善百合子は本当に子どもだったのだ。いくつもの黒い影の後ろで閉められるドア、乾いた音をたてて締められる冷たい鍵の音を聞いたのは、まだ子どもの善百合子だったのだ。後部座席の窓の外、はるか上空を穏やかに流れて知らないあいだにその姿をすっかり変えてしまう雲は、まだ子どもの善百合子の目に映っていたのだ。

どこからか子どもたちの笑い声が聞こえている。小さく小さく姿も見える。ねえ、ことあっちは、本当におなじ世界にあるの？　河川敷に生い茂っている草たちはいったい何を考えているんだろう。おなじところに生えたままで。動かないで。わたしは何を考えているんだろう。見つめるうちに、善百合子はいつか母に手を引かれていった野原のことを思いだす。むせかえるような草のにおい、輝く葉のひとつひとつにうんと目を近づけて、ねえ、わたしとあなたは何が違うんだろうねと、善百合子は名前を知らない草花に息を吹きかけ尋ねてみる。あなたは痛い？　わたしは痛い？　ねえ、痛いってなんだろう。風やにおいはゆれるだけで、彼女の問いには答えてくれない。そして辿りつく夜は暗い。森につづく道はもっと暗い。善百合子は小さな手でわたしの手をそっとにぎり、奥へ奥へと進んでゆく。じきに一軒の小さな家が現れる。善百合子は窓にそっと顔を近づけて覗きこむ。その表情は安堵にゆるんで、声を出さずにわたしを呼ぶ。そして唇に人さし指をそっとあてると、優しく首をふってみせる。家のなかには子どもたちが眠っている。やわらかいまぶたを閉じて、寄り添うように、小さな胸をただ静かに眠らせている。もう誰も痛くないと、彼女は微笑む。うれしいも悲しいもさようならも、ここには何もないんだと彼女は微笑む。そしてわたしの手をそっと離すと、彼女は小さなドアを静かにあけて、するりと体を滑りこませる。彼女は眠っている子どもたちのあいだにそっと体を横たえて、それからゆっくりまぶたを閉じる。もう痛くない、もう誰も、痛くはない、投げだされた彼女の足は少しずつ小さくなってゆき、わたしは瞬きもせずにそれを見ている。子どもたちを包む眠りの膜は呼吸するたびに厚くなり、温かく湿った闇は子どもたちの体を優しく覆ってゆく。もう誰も、もう誰も痛くない、もう誰も——そのとき、なんのまえぶれもなく唐突にドアを叩く音がする。誰かがドアを叩いている。そのノックの音は、一定の間隔を保ち、何のためらいもなくまっすぐに強く響いている。その音は家をゆらし、森に広がり、何千何万という樹木のあいだを駆けぬけて、やがて森じゅうに響きわたってゆく。沈黙と沈黙のあいだにやわらかな釘を打ちつづけるように、その誰かは明確な意志をもってドアを叩きつづけている。小さな家の小さな一枚のドアを叩いてるはずのその音は——まるで世界中に、たったひとつの時を告げることのできる鐘のように、鳴りつづける、家はゆれ、まぶたがふるえ、やめてとわたしは声にならない声で叫ぶ、やめて、叩かないで、起こさないで——つぎの瞬間、激しく上下する胸を感じて目が覚めたことを知った。瞬きをすると、天井に吊るされた、見慣れた電気のかさが見えた。窓の外は明るく光っていたけれど、それが一日のどの時間の何の光なのか、わからなかった。電話が鳴っていることに気がついた。反射的に手につかむと同時に逢沢潤の名前が見えた。

「もしもし」わたしは息を吐いて言った。

「夏目さん」

耳にあてた電話からは逢沢さんの声が聞こえた。逢沢さんがわたしを呼ぶ声が聞こえた。けれどどうして逢沢さんがわたしの名前を呼んでいるのか、よくわからなかった。頭蓋骨と脳のすきまというすきまをどろりとしたゼリーで埋められて、それですべてが一時的に麻痺しているような、そんな感じだった。わたしはゆっくり息をして、何度も瞬きをした。目を動かすと右目の奥がずきんと痛んだ。

「熱が」わたしは言った。「ずっとあったんです」

「いまは」逢沢さんが心配そうに訊きかえした。

「いまはたぶんもうなくて、寝てて、あの、今日……いまって何時でしょうか」

「起こしてしまったのか、ごめんなさい」逢沢さんは言った。「いまは朝です。朝の九時四十五分です。眠ってください、切ります」

わたしはあいまいな声をだした。

「病院には行ったんですか」

「なんとか自力で」とわたしは言った。まだ胸の鼓動がどくどくと脈打っていたけれど、さっきにくらべると手足に感覚がもどりつつあるような気がした。「――ポカリの粉で」

それから逢沢さんは吐き気はないかとかいくつかわたしに質問したけれど、その内容はあまり頭に入ってこなかった。言葉の意味よりもさきに、逢沢さんの声が声そのものとして、耳と頭を満たしていくような感じがした。その声を聞くのはずいぶん久しぶりのような気がして、そう思うと頭の皮がじんわりとしびれた。最後に会ったとき、新緑がとてもきれいだった。ということはあれは春の終わりで、いまはもう夏で、そのあともずっと――メールでもラインでも逢沢さんは何度も連絡をくれていたけれど、わたしはだんだん返事ができなくなっていたのだ。

「もうだいじょうぶやと思います。ずっと寝てたから」

「もし、何かおかしいと思ったら診てもらってください」と逢沢さんは言った。それから少しのあいだ沈黙が流れた。「――もう切ったほうがいいかな」

「ううん」とわたしは言った。「もう起きなあかんかったからだいじょうぶ——もう熱もないみたい」

「何か食べた?」

「熱であかんくて、でもこのあとはなんかちょっと食べられそうかも」

「もしあれだったら、必要なもの買って駅とか、住所を教えてもらえればドアノブにでもかけておけるから——」逢沢さんはそう言うとすぐに言葉をつづけた。「でも迷惑かもしれないので、無理にとは言わないけど、もし、必要があれば。駅までとか」

「ありがとう」

「なんか、少し声に元気が出てきたみたいだ」逢沢さんがほっとしたように言った。

それからわたしたちは、なんとなくお互いの最近のことについてぽつぽつと話をした。逢沢さんの話す様子からすると、二週間まえの夜にわたしが善百合子と会ったことは、知らないみたいだった。逢沢さんは休みをほとんどとらず、可能な限りずうっと仕事をしていたと話し、真夜中に一度、観に行った映画の内容を教えてくれた。善百合子の名前は一度も出なかったし、わたしも訊かなかった。

それからわたしの本を何度か読みかえしてくれたと言った。読みかえすたびに自分なりに発見があって、面白いと感じる部分が増えてくる。静かな熱のようなものが感じられ、逢沢さんが本当にそう思っているというのが伝わってくる話しかただった。わたしは逢沢さんが自分の小説にそんなふうに言ってくれるのにたいして最初は反射的に面映《おもはゆ》いような気持ちにもなったけれど、でもだんだん、どこか自分とは関係のない誰かの仕事の話を聞いているような、淋しいような苦しいような気持ちになっていった。まるで自分が小説を書いたことも、それが一冊の本になったことも、小説を書くことがいちおうは仕事になったことも、そして小説を書きたいのだと思っていた気持ちなんかのすべてが本当はもうぜんぶ終わったことで——なんだか遠い昔のできごとのように感じられるのだった。

わたしは巻子とちょっとしたことでけんかしたことを話した。理由は言わなかった。なんてことない、しょうもないことでちょっとだけ言いあいになって電話を切って、そこから二ヶ月近く連絡をとってないのだと説明した。

「お姉さんも気にしているでしょうね」

「けんかとか、ほとんどしたことなかったから」とわたしは言った。「仲直りとかそのあとの方法がちょっとわからないのかも」

「夏目さんがお姉さんのこと話すときの感じを聞いていると、とても仲が良いのが伝わってくる」逢沢さんは少し笑って言った。「姪っ子さんとは、連絡はとってないんですか？」

「いつも頻繁にやりとりするわけじゃなくて、たまにラインする感じやけど、今回のことで連絡はとくにしてなくて」

「じゃあお姉さんから何も聞いていないのかもしれないね」

「そうかもしれません」わたしは言った。「でも、八月の末が緑子の誕生日で、その日にめっちゃ久しぶりに帰るわって話してたんです。三人でごはん食べに行こうかって。緑子はそれすごい楽しみにしてくれてるから、帰りたいなって思ってるけど」

「緑子さんの誕生日はいつなんですか？」逢沢さんが訊いた。

「三十一日」

「ほんとに？　僕もおなじだ」

「嘘でしょ」わたしは驚いて訊きかえした。「八月三十一日？」

「うん。毎年、夏休み最後の日。そっか、姪っ子さんとおなじなんですね――生まれ年はすごく離れてるけれど」

「すごいね」わたしは笑った。

それからなんとなくふたりとも黙ってしまい、少しの沈黙が流れた。わたしは少しまえになるけれどスーパーの帰りに郵便局で記念切手を買ったことを思いだし、そのことを話した。べつに切手を集めているわけでも手紙を書く相手がいるわけでもないけれど、たまにふらりと寄ってみることがある。そう言うと逢沢さんは興味深そうな声を出した。

「あのあたりに郵便局ってありましたか」

「うん。小さいけれど、自転車置き場のあるはすむかいに」わたしは言った。「切手はきれいだよ。今度、逢沢さんも寄ってみて」

「そうですね」逢沢さんは言った。「もうしばらく三軒茶屋には行く予定はないから、近くの郵便局を覗いてみることにします」

「しばらく三茶のほうに来ないって」

質問するべきかどうか迷ったけれど、訊いてみた。「でも——善さんのお家はあるでしょう？」

「もうしばらく会っていないんです。それこそ、もう二ヶ月以上」

逢沢さんはさっきより少し小さく感じられる声で言った。そうなの、とも、どうして、とも言葉をつづけられず、わたしはまた黙るしかなかった。

わたしが彼女のあとを追いかけて話したことが関係しているのかと思ったけれど、逢沢さんは彼女と二ヶ月以上も会っていないと言った。わたしが善百合子に会ったのは二週間まえだった。なのでそれが直接の原因というわけではないと直感的に思いはしたけれど、しかしどこか胸が陰るのを感じた。

「会のほうでも、顔をあわせていないんですか」しばらくしてわたしは訊いてみた。

「はい」と逢沢さんは答えた。「僕がもう、会には行っていないんです」

「何か、会わなくなる理由とか、それこそけんかとか」

「夏目さんと僕が最後に会ったのは、四月の終わり頃で」

逢沢さんは、少しの間を置いてから、とても静かな口調で言った。

「暖かい日、夏と春のいい部分が完璧に重なりあったような、そんな美しい日でした。駒沢公園にはもう何度か行っているはずなのに、まるでそこに行くのをずっと楽しみにしていた場所に初めて来ることができたような、そんな気持ちになりました。近くの緑も遠くの緑もきれいで、ただ歩くだけのことが——手が動いて、足が動いて、呼吸ができて、いろんなものが見えて……それは僕にとって本当に素晴らしい一日だったんです。でも、そのあと急に、夏目さんと連絡がとりにくくなってしまったんです。最初は仕事が忙しいのかと思ったり、邪魔してはいけないと思ったり、そういうふうに考えていたんだけれども、何度かラインを送ったりもしてしまった。メールも送ってしまった。でも、やっぱり返信がないような感じになってしまって」

わたしはあいまいに返事をした。

「何か失礼なことをしてしまったのかとか、何か余計なことをしてしまったのかとか、考えられることは考え尽くしたんですが、理由を見つけることができなかったんです。でも具体的な失敗はなくても、もしかしたら僕と会ったり話したりすることが、面倒になったりとか、いやになったりとか、そういう気持ちの変化があったのかもしれないと……だとしたら僕からはもう連絡することはできないし、もしそうでなければ、夏目さんから連絡が来るのではないかと思ったり、そういうことを考えていました。ちょうどその頃、四月末の会のことで、何人かで集まる機会があったんです。その話しあいのなかで、ちょっとした意見の相違がありました。たいしたことじゃないですし、具体的な問題でもなかった。今後の活動にかんする漠然とした話だったんです。でも、その話しあいは、自分にとっていろいろなことを考える機会になりました。これまで深く考えることはしなかったのですが、けれどこの一年くらいのあいだになんとなく感じるようになっていた違和感のようなものがあって、その話しあいと、そのひっかかりのようなものが、僕のなかでだんだん結びついていったんです」

「会の、活動方針みたいなもの？」

「いいえ」逢沢さんは言った。「完全に僕だけが感じたことで、会じたいはいつもと何も変わりないんです。すごくシンプルで、変わりようがないんです。もちろんこの活動には意味がある。僕たちの気持ちには意味がある。おなじような人がほかにいることを知って、出会えたことで、僕は本当に救われましたし、それは本当なんです」

わたしは肯いた。

「でも、だんだんわからなくなってしまって」逢沢さんは言った。「それで、活動から距離を置くというか、少し離れたほうがいいんじゃないかと思うようになったんです。会のひとたちはみんないい人ばかりなんです。でも、少し離れて、当事者の誰とも関係のないところで、ひとりで、自分の問題にむきあってみる時間があってもいいんじゃないかと思うようになっていました。というより——自分が自分の問題だと思ってきたことっていったい何だったのか、すべてを根っこから洗いだしたいような気持ちになったんです。それで四月の会を最後に、しばらく参加できないことを伝えたんです」

「善さんにも」

「はい」と逢沢さんは言った。「あなたが決めることだからとだけ言って、彼女は何も言いませんでした。でも僕はすごく後ろめたいような気持ちになりました。べつに悪いことをしているわけじゃないし、それなりに筋の通った話だとも思うんです。みんなも賛成してくれましたし、何も問題はないんです。でも僕は、その後ろめたさのようなものをどうしてもぬぐうことができませんでした。そして、善さんのことを考えるたびにその罪悪感のようなものがどんどん大きくなっていくのを感じました。なによりも」

逢沢さんは電話のむこうで小さく息を吐いた。

「彼女に会わないでいることが、話さないでいることが、つらくなかったんです。それどころか——どこかほっとしている自分に気がついたんです。僕がつらかったのは」

そこで逢沢さんはもう一度小さく息を吐いた。

「もうずっと、夏目さんに会えないでいることが——僕にはそれが、苦しかったんです」

わたしは携帯電話を耳にあてたまま、黙っていた。

「僕はすごく失礼というか、とても間違ったことを言ってしまったのかも知れないけれど」逢沢さんは静かに言った。「でも、これが——僕がここのところ、ずっと考えていたことでした」

わたしは胸で大きく息を吸いこんでから呼吸を止め、目を閉じた。それから、時間をかけて体のなかにあるものをゆっくりと吐き出した。

逢沢さんの言ったことは、夢みたいだった。夢みたいだなとわたしは言葉にしてそう思った。でもすぐに、どうしようもなく悲しい気持ちになった。逢沢さんの言ってくれたことを頭のなかで何度もくりかえしながら、わたしは首をふっていた。そしてもっと悲しい気持ちになった。もし、とわたしは思った。わたしがいまよりもっと若く、もっと早くにこの人に、もっとずっと昔に会えていたら。

そう思うと胸が激しく痛んだ。もっと昔に会えていたら。でもそれは、いつなんだろう。いつだったら、よかったのだろう。昔っていったいいつなんだろうか。十年まえなんだろうか。もしかしたら成瀬くんに出会うまえなんだろうか。いつだったら、よかったんだろうか。わからなかった。でもわたしは、わたしがこうなってしまうまえに逢沢さんに会えていたらよかったのにと、心の底から強く思った。でもそれは、もうどうにもならないことだった。

「駒沢公園、すごくきれいでしたよね」わたしは言った。「四月の二十三日。すごく、完璧な一日でしたよね。穏やかで、暖かくて、どこまでも歩いていけそうな、そういう一日だった。わたしは」

そこで胸がつまり、深く息を吸った。

「わたしは——逢沢さんの、あの文章を読んだときから、逢沢さんのことが、好きだったんだと思います」

「文章？」逢沢さんが小さな声で尋ねた。

「『背が高くて、一重まぶたで、長距離走が得意で、どなたか心当たりのあるかたはいらっしゃいませんか』——逢沢さんがお父さんを探すときに、言っていた言葉です」

わたしは深呼吸をした。

「なんででしょうね、忘れられなかったんです。わたしに逢沢さんの気持ちがわかるわけがないのに、関係がないのに、でも、忘れられなかった。この言葉を思いだすたびに、自分の半分を探すときの手がかりが、このみっつしかない——その誰かのことが、忘れられなかったんです。誰もいないような、果てのないような場所にむかって、そこに立っている人の後ろ姿を、わたしは何度も何度も、思い浮かべていたんです。まだ会ったことのない逢沢さんのことを、わたしは忘れられなかったんです。でも」

そこでわたしは長いあいだ黙りこんだ。逢沢さんは、わたしの言葉を辛抱強く待ってくれた。

「……わたしのこんな気持ちは、何にもつながらないんです。逢沢さんがわたしに会いたいとか、そんなふうに思ってくれても、そんな夢みたいなことを言ってくれても、わたしはそれを、なにもかたちにすることができないと思う」

「かたち？」

「そういうことにかかわる資格が、わたしにはないと思う」わたしは言った。「普通のことが、できない」

わたしは首をふった。

「わたしには、できないから」

それは、と逢沢さんが言おうとするのを遮って、わたしは言葉をつづけた。

「子どものことも――そう、子どもが欲しいとか、会いたいとか、そういうことはぜんぶ、自分にできるわけがないって、わかってたのかもしれない。そんなことは馬鹿げたことやって、ぜんぶ見当ちがいで、むちゃくちゃで、そんなことはぜんぶ、無駄で、ひとりよがりで、間違ってるって、わかってたんかもしれない。なのに、あほみたいに興奮して、浮かれて、自分にもできるかもしれんと、もう、ひとりじゃなくなれるのかもしれんと、自分にもなにか、誰かとくべつな存在が、存在に、会えるのかもしれないと」

「夏目さん」

「でもほんまは」わたしは唇を嚙んだ。「そんなことは最初からぜんぶ無理やってわかってて、自分にそんなことができるわけないってことがわかってて、それで、ぜんぶをちゃんとあきらめるために――もしかしたら、わたしは逢沢さんに会いに行ったのかもしれなかった」

「夏目さん」

「もう」とわたしは胸の奥から絞るように声を出した。

「もう、会いません」


電話を切ってから一時間くらい、わたしはぼんやりと天井のしみを眺めていた。カーテンには夏の鋭い光が波打ち、部屋には何の音もしなかった。

体を起こして立ちあがると、自分が自分の体のなかにいないような感じがした。あるいは、自分ではない誰かの体のなかにいるような、そんな感覚があった。ふらふらと浴室まで行って、熱いシャワーを浴びた。髪を濡らしてシャンプーを手にとってこすってみたけれど、数日ぶんの汗と脂でかたまった髪は何回やってもじゅうぶんには泡立たなかった。鏡に映った自分の体はひとまわり縮んだようにみえ、腰のまわりの肉が薄くなり、うっすらと肋骨が浮かびあがって、しみやほくろが一段と濃くなったように感じた。

シャワーから出て時間をかけて髪を乾かした。すごく時間がかかった。部屋に戻るとビーズクッションに寄りかかってまた天井を見あげ、ただ瞬きをくりかえしていた。それから部屋にあるいろんなものを見た。壁紙は白く、本棚があり、その右隣には机があって、もう何日もさわっていないパソコンの黒い画面が見えた。よれた布団のまわりにはポカリスエットの飲み残しの入ったコップがあり、ティッシュの屑がいくつかと汗をふいたタオルがあり、足元のほうには汚れた衣類がまるめられていた。わたしは両手の手のひらをお腹にのせてじっと目を閉じていた。手のひらのしたの皮膚は冷たく、そこに熱は感じられなかった。あてのないものばかりだった。

わたしは起きあがって机のまえに行き、椅子に座って背もたれに体をあずけてじっとしていた。そのままになっていたペンをペン立てに戻し、ひきだしをあけてみた。付箋や、銀行通帳や、クリップが入っていた。いつだったか紺野さんからもらったすずらんの鋏もあった。わたしはその下にしまってあった大学ノートを手にとってめくってみた。ずいぶんまえ——ほんとうにもうずいぶんまえに、酒に酔って書いた、手書きの短い文章があった。わたしはしばらくのあいだその文章を眺めていた。それからページを破って切り離すと、それをふたつに折った。それから四つに折り、八つに折り、もうそれ以上は畳めなくなるまで小さくしてから、ゴミ箱の底に置いた。

16　夏の扉

仙川さんが亡くなったことを知ったのは、八月三日だった。

遊佐から電話がかかってきたのは午後二時を少し過ぎたあたりで、わたしは部屋で本を読んでいるところだった。どういうこと、とわたしは言った。なんで、とわたしは訊いた。わたしもさっき聞いたばかりだと遊佐は言った。なぜかとっさに自殺という言葉が頭に浮かんで、それから事故がやってきた。わたしが訊くまえに遊佐が答えた。

「病院で。わたしぜんぜん知らなかった」

「病気？」自分の声がかすかに震えるのがわかった。「病気やったってこと？」

「詳しいことはこれから訊くんだけれど」遊佐が言った。「五月の末に検査で癌がわかって、すぐに入院して」

「五月末って、遊佐の家で会ったすぐあとの？」

「そう」遊佐は不安そうな声で言った。「その時点でもう、転移があったと」

「なに、どこの」わたしは首をふって言った。「仙川さんも知らなかったっていうこと？」

「そうらしいの——夏目ちょっと待って、電話がかかってきた、かけ直す」

電話が切れてしまったあとも、わたしはそのまま部屋の真んなかに突っ立っていた。それから手にもった電話の画面を見つめて、ホームボタンを押し、それからまた画面が暗くなるまでじっと見つめていた。誰かに電話をかけなければならないような気持ちに駆られたけれど、でもわたしには電話をかけられる相手はひとりもいなかった。

小さな手さげに電話と財布を入れてサンダルを履くと、部屋着のままで外に出て、あてもなくそのへんを歩きつづけた。一分もしないうちに腋が濡れはじめ、汗が背中から腰にかけて流れていくのがわかった。空にはうっすらとした雲がかかっていて日差しはいくぶんましに感じられたけれど、それでも夏の熱気はまるで濡れたハンカチで顔をぴたりと覆うように全身にはりついて、わたしはねっとりとした汗をかきつづけた。

途中でコンビニに入り、店内を一周すると外に出て、またべつのコンビニに入っておなじようなことを何度かくりかえした。何度も電話を手にとって遊佐から着信がないかどうかを確かめながら歩き、自動販売機で水を買って街路樹の影のなかでそれを飲んだ。それから、仙川さんに電話をかけてみた。呼びだし音は一度も鳴らず、すぐに留守番電話サービスに転送されてメッセージが聞こえてきた。けっきょく一時間くらいそのままうろうろと歩きまわり、部屋に戻った。

遊佐からふたたび電話がかかってきたのは、夕方の六時半だった。画面が光るのとほとんど同時にわたしは電話を手にとった。

「ごめん、遅くなった」遊佐は言った。「いや――いろいろなんか情報が錯綜してて、というかちゃんとわかってる人が少なくて」

わたしは電話口で肯いた。

「順を追って言うと――というか順番っていうのかよくわからないんだけど、仙川さんが亡くなったのは昨日の夜中で、多臓器不全っていうことになったけれど、でも原因は癌だって。五月の末に肺に癌があるのがわかって入院して、それからいったんは退院したんだけれど、二週間まえに今度は病院を変えてまた入院したみたいで、そのまま、ということらしい」

「話が全然みえへん」わたしは首をふった。「だって連休明けに会ったときは元気やったやん。末期の癌やったということ？　そんな気づけへんもの？」

「癌がわかってからも、社内にも一部の人にしか詳細は伝えていなくて、外部の人には誰にも言ってなかったみたいなんだよ。あれいつだったかな、一ヶ月くらいまえか、わたしメールしたんだよね、ぜんぜん関係ないことで。そしたら普通に返信があったし、少なくともわたしはまったく気がつかなかったし、知らされてなかった」

「この二ヶ月は会社はずっと休んでたんだよね」

「そうなるね、それでさっきほかの作家に——仙川さんが担当してる人だよね、ひとり知りあいがいてその子に連絡して訊いてみたんだけど、六月の初めか、ちょうどゲラのやりとりがはじまった頃に仙川さんから連絡がきたんだって。肝心なときに本当に申し訳ないんだけれど、暫定的に担当者を替えさせてもらえないかっていう相談があったと。たいしたことはないんだけれど、持病のぜんそくが悪化したので療養したいっていう内容で。その子はぜったいにそうしたほうがいいよって快諾して、せっかくなんでゆっくりしますよなんて仙川さんも笑って、お盆明けには復帰しますって言ってたらしいんだけど。でも、あまり大げさにしたくないので内緒にしておいてくださいとも言われたって」

わたしは手のひらで顔を覆い、息を吐いた。

「仙川さん、ずっと咳してたんだよ」遊佐は言った。「顔色悪いなって思うこともあったし、わたしも何回か気になって検査はいっときなよって、まあ世間話の延長だけどね、そんな話も何回かしたんだけど、ちゃんと病院には定期的に行ってるからだいじょうぶですよって言うんだよね。顔色が悪いのは貧血で、それもちゃんと薬飲んでるし、咳が出るのは持病のぜんそくだからって。本当は少し仕事をがっつり休めばましになるんですけどねとか、そんなことばっかり言ってとりあわなかった。かかりつけの病院もあって、そこで定期的にちゃんと診てもらってるから心配ないですよって。ちょっとおかしいですねってことになってレントゲンを撮ったときにはもう、肺に雪だるま状になったのがいくつも見つかるような状態で」

「たしかにずっと咳してた」わたしは小さな声で言った。「考えたらよく咳してた。ぜんそくだって、ストレスだってよく言ってた」

「そうなんだよ」遊佐はため息をついた。「そう、脳にも転移があることがわかって、それで麻痺が出て」

いや、とわたしは言って、それからあとがつづかなかった。わたしたちはしばらくのあいだ黙りこみ、うっすら聞こえるお互いの呼吸の音を聞いていた。遊佐の後ろでくらの声がして、女の人が何か話しかけている声も聞こえた。遊佐の母親なのかもしれなかった。

「さっき、仙川さんの会社の、彼女がいちばん仲良かった同期の人とも話ができたんだけど」遊佐が言った。「彼女にも癌だってことは伏せていたみたい。入院のことも詳しくは話さなかったみたいで、検査入院はするけどたいしたことはなくて、ぜんそくと貧血がひどいから自宅療養するんだって説明してたらしい。彼女にも誰にも言わないでほしいって言って。会社を休むようになってから何度か連絡はとりあったみたいだけれど、七月の中頃が最後で、内容も普通で、なにも不自然なことはなかったって」

「葬儀は」わたしは尋ねた。

「親族の意向で、家族葬になったみたい」

「密葬ということ？」

「うん。わたしもさっき教えてくれた会社の人に確認してみたんだけど、基本的に親族から訃報と葬儀の知らせをちょくせつ受けとっていない人は、行けないみたいだね」

「それは」とわたしは訊いた。「仙川さんの意向ということではないよね」

「違うよね」遊佐は言った。「ぜんぶ急なことだったんだって。治療方針をもう一度決めなおしてどうするかって矢先のことだったって。頭にも転移して、ほかの場所にも移ってたみたいだから、放射線治療とかそういう話をしていて、まさか仙川さんもご家族もこんな急なことになるなんて思ってなかったでしょうって」

「そうか」わたしは言った。

「夏目は、仙川さんと最後にしゃべったのいつ。やりとりしたの」

「最後は」わたしは顔をあげてため息をついた。「遊佐んとこだよ。あの日が、会ったのも話したのも最後」

「わたしもちゃんと会ったのは、あの日だけだ」

「遊佐は葬儀には」

「行けないと思う。仕事でわたしより親しい人も、行けないみたいだから」

わたしたちはまた黙りこんだ。

「あらためて、ちょっとまた落ちついたらお別れの会みたいなのを考えるかもしれないって会社の人は言ってたけど——いや」

「うん」

「ちょっとこれは」遊佐は鼻をすすって言った。「信じらんないね」

「うん」

「これは仙川さん的にも、なしな展開だよね」

「うん」

「遺書とかぜったい書いてないよね。だって死ぬつもりないわけだから」

「うん」

「自分はさんざん人の書いたもの読んであれこれ言ってたのに」

「うん」

「自分は何も言わないままで」

「うん」

「急にこんなんなって」

「うん」

「自分でも信じられないんだろうけど」

わたしは母とコミばあのことを思いだしていた。ふたりとも、自分が癌だということはわかっていたけれど、それがいったいどれくらい悪いものでどれくらい切羽つまったものだったのか、ろくな説明も治療も受けず、自分がどうなっているのか理解するまもなく死んでいったようなものだった。笑橋のはずれにある、何の設備も整っていない小さくて古びた病院の大部屋で、点滴をつながれたままの縮んだ体で、コミばあも母もあっというまに死んでいった。わたしは病院の青黒いタイルの外壁とめくられたシーツから覗いた、冷たくなったふたりの足の指先を思いだしていた。

「でも早いよ」遊佐が少し涙声で言った。「もしわたしが小説にこんな段どりで場面書いたら、展開早すぎって編集から指摘入るレベル」

「うん」

「夏目」遊佐は言った。「――家にくる？　こっち来なよ」

「そっちに？」わたしは訊いた。

「くらもいるし。母親もいるけど、来なよ。一緒にご飯食べよう」遊佐は泣いているみたいだった。「くらもいるし。来てよ。なんか食べよう、一緒に」

「ありがとう、遊佐」わたしは右手のひらで頬を押さえながら言った。

「ありがとうじゃなくて、タクシーで来てよ」

「うん」

がする」
「遊佐、ありがとね」わたしは言った。「でも今日は、家におったほうがいいような気
「いまから」
遊佐との電話を切って、しばらくぼんやり窓の外を眺めたあと、簡単なものを作って
それを食べた。半分を食べたところで胃が気持ち悪くなり、そのままシャワーを浴びて、
バスタオルを頭に巻いたまま布団に入った。
夜が来るまでにはまだ時間があった。窓の外の色あいが少しずつ青みを増し、夏の夕
暮れが部屋のなかに満ちていった。こういう青さはいったいどこからやってくるんだろ
うとそんなことを思った。
目を閉じると、仙川さんの顔が浮かんできた。どの仙川さんも、わたしの頭のなかで
笑っていた。なんでやろうなとわたしは思った。わたしら、そんな笑ってたっけかな。
仕事の話をしてるとき。むかいあわせで、小説の話をしているとき。仙川さんは真面目
な顔をしていることが多いような印象があったけど、いま頭に浮かんでくるのはどうし
てか笑い顔の仙川さんなのだった。
クリスマスのイルミネーションがすごかった表参道を歩いたとき。きれいですねえと
こっちをむいて仙川さんがにっこり笑ったのを思いだした。こんなふうに笑うんやなと

思ったことを思いだした。それから髪にゆるくパーマをかけたときにも会ったんだった。似あってると言ったら、照れてはいたけど、やっぱり嬉しそうに笑っていたこと。そうか、わたしらけっこう笑ってたんやなと、だんだん青く沈んでいく窓を見つめながらそんなことを考えた。

仙川さんが死んでしまったこと、遊佐とさっき話したことがぜんぶ本当のことで、現実のことで、わたしはそれについて考えなければならないということはわかっていたけれど、うまく頭を働かすことができなかった。悲しみやつらさといった感情が発生する首からうえの部分が停止して、自分が体だけになったような感じがしていた。そしてその体は痛かった。誰かに殴られたわけでもぶつけたわけでもなく、安全な場所でただ物のように布団のうえで横たわっているだけなのに、それでも体は痛かった。肋骨の下におさめられた臓器はうっ血して青黒く腫れつづけ、内側から筋肉や脂肪や皮膚を押しあげて、そのまま破り出ようとしているみたいだった。

青い闇のなかで電話を手にもって、これまで仙川さんとやりとりしたメールを読み返してみようと思った。そしてわたしは静かに驚いた。たくさんやりとりした記憶があるのに、仙川さんから届いたメールで読めるものは、たった七通しかないのだった。どれも簡潔な内容で、数行のものばっかりだった。でも、そうかもしれない、とわたしは思った。考えてみればわたしは仙川さんと正確な意味で一緒に仕事をしていたわけではなくて、そのまえの段階の、何もかたちにならないようなあいまいなやりとりをしていただけなのだ。これまでたくさん会って、いろんな話をしたように思うのに、その跡はどこにも残されてはいなかった。そしてわたしは自分が仙川さんの写真を一枚ももっていないことに気がついた。それだけじゃなかった。彼女がどんな文字を書くのか——届いた郵便物や宅急便に書かれた文字は見たことがあったけれど、それらはもう残っておらず、筆跡のイメージさえ思いだすことはできなかった。わたしと仙川さんはあんなにたくさん会って話をしたのに、わたしの数少ない——本当に数少ない友人といえるかもしれない大事な人だったのに、わたしは彼女のことを、何も知らないままだったのだ。何も残っていないし、もう何も確かめることもできないのだ。

階段を——緑が丘駅の階段を仙川さんは追いかけてきて、そしてホームでわたしを探していた。あの姿がわたしが見た最後の仙川さんになってしまった。きょろきょろと首をふってわたしを探すのを見て、いっしゅんだけ目があったあと、わたしは顔を隠してうつむいたのだ。あのあと、どうしてわたしは連絡しなかったのだろう。彼女は正しいことを言っていて、そしてわたしは間違っていたのに。あそこでわたしが逃げずに、ちゃんと話をしていたら。あの日はまだそんなに遅くなっていなかったから、もうひと駅とか歩いて、熱くなってごめんねとか、また飲みすぎてしまったねとか謝ることだってできたのかもしれなかった。あのときもしちゃんと別れることができていたら、入院することになったあとも、もしかしたら連絡をくれたかもしれなかった。何か話をきくことも、できたかもしれなかった。そう思うと、胸がずきんと痛んだ。でもわからなかった。もしかしたら仙川さんはわたしになんか連絡したくなかったのかもしれなかった。わたしになんて大事なことは、何も言いたくなかったのかもしれなかった。わたしのことなんて、どうでもよかったのかもしれなかった。友人とか大事な人だと思っているのはわたしだけで、仙川さんにとってわたしなど、どうでもいい存在だったのかもしれなかった。たくさんいる仕事の相手のうちの何でもないひとりだったのかもしれなかった。

夜、とつぜん電話がかかってきて地下のバーで飲んだことがあった。仙川さんは酔っていて、まだ寒い二月の夜で、わたしは髪が濡れたままで、店は暗くて、ろうそくの光がちいさくゆれて、わたしたちはいろんな話をした。そしておなじように暗い洗面台のまえで、仙川さんはわたしを抱きしめたのだ。わたしは知らないうちに仙川さんを傷つけていたのだろうか。仙川さんはわたしに何かしてほしいことがあったのだろうか。何か言いたいことがあったのだろうか。それともあれは、まったく意味のない行為だったのだろうか。ほんとはわたしに怒っていたのだろうか。なかなか小説を書けないでいることを——そう、小説を、とわたしは思った。わたしはけっきょく、小説を完成させることができなかった。仙川さんに渡して、読んでもらうことができなかった。本当は期待なんてしていなかったのかもしれなかった。たんに編集者としての仕事以上の気持ちはなかったのかもしれなかった。でも、わたしのことを、小説のことを、それが本心でも本心でなくても、あんなふうに励まして待っていてくれたのは、仙川さんだけだった。彼女だけだったのだ。三年近くまえの日に、こんなふうに暑い夏の日に、わたしに会いに、仙川さんは会いに来てくれたのだった。三年も時間があったのに。三年も時間が、あったのに。わたしは彼女に何も返すこともできず、彼女の思っていることを何もひとつも訊けないまま、仙川さんはいなくなってしまったのだ。

わたしは夜になっても布団のなかでずっとそんなことを考えていた。後悔や懐かしさや淋しさが湧きあがってきて、そしてまた後悔がやってきた。眠気はまったくやってこなかった。手足はだるく、頭のなかは変わらずぼんやりとしているのに、時間がたつにつれてどんどん目だけが冴えていった。眼球と脳をつないでいる血管や神経がハレーションを起こして膨張しているようなそんな感じがした。何度かトイレに立ったとき、ふと玄関のドアのむこうに誰かの気配がしたような気がした。がちゃんとドアをあけたら仙川さんがいるのかもしれないなとわたしはそんなことを思った。じっさいにドアをあけてもみた。でももちろん仙川さんはいなかった。

暗い部屋のなかでずっと目をあけていると、頭のなかで想像しているにすぎないいろいろなことがじっさいに像を結び、目に映っているように感じられる瞬間が何度かやってきた。もしかしたら途中でうとうとと眠っていたのかもしれないけれど、わたしはどこか奇妙な風景のなかにいて、でもそれはわたしが思い浮かべていることで、夢ではないことがわかっている。天井の高いレストランのようなところにいて、丸い大きなテーブルには白い布がかけられている。食べものも飲みものもなにもない。隣の席には仙川さんがいて、わたしは仙川さんにむかって、なんでそんなふうに死ぬんですか、何も言わないで、と泣きたいのと怒りたいのとが混ざった気持ちで訴えている。夏子さん、しようがないんですよお、と仙川さんはいつものように困ったように笑いながら、わたしのことを気遣うように目を細めた。むかいの席では遊佐が目を腫らして泣いていて、けれど遊佐が泣いているのはどうも仙川さんには見えないみたいで、遊佐はわたしたちと一緒のテーブルにいるのに、ひとりきりでずっと涙を流している。その隣にはくらを抱いた善百合子と紺野さんが座っていて、銀色のすずらんの鋏を手にもった紺野さんは真っ白な紙を細かく切って、花の模様をつくっていった。遊佐はそこにいる誰にも気がつかないのだけれども、善百合子は片方の手で泣いている遊佐の背中をさすり、かわいそうに、とつぶやいた。誰にむかってでもなく、独りごとのように小さな声で、かわいそうにと善百合子はつぶやいた。そうかもしれませんね、と仙川さんが微笑んだ。でも、もう痛くないからね。遊佐はくらを抱いた善百合子に背中をさすられながら、肩をゆらしてずっと泣きつづけていた。

ふと、台所のほうにまた気配を感じたのでわたしは起きあがって行ってみた。頭のなかがちりちりしてまるで脳が放電をくりかえしているような感覚がずっとしていた。物を見るということの基盤が脳内物質とその刺激の種類によるのなら、いまのわたしであれば何が見えてもおかしくないような気がした。ふだんは見えないものが、現実には存在しないはずのものが見えてもまったくいいような気がした。でもこんなときに、何かが見えたことは一度もなかった。コミばあと母が死んでしばらく時間がたってからも、わたしは眠れない夜中に気配を感じて部屋を見まわしたりドアをあけたりしたことが幾度となくあったけれど、コミばあと母の姿を見たことは一度もなかった。そう、ふたりが死んでから、わたしはふたりを見たことがないのだった。会えたことがなかった。そう思うとそれはすごく間違ったことのように感じられて、すごく不当なことであるような気がしはじめた。たった死んだくらいのことで、わたしはコミばあにも母にも、あれからもう、二十年以上も会っていないし、話してもいないのだ。わたしはとつぜん大きな声で叫びたいような気持ちになった。たった死んだくらいのことで！　わたしは冷蔵庫にもたれたまま部屋の隅をじっと見つめていたけれど、影ひとつゆれず、物音ひとつしなかった。

逢沢さんは、とわたしは思った。今頃なにをしているんだろうとわたしは思った。夜の診療所で待機をしているんだろうか。夜中に往診に呼ばれて着くと、ほとんどがみんな亡くなったあとなんだといつか話してくれたのを思いだしていた。たった死んだくらいのことで会えなくなるとか消えるとか、おかしなことだと思いませんか。わたしは逢沢さんに訊いてみたかった。逢沢さんに、仙川さんがわたしのことをどう思っていたのかはわからないけれど、でも大切に思っていた人が急にいなくなってしまったんだと、そのことを話したかった。大切な人が——いや、とわたしは思った。わたしは本当に仙川さんのことを大切に思っていたのだろうか。そう思うとこわくなった。わたしは彼女のことを本当に大切に思っていたのか？　本当に？　大切に思うって、いったいどういうことなのだ？　わからない、わからない、ねえ、どういうことなんだろうとわたしは逢沢さんに訊いてみたかった。

　逢沢さんがいま近くにいたらどれだけいいだろうとわたしは思った。そう思うだけで涙がにじみそうになった。でもそれは無駄な感情だった。もうわたしが抱いてもしょうがない感情で、それはいたずらな感傷にすぎなかった。なぜなら電話でもう会わないと伝えたのはわたしだし、そのあとも逢沢さんからは一度の連絡もなく、それだけでなく七月の中頃に、わたしは一度、逢沢さんと善百合子が一緒にいるのを駅前で見かけたのだ。スターバックスの硝子ごしにふたりの姿を見つけて、わたしは逃げるようにその場を去ったのだ。逢沢さんはわたしに会いたいと、わたしに会えないことがつらいと言ってくれたけれど、それは気の迷いというかそのときのことで、やはり一緒にいるべきなのは、いたいのは善百合子だったと思いなおしたに違いなかった。逢沢さんは生きているけれど、生きているだろうけれど、もう二度と会うことがないとすれば、もう二度とその姿を見ることがないのだとしたら、それはどんなふうに生きているということになるんだろう。

すると突然——わたしは本当に逢沢さんとセックスができないのだろうか、という疑問が湧きあがってきた。鼓動が速くなり、顔が熱くなるのを感じた。わたしは本当にセックスができないままなのだろうか。わたしはふいにそんな思いに駆られた。セックスができないというのはいまとなっては思いこみで、もしかしたらいまのわたしは変わっているのかもしれない——その可能性はないだろうか。わたしは真っ暗な台所に立ったまま、それについて考えてみた。わたしは半パンを太股のあたりまでずらして下着になり、そのなかに手を入れてみた。そして指先で性器をさわってみた。やわらかい肉の感触があり、割れめがあり、指先に力を入れればさらに奥まで入っていきそうな感覚があった。ひだがあって、小さな膨らみがあった。でもそれだけだった。中指や人さし指で押したりつまんだり撫でたりしても、そこから何も動かなかった。性器のまわりに熱気のようなぼんやりとした湿り気を感じはしたけれど、気温のせいか汗のせいか、どちらにしても気持ちには何の変化も起こらなかった。

わたしはそのままの姿勢で、セックスについて考えてみた。でも、考えれば考えるほど、自分が何について考えているのかがだんだんわからなくなっていった。だいたいセックスができるとかできないとか、それはどういうことなんだろうか。肉体的になら、わたしは大人の女性で、普通の性器があるのだから、物理的になら可能なはずだった。じゃあ、できるのだろうか。いや、とわたしは思った。わたしの性器は、わたしがさっきさわって確認した性器というのは、そういうことのために使うものではないような気がした。わたしの体のこの部分は、そういうことのために使うものではない。わたしははっきりそう思った。性器ならわたしが子どものときからあった。大きさやかたちは違っても、子どものときにもわたしには性器があって、そのことじたいはずっと変わっていないのだ。子どもなら使わないで当たりまえだったものをいまのわたしが使わないからといって、なぜそれがおかしいことのようになってしまうのだろう。わたしの一部が変わらなかっただけなのに、なぜそれがこんなおかしなことになるのだろう。

なんでここは、こんなふうに重なってるんやろう。なんで、人を大切に思う気持ちと体のこの部分が、こんなに密接にかかわらなければならなかったんやろう。逢沢さんに会って大切な話をしたいだけなのに、そばにいていろいろな話をしたいだけなのに、なぜわたしはセックスのことを考えなければならないのだろう。逢沢さんに求められたわけでもなんでもないのに、なんで勝手にこんなことを考えているんだろう。そして、仙川さんが死んでしまってすぐの夜に、なんでわたしはこんなことを考えてるんやろう。

よかったじゃない――善百合子がわたしに言った。よかったじゃない。もう痛くないんだもの。そしてあなたは、とりかえしのつかないことをしないで済んだのだもの。あなたは——少なくともあなたは、とてもよかったんじゃないのかな。あなたの一部は子どものままで、それは、まだ何も決まっていない部分。そこにあるだけの、やわらかなだけの。使われないはずの、やわらかな、子どもの体。子どもだった善百合子。まだ小さな鼻と頬のうえで、星雲がかすかに息づいている。わたしは目をかたくつむり、暗闇のなかで首をふった。

＊

「もしもし夏ちゃん、ひさしぶり」

久しぶりに聴いた緑子の声は明るく、わたしは思わず目を細めた。

「暑いなー、聞いてる？　夏ちゃん」

「ごめん、聞いてるよ」わたしは謝った。「大阪すごいんちゃう」

「やばいよ、息吸うだけで干あがりそうやわ。みんなもう、かっすかす」緑子はふざけた調子で言った。

「ほんま、こっちもおんなし感じ。どうしてんの、ずっとバイト？」

「せやで」緑子は言った。「せやけどもうあかんわ、うちの店」

「なんでやの」

「いたちが出るねん」緑子はうんざりしたような声を出した。「いたちが」

「店ってあんた働いてるとこレストランやろな、レストランにいたち入ってくんの」わたしは訊いた。

「入るも何も——もう何から話したらええんやろ……っていうか、ぜんぶがおかしいねん、もうぜんぶ頭がおかしいねん。だいたいうちの店入ってる建物じたいが築三十年以上のボロいビルの一階でまあそれはいいねんけど、夏まえくらいから潰れかけてて、電気系統とか水道系統とか、まあ大っきな工事入りますよってことになって、けっこう本気の工事がはじまったわけ。ビル全体で」

「はあ」

「そしたらさ、うちのビルの二階ってなんかようわからんけど整体と占いとコンサルが合体したような、スピ系のサロンみたいなんが入ってるねんな。自己啓発系もはいってるからスピ啓発っていうか。で、当然のことながらおなじビルやねんから工事すること知ってるわけよ。ちゃんと断りも入ってて、いついつからこうこういう理由でお騒がせしますけどよろしくねって、そういうお知らせもきてるわけ。んで音するやん。工事やねんから音するやん。工事やねんから当たりまえやん。そやのに工事はじまったら上の人、『どうなってますんやあああ、事故ですかあああ』ゆうて階段駆け下りてきて大騒ぎで訊きにくるねん。『いや、工事ゆうてはるでしょ』ゆうたらそのときだけはぶつぶつ言いながら帰るねんけど、つぎの日なったらまた最初からおんなじことのくりかえし。最初、この人いやがらせでわざとやってんのんかなって思っててんけど、どうもほんまらしいねん。映画であったやん、すぐに記憶なくすから壁とか紙とかにいろいろ書くやつ——そうや『メメント』。夏ちゃん知ってる？ 観た？」

観てない、とわたしは答えた。

「もう『リアル一日版メメント』やねん。あたまおかしなる」

「それで、いたちは」

「そうそう」緑子は言った。「そしたらさ、ある日とつぜんいきなり天井の板がぼこって外れて、そこからいたちが落ちてきてん」

「店に？」

「お客さんおるときやったからもう、何がどうなったんっていうくらいの大騒ぎになって。べつに高級な店じゃないし普通の洋食屋みたいなところやけど、でもいきなり上からいたちがぼこんゆうて落ちてきたら、やっぱりそれはびっくりするやん？」

「するよそれは」わたしは肯いた。

「やろ。まあ運河も近いしとにかくビルは汚いし、工事はじまってびっくりしたいたちの家族が大移動してるんかもわからんし、夜でも道さっと走っていくのもときどき見るからありえんことではないねんけれど、でもそれが何回もつづくようになってんな。いっかいめ落ちてきた天井は塞いでんけど、今度は床をざあって走っていったり、べつのとこからぼこんいうて落ちてきたり」

「せやけどいたちも命がけやな。厨房で鍋のなかに落ちたらスープになるで」

「それがうまいこと店のほうに落ちてくんねん」緑子が言った。「んで、うちの店長が、こんなんおかしい、いくらビルが古くても汚い運河がそばにあっても、こんなんぜったいおかしすぎるって言いだして。んで、いたち送りこんできてんのはぜったい上のスピサロンやゆうて。んで苦情言いに行くってなってさ。そしたらスピは否定して——って、そらそうやんな、どうやっていたちなんか送りこむねんな。捕まえるのも難しいし、そんなんして誰の何になる？」

「ならへんな」

「やろ、それで店長もちょっと頭おかしなってんのか、もうぜったいスピの仕業や言うねん。ミーティングやゆうてわたしら残らされて、なんか壮大な陰謀論とか展開しだして。上のスピとどこそこの宗教団体がつながってて、最初のメメント騒ぎもぜんぶ仕込みやってことになって、盗聴器しこまれてるおそれがあるとかなんとかゆうてジェスチャーしだしたり……完全に頭おかしいやろ。んでけっきょく上と下で戦争みたいな状態になって。それでもまだぼこんいうて落ちてくるし。客もけえへんなってまうし。わたし和ませよと思って店長に『いっそのこと店の名前、〈リストランテいたち〉に変えたらどうですの』って言うたってん。そしたら『なんでうちが名前変えなあかんねん、そんなもん上が先に変えるのが筋やろ』みたいな返しきて。そっちなんっていう。んで今度いたち落ちてきたら捕まえて下から上に押し返す、一匹残らず押し返していく、そのための練習もするぞみたいなことも言いだして……なあ夏ちゃん、これがほんまの『いたちごっこ』とちゃうのん……」

「緑子、あんたうまいこと言わんでええねんで」わたしは笑った。「でも災難やったな、いたちってかわいい感じするけど、食べ物のお店にはあかんわな」

「ふうむ」緑子はため息をついて言った。「まあね——っていうか夏ちゃん」

「はい」

「もうすぐわたしの誕生日。ちゃんと予定どおり帰ってきてくれるやんな」緑子は咳払いをひとつして言った。

「うん、わたしとしてはそのつもりでおるけれど」わたしは言った。

「お母さんとけんかしたままやろ」

「けんかっていうか、うん——巻ちゃん、なんか言うてた？　元気にしてる？」わたしは訊いてみた。

「言うてたし、元気は元気。もうずっと全然しゃべってないって。なんて電話していいかわからへんって。めっさ気にしてる」

「うん」

「話も聞いたけど、お母さん、なんかびっくりしてもうて、ってそればっかりゆうてた」

「そうか」

「っていうかさあ」緑子は笑って言った。「昔。わたしがまだ小さいとき、お母さんと一緒に夏ちゃんとこ行ったやん。ふたりで。夏な、いまくらいすっごい暑いとき」

「うん、巻ちゃん夜、なかなか帰ってこんかって」

「あのときはさあ、お母さんが胸にシリコン入れるとか入れんとか言うて大騒ぎして、ほんで今回は夏ちゃんかいな。もう、頼むできょうだい！」緑子はおちょけるように言った。

「ほんまやな。言われてみればそのとおりやな」わたしは謝った。

「とにかく、あと一週間やし、ちゃんと新幹線のって来てや。なかなかみんな会われへんねんし、約束してたんやから。わたし待ってるからな」

「うん」

「何日に来る？　予定通り三十一日に来て、うちに泊まるんやんな？」

「うん」

「そしたら大阪に着いて時間みえたら電話してな。笑橋まで迎えに行くから。んで三人でなんか晩ごはん食べに行こうな」

電話を切ると、わたしは台所へ行って立ったまま冷たい水を飲んだ。そして部屋に戻って窓の近くまで行き、ずっと閉めたままだったカーテンをあけて顔を近づけ、外の風景を眺めてみた。隣のアパートの外壁にそって植えられた木の緑がかすかにゆれ、その奥には、夏の青い空が見えた。もし入道雲の見本帳みたいなのがあるとしたらその筆頭に載ってるような立派な入道雲がもこもことたちあがり、わたしはしばらくその膨らみをぼんやり見つめていた。雲にはいろいろな色がついていた。白い部分があって灰色や薄い青の陰影がついていて、そして全体としては真っ白なのだ。

仙川さんが亡くなってから二十日がたっていた。その数日後に、無事に葬儀が終わったらしいことを聞いた遊佐が電話で教えてくれた。仙川さんの会社からは役員がひとりと直属の上司がひとり、そして話にも出てきた仙川さんがいちばん仲の良かった同期の女性編集者が参列しただけで、作家はひとりもいなかったようだった。

「仙川さん」と遊佐は言った。「そんなに痩せてもなくて、すごくきれいだったって」

「うん」

「今回はご親族の強い意向で家族葬ってことになったけど、やっぱり気持ちをどうしていいかわからないって思ってる作家とか、知りあいとかが多いみたいで――そりゃそうだよね、わたしだって実感ないもの。それで、九月に入ったらお別れの会をしたほうがいいんじゃないかって話が出てる。秋のはじめとか」

「うん」

「葬儀とかお別れの会とかって、生きてる人間のためにあるってよく言うけど」

「うん」

「なんでわたし、行きたくないなって思っちゃうんだろうな」遊佐が小さな声で言った。

「わかんないや」

わたしは視線を落として目のまえの道路を眺めた。

ゆるい勾配のついたアスファルトのむこうから、ひとりの老婆が寄りかかるようにカートを押しながら歩いてくるのが見えた。白い日よけの帽子をかぶり、やはり白い開襟シャツを着てベージュのズボンを穿いていた。八月の午後の太陽の光を遮るものは何もなく、まるでストロボが焚かれたいっしゅんがそのまま引き伸ばされて、緑色の葉も、アスファルトも、そこに描かれた止まれの文字も、電柱も老婆もカートも、そしてそれらの影までもが、その強烈な光に焼きつけられた一枚の写真のなかの風景みたいにみえた。これは何回目の夏なんやろうな、とそんなことをぼんやり思った。そんなことは自分の年齢とおなじで考えるまでもないことなのに、なぜかそれとは違う数字が、正しいべつの数字が世界のどこかにはあるような気がして、わたしはそんなことを考えながらぼんやり夏の白さを見つめていた。

八月の最後の日の東京の天気は曇りで、むらのある厚い雲が一面に広がっていたけれど、いくつかの割れめからは真っ青な青空が覗き、そこから光が降り注いでいた。わたしは朝六時に起きて二日分の下着や靴下や洗面道具を用意し、もう何年も使っていなかった古いリュックサックを押入れからとりだして、なかにつめていった。二十年以上もまえに買ったリュックはときどき日に干していたせいか、くたびれてはいるけれどまだじゅうぶん使えるあんばいだった。簡単な朝食を作ってそれを時間をかけてゆっくり食べ、冷たい麦茶を飲んで一息ついてから、家を出た。

新幹線に乗るには三軒茶屋から渋谷に出て、山手線で品川に行くのが早いし便利なのはわかっていたけれど、わたしは東京駅まで行こうと思った。というのは東京駅から乗ると始発電車の自由席に必ず座れるだろうというのと、これまで大阪と行き来するのに品川駅を使ったことがないという理由からだった。ふだん電車に乗ることもほとんどなく、アパートと駅前のスーパーを行き来するだけの生活で、おまけに昔からの方向音痴ということもあって、よくわからない巨大な駅へ行くというのはなんとなく心細い気持ちがするのだった。

夏の朝の空気は心地よかった。見慣れた町なみをまっすぐに進んで、灰色のアスファルトを歩いて駅にむかっているだけなのに、人の気配がほとんどしないというだけで、清潔な折りめのついた洗いたてのハンカチをポケットにそっと入れているような、そんな気持ちになった。わたしは小学生の頃の夏休みの、ラジオ体操の朝を思いだした。眠そうにやってくる団地の子どもたちのいつもと少しだけ違う顔。ビーチサンダルから出た足の指につくざらりとした砂。どこかで鳩がほうほうと鳴いて、公園のすみっこの土管は青い影のなかで、ひんやりと湿っていた。そして午後になると、わたしたちは水遊びをした。水をたっぷり吸って黒くなった土の匂い、ホースから飛びだす水がきらめくのを、いつまでも飽きずに見つめていられたこと。ベランダには洗濯物を干しているコミばあが小さく見えることもあった。わたしが見ていることに気づかないで、一生懸命に腕を上げ下げして服や下着を干したりしているコミばあを遠くからこっそり見ていると、嬉しいような照れたような気持ちになって、そしてなぜか――このまま永遠に離れたままになってしまうんじゃないかとだんだん不安な気持ちになったのを思いだした。

東京駅に着いたのは八時だった。もう何年もぶりに来る東京駅はすでに利用客で混雑していて、最後にここに来たときと、何も変わっていなかった。まるで一枚の布の右端と左端をつまんでひょいとくっつけあわせるように、いっしゅんで時間が巻き戻るような感覚があった。どこからか人がこぼれるようにやってきて、そして押し返されるように過ぎ去って、それが延々とくりかえされていた。まえと少し違うところがあるとすれば、外国人の旅行者をとても多く見かけたことで、彼らは真っ赤に焼いた肌にタンクトップ、そして短パンにビーチサンダルというキャンプに出かけるようなかっこうで、ちょっとでもバランスを崩したら後ろに倒れてしまうんじゃないかというくらいに大きなリュックを担いでいた。集中しないとうまく聞きとれないアナウンスの声が聞こえ、それから、いろんな種類のベルが鳴っていた。

わたしは新大阪までの新幹線自由席のチケットを買って、いちばん早い「のぞみ」を見つけ、ホームで数人が作っている列の後ろにならんで、扉がひらくのを待った。窓際の席に座ってしばらくすると、車体は音もなく滑るように動きはじめた。

新幹線は住宅や商業施設やビルのひしめく街中を西へ西へと四十分ほど走り、大きな河をいくつか渡った。窓の外の風景はしだいに畑や空き地が目立つようになり、何度もトンネルをくぐりぬけた。山が見え、いろんなかたちをした家がぽつぽつとならび、人影のないあぜ道が遠くまで伸び、軽トラックがゆっくりと移動してゆくのが見えた。ビニルハウスの黒い屋根が夏の光を反射し、どこからか白い煙が立ち昇っていた。わたしはそんな景色を見るともなく眺めながら、あの道にも、あの田んぼのあのへりのところにも、そしてあの川岸にも——自分がそこに降り立って、そしてそこから見えるものを見ることはないんやなと、そんなことを思った。人間の体はあまりに小さくて、そして時間には限りがあって、世界は自分が立ってみることさえもできない場所がほとんどなのだと、そんなことをぼんやりと思った。

新大阪に着くと、まるでかたまりみたいな湿気が押し寄せて、わたしは思わず笑ってしまった。そうやった、大阪の夏はこうやったなと思いながらホームの階段を降り、忙しなく行き交う人々の合間を縫うようにして歩いていった。そして、大阪というのは着いた瞬間から大阪という雰囲気に満ちているけれど、いったいこの雰囲気を作っているのはなんなのか、そんなことを考えながら乗り換えのホームを目指して歩いた。人々の会話に耳をすませば大阪弁が聞こえてくるだろうからいやでも大阪の感じはするだろうけれど、もう何年もぶりに大阪に帰ってきたわたしが感じた直感的な大阪っぽさというのは、言葉とはべつの問題であるような気がした。無意識に目に入る人々の仕草がそれを感じさせるのだろうか。それとも目つきや視線や歩きかたといった、細かな部分に大阪の人の特徴があるのだろうか。それともちょっとした髪型の違いや服装のセンスといったものが関係しているのだろうか。あるいはそれらがちょっとずつ混じりあって醸しだされたものが原因なんだろうか。わたしはそれとなく人々の動きを観察したり、近くの人たちのやりとりに耳を傾けながらやってきた電車に乗り、窓の外の町並みを眺めたりした。けれど、電車がゆれて、がたんごとんと大きな音を立てるたびにだんだん体が重く感じられるようになり、わたしは何度も意味のないため息をついた。

大阪は帰ってきたという感じもしなければ、懐かしいという気持ちにもならず、なんだかわたしは招かれてもいない誰かの家のパーティーか何かに勘違いしてやってきてしまった客のような、ばつの悪さとうっすらとした後悔のようなものを感じていることに気がついた。時計を見ると十一時二十分だった。今日、約束どおり大阪に来ることは緑子には話していたけれど、はっきりした時間は伝えていなかった。夕方には着くようにしといてな、わたしバイト先から笑橋までむかえに行くから、そっからご飯食べに行くんやで——緑子との約束に間にあうようにするのであれば、午後に家を出てもじゅうぶんだったのだけれど、じつはわたしは緑子と巻子と三人で会うまえに巻子に会って、このあいだのことをちゃんと謝って仲直りをしておこうと考えていたのだった。巻子のアパートは笑橋からバスで二十分くらいのところにあり、笑橋に着いたら巻子の好きな蓬《ほう》莱《らい》の豚まんを買って、思いきって、明るく巻子に電話をしようと思っていたのだ。それでふたりで早めに家を出て、何かささやかながらでも緑子にプレゼントでも選べたら、とそんなことを考えていたのだった。

でも、新大阪駅から大阪駅に移動して、そこからまた乗り換えて笑橋の駅に着くころには、そんな明るいような気持ちはすっかり鳴りを潜めてしまっていた。わたしは途中で何度も立ち止まったり、理由もなくふりかえったりして、気がつけば笑橋の駅前の広場で、リュックの肩紐をにぎりしめて突っ立っているのだった。気温は太陽の上昇とともにどんどん上がりつづけ、汗で湿ったティーシャツが胸や背中にべたりと張りつき、息をするごとにまたそこからべつの汗が噴きだしつづけた。

五分か十分のあいだ動かずに、汗を垂らしながらわたしは広場の真んなかでじっと立ち尽くしていた。巻子に電話をかけなければならないのだけれど、そのまえに豚まんを買わなければならないのだけれど、そうすればいいだけのことなんだけれど、巻子や豚まんを思う気持ちとはべつの気持ちのべつの部分がどういうわけか沈みだして、その気分に肩を抱かれてわたしもそのまま沈みこんでいくようなそんな感覚がぬぐえなかった。笑橋にはたくさんの人がいた。どこからか来てどこかへむかう人、待ちあわせをしている人、自転車にまたがったまま大声で電話している人。わたしがここで働いていた頃は、駅の両端に少なくない数の浮浪者がいて、物乞いをしたり寝転んでいたり、わけのわからないことを叫んでいる人が必ずいたけれど、今はもうどこにもその姿はないようだった。

駅のむこう側に喫茶店の、見慣れた看板がみえた。古くてポップな書体で描かれた「ローズ」という文字を囲む電飾が、昼なのにぽこぽこと点滅しているのがみえた。あそこに入ったことはないけれど、あの店のまえで成瀬くんとよく待ちあわせをしたものだった。そしてわたしは突然に九ちゃんのことを思いだした。ギターの流しで当たり屋で、最後は打ちどころが悪くてほんまに死んでしまった九ちゃん。たしか巻ちゃんが最後に九ちゃんを見たのはローズのまえで、九ちゃんはひとりでいったい何をしてたんやろうかな。誰かを待ってたんやろうか。それともどこに行こうか、どうしたらええんか、考えたら動かれへんくなってじっと立ってたんやろうか。今のわたしとおんなじように。

わたしは細々とした店が密集している薄暗い路地のほうに歩いていった。数メートル奥に入ってしまうと人はほとんどいなくなり、建物同士の距離が近いせいで駅前にくらべると数段、薄暗いように感じた。何人かの通行人が足早に通りぬけていくのとすれ違った。母と巻子と夜中によく食べた立ち食いうどん屋は潰れて携帯ショップになっていた。その隣にあったラーメン屋はチェーンの小さな食堂になっており、その隣にあった書店には——店に入るまでの時間をちょっと見つけてはよく背表紙を眺めにきた書店には灰色のシャッターが下ろされて、軒下には若い男が地べたに座って煙草を吸い、電話を耳にあてて大声でしゃべりつづけていた。まえに帰ってきたときは駅からすぐにバスに乗って巻子の家に行ったから、最後にこのあたりを歩いたのはもう二十年近くもまえになる。たしかそこにあったはずの薬局も潰れ、うがい薬の色あせた旗が斜めに垂れ下がっている。そのまま進むと小さな十字路に出て、このあたりは賑やかで、風俗店やパチンコ屋、細長いつくりの焼肉屋、隙間なく建てられた雑居ビルには無数の飲み屋があったはずだった。もちろん今が昼間のせいもあるだろうけれど、看板や広告が虚ろに光っているだけで、人の数はわたしが働いていた頃とはくらべようもないくらい少なくて、全体がひっそりとしていた。わたしは真夏の笑橋を歩きつづけた。顔をあげると電柱が傾《かし》いで、あらゆる方向から交差した電線が、小さな青空をでたらめに刻んでいるのが見えた。それからわたしは、わたしたちが働いていたスナックのあった雑居ビルに行ってみた。しかし、エレベーターだけを残してすでにあとかたもなく改装されており、入り口には「新世代メンズリラクゼーション！　ＤＶＤ試写・完全個室・受付一階」と書かれた巨大な黄色の看板がかかっていた。

わたしはぐるっとまわって駅へむかう道を歩いた。

右手にはいくつかのビルが見え、そのなかにはコミばあと母が入院して、そして死んでいった病院もあった。「＊＊病院」と書かれたその看板の文字をよく覚えていた。あの頃はまだコンビニができたばっかりで、どんなものが置いてあったか、ベッドで点滴につながれて寝ている母に話して聞かせたこともあった。いつも明るくて気丈だった母は痩せて青いあざだらけになった腕で、わたしと巻子の手をさすって「しんどいから帰って寝えや」とにっこり笑って言ったのだった。そしてわたしと巻子は夜道を歩いて家まで帰って、そのあいだに母はひとりきりで死んだのだった。母もコミばあも、笑橋から一度も離れることなく生きて、そして死んでいったんやなとそんなことを思った。それから、いや、母はここを離れたことがあったんやなと思い直した。巻子を笑橋の病院で産んでから、わたしが七歳になるまでのあいだ、母は港のある町で暮らしていたのだ。コミばあは、お金のないわたしたちのために数えきれないくらい電車に乗ってその町にやって来て、父がいるときは駅前で、父がいないときは部屋に来て、いろんなものを食べさせてくれた。朝早くに母がコミばあに電話をかけるのに公衆電話までついていって、来てくれるのがわかったら飛びあがって喜んで、何時間もまえから駅の改札のまえに座って、コミばあの姿が見えるのを待っていた。コミばあがやってくると走っていって抱きついて、コミばあとコミばあの服のにおいをかいだ。

わたしは電話で昔に暮らしていた港町の駅を調べて、笑橋からの行き方を確認してみた。二度乗り換えがあるけれど、ぜんぶで二十八分で着くと表示された。わたしは首をふった。遠くないのは知っていたけど、そんなことは知っていたけれど、子どもの頃、帰ってしまうコミばあを泣きながら追いかけた子どもの頃——あんなにも遠くにあると感じられたコミばあの家は、わたしが生きていられるたったひとつの理由だったコミばあのいる家は、三十分足らずで届く場所にあったのだ。

港町の駅についてホームに出ると潮のにおいがして、わたしは大きく息を吸った。この町に来るのはあの夜以来だった。母と巻子と三人で真夜中のタクシーに乗って逃げだした夜から、三十年以上がたっていた。

駅の内装はほとんど変わっていたけれど、改札を出てすぐの通路が左右に分かれているつくりは昔のままだった。そんなに多くはないけれどそれなりの数の人たちが乗降し、暑い暑いと言いながら、楽しそうに階段を降りていった。わたしたちが住んでいた頃、ここは港以外には何もない町だった。年に一度帆船がやってくる夏だけ賑やかになった記憶があるけれど、わたしたちがいなくなって十数年後に大きな水族館ができて、大きな話題になった。子どもの頃は何もなかった。灰色をした巨大な倉庫がどこまでもつづき、荒々しく打ちつける波と潮の湿り気しかないような町だった。ここぜんぶなくなって、将来ごっついのができるんや。ビールを飲んで顔を真っ赤にした父が話していたのを覚えている。将来ってどれくらい、と小さな声で尋ねたわたしに、十年も二十年も先の将来や、と嬉しそうに笑っていたことも。駅の階段の踊り場に立って港のほうを見つめると、水族館らしき建物の大きな屋根が夏の白い光を受けて鋭く光り、隣に大きな観覧車が見えた。

七歳まで暮らして、そして突然逃げなければならなくなった町と家のことを、コミばあの家に住むようになってからもふいに思いだすことがあった。けれど、そうするといつも決まって悲しいような苦しいような気持ちになった。町と家のいろいろなものたちが——痩せた野良犬や割れたビール瓶、道路に吐き捨てられたガムや変色した布団、積まれたままのどんぶり茶碗、遠くで聞こえる怒声なんかが、どこからかわたしをじっと見つめているような、そんな気がした。ときにはそれはわたし自身だったりもした。火曜日の時間割にあわせたランドセルを枕もとに置いたわたしが、いまもあの部屋の布団のなかにいて、何かをじっと待っているような気がした。何が起こったのかわからないまま、誰にも気づかれないまま置き去りにされて、あそこでじっと動けないでいるような、そんな気持ちになることがあった。

町でいちばん大きくて、いつも渡るときには思わず息をとめるくらいに緊張した道路にはタクシーがならび、水族館を目指すたくさんの人々が歩いていた。むこうに渡った角のところに、うどん屋の看板がみえた。昔とおなじ名前で営業していて、ここは同級生の家がやっているうどん屋だった。ちらりとなかを覗いてみると、昼時のせいか大勢の客で賑わっているようだった。うどん屋を除けば通りはすっかり様変わりしており、水族館に来る客を相手にする土産物屋ばかりになっていた。とはいえ、昔にどんな店があったのか、どんな建物がならんでいたのかはもう思いだせなかった。少し進むとコンビニがあった。わたしはおにぎりをふたつと冷たい水を買って、汗をぬぐいながら通り沿いをまっすぐに歩いていった。

時計をみると午後一時だった。顔をあげると昇りつめた太陽が輝き、目を細めるとまわりにうっすらと虹色の輪が見えた。額のはえぎわからこめかみにかけて汗粒が膨らみ、強烈な日差しが髪と肌を焼くちりちりという音が聞こえてきそうなほどだった。

進んでいくと見覚えのある一角に出た。コスモスと書かれた、小さな看板が見えた。コスモス。わたしは吸い寄せられるようにその看板に近づいていった。そこは母親が昼間、パートで働いていたことのある食堂だった。何度かコミばあに連れられて母が働いている時間に定食を食べさせてもらったことがあった。わたしとコミばあを見ると頼もしく笑い、赤いエプロンをかけてカウンターのなかできぱきと動きまわり、名前を呼ばれると元気よく返事をして、皿を拭いたり料理を運んだりする母を見ていると、胸がいっぱいになった。お母さん張りきってる、とわたしを見て笑うコミばあの顔を見て、わたしは何度も肯いた。

わたしはコスモスのドアをあけて、昔、母親がお世話になっていたんです、と言ってみるところを想像してみた。すごく昔、もう三十年よりもっとまえなんですけれど、ここでわたしの母親が働かせてもらってたんです。母が一生懸命に働いてるところを見て、胸がいっぱいになって、ごちそうやのに、なんか泣きそうになって、うまくハンバーグが食べられなくって、ごまかしながら一生懸命に食べて、でもすっごくおいしくて、わたしここで、母が働くのを祖母と見てたんです。お店の人に、そう言ってみるところを想像してみた。でも、もちろんそんなことはできなかった。わたしはペットボトルの水を飲んで、ひとしきりコスモスのドアを見つめたあと、街路樹の陰にあったベンチまで歩いていって、ゆっくり時間をかけておにぎりを食べた。

食べ終わってからも、わたしはずっとベンチに座ったまま、水族館までまっすぐにつづいている大通りを行き来する人々の姿を眺めていた。わたしは汗をかきながら、すっかり変わってしまった町と、ほんの少しだけ変わらずにある町の混ざりあっている部分を眺めながら、もう何十年もまえ、母はどんな思いでここにやってきたんだろうなとそんなことを思った。初めてこの町を見たとき、母はどんな気持ちになったんやろう。潮のにおいを、どんなふうに感じたんやろう。新しい暮らしとか、家族というものに、期待や夢をもって胸を弾ませたこともあったのだろうか。考えてみれば、わたしは母に、母が母になるまえのことをちゃんと聞いたことがなかったな、とそんなことを思った。

母と父と巻子と四人で住んでいた家は、どうなってるんやろうと思った。わたしたちが住んでいたビルは、もしまだあるとすれば、あのうどん屋の角を右に折れて、大通りから西に何本か入ったあたりにあるはずだった。わたしたちが住んでいた頃は、ビルの隣には焼肉屋があって、むかいにはおばちゃんがひとりでやっているお好み焼き屋があって、そこにはつくりつけの小さな池みたいなのがあって、そこに大きな金魚がたくさんいて、暗い緑の藻のすきまを縫うように泳いでいたのを覚えている。はすむかいの角っこにはお金を入れたざるを天井からゴムで吊るしているような昔ながらの八百屋があって、いま思うと母がいつもつけで買い物をさせてもらっていたけれど、わたしが行っても嫌な顔ひとつすることなく、いつも優しく遊んでくれた。そこを右に入ると散髪屋があって、以前ここで働いていた理容師が特撮もののスタントマンになって何度かテレビに出たというのが店主の自慢で、いつ聞いてもおなじ話を、面白おかしく聞かせてくれた。そしていつも、ビルの一階に入った居酒屋のわきの通路に座って、母の帰りを待っていた。

行ってみようかとわたしは思った。

でもすぐに、そんなことをしていったい何になるのかと思い直して、胸のなかで息をついた。こんなことをするために大阪に来たわけじゃないのに、こんなところでわたしは何をしているのだろうと思った。垂れてくる汗を指で肌になすりつけながら、人々が行き来するのを眺めながら、わたしはじっと人々が歩くのを見つめていた。艶のある茶色のタイルの外壁。何色かの茶色が使われていて、そのひとつひとつの小さな四角が飴色に膨らんでいたことを思いだす。居酒屋の入り口のわきの通路をまっすぐに進むと、階段がある。通路はいつも薄暗くて、鈍い銀色の郵便受けが壁にくっついていた。いまはどうなっているのだろう。わたしはまだ小さな子どもで自分のもちものなど何もないに等しかったけれど、それでもそのときのぜんぶを置いて、それ以来一度も訪ねることのなかった場所が、いま自分が座っているこのベンチから数分のところにあるのだというのことが信じられないような気持ちだった。行ってみようか。ビルはまだあるだろうか。まわりはどうなっているだろうか。でもビルがあったとして、わたしはいったいどうしたらいいんだろう。いまさらそんなものを見て、いったい何を思えばいいんだろう。だいたいわたしは、なんでこんなことをくよくよと考えているのだろう。昔に住んでいた場所をふらりと覗いてみることなんてべつに大したことじゃないはずなのに、どうしてこんな気持ちでいるのだろう。でも、わたしは怖かった。何が怖いのかはわからなかったけれど、わたしたちが住んでいた家を、あの風景を目にすることを思うと、なぜなのか足がすくむように感じられた。

わたしはもう一度コンビニに行って新しい水を買い、ゆっくり時間をかけて、少しずつそれを飲んだ。そしてまたベンチに座って、ぼんやりと目のまえの風景を見つめていた。時計を見ると、二時半になっていた。もうこのまま笑橋に戻って、巻子に電話したほうがいいのかもしれない。そして緑子にもちゃんと大阪に着いたことを知らせなければならない。そうしたほうがいいのかもしれない。でもわたしはベンチから立ちあがることができなかった。この場を去ることができなかった。目のまえを家族連れが歩いていった。よく似たかっこうをした姉妹らしき女の子たちが、水色のリュックを背中にゆらしながら、先を歩く母親を追いかけていった。ひとりが母親に追いつくと、もうひとりも走っていって母の腰に抱きつき、三人はひとかたまりになって笑いながら歩いていった。その姿が見えなくなるまで見つめたあと、手のひらで顔をもむようにして汗をぬぐった。立ちあがってリュックを左右にゆらして体になじませると、うどん屋の角を右に曲がり、わたしたちが住んでいたビルがあるほうへ歩いていった。

通りから一本なかに入ると水族館の客はひとりも歩いておらず、あたりは静かだった。真夏の光がありとあらゆるものに降り注ぎ、人の気配のない道路や建物にじりじりと熱を与えていた。知っている道だった。左右にある店や家を、ひとつひとつ目に入れていった。改築をしたような軒先があり、見たことのない建物がほとんどになっていた。右手には雑草の生えた猫の額ほどの空き地があり、たしかここにはコインランドリーがあったはずで、雨降りの日にはよくなかのベンチに座っていたものだった。洗濯ものが乾いていくにおいのなかで、灰色の道路に大きな雨粒が落ちて弾くのを、いつまでも眺めていた。

八百屋があった場所は、べつの家になっていた。青みがかった灰色の外壁の小さな家で、まるで折り紙で作られたみたいに均質で、古いのかそうでもないのか、よくわからなかった。左手のほうにスチール製の玄関のドアがみえた。すりガラスの窓にはカーテンはかかっておらず、人が住んでいるのかどうかもわからないような感じがした。その右隣にあった喫茶店は昔のままのような気がしたけれど、シャッターはもうずいぶん長いあいだ下りたままになっているようだった。わたしはゆっくりと歩いていった。誰ともすれ違わなかったし、本当に何の音もしなかった。まるで太陽の光と熱がそこにあるはずの音や人影をひとつ残らず吸収してしまったかのようだった。右手には、車が一台も止まっていないコインパーキングがあった。そこにはたしか——そこが何の場所だったのか今もわからないけれど、いつも戸があいたままでひっきりなしに人が出入りする家があって、大きな雑種の犬を飼っていた。センという名前のその大きくて穏やかな雌犬は、いつもたたきのところで寝転んでいて、わたしはセンが好きでよくさわりにいったものだった。センが仔犬を産むところも見た。白い膜に包まれた何匹もの濡れた仔犬たちが、まるで艶やかな内臓のようにセンのなかから出てくるのを見た。産まれてきた仔犬をセンは舌で丁寧に舐めてやり、目を閉じたままの仔犬たちはみいみいと鳴きながら鼻だけを一生懸命に動かして、センの乳房に吸いついていった。犬の寝床のにおい、垂れ下がった舌のかたち。黒くにじんだ目のまわり。ふと足が止まり、顔をあげると——わたしたちが住んでいたビルがあった。

わたしは顔をあげたまま、しばらくビルを見つめた。

ゆっくり瞬きをくりかえして、ビルをじっと見つめた。飴色のタイルはそのままで、一階は、何度も店が替わったのか、見覚えのない褪せた緑の庇《ひさし》にペンキで塗りつぶされて判別できない文字が透けていた。ところどころに錆が浮き、全体が白いかびに覆われたシャッターが下りていた。それはとても小さなビルだった。自転車を二台ならべるよりも狭い幅しかないような、それは本当に小さなビルだった。むかって右に、隙間のような入り口があった。それはわたしたちの部屋への階段へつづく通路の入り口だった。

わたしは唇をあわせた。小さく感じられるだろうとは思っていたけれど、これほどだとは思わなかった。入り口の幅は一メートルもないくらいだった。体を横にしないと通りぬけられないような、そんな小さな入り口だった。その入り口と歩道の段差を埋めたコンクリートのつなぎめの部分、わたしがいつも座っていた場所の、そのコンクリートの灰色はおなじだった。作業着を着た誰かがやってきて、小さな溝にコンクリートを流しこんでいった日のことをよく覚えている。乾くまでさわったらあかんでと言われて、誰もいなくなったあと固まってゆくのを見つめながら、誰にも秘密で息を潜めて、指をそっと押しつけた。近づいてしゃがんでみると、その跡があった。小さな、今にも消えそうな窪みがそこにあった。その窪みにときどき指をあてながら、飴色のタイルの柱にもたれて、わたしはここで、いつも母を待っていたのだ。

小さく息を吐いてから、一歩なかに入ってみた。

通路はひんやりとして暗く、うっすらとかびのにおいがした。ビルにはもう誰も住んではいないみたいだった。もうずいぶん長いあいだ、取り壊されるのをただ待っているのだというようにビルはひっそりと佇んでいた。錆びついた郵便受けが陰のなかに浮かびあがり、奥には階段が見えた。小さな階段だった。一歩進むたびに毛羽だつように甦る感覚があり、わたしは小さく息をしながら、階段を昇っていった。大人がひとり行けばいっぱいになるようなこの階段を、わたしはコミばあにおぶわれて上がったことがあった。巻子と遊んだこともあった。母を追いかけて、笑いながら駆けあがったこともあった。珍しくみんなで出かけるときに、ポケットに手を入れて降りていく小さな父の後ろ姿を見たこともあった。

三階には、木目のシートの貼られたドアがあった。とても小さいドアがあった。それは、わたしがよく知っているドアだった。わたしはその懐かしい木目をじっと見つめ、それからドアノブに手をかけてゆっくりまわしてみた。ドアには鍵がかかっていた。もう一度、ドアノブをまわしてみた。やっぱり鍵は締まっていた。

額から垂れてくる汗をぬぐい、目をこすりながら、ノブをにぎり、わたしはがちゃがちゃと前後に動かしつづけた。あかなかった。叩いてもみた。でもドアは乾いた音を立てて軋むだけだった。わたしはもっと強くドアを叩いた。急かされるように、追われるように、わたしはドアを叩きつづけた。このドアがひらけば、もう一度会えるかもしれないとわたしは思った。もう一度、会えるのかもしれない、ランドセルを背負ったわたしが階段を上がってきて、そしてなかからドアがひらいて、赤いエプロンをつけた母がおかえりと言うのかもしれない。いまもしこのドアがひらけば、あの白いトレーナーも、あの人形もランドセルも、みえるのかもしれない、笑ったこと、眠ったこと、みんなで囲んだ小さなこたつも、柱に刻んだ身長も、みずやのなかのプラスティックの赤いコップも、いまなら塞がれていた窓をあけて、もう一度、見られるのかもしれない、会えるのかもしれない、起きない、そんなことはもう起きないのはわかっていたけれど、それでもわたしはドアを叩きつづけた。わたしたちが暮らした家の、部屋の、小さなドアを叩きつづけた。父は、とわたしは思った。父は、覚えているだろうか、ドアを叩きながらわたしは思った。父は、ある日どこかへ消えてしまった父は、父はどこかで、覚えているだろうか。わたしたちと暮らしたことを、そしてわたしたちのことを、思いだすことはあったのだろうか。

階段に座りこんで、胸のなかの息を吐いた。床はひび割れ、いたるところが黒ずんで、隅には泥のようなものがこびりついていた。ビルのなかはひんやりとしていて、小さな踊り場にはいろんなものが積まれてあった。水を吸って崩れてしまっているダンボール、変色したバケツに汚れたモップ、かちかちに固まった雑巾に、何が入っているのかわからない黒いビニル袋。どれもたっぷりと埃をかぶり、踊り場の小さな窓から入ってくる光がその一角を白く照らしていた。

そのとき、とつぜん音楽が鳴り響いた。わたしはいっしゅん何が起こったのか理解できず、打たれたように腰をあげ、思わず喉のあたりを押さえた。電話だった。携帯電話が鳴っているのだ。そこでわたしは緑子に何の連絡もしていなかったことを思いだした。わたしはリュックを肩から下ろし、ファスナーをあけて電話をとりだした。電話は——逢沢さんからだった。

「もしもし」逢沢さんの声がした。「もしもし──逢沢です」

「はい」返事をした自分の声は妙にかすれていて、わたしは唾をひとつ飲みこんだ。

「夏目さん」

逢沢さんは緊張したような声で、わたしの名前を呼んだ。

「びっくりした」わたしは素直に言った。「逢沢さん、わたし、すごいびっくりした」

「驚かせてすみません」逢沢さんは謝った。「でも僕も、びっくりしています。出てもらえるかどうか、自信がなかったので」

「とつぜん鳴って」

「夏目さん」

「はい」

「声の感じが少し──風邪気味ですか」

「いえ」わたしは大きく息を吐いて言った。「びっくりして、なんか声がかすれてしまって」

「驚かせてすみません」

「いえ、もう、だいぶ落ちついてきました」

「いま、少し電話で話をしてもだいじょうぶでしょうか」

「はい」わたしは返事をしたけれど、まだ胸はどきどきと脈打っていて、気づかれないように何度か深呼吸をくりかえした。電話のむこうで逢沢さんも小さく息をつくのがわかった。

「もう会いませんと夏目さんに言われてから」

逢沢さんはそこでまた息を吐き、小さく咳払いをした。

「非常に、自分なりに時間をかけて、考えてみたんですが、もし仮にもう本当に夏目さんに会って話すこともできないということになれば――というより、夏目さんは電話ですでにそうおっしゃっているのだから、僕の勝手な言いぶんというか、たんに往生際が悪いということになるんですが」

聞いています、というようにわたしは声を出した。

「でも、どうしても会って、話をしたいと」逢沢さんは言った。「そう思って――電話をしました」

そこでわたしたちはしばらくのあいだ黙りこんだ。三十数年ぶんの時間が流れた家の階段に自分が座っていることも、そこで逢沢さんの声を聞いていることも、そして暗くて懐かしい階下に自分の声が低く響いていることも、ぜんぶがとても不思議なことのように感じられた。なんだか誰かの夢のなかにでもいるような、そんな妙な浮遊感があった。わたしは電話を耳に押しつけながら、何度も瞬きをくりかえした。

「今日」わたしは言った。「逢沢さん、お誕生日ですよね」

「覚えていてくれたんですか」

「もちろん。覚えています」

「姫御さんとおなじ誕生日でよかった」

「それだけじゃないですよ」わたしは少し笑った。

「夏目さん」

「はい」

「元気にされていましたか」

「わたし？」

「そうです」

「この二ヶ月は――」わたしは言った。「わたしの生活は何も変わらないけれど、でも、いろんなことがあったような気がする」

それからまたわたしたちは黙りこんだ。

「わたしね、いま、昔の家にいるんです」わたしは明るい声で言った。

「昔の家？」

「うん。春によく会ってたとき、逢沢さんに話したことありましたよね。夜逃げするまで住んでたところにね、なんか、ふらっと来てみた」

「あの、港町の」

「うん」わたしは笑った。「そしたらもうね、びっくりするくらい小さくて。信じられへんくらい。いまもその家というかビルのなかの、階段に座ってるねんけど、もう、ぜんぶがすっごい小さくて。ほんまに三十年も時間がたって、もう誰もおらんくなってて。そんなん当たりまえやねんけど」

「ひとりで、階段に座ってるんですか」

「うん。階段もすごい狭い。ぜんぶがきっちり古くなって、だめんなって、でもぜんぶがおなじ。もう誰も住んでないから、廃墟みたいになってるけど」

「夏目さん」

「はい」

「夏目さんに会ってもらうにはどうしたらいいかを、この二ヶ月ずっと考えていて」逢沢さんは言った。「三十一日に夏目さんが大阪にいるというのを最後に聞いて、それで」

わたしは肯いた。

「もし大阪まで会いにいけば、そして電話に出てくれれば、十分でも二十分でも、もしかしたら会ってくれるかもしれないと思って」逢沢さんはつづけた。「三十一日に、夏目さんが大阪にいるだろうということしか、僕にはもうわからなかったので」

「もしかして」わたしは言った。「逢沢さん、大阪にいるんですか」

「三十分だけ――」逢沢さんが言った。「時間をもらうことはできませんか」

電話を切ってしまうと、さっきの静寂が戻ってきた。わたしは階段に座ったまま、リュックの肩紐の下の部分をぎゅっとにぎっていた。それからゆっくりと立ちあがって、もう一度、わたしたちのドアをじっと見つめた。剝げた木目のプリントを見つめ、茶色く変色した表札プレートの、三〇一という数字を見つめた。ざらざらした壁を手のひらで押さえ、それからもう一度、ドアのぜんぶを目に入れた。そして大きく息を吸った。

ひとつずつ階段を降りて、通路に出た。わたしはまっすぐに立って、出口のほうを見た。顔をあげてまっすぐに見た。縦長の、幅は一メートルもない小さなドアのかたちに、外の、夏の光があふれていた。涙がにじんでくるまで目をあけて、瞬きもせず、わたしはその光を見ていた。

17　忘れるよりも

港から吹く風はまるで見えない波のように膨らんで、肌に、潮のにおいを残していった。

逢沢さんは五十分後に駅にやってきた。子どもの頃にコミばあを待っていたのとおなじ場所にわたしは立っていて、改札に逢沢さんの姿がみえたとき——めまいのような、なんだかうまく立っていられないような感覚がした。逢沢さんはわたしを見つけると軽くお辞儀をして、改札を出てくるとまた頭を下げた。わたしも頭を下げた。逢沢さんに会うのは四ヶ月ぶりだった。逢沢さんは長袖の白いシャツを着て、ベージュのズボンを穿いていた。

わたしたちはどちらからともなく階段を降りて、大通りをゆく人たちの流れに沿って、歩きだした。わたしも逢沢さんもしばらくのあいだ、話さなかった。わたしが左を歩き、逢沢さんが右を歩いた。わたしはずっと足もとばかりを見ながら歩いていたけれど、ふと顔をあげたときに目があった。反射的にわたしは目をそらし、それからまた足もとに目をやった。

「本当に、急に、すみません」逢沢さんが小さな声で言った。「やっぱり——強引というか、怒っていますよね」

「ううん」わたしは首をふった。「なんか、すごいシュールやなと思って。現実味がないというか、ここで逢沢さんと歩いてるのを思うと、なんかすごい不思議で」

「そうですよね」逢沢さんはすまなそうに肯いた。「本当にすみません。夏目さんのご都合もあるのに」

「さっき連絡して、七時にみんな現地集合ってことになったから、問題ないです」わたしは言った。「でも逢沢さん、もしわたしが大阪に来てなかったらどうするつもりやったんですか」

「それは——」逢沢さんは困ったように言った。「また新幹線で、東京に戻ったと思います」

「それはそうやろうけど」わたしは笑った。逢沢さんもつられるように小さく笑った。「逢沢さん、海のにおいするでしょう」わたしは水族館のほうを示して言った。「あっちが港になってて、すぐ近くなんです。歩いて十分もせんくらい。あの建物は水族館で、わりと有名で、大きいんですよ。ほら、観覧車までついてる」

「聞いたことあります。珍しい魚か何かがいたような気がするな。夏目さんは、行ったことはない？」

「うん。ここに来たの、三十年くらいぶりやから」

「変わりましたか？」

「ところどころ変わってて、ちょっとはおなじかな。道の感じはおなじ。店もいくつかはつづけてるみたいで」わたしは言った。「ほら、あそこにうどん屋みえるでしょう。あそこは同級生の男の子の家がやってたうどん屋で、名前はおなじやから、もしかしたら代替わりでその子がやってるんかもしれませんね。でも、いま思ったらちょっと恥ずかしかったような気も」

「どうして？」

「うちはほんまに貧乏やったから、その日に食べるものもないようなときもあったんです」わたしは笑った。「それで、スーパー行くお金もない、八百屋さんはもうつけでいっぱいで今月はそれ以上お願いもできない、頼みの綱のお祖母ちゃんも来られないっていうときは、母が電話かけに行くんですよね。うちには電話もなかったから、公衆電話に。それで、あのうどん屋さんに素うどんをふたつ頼むんです。出前を。それでうどん屋さんがうどんもって来てくれたらわたしが出て、『お母さんいまおりません』って言うんです」

逢沢さんは興味深そうに肯いた。

「『お母さんおらんくて、お金も預かってないんです、帰ってきたら言うときます』って言うんです」

「そしたら？」

「うどん屋さん『あれぇ、でもさっき電話あったんですけどねぇ』って首かしげながら、困ったなあ言いながら、でもうどん置いていってくれるんです」わたしは言った。「母が言うには、食べもの屋さんはいっかい出前もってきはったら、もっては帰らへんからって。うどんの玉のびて、ほかのお客さんに出されへんでわやになるだけやろ、だから温かいものはぜったいに置いていってくれるねんでと。ちょっとずるいけど、ごめんな言うていただこう、お給料日なったらちゃんと返しにいくからなって。母は屋上からどん屋さんが帰るの見届けてから降りてきて、わたしらにお腹いっぱい食べやって言って食べさせてくれるんです。でもそのうどん屋、わたしの同級生やったから、それ思うとちょっと恥ずかしいですよね。当時はあんまりわかってなかったけど。でもあの子、優しかったんですね、知ってか知らんのか、何も言わんといつも仲良くしてくれた」

「お母さん、すごいですね」逢沢さんが感心したように言った。

「うん」わたしは笑った。「電気とかガスとか水道とか止められても、栓のあけかたマスターしてるから、いつもそれでしのいでた」

「お母さん、すごいですよ」わたしは笑った。

「ね、いま思うとね」

「何歳くらいまで住んでいたんですか」

「七歳までです。小学校一年生の夏休みのまえまで」

「学校もこの近く？」

「学校は——うん、そっちの通りを二本入って、まっすぐ行ったとこやったと思う」わたしは言った。「入学式のとき、門のところで誰かに写真撮ってもらったなあ。写真はもう、一枚も残ってないけど」

「見てみたい」逢沢さんは言った。「夏目さんが通っていた学校」

それからわたしたちは水族館へ行く人たちに混じりながら、小学校のほうへ歩いていった。ほとんどシャッターが閉まったままになっている小さな商店街を通りながら、あそこが学校の指定の文房具屋だったところで、レジの横に真っ白な年寄りの猫がいつも寝そべっていたことなんかを思いだしながら話した。あそこの一角は何もなくなって雑草が生えてるけれど、昔はいっつも人でいっぱいのたこ焼き屋さんがあって、その店の看板がラムちゃんの絵だったこと、そしてそれはたこ焼き屋のおばちゃんが自分で描いたラムちゃんで、目のまえで何度もさらさらと描くところを見たわたしは、本当はこの人がラムちゃんの作者なのではないかと思っていたこと。その隣には泥棒に入られた寝具屋があって、当時は大騒ぎになってみんなが見物に押しかけて、そのときに初めて銀色の粉みたいなのを使って指紋を採っているのを見たこと。そのときの捜査官のぽんぽんと柱に粉をふっていく手つきを、今でもときどき思いだしてしまうことなんかを話していった。逢沢さんはそんなわたしの話のひとつひとつに肯きながら、わたしが示す建物や、もう何もなくなっている部分を眺めていた。商店街をぬけると、道路を渡ったところに小学校が見えた。

「逢沢さん、ここが学校」わたしは言った。「数ヶ月しか通ってなかったけど」

「でも子どもの数ヶ月は、すごく長く感じられるから」逢沢さんは校門を眺めて言った。

「わたし家が貧乏やったから、それなりにいじめられたけど」わたしは言った。「でも、仲良くしてくれる子がおって。その子の家も貧乏やって。みんなによくからかわれてたけど、いっつもふたりで一緒に」

「うん」

「だから、わたしが急におらんくなって、びっくりしたやろうなって。何も言わんとおらんくなったこと、どう思ったかなって、思ってた」

逢沢さんは肯いた。

「今やったらメールとかラインとかいろいろ連絡とりあう方法あるけど、子どものときは、むずかしかった。夜逃げやったから、手紙だしたいとかも言いだしにくい雰囲気で」

「うん」

「元気でおったら、いいなって、よく思ってた」

そうですね、と言うように逢沢さんは肯き、それからハンカチで汗を押さえた。熱気と湿気がこんなにもすごいのに、夏のむせかえるような暑さのなかでも逢沢さんの髪はあいかわらずまっすぐで、そして後方にむかって穏やかな流れをつけていた。わたしたちは通りを渡って校門のまえまで行き、しばらくのあいだ校舎のロビーのむこうに光る運動場を眺めていた。それからまた、どちらからともなく歩きだした。大通りからやってきた人たちの流れに合流して、わたしたちは海のほうにむかって歩いていった。人の数が少しずつ増えていき、角を曲がると水族館が現れた。それは思っていたよりもずいぶん大きくて、わたしは思わず目を細めた。

「昔はここ、見渡す限り、ぜんぶ倉庫しかなくて」わたしはため息をついた。「それがほんまに、こんなんになったんですね」

「大きいですね」

わたしたちは大きく広がった階段を昇り、なかに入った。汗が一気に冷やされて、わたしたちは息を吐いた。

「クーラーって、すごいですね」わたしはたまらず言った。「あっ、もういまはクーラーとは言わんかった、エアコン」

「たしかに」逢沢さんは声を出して笑った。「でも僕は、クーラーのほうが好きですよ」

館内は混雑しているというほどでもないけれど、家族連れやカップルやいろんな人たちでじゅうぶんに賑わっていた。カフェがあり、土産物屋があり、そのあいだを子どもたちが楽しそうに走りまわっているのがみえた。わたしたちはカフェでアイスコーヒーを買って、ロビーのベンチに座って、そんな人々の様子を眺めていた。数人の若い男女のグループが館内の大きな見とり図を指さして楽しそうにあれこれ話しあっていた。きれいに飾りつけられた特別展示の案内があり、ペンギンの顔の部分をくりぬいた撮影用のパネルがあり、二人連れの若い女の子が交代で写真を撮りあっていた。スタンプラリーの台には何人かの小学生がむらがっていて、ばんばんと力いっぱいスタンプを押す音がするたびに歓声があがった。土産物屋の入り口には、ひとでやタツノオトシゴやカメやひらめのかたちをしたヘリウムガスの風船がふわふわとゆれ、お祖母ちゃんらしき女性がまだ小さな女の子の手をにぎり、そのひとつひとつの違いを説明しているのがみえた。

「逢沢さん、水族館って来たりしますか」わたしは訊いてみた。

「いえ、ほとんどないですね」逢沢さんは言った。「いいな、とは思うんですけど、あまり縁がなかったですね。でも季節的には——水族館にはいったいいつ来るものなんでしょうね。やっぱり今日のような暑い日なんでしょうか。冬の水族館も、よさそうな気がするけれど」

「冬のペンギンとか見てみたい」わたしは言った。「やっぱり、生き生きしてるのかな。わたしも数える程度しか来たことないから――っていまもロビーにいるだけで、来たってわけじゃないけれど」

それからわたしたちはアイスコーヒーを飲みながら、目のまえを通りすぎてゆく人や走りまわる子どもたちを眺めていた。逢沢さんもわたしも黙っていた。逢沢さんは何かを考えているようにもみえたし、ただ目のまえを通りすぎていくいろいろなものをじっと見つめているだけのようにもみえた。しばらくして、逢沢さんが言った。

「善さんの、ことなんですが」

わたしは、逢沢さんの顔を見た。

「善さんのことなんですが、あるいはこれは、夏目さんからすれば意味のないことなのかもしれないんですが」逢沢さんは小さく肯くと、わたしの目をみて言った。「善さんと、別れたんです」

そう言うと逢沢さんは両手でもったアイスコーヒーに目を落として、小さく肯いた。

「このあいだ、夏目さんと電話で話したあとに。二ヶ月近くまえになるのかな。会って、話をしました。自分がいま考えていることや、この数ヶ月間のあいだ考えてきたこと、会わなくなってほっとした気持ちになってしまったことなんかを、すべて――できるだけ正直に話しました。そして、善さんよりも会いたいと思う人ができたということも、伝えました」

「そしたら、善さんは」わたしは訊きかけて口をあけたまま、逢沢さんの顔を見ていた。

「彼女は、あなたがしたいようにすればいいと言いました。彼女らしいといえばそうなんだけれど――それが誰なのかとか、どうするつもりなのかとか、詳しいことは何も訊こうとはしませんでした」

「それで」

「それで」逢沢さんは小さく息をついて言った。「それだけです。僕が黙っていると、こんなことは何も深刻に考えるようなことじゃないと。遅かれ早かれわたしたちが別れるのはわかっていたし、だとしたら早いほうがいいんだからと」

逢沢さんはそう言うと黙りこみ、わたしも黙った。

わたしたちはベンチにならんで座ったまま、何も話さなかった。アイスコーヒーの容器についたしずくが手のひらを濡らしていた。全身にかいていた汗がひっそりと冷えだして、皮膚の表面がかすかにあわだっているのを感じていた。逢沢さんは体を少し前傾させて膝で肘を支え、手にもったアイスコーヒーの蓋のあたりを見つめたまま、じっとしていた。ロビーの壁のうえのほうにかけられた、海の生き物たちの飾りがたくさんついた時計は午後五時を指していた。うまく聞きとれない館内放送が流れ、お土産の袋をもった女の子たちのグループが大声で笑いながら通りすぎていった。わたしたちはどちらからともなく立ちあがると、ゆっくりと歩いて外に出た。

遠くから、まるで空に溜まった熱気のぶあつい膜をそっと破るように、汽笛の音が聞こえた。生ぬるい潮風の底に、夏の夕暮れのにおいがうっすらと混じりはじめていた。薄暮いろんなものの影が少しだけ淡くなり、遠くの光が少しだけ濃くみえる気がした。薄暮だった。わたしたちはお互いにひとことも話さないまま、あてもなく足を進めていった。

さっきまでまだ少しさきにあると思っていた観覧車が、すぐ近くに見えた。わたしは立ち止まって顔をあげ、観覧車を見つめた。白と緑のゴンドラが夕暮れの空を背に、ゆっくりと昇っていくのが見えた。逢沢さんもわたしの隣に立って空を移動してゆくゴンドラを見つめていた。

「うえのほうから」わたしはつぶやいた。「ここは、どんなふうにみえるんかな」

「夏目さんの町と、海と」逢沢さんが静かに言った。

「空が、見えると思います」

観覧車乗り場には数組の客がならんでいるだけで、人はまばらだった。逢沢さんの顔を見ると、乗りますか、というように目で尋ねてくれた。顎をあげて見あげた観覧車はとても大きく、それはぜんぶを目に入れられないほどに大きく、いちばんうえのゴンドラはほとんど点のようにしか見えないほどだった。その高さ、遠さを思うと体がふわりと浮くような感じがして、わたしは思わずリュックの肩紐をにぎりしめた。逢沢さんが、もう一度わたしの目を見て尋ねてくれた。わたしが小さく肯くと逢沢さんはチケットを買いにゆき、そしてわたしに一枚を手渡してくれた。

わたしたちは乗り場にいる人たちのいちばん後ろにならんで、順番がやってくるのを待った。左右にわかれて誘導する二人組の係員の声にあわせて、カップルや数人のグループがつぎつぎにゴンドラに乗りこんでいった。わたしたちの番がやってきた。身をかがめた逢沢さんがさきに体を滑りこませ、わたしは何度か足踏みをしてからドアの横についているバーをつかみ、ドアのなかに体を押しこんだ。

観覧車は動いているのかいないのかが一瞬わからなくなるくらいの緩やかさで、ゴンドラは少しもゆれることなく、ゆっくりと上昇していった。わたしたちはむかいあわせに座り、窓から外を眺めた。特殊なプラスティックなのか素材はよくわからなかったけれど、よくみると窓の表面には細かな白い傷が無数についていて、それでかすかに靄がかかっているようにみえた。夏の薄暮を押しあげてゆくように、少しの音もたてずにゴンドラは昇っていった。水族館の屋根の高さが目のなかで少しずつ下がりはじめ、そのわきの公園の樹木や付近のいろいろな建物がだんだん小さくなっていった。海がみえた。灰色とも鉛色ともつかない濃い色をした海はいくつもの直線に区切られて、静かに波打っていた。何艘かの船が海面に指でなぞるような小さな白い跡をつけながら、ゆっくりと移動していった。逢沢さんは目を細めながら、遠くを見つめていた。

「子どもの頃」わたしは言った。「海と、港の違いがわからなくて」

「違い？」

「うん。自分が住んでるところのすぐそばにあるこれが、海っていうことは知ってたんです。潮のにおいがするし、波はすごいし、海やっていうことはわかってた。でも、わたしが本当の海やと思ってた海と、ぜんぜん違うんですよね」

「本当の海？」

「はい」わたしは言った。「海って、写真とかお話に、たくさん出てくるでしょう。そこでは海っていうのは、すごく青くてきれいで、太陽とかもきらきらしていて、白い砂浜があって、白くなくても砂があって、波が打ち寄せてきたりするんです。足を浸そうと思えば浸せて、さわろうと思えばさわることができるみたいで。波にも、海にも。そういうのが、本当の海やと思ってた」

逢沢さんは肯いた。

「でも、わたしのすぐそばにある海は、そうじゃなくて。青くもないし、さわることなんかできひんし、暗くて黒くて、深くて、落ちたらもう戻ってこれんような。この海と、あの海って、いったい何が違うんかなって、子どもの頃、ずっと考えてたんです」

「いまは、わかりましたか」

「正直に言うと」わたしは笑った。「まだよくわかってないのかもしれません」

ゴンドラはゆっくりと上昇しつづけた。高度があがるにつれて海は色と大きさを変えてゆき、水平線がかすかな一本のラインのように光っていた。霞んだ空のどこか高いところを、黒い鳥がまっすぐに飛んでいくのがみえた。遠くにみえる工場の煙突から白い煙が立ちのぼっていた。

「いろんなものが見えますね」逢沢さんが言った。「昔、何度も父と観覧車に乗ったことがあります」

「お父さんと？」

「はい。母はそういうのがあまり好きではなくて、遊園地に行くのはいつも父と僕のふたりでした。父も遊園地なんてそんなに得意じゃないだろうけれど、でも、よく連れていってくれましたね。乗り物には僕だけが乗って、出口のところで待っていてくれました。上から見ると父がどんどん小さくなっていって、心細くなるんだけれど、手をふってくれると、なんか照れくさいような嬉しいような気持ちになって」逢沢さんは少し笑った。「でも、父は観覧車だけは好きだったみたいで、遊園地で遊んだ一日の最後には、必ずふたりで乗って帰ったんです。いろんな遊園地の、いろんな観覧車に乗って、いろんな風景を見ました」

逢沢さんは中指で目のわきをこすった。

「夏目さん、ボイジャーって知っていますか」

「ボイジャー？」わたしは訊いた。「ＮＡＳＡとか、そういう？」

「そうです」逢沢さんは肯いた。

「ボイジャー。いまから四十年ほどまえの夏に打ちあげられた宇宙探査機です。一号と二号がいて、最初に二号、少し遅れて一号が飛び立ちました。僕らとほとんどおない年ということになるのかな。大きさは、牛一頭くらいで、今はおそらく地球から二百億キロくらい離れたところを飛んでいると思います」

「二百億キロ」わたしはつぶやいた。

「そんなの、どれくらいなのかぴんとこないですよね。少しまえにどこかで読んだ記事には、二百億キロっていうのは、時速三百キロの新幹線で走って七千六百年、『もしもし』と電話で呼びかけてから『はい』と返事が聞こえるまで一日半くらいかかる距離って例えられてありましたね」

「すごい」

「はい。それで父が、そのボイジャーたちのことが好きというか、観覧車に乗ると決まってその話になるんです」

わたしは肯いた。

「ボイジャーは行く先々から、これまでいろんなものを撮影して、データを送ってきているんですね。たくさんの衛星、土星の輪、有名なのだと木星の、あの黄土色の巨大な渦の写真は、みんな見たことがあるかもしれないですね。太陽系で太陽からいちばん離れたところにある海王星の撮影にも成功しました。そして三十五年をかけて、太陽系をぬけだしました。これはちょっとすごいことですよね。人が作ったもので、地球からいちばん遠くにあるものです。もともと主要なミッションというか役割はずいぶんまえに終えたんですけれど、でもボイジャーは地球と交信をつづけながら、いまもずっと飛行をつづけているんです」

「四十年も、ずっと」

「はい」逢沢さんは言った。「何もない、どこまでも真っ暗な宇宙を、いて座の方向にむかって飛んでいます。僕らの感じでいうと、星と星のあいだってどれくらい離れているのかあんまりぴんとこないものなんですが、たとえばいま飛んでいるボイジャーがつぎの恒星と——つまり誰かとすれ違うのは四万年後らしいです。すれ違うっていってもそのあいだに二光年くらい距離があるみたいなんですけれどね」

「四万年後」

「すごいですよね」逢沢さんは微笑んだ。「それでね、まだ帰りたくないとか言って、こうして観覧車のなかですねてみせたりね、あとは僕が友だちとけんかしたり母親に叱られてめそめそ泣いてるとね、父がやってきて、隣に座って言うんです。『つらいときはボイジャーのことを思いだせ』って。ボイジャーはずっとひとりで、真っ暗な、光も何もないところをずうっと飛びつづけてるんだぞって。作り話でもたとえ話でもなんでもなくって、いまこの瞬間に、おまえがいるこの世界のどこかにそんな空間が現実にあって、ボイジャーはいまもそこを飛んでるんだぞって」

わたしは肯いた。

「思いだせって、難しいですよね」逢沢さんは笑った。「でも僕は、父の言うことがなんとなくわかるような気がしました。生きてるといろいろ厄介なこともあるけれど、でもな、百年なんかあっという間だぞ、ひとりの人生だけじゃなくて、人間の歴史なんて宇宙にくらべたら瞬き一回にも満たないんだぞって。そんななかで泣いたり笑ったりしてるんだと思えば、元気でるだろうって。でもそれはいつか自分も死ぬんだとか、そういう意味じゃないぞ、自分どころか、太陽が燃え尽きて、地球と人類があとかたもなくなるときが必ず来るんだよ、でもボイジャーはもしかしたらそのあとも宇宙の果てを、ずっと飛びつづけるかもしれないんだぞって。父はよく僕に話してくれました」

わたしは肯いた。

「ボイジャーには、地球の文明を刻んだゴールデンレコードが積まれていて」

「ゴールデンレコード？」わたしは尋ねた。

「はい。波の音、風の音、雷や鳥の鳴き声といった、地球上にあるいろいろな音が録音されているんですね。それから、五十以上の言語のあいさつ。それから、いろんな国の音楽。それから、人間がどんなふうにして産まれてきて、どんなふうな体をもって、どんなふうに大きくなるのか。どんな色を認識して、どんなものを食べ、どんなものを大切にして、どんなふうに暮らしてきたか。砂漠、海、山、動物、楽器……どんな文明や科学を築き、どんなところで、どんなふうに人々が生きていたのか、それらが一枚のレコードにしっかり刻みこまれているんです。それを再生するための針も一緒に」

わたしは金色をした一枚のレコードを思い浮かべた。

「遠い未来に、宇宙の果ての誰かがボイジャーをみつけるかもしれない。そしてそのレコードを解読するかもしれない。その頃には、地球も人類もあとかたもなく消え去って、何もなくなってしまったあとなんだろうけれど、でも人類が過ごした日々は、思い出だけは、生き延びるかもしれないと。そんな父の話を聞いていると、いずれ消えてしまう自分が、いずれおなじように消えてしまうこの場所にいまいることがね、なんだかすごく不思議に思えて。いまこうして生きているのに、もう誰かの思い出のなかにいるような、そんな奇妙な感覚になったりしました」

逢沢さんは微笑んだ。

「『なあ潤、人っていうのは不思議なもんだな、ぜんぶなくなるのがわかってるのに、泣いたり笑ったり、怒ったりな、いろいろなもの作ったり、壊したりしてな。そう考えるとあっけないかもしれないけれど――でもなあ潤、そういうのもひっくるめて、生きているってことは、やっぱりすごいことなんだぞ』って。だからくよくよしないで、元気だせって。父にそう言われるとね、子どもも心にそうなのかもしれないな、なんて思ったりしました」

わたしは肯いた。

「それで、何もない真っ暗な宇宙空間を、僕らの記憶みたいなものをのせて、このさき何万年も飛びつづけるボイジャーのことを思い浮かべながら、父と歩いて帰ったんです」

そう言うと、逢沢さんは少し笑って、また窓の外に目をやった。わたしたちを乗せたゴンドラはいつの間にかいちばん高いところを越えて、夏の夕暮れにまるで誰にも見えないしるしをつけていくように、ゆっくりと下降していった。空にはいくつもの種類の青さが帯のようにたなびき、わたしたちは黙ったまま、窓の外に広がる港を眺めていた。

「夏目さんのことを考えると、そのときの気持ちを思いだすんです」逢沢さんは言った。

「何度も」

わたしは黙って肯いた。

「夏目さんに会って、気づいたことがあります」逢沢さんは言った。「僕はこれまで自分の本当の父親を探していたけれど、会わなければいけないと、自分自身の半分がどこからきたものなのか、それを知らなければならないと思っていたけれど」

「うん」

「自分がこんなふうなのは、それが叶わないからだと思っていたんだけれど」

「うん」

「もちろん、それは嘘ではないんだけれど、でも本当は」

「僕がずっと思っていたのは、ずっと悔やんでいたのは、父に――僕を育ててくれた父に、僕の父はあなたなんだと、そう言えなかったことが」

わたしは逢沢さんの顔を見た。

「父が生きているあいだに本当のことを知って、そのうえで、それでも僕は父に、僕の父はあなたなんだと――僕は父に、そう言いたかったんです」

逢沢さんはそう言うと、わたしに背をむけるように窓の外に顔をやった。さっきまで薄くかかっていた雲は風に流され、ばら色のやわらかな明るみが、まるで濡れた布のうえににじむインクのようにひろがっていった。その光はわたしたちの乗るゴンドラにも届いて、逢沢さんの髪の輪郭を、かすかに震えながらふちどっていた。わたしは逢沢さんの隣に移動して、肩にそっと手をあてた。その背中は大きく、肩はとても広かったけれど、初めて逢沢さんにふれたその手のひらの奥にはまだ子どもの逢沢さんがいて、小さな子どもの逢沢さんがいて——わたしはその肩にふれているような、そんな気持ちになった。かたかたと小さな音を立てて、ゴンドラはゆっくりと地上に近づいていった。わたしたちはひとつの窓から、しずかに呼吸をくりかえすように光る、海と町を見つめていた。

夕映えにそっと背中を押されるように、わたしたちはゴンドラのドアをくぐって昇降台に降りたった。深く息を吸いこむと夏の夕暮れが肺を満たした。潮をふくんだ風が肌を撫で、夜のはじまりをそっと切りひらいていくように、わたしたちは駅へむかって歩いていった。

大通りの信号を渡り、うどん屋の灯りを右手に見て、どこからか来て帰ってゆく人たちにまぎれて歩いていった。駅の階段が見えたとき、逢沢さんが小さい声で、けれどもわたしにまっすぐに届く声で言った。もし、いまも夏目さんが子どものことを考えているなら、僕の子どもを産んでもらえないだろうか。わたしたちは立ち止まらずに歩いて、そのままゆっくり階段を昇っていった。逢沢さんはもう一度、静かな声で言った。夏目さんがもしいまでも子どもを望んでいるなら、会いたいと思っているのなら、僕と子どもを——わたしは体がゆれるくらいに大きく波打つ心臓の音を聞きながら、一歩ずつ、階段を昇っていった。改札をぬけて、わたしたちはやってきた電車に乗った。ふたりとも黙ったまま、窓の外を流れてゆく夕日を見つめていた。

「夏ちゃん、おかえりー」

のれんをくぐってなかに入ると、賑わった店内のちょうど真んなかあたりのテーブルに、巻子と緑子の姿がみえた。緑子は中腰になってこっちこっちというように手をあげて、笑顔でわたしの名前を呼んだ。

「見えてるってー」わたしは照れ隠しにそう言いながら、席に座った。巻子は軽く唇を噛み、笑っているのか困っているのか、それとも泣きそうになっているのかわからないような表情で背中をまっすぐに伸ばして座り、わたしが来ると何度も肯いて、それからにっこりと笑ってみせた。けっきょく、わたしたちが待ちあわせしたのは笑橋のお好み焼き屋で、巻子はすでにジョッキの生ビールを半分まで飲み、緑子は麦茶を飲んでいた。こんにゃくを焼いたのやもやしを炒めたのやらが鉄板のうえでちりちりと音を立てて、店じゅうに甘辛いソースの懐かしいようなにおいを漂わせていた。わたしが頼んだビールがくると、誕生日おめでとう、と巻子が嬉しそうに声をあげて、わたしたちはあらためて乾杯をした。かしゃんというこそばゆい音がした。

「二十一歳かあ、信じられんわ」そう言いながら巻子は目を細め、緑子の顔を覗きこんだ。「あんた、こんなに大きなって」

「若いよな」わたしも笑って言った。「いっぱい、楽しんでな」

「まかしといて」と緑子もにっこり笑った。

それから巻子は、最近店に新しく女の子が入ったのはいいけれど、その子がひと目でわかるくらいにくっきりとした整形手術をしていることについて話をした。最初のほうはもちろん誰もふれないというか、巻子もほかのホステスも気を遣って意識的に避けてはいたのだけれど、すぐに女の子のほうからこの二重まぶたはどこどこでいくら、顎に入れたヒアルロン酸はどこどこで、鼻はこれこれこういうふうにと、まるでメイク道具の話でもするみたいに話題にしはじめて、そのさばさばした雰囲気がとても魅力的なのらしい。

「面白い子やねん。顔もなんか、祭りのお神輿《みこし》みたいにきんきらになってってな。最近はみんなそんななんやね。隠すとかそういうんでもないみたい」

「そうやで。でもさ、顔にけっこうお金かけてる子がなんでお母さんのとこみたいなスナックに来るんやろ」緑子はこんにゃくを食べながら言った。「もっとこう、年齢層が若くて派手で時給いいとこ、いっぱいありそうなもんやけど」

「昔もっと時給いいとこで働いたこともあるみたいやけど、ノルマだの規則だので疲れるねんて。人間関係もきついって。その点うちの店はゆるゆるやし、冬場はニット着てもオッケーやし、つづけられそうやって喜んでくれてるわ。昼間も働いてやるんやで。ネイルサロンで」巻子はもやしを食べながら言った。「ほいで、こないだ簡単にしてくれやっててん。見て、ええやろ」

きれいなパールピンクに塗られた爪を見せて嬉しそうにする巻子を見て、わたしたちも笑った。それから緑子はいま読んでいるというクリプキの話をし、その流れで春山くんの話も出た。ふたりの仲は順調らしく、このあいだ出かけた山の写真を見せてくれた。わりとアウトドアやねんなと感想を言うと、春山くんは俳句を作るのが趣味で、ときどき吟行につきあわされるのだと呆れたように首をふった。写真に写ったふたりは笑顔で、若く、そして明るい光に包まれていた。わたしは眩しいような気持ちで写真のなかのふたりの姿を見つめた。お好み焼きと焼きそばがやってくるとわたしたちはそれぞれの皿にとりわけて、熱い、おいしいをくりかえしながら夢中になって食べた。

「そうや緑子、いたちはどうなったん」わたしは訊いた。

「それが」緑子は言った。「急におらんなってん」

「ええ、自然に？」

「うん、ある日ぱたっと」

「誰かが薬まいたとか？」わたしは尋ねた。

「ううん、とくにそうでもないみたい」

「えらい騒いでたのに、なんやったんやろな」巻子が首をかしげて言った。

「なんか、スピ啓発の人らも急におとなしなってしもて」緑子はもぐもぐと口を動かしながら言った。「まるで何もなかったかみたいにしーんとなって。んで、いつのまにか工事も終わって」

「だいじょうぶ？　誰か二階で死んでない？」わたしは笑った。

「いけるやろ。っていうか、いたち家族の引っ越しが完了したんかも」

緑子は大きな目をさらに大きく見ひらいて、ここのお好みおいしいな、と言ってにっこり笑った。

わたしたちは店を出ると、バスに乗って巻子と緑子が暮らすアパートに帰った。

もう何年もぶりになるふたりのアパートは暖かな夏の夜にぼんやりと浮かびあがり、そのぽつんとした姿を見ると、淋しいような、懐かしいような気持ちになって、少しだけ胸が痛んだ。わたしたちは鉄の階段をかんかんと鳴らしながらあがってゆき、テレビを見たり、おしゃべりをして過ごした。

順番にシャワーを浴び、二枚ならべた布団のうえに、巻子、緑子、わたしの順に寝転んで、電気を消してもしゃべりつづけた。ときどき身がよじれるくらいに笑い、緑子が頭おかしくなるからやめてと体を起こし、それからまた寝転んで、わたしたちは長いあいだしゃべりつづけた。みんなの口数が少しずつ減ってきて、やがて緑子の寝息が聞こえはじめた。ああよう笑った、わたしらもそろそろ寝よかと巻子が言った。その頃には目もすっかり暗闇に慣れていて、カラーボックスや壁にかかった緑子のティーシャツや、本棚の輪郭がいろいろな青の濃さに浮かびあがっていた。お互いにおやすみを言いあって少ししたあと、巻ちゃん、と話しかけてみた。

「巻ちゃん」

「うん？」しばらくして返事が聞こえた。

「巻ちゃん、ごめんやったで」

わたしは小さな声で謝った。夜の青さのなかで、巻子が体のむきを変えるのがみえた。

「わたしこそ、ごめんやで」と巻子も謝った。「何もちゃんと話もきかんとな、わたしに言うってことは、あんためっちゃ考えたあとやったのにな、何も知らんでわたし、あほやったな」

「そんなことないで、わたしもいけずなこと言うてしまった。情けないわ」

「なあ夏子」巻子は言った。「わたしはあんたのお姉ちゃんやで」

わたしは黙ったまま、瞬きをした。

「いつでも、姉ちゃんやで。だいじょうぶ。みんなでがんばろう。夏子が決めたことやったら、なんでも、ぜったいだいじょうぶやで」

「巻ちゃん」

「もう寝よか」

「うん」

暗い部屋のなかに浮かびあがる窓の影を眺めながら、つぎつぎに甦ってくる風景や、交わした言葉のひとつひとつを思い起こしていたはずなのに、いつのまにかわたしは眠りに落ちていた。それはまるでやわらかな粘土にそっとかたをとられるような眠りだった。夢もみずに朝まで眠った。

＊

九月の半ばに、善百合子にメールを出した。初めて会ったときにくれた名刺に印刷されてあったアドレスに、こんなふうにとつぜん連絡することを謝り、そして、会って話をしてもらえないかと書いて送った。善百合子からは四日後に返信が来た。わたしたちは翌週の土曜日の午後二時に、三軒茶屋の商店街の奥のほうにある小さな喫茶店で待ちあわせることになった。

五分まえにやってきた善百合子は、三ヶ月まえに会ったときよりも少し痩せたようにみえた。入り口に立った善百合子をわたしのほうが先に見つけたのか、それとも彼女のほうがわたしを先に見つけたのかわからなかったけれど、以前に会ったときとおなじような装飾のない黒いワンピースを着て、店内を見まわすこともなく、こちらにむかって通路をゆっくり歩いてきた。椅子をひいて座ると、肯くように頭を下げた。わたしも頭を下げた。

店員が水とメニューを手にやってきて、わたしがアイスティーにしますと言うと、善百合子もおなじものを頼んだ。店内には適度な大きさでピアノソナタが流れ、それは誰もが聴いたことのある有名な曲であるに違いないのに、それが誰の曲なのかも思いだすことができなかった。わたしたちはふたりとも黙ったまま、テーブルに置かれたコップを見つめていた。

「急に、すみませんでした」わたしは言った。善百合子は少しの間を置いてから、首をふった。わたしたちの席の斜め後ろには日の差しこむ窓があり、店内の照明も明るいにもかかわらず、善百合子の顔は少し青みがかっているようにみえた。その翳りのなかで、楕円形にひろがる星雲のもやは少しずつ色を失い、冷たくなっていくようだった。善百合子はとても疲れているようにみえた。コップに添えた指先を見つめて黙ったまま、わたしが話しはじめるのを待っているようだった。

「何から話していいのか、わからないんです」わたしは正直に言った。「あるいは、善さんに話して聞いてもらうようなことなのか、それもわかってないんです」

善百合子は少しだけ目をあげた。

「でも、善さんに会って、話をしたいと思いました」

「それは」善百合子は小さな声で訊いた。「逢沢のことですか」

「はい」わたしは言った。「でも、正確に言うと、わたし自身のことになると思います」

店員がやって来てわたしたちのまえにアイスティーを置くと、メニューをさげていいですか、と笑顔で訊いた。わたしがどうぞというように肯くと、明るい声でどうもと言って去っていった。

「六月の夜に、公園で、善さんが言ったことを、ずっと考えていました」わたしは言った。「善さんと話すまで、わたしは、わたしなりにずっと、子どもが欲しいとか、会いたいとか、そういう気持ちがどこからくるのか、それがいったい何なのか、考えていたつもりでした。相手もおらず、誰かとそういう行為をすることもできない自分に、そんな資格があるのだろうかと、ずっと考えていました」

「行為ができないというのは」善百合子は目を細めて、小さな声でわたしに尋ねた。

「できないんです。そういう気持ちになれないし、自分の体をそんなふうに、どうしても使うことができないんです」

わたしは過去にひとりだけと経験があること、そしてそのことが原因で別れ、それ以来一度も誰かとセックスをしたことがないことを話した。

「精子の第三者提供のことを知って、こんな自分だけれど、もしかしたら子どもを生むことができるんじゃないかと、会えるんじゃないかと思うようになりました」

善百合子は黙ったまま、わたしの顔を見つめていた。

「でも、わたしが考えていたのは、すごく表層的なことだったかもしれないと、あの公園で善さんと会ったときから思うようになったんです。自分がいったい何を望んでいるのかが、わからなくなったんです。もっと根本的な……考えれば考えるほど、善さんの言うことが自分のなかで大きくなって、自分がすごく恐ろしいことを、とりかえしのつかないことをしようとしているんじゃないか、望んでいるんじゃないかと、そんなふうに思うようになっていったんです。だって、本当にそうだもの。この世界にいる誰ひとり、望んで生まれてきた人はいないし、善さんの言うとおり」

わたしは首をふって、胸のなかの息を吐いた。

「本当に身勝手な、ひどいことをしようとしているのかもしれないと」

善百合子は体を抱えるように両手でそっと肘をつかんだまま、瞬きをくりかえしていた。

「でも、わたしがそう思ったのは」わたしは言った。「それを話してくれたのが、善さんだったからだと思います」

「わたしだったから？」善百合子はかすれた声で言った。

「はい」わたしは喉の奥から声をふりしぼるようにして言った。「善さんだったから」

善百合子は入り口のほうへゆっくりと顔をむけ、そのまましばらく動かなかった。顎の骨のラインがくっきりと浮かびあがり、細い首には青い血管が走っているのがみえた。わたしは暗く茂る森を思い浮かべた。眠りの膜にすっぽりと包まれた子どもたちが、そのやわらかなお腹をかすかに上下させ、その吐息のあいだでおなじように体をまるめる善百合子の姿がみえた。腕で膝を抱えるようにして、まぶたを閉じて、ただ静かに呼吸をくりかえしている、やわらかな善百合子の小さな体をわたしは思い浮かべた。

「わたしがしようとしていることは、とりかえしのつかないことなのかもしれません。どうなるのかもわかりません。こんなのは最初から、ぜんぶ間違っていることなのかもしれません。でも、わたしは」

自分の声がかすかに震えているのがわかった。わたしは小さく息をして、善百合子を見た。

「忘れるよりも、間違うことを選ぼうと思います」

わたしも善百合子も黙ったまま、テーブルのうえのそれぞれのグラスを見つめていた。善百合子の後ろに座っていた白髪の男性の客が席を立ち、杖に体を預けるようにしてゆっくりと出口にむかって歩いていった。

逢沢と、子どもをつくるのね、としばらくして善百合子が小さな声で言った。わたしは肯いた。

「逢沢は」

善百合子は指先でまぶたをそっと押さえて、消え入りそうな声で言った。

「生まれてきたことを、よかったと思っているから」

わたしは黙って善百合子を見つめていた。

「わたしは、あなたとも、逢沢とも違うから」

わたしは肯いた。

「ただ、弱いだけなのかもしれないけれど」善百合子は頼りない笑みを浮かべて、そして小さな声で言った。「生まれてきたことを肯定したら、わたしはもう一日も、生きてはいけないから」

わたしはぎゅっと目をつむった。音が聞こえるくらいに強くつむった。少しでも力を緩めると喉のあたりに渦巻いているものがあふれてしまいそうだった。わたしは唇を結んだまま、ゆっくりと呼吸をくりかえした。わたしたちはずいぶん長いあいだ黙っていた。

「あなたの書いた小説を読んだ」

しばらくして善百合子が言った。

「人が、たくさん死ぬのね」

「はい」

「それでもずっと生きていて」

「はい」

「生きているのか死んでいるのかわからないくらい、でも生きていて」

「はい」

「どうしてあなたが泣くの」

善百合子は微笑みながらそう言うと目を細め、泣きだそうか笑いだそうかを迷って、そして泣かないことを決めた顔で、わたしを見つめた。べつのしかたで、とわたしは思った。わたしが知っている言葉ではなくて、わたしが伸ばすことのできるこの腕ではなくて、もっとべつの、べつのしかたで、なにかべつのしかたで――わたしは彼女を抱きしめたかった。その薄い肩と小さな背中を、善百合子を抱きしめたかった。でもわたしはとめどなく垂れてくる涙を手のひらでこすって、ただ肯くことしかできなかった。

「おかしなことだね」善百合子が言った。

「うん」

「おかしなことだね」

＊

「仙川さんのお墓にね、こないだちょっと行ってきたんだ」

遊佐がストローでアイスコーヒーをかき混ぜると、氷がからんと音をたてて溶けた。

二ヶ月ぶりに会う遊佐はずいぶん日に焼けて、真っ白なノースリーブのワンピースは本来の白よりもひときわ明るく光ってみえた。短くカットされた髪に、黒いりぼんのついた小ぶりの麦わら帽子をかぶっていた。

「べつにお墓になんか行ったってしょうがないんだけれどね」遊佐は唇をすぼめた。「でもまあ、ご実家になんて何度もお邪魔するものじゃないしね。わたし、墓とかばかにしてたし、いまでもそういう気持ちあるけど――冷たくって高いだけで、死んじゃった人と何にも関係ないだろと思わなくもないけれど、でもまあ生きてる人間がどこ行っていいかわかんないときにさ、ちょっと寄ってみるかっていけるところがあるのは、まあいいんじゃないかと思ったよ」

「うん」わたしは肯いた。

「仙川家のお墓、わたしご両親に場所を訊いて、八王子まで行ってそこからまだ少し北にあがったとこにあったんだけど、行ったらこれがもうすごいのなんのって」遊佐は言った。「普通の墓の、五、六倍くらいあった」

「墓石が？」

「まさか」遊佐は目を細めた。「もちろん墓石じたいも普通のじゃなくて横長の、もうどっちかっていうと記念碑みたいな感じのだったけど、敷地がそれくらい大きかったの。大げさじゃなくて、学生だったら下宿できるくらいの広さがあった」

「いつやったか、子どものときのこと話してくれたことあった」

「ほんと」遊佐はストローに口をつけたまま視線をあげて言った。「わたし聞いたことなかったな」

「子どもの頃にわりと入院してる時期があって、家庭教師の人が何人かいて勉強みてもらったって言ってた。ひとりでいる時間が長かったから、自然と本を読むようになったって」

「本、好きだったよね」遊佐が言った。

「編集者だからね」わたしは笑った。

「でも、本なんかべつに好きじゃない編集者なんていくらでもいるよ」遊佐も笑った。

「その点、仙川さんは本当に本が好きだったね。ほんとに好きだった」

店員がわたしに冷たいハーブティーをもってやってきた。お待たせしましたと言いながら指輪をいくつもはめた手で伝票をテーブルの端に置くと、感じのよい笑みを浮かべて店の奥に入っていった。

わたしたちの座った窓際の席からは三軒茶屋の街をゆく人々の姿がみえた。日傘を差しながら小さな犬を散歩させている人や、おそろいの大きな黒縁眼鏡をかけた学生の女の子の二人組や、幼稚園の制服を着た子どもの手をひいた母親が、七月が終わりかける朝の光のなかを、それぞれの速度で歩いていた。開店の準備をしている花屋の、名前の知らない花がたっぷりと入れられたバケツや、メニューの書かれたパン屋の小さな看板に、真夏の午前十時半の光はまっすぐに降り注いで、その足もとにくっきりとした影をつくりだしていた。

「もう二年か」

遊佐が窓の外を見ながら言った。「慣れてないつもりで、どこかで慣れてるつもりでいたけど、やっぱり人がいなくなるっていうのは、どうもね」

わたしたちはそれぞれの飲みものを飲みながら、またしばらく窓の外を眺めていた。

「どう、動く?」

遊佐はテーブル越しにわたしのお腹を覗きこむようにして言った。

「めっちゃ動く」わたしも自分のお腹を見下ろして言った。「動くっていうか、蹴りというか、いきなり子宮口、かつんって蹴られて息が止まりそうになる」

「あったなあ、それ」遊佐が眉根を寄せて嬉しそうに笑った。「そうこうするうちに、予定日まで一ヶ月切ってるもんね、早いよ」

「ほんまに」わたしは言った。「一ヶ月っていうか、予定ではあと二週間だよ」

「買い物はこのあいだ最後に送ったリストのでだいたい漏れはないと思うけど、あとやっぱ、夏だけどお尻ふきはお湯になるやつのほうがいいかも」

「コットン別売りのやつよな」

「そうそう。コンセントついてるやつ」遊佐は言った。「お湯のほうがちゃんと拭けたって感じがする。けっきょくベビーベッドはどうした？」

「布団二枚ならべていこうかと思っててんけど、いろいろ調べるとベッドのほうがお世話しやすいみたいで。半年で五千円でレンタルできるところがあったから、それでいこうかなと思って」

「ふむ」

「肌着もオッケー、お風呂まわり、おむつもオッケー」わたしは電話のメモ帳をひらいて確認した。「哺乳瓶、乳首Sサイズも買った。ミルクは直前で」

「ベビーカーとかはまあ、まだ先だからいいとして」

「うん、大物系はオークションでいけそう」

「お姉さんはいつから来てくれることになったの？」遊佐が訊いた。

「いちおう予定日から一週間きてくれることにはなってて、そのあと交代で、姪っ子が手伝ってくれることになって」

「おお、よかった」遊佐は笑顔で言った。「わたしもがんがん手伝いに行くけど、産んでからちょっとのあいだは、急なことあるときにすぐ手があったほうがいいからね」

「うん」わたしは肯いた。

「しかし、どっちかねぇ」遊佐が首をまわしながら言った。「性別を訊かないっていうのも、最近めずらしいんじゃない？　わたし、くらのときなんか二ヶ月くらいのときからどっちですかって訊きすぎて、あれすごく鬱陶しがられてたはず」

「それは早いよ」わたしは笑った。

「いや、でも順調でなによりだよ。まずはそれがいちばんだよ。そうだ、名前も決めたんだっけか」遊佐は訊いた。「まだだっけ？」

「うん、まだ決めてないねん。漠然とも決めてなくて」

「名前とか――っていうか、そもそもいつ産まれるとか、予定日がいつとか、そういうことは伝えてるの？」遊佐は少し顔を近づけるようにして訊いた。「相手というか、その父親の人に」

「うん」わたしは肯いた。「名前の話は何もしてないけど、予定日は妊娠がわかったときに。栃木に住んでるし、この数ヶ月はほとんど会ってないけど、でもラインとか、たまに連絡はしてる」

「実家に帰ったんだっけ」

「うん。お母さんがひとり暮らしで、あんまり具合が良くないのと、地元で働くことになって」

「まあ、ぜんぜん近いしね」遊佐は肯いた。

「まえにも話したけど、基本的にはわたしがひとりで産んで、ひとりで育てていう」

「うん」

「お父さんに会いたいってなったら、会えるよって感じにしようって」わたしは言った。

「会いたいと思ったら、訪ねていけるようにはしようと。彼が思ったときも、できるだけそうできるようにしようと。どういう関係になっていくのかはまだわからんけれど、とにかくいまはそれで行こうって、話してる」

「いいじゃん」遊佐はにっこり笑って言った。

遊佐はアイスコーヒーを飲み干すと大きくのびをし、麦わら帽子を脱いで円を描くようにぐしゃぐしゃと頭を掻いた。それから日によく焼けた腕をにゅっと伸ばして、夏目もすぐにこうなるよ、わたしいまどれだけプール行ってると思う？　監視係のバイトの子がちょっと引くくらい行ってるからね、と言って楽しそうに笑った。

わたしたちは支払いを済ませて店を出て、駅にむかって歩いた。遊佐はこれから打ちあわせがあって渋谷へ行くと言うので、わたしは改札まで送っていった。

「そうだ、大楠《おおくす》さんとはどう？　うまく行ってる？」

「うん、すごくいい感じに進んでる」

「よかったわ」遊佐は安心したように言った。

「このあいだやっとゲラを返したんだけど、すごくいい感じにやりとりできた」

「彼はとてもいい編集者だよ」遊佐は肯いて言った。「夏目の小説が好きだからね」

「ほんとに」わたしは言った。「紹介してもらえてほんとによかった」

「わたしが紹介したんじゃないよ。わたしに夏目の連絡先を訊いてきて、それで教えただけだもん。夏目の小説読んで、それで仕事をしたいって彼が思ったんじゃん」遊佐は言った。「うまく行くよ。ぜんぶ」

「うん」

「ぜんぶ、楽しみだ」

それから遊佐は、そうだそうだと言いながら手にもった紙袋を覗きこみ、中身をひとつひとつ説明していった。なかにはくらを産んだときに使ったという骨盤ベルト、胸のところがめくれて授乳ができるようになっているパジャマを数組、それから、可愛らしい小さな産着が何枚も入っていた。明日またラインするわ、気をつけて帰りなよと言って遊佐は手をふり、わたしは遊佐が角を曲がって見えなくなるまで、後ろ姿を見つめつづけた。

逢沢さんと子どもをつくることを決めたのは二〇一七年の暮れで、わたしたちはいくつかの約束をした。とはいってもわたしも逢沢さんも相手に望むことはほとんどなかったので、約束というよりはそれぞれの考えかたを話して、それを共有するというようなあんばいだった。わたしが逢沢さんに伝えたのは、基本的にわたしがひとりで産んで、育てていきたいということだけだった。会う回数やタイミングはそのときどきで話しあって決めることにして、もしも会わないで過ごすことになっても、子どもが会いたいと思ったときには会えるようにしようということにした。そして、出産や育児にかかるお金はすべてわたしが出し、自分ひとりでやっていける範囲で暮らしていきたいと思っていることを伝えた。お金にかんしては逢沢さんもずいぶん考えて、いくつか提案をしてくれたけれど、わたしの考えを尊重してくれることになった。

二〇一八年の二月の末に、わたしたちは事実婚の夫婦であるということにして、不妊治療の専門のクリニックを訪ねた。わたしたちが事実婚をしているかどうかの証明らしい証明は必要なくて、それぞれが戸籍謄本を見せて、それぞれが誰とも婚姻関係にないということがわかれば、それで問題はなかった。わたしは医者に、子どもを望んで半年くらいのあいだタイミング法をやってみたのだけれど、なかなか妊娠をしないのだと伝えた。

医者はわたしの生理周期をもとに検査日を設定して、エコーでチェックし、きちんと排卵があることを確認してくれた。そして逢沢さんも検査を受けた結果、精子にもとくに問題がないということがわかった。そのことじたいは良かったのだけれど、精子に問題がなくて排卵もきちんとしているということになれば、もうしばらく通常の方法で様子をみませんかと勧められるんじゃないかと思って、わたしは内心どきどきしていた。けれど医者はわたしの予想に反して、高齢であることと月に一度しか機会がないということを説明し、すでに半年のあいだ試されているのであれば、人工授精にステップアップしてもいいかもしれませんねと提案してくれた。それから八ヶ月後——五度目の人工授精で、わたしは妊娠をしたのだった。

遊佐を見送ったあと、キャロットタワーの地下のスーパーで惣菜を買って帰った。予定通りにゆけば出産まであと二週間に迫ったお腹は、もうこれ以上大きくなるのは無理だろうというくらいに膨らんでいたけれど、遊佐によると最後の一週間の追いこみでもうひとまわり大きくなるらしい。胃のすぐ下から突きだして盛りあがったところを撫でながら日傘を差し、できるだけ影の落ちている部分を選びながら、ゆっくりと時間をかけてアパートまでの道を歩いた。

部屋に入ってエアコンをつけ、冷蔵庫から麦茶を出したところで電話が鳴った。緑子からだった。ここのところ巻子も緑子も頻繁に連絡をよこしてくれていて、体調はどうか、足りないものはないか、何か困っていることはないかといろいろな心配をしてくれるのだった。巻子は、もう二十年以上もまえのことやから細かいところは忘れたけど、といつも前置きしてから話しはじめ、話しながら思いだすあれこれをしゃべったあとに、必ず最後は——陣痛はありえないほど痛いけれどしかし個人差があるからこればっかりは経験しないとわからない、だからあんまり心配しやんように、と力説して話を終えるのだった。四月から大学院にすすんだ緑子は巻子と入れ替わりでこちらへ来て、学校がはじまるまで手伝ってくれることになっている。慣れない東京で二週間以上、新生児と一緒に過ごすことに少し緊張してるみたいだったけれど、どこか気持ちが弾んでいるのも伝わってくる。

「夏ちゃん、どう」緑子は明るい声で訊いた。

「ありがとう、昨日と変わらずやで」

「ほんま」

「お腹、痛くない？」

「痛くないよ」わたしは笑った。「めっちゃ動くねんけど、頭なんやろな、子宮口あるやんか、なかからそこに、かつんって当たるねん。それは息が止まるくらい痛いけど、それ以外はそんなに痛くない。でも夜中にめっちゃ足がつるねん」

「え」緑子は低い声を出した。「つるって、こむらがえりやろ、お腹そんな大きかったらどうやってほぐすん」

「ほぐされへんねん。だからこむらかえったら最後、偶然にもっかいかえるの待つしかないねん」

「うわあ、それは厳しいな」緑子はさらに低い声を出した。「尿漏れはどうなん」

「そのシーズンは過ぎ去ったみたい」わたしは言った。「蛋白《たんぱく》も、尿酸値も問題なし、昨日の検診でちょっとむくみあるって言われたけど、それくらい。先生も何も言わんくらい、極めて順調なんやと思うわ」

「極めて順調、ええな」緑子は嬉しそうに笑い、わたしも笑った。

「──そやけど、なあ、お腹に赤ちゃんおるってどんな感じやねんやろ」

「なんか、不思議な感じやで」わたしは素直に言った。「わたしつわりがなかったやろ、そやから、ほんまにお腹におるんやなって実感したのが、膨らんできてからやろ。それも最初のほうは太るのんの延長にある感じやろ。もちろん体はどんどん重たなるし、いろいろ変わりはするねんけど」

「うん」

「なんか、自分の体やねんけど」

「うん」

「どんどん鈍くなって、ゆるくなって、自分がおっきくてぶあつい着ぐるみのなかにおって、昔はなんかそれが窮屈っていうか、しんどいときもあってんけど、いまはそのしんどさも感じひんくらい、平和な感じがするねん」

「そうなんや」緑子が感心したように言った。

「ときどきお風呂入るときに鏡でお腹みて、これほんまに出るんかな、わたし出せるんかなってふと正気に戻る瞬間もあるけど」

「うん」

「でも、もうあんまりそれ以上のことが考えられへんようになってさ。もう何もひとつも束ねてられへん感じというか。あれよ、お湯のなかでふわって素麺ひろがるやん、あれみたいな感じ」

「うん」

「わたしな、ずっと不思議やってん」わたしは言った。「たとえば八十五とか九十歳とかになったらさ、普通に考えて、あと五年か十年後には自分はもうおらんねんなって、まあだいたいわかるんやんか。そう遠くないうちに、自分はほんまに死ぬねんなあって、わかるやんか。来年の今頃は、もうほんまにおらんかもしれんねんなって思うくらいの年になったときにな、みんな死についてどんなふうに感じるんやろうなって、不思議やってん。いつか、でも、将来、でもない――もう少ししたら自分が死ぬんやっていうことを、みんなどんなふうに感じるんやろうなって」

「うん」

「こわいんかな、とか、じっとしてられへん感じなんかなとか、みんな穏やかに過ごしてるようにみえるけど、どんなふうに感じてるんやろうって」

「うん」

「でさ、言うたらわたしも出産で、もしかしたら死ぬかもしれんわけやんか。もちろん昔じゃないし、どっかでだいじょうぶやとは思ってるけど、でもまあ血がたくさん出て、何があるかはわからんわけではあるやんか。これまでで、まあいちばん死に近づく状態というか」

「うん」

「でもな、これがな、なんとも思わへんねん。どうなるんやろとか、死とか、そういうむこうにあるもののことを思おうとしても、ふかふかの綿布団でふわってくるまれるみたいに、もう何も、ひとつも考えられへんくなるねん」

緑子はうなるような声を出した。

「すごいねんで、なんにも考えられへんねん。でな、もしかしたら人間ってほんまに死ぬかもしれんなって可能性があるときにはさ、頭のなかでそういう物質がふわあって分泌されるんかもしれんなとか思ったりな。八十五とか九十のおじいちゃんおばあちゃんらも、毎日もしかしたらこんな感じなんかもしれんな、とか。ほんでこんなふうに考えてることも、ふわあって包まれて、消えていくねん」

「夏ちゃんは死ぬわけじゃないけど」緑子は言った。「でも、夏ちゃんの言ってることは、わかるような気がする」

「不思議やろ」わたしは笑った。

「もう何も、こわくないねん」

七月の最後の週が終わり、八月になった。わたしは夜中に何度も目を覚ますようになり、朝、目が覚めても頭のなかにぼんやりともやがかかっているように感じられて、昼間のあいだは横になってうとうとと目をつむって過ごした。真夏の太陽がカーテンを真っ白に光らせて、絨毯のうえに光の溜まりをつくっていた。わたしはビーズクッションにもたれたまま腕をのばし、その熱のなかで手をひらいたりにぎったりしてみた。エアコンをつけていても気温はどんどんあがっていくようで、腋や背中にじっとりと汗をかいていた。瞬きするごとに、目のなかで夏が大きく膨らんでいくようだった。

そのとき、これまでにときどき感じていたものとは違うはりのようなものを感じて、わたしは反射的に両手でお腹の下のほうを押さえた。何かがさっと通りすぎるようにそのはりはすぐになくなったけれど、少しするとまた奥のほうから盛りあがってくるような感覚がやってきた。そしてそれは何度かくりかえすうちに明確な痛みに変わっていった。予定日まではあと一週間あった。ちょっと早いんじゃないかという気がしたけれど、しかし週数的にはいつ産まれてもおかしくない時期にはなっていた。そう思うと一気に汗が噴きだして、心臓がどきどきと音をたてた。これまで医者の話を聞き、遊佐の話を聞き、具体的なことはほとんど忘れてしまっているとはいえ巻子からも話を聞き、妊娠と出産にまつわる実用書やネットで念入りに予習していたにもかかわらず、何がどうなったら出産で、どうならなかったらそうでないのかがすっかりわからなくなっていた。

少しすると痛みが遠のいたので、わたしはゆっくりと立ちあがって台所まで行き、麦茶を注いでそれを一息で飲みほした。さっきの一瞬で、頬の内側がぺったりと張りついてしまうくらいに喉が渇いていた。間隔、とわたしは思った。いつもと違うような痛みがきたら、まずは間隔を測れとどこかに書いてあったことを思いだした。わたしはすぐに立ちあがれるようにビーズクッションはやめて椅子に座り、時計をじっと見つめていた。針はちょうど三時を差していた。また痛みがやってきた。測ってみると二十分ごとに痛みがやってきているのがわかった。つぎに何をしなければいけないのかを考えようと気持ちは焦っているのに、なぜか目の奥や額の裏の隙間という隙間に綿でもつめられたように、何もかもが、どこか非現実的に感じられるのだった。

何度もやってくる痛みをやり過ごしながら、巻子と緑子に〈陣痛がはじまったかも、またあとで〉とラインをし、遊佐にもラインをした。わたしは準備していた入院用のボストンバッグとトートバッグに財布と母子手帳が入っているのを確かめて、病院に電話をかけた。明るい声で看護師が出て、わたしの説明をひととおり聞き、もう少し様子を見てもらってもいいかもしれませんけれど、でも来てもらってもだいじょうぶですよ、と返事があった。ひとりで移動するので、これ以上痛くなると動けなくなるのでいまから病院にむかいますと言ってわたしは電話を切った。

病院に着く頃には間隔はもっと短くなり、痛みはさらに強さをましていた。荷物を預けてそのまま分娩室に案内されると、子宮口は五センチまでひらいていて、少しだけれど破水もしているということだった。数人の看護師が手際よく動き、陣痛の正確な強さと間隔を測るために山のように盛りあがったお腹に計測パッドをつけ、中指に心拍数の計測器をはめた。夏目さん、このままで行く感じになるけれどだいじょうぶ、と最初のときからずっと親切にしてくれている年配の女性看護師が、いつもとおなじ笑顔でわたしに訊いた。痛みでうまく声が出せずに何度も肯いてみせると、唇のはしっこを大きく左右に広げてにっこり笑い、わたしの肩をぎゅっとつかんだ。

数時間をかけて痛みの間隔は十五分になり、十分になり、そのたびに大きくなってゆく痛みに目のまえが真っ暗になった。そして正気に戻るような、霧が晴れて視界が戻ってくるような空白の数分がやってきて、そのあいだにわたしは大きく目をみひらいて、何かをかき集めるみたいに深呼吸をくりかえした。お腹の奥でつぎの波が膨らむ気配を感じると、それだけで膝がふるえた。

波はやってくるたびに大きく強くなり、押し寄せてくるその厚みのなかで、わたしはもうどちらが上でどちらが下なのかもわからなくなっていた。目をあけて、光がどこにあるのかを、太陽がどこにあるのかを、そして自分がどのくらいの深さにいるのかを確認しなければと思うのだけれど、もがけばもがくほど鳴り響くような痛みは、さらに強さをましていった。どこかで何かを伝える女性の声がし、波のひいたいっしゅんに目をあけて時計を見ると、針は十時少しまえを指していた。それは不思議な感覚だった。もうこんなにたってしまったのかという絶望と、まだこれだけしかたっていないのかという絶望があわさって、それでいてお腹の底から笑い声が湧きあがってくるような、それはわたしの味わったことのない感覚だった。手足が動くときにわたしはコップをつかんで水を飲み、声を出し、看護師たちの励ます明るい声が遠くなったり近くなったりした。

午前二時を過ぎる頃には、痛みはたえまなくやってくるようになり、わたしは何度も叫び声をあげた。これはひとつの人間のなかに生じることのできる痛みの限界で、ここにある痛みはいま、それを越えようとしているんじゃないかとそう思った。そしてこの痛みがわたしという輪郭を越えたとき、わたしは死んでしまうんじゃないかとそう思った。ちがう、わからない、痛みはもう越えてしまったのかもしれない、体なのか、世界なのか、いったいどこが痛いのか、もうそれすらもわからなくなっていた。そのとき――痛みの膜を破るような声が響き、あの看護師の顔がふっと浮かびあがるように目に映った。わたしは打たれたように目をみひらいて、お腹の、それがもうどこなのか、何なのかもわからない状態で、ただもう世界の真んなかとしか言いようのない部分にあったけの力をこめた。わたしは胸のなかで言葉にならない声で叫びながら、集めたすべての力を押しだした。するとつぎの瞬間――まるで体から意識がふわりとぬけたように目のまえが真っ白になり、そして、全身が生ぬるい液体になってそのまま世界に漏れだしたような感覚に包まれた。

真っ白な光が頭のなかに、体のなかに満ちていて、そしてそこに――ゆっくりと広がっていくものがみえた。それは、はるか何万年も、何億年も離れたところで音もなく呼吸をしている星雲だった。暗闇のなかでありとあらゆる色が渦を巻き、けむり、星々は瞬きながら、そこで静かに息をしていた。わたしは目をみひらいて、それをみた。そのもやは、その濃淡は――こみあげてくる涙のふくらみのなかで静かな呼吸をくりかえし、わたしは瞬きもせずに、その光を見つめていた。わたしは手をのばして、その光にふれようとした。腕をのばして、わたしはそれにふれようとした。そのとき、泣き声が聞こえた。打たれたように目をひらくと激しく上下する胸がみえ、わたしはあおむけになって看護師に汗をぬぐわれながら呼吸をくりかえしていた。わたしの心臓は全力で体じゅうに酸素を送りこんでいた。瞬きのあいだから、赤ん坊の泣き声がした。四時五十分ですと声がした。赤ん坊の泣き声が鳴り響いていた。

しばらくして、赤ん坊が胸のうえにやってきた。信じられないほど小さな体をした赤ん坊が、胸のうえにやってきた。肩も腕も指も頬も赤く縮まらせ、すべてを真っ赤に充血させながら、赤ん坊は大声で泣きつづけていた。三千二百です、元気な女の子ですよと声がした。わたしの両目からは涙が流れつづけていたけれど、それが何の涙なのかはわからなかった。わたしが知っている感情のすべてを足してもまだ足りない、名づけることのできないものが胸の底からこみあげて、それがまた涙を流させた。わたしは赤ん坊の顔をみた。顎をしっかりとひいて、赤ん坊のぜんぶを目に入れた。

その赤ん坊は、わたしが初めて会う人だった。思い出のなかにも想像のなかにもどこにもいない、誰にも似ていない、それは、わたしが初めて会う人だった。赤ん坊は全身に声を響かせ、大きな声で泣いていた。どこにいたの、ここにきたのと声にならない声で呼びかけながら、わたしはわたしの胸のうえで泣きつづけている赤ん坊をみつめていた。

主要参考文献

『AIDで生まれるということ　精子提供で生まれた子どもたちの声』（非配偶者間人工授精で生まれた人の自助グループ・長沖暁子編著　萬書房　二〇一四年）
『精子提供　父親を知らない子どもたち』（歌代幸子　新潮社　二〇一二年）
『生殖技術　不妊治療と再生医療は社会に何をもたらすか』（柘植あづみ　みすず書房　二〇一二年）
『生殖医療の衝撃』（石原理　講談社現代新書　二〇一六年）
『生まれてこないほうが良かった　存在してしまうことの害悪』（デイヴィッド・ベネター　すずさわ書店　二〇一七年）
「『生まれてこなければよかった』の意味　生命の哲学の構築に向けて（5）」（森岡正博　「人間科学大阪府立大学紀要8」　二〇一三年三月）
「宇宙一孤独な人工物、ボイジャーの秘密　JAXAではなくNASAに行きたかった理由、幼年時代のヒーロー」（小野雅裕　東洋経済ONLINE）https://toyokeizai.net/articles/-/39248
NHK「クローズアップ現代＋」二〇一四年二月二十七日放送「徹底追跡 精子提供サイト」

初出　「文學界」二〇一九年三・四月号
単行本　二〇一九年七月　文藝春秋刊

文春文庫

夏《なつ》物《もの》語《がたり》

定価はカバーに表示してあります

2021年8月10日　第1刷
2024年8月10日　第13刷

著　者　川上未映子《かわかみみえこ》
発行者　大沼貴之
発行所　株式会社　文藝春秋

東京都千代田区紀尾井町 3-23　〒102-8008
TEL　03・3265・1211(代)
文藝春秋ホームページ　http://www.bunshun.co.jp
落丁、乱丁本は、お手数ですが小社製作部宛お送り下さい。送料小社負担でお取替致します。

印刷製本・大日本印刷

Printed in Japan
ISBN978-4-16-791733-3